文學研究叢書・古典詩學叢刊

賴惠川竹枝詞研究

——以《悶紅墨屑》、《續悶紅墨屑》為主要線索

歐純純　著

賴惠川年輕時的身影。（相片由賴惠川孫媳婦賴沈秀圭女士提供）

賴惠川與愛妻陳氏妍娘合影。照片背面註記「丙申一月三日」。
丙申為1956年。（相片由賴沈秀圭女士提供）

賴惠川（圖右）與長子賴景鴻合影。（相片由賴沈秀圭女士提供）

賴惠川家族成員合影，前排左四為賴惠川。照片背面註記
「丙申一月三日」。（相片由賴沈秀圭女士提供）

此為《諸羅嘉義賴家歷世概況表》（節錄）。此乃七世賴彰能參考賴世英《賴仁記家譜》，以及賴其祥《賴氏家譜世系表》，還有個人所存之資料，綜合編著而成。統合了賴家一世至七世成員之生卒年、身份職業等簡要資料，對於了解賴家世系，有很大的幫助。（家藏，未刊行，賴沈秀圭女士提供）

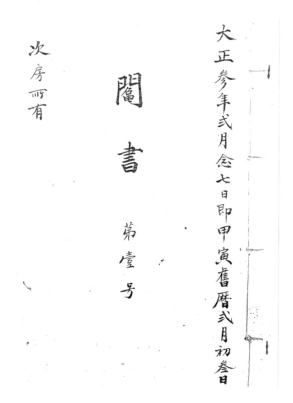

此份鬮書（圖為封面），是根據賴世英生前之〈預語〉，以作為分家之憑藉，由賴世英派下七房所共立。賴家子孫對於〈預語〉的內容恪遵不悖，大有助於維護家族之和諧，延續家族之發展。（文件由賴沈秀圭女士提供）

　　嘉義市文化局所出版的《嘉義市古文書選輯》，書中收錄有多份
賴家古文書資料，對於了解賴家在嘉義的發展過程，頗具參考之價值。

訪談賴沈秀圭女士後之合影。圖左為賴沈秀圭女士，
旁為筆者與小兒田易。（田啟文攝影）

目次

圖像拾絮 ……………………………………………………………………… 1

再版序 ………………………………………………………………………… 1

凡例 …………………………………………………………………………… 1

第一章　緒論…………………………………………………………………… 1

　第一節　研究動機與目的 ……………………………………………… 1

　第二節　研究方法 ……………………………………………………… 6

　　　一　次級資料分析法 …………………………………………… 6

　　　二　田野調查法 ………………………………………………… 7

　　　三　歷史比較法 ………………………………………………… 8

　　　四　訪談法 ……………………………………………………… 9

　第三節　本書各章節內容概說 ……………………………………… 11

第二章　賴惠川的時代環境及其家世生平……………………… 17

　第一節　賴惠川所處的時代環境 …………………………………… 18

　　　一　政治環境 …………………………………………………… 18

　　　二　社會環境 …………………………………………………… 27

　　　三　文學環境 …………………………………………………… 34

　第二節　賴惠川的家世背景 ………………………………………… 54

　　　一　世系傳承 …………………………………………………… 55

　　二　功名仕進 ……………………………………… 56

　　三　家族倫理 ……………………………………… 58

　　四　經濟事業 ……………………………………… 59

　　五　社會公益 ……………………………………… 61

　　六　文學事業 ……………………………………… 62

　第三節　賴惠川生平的重要經歷 ………………………… 64

　　一　天災人禍的苦難 ……………………………… 65

　　二　至愛親人的離世 ……………………………… 71

　　三　家族產業的掌理 ……………………………… 73

　　四　文學交遊的情況 ……………………………… 76

第三章　賴惠川的文學著作 …………………………… 79

　第一節　賴惠川的《悶紅館全集》 ……………………… 79

　　一　《悶紅小草》 ………………………………… 79

　　二　《悶紅詞草》 ………………………………… 81

　　三　《悶紅墨屑》 ………………………………… 82

　　四　《悶紅墨瀋》 ………………………………… 88

　　五　《悶紅墨餘》 ………………………………… 92

　　六　《悶紅墨滴》 ………………………………… 94

　　七　《增註悶紅詠物詩》 ………………………… 96

　　八　《續悶紅墨屑》 ……………………………… 102

　第二節　賴惠川的竹枝詞理論 …………………………… 104

　　一　創作竹枝詞的動機 …………………………… 105

　　二　竹枝詞的雅俗與功能問題 …………………… 114

　第三節　賴惠川《悶紅墨屑》與《續悶紅墨屑》之比較 …… 119

　　一　題材內容之比較 ……………………………… 120

　　　　二　寫作形式之比較 ……………………………………… 127

第四章　賴惠川竹枝詞對俗諺的運用 ……………………… 131

　第一節　前言 ……………………………………………………… 131

　第二節　運用俗諺入詩的內容呈現 ……………………………… 135

　　　　一　書寫社會現況 ………………………………………… 136

　　　　二　表達人生哲理 ………………………………………… 149

　第三節　運用俗諺入詩的表現形式 ……………………………… 154

　　　　一　以俗諺內涵作為竹枝詞主旨 ……………………… 155

　　　　二　以俗諺協助竹枝詞內容的完成 ………………… 157

　第四節　運用俗諺入詩的寫作特色 ……………………………… 159

　　　　一　使用大量動物俗諺入詩 ………………………… 160

　　　　二　改造俗諺以配合詩作 ……………………………… 173

　第五節　結語 ……………………………………………………… 178

　　　　一　從運用俗諺入詩的內容呈現，了解賴惠川
　　　　　　某些人生態度及處世哲學 ……………………… 178

　　　　二　從《悶紅墨屑》到《續悶紅墨屑》的表現形式，
　　　　　　可以看出其運用俗諺入詩在創作意圖上的差異 … 179

　　　　三　可看出賴惠川對於民間文學的重視，並提供與
　　　　　　作家文學融合的舞台 ………………………………… 180

第五章　賴惠川竹枝詞對童謠的運用 ……………………… 183

　第一節　前言 ……………………………………………………… 183

　第二節　運用童謠入詩的表現形式 ……………………………… 188

　　　　一　延續童謠本義 ………………………………………… 190

　　　　二　延續童謠本義再引出新義 ………………………… 192

　　　　三　捨童謠本義而另創新義 ……………………… 195

　第三節　運用童謠入詩的創作價值 …………………… 199

　　　　一　保存童謠的價值 …………………………… 199

　　　　二　創造童謠新生命的價值 …………………… 215

　　　　三　保存地方特色文化的價值 ………………… 220

　第四節　結語 …………………………………………… 227

第六章　賴惠川竹枝詞飲食文化的特色 …………… 231

　第一節　前言 …………………………………………… 231

　第二節　自然環境與飲食文化 ………………………… 232

　　　　一　嘉義愛玉凍 ……………………………… 233

　　　　二　台南麻豆柚、台中荔枝 ………………… 234

　　　　三　后莊特產鹹牛乳 ………………………… 238

　　　　四　白河芋芝 ………………………………… 239

　　　　五　岱江（布袋）虱目魚 …………………… 240

　第三節　人文活動與飲食文化 ………………………… 242

　　　　一　節慶飲食文化 …………………………… 243

　　　　二　風俗飲食文化 …………………………… 248

　　　　三　醫療保健飲食文化 ……………………… 253

　第四節　結語 …………………………………………… 258

第七章　賴惠川竹枝詞的道教書寫 ………………… 261

　第一節　前言 …………………………………………… 261

　第二節　對神明故事的描寫 …………………………… 263

　第三節　對道士與乩童的載述 ………………………… 273

　　　　一　對道士的載述 …………………………… 274

二　對乩童的載述 ⋯⋯⋯⋯⋯⋯⋯⋯⋯⋯⋯⋯ 278

第四節　對道教法術或祭儀的記錄 ⋯⋯⋯⋯⋯⋯⋯ 282

第五節　在地色彩的呈現 ⋯⋯⋯⋯⋯⋯⋯⋯⋯⋯⋯ 288

第六節　結語 ⋯⋯⋯⋯⋯⋯⋯⋯⋯⋯⋯⋯⋯⋯⋯⋯ 306

第八章　賴惠川竹枝詞對生命禮俗的書寫 ⋯⋯⋯⋯ 309

第一節　前言 ⋯⋯⋯⋯⋯⋯⋯⋯⋯⋯⋯⋯⋯⋯⋯⋯ 309

第二節　婚嫁禮俗 ⋯⋯⋯⋯⋯⋯⋯⋯⋯⋯⋯⋯⋯⋯ 311

第三節　育兒禮俗 ⋯⋯⋯⋯⋯⋯⋯⋯⋯⋯⋯⋯⋯⋯ 323

第四節　喪葬與祭祖禮俗 ⋯⋯⋯⋯⋯⋯⋯⋯⋯⋯⋯ 331

一　喪葬禮俗 ⋯⋯⋯⋯⋯⋯⋯⋯⋯⋯⋯⋯⋯ 332

二　祭祖禮俗 ⋯⋯⋯⋯⋯⋯⋯⋯⋯⋯⋯⋯⋯ 341

第五節　結語 ⋯⋯⋯⋯⋯⋯⋯⋯⋯⋯⋯⋯⋯⋯⋯⋯ 348

第九章　賴惠川竹枝詞的處世思想 ⋯⋯⋯⋯⋯⋯⋯ 351

第一節　前言 ⋯⋯⋯⋯⋯⋯⋯⋯⋯⋯⋯⋯⋯⋯⋯⋯ 351

第二節　賴惠川竹枝詞處世思想的內容 ⋯⋯⋯⋯⋯ 353

一　自我修養的思想 ⋯⋯⋯⋯⋯⋯⋯⋯⋯⋯ 353

二　待人接物的思想 ⋯⋯⋯⋯⋯⋯⋯⋯⋯⋯ 357

三　職場從業的思想 ⋯⋯⋯⋯⋯⋯⋯⋯⋯⋯ 370

四　捍衛台灣民族的思想 ⋯⋯⋯⋯⋯⋯⋯⋯ 378

第三節　賴惠川竹枝詞處世思想的表現手法 ⋯⋯⋯ 394

一　以白描手法表達處世思想 ⋯⋯⋯⋯⋯⋯ 394

二　以諷刺手法表達處世思想 ⋯⋯⋯⋯⋯⋯ 398

第四節　結語 ⋯⋯⋯⋯⋯⋯⋯⋯⋯⋯⋯⋯⋯⋯⋯⋯ 412

一　從作品的處世思想，可了解賴惠川關懷世道的
　　積極精神 ……………………………………………412
二　從作品的表現手法，可了解賴惠川竹枝詞的本
　　色與風格 ……………………………………………413

第十章　結論 ………………………………………………415

參考文獻 ……………………………………………………425

表目次

表3-1　《悶紅墨屑》與《續悶紅墨屑》主要題材內容之
作品數量比較表 …………………………………………… 121

表4-1　賴惠川竹枝詞運用「狗」之俗諺一覽表…………… 161

表4-2　賴惠川竹枝詞聯用「貓」與「老鼠」之俗諺一覽表……… 163

表4-3　賴惠川竹枝詞獨用「貓」之俗諺一覽表…………… 164

表4-4　賴惠川竹枝詞獨用「老鼠」之俗諺一覽表………… 164

表4-5　賴惠川竹枝詞運用「雞」之俗諺一覽表…………… 166

表4-6　賴惠川竹枝詞運用「鴨」之俗諺一覽表…………… 166

表4-7　賴惠川竹枝詞運用「牛」之俗諺一覽表…………… 169

表4-8　賴惠川竹枝詞運用「豬」之俗諺一覽表…………… 170

表4-9　賴惠川竹枝詞運用「老虎」之俗諺一覽表………… 171

表4-10　賴惠川竹枝詞運用「蛇」之俗諺一覽表 ………… 172

表5-1　賴惠川竹枝詞運用童謠〈唵蜅蠐〉入詩之解說表………… 202

表5-2　賴惠川竹枝詞保存未被採錄之童謠一覽表 ……… 206

表5-3　賴惠川竹枝詞化用童謠〈田蛤仔官〉入詩之解說表……… 218

表5-4　賴惠川竹枝詞化用童謠〈毛蟹仔腳〉入詩之解說表……… 221

表5-5　賴惠川竹枝詞化用童謠〈毛蟹仔腳〉所述及之
地方特產一覽表 ………………………………………… 225

表8-1　賴惠川竹枝詞婚嫁禮俗作品一覽表………………… 319

表8-2　賴惠川竹枝詞育兒禮俗作品一覽表………………… 330

表8-3賴惠川竹枝詞喪葬與祭祖禮俗作品一覽表………… 346

圖目次

圖7-1　嘉義民雄大士爺廟大士爺金身 ……………………………………291

圖7-2　嘉義民雄大士爺廟，何士坤幹事解說浮雕圖 ………………292

圖7-3　嘉義忠義十九公廟 …………………………………………………299

圖7-4　嘉義忠義十九公廟義犬將軍神像 ……………………………300

圖7-5　嘉義羅安公廟 ………………………………………………………304

圖7-6　羅安公墓碑 …………………………………………………………305

再版序

　　和嘉義賴惠川老先生的竹枝詞結緣，是在十年前與其他學者合編《臺灣文學讀本》（台北：五南圖書）時開始。當時收錄其《悶紅墨屑·三牲》一詩，作品通俗平易、語調詼諧，卻又滿載著台灣風俗文化的特質，一直深深吸引著我。身為一位橫跨晚清、日治與戰後時期的傳統文學家，賴惠川在嘉義地區，以至於整個台灣文壇，有其舉足輕重的地位，尤其他的竹枝詞，數量超越台灣與中國歷代任何一位文人，作品的題材內容與形式藝術，在傳承中也展現出實驗性的創新精神。我常在心中默默地想著，希望有一天能針對賴惠川的竹枝詞，作一有系統而深入的研究，今天這本書的付梓，正是此一心願的實現。

　　這本書的完成，要感謝的人真的很多，感謝很多學界的先進前輩，對於賴惠川以及竹枝詞的相關研究，提供我非常多的參考資料以及思考的視野。此外，本書中多數的篇章，在出版前先後發表於國內的相關期刊，獲得期刊審核委員很多修正的意見；同時，本書在升等副教授的送審過程中，也得到審核委員許多嶄新的觀點，這些寶貴的意見與觀點，修正了本書許多不足之處，讓今日書籍之再版，能提供給讀者更為完善的內容，在此謹向各審核委員致上最誠摯的謝意。接著，在書籍撰寫的過程中，許多師長與學界友人的指導和鼓勵，也讓我一直感受到溫暖，得以突破許多瓶頸和關卡。例如日文系曾德芳主任，協助我了解賴惠川竹枝詞裡日文詞彙的運用方式；好友柯榮三教授，協助我找尋日治時期多篇的文獻資料。另外，在本書初稿完成

後，又有同仁趙桂芬教授、何明穎教授協助校稿，挑出許多錯字，以及提供論述的新觀點；助理李中鼎幫忙找出格式不統一之處，這些幫助，都讓我點滴在心頭。當然，家人的包容與支持，尤其外子田啟文時時刻刻的鼓舞，更是我不斷向前的力量，如今這本書能夠順利完成，心中實有無限的感恩。

賴惠川老先生的家族，從一世祖賴斌來在嘉義落腳以來，世世代代努力耕耘，除了家訓嚴明、子孝孫賢外，對於社會公益的投入，也受到社會各界的尊重與肯定。過去編寫《臺灣文學讀本》時，曾就賴惠川相關事蹟，就教於賴家子孫景溶與彰能二位先生，此次撰寫本書，欲再進一步請教，然二位先生已仙逝矣，思及歲月之無情，心中的傷感，固難以名狀。後來經賴惠川孫子賴英熙之引介，而與賴惠川孫媳婦賴沈秀圭女士取得聯繫，就賴惠川家世生平的資料，進行交流與請益，很幸運地，從賴沈女士處獲得許多老照片與文書資料，對於賴英熙先生及賴沈女士之熱心協助，心中實有無限感激。希望本書的完成，對於台灣學術界能產生些許貢獻；當然，受限於筆者才力，雖然已盡力修正書中許多不足之處，但疏略謬誤者必不能免，尚祈諸方賢達不吝賜教為盼。最後，也希望將此書獻給我所景仰的賴惠川老先生，以及廣受各界敬重的賴家子孫，還有所有關心台灣文學的諸方博雅。

歐純純 謹誌

中華民國一〇五年五月 寫于台南玉井松柏居

凡例

一、本書為求內容之精善，正文之篇章多數發表於國內相關期刊中，透過相關領域學者之審核與意見的提供，藉以提升本書內容之品質。凡有經正式發表之篇章，將於各章章名處加註說明。

二、本書正文之篇章，於國內各期刊發表時，因配合各期刊之要求，其撰稿格式輒互有差異，今既彙整為一書，則撰稿格式當定於一式，因此某些篇章的格式會進行調整，而與當初發表時略有差異。此外，隨著新資料的發現，以及各章整合上的需求，若干篇章之內容亦有增刪修訂之處，以求內容更具統整性與完善性。

三、本書之用字力求統一，遇有不同寫法時，當擇一而書。例如「台」、「臺」二字通用，本書寫法則以「台」字為主；然而若遇某些專屬用法，例如「臺灣學生書局」、許俊雅《臺灣寫實詩作之抗日精神研究——一八九五～一九四五之古典詩歌》……等等，則尊重原有寫法，仍書以「臺」字。

四、本書對賴惠川竹枝詞作品(《悶紅墨屑》與《續悶紅墨屑》)的研究，採龍文出版社《悶紅館全集》的版本為底本。其間所引用的賴惠川竹枝詞作品，或是詩集中的序文、跋文，或是他人評論這兩部詩集的評語，由於引用次數相當多，為免行文之累，其出處將僅標註《悶紅墨屑》或《續悶紅墨屑》，以及該詩、文、評語在集中之頁碼。

五、本書所引用之賴惠川竹枝詞，雖以龍文出版社的《悶紅館全集》為底本，但若遇到誤字或闕字時，將逕依江寶釵主編《嘉義賴家

文學集》中之校訂資料進行修正，以呈現詩作更正確之內容。此外，王惠鈴《臺灣詩人賴惠川及其「悶紅墨屑」》一書所附之「賴惠川自校《悶紅墨屑》勘誤表」、「《悶紅墨屑》缺字表及黃哲永填字表」、「黃哲永校正《悶紅墨屑》形誤表」、「黃哲永校正《悶紅墨屑》音誤表」，本書也將參考使用，以進行詩作文字之修訂。

六、賴惠川的竹枝詞作品，本身未立詩題，今為行文之方便，凡引述其竹枝詞時，將以詩歌首句前二字為詩題。若遇首句前二字相同時，則以之一、之二、……區分之。如《悶紅墨屑》〈搖呵〉之一、〈搖呵〉之二、〈搖呵〉之三、〈搖呵〉之四。

七、本書所引用的參考文獻，在各章第一次出現時，將於註腳處完整列出出版資料，在該章第二次出現後，則只標出作者、書（篇）名與頁碼，出版時地則略去不寫。

八、本書之參考文獻，分成專書、論文（含期刊論文、專書論文、研討會論文、學位論文）、報刊雜誌、電子媒體四類。各類排列，依作者姓氏筆劃為序；若遇同一作者有多筆參考文獻時，則以文獻之出版年月先後為序。

第一章
緒論

　　本章主要分三個節次，依序是研究動機與目的、研究方法、各章節主題內容概說。今分述如後：

第一節　研究動機與目的

　　賴惠川（1887-1962），本名尚益，字子受，又字惠川，號悶紅老人。出生於晚清時期，在日治與戰後時期活躍於文壇，是嘉義地區極負盛名的古典文學作家。江寶釵說：「臺灣文學之發展肇始於府城。緊鄰府城的嘉義隸諸羅縣，一度有鄒魯之譽……賴惠川、林玉書、張李德和詩名動三台。」[1]這段話點出嘉義文風鼎盛的淵源，以及賴惠川詩名遠播的情況。在賴惠川的作品中，詩的部分有《悶紅小草》、《悶紅墨餘》、《悶紅墨滴》、《增註悶紅詠物詩》、《悶紅墨屑》、《續悶紅墨屑》，其中《悶紅墨屑》與《續悶紅墨屑》屬於竹枝詞；詞的部分則有《悶紅詞草》；曲詞部分則是《悶紅墨瀋》。在這品類眾多的作品中，其竹枝詞特別受到世人高度的肯定。一方面除了它的數量，不論是在台灣文學史或是中國文學史上，都是最多的[2]；另一方面，它

1　江寶釵：〈臺灣地方家族書寫的文學史意義：以嘉義賴家為例〉，《第七屆清代學術研討會論文集》（高雄市：國立中山大學中國文學系，2002年6月），上集，頁455。

2　詳見吳福助：〈臺灣漢人民俗風情畫──賴惠川「悶紅墨屑」竹枝詞選析〉。收錄於許俊雅主編：《講座FORMOSA：台灣古典文學評論合集》（台北市：萬卷樓圖書公司，2004年11月），頁294。

還具有許多特殊卓絕之處。吳福助說：

> 賴惠川（1887-1962）橫跨清領、日治、戰後三時期，蜚聲文
> 壇的臺灣漢語傳統文學作家。《悶紅館全集》包括《悶紅小
> 草》、《悶紅詞草》、《悶紅墨屑》、《悶紅墨瀋》、《悶紅墨餘》、
> 《悶紅墨滴》、《增註悶紅詠物詩》、《續悶紅墨屑》八種，其中
> 以《悶紅墨屑》最為膾炙人口。[3]

此處稱揚賴惠川《悶紅墨屑》（竹枝詞），是其作品中最為膾炙人口的
部分。翁聖峯則稱讚此一詩集說：

> 賴尚益的《悶紅墨屑》……所述的內容包含清代、日據、光復
> 三個不同的時代，自唐代以來，至目前可以見到數量最多的竹
> 枝詞別集，竹枝詞發源中國本土，在這裡則又可見其在台灣發
> 揚光大的一面。[4]

此處除了肯定賴惠川竹枝詞數量為歷來文人之冠，同時也讚揚其作品
能將中國竹枝詞的精神「在台灣發揚光大」。莊啟坤則說：

> 賴惠川先生之竹枝詞，大收廣收，嬉笑怒罵，各盡其妙。勸、
> 獎、懲、警，覺迷、指導。兼以保全方言，徵求事蹟，誠功德
> 無量，且無微不至，鬼斧神工，苟非人情熟達，留心世故，深
> 經閱歷者，孰能臻此？拜讀至半，不覺拍案狂呼，曰：「是真

3　收錄於王惠鈴：《臺灣詩人賴惠川及其「悶紅墨屑」》（台北市：文津出版社，2001
　　年4月），〈吳序〉，頁4。
4　翁聖峯：《清代臺灣竹枝詞之研究》（台北市：文津出版社，1996年4月），頁205。

天籟也，足繼三百篇矣。」[5]

此處以賴惠川竹枝詞具有勸懲世道人心，記述民情事蹟之功能，而視其為天籟之音，認為足以繼承《詩經》的精神。江寶釵也讚揚賴氏說：

> （賴惠川）晚年，採台灣民間歲時事，用方言造句，撮為「竹枝詞」千首，自謂為俗詩。題材多面，風格醇厚，境界闊大，舉凡嬉笑怒罵皆可以入詩，不僅反映現實人生，而且深於個人性情，詩作無論就品質抑數量而言，皆為當時嘉義詩人之白眉，飲譽詩壇，乃有嘉義何人不識之說。[6]

從以上的褒揚可知，賴惠川的竹枝詞擁有高度的評價。然而如此佳構，在學術界的研究並不多。就單篇論文來看，吳福助〈臺灣漢人民俗風情畫——賴惠川「悶紅墨屑」竹枝詞選析〉[7]一文，選取賴氏深具農村生活氣息的十二首竹枝詞作品進行評論，針對其中所反映的民俗文化，徵引相關的文獻加以論證，同時幫每首竹枝詞進行讀音的標示，以利於教學吟誦，是一篇實用性極高的論文。

　　再來，就專書中部分章節的研究來看，如翁聖峯《清代臺灣竹枝詞之研究》一書，談到《悶紅墨屑》的命名原由，以及推測《悶紅墨屑》由千首刪至八百餘首的原因，並分析賴氏竹枝詞有「別開生面之處」，但也有傳承自傳統竹枝詞（指楊維楨等人所作「西湖竹枝詞」）

5　收錄於賴惠川：《悶紅墨屑》，頁390。

6　江寶釵：《嘉義地區古典文學發展史》（嘉義市：嘉義市立文化中心，1998年6月），頁287-288。

7　收錄於許俊雅主編：《講座FORMOSA：台灣古典文學評論合集》，頁293-325。

之處。[8]至於許俊雅《臺灣寫實詩作之抗日精神研究——一八九五～一九四五年之古典詩歌》一書，從第五章〈臺灣寫實詩作中有關財政與經濟之抗日精神〉，到第七章〈臺灣寫實詩作中有關教育文化與其他之抗日精神〉，就援引了近三十首賴氏竹枝詞作品[9]，以反映當時台灣的社會情況，並批判日人的無道，這當中包含日人對台灣物資的掠奪、司法與教育的不公、皇民化運動的衝擊與傷害等等，道出賴惠川心中對於日人治台的不滿。江寶釵《嘉義地區古典文學發展史》一書，在第六章〈日治時期嘉義古典文學的發展〉中，也援引多首賴氏竹枝詞，表達詩人對於日人治台不當的批判，同時也讚美賴氏竹枝詞「為台灣民情土俗留下豐富姿采的一頁，形成台灣漢詩可貴的傳統。」[10]至於江氏另一本書《臺灣古典詩面面觀》，其第六章〈時、事與社會：清代後期～日治時期〉，亦援引數首賴氏竹枝詞[11]，來論證當時詩人反日的情緒。

　　除了上述研究外，在學位論文方面，對賴惠川竹枝詞進行系統性研究的，當屬王惠鈴《賴惠川「悶紅墨屑」研究》（中興大學中文系碩士論文，1999）。這本碩士論文後來進行深入整理後，於二〇〇一年在文津出版社付梓成書，書名題為《臺灣詩人賴惠川及其「悶紅墨屑」》。這本書對於賴惠川竹枝詞的研究，有了較多元性的開拓，包含賴惠川的生平事蹟與文學著作，以及《悶紅墨屑》一書的「經濟民俗」、「社會民俗」、「信仰民俗」、「文體特色」、「史料價值」等等，都做了分析。此外，書末還附上「賴惠川寫作年表」、「《悶紅墨屑》缺

8　詳見翁聖峯：《清代臺灣竹枝詞之研究》，頁6、36、199、205、213。

9　詳見許俊雅：《臺灣寫實詩作之抗日精神研究——一八九五～一九四五年之古典詩歌》（台北市：國立編譯館，1997年4月），頁188-303。

10　詳見江寶釵：《嘉義地區古典文學發展史》，頁265、266、269、271、291。

11　江寶釵：《臺灣古典詩面面觀》（台北市：巨流圖書公司，2002年3月，初版二刷），頁243-255。

字表及黃哲永填字表」、「賴惠川自校《悶紅墨屑》勘誤表」[12]、「黃哲永校正《悶紅墨屑》形誤表」、「黃哲永校正《悶紅墨屑》音誤表」，這些資料相當珍貴，對於後人研究賴惠川竹枝詞，也提供了莫大的便利。

　　在上述多位學者的努力下，賴惠川的竹枝詞研究，有了一定的成果。然而這其中有個缺憾，那就是學者們的研究，幾乎聚焦於《悶紅墨屑》，對於《續悶紅墨屑》一書的研究，則鮮少觸及。事實上《續悶紅墨屑》共收竹枝詞八百五十一首，較諸《悶紅墨屑》的八百四十二首更多，而且除了延續《悶紅墨屑》大量使用本土語言與俗諺入詩外，在運用童謠做為寫詩材料的手法上，較《悶紅墨屑》更為鮮明，其創作手法的實驗精神更為強烈，若略去不談，可說是學術研究上的一大損失。因此引發筆者的研究動機，希望以《悶紅墨屑》和《續悶紅墨屑》做為研究文本，對賴惠川的竹枝詞進行較為整體性的觀察和探討，讓讀者在研究《悶紅墨屑》的同時，也能對《續悶紅墨屑》有進一步的認知與了解。而且本書第三章第三節，也將對《悶紅墨屑》

12　王惠鈴書中的「賴惠川自校《悶紅墨屑》勘誤表」，其中收錄了賴惠川自行校訂的十個誤字。但實際上，據賴惠川《悶紅墨屑・評語》之後，有一段校訂性質的文字說：「訂正集內，讀訴當作讀疏，折粮當作節粮，過汗當作過限，煩合訂《悶紅墨屑》本集卷後。」（見《悶紅墨屑》，頁398）。由這段文字的內容看來，賴惠川認為還有三個地方必須再修改。據筆者實際查考，所謂「讀訴當作讀疏」，指的是《悶紅墨屑・何須》一詩（頁338），其詩云：「嫁與司公能讀訴，對天讀訴尚稱臣。」依惠川之意，詩中「訴」字應改為「疏」字。至於「過汗當作過限」，則是指《悶紅墨屑・木磐》一詩（頁337），其詩云：「添個油香過汗來」，依惠川之意，詩中「汗」字應改為「限」字。這兩個必須訂正的字，並不在王惠鈴一書的「賴惠川自校《悶紅墨屑》勘誤表」中，筆者以為或應將之加入。至於所謂「折粮當作節粮」，指的應是《悶紅小草・市價》一詩（頁143），其詩云：「未忍折粮輕逐犬」，依惠川之意，「折」字應改為「節」字。若惠川所指真是此詩，那麼此詩因屬《悶紅小草》之作品，不在《悶紅墨屑》裡，所以其中之誤字，並不宜加入「賴惠川自校《悶紅墨屑》勘誤表」中。

和《續悶紅墨屑》進行比較研究，希望透過本書的分析，讓讀者了解
《悶紅墨屑》與《續悶紅墨屑》之間的傳承與差異。

第二節　研究方法

　　本書的探討，主要有四種研究方法，分別是次級資料分析法、田
野調查法、歷史比較法，以及訪談法。以下分別說明之：

一　次級資料分析法

　　本書的研究，會運用次級資料分析法。所謂「次級資料」，David
W.Steward 認為：「包括政府部門的報告、工商業界的研究、文件記錄
資料庫、企業組織資料，以及圖書館中的書籍及期刊。」[13]這些資
料，對於本書的研究相當重要，尤其「圖書館中的書籍及期刊」，蘊
藏著很多學者對於賴惠川，以及《悶紅墨屑》和《續悶紅墨屑》，或
是竹枝詞的相關研究，這對於本書許多議題的討論，都能提供一定的
基礎資料與思考角度，本書透過對這些既有資料的分析，遂能延伸出
一些新的觀點與內容。這種研究方法所帶來的效益，就如Geoff
Payne、Judy　Payne 所說：「次級資料分析是不同的研究者，對先前蒐
集的質性或量化資料重新加以分析，這些研究者希望藉由此一重新分
析來處理新的研究問題。」[14]正因為此一研究法具有重要的功能，本
書將其列為研究方法之一。

---

13 David W.Steward著，董旭英、黃儀娟合譯：《次級資料研究法》（台北市：弘智文化
　　公司，2000年），頁19。
14 Geoff Payne、Judy Payne著，林育如譯：《研究方法五十個關鍵概念》（台北縣：韋
　　伯文化國際出版公司，2012年9月），頁341。

二　田野調查法

　　田野調查法，又稱為田野工作（fieldwork）或田野研究（field research），其內涵有廣義與狹義兩種界定方式。葉至誠認為：

> 廣義而言，所有的實地研究工作都可稱為「田野研究」，包括社會調查訪問、各種問卷測驗的施行、考古學實地發掘、民族學調查考察等都屬之。但是狹義而言，田野工作卻特指人類學研究領域中的考古發掘與民族調查，其中尤以民族學的田野調查，因為時間極為長久，風險也最多，所以最為引人入勝。民族學者為什麼要花這麼長時間做田野工作呢？這是因為他們相信要了解別人的文化並不是一件容易的事，……所以他要長期地做田野工作，並且稱他工作的方法為「參與觀察」，也就是參與到當地的社會裏去，並以當地人的立場與看法來說明問題。[15]

以上引文，針對田野調查的定義，做了清楚的說明。本書所運用的田野研究方式，是採取廣義的研究法，亦即只針對研究對象，進行「實地（指研究的目標地點）的研究工作」；而非如人類學或民族學者，長期駐紮並融入某一地區的生活，以記錄當地居民生活文化的方式。既然是採取廣義的田野研究方法，那麼研究的重心，就只是針對研究的目標地點，進行一種資料的蒐集工作，較不須聚焦於是否長時間融入該地的生活，對許多研究者而言，這是經常會使用到的研究方法。

---

15 葉至誠、葉立誠合著：《研究方法與論文寫作》（台北市：商鼎文化出版社，2000年7月），頁119。

因此，當本書在研究賴惠川竹枝詞的時候，若詩中所描寫的人事物，其文獻的佐證資料不足時，筆者將會透過田野調查的方式，進行「實地研究工作」，直接至該事物發生或座落之地點，進行實地觀察以及相關資料之蒐集，以增加研究的深度。這種田野調查所獲得的資料，除了在當地所觀察到的景象與實況外，Corrine Glesne 認為，還可包括「錄影」與拍攝「相片」，以及「文件資料」的蒐集。其所謂文件資料，包含「日記、信件、備忘錄、刻在牆上的字、札記、墓碑上的紀念文、剪貼簿、會員名冊、時事分析、報紙，和利用電腦出版的相關刊物，都可能是有用的文件資料。」[16]這樣的田野工作，在本書進行賴惠川竹枝詞的研究時，可以用到的地方不少。例如研究其書寫神明或廟宇的作品時，便可前往該廟宇進行實地的田野工作，以蒐集相關的資料，這當中除了訪談的資料外，也可拍攝廟宇及神明圖片，甚至是碑文、壁記、廟誌……的拍攝與採錄，都可實質地彌補現有文獻之不足，有利於強化研究的內容。

三　歷史比較法

所謂「歷史比較法」，王玉民解釋說：「倘若以比較法針對某一特定主題作研究，其引用之資料具有歷史性時，則又稱『歷史比較法』。」[17]這段話有三個重要的元素，那就是「比較法」、「特定主題」、「歷史性」，歷史比較法實際上就是圍繞這三個元素而建構起來的。其實施方式，就是針對某一個特定的研究主題，觀察它在不同的

---

16 Corrine Glesne著，莊明貞、陳怡如合譯：《質性研究導論》（台北市：高等教育文化公司，2006年2月），頁80-83。

17 王玉民：《社會科學研究方法原理》（台北市：洪葉文化公司，1999年3月，增訂版2刷），頁249。

歷史年代上，所產生的形態、現象去進行比較研究，以了解其異同之處，從而了解其沿革與新變的情形，甚至可以從中探討其因果關係，以及引發其新變的因子。

　　本書對於賴惠川竹枝詞的研究，在部分議題的探討上，將使用此一歷史比較法。例如在探討賴氏竹枝詞的生命禮俗時，將會針對其所書寫的育兒禮、婚禮與喪葬之禮，就其形式與內容上的差異，進行不同歷史年代（賴惠川時代與當今社會）的比較，以了解這些禮俗的因革變化。這樣的研究方式，有助於了解相關研究主題在時間的軸線上，所衍生的源流脈絡以及造成其新變的成因，能夠對研究主題產生較為廣泛性的認知。

四　訪談法

　　在質性研究中，訪談法是一種常被使用的研究方式。Doing Interviews 對此一研究法，曾有如下之描述：

> 在一場訪談對話中，研究者詢問並聆聽人們自己如何敘述關於他們的生活世界，談論他們的夢想、恐懼和希望，傾聽他們用自己的話語表達各自的觀點和看法，並瞭解他們的學業和工作情況、他們的家庭和社會生活。研究訪談是一種「互換觀點」（inter-view），而知識就在訪談者和受訪者彼此間的互動（inter-action）下建構出來。[18]

---

18 Doing Interviews著，陳育含譯：《訪談研究法》（台北縣：韋伯文化國際出版公司，2010年3月），頁1。

這段話告訴我們一個重點，訪談法之所以具備學術研究的功能，是因為受訪者對於研究主題所陳述的意見，具有被認可的知識效益。這些意見來自他們生活上的種種經驗與觀點，而在與訪談者的互動當中述說出來，經過訪談者的整理分析後，成為研究內容的一部分。

　　一般而言，訪談有量化研究的訪談與質性研究的訪談，在質性訪談的操作上，通常以面對面的方式進行，但 Matthew David 和 Carole D.Sutton 認為：「透過電話或網路交談亦是可行的作法。」[19]本書在訪談法的運用上，主要是質性研究的訪談，操作方式則有「面對面訪談」與「電話訪談」兩種。就質性研究的訪談而言，一般多會使用「半結構式訪談」與「非結構式訪談」二類。這兩類訪談法的內涵與差異，鈕文英引用 Bernard 的論點說道：

> 非結構訪談則未預擬訪談題綱，而是在訪談中視情境需要和研究參與者的關注焦點問問題，要研究參與者告訴研究者什麼對他們來說是重要，且需要繼續探究的資料，又稱作「非標準化的訪談」。半結構訪談，則介於結構和非結構談之間，會預先擬定訪談的大概方向，但在後續訪談時，可視情況彈性調整訪談問題的內容與順序。[20]

在「半結構式訪談」與「非結構式訪談」的詮釋上，葉至誠稱之為「半標準化訪談」與「非標準化訪談」，其說明如下：

---

19 Matthew David、Carole D. Sutton合著，王若馨等合譯：《研究方法的基礎》（台北縣：韋伯文化國際出版公司，2007年1月），頁140。

20 鈕文英：《質性研究方法與論文寫作》（台北市：雙葉書廊公司，2014年3月，修訂1版1刷），頁145。

半標準化訪談，是調查者事先擬定訪談題綱並按題綱提問；非
標準化訪談，是調查者事先只告訴被調查者一個主題，訪談時
可在主題下作自由漫談式交談。[21]

從以上兩種定義與說明，可以大致了解「半結構式訪談」與「非結構
式訪談」的內涵與差異。本書的研究，是以「半結構式訪談」為主，
因此在與受訪者交談之前，都會預先擬定問題，正式交談時，則依預
擬之問題進行發問，並記錄受訪者的陳述內容，再加以整理、分析與
應用。這種研究方法，在本書處理部分議題時會加以使用。例如探討
賴惠川的家世生平時，將會訪談賴家的親人，以獲得第一手資料；探
討賴惠川竹枝詞中的道教書寫時，將會訪談廟宇的相關人員或道士；
探討生命禮俗的描寫時，將訪談生命禮儀公司之業管人員，聽取專家
之相關意見，再進行後續的整理與研究分析。

第三節　本書各章節內容概說

　　本書的結構共分十章，除了緒論、結論之外，正文的部分從賴惠
川的家世生平與時代環境，以及文學著作先行介紹，接著以主題式的
分析方式，進行其竹枝詞作品的研究，分別探討其寫作形式上對於童
謠和俗諺的運用；也探討其題材內容中關於飲食文化、道教文化、生
命禮俗、處世思想的書寫。透過這些篇章的分析，賴惠川竹枝詞的主
要特色與內涵，大致已涵括其中。今就各章節的內容大要，分說如下：
　　第一章「緒論」。本章主要分三個部分：一，陳述本書的
研究動機與目的；二，說明本書的研究方法，包含次級資料分

21　葉至誠、葉立誠合著：《研究方法與論文寫作》，頁159。

析法、訪談法、田野調查法與歷史比較法；三，簡要敘述本書各章節的主題內容。

第二章「賴惠川的時代環境及其家世生平」。本章共分三個節次，處理的議題有賴惠川所處的時代環境，以及賴惠川的家世背景和生平重要經歷。透過這些議題的處理，當我們分析賴惠川竹枝詞時，作品相關的背景知識會更清晰，更有利於我們做出正確的解讀。

第三章「賴惠川的文學著作」。本章共分三節，首先介紹賴惠川《悶紅館全集》的八部作品，分別是《悶紅小草》、《悶紅詞草》、《悶紅墨屑》、《悶紅墨瀋》、《悶紅墨餘》、《悶紅墨滴》、《增註悶紅詠物詩》、《續悶紅墨屑》；其次介紹賴惠川的竹枝詞理論；最後進行賴惠川《悶紅墨屑》與《續悶紅墨屑》之比較。透過本章的分析，不論是賴惠川各類文學作品的主要形式與內容，還有竹枝詞的理論，以及《悶紅墨屑》和《續悶紅墨屑》之間的傳承與差異，都會有清楚的輪廓。

第四章「賴惠川竹枝詞對俗諺的運用」。賴惠川竹枝詞喜歡運用俗諺入詩，是他創作的主要基調之一。因此俗諺在賴惠川的竹枝詞裡，其運用的情況到底如何？是本章研究的重點。本章將從運用俗諺入詩的「內容呈現」、「表現形式」與「寫作特色」三方面進行論述。從論述的過程中，我們獲得三點訊息：第一，從運用俗諺入詩的內容，可以了解賴惠川某些人生態度與處世哲學；第二，從運用俗諺入詩的表現形式，可以了解從《悶紅墨屑》到《續悶紅墨屑》，在融入俗諺的想法上所存在之差異；第三，可以看出賴惠川對於民間文學的活用，讓民間文學與作家文學有相互交織的舞台。

第五章「賴惠川竹枝詞對童謠的運用」。賴惠川竹枝詞的寫作手法中，除了大量運用俗諺外，另外一項特點，就是運用童謠入詩。此一作法不但賦予童謠新生命，更展現竹枝詞融合童謠的新風

格，讓竹枝詞通俗平易的特點更形彰顯。對於童謠的運用，賴惠川竹枝詞呈現了三種表現形式：一是「延續童謠本義」，二是「延續童謠本義再引出新義」，三是「捨童謠本義而另創新義」，這三種形式，讓童謠內容的豐富性更加延伸。此外，這些運用童謠入詩的竹枝詞，在書寫上也有三種文學價值：一是「保存童謠的價值」，二是「創造童謠新生命的價值」，三是「保存地方特色文化的價值」。透過本章的研究，我們可以看到賴惠川採集童謠入詩，所帶來令人驚豔的藝術效果。

　　第六章「賴惠川竹枝詞飲食文化的特色」。在賴惠川的竹枝詞裡，有許多與飲食相關的作品，蘊含著豐富的飲食文化特色。經筆者分析整理，發現賴惠川與飲食相關的竹枝詞，可以從兩大面向進行探討，分別是「自然環境與飲食文化」，以及「人文活動與飲食文化」。從這些竹枝詞中，我們看到臺灣早期的飲食現象，有許多是當時、當地所獨有的文化特色。此外，透過這些作品，也能彌補史料的不足，讓我們更加了解臺灣先民的飲食文化，從而分析古今飲食所存在的差異性與延續性。

　　第七章「賴惠川竹枝詞的道教書寫」。賴惠川的竹枝詞作品，關於道教信仰的書寫甚多，包含對神明故事的描寫、對道士與乩童的載述，以及對道教法術或祭儀的記錄，處處呈現了濃厚的在地色彩。本章針對這些作品進行研究，至少可達到四項成果：第一，可從這些作品中，看到詩人對於道教信仰所蘊含的正反面觀點；第二，能對台灣道教文化的內涵及其發展，有更為深入的理解與認知。尤其賴惠川的年代橫跨晚清、日治與戰後時期，其所書寫的道教文化，在某些作品中，也呈現了不同時代的變遷情形；第三，對於嘉義地區某些特定的道教信仰，能掌握其輪廓與內涵，並且能提供學者研究上的一些新方向；第四，本章研究的成果，可以提供研究對象（如嘉義地區廟宇）相關的文獻資料，這些資料將來可做為廟宇內部舊資料修訂時的依

據，也可作為新資料製作時的參考素材。相信藉由本章的研究，對於台灣的傳統詩學、民俗學、宗教學，都能做出一定程度的貢獻。

第八章「賴惠川竹枝詞對生命禮俗的書寫」。賴惠川竹枝詞關於生命禮俗的作品，描寫台灣先民面對生老病死時的應對禮儀，此實為台灣文化的一大資產。本章透過次級資料分析法、歷史比較研究法、訪談法的運用，企圖了解賴惠川筆下的生命禮俗，其內在意義與外在儀式究竟是什麼？以及它們在時代的變遷中，是否有過什麼樣的變化？就現代的社會環境而言，這些早期的禮俗，有沒有哪些需要進行調整？哪些仍須傳承和發揚？透過本章的研究，一方面希望為建構賴惠川竹枝詞體系盡一份力量，一方面也希望為保存台灣禮俗文化發揮一些微薄的作用。

第九章「賴惠川竹枝詞的處世思想」。這一章的論述，對於了解賴惠川竹枝詞的精神內涵是非常重要的。因為賴惠川的竹枝詞，除了一部分是客觀地描寫台灣的人事物之外，其中有很多作品，或明或暗地表達著賴惠川主觀的思想與情感。之所以如此，乃因其歷經晚清、日治與戰後時期，在時局混亂之下，不論是對個人的修身，或世人的應對往來，或日人對台民的壓迫等等，都有很深的感觸與想法，這些感觸與想法，表現在竹枝詞裡，很容易就轉化成為他個人處世的思想，透過閱讀，或深或淺地影響著讀者的理念與行為。這樣的功能與價值，也是賴惠川書寫這些作品最主要的目的之一，所以他也期待自己的竹枝詞，能有助於「世道人心」[22]。既然如此，本章的研究就成為了解賴惠川個人，以至於其竹枝詞精神內涵極為核心的一章。經過本章的分析，其處世思想大致有四項內容，分別是自我修養的思想、待人接物的思想、職場從業的思想、捍衛台灣民族的思想（包含反日

---

22 見賴惠川：《悶紅墨屑・跋》，頁364。

思想）等四大面向。在探討其處世思想的內容後，筆者也將分析其傳達處世思想的寫作手法，讓讀者能夠了解其形式技巧的運作模式。

　　第十章「結論」。本章重點主要有兩部分：首先是針對本書正文各章之重點再作回顧；其次是針對賴惠川竹枝詞的特色進行歸納與整理，這部分包含：一、題材內容豐富多元，二、具有教化的意義，三、具有寫作形式上的實驗精神，四、具有俚俗與幽默的語言風格，五、具有保存與補充史料的功能。最後，筆者將嘗試為賴惠川在竹枝詞發展史上的地位，進行詮釋與說明。

第二章
賴惠川的時代環境及其家世生平

　　本章所欲探討的內容，主要是賴惠川的時代環境、家世背景，以及生平重要的經歷。透過這些資料的分析，能讓讀者對其生活經驗，產生較為周詳的認知，對於研究他的竹枝詞，能具備更多元化的基礎知識。

　　黃展人曾經說：「客觀現實生活是文學創作的唯一源泉，是文學反映和表現的對象。」[1]這段話說明了文人的創作，其書寫的材料，是來自其「客觀的現實生活」。因此，我們對一位文人的研究，絕不能忽視其生平事蹟與時代環境的探討，因為這些「現實生活」的經驗，常常影響著文人的思路與創作方向，並且提供了豐富的創作材料。張健談文學批評時，也曾提出「歷史批評法」，其中有一部分強調的，就是必須重視文人的生活經歷與時代環境，如此才能對作品做出正確的評價。他說：「對作者的時代背景、出身、經歷、個性等先作全盤省察，再配合他的作品來評論。」[2]所以我們也發現到，在賴惠川的文學作品裡，常可看到其家庭文化灌注於其中；也常看到當時社會環境或時代背景，成為其作品的寫作素材；同時其文學往來的人士，也常影響賴惠川的文學理念與創作內容。因此，本節希望透過對賴惠川生平經歷與時代環境的分析，來強化其竹枝詞研究的廣度與深度，這是深具意義的。

1　黃展人：《文學理論》（廣州市：暨南大學出版社，1990年），頁103。
2　張健：《文學概論》（台北市：五南圖書出版公司，1991年6月），頁274。

第一節　賴惠川所處的時代環境

　　在賴惠川的文學作品中，時常看到反映時代環境與社會現象的寫作材料，如其〈六三〉一詩，對日治時期所制訂的「六三法」做出批判，詩中所謂「六三狠毒問題留，桎梏臺灣數十秋。」（《悶紅墨屑》，頁316）正道出詩人對於六三法的不滿。又如〈重重〉一詩，描寫當時工業逐漸發展的生活環境，食品愈來愈多化學添加物的社會現象，詩中所謂「化學流行萬物凶」、「毒貽東海漬鹹龍」（《悶紅墨屑》，頁325），正道出化學添加物所帶來的傷害。因此對於賴惠川所處的時代環境，我們有必要進行說明，以強化其竹枝詞研究的基礎知識。對此，本文將從政治環境、社會環境與文學環境三方面進行論述。此外，由於賴惠川生卒年為一八八七年至一九六二年，這期間是由晚清橫跨日治時期，再到戰後初期；而其在晚清的生活經歷，僅止於八歲之前，影響的層面較少，所以本節對其時代環境的分析，將略去晚清時期，直接以日治時期為起點，再延伸至戰後初期，而延伸的範圍，將以其卒年（1962）為終止點。

一　政治環境

（一）日治時期

1　台灣抗日事件

　　清光緒二十一年（1895），日本正式從中國手中接收台灣，台灣進入所謂的日治時期。然而台灣的士紳與百姓多數不願接受日人統治，於是興起了一連串抗日的事件。首先是台灣民主國的成立，唐景

崧被丘逢甲等士紳推舉為大總統，抗拒日人接收台灣。日本在一八九五年五月，從三貂角附近的澳底登陸，之後隨即展開一連串的攻擊。六月初，擔任台灣民主國大總統的唐景崧，便棄台灣而逃至中國，除了鎮守台南的劉永福之外，其他台灣民主國的重要官員也都先後離台，劉永福此時繼任了台灣民主國的大總統。不過政府軍的抗日成效不彰，真正與日軍進行頑強對抗的，是台灣各地的民間義軍。據薛化元描述，從樹林、三角湧（三峽）、大嵙崁（大溪）、新竹、苗栗，到彰化八卦山，以至於嘉義大莆林（大林），日軍都受到強烈的抵抗。然而挾著軍力的絕對優勢，日軍仍逐漸控制台灣各地的戰況。十月份，日軍包圍台南，時任台灣民主國大總統的劉永福夜遁廈門，至十一月份，日軍宣告平定台灣全島。[3]

在台灣民主國落幕後，台灣人民的反日情緒並未平息，從一九〇七年至一九一五年之間，多數以台灣中南部為中心，就發生了十餘起深具民族革命性質的抗日事件。據吳文星統計，有北埔事件、林杞埔事件、土庫事件、南投事件、苗栗事件、大甲事件、大湖事件、關帝廟事件、東勢角事件、六甲事件、頭汴坑事件、新莊事件、西來庵事件等。其中又以西來庵事件規模最龐大，日軍耗費十個月時間方告平息。[4]這些抗日事件雖未達到推翻日本政府的目標，但也一次次地深化了台民反日的民族意識。

2 台灣總督及其殖民統治政策

日本接收台灣後，成立了台灣總督府，台灣總督成為統治台灣的最高軍政首長。一八九六年日本發布帝國議會通過的法律第六十三號

3　詳見薛化元：《台灣歷史》（台北市：大中國圖書公司，2001年9月），頁58-60。

4　詳見黃秀政、張勝彥、吳文星合著：《臺灣史》（台北市：五南圖書出版公司，2002年2月），頁58-60。

（簡稱「六三法」），賦予台灣總督至高權力，得以頒布具有法律效力之命令，做為台灣立法制度的基礎。據吳文星的說明，當時台灣總督有各項政務的人事任免權、台灣各級法院之管轄權，還有司法官、檢察官的任命權，以及軍事上的統治權。[5]這項法律的制定，讓台灣人民無法享有日本憲法的保障，而成為台灣總督專制統治下的另類日本國民。陳芳明對此曾表示：

> 台灣總督府的建立，乃是日本殖民主義的執行機構。以一八九六年第六三號法律為法源基礎的總督府，囊括了在台的行政、財政，甚至軍事指輝的權力。除了日本帝國議會能夠節制之外，台灣總督等於是台灣統轄範圍之內的皇帝。[6]

透過「六三法」的運作，台灣總督在台灣專斷獨擅，卻幾乎無外力可節制，這種現象引起台灣人民的不滿，也導致日本國內的諸多批評。於是在一九〇六年，日本通過第三十一號法律（即「三一法」），來取代「六三法」，對台灣總督的律令制定權做出限制，使其立法不得違反已在台灣實施的法律，也不可以與日本國內頒布於台灣的法律和敕令相衝突。接著一九二一年，日本又制定「法三號」來取代「三一法」，表示日本本土的法律也可適用於台灣。這看起來似乎有提升台民地位的作用，但實際的操作上，只要台灣總督認為台灣有其特殊需要，他仍然可以行使律令制定權。[7]所以整個日治時期，台灣的行政與法律制度，從來沒有跟日本國內相同過，台灣仍是殖民地的影子和待遇。

5 　詳見黃秀政、張勝彥、吳文星合著：《臺灣史》，頁181。
6 　陳芳明：《殖民地摩登：現代性與台灣史觀》（台北市：麥田出版公司，2004年6月），頁225。
7 　詳見薛化元：《臺灣開發史》（台北市：三民書局，2003年2月），頁119-121。

　　日本統治台灣的初期，在政策上是較為懷柔的，採取對台民較為尊重的立場。例如首任總都樺山資紀，就明白表示尊重與保護台灣寺廟，當時的日本官員，甚至經常參加民間重要的慶典和活動。在兒玉源太郎及後藤新平的時代，也極力籠絡台灣社會的菁英，讓其擔任參事、區街庄長、官衙職員、保甲局長、保正、甲長、教師等基層行政或治安組織的工作。

　　不過在第一次世界大戰後，民主自由思想及民族自決的浪潮襲捲世界各地，台灣百姓受此影響，希望日本政府能給台民更為自由平等的生活。受到此一情況之衝擊，一九一九年台灣首位文官總督田健治郎，推動「內地延長主義」，強調台灣是日本國土的一部分，而非殖民地，對於台灣的統治，必須使台灣人認同日本，成為真正的日本人。在此一方針下，強調日、台的融合，並於一九二〇年實施「地方自治」，由官方選出地方上具學識名望者，擔任各級協議會員以及地方理事官。然而因為各級協議會員是官派，台民沒有選舉權，而且協議會也無議決權，所以這樣的地方自治意義不大。一九二二年，又公布新的「臺灣教育令」，宣稱取消台、日人教育的差別待遇，除初等教育外，其餘各級教育完全開放台、日人共學。[8]這種種的政策制

8　簡後聰表示，共學制度「表面上看起來是很平等，但因中學的入學考試，無論是日本人就讀的『小學』，或臺人就讀的『公學校』，畢業生一律依照日本小學畢業程度出題，顯見臺人子弟之不利。」見氏著：《臺灣史》（台北市：五南圖書出版公司，2002年2月），頁609。正因如此，賴惠川竹枝詞〈學校〉一詩，便對此種共學制度的不公，提出了批判。詩云：「學校公開試驗期，是非曲直選倭兒。榜中偶見臺灣姓，未必千分得一厘。」正道出台人子弟在與日人子弟競爭下，因制度的不公，造成想考入中學的艱難情況。案：此詩未見於《悶紅墨屑》與《續悶紅墨屑》，而是收錄於賴柏舟編：《詩詞合鈔‧悶紅小草‧增錄》（台北縣：龍文出版社，2006年6月），頁120。亦收錄於江寶釵主編：《嘉義賴家文學集》（嘉義縣：國立中正大學臺灣人文研究中心，2009年11月），下冊，頁28。

度，都顯示日本政府希望透過懷柔的方式來安撫台灣人民，想藉此消除台灣人民的民族意識。從田健治郎之後，歷經八任文官總督，此種「內地延長主義」的政策一直維持著。[9]

　　一九三七年中日戰爭爆發，日本為了加強對人力與物資的掌控，以因應戰爭的需求，遂於一九三八年發布「國家總動員法」，台灣至此進入戰時體制。此時為了使台民亦有為日本犧牲奮鬥的認同感，總督府遂制定「皇民化」政策，希望讓台灣人民徹底同化成日本皇民。在此一政策下，力推國語（日語）運動，獎勵「常用國語者」[10]或「國語家庭」；鼓勵台民改日本姓氏，學日人的生活習慣與文化；連藝文、音樂都要皇民化，因此產生所謂「皇民文學」、「皇民化戲劇」等等。此外，自一九四二年之後，實施陸軍特別志願兵制度、海軍特別志願兵制度，另外還特別召集原住民青年組成「高砂義勇軍」，讓台籍子弟入伍為日本打仗。一九四五年時，日本正式在台灣實施徵兵，當時台灣子弟被徵召入伍者多達二十多萬人，很多人戰死在沙場上，造成許多家庭的悲劇。[11]賴惠川〈烽火〉一詩，就是對這種粗暴的政策提出抨擊。其詩云：「烽火經年萬類灰，連天叫苦叫哀哀。強權硬迫從軍去，翻道臺人志願來。」（《悶紅墨屑》，頁318）詩中字字血淚，對日人的殘酷政策做出深沉的控訴。

9　關於「內地延長主義」的實質內容，詳見黃秀政、張勝彥、吳文星合著：《臺灣史》，頁178-179。亦可參閱簡後聰：《臺灣史》，頁607-609。

10　這種強力實施的語言政策，迫使許多文人必須使用日文寫作。賴惠川雖是舊詩人，創作的語言以文言文為主，但其竹枝詞中，仍可見到許多日文字的使用，這也與日本政府強推日文的政策有關，在薰染日久的情況下，很自然地便運用在作品中了。案：賴惠川竹枝詞使用日文字的情況，詳見本書第三章第一節「賴惠川的《悶紅館全集》」，其中介紹《悶紅墨屑》的部分。

11　詳見黃秀政、張勝彥、吳文星合著：《臺灣史》，頁179-180。

3 日治時期的警察制度

　　除了台灣總督的專制外，日治時期台灣的警察制度，也是日本殖民台灣的另一項高壓統治工具。日本治台初期，警察的任務較單純，主要是維護地方行政、衛生、治安工作，還有戶口調查。然而到了一九二〇年代左右有所謂特別高等警察（簡稱「特高警察」）出現。據李筱峰的說法，這種警察專門取締反天皇的思想、行動與言論，存在著一種白色恐怖的氛圍。例如一九四〇年瑞芳地區「瑞三煤礦」負責人李建興，及其家人、員工遭誣告反日，最後有七十多人困死在監獄中，這就是特高警察處理的案例之一。[12]一九三七年中日戰爭爆發，台灣被納入戰時體制，諸多對台灣經濟掌控的法令陸續制定與施行。一九三八年出現了所謂「經濟警察」，專門針對戰時物資進行高壓管控與配給制度，人力不足時，連一般警察都扮演經濟警察的角色，可說全面性涉入台灣百姓的日常生活。[13]這些經濟警察時常假藉權勢，魚肉鄉民，造成百姓莫大的痛苦與恐懼。賴惠川〈民間〉一詩之註文，就對這些經濟警察的惡形惡狀做了描述，其註文云：「言民間有闇市，警察到處察看，不論都鄙，凡帶食品者，皆為暗市，公然奪而食之。」（《悶紅墨屑》，頁319）這種假藉公權力而遂行私欲的作法，也道出當時台灣百姓在生活上深沉的痛楚。

（二）戰後初期

1 政風不清明

　　民國三十四年日本宣布無條件投降，國民政府任命陳儀為台灣首

12　詳見李筱峰、林呈蓉編著：《台灣史》（台北市：華立圖書出版公司，2003年8月），頁172-173。

13　詳見黃秀政、張勝彥、吳文星合著：《臺灣史》，頁188。

任行政長官。陳儀當時集大權於一身，但其施政的表現，讓台灣人民大失所望。首先其用人多偏向中國籍人士，台籍菁英被授予高階職位者很少。據李筱峰引述一九四六年省行政長官公署所發表的統計，在簡任及簡任待遇級的三百二十七位官員中，台籍人士僅占0.82%；至於荐任及荐任待遇級的二千六百三十九位官員中，台籍人士也只占6.63%。[14]除了任用官員有省籍的差別待遇外，喜歡循私任用自己的親戚，也是一個官場上的惡習，這種裙帶關係的政治文化，造成有能力的人才無法進入政府部門服務。此外，當時的統治集團，其貪污舞弊的嚴重風氣，讓台灣人民不敢置信。李筱峰說：

> 接管台灣的新統治集團，即立刻展現出民間戲稱的五子登科的現象，讓台灣人開了五十年未開之眼界。按：中國在抗戰勝利後，國民政府一些接收人員到光復區專接收金條、洋房、汽車、小妾和高位，中飽私囊，時人譏之為「五子登科」，五子意指金子、房子、車子、位子、女子。[15]

這種貪污舞弊的風氣，賴惠川在其〈古來〉一詩中，說得很露骨，詩中諷刺想與貪官交往，「金條必要作前行」(《續悶紅墨屑》，頁685)，正道出當時政治風氣之污穢不堪。

2 地方自治的實施

台灣光復之初，為了順應世界潮流，建立民主政治，地方開始進行各類選舉，以期開啟地方自治的新頁。當時中央政府頒布「省參議

---

14 見李筱峰、林呈蓉編著：《台灣史》，頁240。

15 李筱峰、林呈蓉編著：《台灣史》，頁243。

員選舉條例」、「縣參議員選舉條例」；台灣省行政長官公署又制定
「鄉鎮民代表選舉規則」、「省轄市區民代表選舉規則」等等。於是一
九四六年台灣省各縣市，分別舉行鄉鎮區民代之選舉；接著由鄉鎮區
民代及職業團體會員，選舉縣市參議員；然後再由縣市參議會選舉產
生省參議員，並組成省參議會，這是戰後初期台灣地方自治的開始。
然而此時的省議會尚屬間接選舉，直至第二屆省議會的選舉，才改為
由公民直接選出。至於台灣省主席與直轄市長，在一九九四年之前一
直都是官方派任的。

　　關於台灣省各縣市長與議員的選舉，一九五〇年省政府公布了
「臺灣省各縣市實施地方自治綱要」，同年即開始辦理第一屆縣市議
會議員選舉。一九五〇年八月即分階段辦理第一屆縣市長選舉，全省
二十一縣市共分八期辦理，直至一九五一年才辦理完畢，自第三屆之
後，縣市的選舉才改為全省同步舉行。[16]這些地方選舉的事情，賴惠
川在其〈一心〉、〈既能〉、〈當時〉等詩作中，都有所述及。不過對於
這些參與選舉的人，賴惠川多數是給予負面的評價。如其〈一心〉詩
之首二句云：「一心原欲舉名流，所舉誰知是戇牛。」[17]

3　土地的改革

　　一九四九年陳誠就任台灣省主席，為了安定農村的秩序及促進農
業的發展，決定實施土地改革。除了著手進行地籍的整理外，重要的
政策有三七五減租、公地放領、耕者有其田。這些政策的推動，對於
當時的台灣社會造成很大的影響，賴惠川的竹枝詞裡，對於此一土地
改革的效應也有所描述。例如其〈三七〉一詩：「三七五租德蔭隆，

---

16 關於光復後地方自治法規之訂定，與各級民意機構之選舉，詳見林衡道主編：《臺
　　灣史》（台中市：臺灣省文獻委員會，1977年4月），頁740-754。
17 〈一心〉、〈既能〉、〈當時〉三詩，俱見《閩紅墨屑》，頁322。

年來食足又衣豐。兒孫大富無嫌蠢，喜地歡天拜祖公。」（《悶紅墨屑》，頁323）談的正是三七五減租的效應。另外，〈今日〉、〈村夫〉二詩，也都是描寫當時土地改革後的影響。以下筆者便針對當時土地改革的重點，進行簡要之分析。

三七五減租自一九四九年開始辦理，首先讓地主與佃農重新訂約，租期至少六年，租率則由原先的50%至70%減為37.5%。這樣的租約內容，對佃農而言極為有利，也因此促進農作物的生產量；不過對地主而言，利益頓時減少，投資意願因此降低，地價也跟著滑落。

公地放領的目的，在於落實耕者有其田的政策，兩者是相互配合的。政府將公有耕地的所有權，陸續轉給農民，希望讓農民能擁有自己的田地。從一九五一年至一九五八年共辦理四次放領，放領的公地有七萬一千六百六十六甲，因此增加自耕農十三萬九千六百八十八戶。對於公地放領的政策，賴惠川〈鼻孔〉一詩（《續悶紅墨屑》，頁701），便有相關的描述，對於某些農民領得放領的農地後，揮霍張揚的生活感到不以為然的態度。

耕者有其田的辦理，起於一九五三年一月，在該年八月完成。其作法乃徵收地主土地，再放領給佃農，以達成耕者有其田的目標。在這當中，對於地主土地的徵收，是讓地主可以保留部分土地，保留的標準依個人、共有及團體三類，數量有所不同。就以個人而言，地主可以保留中等水田三甲，或旱田六甲，其餘的土地由政府徵收，再放領給農民。對於地主土地的徵收，政府給予地主的補償，七成使用實物債券（水田使用稻米，旱田則用地瓜）分十年償付；另外的三成，則用公營四大公司（台灣水泥、紙業、工礦、農林）的股票，一次償付。至於放領給農民的地價，與政府向地主徵收的地價一樣，不過必須另加4%的年息，限十年內分二十次繳納實物償還給政府。在此一政策的實施下，放領的耕地有十四萬三千五百六十七甲，增加了自耕

農十九萬四千八百二十三戶，對於農村與農業的發展，有顯著的成效。[18]這項政策的實施，對於賴惠川家族，甚至是賴惠川的文學事業，都產生了影響。因為賴惠川家中的祖產，在此一政策下，多數被政府徵收，政府當時也依例發了四大公司的股票（主要是農林公司股票），給賴家做為部分補償，這些股票後來還被賴惠川拿去轉售，做為印製《悶紅墨屑》的費用。[19]

二　社會環境

（一）日治時期

　　日治時期台灣的社會環境，可以從以下幾個方面進行說明，分別是社會結構的變遷、放足與斷髮、現代衛生觀念的建立，以及工業的發展。

　　首先就社會結構的變遷而言，清代社會的結構，大致分隔為上、下二層，上層是士紳與富豪，下層則是一般庶民。到了日治時期，日本官員為了統治上的方便，極力籠絡地方的士紳與富豪，延攬他們出任縣廳參事、街庄區長、保甲局長、保正、教師一類的地方行政職務，所以士紳與富豪，仍屬社會結構之上層。不過由於科舉制度已廢，士紳難有新血再產生，逐漸地就形成富豪集團獨占的局面。

---

18 關於戰後初期台灣的土地改革，可詳閱簡後聰：《臺灣史》，頁707-715。另見黃秀政、張勝彥、吳文星合著：《臺灣史》，頁282-284。

19 關於賴惠川賣掉農林公司股票，以做為印製《悶紅墨屑》費用之事，見其《悶紅墨屑·跋》文所言：「近因整理殘書，亂書中，檢得農林公司股票五百一十九股，先人產業換算之物也。額面五千一百九十元，而時價僅值一千四百五十三元二角，割愛售之。乃以一千四百零四元，充當斯稿印刷費，成卷六百部。」見氏著：《悶紅墨屑》，頁365。

　　至於職業上的結構，日治時期由於專業教育的養成，社會上出現各種類科的人才，其中以學習醫學、師範、法政、經濟等科別者較多。至於社會上最尊崇的職業，大抵是醫師、教師與律師。不過其他行業者，若能有較高的收入，一樣也能取得較好的社會地位。或許因為當時社會地位的結構是如此，賴惠川家中習醫的人也特別多，對於維持賴家在社會上的名望，有一定的幫助。

　　纏足與結髮辮，是清朝的規矩，但日治時期社會風氣一新，日人鼓勵台民放足與斷髮。當時台北有所謂「臺北天然足會」，另外也有「斷髮不改裝會」的成立，許多社會的上層人士紛紛響應。日本政府看時機愈來愈成熟，遂於一九一五年四月，將放足與斷髮事項放在保甲規約中，違反者須科處罰金。此外在當年六月，又鼓勵各地士紳名流組織「風俗改良會」，俾令放足與斷髮的政策能更加落實，成效非常良好。據吳文星的說法，當時短短數月之間「全臺放足者達四十八萬餘人，仍纏足者十九萬餘人；斷髮者達一百三十三萬餘人，仍辮髮者僅剩八萬人。」[20]這種改變當然是正向的，纏足與辮髮的陋習能夠革除，也代表著社會正逐漸由封閉走向開放，許多新思潮、新作風也一點一滴的改變著社會風氣，所以當時男男女女的服裝和外在打扮，甚至是思想與價值觀，也逐漸走向日本風或歐美風。這種情況，也被賴惠川寫進竹枝詞裡，例如〈外洋〉一詩（《續悶紅墨屑》，頁714），即描寫西洋珍珠飾品受台灣女性歡迎的程度。〈洋品〉一詩（《續悶紅墨屑》，頁715），則談到台灣婦女喜愛使用日本「白椿油」（髮油的一種）的情況。

　　在建立現代衛生觀念上，日本官員積極設立衛生與醫療制度，開始建設自來水工程，供應居民乾淨的飲用水。此外又制定「污物掃除

---

20 黃秀政、張勝彥、吳文星合著：《臺灣史》，頁228。

規則」，明訂廢棄物的處理方式。接著，又成立醫校與醫院，培養具正式資格的醫師，大幅提升醫療人員的素質。各地衛生與醫療機構，又進行預防注射與傳染疫病的防治，幫台灣百姓建立現代化的衛生與醫療觀念，台灣百姓因為傳染病而死亡的人數大大降低，民眾對於西醫的重視程度也愈來愈高。[21]

　　台灣在清領時期，工業已開始萌芽，但當時是以製糖業為主（光緒二十三年台灣製糖成立）。日本治理台灣後，逐漸將工業多元化引進。由於發展工業必須使用大量電力，因此日本政府先建置電力設備，各地火力發電所或水力發電所，紛紛建置完成。於是除了製糖之外，如紡織、金屬品、機械、窯業、化學等工業，紛紛投入生產。到了一九三〇年代之後，日本不斷對外發動戰爭，此時台灣已由平時經濟轉為戰時經濟，台灣工業被帶入「戰時工業」的形態。此時化學工業、輕金屬製造、製鐵、機械製造、石油、天然瓦斯、製紙、製鹼、酒精、油脂等等，發展極為迅速。[22]針對這些工業發展的景象，賴惠川的詩歌也有所觸及，例如其〈化學〉一詩（《續悶紅墨屑》，頁673），就是描寫化學工廠遭到祝融肆虐的過程。〈且任〉一詩（《續悶紅墨屑》，頁738），則是強調化學食品對身體的危害。

（二）戰後初期

1 產業與都市的發展

　　戰後初期的台灣社會，一方面忙著修復戰爭帶來的破壞，一方面也在既有的環境基礎上持續進行建設。工業的發展在日治時期已有一定的基礎，與農業一樣都是支撐台灣經濟與民生的重要支柱。國民政

---

21 關於日治時期衛生醫療制度與措施，詳見林衡道主編：《臺灣史》，頁548-559。
22 關於日治時期台灣工業的發展，詳見林衡道主編：《臺灣史》，頁626-627。

府也明白發展工業需要水與電,所以在一九四〇、一九五〇年代就開始著手擴充水利設施與電力設備的各項作業,以做為發展工業的基礎。[23]於是戰後初期,台灣從農業為主的社會,慢慢轉向工業、農業並重的形態。據統計,國內生產毛額(GNP)的比重,民國四十年時農業占32.28%,工業占21.33%;到民國五十年時,農業降至27.45%,而工業上升至26.57%,兩者已十分接近。[24]工業向上發展的結果,也造成人口往都市移動的現象。

除了工業之外,影視傳播業也較日治時期有更多元化的發展,一九六二年台灣第一座電視台——「教育電視台」正式試播,台灣的媒體資訊邁入一個新的里程碑。電視台的產生,也讓訊息傳播更為快速,百姓吸收新資訊與新思想,也變得更為方便,對於帶動社會的進步與現代化,都有正面的助益。

2 民生經濟與社會治安

戰後初期台灣社會的經濟狀況並不好,由於銀行過度放款給各種公營企業與交通事業,還有戰爭導致工廠毀損引起生產力下降,以及大陸資金來台灣大肆收購各類物資,再加上台灣商人囤積居奇等種種因素之影響,導致台灣社會物價暴漲,百姓的生活陷入窘困的境地。[25]對於這種情況,彰化文人詹作舟的詩歌〈偶作〉[26],有頗為貼切的描寫,該詩云:

---

23 關於戰後初期台灣水利設施與電力設備的建設,詳見林衡道主編:《臺灣史》,頁837-849。

24 以上數據轉引自薛化元:《台灣歷史》,頁186。

25 關於戰後初期台灣社會通貨膨脹、物價高漲的原因,詳見李筱峰、林呈蓉編著:《台灣史》,頁249-252。

26 題後作者自註言:「台灣光復後見聞之間有足悲者,因直書其事以誌感,命為偶作。」

光復纔半載，風氣變何遽？商賈多走險，背德不猶豫。物價日以騰，居奇不顧譽。貧者生計難，嗷嗷無可據。一食費十千，尚覺無下箸。閭里素封家，誰能從我語。生既不帶來，死亦不帶去。當此浩劫餘，見義肯周助。[27]

對於這首詩，廖振富有如下評論：

本詩點出光復才半年，社會風氣已十分敗壞，商人因見物價飛漲，囤積居奇以圖暴利，進而描寫貧富的巨大差距，既同情窮人難以維生，幾無立錐之地，更指斥富人奢華成風，使作者憂心忡忡，社會因貧富懸殊所造成的矛盾正持續擴大惡化中。[28]

從詹詩與廖氏的評論中，可以看到當時物價高漲、社會貧富差距懸殊，窮人連三餐都無法溫飽，此時距離光復才半年多而已，問題已嚴重至此。而且更雪上加霜的，是此時失業的人口也急速增多，物價飛漲加上失業，很自然便形成治安的隱憂。一九四六年十月二十八日《民報》有一篇社論，題為〈要預防年底的危機〉，其中便談到當時社會的治安問題：

失業者的思想一天一天的惡化起來了，對每晚在花天酒地的公務員，和發光復財的地主和豪商階段，都抱了大不滿。為飢寒所迫，而幹出破廉恥事的，指不勝屈，犯罪案件十中之九都是

---

27 詹作舟著，張瑞和編：《詹作舟全集·傳統詩篇》（彰化縣：詹作舟全集出版委員會，2001年11月），上冊，頁372。

28 廖振富：《臺灣古典文學的時代刻痕：從晚清到二二八》（台北市：國立編譯館，2007年7月），頁267-268。

為吃飯問題而生的。[29]

所謂饑寒起盜心，在物價高漲又失業無依的情況下，社會治安的敗壞是可以想見的。賴惠川在〈夭壽〉、〈賊仔〉二詩中（俱見《續悶紅墨屑》，頁721），就對當時小偷橫行的情景進行了描繪。這也是國民政府在接收台灣的初期，許多政策施行不當所衍生的社會亂象。

3 二二八事件

一九四七年二月二十七日傍晚，一位婦人林江邁，販賣私菸被緝私員抓到，雙方衝突中林婦流血昏倒，旁觀民眾陳文溪被槍擊中，治療無效後死亡。這件事情引發民眾的不滿，終於引爆全台灣各地的抗爭。抗爭活動展開後，政府無情地鎮壓，殺害抗爭的民眾，同時還禍連無辜，許多未參與抗爭的民眾以及社會菁英，也無端遭波及而失去性命，這就是二二八事件，一段台灣人無限悲痛的歷史。關於二二八事件的起因、過程、影響與相關的檢討，從民國八十年之後，政府已陸陸續續透過各種方式進行調查研究，撰寫了很多相關報告。此外，民間學者也做了很多相關的研究與論述，今天要了解二二八事件的相關內容，已有相當豐富的資料可供查考。

二二八事件的發生，對台灣社會造成重大的影響，除了事件發生時的殺戮，造成無數民眾死亡外，台灣很多知識份子也因此被株連，造成台灣社會菁英的斷層，對於社會以至於國家的進步形成莫大的阻礙。此外，隨後一連串的「清鄉」與「綏靖」行動，將台灣帶向一種無以言說的恐怖氛圍。台灣百姓對於統治者，在明哲保身的理念下，只能表現出更加卑微與順從的態度，但是內心對於掌權者的不滿與憤

---

29 轉引自李筱峰、林呈蓉編著：《台灣史》，頁255。

怒，卻是與日俱增，在政治的參與上也感到灰心與絕望，這非常不利
於民主政治的發展。

　　對於二二八事件的慘烈情況，許多文人都曾在作品中抒發傷痛。
廖振富在其〈與「二二八事件」相關之台灣古典詩析論——以詩人作
品集為討論範圍〉一文中，便蒐集當時親身經歷過二二八事件的台灣
本地作家，所創作的古典詩歌來進行分析討論，其中也有賴惠川的作
品〈丁亥除夕〉一詩：「冷雨尖風兩不勝，淒涼滋味一宵增。經年苦
恨龍鍾淚，付與傷心夜半燈。」[30]廖振富分析這首詩說：

> 「冷雨尖風」、長夜漫漫，何嘗不是台灣長期處在淒風苦雨黑暗
> 時代的隱喻？淒涼滋味，唯寒夜孤鐙能解，其傷痛何如，不言
> 可知。放在大時代的氛圍來觀察，詩題顯示乃二二八爆發當年
> 的除夕夜所寫，內容完全沒有「除夕詩」常見的對除舊佈新的
> 期許和歡樂，可見當時台灣社會籠罩在沉重肅殺的陰霾中。[31]

這種恐怖的氣氛，影響台灣文壇甚鉅，許多文人為了性命安危，選擇
擱筆不談，以免惹禍上身，即使像賴惠川以詩歌表達內心的苦痛，也
是點到為止，不敢過於直白。這是戰後初期，台灣社會的一個重大災
難，也是文人筆下一道鮮紅的印記。

---

30 賴惠川：《悶紅館全集・悶紅小草》（台北縣：龍文出版社，2006年5月），上冊，頁
　　40。
31 見廖振富：《臺灣古典文學的時代刻痕：從晚清到二二八》，頁317。

三 文學環境

（一）日治時期

1 日治前期的台灣傳統文學

在一九二〇年代台灣新文學崛起之前，台灣文學的發展，大抵仍沿襲清代文學的遺風，以傳統文學為大宗。葉石濤說：

> 從日本侵台到一九一三年前後的二十年間，舊文學仍然是台灣文學的主流。台灣本土人士繼承有悠久傳統的舊文學，以舊文學做教養的基本。而進入日本統治時代以後，因日本來台的官吏和其幕賓中懂詩文的不少，他們以推廣漢詩為治台一策，獎勵台人結詩社，擊缽吟體盛極一時。歷代總督又舉開饗老典和揚文會，跟本土詩人做漢詩的唱和，以便懷柔及籠絡舊士紳階層。……以一九二五年前後為例，全省詩社逾數百，每年舉辦全島大會而盛況空前。大多數詩作都過份雕琢，採用擊缽吟體，這無非是詩精神的墮落。[32]

由葉石濤這段話可以看出，日治初期台灣文學仍以明、清以來的傳統文學為主，再加上日本治台官員中懂傳統文學者不少，對於台灣傳統文學的發展也就採取包容，甚至是鼓勵的態度。此外，許多日本官員認為詩社的存在，可以做為政府籠絡文人士紳的手段；其餘像是「饗老典」和「揚文會」的設立，目的也是在此。由於詩社受到日本政府

---

[32] 葉石濤：《台灣文學史綱》（高雄市：春暉出版社，1993年9月），頁14-15。

的認可，所以日治時期傳統詩社的發展非常普遍，據黃美娥的統計，
當時全台詩社就有「三百七十個以上」[33]。傳統詩社的存在，成為舊
文人聚會與吟詩之處，其中多數是詩鐘與擊缽吟，其中又以擊缽吟的
創作最多。然而對於這種應酬唱和之作，許多學者文人是有所批判
的。例如葉石濤的說法中，批評它過份雕琢，是「詩精神的墮落」。
不過詩社在日治時期的發展，並不能只以負面角度來觀察，它仍然存
在著一些正面的功能。許俊雅說：

> 日據時期臺灣各地詩社的活動大同小異，他們定期集會聚會，
> 時有課題吟詩，及唱詩鐘、擊缽吟的活動，詩鐘做得較少，擊
> 缽吟的創作則較多。……日本據臺五十年中，臺灣人民得免被
> 日本同化的噩運，詩社與有功焉，尤其櫟社社員對於民族意識
> 的宣揚，厥功甚偉。雖然，詩社中有一些不肖之徒，藉此以趨
> 炎附勢，諂媚權貴，而為新文學運動者多方詬病，但揆其創社
> 苦心，及在往後發表中文幾不可能之際，詩社保存漢字、漢
> 詩，維護大漢天聲之功，實不可泯。[34]

從引文的說法可知，雖然有些文人是利用詩社、利用傳統文學來鋪排
富貴之路，但事實上也有文人透過詩社聚會的時機，來凝聚民族意
識，反抗日人的壓迫，並藉此傳承固有的漢學，文中所談的櫟社[35]，
就是一個典型的例子。因此，以今日的角度來回顧日治初期傳統文學

---

33 黃美娥：《古典臺灣：文學史・詩社・作家論》（台北市：國立編譯館，2007年7月），
　　頁50。

34 許俊雅：《臺灣文學散論》（台北市：文史哲出版社，1994年11月），頁109-110。

35 關於櫟社宣揚民族意識，抗拒日本政權，傳承固有漢學的貢獻，可參考廖振富〈台
　　灣與中國之間的徬徨：櫟社詩人作品中的祖國情結及其演變〉，見氏著：《臺灣古典
　　文學的時代刻痕：從晚清到二二八》，頁57-92。

與詩社的存在，實在是流弊有之，但其正面之功能與意義，亦不能完全抹煞，此利弊兼有的情形，固有其時代之因素使然。

　　雖然在一九二〇年代台灣新文學崛起之後，台灣傳統文學的發展受到諸多批評而勢力有減弱的跡象，但黃美娥認為：

> 雖然一九二〇年代以後舊文學面臨新文學挑戰，但因「詩人」社會身分普獲讚賞，以及日本官員、幕僚的鼓勵與肯定，詩學早已走入群眾生活，大眾化的結果，傳統詩人的數目未減反增，此由詩社大量成立於一九二一年至一九三七年間，可以略窺一二。[36]

由這段引文的說法可知，雖然一九二〇年代台灣新文學崛起之後，傳統文學不再居於文壇領導地位，但它的發展並未停止，在一九三七年漢文被日本政府禁止使用之前，台灣的詩社以至於傳統詩學，都還是生機勃勃的。也正因如此，賴惠川一直大量創作傳統詩歌，同時也參加許多詩社[37]；此外，許多傳統文人透過詩歌的創作，來表達反日、抗日的思想，這在賴惠川的竹枝詞裡，同樣有著鮮明的呈現。（詳見本書第九章第二節）可見賴惠川的竹枝詞寫作，與當時傳統文學的發展趨勢是有所關連的。

2 日治中晚期的台灣新文學

　　隨著時代的演變，國際局勢的發展也緊扣著台灣文人的心。一九一九年中國發生五四運動，台灣的文人明白要改變台灣的命運，必須懂得運用文學作品來喚醒人們的意識與思想，必須讓文學作品普及

---

36 黃美娥：《古典臺灣：文學史・詩社・作家論》，頁55。
37 賴惠川參加詩社的情況，詳見本章第三節「賴惠川生平的重要經歷」。

化，讓文學能深入普羅大眾的生活之中。於是文人開始思考使用白話
文寫作的可能性與必要性，台灣新文學的創作於是悄悄展開。陳芳明
曾針對台灣新文學的發展進行分期的工作，對於了解台灣新文學的發
展有提綱挈領之效，今本小節對於日治中晚期台灣新文學發展的說
明，將以陳芳明的分期方式與闡述內容為主要參考依據，再佐以其他
文獻來進行分析。就日治時期而言，台灣新文學的發展，陳芳明將之
分為三期，分別是啟蒙實驗期（1921-1931）、聯合陣線期（1931-
1937）、皇民運動期（1937-1945）。[38]以下且依陳氏分法進行論述：

（1）啟蒙實驗期（1921-1931）

　　所謂啟蒙實驗期，陳芳明認為，這是台灣文人摸索語言運用與文
學形式的萌芽階段，也是文學附屬於政治運動的關鍵期。[39]之所以如
此，是因為當時世界風起雲湧，民族自決與自由民主的思潮不斷衝擊
著台灣的文人，為了在政治上尋求突破，就必須喚醒百姓的自覺，此
時文學作品似乎可以成為媒介，透過文學作品來寄託思想，進而教育
廣大的民眾。然而過去的文言文作品，多數的民眾無法閱讀，這樣便
會阻礙以文學影響普羅大眾的目標。在這樣的一個關卡裡，中國的五
四運動提出語文改革的主張，胡適的「文學改良芻議」，便是否定傳
統文學，主張以白話文創造新文學。台灣的白話文運動，也是在這種
氛圍的刺激下產生的。蔡培火在一九二〇年發行了中日文並用的雜誌
《台灣青年》，刊行的宗旨在於建立台灣的新思想、新文化，同時也
鼓吹反日的思想。當時陳端明曾在雜誌中發表〈日用文鼓吹論〉[40]，

---

38 詳見陳芳明：《台灣新文學史》（台北市：聯經出版公司，2011年12月），頁30。
39 見陳芳明：《台灣新文學史》，頁31。
40 一九二一年十二月十五日發表於《臺灣青年》（台北市：東方文化書局複刊本，1973
　　年），3卷6號，頁31-34。

文章是以白話文書寫，內容則是主張以日用文（即白話文）來改革文學。這篇文章，對於啟蒙實驗期的台灣新文學運動，實有引導的作用，不過論點最激烈，訴求最直接的，當屬堅持以中國白話文建立台灣新文學的張我軍。他在一九二四年發表〈致台灣青年的一封信〉[41]、〈糟糕的台灣文學界〉[42]、一九二五年發表〈請合力拆下這座敗草叢中的破舊殿堂〉[43]，其他還有多篇抨擊舊文學的文章。他追尋著胡適的腳步，希望以中國白話文來進行寫作，並且對文言文系統的台灣傳統文學，進行了嚴厲的批判。

在張我軍以及其他新文學人士的批評下，傳統文人也做出反擊，一場新舊文學之爭於焉展開。例如悶葫蘆生〈新文學之商榷〉[44]、鄭軍我〈致張我軍一郎書〉[45]……等文章，便對新文學提出批評與反駁。這場論爭揭開序幕後，持續的時間很久，翁聖峯曾就日治時期新舊文學的論爭，做了非常有系統且縝密的研究，他針對論爭的過程分為「論爭激烈前期」（1920-1923）、「論爭激烈期」（1924-1926）、「一般論爭期」（1927-1931）、「論爭後期」（1932-1937）、「戰爭體制時期新舊文學論爭前期」（1938-1939）、「戰爭體制時期新舊文學論爭後期」（1940-1942）。[46]若依翁氏的分法，整個台灣新文學的啟蒙實驗期

---

41 一九二四年四月二十一日發表於《臺灣民報》（台北市：東方文化書局複刊本，1974年），二卷七號，頁10。

42 一九二四年十一月二十一日發表於《臺灣民報》二卷二四號，頁6-7。

43 一九二五年一月一日發表於《臺灣民報》三卷一號，頁5-7。

44 一九二五年一月五日發表於《臺灣日日新報》，四版。見「台灣日日新資料庫」（1898.05.06-1944.03.31），網址：http://tbmc-2.nlpi.edu.tw.eproxy.nlpi.edu.tw:2048/Libo Pub.dll?Search/

45 一九二五年一月二十九日發表於《臺南新報》五版。收錄於吳青霞主編：《臺南新報》（台南市：臺灣史博館，2009年6月），第42冊，頁257。

46 詳見翁聖峯：《日據時期臺灣新舊文學論爭新探》（台北市：五南圖書出版公司，2007年1月），頁82-218。

（1921-1931），涵蓋了新舊文學「論爭激烈前期」、「論爭激烈期」、「一般論爭期」，可以說日治時代的新舊文學論爭[47]，這個時期是一個非常重要的階段。

　　在台灣新文學啟蒙實驗期中，支持改革文言文者，他們對於寫作語言的選擇，並非只提及中國白話文，當時蔡培火曾主張使用羅馬字，而連溫卿主張使用台灣話文（見其〈言語之社會性質〉[48]一文）。他們對於語言的改革與選擇，透露出這個時期台灣新文學的發展，還只是處於萌芽的基礎階段。

（2）聯合陣線期（1931-1937）

　　對於聯合陣線時期，陳芳明認為，此時台灣新文學的發展重點有三項，分別是鄉土文學論戰、文學組織的產生、文學雜誌的獨立發行。[49]所謂鄉土文學論戰，它的核心議題有兩個，陳芳明說：

47　關於日治時期新舊文學的論爭，除了前揭翁聖峯的著作外，尚有多篇著作可以提供參考。如施懿琳〈日治時期新舊文學論戰的再觀察——兼論其對古典詩壇的影響〉，見氏著：《從沈光文到賴和——台灣古典文學的發展與特色》（高雄市：春暉出版社，2000年6月），頁229-269；葉連鵬〈重讀日據時期台灣新舊文學論戰——起因、過程與結果的再思考〉，《臺灣文學學報》第2期（2001年2月），頁33-66；黃美娥〈對立與協力——新舊文學論戰中傳統文人的典律反省及文化思維（一九二四—一九四二）〉，見氏著：《重層現代性鏡像：日治時代臺灣傳統文人的文化視域與文學想像》（台北市：麥田出版公司，2004年12月），頁81-142；賴松輝〈「文學進化論」、「反動進化論」與臺灣新舊文學的演進〉，《臺灣文學研究學報》第3期（2006年10月），頁217-248；劉恆興〈兩端之間——論一九二〇年代張我軍新舊文學意識與文化民族認同〉，《漢學研究》第27卷第2期（2009年6月），頁333-364；王文仁〈新舊變革與文學典律——張我軍與胡適的文學革命行動〉，《東吳中文學報》第20期（2010年11月），頁191-218。以上論文，都能提供相當程度的參考資訊。

48　一九二四年十月一日發表於《臺灣民報》第二卷一九號，頁數13-14。

49　詳見陳芳明：《台灣新文學史》，頁32。

整個論爭的過程都牽涉到兩個問題，一是文學該為誰而寫，一
是文學應該使用何種語言來寫。這兩個問題是互為表裡的，台
灣文學如果是為大眾而寫，則創作的語言應該是使用大眾所能
接受的。這些問題都可涵蓋在「鄉土文學」與「台灣話文」這
兩個範疇來理解。[50]

從上述引文可知，鄉土文學論戰主要想釐清兩個問題：一是文學該為
誰而寫？二是文學應該使用何種語言來寫？對此，在一九三〇年八
月，黃石輝發表了一篇〈怎樣不提倡鄉土文學〉[51]。他在文中強調，
我們是台灣人，生活接觸的都是台灣的事物，口中說的都是「台灣的
語言」，所以我們應該用心地書寫「台灣的文學」。黃石輝將「台灣的
文學」與「鄉土文學」等同觀之，重點在於強調作品中所呈現台灣事
物，以及台灣的語言，表示這種文學是與廣大的民眾結合在一起的。
既然要以廣大的勞苦民眾為對象來寫文學作品，那麼他所謂使用「台
灣的語言」，指的必定是台灣大眾所能理解與使用的語言，那就是所
謂的台灣話文。因此黃石輝又在一九三一年七月時，發表一篇〈再談
鄉土文學〉[52]，鼓勵作家要建設「台灣白話文」。對於黃石輝的說法，
郭秋生是十分認同的，所以他在〈建設「臺灣話文」一提案〉的文章
裡，強調文人應該從普羅大眾的生活中去找創作的語言，亦即創作要
使用台灣百姓的口語，亦即台灣的白話文。所以文章中說：「當面的
工作，要把歌謠及民歌，照吾輩所定的原則整理整理。」所謂「歌謠

---

50 陳芳明：《台灣新文學史》，頁99。

51 原刊載於《伍人報》九至一一號（1930年8月16日至9月1日），後亦收錄於〔日〕中
　島利郎編：《一九三〇年代台灣鄉土文學論戰資料彙編》（高雄市：春暉出版社，
　2003年3月），頁1-6。

52 此文原於一九三一年七月二十四日發表在《臺灣新聞》，後亦收錄於〔日〕中島利
　郎編：《一九三〇年代台灣鄉土文學論戰資料彙編》，頁53-64。

及民歌」，指的就是百姓的生活口語，就是台灣的白話文。當文學能
以此種語言創作，那麼「所有的文盲兄弟姊妹，隨工餘的閒暇儘可慰
安，也儘可識字，也儘可做起家庭教師。」[53]郭秋生希望文人能以台
灣百姓的日常語言，亦即台灣的白話文來寫作，能夠寫出讓普羅大眾
都懂，都能閱讀的文學作品，這種觀點與黃石輝提倡鄉土文學的說
法，正好相互闡發。至於他談到要整理「歌謠及民歌」，這牽涉到的
就是民間文學的採集運動[54]，由於民間文學是活在百姓口頭上的文
學，其傳達媒介是百姓生活的口語，因此採集民間文學做為鄉土文學
的寫作材料，使用的都是台灣話文，本質上是相得益彰的。

　　黃石輝所提的鄉土文學，強調文學該為普羅大眾而寫，應該使用
百姓都能懂的白話文進行創作。這種觀點跟一九二〇年代以來，張我
軍等推動台灣新文學的人看法一樣，其中的差異點就在於語言的選擇
與使用。張我軍等人提倡的白話文，與胡適一樣，是以中國白話文為
主；但對廣大的台灣勞動人民而言，中國白話文等於是另一種「貴族
文學」[55]，一樣看不懂，所以黃石輝、郭秋生所提倡的台灣白話文，

---

53 上述郭秋生對建設臺灣話文的觀點，詳見其〈建設「臺灣話文」一提案（上）〉，一
　　九三一年八月二十九日發表於《臺灣新民報》（台北市：東方文化書局複刊本，
　　1974年）三七九號；〈建設「臺灣話文」一提案（下）〉，一九三一年九月七日發表
　　於《臺灣新民報》三八〇號（台北市：東方文化書局複刊本，1974年），11版。

54 一九三〇年代倡導鄉土文學運動的新文學家，提倡採集整理民間文學，以做為文學
　　寫作的材料，並藉以建構台灣文化的主體性。黃美娥認為，這種民間文學的採集運
　　動，其實早在一九二七年舊文人鄭坤五提出「臺灣國風」一詞時，就已經開始採集
　　臺灣山歌〈四季春〉等作品。這項舉動也帶動蕭永東、洪鐵濤等人在一九三〇年時，
　　於《三六九小報》上進行民間歌謠的採錄工作。所以新、舊文人在採集民間文學的
　　理念上，是存在著一種「協力」的現象。見氏著：《古典臺灣：文學史‧詩社‧作家
　　論》，頁47。

55 施懿琳對於某些台灣新文學倡導者，強調使用中國白話文進行書寫，認為「值得再
　　商榷」。她引用葉石濤的看法，認為對當時台灣廣大的勞動人民而言，北京話文
　　（中國白話文）的書寫，無異是另一種「貴族文學」，對於廣大的勞農階層幫助不
　　大。見氏著：《從沈光文到賴和──台灣古典文學的發展與特色》，頁260。

就是針對台灣百姓而推動的，這樣的台灣新文學，才能真正進入台灣
百姓的生活當中。對於黃石輝、郭秋生的觀點，贊成者有之，反對者
（支持中國白話文）亦有之。前者如鄭坤五、黃純青、李獻章、賴
和、許丙丁等人，後者如林克夫、朱點人、賴明弘等人，這就形成了
當時的鄉土文學論戰。這場論戰對於寫作語言的選用，雖然沒有形成
具體的共識，但是文人們對於作品應該為廣大的民眾服務，應該從現
實生活中找尋素材，是多數文人都予以認同的，也因此在「鄉土文
學」之外，還有所謂「大眾文學」的說法，這是此一時期台灣新文學
發展的一個重要成果。而這項成果，跟之前胡適、張我軍等人所引動
的新舊文學論爭，對許多的台灣文人，甚至包括賴惠川本人，都產生
了一定程度的影響。例如賴惠川在其〈續悶紅墨屑序〉一文中，自陳
他會在短短兩個月左右，以「新詩」為題，創作八百多首竹枝詞（指
《續悶紅墨屑》之作品），是因為看到「詩文之友社」一篇題為〈舊
詩是一條死路嗎？〉的報導，這篇報導，記載著胡適提倡以白話文創
作新詩，並批評舊詩是一條死路的內容。賴惠川的序文中，說他看到
這篇報導後，心中有所觸動，回家後便以「新詩」為題，將「新詩」
的寫作手法融入「舊詩」竹枝詞的創作中，而有《續悶紅墨屑》的產
生。這表示新舊文學的論爭，對賴惠川產生了創作上的影響。不過儘
管如此，賴惠川卻又不是完全照著胡適等人的路子走，他以台灣話文
閩南語（而非中國白話文）寫詩，並融入大量的俗諺、童謠，這個作
法顯然又與黃石輝、郭秋生所提倡的鄉土文學很像。[56]所以綜合來
說，不論是新舊文學論爭或鄉土文學論戰，對賴惠川應該都造成某種
程度的影響。因此，對於日治時期文學環境的探討，在研究賴惠川的
竹枝詞方面，確實提供了更多的視野與線索。

---

56 關於胡適及黃石輝等人的文學主張，對賴惠川竹枝詞創作所產生的影響，在本書第
　 三章第二節中，有更詳細的討論與分析。

　　除了鄉土文學論戰外，文學組織的產生與文學刊物的獨立發行，
也是這個時期的特色。在一九三一年之後，許多台灣文人因為受制於
日本政治上的壓迫，深深了解不團結無法成事，於是紛紛結盟，形成
一個個文藝團體，一起抒發理念，建立共同的價值目標；而他們的文
學作品，以及對於文學的理念和對國家發展的看法，就必須透過文學
刊物的發行來推廣宣揚，於是形成此一時期的文學發展特色。當時有
幾個比較知名的文學團體與文學刊物，例如一九三一年成立的南音
社，他們的刊物就叫《南音》（1932年創刊，白話文為主的刊物），社
中文人主要有黃春成、葉榮鐘、賴和、郭秋生、陳逢源、張煥珪、許
文逵、周定山、莊垂勝、吳春霖等人。這個文學社團，一方面關心國
家發展，希望透過文學盡到啟蒙社會的責任；一方面延續新舊文學論
爭，並鼓吹民間文學的整理與創造，就如其〈發刊詞〉所言：「還期
待牠能做個思想知識的交換機關，盡一點微力於文藝啟蒙運動。」[57]
《南音》一共發行十二期，不過第九號與十號合併，而且跟之後的第
十二號，都因刊登反日作品而遭日本政府查禁。

　　一九三二年在東京成立另一個文學團體——「臺灣藝術研究
會」，成員有張文環、巫永福、王白淵、林兌、吳坤煌、葉秋木、劉
捷、蘇維熊等人，發行的刊物為《福爾摩沙》（日文刊物）。這個團體
注重民間歌謠、傳說等口傳藝術的整理；在作品的創作上，重視內心
思想情感的表達，希望能寫出具有台灣風味的新文藝。

　　一九三四年，有兩重要的文學團體成立，首先是「臺灣文藝協
會」。重要成員有廖漢臣、郭秋生、朱點人、林克夫、蔡德音、黃啟

---

57 詳見奇（葉榮鐘）：〈南音發刊詞〉，原載於《南音》創刊號（1932年1月1日）。後亦
　　收錄於李南衡編校：《日據下台灣新文學　明集5：文獻資料選集》（台北市：明潭出
　　版社，1979年3月），頁116-118。此外，關於南音社的文學理念，亦可參考張桂華
　　〈苦悶時代下的文學：一九三二年「南音」的文學訴求〉（台南市：國立成功大學
　　歷史系碩士論文，2000年6月）。

瑞、黃得時、王詩琅、廖毓文等人，所發行的刊物為《先發部隊》
（後更名《第一線》，白話文、日文混合之刊物）。這個文學社團，一
方面強調文學應走大眾化路線，要親近民眾；另一方面，則講求創作
的技巧，尤其朱點人的作品，受到大家普遍的肯定。陳芳明說：「朱
點人的出現，證明台灣小說的發展已進入成熟的階段。」[58]

　　另一文學團體是「臺灣文藝聯盟」，透過賴明弘等人的奔波聯
繫，共有八十多位作家，在一九三四年五月份齊聚於台中，成立了
「臺灣文藝聯盟」。這個團體是當時規模最大的文學組織，當中有南
音社、臺灣藝術研究會、臺灣文藝協會的成員，也有楊逵、吳新榮等
新作家加入，當時由於賴和的再三推辭，最後由張深切擔任常務委員
長。在當年的十一月，這個團體的文學刊物「臺灣文藝」就誕生了。
這份雜誌分為漢文與日文兩部分，文體則有詩、小說、隨筆、評論。
關於這個文學團體及其刊物的發行理念，葉石濤的評論是：

　　　　並沒有強烈的主張，因為是如此，得以把全島藝術主張不同、
　　　　意識形態不同的作家熔於一爐。也由於缺乏明確的立場，所以
　　　　這本刊物呈現著作家與讀者混淆不清，好像是個大雜燴。不
　　　　過，這份刊物也並非沒有色彩的。賴明弘後來寫道：「進步的
　　　　台灣政治運動被摧殘、被壓迫的零落無聲，呈現著一片蕭條景
　　　　象，這使台灣知識份子必然的要找出路。……」「文聯團結了
　　　　作家，團結了知識份子，更溶化所有反封建、反統治的，富有
　　　　民族意識的台灣文化人於一爐，展開了提高文學和文化水準的
　　　　工作。」[59]

58　陳芳明：《台灣新文學史》，頁119。
59　葉石濤：《台灣文學史綱》，頁40。

透過這段評論，可以明白臺灣文藝聯盟本身，除了因為反政治壓迫，想藉由文人的團結來提倡新文學，以提高文學與文化的水準外，基本上並沒有強烈而深刻的文學主張。不過儘管如此，人數的眾多仍然發展出不同的意見與路線來，以楊逵為首的文人，強調文學應反映勞苦民眾的生活，以普羅大眾為對象而寫；張深切這一派的文人，則認為楊逵是過度側重無產階級，是含有階級立場的，他認為文學不必強調階級立場，只需要將台灣的風俗民情、氣候環境、歷史文化加以分析表現即可，這種觀點強調的是一種民族的立場。[60]也因為這種路線與觀點的歧異，導致後來楊逵離開臺灣文藝聯盟，另外成立臺灣新文學社。綜觀臺灣文藝聯盟成立後的具體成果，確實造就了許多優異的作家，楊逵、呂赫若、王詩琅、張文環、翁鬧等人的優秀作品，當時陸陸續續發表於《臺灣文藝》中；吳新榮、郭水潭等鹽份地帶文學作家，作品也正式發表在這份刊物中，鹽份地帶成為一個新的台灣文學名詞。因此，臺灣文藝聯盟的成立與運作，對於台灣新文學的發展，有其一定的貢獻。

　　最後筆者想介紹自臺灣文藝聯盟脫離出來的楊逵，他在一九三五年於台中成立「臺灣新文學社」。這個社團的刊物名稱是《臺灣新文學》（漢文、日文並行），共發行十五期，另外有《新文學月報》二期，刊物的運作人員有楊逵、賴和、楊守愚、吳新榮、郭水潭、王登山、賴明弘、賴慶、葉榮鐘、黃病夫、李禎祥，以及日人作家藤原泉三郎、高橋正雄、藤野雄士等人。在一九三七年四月時，日本政府全

---

60 關於楊逵與張深切的路線之爭，游勝冠認為絕非只是「階級」立場與「民族」立場的對立而已，這其中牽涉到張深切等資產階級作家，默認日本法西斯主義正當性的結果，在文學上則呈現為作品不涉入政治的純文學論。詳見氏著：〈「轉向」及藝術派反動的純文學論——台灣文藝聯盟路線之爭〉，《台灣文學研究學報》，第11期（2010年10月），頁257-294。

面禁用漢文，這份刊物也就停刊了。楊逵重視勞苦大眾的文學理念，很具體地呈現在這份刊物中，除了台灣文人的作品外，還介紹中國、日本、蘇俄等國的文人，有關於現實主義的文學作品，其企圖心與視野，頗值得肯定。

（3）皇民運動期（1937-1945）

在一九三七年到一九四五年的戰爭期間，台灣的局勢跟著風起雲湧，陳芳明認為，此時文學的發展可分成兩個階段：第一階段是一九三七年至一九四一年，這是「作家不能發聲的時期」；一九四一年至一九四五年，這是「作家不能沉默的時期」。[61]前一個階段，由於日本準備進行侵華戰爭，台灣總督府下令禁止使用漢文，報紙雜誌不可再有漢文作品，文人只能以日文寫作，而且對於作品內容思想的管制益趨嚴格，讓文人的創作迅速萎縮，此時《臺灣文藝》與《臺灣新文學》等刊物，也相繼被停刊，李文卿稱此一階段，是台灣文壇的「文藝空白期」[62]。這個時期台灣文學發展異常蕭條，直至一九四○年以日籍作家西川滿為首的「臺灣文藝家協會」，以及張文環、黃得時等台籍文人為主的啟文社的出現，文壇才重現生機。前者發行的刊物為《文藝臺灣》，後者發行的刊物則是《臺灣文學》。根據李文卿的分析，「臺灣文藝家協會」的作品，走的是西川滿浪漫主義的文風，內容是以「台灣記事為主軸，並透過異國情調的經營為創作的基調」；至於啟文社，則是「以寫實的手法表現台灣社會的風土習俗與民情」。[63]

---

61 陳芳明：《台灣新文學史》，頁158。

62 李文卿：《想像帝國──戰爭時期的台灣新文學》（台南市：國立台灣文學館，2012年10月），頁34。

63 詳見李文卿：《想像帝國──戰爭時期的台灣新文學》，頁76。

　　到了第二個階段（1941-1945），由於皇民化運動的實施，台灣人在生活上的各種文化與制度，都被要求要日本化，台灣人被要求要成為真正的日本國民，要真心為日本天皇效忠，此時文學被當成政治宣傳的工具，文人被迫要替日本政府發聲，在一九四一年太平洋戰爭爆發之後，情況更是嚴重，此時文人連沉默的自由都沒有，必須努力地為國政宣傳。一九四一年時，台灣總督府底下成立了一個「皇民奉公會」，這個組織控制報紙、雜誌、戲劇、電影等傳播品，對台灣人民進行思想控制，台灣作家也被納入組織中進行管理。一九四三年台灣總督府又成立「臺灣文學奉公會」，主要的工作就是透過文學來宣揚皇民精神與日本國策，以協助日本對外的戰爭，其於皇民文學的要求更是積極。在日本政府強力的鼓吹與要求下，台灣作家不可免的也書寫了許多皇民文學，例如陳火泉的〈道〉、〈張老師〉，周金波的〈志願兵〉，王昶雄的〈奔流〉，都是非常具有代表性的作品。當年的十一月，總督府再以臺灣文學奉公會的名義，於台北公會堂舉行「臺灣決戰文學會議」，會中以西川滿為首的「臺灣文藝家協會」，以及台籍作家為首的啟文社，被要求合併，且須在戰爭立場上表態，宣示對日本政府的效忠。在會議之後，《文藝臺灣》與《臺灣文學》這兩份刊物也先後停刊，接著再合併成《臺灣文藝》發行。

　　《臺灣文藝》這份刊物，在一九四四年五月創刊，是由臺灣文學奉公會所主導創立的，政府黑手介入文學刊物的情況，赤裸裸地攤在眼前，其中幾個戰爭特輯的刊載，道出文學為政治服務的無奈，也道出皇民文學的特殊屬性。例如一卷五號的「因應戰果之道」、一卷六號的「獻給神風特別攻擊隊」……等等，這些都是失去作家自主靈魂的作品。這份刊物在一九四五年元月出版最後一期，皇民化文學也跟著走向結束。[64]

---

64 上述皇民運動期的文學發展，可詳閱陳芳明：《台灣新文學史》，頁180-187。

　　小結：綜觀上述，整個日治時期的台灣文學，除了皇民運動時期，因為受到極端政治力量的壓迫，而必須配合日本政府進行政治的宣傳外，其餘幾個時期的文學發展，不論是傳統文學或是新文學，都能看到許多文人用心書寫台灣的風土民情和歷史文化，或是為了台灣百姓的生活權利、尊嚴與民族意識發出呼喊，展現出反日的思想（如櫟社詩人）；或者強調民間文學（俗諺、歌謠、傳說……）的採集與整理（如南音社文人）；或者強調文學應關懷勞苦的群眾（如臺灣新文學社作家）。這樣的文學理念與內涵，在賴惠川的竹枝詞裡，也有非常鮮明的表現。他一方面描寫台灣的風俗、民情與文化，一方面對於日人的暴虐與偏私，以如椽的健筆進行揭露和批判，反映勞苦大眾的悲慘生活（詳見本書第九章第二節）；同時他也採集俗諺、童謠等民間文學，化入竹枝詞的創作中，讓竹枝詞成為普羅大眾都可以接受的文學。可見賴惠川的竹枝詞，與時代的文學脈動是相結合的，其作品的思想靈魂，與當時許許多多的台灣文人是默默交流的。

3　戰後初期的反共文學

　　賴惠川在一九六二年去世，而其《續悶紅墨屑》則完成於一九六一年。若以一九六一年作為本文在戰後文學環境介紹上的終止點，則自一九四五年國民政府接收台灣開始，至一九六一年止，此一時期的台灣文學，大抵是「反共文學」的時代。

　　在一九四五年日本撤出台灣後，國民政府隨即接收台灣。當時台灣最高行政首長陳儀，對台灣的統治相當專權，一九四六年四月成立了「國語普及委員會」，當年十月即推出禁用日文的政策。此一政策對於台灣作家而言，當然是非常嚴重的衝擊，經過日本五十年的統治，尤其皇民化運動後，許多作家已習慣用日文寫作，就如鹽分地帶作家吳新榮所言：

　　日本國的擴張即意味著日語的氾濫，以我這小小的個人的城堡
來說，要防備這種氾濫是不可能的。正如同我在生活中使用日
語這件事實一樣，以日文來寫日記，亦是極為自然的事。想一
想，我打從一出生就已經是日本統治下的人，而前半生完全是
接受日語的教育，此極為重大的事實，令我說的是日語，並以
日文書寫。[65]

　　引文中所談到的情況，是當時多數台灣文人共同的寫照。然而在政權
更迭後，國民政府又以政治力強推國語（中文），並廢止日文，讓這
些熟悉日文，但卻對中文陌生的作家，突然間不知如何運筆，除了少
數文人還繼續從事文學活動外，大部分台灣作家是處於寫作停頓的狀
態。誠如余昭玟所言：「自從一九四六年《中華日報》日文版「文藝
欄」停刊以來，大多數的日文作家不得不放棄文學創作。」[66]不想放
棄創作者，多數也只能跳脫主流，而以日語繼續創作，「成為台灣文
壇的邊緣人」[67]。

　　在這種語言障礙造成台籍文人寫作趨於沉寂的時候，檯面上比較
活躍的文學社團，當屬「臺灣文化協進會」。這個社團成立於一九四
六年，其發行的刊物名為《臺灣文化》。這個學社團的成員，包含台
灣本土的文人與知識份子，如林獻堂、林茂生，吳春霖、蘇新……等
人；也包括國民政府來台的官員，如行政長官公署的范壽康、林紫貴
等人，所以這是一個半官方、半民間的文學團體。它的任務主要有兩

65　收錄於張良澤編：《吳新榮日記全集2》（台南市：國立台灣文學館，2007年11月），
　　頁181-182。
66　余昭玟：《從邊緣發聲——台灣五、六〇年代崛起的省籍作家群》（台南市：國立台
　　灣文學館，2012年10月），頁97。
67　見余昭玟：《從邊緣發聲——台灣五、六〇年代崛起的省籍作家群》，頁98。

項：一是將中國化的文化政策，在台灣知識份子的階層中推動，所以它經常舉辦文化講座、座談會等活動；另一項任務，是與外省籍作家進行合作交流，當時在其刊物《臺灣文化》中發表文章者，台籍作家有吳新榮、楊守愚、呂赫若、黃得時、廖漢臣、……等，外省籍作家則有臺靜農、李霽野、袁珂、許壽裳、雷石榆、……等。不過這個文學團體的交流與活動，在二二八事件發生後，亦告終止。

一九四七年二月，台灣因為國民政府政策的失當、中台文化上的差異，以及社會長期的混亂與民怨，最後藉著查緝賣私菸老婦的事件引爆開來，而爆發所謂的二二八事件。當時民眾大規模的示威與抗爭，引來國民政府無情的血腥鎮壓，許多無辜的民眾與知識份子都慘遭毒手。若遇有知識份子提出改革訴求時，往往被國民政府以判亂罪名殺害，許多文人不敢出聲，擔心受到牽連。而事實上，許多台灣文人確實受到壓迫與傷害。例如蘇新逃到了香港；張文環則躲在山中，並且停止創作；吳新榮則遭到通緝、監禁。面對殘酷的政治壓迫，再加上廢止日文的衝擊，台籍作家很多選擇封筆，台灣文學此時進入一個停頓的狀態。

一九四九年國民黨中央宣傳部代理部長任卓宣來台，開始進行一連串的反共文化政策。他們透過政治力量的強力介入，在文藝政策上，從民間以及軍中開始推動反共文學。首先，民間方面在一九五〇年成立了「中華文藝獎金委員會」，獎勵的對象是撰寫反共文學的作家。此外，當時有一百多位作家組成「中國文藝協會」，這個協會主要是推動反共文學，協助政府反共抗俄，希望能重回大陸建國。關於這個協會的組織性質，陳康芬認為：

因為組織核心運作幹部本身多數與國民黨高層有極深厚淵源，所以「中國文藝協會」表面上是屬於民間文人所成立的文學團

體，實際運作過程卻可以視之為由國民黨主導。[68]

這個協會的組織性質既是如此，功能又在於協助政府進行反共宣傳，當時的外省籍作家幾乎都參與其中，不過台籍作家加入者卻很少。陳芳明談到這個現象說：

> 以一九六○年的統計數字而言，文協的會員共有一千二百九十人，其中台籍作家僅有五十八人。……這不僅是因為台籍作家的歷史經驗、政治經驗與大陸作家有所歧異，另一主要原因在於台籍作家的語言能力，全然不能與大陸作家比擬。更為重要的是，台灣人的政治地位完全處在權力核心與決策核心之外，根本沒有絲毫的發言權。[69]

由這段引文可以看出，「中國文藝協會」大抵屬於外省作家的文學社團，台籍作家比例極低，可謂聊備一格罷了。這箇中原因，就如陳芳明的分析，與當時的政治氛圍以及台籍作家不熟悉中國白話文有關。從一九五○年至一九六○年，可說是這個協會最活躍的時候，除了協會本身有一份名為《文藝創作》的刊物外，在政府力量的支持下，協會成員占有當時文學生產的龐大資源，許多協會的作家本身掌控了出版社，或是擔任文學刊物主持人，抑或是文學媒體主編。陳康芬認為這種「文學社群分配資源的獨占性」，是這個協會「所以成為當時主要的文壇新興勢力，並迅速取代日治時代台灣文壇的原因之一。」[70]

---

68 陳康芬：《斷裂與生成——台灣五○年代的反共/戰鬥文藝》（台南市：國立台灣文學館，2012年10月），頁33。

69 陳芳明：《台灣新文學史》，頁269-270。

70 陳康芬：《斷裂與生成——台灣五○年代的反共/戰鬥文藝》，頁33。

不過由於反共文學的內容極為教條，可謂貧乏且空洞，人們很快就產生排斥感。[71]蔣介石於是在一九五五年提出「戰鬥文藝」的口號，希望拉抬反共文學的氣勢。此時軍中作家受到高度重視，其刊物也由《軍中文藝》改為《革命文藝》。中國文藝協會的王夢鷗、王平陵、李辰冬、梁容若、謝冰瑩、蘇雪林、郭嗣汾、王集叢……等人，也都出任這份刊物的編委。

除了上述兩個文學團體外，在一九五〇年代，另外還有「中國青年寫作協會」（刊物為《幼獅文藝》），以及「臺灣省婦女寫作協會」兩個文學團體。這兩個團體基本上也都是為了宣傳反共文學而設立的；不過「臺灣省婦女寫作協會」的女性作家，在書寫上終究還是與男性作家有些差異，她們雖然也協助推廣反共文學，但她們的筆觸卻往往較為細膩，也容易將生活的細微瑣事帶入作品中，讓作品呈現與男性作家不同的風格，反共文學的政治風味，因此產生若干超離與質變。這種女性作家所帶來的超離與質變，在一九五〇年代中期之後，與其他的文學新興力量會合，讓台灣文學逐漸脫離反共文學的桎梏。當時代表自由主義傳統的雜誌－《自由中國》，由聶華苓接任文藝欄的主編，她開始大量採用女性作家（如孟瑤、琦君、張秀亞、林海音、……）的作品，這些作品的風格，與反共文學有鮮明的差異性。王鈺婷表示：

> 這群女作家在《自由中國‧文藝欄》中，並不以反共為唯一內

---

71 王鈺婷引用梅家玲的說法表示：「反共文藝往往以善惡／正邪二分法的模式，報仇雪恨的情節來控訴共匪的殘暴不仁。濫用二分法的思維，因而大量複製雷同化的敘事模式，使得文學想像略顯粗糙與簡化。」此外又引用張道藩的看法說：「反共文學發展不到五年間，即對讀者失去吸引力，主要在於所生產出來的作品不具有新鮮感。」見王鈺婷：《女聲合唱——戰後台灣女性作家的崛起》（台南市：國立台灣文學館，2012年12月），頁39。

涵，而是隱含其他值得關注的面向。其中林海音、琦君、艾文與童真等人的作品，深入探析社會底層與弱勢族群，也與《自由中國》濃厚的在野色彩密不可分，在對自由主義精神傳承的意義上，無疑是重要且值得關注的。[72]

除了《自由中國》這群女作家的自由主義思潮外，由紀弦領軍的「現代派」，洛夫、張默為首的「創世紀詩社」，覃子豪為主的「藍星詩社」，他們帶動台灣現代主義的詩風，他們對板滯的反共文學表達抗拒。至於台籍作家方面，鍾肇政與陳火泉、鍾理和、李榮春、施翠峰、廖清秀、文心等人（後來又加入楊紫江、許山木），發行了《文友通訊》，做為交流的平台。這份刊物報導社員間彼此的動態，同時也評論彼此的作品，有時也評論社外作家的作品。這些台籍作家的文章，關心台灣本土的歷史文化與風土民情，展現濃厚的本土主義[73]，與反共文學明顯不同。這些訊息告訴我們，反共文學／戰鬥文藝在一九五〇年代後期，雖然有軍方力量的協助，能夠繼續維持，甚至在一九六五年「國軍新文藝運動」時達到高峰，但在民間的文學場域中已逐漸消弱，代之而起的，是自由主義、現代主義與本土主義的文風。

　　小結： 從本節對台灣在日治時期與戰後初期的時代環境所做的分析可知，不論是政治環境、社會環境或文學環境，賴惠川許許多多的竹枝詞作品，筆端總是貼著時代環境的紋路而刻劃的，這從論述每一

---

72 王鈺婷：《女聲合唱——戰後台灣女性作家的崛起》，頁79。

73 所謂「本土主義」，陳建忠說：「都是由臺灣本土尋找出一種認同的『符號』，藉以凝聚民族想像的做法，這就是我們所謂『本土主義』思想的展現。」見氏著：〈差異的文學現代性經驗——日治時期臺灣小說史論（1895-1945）〉，收錄於胡金倫主編：《臺灣小說史論》（台北市：麥田出版公司，2007年3月），頁40。

類環境的過程中，所援引以作為印證的賴惠川詩作上，即可獲得充分的證明。涂公遂說：「在某一環境，當某一時代，它所產生的物質的與精神的文化總和，便反映在它的文學上。」[74]這個原理與現象，在賴惠川的竹枝詞作品中，可以得到極為適切的詮釋與闡發。賴惠川的竹枝詞反映了時代環境的變遷與起伏，許多時代與社會的景象，出現在他的作品中；他的創作理念與精神，也和同時代的文人有所暗合或交織。因此本節的論述，對於賴惠川竹枝詞的分析，將能提供更為多元的背景知識，更有利於作品的正確解讀。

第二節　賴惠川的家世背景

賴惠川家族在嘉義具有相當高的聲望，賴家在嘉義地區的經營及開枝散葉，與嘉義地區的發展過程有著密切的聯繫。江寶釵說：

> 賴家在嘉義地區三百年，其發展與嘉義地區之拓墾、社會之變遷，經常形成互文。這也就是說，賴家與嘉邑（義）的關係，正是臺灣地域發展史上，家族與地方之間密無可分的縮版。[75]

賴家在嘉義地區的經營，是受到社會各界肯定的，因此在包含《嘉義縣志》、《嘉義市志》、《嘉義市鄉土史料》、……等等諸多地方文獻中，對賴家人士都有相關的載述。這樣的家世背景，對賴惠川的人格養成、思想理念，以及文學創作都有很大的影響。本節對於賴惠川家世背景的介紹，將從其家族的世系傳承、功名仕進、家族倫理、經濟

---

74 涂公遂：《文學概論》（台北市：華正書局，1988年7月），頁184。
75 江寶釵：〈臺灣地方家族書寫的文學史意義：以嘉義賴家為例〉，《第七屆清代學術研討會論文集》（高雄市：中山大學中國文學系，2002年6月），上集，頁459-460。

事業、社會公益、文學事業等六方面進行論述，藉以了解其家世背景所帶給他的薰陶和影響。

一　世系傳承

　　根據賴彰能所編著「諸羅嘉義賴家歷世概況表」（家藏，未刊行，賴沈秀圭提供）的記載，賴家在台灣的第一世先祖為賴剛直（1692-1773），諱恂行，號斌來。渡海來台後，落籍在諸羅縣八掌溪崙仔頂（今嘉義縣中埔鄉和睦村），從事拓土墾殖的事業。二世是賴慶（1729-1815），繼續墾殖事業，並擔任崙仔頂庄董事。三世賴新喜（1779-1838），繼續墾殖事業，並擔任崙仔頂庄與公館庄董事。四世賴時輝（1819-1884），改農為商並遷居至諸羅城內的布街，後來參與戴潮春事變的防戍工作，接著又捐款賑濟甘、黔一帶，有功於朝廷，得賞戴藍翎，且獲同知職銜，而具有仕宦身分。之後他又興辦許多社會公益事業，在《嘉義縣志・人物志》中，被編入鄉賢。賴時輝生有五子，長子為五世賴世英（1849-1901），二十八歲補廩生，後因光緒十一年抵禦法軍有功，賞戴五品藍翎；次子賴世良（1852-1876），為廩生；三子賴世陳（1854-1877），補廩生；四子賴世觀（1857-1918），二十一歲補廩生，後因軍功獲五品頂戴，任訓導之職；五子賴世貞（1862-1890），為廩生。由於賴時輝的五個孩子都具有科舉功名，時人稱為「五子登科」，乃地方之美談。賴世英膝下有四子，分別是六世長子賴尚焜（1872-1906），以監生加六品銜，日治時期曾擔任嘉義西堡區長；次子賴尚文（1880-1933），為嘉義興產股份有限公司董事長，日治時期曾擔任嘉義街助役（嘉義街副首長）兼協議會會員；三子賴尚明（1883-1936），經營德春藥店；四子賴尚益（1887-1962），即賴惠川，為嘉義地區著名文學家，亦擔任嘉義縣文獻委員

會顧問；五子賴尚遜（1892-1944），台灣總督府醫學校畢業，嘉義德馨醫院院長；六子賴尚剛（1895-1963），擔任日本大貿易商三井商事株式會社大陸江蘇省高郵分店的台籍最高階幹部；七子賴尚和（1899-1967），日本京都帝大醫學博士，曾擔任樂生療養院院長。[76] 以上便是賴家開台先祖，至六世賴惠川輩之世系傳承。從這個世系的發展來看，從原先一至三世的農務拓墾，到四世賴時輝的從商致富，家中的經濟事業開始有了變化；再加上時輝因軍功與捐納得以仕進，家族遂轉為仕宦之門。此後五世世英等五兄弟，亦皆考取功名，仕宦門第的形象就更鮮明了。世英這一房再傳便是六世惠川這一輩了，其中有當官的，也有文人與醫生，在社會上都是受人敬重的職業。賴家在嘉義發展超過三百年時間，從各個世代的傳承來看，可說是嘉義廣為人知的名門望族。

二　功名仕進

　　賴家在台灣的經營，能夠發展茁壯重要的原因之一，是家族成員有多人皆具有科舉功名，有了科舉功名自然容易受到各方的注目與肯定，也容易擁有出仕為官之機會，家族的社會地位也跟著提升，對於家族各方面的發展都有實質的助益。就這方面而言，四世賴時輝本身雖未考取功名，但因參與民變事件平亂有功，加上又捐款賑濟甘、黔一帶，受朝廷肯定，得賞戴藍翎，且獲同知職銜，雖未功名及第，亦

---

76 以上賴家世系資料，參考著作有賴子清：《嘉義縣志・人物志》（嘉義縣：嘉義縣政府，1976年2月）；江寶釵主編：《嘉義賴家文學集》（嘉義縣：國立中正大學臺灣人文研究中心，2009年11月）；顏尚文、潘是輝：《嘉義賴家發展史》（南投縣：臺灣省文獻委員會，2000年5月）；臺灣省文獻委員會採集組：《嘉義市鄉土史料》（南投縣：臺灣省文獻委員會，1997年7月）；賴彰能編纂：《嘉義市志・人物志》（嘉義縣：嘉義市政府，2004年11月）。

具有仕宦之身分，家族的社會地位自然不同。時輝的五個孩子，在良好的教育環境下，皆考取科舉功名，家族的榮光更是顯達。

首先來看賴世英，字俊臣，號冠堂。他是時輝的長子，成親之前，曾兩度參與科舉考試，但皆未如願。他的功名直至成親生子後，才在同治年間開花結果。據《臺灣列紳傳》的記載，世英在同治辛未年考上秀才，光緒元年成為廩生。有了這等功名身分，再加上抵禦法軍，保衛地方有功，獲授忠憲大夫五品頂戴藍翎。到了日治時期，日本政府任命他為嘉義保良局佐官，明治三十一年時授佩紳章。[77]觀察賴世英的功名仕宦之路，在清朝時期即開始，雖然他不是一生都在官場度過，但這樣的官場資歷，已經讓家族的地位得到社會的認同。尤其到了日治時期，其身分仍為日本政府所重視，不但擔任地方官員，還授佩紳章，等於躋身名流社會之林。

時輝的次子賴世良，字少弼。清同治八年時，才十八歲，就已取進縣學。清同治十三年補優廩生。世良為人敦厚，詩文甚工，可惜天命不長，二十五歲即已離世。[78]

時輝三子為賴世陳，字卜五，號北塢。光緒元年時入泮，隔年以上等補廩生。光緒三年，年方二十四即辭世。[79]

時輝四子為賴世觀，字士仰，號東萊。據《臺灣列紳傳》的記載，世觀二十一歲已考取臺南府學庠生，二十三歲考上廩生，二十八歲時協辦嘉義團練總局，三十歲時對抗賊匪有功，賞五品職銜；三十二歲分發訓導；三十七歲時考取臺南府學歲貢生，分發儒學教職。[80]

時輝五子是賴世貞，字篤庵。二十歲時與兄長一起入泮，不久又

---

77 下村宏：《臺灣列紳傳》（台北市：臺灣總督府，大正五年四月），頁275。

78 詳見賴子清：《嘉義縣志·人物志》（嘉義縣：嘉義縣政府，1976年2月），頁65-66。

79 詳見賴子清：《嘉義縣志·人物志》，頁74-75。

80 下村宏：《臺灣列紳傳》，頁232-233。

以優等食廩膳。書法詩文俱佳，惜英年早世，光緒十六年即辭世，時方三十三歲。[81]

除了賴世英等五兄弟具有科舉功名的殊榮外，世英長子賴尚焜，亦有太學生加六品銜的身分。雖無緣於清朝出仕，但日治時期曾擔任嘉義廳西堡區長，亦具有行政官員的身分。至於世英次子賴尚文，在日治時期曾獲總督府頒授紳章，亦曾擔任協議會會員，以及連任嘉義街助役（輔助街長綜理政務之幕僚長）十年[82]，也算具有官員之身分。

從四世賴時輝到六世賴尚文等家族成員，時代跨及清領與日治時期，賴家或因科舉功名而仕進，或因軍功、捐納，乃至於士紳身分而獲得官職，都讓賴家的社會地位更形提升，家族的發展也產生更多的利基，對於培養家中後輩從事文學工作，也能提供更有利的環境。

三　家族倫理

賴世英為了凝聚家族向心力，並藉此建構家族倫理，曾編寫《嘉城賴仁記家譜》。家譜中除了說明編輯的體例外，還談到家譜的功能與家族應遵守的倫理規範。顏尚文談到賴世英所建構的家族倫理，為賴家所帶來的作用時說道：

> 家族倫理影響下，以讀書入仕、造福鄉里為主要傳統原則，不
> 斷的留學日本追求新知，或留在國內傳承固有傳統，而盡力參
> 與地方政治、社會、產業工作，在日治時期外國異族的殖民統
> 治下，在生於此邦，死於此土的故鄉，展開多元而正面的家族

---

81 詳見賴子清：《嘉義縣志·人物志》，頁111-112。

82 賴尚焜、賴尚文資料，詳見賴彰能：《嘉義市志·人物志》，頁40-42。

拓展工作。[83]

從這段引文可以了解，賴世英在《家譜》中所建構的家族倫理，深深影響了家族成員的人生目標與思想行為，也因此讓賴家得以順利在不同政權下綿延與發展。綜觀《家譜》中所談到的倫理規範，大致存於〈宜建宗祠論〉與〈家族法規〉中。前者提到「宗廟之地，禮樂之所從出也」、「孝弟揖讓之節」、「無操戈以入室」、「毋凌弱而欺貧」、「毋以貴而輕賤」、「長幼有序，尊卑有別」；至於後者，主要有「禁忤逆亂倫」、「禁親族爭訟」、「禁欺凌孤寡」、「禁瘠公肥私」、「禁怠惰參侈，治家以勤儉為本。」、「禁無故殺生」、「禁酷打婢女」。[84]以上這些家族倫理，對於家族成員的思想與行為，產生了具體的規範，賴家對內對外，特別重視孝道尊親、禮義情操、救濟貧困、愛惜生命等等的思維，與家族倫理的要求，是相互應合的。這些家族的倫理思想，也常見於賴惠川的竹枝詞中，例如〈家內〉、〈親恩〉二詩[85]，都是在提倡孝道；〈近世〉一詩（《悶紅墨屑》，頁344），批評媳婦忤逆亂倫；〈貪到〉一詩（《悶紅墨屑》，頁362）勸人不可恃強凌弱……等等，都與家族倫理的觀念相互吻合。

四　經濟事業

賴家的經濟事業，從一世祖賴斌來台開始。當時他落腳於諸羅縣八掌溪崙仔頂一帶，以務農為主，闢地開墾，維持生計。到了二世祖

---

83 顏尚文、潘是輝：《嘉義賴家發展史》，頁146。

84 〈宜建宗祠論〉與〈家族法規〉二文，收錄於江寶釵主編：《嘉義賴家文學集》，上冊，頁25-31。亦收錄於顏尚文、潘是輝：《嘉義賴家發展史》，頁168-169。

85 分見賴惠川《悶紅墨屑》，頁348、《續悶紅墨屑》，頁731。

賴慶與三世祖賴新喜時，也都是以務農為本業，家族所耕耘的土地愈來愈廣。然而到四世祖賴時輝時，卻易農為商，據顏尚文的說法，賴時輝在二十一歲時，就開起「德和藥店」，往來中國之間買賣藥材。他的作法是從台灣收購龍眼到大陸賣，回程時再買中藥材回台銷售。[86]如此雙向貿易，為他賺進豐厚的財富，也因為商業活動之需求，賴家此時也搬遷至嘉義城內的布街。有了財富之後，賴時輝更積極參與社會公益，以及經營官府間的關係，透過這種商業實力的影響，賴家在地方上逐漸成為名門望族。在五世賴世英接手後，雖然有科舉功名在身，但仍以經商和田產為主，並追隨其父時輝的腳步，熱心社會公益，因此廣受各界之敬重，賴家的聲勢，仍能維持相當之榮景。

從賴時輝到賴世英，賴家由農轉商，已得到可觀的成果。不過在賴世英之後，家族的事業形態，便隨著子孫繁衍而種類漸多。但舉其大者，主要仍是商業與醫藥為主。如賴世英長子尚焜，開設了德春藥房外，還與友人創設嘉義銀行，並數次前往大陸經商；次子賴尚文，是嘉義興產股份有限公司的董事長，商業實力雄厚；三子賴尚明，經營德春藥店；五子賴尚遜，台灣總督府醫學校畢業，擔任嘉義德馨醫院院長；六子賴尚剛，擔任日本大貿易商三井商事株式會社大陸江蘇省高郵分店的台籍最高階幹部；七子賴尚和，日本京都帝大醫學博士，曾擔任樂生療養院院長，及戰後台大醫學院教授。[87]在賴世英的七位男丁中，不是從商便是習醫，只有惠川是以文學為職志的傳統詩人。也因為家族的經濟事業是如此形態，所以在賴惠川的竹枝詞裡，有許多作品是針對醫生和商業活動的描寫。例如〈累萬〉（《悶紅墨屑》，頁347）一詩，談到當時商人倒閉潛逃的惡習；〈聽得〉（《續悶紅墨屑》，頁682）一詩，談到商場員工應對公司忠誠與認真，以上是

---

86 詳見顏尚文、潘是輝：《嘉義賴家發展史》，頁35-36。
87 資料詳見賴彰能：《嘉義市志‧人物志》，頁56。

和商業活動相關的作品。至於和醫藥相關的詩作，如〈望聞〉一詩（《續悶紅墨屑》，頁676），諷刺沒有真本事的中醫師，所開的藥是「奪命良劑」；〈聽診〉[88]一詩，諷刺醫生醫術不精，無法聽出女子潮熱之症。以上所援引的例詩，與醫療或商業活動皆息息相關，這類詩作還有不少，這是詩人家族的事業形態，影響作品寫作方向的最佳證明。

五　社會公益

在社會公益的推動與實踐上，長期以來是賴家立身處世的重要方向。這樣的家風，也深深影響著賴惠川，在賴惠川的竹枝詞裡，便有多首作品是提倡行善觀念的。事實上，這種重視社會公益的行善文化，早在三世祖賴新喜的身上，就已經看到了。在賴世英的《家譜》中，談到賴新喜「以儉救貧」[89]，便是一種救濟貧苦的行善精神。接著四世祖賴時輝，推動社會公益的行善事蹟，更是難以計數。《嘉義市志‧人物志》中，談到賴時輝設育嬰堂、設義倉、造府路、開北香湖、造永安橋、救火施藥等等的善行。[90]除此之外，還有捐款修建廟宇，如捐修平和廟、城隍廟、神農廟……等等；體恤農民，如凶年時減收佃農租金；賑濟災民，如福建省水災時，捐米六百石；體恤貧病，如其經營之德和藥舖，遇貧病則義務治療；設立義學，地點位於崙仔頂公館，免費教導當地子弟唸書；善後措施，如收埋平和廟後之無名骨骸；興設交通，如修造西南兩城門口之吊橋，以利行人往來。[91]

---

88 賴惠川：《悶紅館全集‧悶紅墨餘》（台北縣：龍文出版社，2006年5月，台灣先賢詩文集彙刊本），下冊，頁501。

89 收錄於顏尚文、潘是輝：《嘉義賴家發展史》，頁146。

90 賴彰能：《嘉義市志‧人物志》，頁34-35。

91 賴時輝興辦社會公益事業之相關資料，詳見顏尚文、潘是輝：《嘉義賴家發展史》，頁77-81。

賴時輝之後，賴世英亦子承父志，對於社會公益從不落人後，《嘉義市志・人物志》說他「熱心公益，賑捐救恤，從不後人，所費不可勝數。」[92]這種行善做公益的家風，一脈相承，在賴惠川的身上，也能夠看到如此的風範，如其竹枝詞〈君能〉、〈人生〉二詩[93]，都是強調行善的重要。此外，賴惠川也在其堂兄賴雨若創設的「壺仙義塾修養會」中，免費教導學生漢學，這與其祖父賴時輝創設義學之舉，可謂相互呼應。

六　文學事業

　　賴家的發展在四世賴時輝之後，就開始有文學事業的產生。在《嘉義縣志・人物志》中，被列入「文學」類的傳主，計有五世賴世英、賴世良、賴世陳、賴世觀，以及六世賴雨若；至於四世賴時輝、五世賴世貞，則分別被列入「鄉賢」與「藝術」。儘管賴時輝與賴世貞未被置於「文學」類中，但在江寶釵所編著的《嘉義賴家文學集》中，他們的文學作品仍然被收錄進去，這也意謂著他們即使不被界定為文人，但他們有從事文學的寫作，是一個不爭的事實。除了上述諸人的文學作品外，在《嘉義賴家文學集》中，還收有六世賴尚焜、賴尚文、賴尚遜、賴尚和、賴尚益（惠川）、賴雨若、賴子清的文學作品。其中除了賴惠川、賴雨若[94]、賴子清屬於文人外，其他或業商，或習醫，皆非文學界人士，然皆有文學作品傳世，足見其家族文風之鼎盛。

---

92 賴彰能：《嘉義市志・人物志》，頁56。

93 分見賴惠川：《悶紅墨屑》，頁358、《續悶紅墨屑》，頁681。

94 賴雨若本身雖被《嘉義縣志・人物志》列為「文學」類傳主，但他的主業是律師（日治時期稱為辯護士），所以算是半律師、半文人的身分。

　　從江寶釵《嘉義賴家文學集》進行觀察，除了賴惠川以外，賴家
各世成員現存的文學作品，就數量而言都不算多，其中賴尚焜、賴尚
文、賴尚和三人，都只收錄了兩首詩。[95]至於以文體來看，多數都是
詩歌和散文，賴尚遜則有詩、詞、對句、詩鐘、聯句[96]；賴雨若有
詩、詞、俗曲、對聯、聯句、散文[97]；賴子清有詩、詩鐘、聯句、散
文、詩話，這三人算是其中較為豐富多元的。[98]不過就整體面向來
看，賴家在文風的傳承上，賴惠川可說是集大成者，就文體來看，有
詩、詞、竹枝詞、國樂曲詞、對聯、詩鐘、散文等[99]；就數量而言，
不僅是家族之冠，《嘉義市志》更說他：「創作近五千餘首作品，數量
之豐富為當代台灣傳統文學作家之冠。」[100]因此賴家的文學事業，可
說是萌芽於四世賴時輝，歷經五世賴世英等五人的接續，再傳承到六
世賴惠川等人的身上，而終於藉著賴惠川的才華發揚光大。無怪乎張
李德和稱讚他「世代書香德望優」[101]，林緝熙說他「風塵偃蹇身世，
算三代書香，家聲不墜，箕裘應相繼。」[102]說的就是這種家族文學事
業的傳承之美。

　　事實上，在賴惠川的心中，對於家族文學事業的傳承，他是存在
著一份濃厚的使命感。例如他在刊印自身的詩集時，總是不忘將父親
的文學作品合併在詩集中一起刊行，那怕這些作品一而再，再而三地

95　見江寶釵主編：《嘉義賴家文學集》，上冊，頁85-86、112。

96　見江寶釵主編：《嘉義賴家文學集》，上冊，頁86-112。

97　見江寶釵主編：《嘉義賴家文學集》，下冊，頁272-407。

98　見江寶釵主編：《嘉義賴家文學集》，下冊，頁408-504；

99　詳見本書第三章第一節「賴惠川的《閩紅館全集》」。

100　賴彰能：《嘉義市志・人物志》，頁248。

101　見張李德和〈詠閩紅詩草〉，氏著：《琳瑯山閣吟草》（台北縣：龍文出版社，1992
　　　年3月，台灣先賢詩文集彙刊本），頁69。

102　見林緝熙〈調詞・調霓裳中第一〉，收錄於賴惠川：《閩紅館全集・閩紅詞草》（台
　　　北縣：龍文出版社，2006年5月，台灣先賢詩文集彙刊本），頁188。

重複刊印，他也不覺得多餘。例如《悶紅小草》這本詩集的前頭，附有其父賴世英的詩作〈五十生辰自述〉五首；《悶紅墨屑》這本詩集的前頭，又放了其父賴世英的詩作〈五十生辰自述〉五首；《悶紅墨潘》這本曲詞集的前頭，收有其父賴世英所撰〈省齋先生略傳〉與〈五十生辰自述〉五首；《悶紅墨餘》這本詩集的前頭，收有其父賴世英〈追述平生〉、〈祭文〉、〈五十生辰自述〉五首等詩文作品；《續悶紅墨屑》這本詩集的前頭，收有其父賴世英〈戒急用忍〉、〈處世〉、〈漫筆〉等多篇散文，以及〈入橫山沿途即景〉等多首詩歌作品。從以上資料來看，賴惠川在刊行自身的詩集時，總不忘將父親的詩文作品也一併刊印，其中光〈五十生辰自述〉五首，就重複印了四次。林緝熙曾質疑他這種作法，他回答林緝熙說：「先人（指賴世英）著作，小隱山房隨筆，乙未之變，遺失已久，所存者僅此吉光片羽，故凡有可揭出之機，極力揭出，所以略求精神之慰安。」[103]可見賴惠川基於一片孝心，才重複刊行其父親著作於各作品集中，同時這也代表賴惠川對於家族文學濃濃的傳承之情。

第三節　賴惠川生平的重要經歷

　　賴惠川的一生，有許多重要的人生經歷，這些人生經歷常成為他創作的素材，也深深影響他的價值觀與思想，值得我們加以了解。王惠鈴曾針對賴惠川舉家避難橫山之事、經歷兩次嘉義大地震之事、任職孔廟書記以避日人徵召從軍之事、與親人生離死別之事、祖產被徵收之事，以及文學活動與交遊之事進行分析，藉以探討賴惠川一生

103　賴惠川：《悶紅墨屑》，頁397。

「重要的成長記憶」。[104]這樣的探討，基本上已將賴惠川生平重要的
經歷構築出來，是相當好的論述架構。不過筆者本節的探討，除了上
述經歷的深化說明外，將再加入賴惠川掌理家族產業的內容，以及面
對二二八事件後，反映在作品上的寫作態度進行分析，相信對其生平
的重要經歷，會有更趨完整的輪廓。以下筆者將從四個區塊來論述賴
惠川生平的重要經歷，分別是天災人禍的苦難、至愛親人的離世、家
族產業的掌理，以及文學交遊的情況。

一　天災人禍的苦難

　　賴惠川的一生經歷過多次的天災人禍，在天災的部分，主要是嘉
義兩次的大地震。至於人禍，主要有三次重大災難，一次是一八九五
年，日本初領台時，台民紛起抗日，當時為了躲避日軍的襲擊，賴惠
川全家遷移橫山避難；另一次是一九四四年時，日本對外戰爭走至末
期，戰事吃緊，兵源需求孔急，當時賴惠川已五十八歲，卻面臨被徵
召從軍的危險；第三次的重大人禍，是國民政府來台後引發的二二八
事件，讓台籍文人產生極大的壓迫與恐懼。以下就相關之災難內容，
分項述之：

（一）天災──兩次嘉義大地震

　　嘉義在賴惠川時代，曾發生兩次大地震，一次是一九〇六年三月
十七日清晨六時四十三分的梅山大地震，當時賴惠川二十歲。據資料
顯示，這次的地震，是二十世紀以來台灣第三大的地震（僅次於1935

---

104 詳見王惠鈴：《臺灣詩人賴惠川及其「閩紅墨屑」》（台北市：文津出版社，2001年
　　4月），頁14-19。

年台中烈震、1999年集集大地震）[105]，在災情的描述與統計上，森宣雄說：「嘉義、雲林地區發生強度七點一級的烈震，由於震源淺，人口密集，故災情嚴重，總計有三千六百四十三人傷亡，二萬九百八十七棟房屋倒毀。」[106]至於另一次嘉義大地震，則是發生在一九四一年十二月十七日凌晨三時十九分的中埔大地震，此次的震度與梅山大地震一樣，同為七點一級的強烈地震，其災情雖不似梅山大地震之嚴重，但亦造成嘉義多數鄉鎮共「三百六十死，一百九十四人重傷，五百三十五人輕傷，一人失蹤；而住家有四千四百八十一戶全倒，六千七百八十七戶半倒，三萬九千七百八十戶損壞，一戶焚毀，以及四戶遭埋沒。」至於非住家的部分，亦有五千餘棟全倒或半倒，一萬九千餘棟損壞。[107]以上兩次的天災，賴惠川都有詩歌加以記述，如〈過震災記石碑口占〉一詩，即描寫一九〇六年的梅山大地震。其詩前小序云：「丙午年（1906）嘉義地大震，死傷無數，碑紀其事，今立於嘉義公園入口。」[108]至於〈辛巳年十二月十七日舊曆十月二十九日上午四時半地強震其後餘震頻頻大小不一驚心動魄恐怖之極賦此誌之〉四首，則是針對一九四一年中埔大地震的描寫，今且援引其中第二、四首，以窺其梗概：其四首之二云：

　　浮雲慘淡日光遮，萬竅悲號亂似麻。棟折樑傾皆破屋，垣頹壁

---

105 詳見石瑞銓：《嘉義市志‧自然地理志》（嘉義市：嘉義市政府，1996年4月），頁114。

106 森宣雄、吳瑞雲合著：《台灣大地震》（台北市：遠流出版公司，1996年4月），頁8。

107 上述中埔大地震災情，詳見石瑞銓：《嘉義市志‧自然地理志》，頁117。

108 見賴惠川：《悶紅館全集‧悶紅小草》（台北縣：龍文出版社，2006年5月，台灣先賢詩文集彙刊本），上冊，頁15。案：這首詩在賴惠川另部詩集《悶紅墨餘》中也重複出現，不過詩題改為〈過震災記石碑〉，其中末句亦從「贏得荒碑劫後存」，改為「爭得荒碑劫後存」。見氏著：《悶紅館全集‧悶紅墨餘》，頁499。

敗盡通家。枕橫瓦藪眠資草，飯造泥街食半砂。短褐不完寒莫禦，何堪雨細又風斜。[109]

四首之四云：

微命危爭一剎那，磚迎瓦送似飛梭。花添雪鬢連朝白，泥塑金剛萬劫磨。印象獨存長囈語，靈犀無主偶狂歌。即今物我更新日，造化仁深感泣多。[110]

前詩描寫地震後房屋倒毀的慘狀，同時也提到人們露宿於外，以瓦當枕，以草為被的窘境。此外，吃飯與穿衣也都無法得到適切的資源，生活非常悽苦。後一首則談到地震帶來精神上的折磨，讓自身的鬢髮連日來不斷變白，心中的陰影長期揮之不去，導致須以囈語和狂歌來宣洩情緒。這四首作品在賴惠川另部詩集《悶紅墨餘》中也重複出現，不過賴惠川有做了修改與調整，其中第二首已去掉，所以全詩只剩三首；至於第三、四首則做了內容的修改，其中第三首只改了第五句（將「老牛戀母依長柵」，改為「飢鴉哺母含殘餌」），而第四首修改的幅度較大，其三句至六句，由上述內容改為「驚魂不定忘生死，赤足難行任折磨。續震連朝疑地陷，狂呼舉世失天和。」[111]

（二）人禍──日本政府與國民政府的壓迫

　　地震屬於天災，對賴惠川的衝擊甚大，但人禍的危害，同樣不可小覷。

109　賴惠川：《悶紅館全集・悶紅小草》，頁80。
110　賴惠川：《悶紅館全集・悶紅小草》，頁80-81。
111　賴惠川：《悶紅館全集・悶紅墨餘》，頁527。

　　賴惠川生於一八八七年，一八九五年日本接收台灣那年，賴惠川才九歲，便因台民挺身抗日，日軍大規模襲擊台灣各地的抗日軍隊，而必須跟著父親賴世英舉家遷移至橫山避禍。據向山寬夫《日本統治下的台灣民族運動史》一書的記載，日本軍隊在一八九五年十月九日攻佔嘉義，在此之前，雲林、嘉義一帶，即已發生激烈的戰鬥，該書云：

　　（日本）近衛師團在十月五日，以嘉義為目標，分成三隊，再次展開南進。同月七日，占領他里霧（雲林縣斗南鎮）與斗六，八日占領大埔林（嘉義縣大林鎮），九日占領嘉義。此期間，蕭三發與王得標所率領的正規軍與義民軍，五日在西螺溪河畔，六日在西螺，七日在他里霧、土庫、斗六，八日在大埔林、觀音亭、湖底、後壁店、雙溪、菜圓、內林、頂林頭，九日在嘉義，迎擊日軍作戰。[112]

　　這些抗日的戰鬥，從正面來看，凝聚了台灣的民族意識，是非常可貴的，但不可否認的，百姓也長期處於戰亂之中。當時賴惠川的父親賴世英，在嘉義陷落之前，就已做出舉家遷移橫山的決定，希望能避開災禍。當時賴惠川年紀雖小，但逃難的記憶卻是非常深刻。對於避走橫山之事，賴世英與賴惠川皆有詩歌加以描繪，前者如〈山路險阻難行自溪心至橫山尚十餘里〉、〈入橫山沿途即景〉、〈城陷攜眷避橫山〉[113]數詩；後者如〈走橫山〉一詩。今且援引〈走橫山〉之作，以明白當時賴惠川避難的心情。詩云：

---

112 〔日〕向山寬夫著，楊鴻儒等譯：《日本統治下的台灣民族運動史》（台北市：福祿壽興業公司，1999年），上冊，頁113。

113 上述三詩，分別收錄於江寶釵主編：《嘉義賴家文學集》，上冊，頁7-8、8-9、13-14。

　　乙未年，古曆八月二十一日，嘉義陷落[114]。先君於八月上旬，
　　移眷入橫山。余年九歲，與五弟尚遜，同一米籃擔，令人挑之
　　以行。其時山路未開，崎嶇異常。匆徨行李出鄉關，落葉西風
　　八月間。日暮弟兄同一擔，攀藤附葛入橫山。[115]

由這首詩可以看出，當時舉家逃難的窘迫，當時年方九歲的惠川，與
弟弟尚遜被放在米籃中，讓大人挑著行走，道路當時尚未開發，使得
行程更見艱辛。

　　除了至橫山避難外，在日治時期，還有一件事情讓賴惠川極為不
安，那就是日本政府欲徵召惠川從軍，以應付當時對外征戰的兵源問
題。當時賴惠川已五十八歲[116]，就年齡而言，實在也不宜從軍。於是
賴惠川透過擔任孔子廟書記之職，避開徵召之禍。此事在〈寄蔡漁
笙〉、〈出稼〉等詩中都有記載；其竹枝詞〈去年〉一詩，亦有所描
述。且看其〈寄蔡漁笙〉一詩：

　　耽吟依舊轉吟腸，三月韶華日漸長。芳草不貪春雨露，白雲終
　　是鶴家鄉。拼教瘦骨閒中傲，忍看殘灰劫後揚。珍重金蘭存雅
　　契，茅齋端可醉斜陽。
　　註云：余因避夫役之禍，出任孔子廟書記，疏開後，即向當局辭退。……[117]

114　案：此處言八月二十一日嘉義陷落，與前揭向山寬夫所謂十月九日占領嘉義，時
　　間上不合，此因賴惠川以農曆記載，而向山寬夫以陽曆記載。
115　賴惠川：《閒紅館全集・閒紅小草》，頁44。此詩亦見賴惠川：《閒紅館全集・閒紅
　　墨餘》，頁495，不過詩題已易為〈入橫山〉，詩前小序亦略有增補。
116　據其〈出稼〉一詩（《閒紅館全集・閒紅小草・增錄》，頁262）之小序，言被徵召
　　時為甲申年，此年乃西元一九四四年，時惠川為五十八歲。
117　賴惠川：《閒紅館全集・閒紅小草》，頁120。

這首詩的註文中，談到自己以擔任孔廟書記之職，而得以避開徵召從軍之事（即「避夫役之禍」）。對此，他是非常欣喜寬慰的，其竹枝詞〈去年〉一詩說：

> 去年軍令召匆匆，辛苦軍夫炮火同。喜得南洋逃一命，豬羊雙付謝天公。（《悶紅墨屑》，頁321）

從詩中可以感受到詩人成功避開從軍後的興奮之情，因為當時從軍者多淪為砲灰，多數是有去無回。誠如其另一首竹枝詞〈農村〉所言：「驅盡無辜臨絕地，男兒報國死當然。」（《悶紅墨屑》，頁320）在這種情況下，能保身避禍，自然是欣喜萬分。

除了日治時期的人禍外，在戰後時期，賴惠川還曾遇過一次重大的人為災難，那就是二二八事件。這起事件的發生，其原因、過程，以及後續對文人的影響，在本章的第一節裡，已做了相關的說明。當時政府為了肅清異己，不惜動用武力對付抗暴的群眾，甚至許多社會菁英與文人，也遭到迫害或殺害。這樣恐怖的社會氛圍，導致許多文人心生恐懼，選擇閉口不談，即使寫成文學作品，在當時的政治環境下，也經常寫得隱晦不明，賴惠川有一首詩作〈丁亥除夕〉[118]，就是在這種心情下產生的作品。廖振富曾針對這首作品做了精闢的分析[119]，很傳神地解讀了賴惠川面對此一人禍時的內心悲痛，但又礙於時局的高壓氣氛，於是在書寫時充滿著隱晦暗示的成分。（詳見本章第一節的分析）

---

118 賴惠川：《悶紅館全集·悶紅小草》，頁40。
119 見廖振富：《臺灣古典文學的時代刻痕：從晚清到二二八》，頁317。

二　至愛親人的離世

　　賴惠川家族雖然人丁眾多，但他的父親賴世英在一九○一年去世（時53歲），七個兄弟中，有多位也在壯年或中年時即已辭世，如大哥賴尚焜一九○六年去世（時35歲），二哥賴尚文一九三三年去世（時54歲），三哥賴尚明一九三六年去世（時54歲），五弟賴尚遜一九四四年去世（時53歲）。至於和賴惠川感情甚篤的堂兄賴雨若（1878-1941），去世時也才六十四歲；而賴惠川的母親鍾氏惜（1867-1947），雖然高齡八十一才仙逝，但至愛的親人在生命中一位接一位離開，在賴惠川的心中，總有道不盡的苦痛。也因此在其詩文作品中，有多篇是針對親人的哀悼之詞，如〈先君俊臣先生墓銘〉[120]、〈先慈鍾太母惜娘墓銘〉[121]、〈五弟尚遜弔詞〉[122]、〈從兄雨若先生弔詞〉[123]、〈哭三兄尚明〉[124]、〈祭墳〉[125]、〈思親〉[126]、〈父母〉[127]、〈週年〉[128]等作品皆是。在多位親人相繼離世後，接著對賴惠川最大的打擊，是愛妻陳氏研娘的過世。當時是一九五七年，此時惠川也已經七十一歲了，晚年喪妻，心情之悲痛與絕望可想而知。他曾在〈悶紅墨滴序〉中，自言：「余自內人逝後，居常鬱鬱，無心筆硯久

120　收錄於江寶釵主編：《嘉義賴家文學集》，下冊，頁248。

121　收錄於江寶釵主編：《嘉義賴家文學集》，下冊，頁249。

122　賴惠川：《悶紅館全集・悶紅小草・雜錄》，頁281。

123　賴惠川：《悶紅館全集・悶紅小草・雜錄》，頁280。

124　賴惠川：《悶紅館全集・悶紅墨餘》，頁496。

125　賴惠川：《悶紅館全集・悶紅墨餘》，頁491。此詩乃思念雙親之作。

126　賴惠川：《悶紅館全集・悶紅小草・增錄》，頁278。此詩乃思念雙親之作。

127　賴惠川：《悶紅館全集・悶紅墨瀋》（台北縣：龍文出版社，2006年5月，台灣先賢詩文集彙刊本），中冊，頁471。

128　賴惠川：《悶紅館全集・悶紅墨瀋》，頁470。此詩乃思念雙親與愛妻之作。

矣。」[129]不過對於亡妻的思念,終究還是遏抑不住,除了〈髮妻陳氏墓誌銘〉、〈髮妻陳氏研娘生輓詞〉[130]之外,其《悶紅墨滴》這本詩集,刊行於一九五九年,共收一百八十九首七言絕句,主要就是悼念亡妻陳研娘的作品。

　　對於上述親人的離世,在賴惠川的竹枝詞中,也有多篇作品表達了追思之情。例如〈殺雞〉(《續悶紅墨屑》,頁674)、〈當年〉(《續悶紅墨屑》,頁708)二詩,是思念母親之作;〈記得〉(《續悶紅墨屑》,頁679)一詩,是思念父母之作;〈廢紙〉(《續悶紅墨屑》,頁671)、〈網著〉(《續悶紅墨屑》,頁703)、〈紫雲〉(《續悶紅墨屑》,頁704)三詩,是思念亡妻之作。今且援引〈記得〉、〈紫雲〉二詩,以明其運用竹枝詞表達對親人追思的作法。〈記得〉一詩云:

記得童年食飯遲,爺娘含笑戲言之。食先飽的做皇帝,押尾飽的做乞兒。(《續悶紅墨屑》,頁679)

〈紫雲〉一詩云:

紫雲寺在半天巖,今日重來萬恨添。梅下午餐憐我獨,塵襟依舊淚空沾。

註:昔年與婦同遊是處梅下午餐,今日重來,仍著當時衣服,仍在梅下喫午餐,而婦逝矣,何不情也。巖,俗讀嚴。(《續悶紅墨屑》,頁704)

---

129 賴惠川:《悶紅館全集・悶紅墨滴》(台北縣:龍文出版社,2006年5月,台灣先賢詩文集彙刊本),下冊,頁565。

130 上述二文,收錄於江寶釵主編:《嘉義賴家文學集》,下冊,頁256、266。

第一首詩，詩人以童年時父母鼓勵小孩努力吃飯的俗語，來追憶父母親的憐愛之情，趣味中帶著對父母離世的不捨。至於第二首詩，則回憶當時與妻子一同遊歷紫雲寺的情景。如今妻子已逝，自己孑然一身而舊地重遊，心中不僅沒有半點欣喜之情，反而因為少了妻子的陪伴，而「萬恨添」，而「淚空沾」啊！

從以上的論述可知，親人相繼離世，對賴惠川的內心是非常沉重的打擊。無父何怙？無母何恃？更何況連兄弟手足，以及朝夕相處的愛妻，多數都離自身遠去時，心中之悲涼，是難以言說的。這些悲痛的生活經歷，也都如實反映在賴惠川的竹枝詞與其他詩作中，成為詩人療傷止痛的宣洩口，也成為我們探索詩人情感世界的媒材。

三　家族產業的掌理

賴惠川的人生當中，有數十年時間，是負責掌理家族產業的，這是他一生中非常重要的一塊拼圖。賴家的產業，從四世賴時輝打下雄厚基礎後，經過五世賴世英的持續開拓，在田產與店面商號的規模上，已經呈現非常可觀的局面。然而賴世英五十幾歲便已離世，偌大的產業必須交棒給下一代，此時賴世英的第二任妻子鍾氏惜娘（惠川之母），扮演著裁決督導的重要角色。起初，鍾氏決定依輩分處理，由長子賴尚焜（元配陳氏所生）掌理祖業，後來因為種種因素，長子、次子、三子紛紛去職，最後是由四子賴惠川接掌家族產業，而且一接就是數十年，直到一九六二年辭世為止。賴家子孫對於這位家族產業的大掌櫃，多抱持著敬重且服從的態度，尊稱他是「德春皇帝」。[131]賴惠川竹枝詞〈當年〉一詩，曾詳細描述自己接掌家族產業的

131　見顏尚文、潘是輝：《嘉義賴家發展史》，頁135。

過程，由於是惠川自身的陳述，資料可說是非常珍貴且可靠。詩云：

當年母訓太慈祥，往事回頭黯自傷。人說春天後母面，寧真後
母便無常。註：春天氣候，風雨寒暑，來往不定，如後母面之反覆無
常也；然余後母所出，未見余母之反覆無常也。蓋先君俊臣先生，嫡配
陳母，年三十四卒。生三子二女，皆未成人。繼娶鍾母，即余母也。前
人子女，母遇之，愛護備至，不啻己出，鄰里無異言也。余年十六，先
君捐館，母年三十餘耳。冰霜勵節，不作小家狀態。而余弟三人尚幼，
乃毅然令長兄尚焜，嗣承家篤，己則夙夜督勵，舊日家風猶未改也。未
幾，尚焜卒。二兄尚文，繼執家政，數年間，頗形坎坷，兄以業務太
煩，不能兼顧，決意辭退。三兄尚明，亦因商務羈身，不便經理家事，
乃決議，令余權任其責。余排行第四也，是後母每以勤勉秉公為訓，十
餘年如一日。兄弟怡怡，妯娌無間，雖先人餘蔭，實亦母慈祥之德，有
以致之也。而所謂弟三人者，五弟尚遜，林氏所出也。六弟尚剛、七弟
尚和，蔡氏所出也。是時學業未成，無所樹立。而前後子女婚嫁之事，
父在時，男女各二，略告完畢，餘則母贊襄之力，母之鞠育劬勞，可勝
道哉！顧余不肖，不能恢宏先緒，罔極未報，屺岵徒傷。光復當時，母
年八十，無病而終。母閨名惜娘，兄弟思其遺愛，恭以慈惠稱之。母儀
尚在，而人天永隔，造化無情，果如是耶？痛哉！（《續悶紅墨
屑》，頁708）

這首詩的註文談到，賴世英去世（1901）後，家中事務的治理便落在
惠川母親鍾氏身上。當時鍾氏毫無私心，依輩分之大小，由元配陳氏
所生的長子賴尚焜，接掌家族的產業。不過尚焜早亡（1906），於是
由次子尚文接替掌理。尚文接掌祖業數年後，以自身事業太繁忙，無
法兼顧祖業為由，辭去掌理祖業之職。接著三子尚明，也已「商務羈

身，不便經理家事」為由，辭接掌理祖業之職。在這種情況下，家族遂決議由四子尚益（即賴惠川）接掌家族產業，此時賴惠川還非常年輕，若以顏尚文所言，一九二三年以前賴惠川便已接掌祖業來看[132]，賴惠川此時才三十多歲。

接掌家族產業雖然辛苦，但也讓賴惠川的生活產生更多元的挑戰與變化，他有一部分的竹枝詞作品，內容都與掌理家族產業有關。例如〈肩挑〉（《續悶紅墨屑》，頁680）一詩，就說到自己能每天悠閒地吟詩寫文章，就是因為受到祖業的庇廕，不必擔憂生活的問題。不過掌理家族產業，雖然不必擔憂生活上的經濟問題，但也因為事務的繁雜與時局的變化，讓賴惠川不時出現操心，甚至是不滿的事。例如〈支票〉（《續悶紅墨屑》，頁682）一詩，就談到自身因為忙著繳交銀行利息之事，而無暇作詩的處境。至於〈世道〉（《續悶紅墨屑》，頁675）一詩，則談到當時商人喜歡以空頭支票騙人，所以他「吩咐兒曹注意些」，千萬不要被奸商所騙。再如〈餘生〉一詩，談到政府為了推動耕者有其田、公地放領等政策，大量徵收地主的土地，再放領給農民之事。對於掌理家族產業的惠川而言，看著自己家中田產被一塊一塊徵收，身為家產掌理者的惠川，心中的無奈、愧疚與不滿，是可想而知的。這首詩說：「餘生碌碌已無求，豈恨封公未得侯。田園死鳥飛不過，毫釐都願請徵收。」（《續悶紅墨屑》，頁676）這首詩的末句，雖然是「毫釐都願請徵收」，看起來是不介意政府徵收家中田產，但若從前幾句的負面意涵來看，賴惠川對於田產被徵收之事，是充滿不悅與無奈的。[133]以上數首例詩，道出賴惠川掌理家族產業的苦

---

132 賴惠川在一九二三年以前，便已接掌家族產業的說法，詳見顏尚文、潘是輝：《嘉義賴家發展史》，頁135。

133 家族田產被政府大量徵收之事，賴惠川心中不滿，但又無可奈何的複雜心情，在其詞作〈双調南鄉子‧祖業〉之中，亦有鮮明的呈現。見氏著：《悶紅館全集‧悶紅詞草》（台北縣：龍文出版社，2006年5月，台灣先賢詩文集彙刊本），頁258。

與樂，這些辛酸苦辣、百味雜陳之事，也都成為現成的素材，成為竹枝詞與其他詩歌描寫的對象，同時也是我們了解賴惠川家族發展的極佳資料。

四　文學交遊的情況

　　賴惠川在文學的交遊上，首先要從其師承先談起。據賴惠川〈脫塵齋詩草序〉[134]及〈故恩師嚴本林先生追悼會祭文〉[135]的說法，他在十三歲時，即跟隨著嘉義總爺街嚴本林先生習學，故為嚴本林之門生。當時跟隨著嚴本林的學生，共有一百多人，這些人與賴惠川有同窗情誼，自然也是賴惠川文學交遊的對象，可惜祭文並未提及其他門生的名字。不過〈脫塵齋詩草序〉中，賴惠川直言王殿沅是他的同窗好友，長他一歲，凡是遇到課業上之難題，王殿沅常給予指導。

　　除了王殿沅之外，從賴惠川詩集中所相與唱和及酬寄者，以及為賴惠川詩集作序與評論者，還有賴柏舟編《詩詞合鈔》時所收錄的賴惠川門人作品，以及賴秀圭女士所提供的資料顯示，其文學交往的友人，有林緝熙、張李德和、黃文陶、吳文龍、王養源、莊啟坤、王甘棠、余蘭溪、陳雲翔、鄭啟亮、李笑林、陳謳南、黃傳心、蕭月漁、黃鑑塘、蕭世昆、蔡漁笙、譚瑞貞、葉紹尹、曾東農、許蔾堂、盧少白、周鴻濤、洪鐵濤、李維喬等人；至於門人，則有朱芾亭、沈玉騏、黃水文、蔡水震、施政明、蕭清柱、蔡堃元、王金德、陳希南、朱其傑、張明德、張登雲、朱曜章、蔣啟源、賴麗渚、賴景鴻、賴景

134　此文收錄於王殿沅：《脫塵齋詩草》（台北縣：龍文出版社，2001年6月，台灣先賢詩文集彙刊本），頁1。另亦收錄於江寶釵主編：《嘉義賴家文學集》，下冊，頁270。

135　此文收錄於賴惠川：《悶紅墨屑》，頁366。

溶、賴巽章、賴順福、賴世賢、李欽真、林嫩葉、許世賢等人。當然，賴惠川實際上往來的詩友與門生，數量肯定多過於上述諸人。

　　除了個別的詩友往來外，賴惠川也參加了許多文學性的社團。據江寶釵的說法，在詩社方面，計有羅山吟社（1911）、玉峰吟社（1915）、鷗社（原名尋鷗吟社，創立於1911年，於1923年改名鷗社）、嘉社（1923）。[136]另外，賴惠川還參加「鳴玉社」，此社是當時嘉義南管社團，賴惠川還曾為這個社團寫過〈鳴玉社社詞〉[137]。賴惠川之所以參加此一國樂性質的社團，肇因於他喜愛國樂，他曾在一九五八年刊行《悶紅墨瀋》一書，這是一本南管樂曲的曲詞集，共收一百首作品，由此可見他對於國樂的熱愛。接著，筆者想來介紹「小題吟會」。這個文學社團，據林文龍轉引賴子清的說法，乃成立於一九四三年，初時由賴惠川、賴柏舟、譚瑞貞三人發起，再邀張李德和、許藜堂、吳百樓、蔡水震等人參加，當時也作詩，同時也填詞。在一九四五年之後，此社團更名「題襟亭填詞會」，專為填詞之事，不再作詩，直到一九五一年停止社團運作。[138]對於賴子清的說法，林文龍大抵認同，但對於此社團在更名「題襟亭填詞會」後，只填詞不作詩的說法，他覺得有問題。林文龍依據他在民國六十三年時，在台北因偶然機緣得到一手抄詩稿，經多方查證，證明是賴惠川為「小題吟會」眾詩人作品進行載錄之手抄詩本，作品有唱和詩與擊缽吟兩大類。其中有些作品年代已晚於一九四五年，證明此社團在該年更名「題襟亭填詞會」後，仍然有詩歌的創作，不是只有從事填詞活動而

---

136 詳見江寶釵：《嘉義地區古典文學發展史》（嘉義市：嘉義市立文化中心，1998年6月），頁243-251。

137 收錄於賴惠川：《悶紅館全集・悶紅小草・雜錄》，頁285。

138 林文龍轉引賴子清的說法，詳細內容請見林文龍：〈賴惠川先生手抄小題吟會詩稿〉，《嘉義市文獻》第5期（1989年8月），頁19。

已。[139]最後，筆者想介紹嘉義民學「壺仙花果園修養會」（初期名為「壺仙花果園義塾」）。依江寶釵的說法，這是一個嘉義地區的民學機構，由賴惠川堂兄賴雨若創設，雨若在園內講授四書五經與詩文，十幾年間門徒成千，造福地區學子功勞極大，賴惠川也為此會寫過歌詞，名為〈壺仙花果園修養會會歌〉[140]。後來賴惠川也在這裡設帳義務講授詩學，名曰「悶紅館」，造就詩壇甚多人才。[141]

透過賴惠川文學交遊的情況，其實可以了解很多事情，例如可以從賴惠川詩友的作品中，了解賴惠川的思想理念或生平事蹟。如王殿沅〈題賴惠川小照〉二首之二，謂惠川「名韁利鎖先參透」[142]，便將賴惠川安貧樂道，視名利如浮雲的人生觀點描寫出來。又如林緝熙（荻洲）評《悶紅墨屑》時，曾談及「竹枝詞旨趣」的問題[143]，賴惠川則於〈荻洲先生大教〉一文中，對林緝熙的說法做出回應，他說：「先生（指林緝熙）謂竹枝詞旨趣之好，自有人頌之揚之云云。先生之微言也，知之矣，必如西湖竹枝詞之類，其旨趣乃為佳耳。」[144]賴惠川在此處，就直接向林緝熙表達他個人對於竹枝詞的看法，認為要像元代楊維楨等人的西湖竹枝詞，才算是旨趣佳的作品。透過上述二例可知，了解詩人文學交遊的情況，對於研究詩人的生平事蹟或是文學作品的相關議題，都能提供一定程度的線索與資料，這是我們必須加以關注的。

---

139 此事之考證，詳見林文龍：〈賴惠川先生手抄小題吟會詩稿〉，頁17-39。

140 此歌詞收錄於賴惠川：《悶紅館全集·悶紅墨瀋》，頁411。

141 詳見江寶釵：《嘉義地區古典文學發展史》，頁65。

142 王殿沅：《脫塵齋詩草》，頁38。

143 林緝熙評《悶紅墨屑》之語，收錄於賴惠川：《悶紅墨屑》，頁390。

144 此文收錄於賴惠川：《悶紅館全集·悶紅墨屑》，頁397。

第三章

賴惠川的文學著作

　　對於賴惠川的文學著作，本章將分三個部分論述，分別是探討其《悶紅館全集》的八部作品，再分析其竹枝詞的相關理論，最後將比較《悶紅墨屑》與《續悶紅墨屑》之異同。相信透過本章的說明，必能有效提供研究賴惠川竹枝詞的基礎知識，將更有利於其竹枝詞形式與內容上的解讀和分析。

第一節　賴惠川的《悶紅館全集》

　　賴惠川的文學作品，主要有八部，皆蒐羅在《悶紅館全集》之中。依出版年代先後為序，分別是《悶紅小草》、《悶紅詞草》、《悶紅墨屑》、《悶紅墨潘》、《悶紅墨餘》、《悶紅墨滴》、《增註悶紅詠物詩》、《續悶紅墨屑》。今針對這八部作品，陳介如後：

一　《悶紅小草》

　　《悶紅小草》刊行於一九五〇年，是賴惠川最早刊行的作品集。這本詩集的前頭，附有其父賴世英的詩作〈五十生辰自述〉五首，此詩乃賴世英五十歲生日時，自述生平經歷與人生感受的作品。至於詩集的末尾，則附有〈雜錄〉一項，其間收錄了〈先君俊臣先生墓銘〉、〈先妣鍾太恭人墓銘〉、〈自題墓誌銘〉、〈從兄雨若先生弔詞〉、

〈五弟尚遜弔詞〉、〈髮妻陳氏生輓詞〉、〈洒蚊水〉、〈自題小照〉、〈畫蟹〉、〈自題悶紅小草〉、〈養老〉、〈題臨江樓〉、〈鳴玉社社詞〉、〈壺仙花果園修養會會歌〉等作品，對於了解賴惠川家中親人的相關事蹟，以及他的處世觀點與自我評價，還有南管社團「鳴玉社」及「壺仙花果園義塾」的相關訊息，都有相當的助益。

《悶紅小草》中的詩作，共收五言古詩七首、五言絕句八首、五言律詩三十首、七言古詩二首、七言絕句二百三十二首、七言律詩六百八十六首，合計九百六十五首作品。其中比較特別的是「七言絕句」中，收有五首「竹枝詞」作品[1]，在這五首作品裡，有三首（〈彩輿〉、〈輝煌〉、〈鴛帷〉）後來收錄在《悶紅墨屑》中，但〈粧奩〉、〈洞房〉二首，則不在其中，或許是《悶紅墨屑》正式刊行時，將原作千首刪為八百四十二首時被去掉所致。[2]

至於《悶紅小草》的內容，其類別相當廣泛，有詩友相互唱和的步韻詩作品，如〈步葉紹尹見贈韻二首〉、〈步吳百樓秋日遊彌陀寺韻〉、〈步王養源無題韻六首〉、〈秋懷步漁笙三十韻〉……；有寄贈的作品，如〈寄子清從弟〉、〈寄四男景淇〉、〈寄林臥雲〉、〈寄朱苪亭〉……；有詠物的作品，如〈白桃花〉、〈馬耳蘭〉、〈菜刀〉、〈破帽〉……；有覽勝寫景的作品，如〈過孔子廟〉、〈嘉義新八景〉、〈岱江遠眺〉、〈重九登太子樓〉……；有懷古的作品，如〈顏墓懷古〉、〈烈祠流芳〉、〈御碑紀蹟〉、〈王樓思徽〉……；有感懷的作品，如〈五十生辰誌感〉、〈遣悶〉、〈感懷十三首錄十〉、〈自寬〉……；有記

1　見賴惠川：《悶紅館全集·悶紅小草》（台北縣：龍文出版社，2006年5月，台灣先賢詩文集彙刊本），上冊，頁28-29。

2　賴惠川在《悶紅墨屑·自序》中談到，自己原有竹枝詞作品千首，但在刊行《悶紅墨屑》時，曾將不適宜者去除，正所謂「間有不必存者棄之」，而成今日八百四十二首之面目。見賴惠川：《悶紅墨屑》，頁289。

生活瑣事的作品，如〈夜坐〉、〈夜吟〉、〈午睡〉、〈病瘧〉……；有歲時節慶的作品，如〈癸未元宵〉、〈癸未除夕〉、〈甲申清明〉、〈丙戌冬至〉……。從以上所陳述的題材內容來看，這部詩集較多是怡情遣興或感懷記事的作品，雖然少有說理弘教的衛道之作，但直抒胸懷、平易可喜的面貌，卻也多了一份清新可人的風格。

二　《悶紅詞草》

　　《悶紅詞草》刊行於一九五〇年，當時是與《悶紅小草》放在同一詩集中，然而它其實是詞作，而非詩歌，因此將之獨立出來，成為一本詞集，固較為合適。此一詞集從〈鶯啼序・步許黎堂題悶紅小草韻即以自題〉起，至〈小重山・組織〉止，共收一百六十九首詞作。在此一詞集之前，收有許黎堂等九人的「詞」作，藉以品評題點這本詞集。例如朱苹亭的〈題辭・調解珮令〉則云：「故家喬木，騷壇巨匠，把平生萬丈長虹志，寫入新詞。似帶著幾分離黍，怎禁他感愁如此。」[3]此處除了以「騷壇巨匠」來揄揚惠川之外，也談到惠川詞集「似帶著幾分離黍」之悲，這是對詞集內容的分析。至於蔡漁笙〈題辭・調念奴嬌〉評《悶紅詞草》說：「斐亭遺響，百年來，始見才人重出。繪色繪聲，窮意匠，恰是化工之筆。綠悶紅愁，珠圓玉潤，好句探驪得。」[4]詞中以「綠悶紅愁」，說明詞集取名「悶紅」之意；同時以「化工之筆」、「珠圓玉潤」，以及「探驪（得珠）」等嘉語，來讚揚此一詞集的美好。

　　此一詞集的題材內容，有寫景之作，如〈摘得新・秋雨〉、〈南歌子・北沼荷香〉、〈憶江南・牛溪晚渡〉……；有詠物之作，如〈搗練

3　賴惠川：《悶紅館全集・悶紅小草》，頁186-187。
4　賴惠川：《悶紅館全集・悶紅小草》，頁187-188。

子‧紙鳶〉、〈繡帶兒‧洋服〉、〈滴滴金‧地瓜〉……；有詠史懷古之
作，如〈青玉案‧戰場〉、〈明月逐人來‧登太子樓〉、〈河滿子‧五妃
墓〉……；有傷時刺世之作，如〈霜天曉角‧向前還好〉、〈梅花引‧
苦苦苦〉、〈月下笛‧登大山母〉……；有抒情遣懷之作，如〈解佩
令‧愁春〉、〈西溪子‧夜坐〉、〈踏莎行‧思親〉……；有描寫風土民
俗之作，如〈戀情深‧採蓮〉、〈楊柳枝‧庚寅冬至〉、〈海棠春‧守
歲〉……。針對這些題材內容，賴惠川也運用了許多寫作手法，進行
適切的表達。林素霞針對此一詞集進行研究，認為賴惠川經常透過典
故，以及頂真、複疊等修辭方式[5]，來營造其寫作特色；事實上，除
了上述技巧外，譬喻、對偶、對比的運用，也相當出色。總的而言，
不論是在品質或者數量上，這本詞集都有其至為可觀的成就。

三　《悶紅墨屑》

　　《悶紅墨屑》刊行於一九五七年，是賴惠川第一本竹枝詞詩集。
根據其〈序〉文的說法，在刊行此一詩集之時，原本有竹枝詞作品千
首，但曾將不適宜者去除（所謂「間有不必存者棄之」），遂成今日八
百四十二首之面目。此詩集前頭，放了賴惠川三篇自作的序文，分別
是〈序〉、〈又序〉、〈竹枝詞序〉。接著重複放了其父親賴世英的詩作
〈五十生辰自述〉五首（此詩在《悶紅小草》卷首已放過）。在此之
後，是賴惠川六百七十二首竹枝詞作品。最後，在詩集的末尾有「附
錄」、「評語」與「補遺」，「附錄」收有〈故恩師嚴本林先生追悼會祭
文〉、〈題襟亭賞百合花序〉、〈髮妻陳氏墓誌銘〉，以及張李德和等人

5　林素霞：〈賴惠川「悶紅詞草」研究〉（台中市：東海大學中國文學研究所碩士論文，
　　2010年1月），頁46-50。

為賴妻所撰述之多篇祭文；至於「補遺」，則收錄了賴惠川另外一百
七十首竹枝詞作品，與前頭所收六百七十二首作品合起來，共有八百
四十二首之多；至於「評語」的部分，則是王殿沅等友人及朱苕亭等
門生，對《悶紅墨屑》讀後之心得與評價。

　　賴惠川這本《悶紅墨屑》，據其〈序〉文所言，原有千首作品，
然刪棄之後，剩下八百多首。這些被刪去的作品，今不知其所在。然
而在《悶紅小草》中，收有竹枝詞作品五首[6]，其中〈彩輿〉、〈輝
煌〉、〈鴛帷〉三首，後來被重複收入《悶紅墨屑》中，但〈粧奩〉、
〈洞房〉二首，則不在《悶紅墨屑》裡，或許就是當時被刪的作品。
至於賴柏舟所編輯的《詩詞合鈔》，收有賴惠川竹枝詞十三首[7]，其中
〈龍眼〉一詩不在《悶紅墨屑》中；至於此書「增錄」的部分，又另
收賴惠川竹枝詞八首[8]，其中〈學校〉、〈奴顏〉二首，也不在《悶紅
墨屑》中。賴氏這些見諸《悶紅小草》與《詩詞合鈔》裡的竹枝詞，
有些後來未被收入《悶紅墨屑》裡，筆者以為，極有可能都是當時賴
惠川刪詩所去掉的作品。

　　除了部分作品見諸《悶紅小草》與《詩詞合鈔》，但卻未收入《悶
紅墨屑》中的問題外，筆者也發現，在《詩詞合鈔》中的竹枝詞作
品，與《悶紅墨屑》中的同首作品，有部分地方出現字異的現象。例
如《詩詞合鈔》中〈鄰家〉一詩，其二、三句：「問起年齡已杖朝，
一面花兼三面粉。」[9]在《悶紅墨屑》中則變成：「問起『芳』齡已杖
朝，一面花『時』三面粉。」[10]其中的「年」與「兼」，已各自被改為

6　賴惠川：《悶紅館全集‧悶紅小草》，頁28-29。

7　賴柏舟編：《詩詞合鈔‧悶紅小草》（台北縣：龍文出版社，2006年6月，台灣先賢
　　詩文集彙刊本），頁6-7。

8　賴柏舟編：《詩詞合鈔‧悶紅小草》，頁120-121。

9　賴柏舟編：《詩詞合鈔‧悶紅小草》，頁6。

10　賴惠川：《悶紅墨屑》，頁341。

「芳」與「時」。此外又如《詩詞合鈔》中〈老婦〉一詩,其首句:
「老婦能醫是鬼才」[11],在《悶紅墨屑》中,則變成:「老『嫗』能醫
是鬼才」,其中「婦」字被改為「嫗」字。從這些現象也可以看出,賴
惠川對於自己的竹枝詞作品,在正式結集刊行之前,應當是勤於修改
的。也正因如此慎重的態度,所以他在《悶紅墨餘‧自誌》一文中,
談到後人若有餘錢想再版其《悶紅館全集》時,「當以全集之卷為標
準,用寫真版撮印,不可妄為加減,庶不多生訛字,校對之煩,大非
易事,一字之誤,全篇影響。」[12]可見其出版詩文時的謹慎態度。

　　《悶紅墨屑》這本詩集的內容,主要是記述台灣的風土民情,不
論是食、衣、住、行、風俗、習慣、節慶、信仰、醫療、巫術、動
物、植物、天象氣候、地理環境、地方特產……等等,無所不包,其
間偶雜以個人的看法與針砭,不但保留了晚清、日治至戰後初期,台
灣社會生活與天文地理之情狀,同時透過詩中的評論與針砭,也產生
警世、勸世的作用。其門人沈石馬讀此一詩集說:「卷中所敘,天
文、地理、歲序、歷史、三教、九流,其他各界方言、事蹟,靡不詳
如指掌,以無窮之筆,寫無窮之事。」[13]黃文陶則說:

　　(《悶紅墨屑》)而天文、氣候、歲序、風景、飲食、起居、四
　　教、九流、人情、風俗、五倫、六畜、婚嫁、儀禮、淪陷、光
　　復,乃至倭据慘狀、農村活況等,凡在滿清、日治、光復,各
　　段之民生、民權、民族之一切興廢,應有盡有。[14]

---

11 賴柏舟編:《詩詞合鈔‧悶紅小草》,頁7。
12 賴惠川:《悶紅館全集‧悶紅墨餘》(台北縣:龍文出版社,2006年5月,台灣先賢
　　詩文集彙刊本),下冊,頁564。
13 收錄於賴惠川:《悶紅墨屑》,頁393-394。
14 收錄於賴惠川:《悶紅墨屑》,頁388。

沈氏與黃氏之說，將《悶紅墨屑》包羅萬象的題材內容，做了最好的詮釋。正因為《悶紅墨屑》記述臺灣早期社會之風土民情，內容如此豐富，江寶釵曾盛讚此一詩集「為台灣民情土俗留下豐富姿采的一頁，形成台灣漢詩可貴的傳統。」[15]吳福助則引朱荇亭及黃文陶評語，復加己意說道：

> （《悶紅墨屑》）「是一部臺灣風物誌，又可作為臺灣歲時記」（朱荇亭評語），「是一部臺灣民俗大文獻」，「一部臺灣三代人文變遷史」（黃文陶評語）。堪為目前國內政府及民間正大力提倡的「鄉土史教育」的最佳教材。[16]

以上所談，強調的是題材內容上的特色。至於此一詩集警世勸世的教化作用，事實上也受到世人高度的肯定。其門人蔡堃元說：「（《悶紅墨屑》）以沉痛醒世之語，寓於嬉笑怒罵之中。」[17]陳謳南說：「《悶紅墨屑》之詩，人謂其嬉笑怒罵皆成文章，非嬉笑怒罵也，所以覺後覺也。……其立言真而切，欲聞之者足戒也。」[18]這兩段引文，揭櫫的正是《悶紅墨屑》警世勸世、教化世人的作用。

　　《悶紅墨屑》的題材內容及其教化功能，概如上述。除了題材內容的豐富性之外，其語言材料的運用，也是非常特別的。這本詩集的語言使用，大抵以閩南語為主，少部分使用到日文及英文。[19]針對這

---

15 江寶釵：《嘉義地區古典文學發展史》（嘉義市：嘉義市立文化中心，1998年6月），頁291。

16 見吳福助〈臺灣漢人民俗風情畫──賴惠川「悶紅墨屑」竹枝詞選析〉一文，收錄於許俊雅主編：《講座FORMOSA：台灣古典文學評論合集》（台北市：萬卷樓圖書公司，2004年11月），頁293-325。

17 賴惠川：《悶紅墨屑》，頁395。

18 賴惠川：《悶紅墨屑》，頁392-393。

19 據王惠鈴研究統計，《悶紅墨屑》中使用日語語彙書寫共有二十三處，使用英語語

三種文字的使用，其中閩南語詞彙的部分，找得到其相應之漢字者，就直接使用相應之漢字書寫；若找不到或不知其相應之漢字時，就取其音，然後再從漢字中找閩南語讀音近似之字進行標示。例如其〈字運〉一詩，首句云：「字運精神低又衰。」（《悶紅墨屑》，頁329）句中「字運」這個閩南語語彙，其意義是「氣運」的意思，代表一個人當下的運勢；由於找不到相應的漢字，而其語音又接近漢字「字運」（以閩南語讀之），所以便以「字運」二字進行標示。再如〈鎲前〉一詩，末句「砂盤打碎亂鈔鈔。」（《悶紅墨屑》，頁332）句中「亂鈔鈔」這個閩南語語彙，其意義是「零亂不堪」的意思；由於賴惠川一時找不到相應的漢字，而其語音又接近漢字「亂鈔鈔」（以閩南語讀之），所以便以「亂鈔鈔」三字進行標示。

　　以上是閩南語詞彙的標示法，至於日文及英文詞彙的標示法，賴惠川作法如下。就日文而言，第一種標示方法，是日文之中，本來就有部分文字是使用漢字書寫，賴惠川創作竹枝詞時，若使用的日文詞彙正好就是漢字形態時，他就會直接將該漢字寫出。例如〈家內〉一詩：「家內前朝產一兒」（《悶紅墨屑》，頁348），其中「家內」本身就是日文文字，所以直接就將它寫在詩中，意思是指妻子。再如〈宜春〉一詩：「難得成金大少來」（《悶紅墨屑》，頁340），其中「成金」本身就是日文文字，所以直接就將它寫在詩中，意思是指暴發戶或田產很多者。

　　另一種標示法，是此一日文詞彙本身並非漢字的形態，此時要標示它，就必須取它的音，再借用漢字中聲音相近者（以閩南語讀之）來標示它。例如〈塵箱〉一詩：「狐狗狸呼請一番」（《悶紅墨屑》，頁332），其中的「狐狗狸」，指的是日本的一種靈占之術，賴惠川詩註

彙者有二處。見氏著：《臺灣詩人賴惠川及其「悶紅墨屑」》（台北市：文津出版社，2001年4月），頁209。

說它類似是中國「紫姑」[20]一類的靈術。其日語寫法是「コクリ」，由於這樣的日文文字，在竹枝詞中無法呈現，所以取它的音，再找漢字中聲音相近的「狐狗狸」（以閩南語讀之）來標示它。再如〈潤年〉一詩：「我亦氣毛今日美」（《悶紅墨屑》，頁314），其中的「氣毛」，是日文語彙，意思是指心情、情緒，日文本來的寫法為「キモチ」，由於這樣的日文文字，在竹枝詞中無法呈現，所以取它的音，再找漢字中聲音相近的「氣毛」（以閩南語讀之）來標示它。以上是日文詞彙的標示法，至於英文詞彙主要是取其音，再找音近的漢字（以閩南語讀之）來進行標示。例如〈驗得〉一詩，首句「驗得球形血屬荷」，其中「荷」字，代表血型O型的「O」字，因為「荷」字閩南語讀音近於「O」，故以「荷」來表「O」字。

除了使用本土語言書寫外，《悶紅墨屑》在語言材料的使用上，還喜歡運用俗諺與童謠。這些作法，一方面保留了庶民的語言，傳承了庶民的文化，讓竹枝詞的通俗化特色更趨明顯；一方面也讓竹枝詞更接近群眾，成為平易近人的大眾文學。在這種情況下，詩中所表達的善惡觀點與處世思想，也更容易影響普羅大眾，進而達到教化的作用。誠如王甘棠對此一詩集的評語：

> （《悶紅墨屑》）為俚語、方言，……通篇紀方土，懷史蹟，陳習俗，談歲序，其他種種，莫不深入淺出，婦孺皆知，媲美

---

20 紫姑，又稱三姑，中國廁神之名。據《集說詮真》言：「紫姑萊陽人，姓何名媚，字麗卿，自幼讀書伶俐。……壽陽刺史李景納為妾。其妻妒之，正月十五，陰殺之於廁中，天帝憫之，命為廁神。……今俗每屆上元節，居民婦女祀請廁神。其法概於前一日，用糞箕一個，飾以釵環，簪以花朵，另用銀釵一支，插箕口，供於廁坑之側。祀時，擇十歲以上幼女，各以手扶之。另設供案，點燭焚香，小兒輩行禮。」見〔清〕黃伯祿輯，王秋桂，李豐楙主編：《集說詮真》，收入《中國民間信仰資料彙編第一輯》（台北市：臺灣學生書局，1989年11月），〈紫姑神〉，頁401-402。

〈國風〉……其自言為俗者,乃所以醫俗也,裨益後人,誠非淺顯,此書其不朽歟![21]

上述引文,將《悶紅墨屑》的通俗化特色傳達得至為透徹,也將這種通俗化風格所帶來的教化功能勾勒出來,稱許這本詩集可媲美〈國風〉的詩教精神,是「裨益後人」的「不朽」作品。

四 《悶紅墨瀋》

《悶紅墨瀋》刊行於一九五八年,是一本南管樂曲的曲詞集,共收一百首作品。[22]賴惠川之所以創作曲詞,與他喜好國樂有關,他本身也是當時嘉義南管社團「鳴玉社」的成員之一,該社團的名稱以及〈鳴玉社社詞〉,皆出自賴惠川之手。

這本曲詞集的編排,首有賴惠川〈序〉文,接著收錄其父賴世英所撰〈省齋先生略傳〉與〈五十生辰自述〉五首,接著又有惠川自作〈悶紅墨瀋序〉一文。序文之後就是此集之曲詞,共分甲、乙二部,前者六十首,後者四十首。在曲詞之後,乃王養源等時人對這本集子的評語。例如王養源評曰:「悶綠愁紅,才華智慧,傾絕一世。」[23]楊嘯天評曰:「漫將憫世無窮筆,填就傷心百闋詞。惘惘後庭商女恨,盈盈隔水美人思。毫尖寫到興亡感,洽是愁紅悶綠時。」[24]

這本曲詞集共分甲、乙二部,不論甲部或乙部,皆先列曲名,再

---

21 收錄於賴惠川:《悶紅墨屑》,頁391。

22 謝佳玓曾為這些作品作過箋釋與研究,其論文名為〈賴惠川「悶紅墨瀋」箋釋與文學研究〉,台中市:東海大學中國文學研究所碩士論文,2008年6月。

23 收錄於賴惠川:《悶紅館全集・悶紅墨瀋》(台北縣:龍文出版社,2006年5月,台灣先賢詩文集彙刊本),中冊,頁477。

24 收錄於賴惠川:《悶紅館全集・悶紅墨瀋》,頁478。

列曲詞，曲詞之後則有文人對此首曲詞之評語。就內容上來看，甲部的內容談風俗民情者較多，但筆端常有勸善諷惡、宣揚道德的教化精神；至於乙部，則多數是哀悼緬懷之詞，大抵是思念亡妻之作，亦有數首思及已故雙親。以下且援引數首作品，以窺其梗概。首先來看甲部的作品，如其〈兒郎〉一詞云：

> 欲得好兒郎，第一積德與陰光。欲得好生活，勤儉理應當。勸諸君，勿為奸淫嫉妒壞天良，果實昭彰。勸諸君，勿奢望，奢望便失常，安分守己免災殃。[25]

這首曲詞，宛如勸世歌，教導百姓要積德、勤儉，以及安分守己，如此才能生出「好兒郎」，得到「好生活」，若是「奸淫嫉妒壞天良」，將會「果實昭彰」，得到報應。整首作品，瀰漫著勸善懲惡的氣氛，對人產生道德上的約束力。再看其〈漁〉一詞：

> 今日晦氣，坐苔磯，忍著半日飢，釣無半尾魚。……傍人笑向余，說道昨夜人電魚，三界娘仔三界娘仔，魚類之小者也無餘。今日汝釣魚，不是獸，也是痴。急急歸去，免得釣鈎鈎竹莿，嘻嘻。釣魚魚甘愿，電魚魚含冤，雖小事，道德攸關。[26]

這首作品談到電魚對生態造成的破壞，水一旦通電，連三界娘仔這種小魚也死光光，這非常違反捉大魚、放小魚才能永續發展的生態觀念，所以賴惠川批評這種行為「雖小事」，但「道德攸關」。王茆南評

---

25 賴惠川：《悶紅館全集・悶紅墨瀋》，頁414。

26 賴惠川：《悶紅館全集・悶紅墨瀋》，頁412。

這首曲詞說：「老成膽言，自是好一篇勸戒語。」[27]綜觀以上兩首作品，內容都和警世、勸世有關，之所以《悶紅墨瀋》呈現如此鮮明的教化作用，這與賴惠川重視樂教有關。其《悶紅墨瀋·序》云：

> 國樂，雅奏也，聲正而和，所以宣揚盛世，而表示民風者也。關於政教民情，其責大矣，若僅以娛樂機關視之，不亦謬乎？[28]

由這段序文可以看出，賴惠川看待音樂的觀點，乃承襲儒家樂教的說法，都是將音樂視為可以陶冶人心，端正社會風俗，甚至是裨補時政的利器。《禮記·樂記》談音樂的功能說「審樂以知政，而治道備矣。」[29]又說：「樂也者，聖人之所樂也，而可以善民心，其感人深，其移風易俗，故先王著其教焉。」[30]賴惠川的觀點，與此正相呼應。

甲部內容雖然充滿道德教化的精神，但乙部內容卻明顯不同，它主要是悼念亡妻之作，其間亦有數首作品表達對於過世父母的思念。試觀其〈白頭〉一詞：

> 白頭相對，宜室宜家。料不到，一撒手，大江東去浪淘沙，萬恨交加。我這年紀，寂寞禪心，不是雪月風花，都只為支離怪癖，更有苦生涯。朝朝早起，向壁長嗟，爐無宿火，冷試隔宵茶。[31]

27　賴惠川：《悶紅館全集·悶紅墨瀋》，頁413。

28　賴惠川：《悶紅館全集·悶紅墨瀋》，頁405。

29　《禮記》（台北縣：藝文印書館，1993年9月，12刷），卷37，頁665。

30　《禮記》，卷38，頁678。

31　賴惠川：《悶紅館全集·悶紅墨瀋》，頁474。

這首曲詞，充滿著對亡妻的思念；從其中詞句看來，在妻子走後，他的內心是十分孤寂的，甚至孤寂到向壁長嘆。在眾多悽冷的語句中，還化用了東坡「大江東去浪淘盡」的詞句，讓作品在哀戚之中，更添幾許滄桑。接著我們再看〈父母〉一詞：

> 我父母，是汝姑嫜，我一息尚存，父母便隔陰陽。父母念我，好不淒涼；我念父母，好不心傷。汝得晨昏定省，深願汝，舉止安詳，且望汝，諒我心，我要說是，近年來，老體安否？輕輕的，為我問爺娘。[32]

這首曲詞，思念父母與亡妻各有之，而且相當有巧思。作品一開頭，就以和亡妻交談的方式進行，告訴亡妻，他目前還在陽世，所以無法為過世的父母盡孝道。但是思念父母的情懷，實在「好不心傷」，所以非常盼望亡妻在九泉之下，能代替他表達孝心，輕輕地幫他問候爺娘：「近年來，老體安否？」黃竹崖評惠川此詞說：「孝恩深遠，雖皋魚莫及。」[33]實在頗為中肯。

　　《悶紅墨瀋》一書的內容思想與編輯體例，概如上述。這本曲詞集，數量有百首之多，品質亦屬上乘，對於推動國樂的發展，有莫大之助益。同時，其內容有關乎世道民風之處，亦能充分體現儒家樂教之精神。其乙部作品雖然多屬悼念之詞，但父母之恩、夫妻之情，字字纏綿哀惋，有深化彞倫之功，對於移風易俗，澡淪人心，亦有其不可磨滅之貢獻。

---

32 賴惠川：《悶紅館全集·悶紅墨瀋》，頁471。
33 賴惠川：《悶紅館全集·悶紅墨瀋》，頁471。

五 《悶紅墨餘》

　　《悶紅墨餘》這本詩集，刊行於一九五九年。據〈悶紅墨餘序〉的說法，此集之所以取名「墨餘」，乃因其間作品，是先前刊印《悶紅小草》、《悶紅墨屑》、《悶紅墨潘》之後剩餘的稿件，屬「意外之餘音也」[34]，故以「墨餘」名之。

　　這本詩集的編排，卷首有許蔘堂與賴惠川的序文，賴世英〈追述平生〉、〈祭文〉、〈五十生辰自述〉五首等詩文作品。接著是正文的部分，據王惠鈴的統計，共有七言絕句三百二十五首、七言律詩三百八十九首、五言絕句三十五首、五言律詩十五首，共計七百三十四首作品。[35]在正文之後，收錄有〈先君俊臣先生墓銘〉、〈先慈鍾太母惜娘墓銘〉、〈髮妻陳氏研娘生輓詞〉、〈步許蔘堂題悶紅詩集韻調寄鶯啼序即以自跋〉、〈自誌〉等文章，以及張李德和等十八位文人對此詩集的評語及讀後感。其中相當特別的，竟有〈竹枝詞十六首〉的篇名[36]。

　　《悶紅墨餘》的內容風格，與《悶紅小草》近似處頗多。首先，其題材內容有詠物、感懷、寄贈、步韻、風俗節慶、覽勝寫景、社會百態等作品，與《悶紅小草》的方向大致相同；再者，其間有部分作品，與《悶紅小草》重複刊出。例如〈檜沼垂綸〉、〈鬼役〉、〈乩童〉……等詩，其詩句文字與《悶紅小草》中的同題詩作完全一樣；當然，也有某些同題詩作，其詩句文字出現相異的情況，這應當是有經過修改所致。例如《悶紅墨餘・晚渡牛溪》一詩云：「遠望桃城日

---

34 見賴惠川：《悶紅館全集・悶紅墨餘》，頁482。
35 王惠鈴：《臺灣詩人賴惠川及其「悶紅墨屑」》，頁31。
36 見賴惠川：《悶紅館全集・悶紅墨餘》，頁499。

漸低」、「眼前不盡興亡感」[37]，在《悶紅小草》中的同題詩作，字句則是「遠望前村日漸低」、「可憐不盡興亡感」[38]。再如《悶紅墨餘・午睡》一詩云：「一枕悠悠好夢催」、「未必難雕同朽木」[39]，在《悶紅小草》中的同題詩作，字句則是「一枕薰風好夢催」、「漫笑難雕同朽木」[40]。詩集中部分作品，出現這種重複刊印的情況，賴惠川自己其實也知道。根據其〈悶紅墨餘序〉的說法，當初在印行《悶紅小草》、《悶紅墨屑》、《悶紅墨瀋》之後，他「查閱殘稿，尚覺紛然，老眼昏花，難於整理，而少年及詠物之詩，混淆者多，頗感不便，厭倦之極，遽欲概付祖龍。長男景鴻，次男景溶，皆謂字字心血，美拙無拘，梓而藏之。」[41]可見當時賴惠川已經知道這些餘稿，有部分作品與《悶紅小草》「混淆」，在「難於整理」的情況下，本來想「概付祖龍」（燒掉），但在兒子的勸說下才勉強保存並予以印行，於是產生這種重複刊印之事。

　　這本詩集，雖然面貌與《悶紅小草》頗為近似，但其間風味別出的作品，其實也非常的多，所以文人雅士賞閱之後，仍給予高度評價。如蔡水震說：「老年之詩，古色古香；少年之詩，溫柔旖娟。聞先生，初讀李義山，繼讀杜甫，故凡香奩、感喟，其他各體，莫不臻其奧妙，純鋼百鍊，豈朝夕之謂哉？」[42]王殿沅說：「集內所有步韻之作，洗鍊處，令人莫測，蓋其處境如是，所言如是。……至其詠物之詩，丰韻滿滿，體會入微，雖大雅不貴，實難能之妙筆，裨益初學，

---

37 賴惠川：《悶紅館全集・悶紅墨餘》，頁491。

38 賴惠川：《悶紅館全集・悶紅小草》，頁39。

39 賴惠川：《悶紅館全集・悶紅墨餘》，頁496。

40 賴惠川：《悶紅館全集・悶紅小草》，頁16。

41 賴惠川：《悶紅館全集・悶紅墨餘》，頁482。

42 收錄於賴惠川：《悶紅館全集・悶紅墨餘》，頁562。

詢非淺鮮。」[43]由是觀之，雖然惠川自謙，說此集是「墨餘」，但其內容旨趣與藝術筆法，良可與其他詩集相鼎立，自有其可觀的一面。

六 《悶紅墨滴》

《悶紅墨滴》這本詩集，刊行於一九五九年，共收一百八十九首七言絕句，主要是悼念其亡妻陳氏研娘的作品。在詩集的卷首有賴惠川的〈序〉與〈又序〉兩篇文章；至於卷末，則有王殿沅等文人對此集之評語以及「附錄」。在「附錄」之中，收有賴惠川個人的詩文作品（亦包含詩鐘、對聯、輓詞），江寶釵在《嘉義賴家文學集》中，針對這些作品進行分類整理，例如〈地理要訣序〉、〈荻洲吟草序〉、〈悶紅詩選序〉、〈意園記〉、〈鷗社藝苑發刊第四集序〉等等，歸入「散文」類；〈知作〉、〈六花〉、〈冬朝〉、〈建德宮〉、〈自輓〉……等等，歸入「對聯、詩鐘」類。

這本詩集，由於是悼念亡妻的作品，因此讀來情感特別濃郁。賴惠川在〈又序〉一文中，還針對詩歌與情感之間的聯繫，提出了一些詩歌理論。他說：

> 詩，心聲也，言所欲言也。人非木石，莫不有七情具焉。凡其所動，徵諸心聲，喜、怒、哀、樂，隨其處境而異。喜者適其情，悲者宣其意，各言其志也。《悶紅墨滴》者，哀悼之心聲也。……倘一朝，孤雁分飛，生涯潦倒，或以連篇累牘者，之所以連篇累牘，為能宣其意也。[44]

---

43 收錄於賴惠川：《悶紅館全集・悶紅墨餘》，頁561。

44 賴惠川：《悶紅館全集・悶紅墨滴》（台北縣：龍文出版社，2006年5月，台灣先賢詩文集彙刊本），下冊，頁566。

文中所謂「倘一朝，孤雁分飛，生涯潦倒，或以連篇累牘者，之所以連篇累牘，為能宣其意也。」說的正是此一詩集乃為悼念亡妻而作。而其所謂「人非木石，莫不有七『情』具焉。凡其所動，徵諸心聲，喜、怒、哀、樂，隨其處『境』而異。喜者適其情，悲者宣其意，各言其志也。」正指出詩歌的寫作，乃為了宣達內心喜、怒、哀、樂等情感，而這些情感，又會隨著詩人所處的境地而產生變化，於是產生各種不同內容的作品出來。這種說法，與清代尤侗〈蒼梧詞序〉中的論點相同，該文說：「文生于『情』，情生于『境』。哀樂者，情之至。」[45]二人對「詩」、「情」、「境」三者的聯繫，觀點是相合的。

　　這部悼亡詩集，立一詩題為〈墨滴〉之後，連續以一百八十九首七絕詩作來表達對亡妻陳研娘的追憶，詩中句句愷切，字字思念，讀來令人惻然。如其〈徬徨〉一詩：

　　徬徨斗室對孤鐙，風雨連宵睡不能。消息欲傳青鳥去，蓬萊縹緲萬千層。[46]

又〈庭前〉一詩：

　　庭前又見月眉纖，人去空存舊鏡奩。寂寞虛堂惟我在，萬千言語寄毫尖。[47]

二詩之中，所謂「孤鐙」、「空存」、「寂寞」、「虛堂」等等的詞彙，深

45　〔清〕尤侗：《尤西堂雜俎》（台北市：河洛圖書出版，1978年5月），卷上，〈蒼梧詞序〉，頁74。

46　賴惠川：《悶紅館全集・悶紅墨滴》，頁567。

47　賴惠川：《悶紅館全集・悶紅墨滴》，頁567。

切地呈現賴惠川失去愛妻之後孤獨的身影；而「連宵睡不能」、「萬千言語寄毫尖」，正說明他思念愛妻之深；在過度思念愛妻的情況下，竟化用李商隱〈無題〉詩的典故，希望透過「青鳥」來傳達思念之意，給身處「蓬萊」仙境的愛妻知悉。[48]由這些詩作來看，賴惠川實在是多情種子，陳希南謂其「深於情者，生死不渝」[49]，洵非過言。這些詩作的刊行，相信能帶給夫妻或是情侶，更加堅定的愛情。

七 《增註悶紅詠物詩》

《增註悶紅詠物詩》，刊行於一九六〇年，是賴惠川詠物詩的集子。這是一本非常特別的詩集，誠如許然所言：「選古人詠物而集之者，則有之；個人詠物詩之專刊，則絕無而僅見者。」[50]這代表賴惠川這本詩集，是一開先例之作，是個人詠物詩別集的第一本作品。吳福助曾指導研究生劉芳如，做過此詩集之考釋研究；除了考釋之外，論文中對此詩集的題材分類、內容特色與寫作技巧，也都進行了分析。[51]

此一詩集的編排，卷首有黃文陶、張李德和、吳百樓、許然、賴子清，以及賴惠川自己的序文，另外還有黃傳心與李維喬的題贈詩。接著有此詩集之目錄，根據此目錄，可以了解這本詩集的詠物作品共分天文、節令、地理、山水、倫常、肢體、冠服、飲饌、宅舍、器

---

48 〔唐〕李商隱〈無題〉之四：「蓬山此去無多路，青鳥殷勤為探看。」見氏著，朱懷春等標點：《李商隱全集》（上海市：上海古籍出版社，1999年5月），卷2，頁49。

49 收錄於賴惠川：《悶紅館全集‧悶紅墨滴》，頁584。

50 見許達然〈增註悶紅詠物詩序〉。收錄於賴惠川：《悶紅館全集‧增註悶紅詠物詩》（台北縣：龍文出版社，2006年5月，台灣先賢詩文集彙刊本），下冊，頁602。

51 詳見劉芳如：〈賴惠川《悶紅詠物詩考釋》〉（台中市：東海大學中文研究所碩士論文，2004年6月），頁33-141。

用、樂器、貨幣、文具、武具、醫器、釋道、果木、花卉、藥草、菜
蔬、禽類、獸類、水族、蟲類、雜載等二十五項，共計六百四十首的
作品。在詩作之後，卷末附有林緝熙的〈跋〉文，以及鄭啟亮等人對
此一詩集之評語。

　　這本詩集的題材，誠如上文所言，自天文、節令始，至蟲類、雜
載止，共有二十五大類。在這諸多的題材類別中，除了傳統詠物詩常
出現的寫作素材外，這部詩集還出現許多新式題材，例如「電鐙」、
「智利火震」、「競選戰」、「電影片」、「聽診器」、「注射鍼」、「血壓
器」、「爆彈」、「防毒面」、「熨斗」、「飛車」、「眼鏡」、……等等，這
些寫作題材在傳統詩歌裡，是鮮少出現的，因為這些都是新時代的產
品與事物。賴惠川這部詠物詩集，之所以出現這麼多的新題材，是因
為一個新時代對於傳統文人所產生的影響。黃美娥說：

> 面臨時代新局，傳統文人思索著文學的改良之路，……在實際
> 創作上，若干作家也自覺地將新知識、新思想融貫於作品中，
> 努力描寫新事物，遂使作品的「題材」觸及前所未見的面向，
> 書寫範圍也擴大了。[52]

黃美娥在談完這樣一個文學現象後，還舉台中櫟社的詩會活動為例，
說明該詩會活動創作了很多「新題詩」，如「眼鏡」、「噴水池」、「汽
車」、「電燈」、「空氣枕」、「華盛頓」、「演說」……等等。[53]就上述賴
惠川詠物詩集所書寫的新式題材來看，與櫟社詩人的作品頗為近似，

---

52 黃美娥：《重層現代性鏡像——日治時代臺灣傳統文人的文化視域與文學想像》（台
　　北市：麥田出版公司，2004年12月），頁55-56。
53 黃美娥：《重層現代性鏡像——日治時代臺灣傳統文人的文化視域與文學想像》，頁
　　57-58。

都是以當時的新產品、新事物為描繪對象,這也代表詩人與時俱進的特質,對詩歌的發展而言,是一股正向的力量。

這本詩集的寫作方式,據賴惠川自〈序〉的說法,多數是以「籠紗格[54]」的方式寫成,以配合當時詠物詩的寫作潮流;此外,這本詩集之所以題為「增註」,乃因門人為此集作註,所以冠上「增註」之名。[55]綜觀此一詩集之內容,雖是以詠物為名,但其間之作品未必盡是詠物詩,例如「倫常」類、「釋道」類的許多作品,蘊含深厚的思想義理,若歸入「哲理詩」,反而更恰當。再如」〈大弓會〉、〈比賽〉、〈競選戰〉……等詩,內容偏於記事,似也不宜視為詠物詩。

賴惠川在這本詠物詩集的寫作上,有很多地方,都看得到「感物言志」的身影。所謂「感物言志」,是指文人在創作詩歌時,由於觸及外在的「物」,進而引動內心的「志」,於是發諸吟詠以傳達此「志」,而有詩歌之作。劉勰《文心雕龍·明詩》篇云:「人稟七情,應物斯感,感物吟志,莫非自然。」[56]說的正是這個道理。至於「志」,指的到底是什麼?歷來對此之說解,不外兩種觀點:第一種觀點,是將「志」視為內心喜、怒、哀、樂……等情感;第二種觀點,則是將「志」看成心中的思想義理。就第一種觀點而言,如上述《文心雕龍·明詩》篇的論述,是將「志」與內心的「七情」相連接

---

54 所謂「籠紗格」,許俊雅云:「此格以平仄二字為題,題為兩種事物,作法乃是據典成聯,分籠兩句,不露一字,而能使人一望即知其籠藏某字在內。此格易牽強割裂,不成文理,非慘澹經營,不足以制勝也。林小眉曾論此格作法,舉例曰:『譬如拈火龍二字,不能以火及龍之故事咏之,或以空句寫火及龍之意義,須用古人成語內有火及龍之字者,剪裁成對,而隱藏火及龍之本字。句須以熨貼渾成出之,使二眼字隱而著,藏而顯,始為合格。』」見氏著:《臺灣文學散論》(台北市:文史哲出版社,1994年11月),頁92。

55 詳見賴惠川:《閱紅館全集·增註閱紅詠物詩·序》,頁605。

56 〔梁〕劉勰著,王更生注譯:《文心雕龍讀本》(台北市:文史哲出版社,1997年10月,初版6刷),上篇,頁83。

的，所以「志」與「情」是相通的；至於所謂的情，指的就是人們內心喜、怒、哀、懼、愛、惡、欲等七種情感。[57]再就第二種觀點來說，有些文人是將「志」看成心中的思想義理的，例如朱自清《詩言志辨》當中的說法：

> 仲長統的「見志」也是自述懷抱，但歌詠的是人生「大道」，人生義理。……後來清代紀昀論「詩言志」，說志是「人品學問之所見」，又說詩「以人品心術為根柢」，正指的這種表現德性而言。[58]

在以上引文中，將「志」與「人生大道」、「人生義理」、「人品學問之所見」連結起來，可見「志」指的就是人們心中的思想義理，這與古代重視詩文的教化功能是密切相關的。

　　透過以上的說明可知，所謂「感物言志」，就是詩人在書寫作品時，透過詠「物」來抒發內心的「情感」，或是傳達心中的「思想義理」者稱之。在賴惠川的詠物詩中，我們也看到這種「感物言志」的現象，有時惠川會透過詠物來宣洩內心的情感；有時則透過詠物來傳達思想與義理，這都是「感物言志」的具體表現。就前者而言，例如其〈枕〉詩之作：

　　一角珊瑚伴繡幃，合歡衾裡臉雙依。並頭枉有三生約，折翼鴛

57　《禮記·禮運》篇說：「何謂人情？喜、怒、哀、懼、愛、惡、欲，七者弗學而能。」可見人們內心的七種情感，指的就是喜、怒、哀、懼、愛、惡、欲。見《禮記》，卷22，頁431。

58　朱自清著，朱喬森編：《詩言志辨》（台北市：開今文化公司，1994年6月），頁70-71。

鴛竟自飛。[59]

再如〈柳〉詩之作：

> 綰住離愁又幾年，不堪回首夕陽邊。春來抽盡相思縷，付與鶯
> 梭織曉煙。[60]

以上兩首作品，都是詩人在接觸外「物」（枕頭與楊柳）後，內心產
生思念亡妻的「哀」傷情感，於是形諸文字，進而寫成動人的詩篇，
朱其傑謂其「借物言情」[61]，說的就是這個道理。除了宣洩內心的情
感外，賴惠川有時也會藉著對外物的歌詠，來傳達他的思想義理。例
如〈祈神〉一詩：

> 氤氳滿握妙香柔，爐下喃喃眾口咻。叩首不關天下計，萬千福
> 壽自家求。[62]

這首詩作，透過觀察信徒對於神明的祈求，來諷刺人們的自私與眼界
的狹隘。詩歌的末二句，談到人們對神明的眾多請求，都是求自身的
福壽榮達，對於天下國家的大事，則漠不關心。這裏所傳達的，就是
一種關心社稷民瘼的思想義理。再如其〈雀〉詩之作：

> 自古民生飽食多，都從落穗得嘉禾。不思鳥咬遺佳種，動輒高

---

59 賴惠川：《閩紅館全集・增註閩紅詠物詩》，頁623。
60 賴惠川：《閩紅館全集・增註閩紅詠物詩》，頁629。
61 見賴惠川：《閩紅館全集・增註閩紅詠物詩》，頁662。
62 賴惠川：《閩紅館全集・增註閩紅詠物詩》，頁655。

張網與羅。[63]

註：《拾遺記》：炎帝時，有雀銜九穗米，其墜地者，帝拾之，以種於田。「今有名鳥咬種者，其殆是與！」

這首詩談到自古以來，人們之所以能飽食米糧，都是因為雀鳥啣來好的禾種；但人們卻不思感恩，也不去深究雀鳥啄食穀物所帶來的貢獻，卻只是一味張著鳥網來捕捉牠們。這首詩透過對雀鳥（物）的描寫，來傳達人們應該要懂得飲水思源，而且對於事物的價值判斷，必須要深入探究，才不會做出錯誤行為的思想觀點，這也是一首典型「感物言志」的作品。

除了「感物言志」的特色外，這本詠物詩集還有許多值得重視的正面評價。吳百樓云：「詠物詩六百餘首，要余為序。一瞥信然，盡造詣之精華，全不拾古人之牙慧，嶄新構思，誠詩林之罕見。」[64]這是讚美此集作品之立意與造語之新奇。許然〈增註閩紅詠物詩序〉則云：「內容之豐富，詞藻之安排，詩旨之發揮，題意之蘊蓄，多新穎獨創，不肯拾前人之牙慧，而猶不失興觀群怨之旨。」[65]此處不但稱美詩集的創新特色，還強調作品具有興觀群怨的詩教功能；正因具有儒家詩教之精神，對於陶冶人心有正面之助益，故陳希南稱讚此集「忠厚之氣存焉」[66]，若以「載道」的標準來衡量，這部詩集是極具深度和內涵的。

---

63 賴惠川：《閩紅館全集·增註閩紅詠物詩》，頁643。

64 見吳百樓〈增註閩紅詠物詩序〉。收錄於賴惠川：《閩紅館全集·增註閩紅詠物詩》，頁601。

65 收錄於賴惠川：《閩紅館全集·增註閩紅詠物詩》，頁602。

66 見賴惠川：《閩紅館全集·增註閩紅詠物詩》，頁662。

八 《續悶紅墨屑》

　　《續悶紅墨屑》刊行於一九六一年，是賴惠川第二本竹枝詞詩集，也是《悶紅館全集》最後一部作品。賴氏在此詩集〈序〉文中自陳，自己會寫這本竹枝詞詩集，是因為在一九六一年一月份時，看到「詩文之友社」一篇題為〈舊詩是一條死路嗎？〉的報導，受到該篇文章內容之影響，回來便以「新詩」為題，再以本土語言、俗語為書寫材料，歷經兩個月左右的時間，創作了這八百多首的竹枝詞作品。[67]

　　這本竹枝詞詩集的編排，卷首有黃文陶、張李德和、許然，以及賴惠川本人的〈序〉文；接著收錄了其父賴世英〈戒急用忍〉、〈處世〉、〈漫筆〉等文章，以及〈橫山沿途即景〉等多篇詩作；之後便是賴惠川八百五十一首的竹枝詞詩作及自書之〈跋〉文，還有王殿沅等數十位文人對此書的評語；書末「附錄」則收有賴惠川〈玉山秋日〉、〈步蔡葦航六十書懷韻〉四首、〈步黃傳心輓李維喬韻〉四首……等多首詩作。

　　這本詩集非常具有特色的地方，在於它一方面承襲了《悶紅墨屑》喜歡使用本土語言、俗語入詩的寫作形態，一方面又加入大量的童謠來做為書寫材料，讓詩集呈現出鮮明的采風精神，瀰漫著白話文學的濃郁風味；此外，這本詩集的作品，較不重視平仄格律的規則。這些特色與現象，和「詩文之友社」那篇〈舊詩是一條死路嗎？〉的報導內容有很深的關係；因為這篇報導轉錄了胡適提倡以白話文寫作新詩的觀點[68]，這個觀點對賴惠川產生了相當大的影響，雖然賴惠川

---

67 詳見賴惠川：《續悶紅墨屑‧序》，頁666。

68 詳見「詩文之友社」：〈舊詩是一條死路嗎？〉，《詩文之友月刊》第13卷第6期（1961年1月），頁數不詳。

並不認同胡適所謂舊詩為一條死路的說法，但對於胡適提倡「白話
文」寫作「新詩」的訴求，賴惠川是予以肯定的。所以賴惠川在《續
悶紅墨屑》這本詩集中，不但以「新詩」為題，還大量使用台灣的本
土語言、俗諺、童謠等口語材料，以「台灣白話文」[69]來書寫舊詩竹
枝詞，同時學習新詩的自由形式，拋開平仄的格律束縛。這樣的作
法，等於是將新詩與舊詩進行了融合，肯定了兩類詩作各自的價值，
一方面呼應了胡適以白話文寫詩的觀點，一方面卻也反駁了舊詩是一
條死路的論調，等於是從另一個角度，來調和新、舊詩之間的衝突。
[70]這種作法其實相當特別，也見證了賴惠川身為一位傳統詩人，在面
對新時代、新思想到來時所做的革新。黃美娥說：

> 臺灣的舊文人，在面對新時代、新的社會文化的變遷與挑戰
> 時，曾經嘗試進行詩歌改革，先是魏清德演講宣傳提升改造
> 「國民性」之必要，爾後又有連橫要求當發揮齊家治國平天下
> 的作用，林石崖則是強調詩歌的社會性意義與價值。[71]

相較於魏、連、林三人的論點，賴惠川對於竹枝詞（舊詩）的革新，
著重在台灣白話文的注入與運用，以及平仄格律的解脫。這樣的作
法，使得竹枝詞更加通俗化，也更接近普羅大眾，對於文學的普及化

---

69 賴惠川雖然認同胡適提倡白話文寫詩的觀點，但他所使用的白話文，是流通於台灣
　的白話文，而不是胡適所提倡的中國白話文。所以他使用台灣的本土語言、俗諺、
　童謠等語言材料入詩，讓其竹枝詞能更接近台灣的民眾，這與日治時期黃石輝、郭
　秋生倡導以「台灣話文」寫作鄉土文學的論調，有甚多相合之處。
70 有關於《續悶紅墨屑》一書，將新詩以白話文書寫之特質，融入傳統詩歌竹枝詞的
　創作中，讓新詩與舊詩進行結合，以調和新、舊詩之間的衝突。相關的論述，請詳
　見本章下一節「賴惠川的竹枝詞理論」，將有更深入的分析。
71 黃美娥：《重層現代性鏡像──日治時代臺灣傳統文人的文化視域與文學想像》，頁
　47。

有更為鮮明的效果。

誠如上文所言,《續悶紅墨屑》這本詩集,具有鮮明的采風精神,通俗化的語言材料,也使得它更接近群眾。此外,對於地方的風土人情,此詩集有相當篇幅的記載,同時它也像《悶紅墨屑》一般,時常在詩中表達對人情世態的美刺與褒貶,希望透過詩歌來導正世俗人心,呈現了鮮明的教化精神。就如蕭月漁評此詩集所言:「警世勸世之語,寓於諧謔之間,一片婆心,無量功德。」[72]陳謳南則說:「藉詩詞以諷世,寓至理以規人。」[73]可見《續悶紅墨屑》在采風與揄揚教化上,頗有《詩經·國風》之餘韻。同時,此集對於本土語言、俗諺、童謠的大量使用,也具有保存語言史料及民間文學的作用,這都更加深這部作品的地位和價值。

第二節　賴惠川的竹枝詞理論

在《悶紅墨屑》與《續悶紅墨屑》所收錄的文章中,有幾篇作品談到賴惠川對於竹枝詞的觀點和看法,若仔細加以爬梳分類,再與賴惠川其他作品集中的文章（有論及竹枝詞者）,進行相互參照,便可在某種程度上,了解賴惠川個人的竹枝詞理論。總的而言,賴惠川的竹枝詞理論,大約有三個部分:第一是探討其創作竹枝詞的動機,第二是探討竹枝詞雅俗的問題,第三是揭示竹枝詞的功能。由於第二與第三點,在賴惠川的論述當中是緊密結合的,所以本文進行分析時,這兩點是合併討論的。

72　收錄於賴惠川:《續悶紅墨屑》,頁744。
73　收錄於賴惠川:《續悶紅墨屑》,頁743。

一　創作竹枝詞的動機

（一）為解「憂愁怨亂」，發「失時失勢之鳴」而作

賴惠川在《悶紅墨屑‧竹枝詞序》一文中，談到其創作竹枝詞的動機，他說：

> 昆蟲能鳴，草木能鳴，余獨不能鳴乎？昆蟲之鳴，得時也；草木之鳴，得勢也，皆大自然也。余則失時失勢之鳴，憂愁怨亂也。……蓋以憂愁怨亂之鳴，而鳴於鄙陋俚俗之竹枝，亦鳴其所鳴也。[74]

此處談到自己創作竹枝詞的動機，是為了發出「失時失勢之鳴」，而之所以會產生「失時失勢」之感，乃因「憂愁怨亂也」。這表示賴惠川所處的時代並不平靜，因此有許多讓他憂愁怨亂之事，進而產生失時失勢之感，於是想透過竹枝詞來抒發此種不平之鳴。吾人皆知，賴惠川一生橫跨晚清、日治與戰後初期，這幾個階段都是台灣動盪不安的時期，社會局勢混亂，百姓生活並不順遂，會有「失時失勢」之感，而想藉著詩歌來描寫心中的「憂愁怨亂」，是可以理解的。像這樣「失時失勢之鳴」，與唐代韓愈的「不平之鳴」，是相互呼應的。韓愈在〈送孟東野序〉一文中說：「大凡物不得其平則鳴。」[75]這也是強調文人的創作動機，是為了抒發內心的苦悶與不滿，這與賴惠川說法

---

74 收錄於賴惠川：《悶紅墨屑》，頁292。

75 〔唐〕韓愈：《韓愈全集校注》（成都市：四川大學出版社出版，1996年7月），〈文‧貞元十七年〉，頁1464。

相合。此外，司馬遷在《史記·太史公自序》中，有「發憤」著書的說法，與賴惠川的觀點也相當近似。他說：

> 昔西伯拘羑里，演《周易》；孔子厄陳、蔡，作《春秋》；屈原放逐，著《離騷》；左丘失明，厥有《國語》；孫子臏腳，而論《兵法》；不韋遷蜀，世傳《呂覽》；韓非囚秦，《說難》、《孤憤》；《詩》三百篇，大抵賢聖發憤之所為作也。此人皆意有所鬱結，不得通其道也，故述往事，思來者。[76]

這段引文表示，當人們面對外在惡劣的環境，或自身遭受苦難而鬱鬱不得志時，常會因此而努力創作，將滿腔不平之氣化成文字，寫成一篇篇、一本本情感真摯、旨趣深刻的偉大作品，文王演《周易》，孔子作《春秋》，屈原著《離騷》……等等，都是這個道理。賴惠川因「憂愁怨亂」而發出「失時失勢之鳴」，與司馬遷此處的說法，道理也是相通的。

　　既然知道賴惠川創作竹枝詞的動機，是為了發出失時失勢的不平之鳴，是因為生活中有許多「憂愁怨亂」，那麼這些讓他憂愁怨亂之事，到底是什麼？他在《悶紅墨屑》中有兩首詩，提供了一些答案。其〈忍凍〉一詩云：

> 忍凍老公穿破裘，朝朝窗下寫閒愁。未能寫盡人間穢，看破如今休便休。(《悶紅墨屑》，頁364)

又〈俚語〉一詩云：

---

76 〔漢〕司馬遷：《史記》（台北市：鼎文書局，1992年7月），卷130，頁3300。

俚語荒唐一大批，千奇百怪事難齊。嘔心未盡心頭惡，留與他
時慢慢題。(《悶紅墨屑》，頁364)

從以上兩首詩來看，所謂「未能寫盡人間穢」、「嘔心未盡心頭惡」，
表示賴惠川之所以創作竹枝詞，動機在於揭露人間污穢事，以及想寫
盡內心不滿的惡事，這些社會上的穢事惡事，就是讓他「憂愁怨
亂」，讓他想發出「失時失勢之鳴」的原因。而在揭露這些人間污穢
事的同時，也傳達了他對人生的價值判斷，蘊含著他的「處世思
想」，希望透過這些詩歌，達到端正世道人心的作用。其《悶紅墨
屑・跋》文云：「倘有關於世道人心者，詩雖刻薄，意則甚厚，蓋謂
有則改之，無則加勉。」[77]這種將現實環境的不堪與污穢，透過犀利
的筆鋒進行揭露與批判，雖然讓詩歌看來「刻薄」，不過「意則甚
厚」。這是因為在抒發內心的「憂愁怨亂」，傳達「失時失勢之鳴」的
同時，其背後所存在的，是一種改善「世道人心」的醇厚目的啊！

　　文學家在探討文學理論時，將賴惠川、韓愈這種為了抒發內心不
平之鳴，或是為了宣洩內心憤悶的寫作動機，歸入文學起源的範圍進
行討論[78]，這與「勞動說」、「模仿說」、「遊戲說」、「宗教說」……等
等[79]，都屬於文學起源論的範疇，是文學理論上的一項重要課題。

(二) 為革新舊詩而作

　　在正式談論本小節之前，筆者想先引錄一篇「詩文之友社」的報

77　賴惠川：《悶紅墨屑》，頁364。

78　在彭會資主編的《中國文論大辭典》中，即是將這種「不平之鳴」或「發憤著書」
　　的論點，歸類於「文源說」之中，代表它們所探討的，是「文學起源論」的問題。
　　見氏著：《中國文論大辭典》(天津市：百花文藝出版社，1990年7月)，頁2-3。

79　文學起源論中，有所謂「勞動說」、「模仿說」、「遊戲說」、「宗教說」……等論點，
　　可參考涂公遂：《文學概論》(台北市：華正書局，1988年7月)，頁145-160。

導，題為〈舊詩是一條死路嗎？〉讓讀者看看胡適在這篇報導中對於舊詩（傳統詩歌、古典詩歌）的批判。該文說：

> 舊詩是一條死路嗎？胡適博士說：「舊詩是一條死路！」……胡適博士很謙虛的對這一群年青的新詩人說，希望他能有機會在臺灣去收集他們的新詩，他並鼓勵他們多多創作新詩。他說，四十多年來，他自己始終沒有變節，他始終不願意寫舊詩。胡適博士說，他知道每年詩人節時，臺北詩人大集會，共有舊詩人千餘人來參加，而今天集會的新詩人卻只有二十幾人，他鼓勵他們說，希望不要氣短，不要悲觀，舊詩是一條死路，是沒有前途的，新詩這條路才是有前途光明的路。他說四十四年前，他首先開始用白話文寫詩，至今仍然沒有變節。[80]

在這段引文中，胡適對著一批年青的新詩人，灌輸寫新詩才是「前途光明的路」，並直言自己四十幾年來都「沒有變節」，他「始終不願意寫舊詩」，他是「用白話文寫詩」，因為「舊詩是一條死路」。這篇文章，刊登於民國五十年元月「詩文之友社」第十三卷六期的月刊中，同月賴惠川看到這篇報導，內心起了很深的感觸，也因此引發他創作《續悶紅墨屑》的動機，企圖以這本竹枝詞詩集，來革新舊詩之弊，並從而調和新詩、舊詩之爭。他在《續悶紅墨屑‧跋》文中說道：

> 昨因偶閱「詩文之友社」，揭載〈舊詩是一條死路嗎〉之紹介，細想舊詩雖近拘執，亦未必是一條死路；而新詩固甚任意，似亦未可輕忽。惟在作者，能得其旨趣，發揮其理想，則

---

80 見「詩文之友社」：〈舊詩是一條死路嗎？〉，頁數不詳。

新詩何異於舊詩，而舊詩豈賤於新詩哉？有觸於懷，爰有是編之梓。[81]

賴惠川在文中談到，自己因為看到〈舊詩是一條死路嗎？〉這篇報導，看到胡適提倡以白話文作新詩，並且批判寫舊詩是一條死路。對於賴惠川而言，這種新詩、舊詩之爭，孰優孰劣，其實沒有一定的標準。他認為舊詩雖然「拘執」，但也「未必是一條死路」；而新詩寫法雖然較「任意」，但也「未可輕忽」。這表示兩者都具有價值，都不宜偏廢。接著他認為，只要「旨趣」好，能發揮寫作的「理想」，那麼新詩與舊詩是沒有什麼分別的，所以他說：「新詩何異於舊詩，而舊詩豈賤於新詩哉？」這樣的觀點，是對新詩與舊詩同表重視，兩者間沒有輕重高低之分。然而，對於胡適等人對舊詩的批判，他還是相當有感觸的，所以他才會有「舊詩雖近拘執」的說法。既是如此，當然要有所革新，以證明舊詩不是一條死路，因此他選擇創作《續悶紅墨屑》來改變舊詩的面貌，所以在《續悶紅墨屑・跋》文中，才會出現「有觸於懷，爰有是編之梓」的說法。

　　既然想要以創作《續悶紅墨屑》來革新舊詩，那麼具體的作法是什麼呢？他的作法，就是將新詩寫作的特色，融入舊詩竹枝詞的創作中，讓新詩與舊詩合而為一，達成他所謂「新詩何異於舊詩，而舊詩豈賤於新詩哉？」的說法。且看其〈續悶紅墨屑序〉一文的說法：

陽曆辛丑一月二十七日，偶閱「詩文之友社」第十三卷第六期，揭載〈舊詩是一條死路嗎〉之題，就中紹介「新詩」等語，不覺故態復萌，舉筆亂書。凡前《墨屑》所未載者，今則

81　賴惠川：《續悶紅墨屑》，頁741。

意想所及，漸次補錄。雖「以新詩為題」，實乃取諸俗語，湊
合成句而已，所謂俚詞者是。[82]

根據上述引文說法，賴惠川在看到〈舊詩是一條死路嗎？〉這篇文章
後，了解到一些「新詩」的相關訊息，於是觸動他學習新詩的興致，
而以「新詩為題」，「舉筆亂書。」但他並非真的創作新詩，他只是將
新詩的特色融入竹枝詞裡，變成以竹枝詞來寫新詩，所以才說「雖以
新詩為題，實乃取諸俗語，湊合成句而已，所謂俚詞者是。」他對於
自己這種作法其實還頗為自喜的，且看其《續悶紅墨屑・我學》一詩
的說法：

我學新詩有大才，天花亂墮筆花開。舊詩是條死路嗎？何苦搜
腸絞腦來。（《續悶紅墨屑》，頁669）

再看其〈雷鳴〉一詩：

雷鳴瓦缶自怡怡，筆硯生涯老不知。拾得今人牙慧足，湊成七
字作新詩。（《續悶紅墨屑》，頁741）

又其〈山歌〉一詩云：

山歌獨唱幾千聲，古法無拘出口成。怕到一條死路去，新詩勤
學為求生。（《續悶紅墨屑》，頁741）

---

82 收錄於賴惠川：《續悶紅墨屑》，頁666。

由上引前二詩的內容看來，賴惠川是將創作竹枝詞當作是在「學新詩」、「作新詩」，可見他有意將舊詩與新詩融合在一起；而這樣做的目的，據所引第三首詩所謂「新詩勤學為求生」，可見他企圖以創作竹枝詞來革新舊詩，以避免舊詩走入胡適所批判的「死路」。於是在短短兩個月左右的時間，他寫了八百多首融入新詩特色的竹枝詞，也就是目前所看到的《續悶紅墨屑》。

　　上文談到，賴惠川將新詩的特色融入竹枝詞的創作中，讓兩者合而為一，那麼其操作的具體手法到底是什麼？這主要有兩點：第一點就是學習新詩用白話文寫詩；第二點就是學新詩拋開平仄格式的束縛。針對這兩點，賴惠川《續悶紅墨屑・平平》一詩，有相當適切的說明，該詩云：

> 平平仄仄太支離，土語鄉談便是詩。信手拈來隨口出，人人開竅更開脾。（《續悶紅墨屑》，頁669）

詩中首句，談到舊詩篤守平仄規則的困境，所以應該拋開舊詩格律的束縛[83]，這樣的觀點，顯然是受到新詩追求形式自由的影響。詩歌的第二句，說的是新詩使用白話文寫作的模式，句中所謂的「土語鄉

---

83 賴惠川在其《續悶紅墨屑・跋》文中表示，詩集中的竹枝詞，「所用的俗語童謠，多有平仄未洽而強用者，蓋其語源如是，不能妄易。」（見《續悶紅墨屑》，頁741。）由這段話可以看出，賴惠川創作《續悶紅墨屑》時，許多引用俗語或童謠的作品，常常是不合舊詩的平仄格律的；而之所以如此，他強調是為了維持俗語或童謠原來的語源形貌，所以只好犧牲舊詩的格律規則。從這個情形透露出兩項訊息：其一是賴惠川非常重視以台灣民間的口語材料來寫詩，這是重視台灣白話文的舉動，也展現其文學能親近普羅大眾的特色；其二是這種為了保留口語材料之語源，而打破舊詩格律規則的作法，顯然是受到新詩追求形式自由的影響，這個影響，當然與前揭所謂受到胡適提倡以白話文寫作新詩，並批判舊詩是一條死路的說法有關。

談」，指的就是人們日常生活的口語用詞，這屬於白話文的範圍。至
於第三句和第四句，指的是拋開平仄束縛，以及使用白話文創作的便
利性。[84]從這首詩的內容可以看出，賴惠川對於使用白話文寫詩，是
有所認同且真正加以落實的，所以他把新詩使用白話文，以及拋開平
仄束縛的特色融入《續悶紅墨屑》的創作中，之所以如此，當然與受
到〈舊詩是一條死路嗎？〉這篇報導的觸動有關，也就是某種程度
上，受到了胡適提倡白話文以及批判舊詩的影響，於是以實際創作來
革新舊詩的形態。

綜合上述可知，胡適在〈舊詩是一條死路嗎？〉這篇報導中所提
出的論點，對賴惠川至少產生以下三點之影響：第一，刺激賴惠川在
短短兩個月左右的時間寫成《續悶紅墨屑》這部竹枝詞詩集，並企圖
透過這部詩集，進行舊詩的革新。第二，讓賴惠川以白話文寫作竹枝
詞的想法更強烈，雖然賴惠川以白話文創作竹枝詞，早在《悶紅墨
屑》的時期就已經開始，當時他已經使用許多台灣白話文（閩南語）
和俗語來進行寫作，不過在《續悶紅墨屑》中，台灣白話文使用的量

---

[84] 前揭曾述及賴惠川重視詩歌的「旨趣」、「理想」，此處又談及他以「土語鄉談」等
俚俗口語創作舊詩（竹枝詞），且能拋開「平仄」格律的束縛，藉以改革舊詩「拘
執」之弊。此一作法，與賴和晚年改革舊詩的情形，頗有相互輝映之處。廖振富在
〈新舊融通，殊途同歸：林幼春、賴和與台灣文學〉一文中，曾探討賴和晚年對舊
詩的改革，其引錄賴和〈應社招集趣意書〉一文，來分析賴和改革舊詩的作法。賴
和在〈應〉文中說：「我們這社（應社）沒有什麼規則，凡所吟詠能表現個人的情
感思致為『主旨』，以此『不擬題目』，詩『不拘體韻』。吾們大家心所感的，眼所
觸的，用詩表現出來的，『勿論長短篇，有韻無韻』，以一月為期，各人把一月中自
己最得意的選錄兩首寄來辦事處。」（轉引自廖振富：《臺灣古典文學的時代刻痕：
從晚清到二二八》，台北市：國立編譯館，2007年7月，頁193）從上述引文可以看
出，賴和改革舊詩的作法，乃是「能表現個人的情感思致為主旨」，可以「不擬題
目」、「不拘體韻」、「勿論長短篇」，這種重視詩歌的「主旨」，而能打破舊詩格律束
縛的觀點，與賴惠川強調詩歌的「旨趣」、「理想」，拋開「平仄」格律的作法，實
有相互呼應之處。

更龐大，這與胡適提倡白話文寫詩有所關係。第三，受胡適提倡新詩寫作的影響，更能追求詩歌格律的自由，因此在創作《續悶紅墨屑》時，能夠拋開舊詩平仄規則的束縛，而以真實呈現寫作素材之原貌為主要原則。

　　以上是賴惠川受到胡適觀點影響之處，不過平心而論，賴惠川竹枝詞所呈現的風格與特色，另外有一部分可能是受到黃石輝、郭秋生等人所倡導的鄉土文學所影響。因為賴惠川雖然重視以白話文寫詩，但他所使用的白話文是台灣的白話文（閩南語），這跟黃石輝、郭秋生等人提倡以台灣白話文創作的觀點近似，而跟胡適提倡中國白話文的觀點不同。此外，其詩中大量運用童謠與俗諺，這跟郭秋生重視整理「歌謠及民歌」[85]的主張也很相合，都是從民間文學中獲取創作的養分。因此，賴惠川竹枝詞的創作，就其自身的說法，固有受胡適評論新舊文學之觀點所影響；然而在台灣白話文的選擇，以及台灣俗諺、童謠等民間文學材料的大量使用上，或許有受到黃石輝、郭秋生等人所倡導的鄉土文學之影響，在如此眾多因素的匯聚下，進行了一場舊詩的革新。

　　在本小節的最後，筆者有一點想法想要做出說明，那就是賴惠川能同時認可新詩與舊詩的價值，沒有偏廢或排斥任何一方，這實在是非常了不起的看法。他將新詩筆法融入竹枝詞的創作中，一方面以台灣的白話文寫詩，一方面去除舊詩平仄的拘限，讓新詩與舊詩合而為一，並藉以革新舊詩的形態，使舊詩走出一條新的路徑來，這實在值得為他喝采。施懿琳探討日治時期台灣古典文學的發展時曾說：

　　　　另有一群亦以舊詩人的身分出現的文人，在文學論戰之後，逐

---

[85] 關於黃石輝、郭秋生的論點，詳見本書第二章第一節，有關日治時期「文學環境」之論述。

漸反省到舊詩流於「貴族化」的弊端，乃亟思以台灣話文寫作
的方式，寫出貼近民眾的心聲和感受，為台灣文學走出「台語
文學」寫作的路線來。[86]

這段話的論點，非常適合定位賴惠川《悶紅墨屑》與《續悶紅墨屑》
的表現，在革新舊詩的形態，並以台灣話文創作詩歌的成就上，賴惠
川對於舊詩，以至於台語文學的發展，可說有令人刮目相看之處，在
台灣竹枝詞的整體發展上，也樹立起他人難以企及的標竿。

二　竹枝詞的雅俗與功能問題

賴惠川在《悶紅墨屑・又序》中針對竹枝詞的雅俗問題，有這麼
一段論述，其云：

竹枝詞難矣，化俗為雅，化雅為俗，雅俗互用，通靈一片。詢
以神行，可意會，不可言傳，實非草草從事，所能得其要旨。[87]

以上這段話，是賴惠川針對竹枝詞雅俗問題的一個主要觀點。從其敘
述來看，他認為創作竹枝詞「難矣」，因為無法「草草從事」，必須
「化俗為雅，化雅為俗，雅俗互用，通靈一片。」從這種說法來看，
他認為竹枝詞的理想境界，必須雅中有俗，俗中有雅，要「雅俗互
用」為佳。

賴惠川提出「雅俗互用」的觀點，在竹枝詞的雅俗問題上，似乎

---

86 施懿琳：《從沈光文到賴和──台灣古典文學的發展與特色》（高雄市：春暉出版
　　社，2000年6月），頁266。

87 收錄於賴惠川：《悶紅墨屑》，頁291。

是一個比較折衷的說法，因為歷來談論竹枝詞雅俗問題者，有的對雅麗風格的作品，表達過肯定之意，有的卻主張通俗的風味，各有看法與論點。首先就雅麗風格的作品來看，孫元衡〈過他里霧二首〉，翁聖峯將之歸類為「雅緻」之作品，與李如員、卓肇昌竹枝詞風格「十分接近」[88]，對於這篇雅緻風格的作品，王漁洋給它「二首竹枝風味，必傳之作」[89]的嘉評。再看卓肇昌描寫台灣的竹枝詞，翁聖峯亦將之歸類為「雅緻」之作[90]，例如其〈東港竹枝詞〉一詩，語言使用極為整鍊秀麗，鮮見俚俗平易之味，楊雲萍稱讚此作「亦頗清麗可誦」[91]。

　　對於風格典雅的竹枝詞，有人加以稱讚肯定，但也有文人與學者，大力主張通俗化的竹枝詞風格。清代陳璨在其《西湖竹枝詞·跋》中說：

　　　　昔人云：「村叟入市一，打恭作揖，皆可入詩料。」此言有合竹枝之旨，故寧為鄙俚瑣碎之詞，不作艷冶輕懷之調。[92]

文中主張竹枝詞的寫作，內容應該取材於市井生活，所以「村叟入市一，打恭作揖，皆可入詩料」；而其語言的使用，「寧為鄙俚瑣碎之詞，不作艷冶輕懷之調。」這充分展現他重視竹枝詞通俗風格的觀點。再如王紅所言：「竹枝詞本身是由民歌蛻化而來的，其中往往直

88　見翁聖峯：《清代臺灣竹枝詞之研究》（台北市：文津出版社，1996年4月），頁114。

89　見孫元衡：《赤嵌集》（南投縣：臺灣省文獻委員會，1994年5月），頁16。

90　見翁聖峯：《清代臺灣竹枝詞之研究》，頁104。

91　楊雲萍：《台灣史上的人物》（台北市：成文出版社，1981年5月），〈卓肇昌〉，頁111。

92　〔清〕陳璨：《西湖竹枝詞》（杭州市：杭州出版社，2004年10月，西湖文獻集成本），冊27，頁31。

接運用了不少『俚俗』的語言，這是竹枝詞的『本色』。」[93]文中將竹枝詞運用「俚俗」語言的通俗味道，視為竹枝詞的「本色」。此外，梁穎珠認為，竹枝詞具有「俗美」的特色，喜歡使用口語、俚語入詩，語言風格趨於詼諧、風趣。[94]以上說法，都是支持竹枝詞「通俗」的特色。

透過以上的例子可以看出，不論是對「雅」麗作品的肯定，還是對通「俗」風格的主張，雅俗問題一直是竹枝詞值得思考的方向。不過平心而論，以書寫各地風土民情為主要訴求的竹枝詞，既然寫作的材料，是來自地方的景觀物產與百姓生活情狀，而且經常使用本土語言、俗語進行寫作，那實在很難避免要走向通俗的道路，也因此通俗化的風格，長期以來是竹枝詞的「主流」路線。儘管文體的演變常會跳脫主流而產生變體，例如李如員、卓肇昌、施士洁等人雅麗的竹枝風格，但主流仍然是位居主體，不會輕易改變的。也因為如此，雖然賴惠川在序文中提出「雅俗互用」的觀點，但他也承認要做到這樣的境界「難矣」，而觀其實際的竹枝詞創作，其實仍以「通俗化」作品為主。針對此一現象，他在〈又序〉一文中，也做了陳述，文曰：

> 是編（指《悶紅墨屑》）六百七十二首，稍近竹枝體制者（指「雅俗互用」者）寥寥無幾，餘則糊塗了事，竊攘其名耳。然而不棄者，以其意在存事蹟，紀方言。有其事，可存者存之，不問言之雅俗；有其言，可紀者紀之，不較事之有無。存之紀之，不汲汲於修詞煉句也。……汗牛充棟，鄙陋俚俗者，十居

---

93 王紅：〈民族文化性格的深度抒寫：清代廣西竹枝詞研究〉，《中央民族大學學報》（哲學社會科學版）第36卷第5期（2009年），頁136。

94 詳見梁穎珠：〈論清代竹枝詞之俗美特質〉，《廣西大學學報》（哲學社會科學版）第29卷增刊（2007年10月），頁41-43。

九九。[95]

又〈荻洲先生大教〉一文云：

　　既以存瑣事、紀方言為主體，自不能免於鄙陋俚俗之旨趣。[96]

其《悶紅墨屑・跋》文亦云：

　　《悶紅墨屑》之竹枝詞，非必竹枝詞也，乃詩之俗者耳。[97]

在上述三段引文中，賴惠川坦承自己的竹枝詞有通俗的傾向，說這些
作品能達到「竹枝體制」（指「雅俗互用」）者「寥寥無幾」，而「鄙
陋俚俗者，十居九九。」可見理想是一回事，但實際創作時又是另一
回事。由此也可以看出，以各地風土民情為主要書寫材料的竹枝詞，
「通俗化」仍然是主要的風格。而賴惠川之所以循著通俗化的路線進
行創作，他表示是因為要「存事蹟，紀方言」，所以「不問言之雅
俗」，也「不汲汲於修詞煉句也」。這裡顯然是由「雅俗」問題進入竹
枝詞的「功能」問題，賴惠川明白指出，為了要達到「存事蹟，紀方
言」的目的，自身的竹枝詞創作，可以「不問言之雅俗」，也可以
「不汲汲於修詞煉句也」。所以在賴惠川的心目中，竹枝詞是一個可
以「存事蹟，紀方言」的文體，具有實用性的功能，為了達到此一功
能，是可以採取通俗的寫法，不必拘泥於字句的鍛鍊與典雅風格的要

---

95 收錄於賴惠川：《悶紅墨屑》，頁291。
96 所謂〈荻洲先生大教〉一文，乃賴惠川針對林荻洲（緝熙）評《悶紅墨屑》所作的
　答覆。此文收錄於賴惠川：《悶紅墨屑》，頁396-398。而本註所引之文字，在頁398。
97 賴惠川：《悶紅墨屑》，頁364。

求。這種所謂「存事蹟，紀方言」的功能，其實就是一種「保存史料」的功能，由於竹枝詞廣記各地風土民情，常被視為具有彌補史料不足之作用，既然具有此種實用目的，那麼詞藻是否華麗，風格是否典雅，就不必過度要求了。翁聖峯說：「有些竹枝詞的作者，似乎也了解這一點，因此都強調創作竹枝詞的動機，是在補史之不足，並不計詩作之工拙。」[98]賴惠川的觀點，與此正相呼應。

除了「存事蹟，紀方言」此一「補史」的功能外，賴惠川談到自己以通俗筆法寫作竹枝詞的另一項目的，是希望有益於「世道人心」，由此也點出竹枝詞另一種價值，亦即詩歌的「教化」功能。其《悶紅墨屑·跋》文云：

> 然而俗則俗矣，倘有關於世道人心者，詩雖刻薄，意則甚厚，蓋謂有則改之，無則加勉。[99]

文中談到，之所以採用通俗語句來寫作竹枝詞，是為了端正「世道人心」，所以詩中時有批判之語，但批判雖然「刻薄」，不過內在的用意卻是深厚的。因此，有過錯的人看了詩之後，就應當改過；沒有過錯者，就將之視為勉勵的話吧！賴惠川這樣的觀點，其實是賦予竹枝詞一種「教化」的功能，這可說是傳承了《詩經》的精神，是孔門詩教的延續。正因如此，許藜堂在為賴惠川《續悶紅墨屑》一書寫〈序〉時，才以《詩經》興、觀、群、怨的教化功能，來比擬賴惠川的竹枝詞作品。[100]張李德和為賴惠川《續悶紅墨屑》一書寫〈序〉時也說：

---

98 翁聖峯：《清代臺灣竹枝詞之研究》，頁143-144。

99 賴惠川：《悶紅墨屑》，頁364。

100 賴惠川：《續悶紅墨屑》，頁665。

　　余每讀悶紅老人所著《墨屑》一書，今又再續，前後兩編，皆
　　以方言俗語，化為詩章。一者為存古來俗語不使湮滅；二者將
　　俗語之義闡述，或警或勸，有屬經常不意間脫口所用之套，而
　　成提醒之資。[101]

這段話將賴惠川寫作竹枝詞的兩項功能，都提點出來了，所謂「存古
來俗語不使湮滅」[102]，指的就是「補史」的功能；至於「或警或
勸」、「而成提醒之資」，指的就是「教化」的功能。

第三節　賴惠川《悶紅墨屑》與《續悶紅墨屑》之比較

　　《悶紅墨屑》與《續悶紅墨屑》，同屬竹枝詞作品集，從後者名
為《續悶紅墨屑》來看，便能明白其形式技巧或者題材內容上，必定
有某些地方是沿襲了《悶紅墨屑》的特點；然而因為寫作時空的不
同，兩書之間也必然存在著若干之差異。這些同與異之處，相信是
關心賴惠川竹枝詞者所意欲了解之事。因此本節將針對這兩本詩集進
行寫作形式與題材內容上之比較，俾使讀者可以了解兩書之間的異
同點。

---

101 賴惠川：《續悶紅墨屑》，頁664。

102 針對「存古來俗語不使湮滅」這項貢獻，張李德和在《續悶紅墨屑・序》文中表
　　示，賴惠川竹枝詞保存本土語言的功勞很大，因為「日人所據五十多載，中年人
　　於本地語幾乎不能通曉，更於風俗寓意之語，意義深長之處，復何識之可言
　　哉？……所幸悶紅老人有心世道，蓋思有以挽救人心，藉題發揮，闡思廣著，庶
　　幾保存風俗習語，豈嘗堪供采風之錄，實於語史上，放一異彩。」（收錄於賴惠川
　　《續悶紅墨屑》，頁664。）由張李德和這段話來看，賴惠川竹枝詞保存本土語言
　　的作法，實在深具時代性的意義和價值。

一　題材內容之比較

　　《閑紅墨屑》與《續閑紅墨屑》在題材內容的書寫上，主要有寫景類、詠物類、詠史類、飲食類、節慶類、天象氣候類、生命禮俗類、疾病醫療類、宗教信仰類、民間俗信類、表演藝術類、自我書寫類、社會書寫類、反日思想類等。其中「寫景類」作品，包含對地形地貌與名勝景觀的描寫；「詠物類」作品，包含對動物、植物及生活器物的描寫；「詠史類」作品，包含對歷史人物與歷史事件的描寫；「飲食類」作品，包含對風俗節慶之飲食，以及各地方特色食物之介紹；「節慶類」作品，包含對台灣各類節慶（含節氣）如過年、元宵節、清明節、端午節、中秋節、霜降……等等的描寫；「天象氣候類」作品，則描寫天象奇景與氣候之變化（包含二十四節氣之變化）；「生命禮俗類」作品，包含對育兒禮俗、婚嫁禮俗、喪葬與祭祖之禮的描寫；「疾病醫療類」作品，包含對正規醫療與民俗療法的描寫；「宗教信仰類」作品，包含對道教、佛教、基督教，以及宗教整體看法的描寫；「民間俗信類」作品，包含對占卜巫術、風水堪輿，以及百姓特殊習慣與觀念的描寫；「表演藝術類」作品，包含對音樂與戲曲的描寫；「自我書寫類」作品，包含對個人生活與心情的書寫，以及發表個人的議論；「社會書寫類」作品，包含對社會制度、社會風氣與現象，以及社會人士或事件之書寫；反日思想類作品，則是表達對日人統治台灣之不滿。除了上述題材內容外，還有一些題材內容之作品，因為數量較少，在樣本數不足的情況下，較難以進行具體的分析，這部分作品如描寫外國事物者、描寫民間故事與傳說者、描寫民間禁忌者等等，這些作品，此處先予略去不談。

　　以上各類題材內容之作品，經筆者進行歸納統計，在《閑紅墨

屑》與《續悶紅墨屑》中各自出現的次數，可透過以下表格進行觀察：

表 3-1 《悶紅墨屑》與《續悶紅墨屑》主要題材內容之作品數量
比較表

題材內容	《悶紅墨屑》作品數	《續悶紅墨屑》作品數
寫景類	31	3
詠物類	68	40
詠史類	28	19
飲食類	35	44
節慶類	16	6
天象氣候類	23	3
生命禮俗類	41	22
疾病醫療類	20	14
宗教信仰類	65	37
民間俗信類	14	5
表演藝術類	11	6
自我書寫類	95	183
社會書寫類	339	425
反日思想類	30	14

透過上述表格可以看出，各類題材內容在《悶紅墨屑》與《續悶紅墨
屑》中各自出現的次數，透過這些次數的差異，我們其實可以觀察到
一些訊息。首先，就題材內容受重視的程度來看，在兩本詩集中，社
會書寫類與自我書寫類，數量都是排名前二多的，可見賴惠川對於這
兩類題材內容的重視。其次，就題材內容的延續性而言，詠物類、詠
史類、飲食類、生命禮俗類、疾病醫療類、宗教信仰類、表演藝術類

等作品，在兩本詩集間具有一種創作上的延續性，它們兩者間或許存在著數量上的差異，但數量至少皆達對方的二分之一以上，這代表這些類型的題材內容存在著創作上的延續性。至於另一種情況，就是某些題材內容的作品，在《續悶紅墨屑》中出現了銳減的現象，其數量的差距達二分之一以上，例如寫景類、節慶類、天象氣候類、民間俗信類、反日思想類的作品，這代表此種類型之作品，可能對賴惠川的吸引力不再那麼強烈，或是可以寫的對象已大致寫完，或是因為其他因素的影響所致。然而在銳減之外，也有激增的現象，例如自我書寫類的作品，在《續悶紅墨屑》中就大量增加，較《悶紅墨屑》中的數量多出近一倍，這現象也值得關注。

　　以上是就整體情況做概括式的分析，接著筆者想針對其中幾種異同性較為特殊的類型，進行個別的比較分析。

（一）「寫景類」作品之比較

　　「寫景類」作品，在《悶紅墨屑》中有三十一首作品，在《續悶紅墨屑》中卻只有三首作品，這比例非常懸殊。筆者以為這與賴惠川深居簡出的個性有關[103]，在不喜外出的情況下，描寫外界景觀的作品自然就較少。我們觀察賴惠川竹枝詞的寫景之作，多數是描寫嘉義的

---

103 賴惠川在其《悶紅小草‧序》（《悶紅館全集‧悶紅小草》，上冊，頁10）中曾提到，時人曾經批評他的《悶紅小草》作品「絕少登臨之作，見聞不廣。」對此賴惠川回應說：「誠哉是言，深愧足不出戶庭，陋巷窮愁，救荒不暇，何見聞之足道哉？況人之環境不同，個性亦異，惟在處之者何如耳！孟子謂浩然之氣，塞乎天地之間，則一息尚存，餘氣未泯，鶯笙蚓笛，鳴其所鳴，而適其所適，不見誅盛世幸矣，似不必昇天入地，方可寫其襟懷也。」文中談到自己較少登臨之作，是因為「足不出戶庭」所致。但是他也引孟子之言為自己申辯，認為「浩然之氣，塞乎天地之間」，在這種情況下，只要心中有正氣，即使人在家中，亦能寫出好作品，「似不必昇天入地，方可寫其襟懷也。」不過儘管賴惠川對於寫作的觀點有其獨特見解，但其深居簡出，以致於較少登臨之作，亦是事實。

地理與名勝風景，而這些內容（如諸羅舊八景、諸羅新八景、東門太子樓、布街、牛斗山……），在《悶紅墨屑》中大抵已寫過，在個性不喜外出的情況下，已難有新素材可寫，於是在《續悶紅墨屑》裡，也就甚少有寫景之作了。

（二）「天象氣候類」作品之比較

　　「天象氣候類」作品，在《續悶紅墨屑》裡數量突然大量減少，筆者以為這跟素材多數已於《悶紅墨屑》中寫過有關。在賴惠川的竹枝詞中，此類作品除了少數幾首是描寫天文奇景（如日全蝕、日環蝕、月掩星）之外，多數就是介紹二十四節氣所衍生出來的氣候變化，而這些變化，基本上都有固定的形態，也因此古人幾乎都編有口訣來形容這些形態。例如《悶紅墨屑》〈欲問〉、〈古來〉、〈去年〉三詩，註文分別寫著「春甲子雨，赤地千里。」「夏甲子雨，駛船入市。」「六月一日，一雷壓九颱，無雷九颱來」[104]這三段註文的說法，都是先民所編之口訣，用以形容台灣二十四節氣與氣候之間的特殊關係。這種特殊關係既然有著固定的形態，那麼其內容大致也是固定的，此時既然已在《悶紅墨屑》中做過描述，那麼《續悶紅墨屑》裡自然就不須再著墨了，也因此這類題材的作品，在《續悶紅墨屑》裡就大量減少了。

（三）「飲食類」作品之比較

　　「飲食類」作品在《悶紅墨屑》與《續悶紅墨屑》裡，誠如上文所言，有其創作上的延續性，兩者間的數量不會差距太大，不過其間的差異仍是存在的，也因此顯現出各自的特色。就延續性而言，兩本

104　以上三詩註文，見賴惠川：《悶紅墨屑》，中冊，頁297、298。

詩集的共通點，在於書寫各地方之特色飲食，以及各種節慶的飲食，這是兩本詩集中，都多所描述的。至於其差異處，《悶紅墨屑》有較多與歷史事件相關的飲食文化；而《續悶紅墨屑》在醫療保健相關的飲食上，卻有其獨特之內容，這是兩者間最顯著的差異，也見證了傳承之中有所創新的特色。

（四）「社會書寫類」作品之比較

　　「社會書寫類」作品，包含對社會制度、社會風氣與現象，以及社會人士或事件之書寫，在《續悶紅墨屑》中有大量增加的情況，其中最主要增加的，是對社會人士或事件之書寫，增加了一百多首作品。而這樣的增加，基本上只是數量的加多，內容上大抵仍是社會上各階層人士生活景象的描繪，以及社會上所見所聞之事件記述，相較於《悶紅墨屑》，這方面內容並無特別迴異之處。不過就另一項內容，亦即對社會風氣與現象的描寫上，兩本詩集之間倒有些可以進行說明的地方。這主要的現象是，賴惠川在這方面的內容上，曾對幾種社會現象進行一定數量的書寫，感覺起來是有組織、有系統的進行這些議題的寫作。例如在《悶紅墨屑》與《續悶紅墨屑》裡，分別各以六首及十一首的作品，來描寫賭博的景象；此外，也各用了二十二首與五首的作品，來描寫社會上的娼妓文化。又《悶紅墨屑》中，有二十三首作品是書寫當時女權提升與開放的風潮，不過這類議題，卻未見於《續悶紅墨屑》中；然而，在《續悶紅墨屑》中，詩人卻以十五首作品，描寫女子擇偶的情形，不過這類議題，卻未見於《悶紅墨屑》裡。由是可知，在社會風氣與現象的描寫上，《悶紅墨屑》與《續悶紅墨屑》有一些共同關注的議題，例如：娼妓與賭博現象；但也有一些議題是各自書寫，另一本詩集則未有觸及，例如：《悶紅墨屑》之書寫女權提升與開放之風潮，《續悶紅墨屑》則書寫女子擇偶

之情形。以上是兩本詩集在「社會書寫類」作品上異同之處，透過這些作品，對於當時的台灣社會，便能勾繪出相當豐富的圖像。

（五）「自我書寫類」作品之比較

接著再看「自我書寫類」的作品，這類作品在《續悶紅墨屑》中大量增加，較《悶紅墨屑》的數量多出近一倍，這現象頗堪玩味。細觀這類作品，其內容可分二個區塊：一個是對個人生活與心情的書寫，另一個是發表個人的議論。這兩個區塊中數量都明顯增多，尤其是對個人生活與心情的書寫，一下子從二十三首激增至七十一首。這種作品大量增加的現象，必定有其相關因素存在。筆者細究《悶紅墨屑》與《續悶紅墨屑》在描寫個人生活與心情的作品上，其內容的異同出現了一些現象，首先就內容相同（似）之處來看，在和親友聚會及外出遊玩，或是家居讀書，或是詩人群聚吟詠的事情上，兩本詩集的作品量都差不多，這是兩者間相近之處，也展現出兩詩集間的延續性；至於兩者間的差異，主要在於《續悶紅墨屑》的作品，出現了許多內容是《悶紅墨屑》裡甚少或幾乎未曾提到的。這主要有三個部分：分別是描寫生活的困頓、描寫對亡妻的思念，以及描寫創作「新詩」的心路歷程。會出現這三種內容，事實上是與詩人的生活環境產生變化有關。就描寫生活的困頓而言，據賴惠川孫媳婦賴沈秀圭女士的說法，由於國民政府來台後推行「耕者有其田」與「公地放領」政策，賴惠川家中祖產多數被政府徵收，再放領給佃農，家中經濟大不如前，而有吃緊的現象。筆者以為，這也導致《續悶紅墨屑》中，出現一些描寫自身生活困頓的作品，例如〈餘生〉一詩，就談到土地被政府徵收之事；〈日日〉、〈支票〉、〈崎嶇〉……等詩[105]，便描寫家中

---

105 以上〈餘生〉、〈日日〉、〈支票〉、〈崎嶇〉等詩，分見賴惠川：《續悶紅墨屑》，頁676、682、683。

經濟不順之事。至於描寫對亡妻的思念，在《續悶紅墨屑》中數量亦不少，其妻於一九五七年過世，賴惠川為了悼念亡妻，一口氣作了約一百九十首七絕悼亡詩，以訴說對愛妻的思念，這些詩作後來還被編成《悶紅墨滴》一書。這樣的思念，同樣也被化入《續悶紅墨屑》裡，而產生許多情感深摯的作品，例如〈廢紙〉、〈網著〉、〈紫雲〉[106]……等詩皆是。而由於賴妻去世時間在《悶紅墨屑》成書之後，因此悼念亡妻的內容，並未出現在《悶紅墨屑》裡。接著要討論的，是描寫創作「新詩」之心路歷程之作品。這部分作品，也只出現於《續悶紅墨屑》中，而未見於《悶紅墨屑》裡。誠如本章前節所言，賴惠川在一九六一年看到「詩文之友社」一篇名為〈舊詩是一條死路嗎？〉的報導，對於胡適批判舊詩、提倡新詩的說法有所觸動，於是興起學習新詩的興致，他將新詩以白話文寫作的手法融入竹枝詞裡，變成以竹枝詞來寫新詩，因此《續悶紅墨屑》就變成賴惠川寫作新詩的試驗場，其〈我學〉、〈雷鳴〉、〈山歌〉[107]……等詩，都談到這種寫作新詩的心路歷程與感想，這是《悶紅墨屑》裡不曾出現的作品。

（六）「反日思想類」作品之比較

最後來看反日思想類。這類作品，在《悶紅墨屑》中有三十首，《續悶紅墨屑》中則有十四首，後者的數量明顯少很多。這主要的原因，應當與日本戰敗退出台灣有關，《悶紅墨屑》刊行於一九五七年，其寫作時間從日治時期到戰後，對於日人壓迫台灣百姓，詩人的感受很深，因此有許多反日思想的作品存乎其中。至於《續悶紅墨屑》一書刊行於一九六一年，此時日本人已撤離台灣十六年了，其創作的時間完全處於戰後時期，在時空背景的變遷下，反日思想的作品

---

106 〈廢紙〉、〈網著〉、〈紫雲〉，分見賴惠川：《續悶紅墨屑》，頁671、703、704。
107 〈我學〉、〈雷鳴〉、〈山歌〉三詩，分見賴惠川：《續悶紅墨屑》，頁669、741。

減少，是可以理解的。除了作品數量大減外，《續悶紅墨屑》中反日思想的作品，大多數都是描寫日人戰敗投降之事，這部分作品，十四首中就佔有九首，這與《悶紅墨屑》中，多數作品都描寫日人欺壓台人的景象是不同的。此外，《續悶紅墨屑》中還出現二首融入童謠的反日作品，這也是《悶紅墨屑》中所不曾看到的。

二　寫作形式之比較

關於《悶紅墨屑》與《續悶紅墨屑》在寫作形式上之比較，以下將從語言的運用、童謠的運用，以及俗諺的運用等三方面進行分析。

（一）語言運用之比較

兩本詩集的語言使用，大抵皆以閩南語為主，少部分使用到日文與英文。就閩南語詞彙的部分，在《悶紅墨屑》中的使用法，誠如本章第二節的分析，能找到相應的漢字時，就直接使用相應的漢字書寫；若找不到或不知其相應的漢字時，就取其音，然後再從漢字中找閩南語讀音近似之字進行書寫。這種作法，在《續悶紅墨屑》中也是如此。

至於日文的書寫法，據本章第二節的分析，《悶紅墨屑》中有兩種作法：第一種作法，是日文之中本來就有部分文字是使用漢字書寫，對此，賴惠川創作竹枝詞時，就會直接將該漢字寫出。另一種作法，是此一日文詞彙本身並非漢字的形態，此時要標示它，就必須取它的音，再借用漢字中聲音相近者（以閩南語讀之）來書寫它。這兩種書寫法，在《續悶紅墨屑》中仍然被沿用。

至於英文詞彙的書寫，《悶紅墨屑》的作品，主要是取其音，再找聲音相近的漢字（以閩南語讀之）來進行標示，這種作法在《續悶

紅墨屑》中也仍然相同。

由此可知,對於閩南語、日文與英文的使用,以及詞彙的書寫方式,《續悶紅墨屑》,大致上是依照《悶紅墨屑》的模式。不過若就使用的數量而言,它們之間就有一些小差異了。就英文詞彙的使用而言,由於數量很少,《悶紅墨屑》只有二首(依前揭王惠鈴統計),《續悶紅墨屑》只有一首(依筆者統計),其差異性之比較,意義不大。真正在數量差異上值得關注的,是日文詞彙的使用。依王惠鈴的統計,在《悶紅墨屑》中有二十三首作品曾經使用日文詞彙;至於《續悶紅墨屑》一書,據筆者的統計,共有十六首使用日文詞彙,分別是〈臭貨〉、〈彌陀〉、〈馬鹿〉、〈別嬌〉、〈粥粥〉、〈外科〉、〈東西〉、〈一帶〉、〈後園〉、〈堂堂〉、〈新娘〉、〈村婦〉、〈學語〉、〈教汝〉、〈眼前〉、〈滿座〉[108]十六首作品。《續悶紅墨屑》的作品數量比《悶紅墨屑》多,但使用日文詞彙的作品數量卻比《悶紅墨屑》少,之所以產生如此差異,筆者認為主要的原因,應當與日本戰敗退出台灣有關。誠如前揭所言,《悶紅墨屑》刊行於一九五七年,其寫作時間曾經歷日治時期,此時台人的創作受政治力及當時社會氛圍的影響,許多作品會使用到日文進行寫作,是一個既定的事實。在這種情況下,《悶紅墨屑》出現較多的日文詞彙是可以理解的。至於《續悶紅墨屑》一書,其寫作時間在一九六一年,此時日本人已撤離台灣十多年,在時空背景與社會氛圍皆已不同的情況下,日文詞彙的使用有所減少,是相當合理的。

(二)運用童謠入詩之比較

在賴惠川《悶紅墨屑》與《續悶紅墨屑》中,取童謠入詩進行創

---

108 以上十六首作品,分見賴惠川:《續悶紅墨屑》,頁669、673、677、690、691、695、702、706、713、715、717、730(有三首)、733、738。

作，成為其主要的寫作形式者，大多集中在《續悶紅墨屑》一書，共有一百七十三首；而在《悶紅墨屑》中僅有六首。在《悶紅墨屑》的六首中，其中有3首是直接將「童謠」二字寫入詩中，如〈臺灣〉詩中言：「童謠高唱物資豐」[109]；在〈悽悽〉詩中言：「確是童謠唱捉迷」[110]；在〈葫蘆〉詩中言：「細想童謠意義長」[111]，此處的「童謠」是具有專有名詞意義的，強調出童謠內容的豐富性，將童謠化入詩中歌詠，並非其主要形式；而其他三首[112]，則是真正將童謠題材化入詩中，成為其寫作形式，可知將童謠內容化入詩中以歌詠，在《悶紅墨屑》中並不多見；但在《續悶紅墨屑》中，卻可以發現這類作品大量增加，同時藉由三種不同的表現形式：「延續童謠本義」、「延續童謠本義再引出新義」、「捨童謠本義而另創新義」等，產生了保存童謠的作用；也將童謠再造，讓童謠以另一種生命方式重生；同時也豐富了竹枝詞對於先民文化的記載和保存。可知在以童謠入詩的寫作形式上，《續悶紅墨屑》是比《悶紅墨屑》有更多的突破與創新的。

---

109 〈臺灣〉詩言：「臺灣自古好民風，三次收成一歲中。拾得一錢買鴨母，童謠高唱物資豐。」（《悶紅墨屑》，頁306）。

110 〈悽悽〉詩言：「悽悽一陣又悽悽，確是童謠唱捉迷。放汝孤雞去出世，孤雞出世亦孤雞。」（《悶紅墨屑》，頁352）。

111 〈葫蘆〉詩言：「葫蘆貯水飼鴛鴦，細想童謠意義長。恩愛夫妻貧亦好，雙棲雙宿重綱常。」（《悶紅墨屑》，頁353）。

112 此三首作品分別為「何須嫁壻嫁鄉紳，大抵鄉紳富不仁。嫁與司公能讀訴，對天讀訴尚稱臣。註曰：道士為人祈福，讀訴文時，自稱臣某某。童謠，嫁與司公，司公能讀訴。」、「心心念念秀才郎，秋水簾葭隔一方。真是一言難得盡，忍騎白馬過南塘。註曰：月光光，秀才郎，騎白馬，過南塘。童謠也。」、「綠酒紅鐙對玉顏，連宵走馬打通關。打到南塘不得過，醉倒樽前一座山。註曰：走馬打通關，昔時猜拳鬧酒也。童謠：南塘不得過，掠貓仔來戴髻。」（分見《悶紅墨屑》，頁338、354、373）。

（三）運用俗諺入詩之比較

運用俗諺入詩，在《悶紅墨屑》與《續悶紅墨屑》中，都是重要的表現形式，兩本詩集的運用都非常普遍與豐富。然而從俗諺在詩中扮演主、從角色的分別上，還是可以發現二集在表現形式上的差異。所謂主要角色，就是以俗諺的內涵作為竹枝詞的主旨，亦即「以俗諺內涵作為竹枝詞主旨」之表現形式；至於從屬角色，就是俗諺在竹枝詞中，只是用來描寫部分狀況或現象，而與該詩之主旨無關，其作用只是協助該詩內容之完成而已，這種表現形式，就是「以俗諺協助竹枝詞內容的完成」。整體而言，我們發現賴惠川竹枝詞的創作，「以俗諺內涵作為竹枝詞主旨」的作品數量是較多的。但如果以《悶紅墨屑》與《續悶紅墨屑》這兩者來比較，我們發現《續悶紅墨屑》對俗諺的運用，在以「俗諺內涵作為竹枝詞主旨」的作品上，數量較《悶紅墨屑》多；而《悶紅墨屑》在以「俗諺協助竹枝詞內容的完成」的作品上，數量則較《續悶紅墨屑》多。由此可以推論，賴惠川在創作《悶紅墨屑》時，對俗諺的運用動機，並非刻意的歌詠，而是隨著竹枝詞的內容需求，自然水到渠成；但在創作《續悶紅墨屑》時，是較有意識的、甚至有目的，選取俗諺作為竹枝詞歌詠的主旨，達到以俗諺呈顯其人生哲理的目的，可知此集在俗諺的運用上，其創作意圖是較為積極的。透過上述的分析可以了解，從《悶紅墨屑》到《續悶紅墨屑》，在運用俗諺入詩的寫作形式上，兩者都有數量眾多的作品，這是兩者間的共通處；不過就「以俗諺內涵作為竹枝詞主旨」，或是「以俗諺協助竹枝詞內容的完成」這兩方面，兩者間是存在著差異性的，這是我們必須注意的地方。

第四章
賴惠川竹枝詞對俗諺的運用[*]

第一節　前言

　　從賴惠川《悶紅墨屑》與《續悶紅墨屑》的竹枝詞中，發現運用大量口語、俗諺入詩，是其創作的主要形態，這相當符合竹枝詞的「本色」[1]。竹枝詞雖然是作家文學，但它向來流傳於民間，反映民間的世俗風情，因此具有樸實生動、寫實平易的特點，主要以七言四句的形式呈現。其語言具有「俗美」的特色－喜用口語、俚語入詩；語言詼諧、風趣。[2]而且「少用或不用典故和倒裝句，多用思想健康向上，語言質樸無華的俚詞、俚諺、俚歌、俚謠等大眾化語言。」[3]正由於竹枝詞有以上的特點，所以能有效反映風土民情，呈現地方文化特色，如此不但造就了竹枝詞寫實平易的特點，也成就了「語言流暢，通俗易懂」的藝術特徵[4]。賴惠川竹枝詞以大量的俗諺入詩，正

---

[*]　本章原篇名為〈論賴惠川竹枝詞對俗諺之運用〉，發表於《漢學研究集刊》第19期（2014年12月）。今略作增刪修訂後，收入此書。

[1]　王紅：「竹枝詞本身是由民歌蛻化而來的，其中往往直接運用了不少俚俗的語言，這是竹枝詞的『本色』。」見氏著：〈民族文化性格的深度抒寫：清代廣西竹枝詞研究〉，《中央民族大學學報》（哲學社會科學版）第36卷第5期（2009年），頁136。

[2]　詳見梁穎珠：〈論清代竹枝詞之俗美特質〉，《廣西大學學報》（哲學社會科學版）第29卷增刊（2007年10月），頁41-43。

[3]　吳尚德：〈淺論竹枝詞的創作技巧〉，《詩詞月刊》第9期（2008年9月），頁88。

[4]　竹枝詞藝術特徵包含四點，分別為：「1.語言流暢，通俗易懂。民間的口語、俚語皆可入詩，且極少用典，讀起來琅琅上口，雅俗共賞。2.格律較寬，束縛較少。它以民歌拗體為常本，以絕句為別體，和律詩、絕句是兩碼事。3.格調明快，詼諧風

是將竹枝詞的「本色」呈現出來。

　　賴惠川對於竹枝詞的創作，曾有如下的自我解嘲，其言：「童謠俗語憶當時，戲把殘箋略記之。倚壁朝朝穿褲子，無嫌費氣老偏痴。」（《續悶紅墨屑》，頁740），又言「山人腹內本無膏，俗語童謠費網羅。莫笑荒[5]唐老更甚，葫蘆依樣畫多多。」（《續悶紅墨屑》，頁740）強調其竹枝詞的創作，運用了許多「俗語」、「童謠」入詩，雖然近似「倚壁穿褲子」[6]、「依樣畫葫蘆」，但他還是希望「荒唐莫笑」，因為他是「無嫌費氣老偏痴」，頗是樂在其中的。為何會如此呢？從賴惠川其他竹枝詞可以得到解答，其言「俚語荒唐一大批，千奇百怪事難齊。嘔心未盡心頭惡，留與他時漫漫題。」（《悶紅墨屑》，頁364）又言：「古來俗語事紛紜，時局翻新事已陳。俗語寫來兼俗事，莫疑專激話仔仁[7]。」（《續悶紅墨屑》，頁729）可知他是藉由歌詠這些俚語、俗語，來呈現言外之意、理外之理的「話仔仁」，作用在於反映社會現況，並且批判世道人心。

　　對於賴惠川這樣的創作目標，許多文人是抱持著肯定態度的。例如王甘棠評其作品說：「俗語、俗事，原不足為世所重，而其勸戒之意，寓諸諧謔，實有心人之用心也。」[8]說明賴惠川竹枝詞枝創作，是具有勸誡之目的，為有心人之創作。又如張李德和在《續悶紅墨屑》的序文中說道：「前後兩篇，皆以方言俗語，化為詩章。一者為存古來俗語不使湮滅；二者將俗語含蓄之義闡述，或警或勸，有屬經常不意間脫口所用之套，而成提醒之資，語雖俗，意殊可貴，實有不

趣。4.廣為記事，以詩為史。」見鄭伯農：〈從竹枝詞談到詩體創新問題〉，《詩詞月刊》第7期（2009年7月），頁80。

5　此「荒」原文作「謊」，但觀上下文應為「荒唐」而非「謊唐」，故改之。

6　賴惠川在詩後自註言：「倚壁穿褲，與依樣畫葫蘆略同。」

7　作者自註曰：「激話仔仁，詞近滑稽，理外之理也。」

8　賴惠川：《續悶紅墨屑》，頁742。

可湮滅之概也。」[9]從張李德和的論述，可知賴惠川的竹枝詞創作，在運用俗諺入詩的作法上，具有兩項價值：一是具有保存俗語的價值；二是具有勸世與警世的價值。

　　除了保存俗語的功能，以及勸世、警世的作用外，賴惠川竹枝詞之所以大量運用俗語、諺語入詩，事實上有可能是受到日治時期推動鄉土文學風氣的影響。當時提倡鄉土文學的黃石輝，主張以台灣的語言來書寫台灣的事物，以寫出能感動廣大群眾的文藝作品，鄭坤五、郭秋生、黃純青、李獻璋……等人，也認同此種觀點。其中郭秋生還提出整理民謠、兒歌一類的民間文學，來做為建構台灣鄉土文學的材料，以便與市井民眾溝通。[10]在這種氛圍下，與民謠、兒歌同為民間文學的俗諺，自然也是書寫台灣事物，藉以建構鄉土文學的重要材料。黃美娥曾引述黃純青〈談竹枝〉的內容，認為竹枝詞的創作，對於日治時期推動鄉土文學是有助益的。其言：「黃氏的想法，與同期其他新文學家對臺灣歌謠、民間故事、俗諺的整理採集相較，恰恰顯示舊文人認為，『竹枝詞』既屬傳統文學的詩歌體裁之一，但又兼具民間性，是最值得舊文人參與推動鄉土文學、大眾文學的絕佳文類。」[11]從以上引文可知，當時竹枝詞被舊文人認為是結合歌謠、民間故事、俗諺等民間文學材料，以推動鄉土文學的絕佳文類。因此，賴惠川竹枝詞的創作，或許是受到這種風氣的影響，才會大量採用俗諺與童謠進入詩中，使作品能夠反映市井民眾的聲音。姑不論賴惠川竹枝詞之採用俗諺入詩，是基於保存俗語，還是為了勸戒世道人心，

9　賴惠川：《續問紅墨屑》，頁664。

10　詳見陳芳明：《台灣新文學史》（台北市：聯經出版公司，2011年12月，修訂2版2刷），頁99-102。

11　黃美娥：《重層現代性鏡像：日治時期臺灣傳統文人的文化視域與文學想像》（台北市：麥田出版公司，2004年12月），頁110-111。

或是受到當時鄉土文學發展的影響,其明確的事實是,這種結合民間文學與作家文學的手法,所創造出來的竹枝詞,誠然有其獨特的味道與成果,值得分析與討論,這也是本章研究的動機所在。

　　本章的研究,既然是以賴惠川竹枝詞對俗諺的運用為主題,那麼關於俗諺的定義,必須在此先做說明。俗諺的別名很多,包含:俗語、諺語、鄙語、俗言、野語、俚語、野諺、俚言、俚諺等[12],從這些別名可以推知,俗諺是廣大民間百姓的集體創作,創作者可以是各行各業人士,身分不分貴賤,所以「諺語是流傳於各地的俗語,是前人經驗與智慧的結晶,有勸善、補過、警世與勸俗的功能。」[13]這些流傳於民間的語言智慧,對社會大眾的思想、行為有著重要的影響力,莊秋情將台灣俗語的特質歸納如下:

　　(一)俗語並非粗俗語言,而是「大眾化的哲言」,是祖先數千年來智慧與生活經驗的文化結晶。

　　(二)俗語也稱諺語,其文詞雖非出自經典,然其含義卻為大眾所肯定與共通。

　　(三)俗語字數不拘,但仍講究其修詞與排列之美。

　　(四)俗語用字淺白,且多有押韻(落句),好說、好聽、好記。

　　(五)俗語有「一言道破千古」的巧妙功能,「一點便可領悟」,甚具說服力。[14]

由上文可知,在識字不普及的年代,流傳於口語,用字淺白、好說、

---

12 見許成章編著:《台灣諺語講義》(高雄市:河畔出版社,1999年1月),頁12。

13 阮昌銳編纂:《重修臺灣省通志》(南投縣:臺灣省文獻委員會,1993年1月),卷3,〈住民志・禮俗篇・第六章諺語〉,頁153。

14 莊秋情:《臺灣鄉土俗語》(台南縣:台南縣政府,1998年5月),頁5-6。

好聽、好記的俗諺，就顯得特別重要，它能跳脫文字的框架，直接以語言的形式傳播，將先民生活經驗的文化結晶保存下來，成為「大眾化的哲言」，同時具有「一言道破千古」、「一點便可領悟」的教育、警世、告誡、勸俗等潛移默化的多重功能。賴惠川將「俗諺」這種民間文學融入竹枝詞裡，便讓詩作產生啟蒙民眾、教化民眾的作用。誠如陳建忠所言：「作家採集民間文學，有啟蒙群眾或保存文化的意圖。」[15]

　　賴惠川的竹枝詞，運用大量台語俗諺入詩，讓竹枝詞的本色得到了高度發揮，同時記錄了台灣的風俗民情，也讓本屬口傳文學的俗諺，有了與作家文學相互融合的舞台。在這當中，有許多值得探討的議題，本章在此想要進行分析的，主要有三個面向：第一，賴惠川竹枝詞所採用的俗諺，在詩中呈現了什麼樣的內容？第二，這些俗諺如何寫入詩中，其表現的形式為何？第三，採用這些俗諺入詩，所呈現的寫作特色是什麼？這三個面向是本章想要探討與釐清的重點，以下分別論述之。

第二節　運用俗諺入詩的內容呈現

　　在賴惠川竹枝詞中，運用了大量的俗諺入詩，將口傳的語言，以竹枝詞的書寫再現，將語言的智慧呈現出來，讓我們看到語言更為豐富的面向，黃武雄曾說：「語言在今日的人文學界，已不單純被視為人與人溝通的工具。語言本身便蘊含文明的種種面貌，甚至人的存在亦以語言的運用為發端。」[16]可知語言可展現人類文明的種種樣貌，

---

15 陳建忠：《日據時期臺灣作家論——現代性、本土性、殖民性》（台北市：五南圖書出版公司，2004年8月），頁88。
16 黃武雄：〈台灣語族的壓抑與再生——感許氏編纂漢語辭典的功業〉，收錄於許成章編著：《台灣諺語之存在》（高雄市：河畔出版社，1996年7月），頁4。

展現人類存在的智慧。而台灣俗諺的語言內容非常多樣,「關聯著台灣人的生活、行動、性情、思想、道德修養、應世智慧等;刻畫著台灣社會、歷史、政治、文化、經濟、宗教等,重要事件的痕跡。」[17]因此從這些口傳的俗諺內容,可以推論出一時代的社會面貌,也可以說「台灣諺語是社會史檔案。是最可靠之掌故,最有力之論斷。又是前人之善言,智者之訓詁。」[18]因此從賴惠川對俗諺的歌詠,可以推論出他某些人生態度與看法。而我們也相信,這些態度與看法正是賴惠川所關注的社會現象。以下且針對賴惠川竹枝詞運用俗諺入詩的內容展現,分為書寫社會現況、表達人生哲理二點進行論述。

一 書寫社會現況

在社會的大環境中,彼此的來往與互動,是維繫社會發展的重要因素,而這些人與人相處所衍生出來的各種現象,便形成許多深刻、生動的俗諺,包含描寫社會中的衝突、和解、朋友、敵人、恩怨、人情冷暖等各式各樣人際互動與人生百態。我們發現,賴惠川竹枝詞運用俗諺入詩的作品中,書寫社會現況為主的俗諺數量是最多的。以下即從描寫人際互動與呈現人生百態的內容,分別舉例說明:

(一)描寫人際互動

此處所討論的人際互動俗諺,主要是呈現人與人互動的相關狀況,這些人與人的關係,可以是朋友、家人、伴侶,或僅是廣泛的人我關係。在賴惠川以俗諺入詩的竹枝詞中,可以看到許多面向,包含

---

17 陳主顯:《台灣俗諺語典——卷一人生哲理》(台北市:前衛出版社,2005年12月,初版第6刷),頁28。

18 許成章編著:《台灣諺語之存在》,頁14。

家庭相處、男女往來與其他交際現況等，以下分別論之。

1 就家庭相處而言

　　家庭是社會的最小單位，家人的相處就成為社會安定與否的關鍵。以下先看〈無端〉一詩：

> 無端瘦狗妄生瞋，偏向堂前赧主人。特別廚房存狗飯，好餐狗
> 飯莫猖狺。註曰：瘦狗赧主人，謂不肖之家人，碍主人之面目。
> （《悶紅墨屑》，頁372）

從作者的自註可看出，這首竹枝詞是在反諷不長進的家人。此運用了「瘦狗赧主人」的俗諺，此句俗諺的意思為「狗瘦，主人羞。家人瘦，家主羞。」[19]作者巧妙利用此句俗諺，以「瘦狗」表達不長進的家人，「赧主人」則是表達讓家主蒙羞。所以詩末也進一步引述：「好餐狗飯莫猖狺」，說明快快吃飽變胖，多多長進，不要在那隨意亂叫，丟人現眼。此詩將家庭成員的優劣，藉此一俗諺描寫出來。（此俗諺也適合運用在長官與部屬，或其他上對下的關係）接著再看〈船員〉一詩：

> 船員无妄惹橫災，可恨柁工劣且獃。不曉駛船嫌溪狹，誰教拼
> 命駛船來。註曰：家長不肖，累及家人，世之類此者，不少。（《悶
> 紅墨屑》，頁380）

這首竹枝詞是以船員與柁工，來比喻家庭的成員與家長，柁工即是大

---

19 吳瀛濤：《臺灣諺語》（台北市：台灣英文出版社，1975年2月），頁215。

家長，是船上掌舵的人，能控制家庭發展方向；而其他的船員，也就是家庭其他成員，是被動的坐在船上，無法掌控方向的。但當掌控方向的人能力不佳或判斷力不夠時，就會形成家中的極大困擾，這首竹枝詞即是呈現這樣的狀況。此詩運用了俗諺「不曉駛船嫌溪狹」，意思是「自己做不好，卻要怪罪別人。」[20]這句俗諺在詩中的作用，是說明掌舵的柁工（大家長）做不好（不曉駛船），掌控家庭錯誤的方向，還不知反省自己，反而怪罪他人（嫌溪狹）。賴惠川詩後自註中說：「家長不肖，累及家人，世之類此者，不少。」即是強調一家之主，在家庭中所扮演角色的重要性。

　　以上所引二詩，其視角剛好相對，第一首是表達家中成員不長進；第二首則呈現家長能力不足。這些現象都會影響家庭的社會功能，在此也突顯出賴惠川對家庭功能的重視。因此他進一步強調家庭和諧的重要，其〈拜託〉一詩云：

> 拜託群雌肅敬些，朝朝大鬧不成家，縱然意氣三不服，莫似蜈
> 蚣蛤仔蛇。註曰：蛤仔，水蛙也。俗謂蜈蚣、蛤仔、蛇，三不服。
> （《續悶紅墨屑》，頁685）

此首竹枝詞描寫家庭成員中婦女的衝突，這些成員作者並未明言是誰，僅以「群雌」表示，但我們可以推估，這些對象可能包含婆媳、妯娌、姑嫂、姊妹等成員。這些成員的對立與衝突，在一般家庭中非常常見，常造成家庭不安與混亂。所以賴惠川運用俗諺「蜈蚣、田蛤仔、蛇，三不服。」來進行描寫，此俗諺原意為「蜈蚣、青蛙、蛇，三者互為相剋。」[21]這互為相剋的三者，被稱為三不服，但此處賴惠

20　莊秋情：《臺灣鄉土俗語》頁310。
21　莊秋情：《臺灣鄉土俗語》，頁260。

川卻用詼諧的口吻，說道這些「群雌」彼此雖然「三不服」，但卻「莫似蜈蚣蛤仔蛇」。用此表達家中意見不合、看法相異難免，但還是要盡量彼此容忍、諒解，不要真的成為相剋者，才能保有家庭和樂。

　　除此之外，關於家庭相處的竹枝詞，還有其他多首作品，其中〈富家〉[22]、〈貧家〉[23]二詩，運用俗諺「好竹出龜盾，壞竹出好筍。」說明家庭教育對孩子的影響；至於〈當年〉[24]一詩，則運用俗諺「春天後母面」表達後母的態度；在〈生來〉[25]一詩中，以俗諺「外頭家神仔」，呈現女兒對娘家的干涉等。從這家庭互動所產生的俗諺運用，讓我們看到賴惠川對家庭功能的期許，同時也表達家庭在社會秩序中的重要性。

2　就男女關係而言

　　男女關係，包含男女情愛與夫妻應對兩大類。先就男女情愛來說，〈獸心〉一詩云：

　　　　獸心人面老豬哥，巧語花言萬象羅。一個嘴生双枝舌，世間重
　　　　舌病人多。註曰：重舌，病名。（《續悶紅墨屑》，頁688）

22　此首竹枝詞的內容為：「富家紈綺太無才，跳舞廳中夜夜來。好竹偏教出龜盾，祖公不德欠栽培。」（《續悶紅墨屑》，頁672）

23　此首竹枝詞的內容為：「貧家令息有賢才，麻雀場中絕不來。歹竹偏能出好筍，祖公積德理應該。」（《續悶紅墨屑》，頁672）

24　此首竹枝詞的內容為：「當年母訓太慈祥，往事回頭黯自傷。人說春天後母面，寧真後母便無常。」說明自己母親雖為後母，但卻對前人子女全心照顧、愛護備至。（《續悶紅墨屑》，頁708）

25　此首竹枝詞的內容為：「生來既是女兒身，嫁出完全是外人。可笑外頭家神仔，無端取鬧母頭親。」（《續悶紅墨屑》，頁708）

此詩所描寫的是一位「老豬哥」，有句俗諺說道：「流豬哥瀾」，其意義是「指色鬼之垂涎萬丈，或貪婪者見有利可圖之神情。」[26]從這裡可以推知，此處的老豬哥，是指一位老色鬼，其特點就是「巧語花言萬象羅」，見美色就以花言巧語的攻勢迷惑異性，對於這樣的人，賴惠川以俗諺：「一個嘴生雙枝舌」來比喻他的行為，而此句俗諺的意義為：「不是在讚美別人，而是在形容人說話不負責任、好說謊、好搬弄是非、好造謠中傷、好說兩面話……。」[27]此處的老豬哥就是見到女色，則以天花亂墜的花言巧語迷惑，呈現出說話不負責任、好說謊、好說兩面話的「豬哥」形象。接著我們來看夫妻應對的作品，其〈獅吼〉、〈願向〉二詩云：

獅吼何妨磕一頭，犯而不較德方修。吞聲不是鬚眉辱，打某人呼豬狗牛。註曰：某婦也。（《續悶紅墨屑》，頁708）

願向閨中作老奴，一聲呼喚急狂趨。柚皮未敢離双膝，跪某人稱大丈夫。註曰：俗謂：膝縛柚仔皮為跪婦；又謂打婦豬狗牛，跪婦大丈夫。（《續悶紅墨屑》，頁708）

從上述二首作品，我們看到夫妻應對與相處的一種模式，其所運用的俗諺，在作者自註中看得相當清楚，包含：「膝縛柚仔皮為跪婦」、「打婦豬狗牛，跪婦大丈夫。」這兩則俗諺，都在勸說男人應該對妻子容忍與讓步。會有這樣的俗諺產生，陳主顯認為：「台灣翁（男人、丈夫）一定相當不『驚某』，看所謂『大丈夫』的氣慨，還

---

26 許成章編著：《台灣諺語之存在》，頁150。
27 李赫：《台灣諺語的智慧（五）》（台北縣：稻田出版公司，1995年10月），頁35。

不是建立在台灣太太的良善上面。」[28]這意思是說，台灣的男人大多不怕「某（老婆）」，且可能常有「打某」的狀況出現，所以才會有此俗諺以奉勸世人。由此我們也可推論，賴惠川將此俗諺寫入竹枝詞中，是否也具有同樣的心情，基於「家和萬事興」的想法，希望藉此提醒許多做丈夫的，能對自己的妻子多一點疼惜，呈顯出賴惠川對家庭相處的態度與想法。

　　此處值得一提者，是賴惠川對此二則俗諺的記錄，與目前看到的相關俗諺書籍有一些出入，首先是「打婦豬狗牛，跪婦大丈夫。」此句俗諺在其他書籍中的記錄，都是寫為：「驚婦大丈夫，打婦豬狗牛。」[29]此處文句順序的差別，與「跪婦」與「驚婦」的差異，雖然在大方向上，都是丈夫對妻子的一種容忍與退讓，但卻有程度上的不同。再加上賴惠川記錄的另一則俗諺「膝縛柚仔皮為跪婦」，更讓我們確定「丈夫跪婦」在俗諺中的存在。但此二則「膝縛柚仔皮為跪婦」、「打婦豬狗牛，跪婦大丈夫。」的俗諺，在筆者所參考的書籍中，並未看到，這或許是俗諺隨著時代的進步，不斷地進行內容調整[30]，終究「跪婦」今日看來較不容易為人們所接受，「驚婦」看來就較易說服人，不管是否如此，可以確定的是，賴惠川竹枝詞對俗諺的運用，也具有保存多元俗諺的價值。

---

28 陳主顯：《台灣俗諺語典——卷五婚姻家庭》（台北市：前衛出版社，2002年3月，初版2刷），頁384-385。

29 在吳瀛濤《臺灣諺語》、莊秋情《臺灣鄉土俗語》、陳主顯《台灣俗諺語典——卷五婚姻家庭》、李赫《台灣諺語的智慧（一）》，記錄此條俗諺，都是「驚婦大丈夫，打（拍）（扑）婦豬狗牛。」

30 洪惟仁說到：「台灣哲諺也是隨時在改進的，像『一府四縣，遊透透』現在改說『台灣頭尾，遊透透』或『台灣頭走到台灣尾』；『狗吠飛鳥』（無濟於事，多此一舉），火車開通後改說『狗吠火車』；『輸儂毋輸陣，輸陣，卵鳥（陽具）面』因為粗俗，改說『輸儂毋輸陣，輸陣，歹看面』。」見氏著：《台灣哲諺典》（台北縣：台語文摘出版社，1996年10月，修訂再版），頁11。

運用男女關係俗諺的竹枝詞，還包含〈香爐〉[31]中的「香爐有耳」；〈人間〉[32]中的「牛食頭仔」；〈唇上〉[33]中的「松仔腳石頭」；〈青春〉[34]中的「烏秋騎水牛」；〈紛紛〉[35]中的「母狗若不搖獅去，狗公不敢來又來。」等，這些都呈現出男女往來互動的各種情況。綜上所論，這些運用男女關係俗諺的竹枝詞，主要反映的人際互動面向，包含兩性的迷戀、男女行為舉止的警示、夫妻相處之道等，從這些內容可以推論，賴惠川認為男女關係在結婚之前，應該都謹守分際；結婚之後要彼此包容，追求家庭的圓滿和諧。

3 其他的交際互動

人與人相處互動，除了上文提及的家庭相處與男女關係外，其他的交際狀況，我們就在本小節中討論，以了解賴惠川竹枝詞的俗諺運用，在描寫人際互動關係的整體狀況。首先來看交際手腕的展現，其〈平時〉、〈周旋〉二詩云：

---

31 此首竹枝詞的內容為：「香爐有耳願方甘，八字推排三十三。牽手同庚肥且健，到時不患不生男。」註曰：「俗謂：妻為牽手。有男子為香爐有耳。」(《悶紅墨屑》，頁346)

32 此首竹枝詞的內容為：「人間鰥寡欠前修，窮苦班中第一流。且任鰥夫湊夥記，無依誰念牛食頭。」註曰：「湊夥記，露水緣也。窮苦寡婦，人娶之，則曰娶一牛食頭仔耳。」(《悶紅墨屑》，頁372)

33 此首竹枝詞的內容為：「唇上居然有嘴秋，勸君到老行宜修。世間女性人人愛，莫作松仔腳石頭。」註曰：「結句，俗謂見色癡戀失態，為鳥屎臉。松仔腳石頭，多鳥屎也。嘴秋，鬚也。行去聲。」(《續悶紅墨屑》，頁739)

34 此首竹枝詞的內容為：「青春時節見烏秋，大膽烏秋騎水牛。想是烏秋魔力大，水牛背上任昂頭。」註曰：「烏秋，鳥名。俗謂夫瘦小，妻肥大，為烏秋騎水牛。青之春，而見烏之秋，可笑！」(《悶紅墨屑》，頁353)

35 此首竹枝詞的內容為：「紛紛男女起疑猜，未必男家盡不該。母狗若不搖獅去，狗公不敢來又來。」(《續悶紅墨屑》，頁670)

平時守望義相聯，衝[36]突都因意見偏。拜託先生箍好桶，唇邊情分更箍圓。（《悶紅墨屑》，頁348）

周旋真是有良方，兩造微嫌一笑忘。拜服先生好手段，果然抹壁雙面光。註曰：為人奔走，圓滿解決，名箍好桶；雙方滿足，謂之抹壁雙面光。（《悶紅墨屑》，頁348）

人類是群居的社會，因此應對進退是日常基本能力，但能具有極佳的交際手腕，能夠幫忙排解糾紛、化解爭端，卻不是一件容易達到的事，這二首竹枝詞即是對此進行描寫的。第一首所運用的俗諺為「箍好桶」，第二首所運用的俗諺為「抹壁雙面光」。這兩句俗諺，從作者自註中可知，都具有「為人奔走，圓滿解決，雙方滿足。」的高超應對技巧，因此詩中呈現「情分更箍圓」、「周旋有良方」、「好手段」、「兩造微嫌一笑忘」的滿意成果。這樣擅於交際的狀況，在有的書籍中，卻認為「抹壁雙面光」具有貶義，因為雙面討好的人，有時候會是非不分，[37]此種說法是有可能產生的狀況。但俗諺本會依其所處的情境，而可能有一些相異詮釋，這裡賴惠川竹枝詞所歌詠的情境，就是強調能夠幫忙排解糾紛、化解爭端的極佳交際手腕。

　　在人們的交際互動中，常見因權力的主從關係而產生的應對，此時部屬常須隱藏自己的情志，而聽從長官的意見。如〈放膽〉一詩：

放膽招搖自有因，勸君且莫誓申申。土地公伯無畫號，老虎不敢妄咬人。（《悶紅墨屑》，頁353）

---

36 此「衝」字原作「沖」，「沖突」應是「衝突」之誤植。

37 詳見陳主顯：《台灣俗諺語典──卷三言語行動》（台北市：前衛出版社，2002年3月，初版2刷），頁5-6。

此首竹枝詞以俗諺「土地公伯無畫號，老虎不敢妄咬人。」來詮釋人與人互動的主從關係。許成章說：「虎爺之上有土地公在，一切聽其指揮，所以被虎咬死者，不得怨虎爺，要自怨自艾其不該得罪土地公。」[38]所謂事出必有因，說明了許多事情的發生，也許不是眼前的問題，可能還要去探究背後的原因。而莊秋情則進一步說明：「喻沒有上司的准許，部屬不敢擅作主張。」[39]將此俗諺的主要內涵，亦即部屬須奉上司之命行事的意思直接點出。賴惠川此首作品，將人際互動的複雜度呈現出來，說明許多時候必須進一步去了解事情背後的原因，許多時候人們可能身不由己，必須奉命行事。

以下再看人性互動的現實面目，如〈死著〉一詩：

> 死着老爹不免驚，老爹死了無人行。若教死着老爹奶，弔客紛紛踏破廳。註曰：俗謂死老爹無人行，死太太踏破聽。（《續悶紅墨屑》，頁735）

此首竹枝詞運用俗諺「死老爹無人行，死太太踏破廳」，將人性最現實功利的面目呈現出來。這則俗諺的意思為：「老爹（古時地方官）夫人死時，弔祭人多，寄望老爹的提拔；及至老爹死時，因無寄望，所以無人關心。喻人性現實。」[40]確實在人際往來的過程中，有許多都是為了達到某些目的而互動，所以常常可以發現，當利益不再，互動模式就會改變或消失，這也是人性的醜陋面與現實面，這首竹枝詞將這樣的情況巧妙地展現出來。

---

38 許成章編著：《台灣諺語之存在》，頁206-207。
39 莊秋情：《臺灣鄉土俗語》，頁52。
40 莊秋情：《臺灣鄉土俗語》，頁105。

　　由互動或交際所產生的社會現象，還包括詩作〈一攤〉[41]，描寫喜歡佔人便宜的人，以俗諺「食會當落吐出難」說明後果堪憂；〈判官〉[42]一詩表達人們因交際而產生的爭端，以俗諺「公親成事主」說明無奈；〈暗中〉[43]一詩呈現人們相處的心機重重，以俗諺「一弓安兩箭」、「一箭貫雙鵰」來表示。這一首一首的作品，呈現了生活中許多實際的現象，就像一齣齣社會互動現形記，也突顯出賴惠川對於社會現況與人際互動的關切。

（二）呈現人生百態

　　在此小節所要論述的人生百態，與上述的人際互動有一些差異，人際互動的論述內容，主要著重在人與人的應對狀況；而此處人生百態要呈現的，是個人的行為舉止，主要著重在「一樣米飼百樣人」上，也就是要探討竹枝詞所描寫相異人物的面目、行為。社會上各式各樣的人很多，個性上的差異、認知上的異同，這些內在的想法影響著人的外在行為，因而形成想法、作法相異的人。我們從賴惠川竹枝詞俗諺的運用中，可發現他常常將一些特定人士的面目進行刻劃，可看出他對普羅大眾的觀察，其中他最常描寫的是吝嗇的人與自吹自擂的人。

41　此首竹枝詞的內容為：「一攤過了又一攤，人家心痛汝心安。平生慣慷他人慨，食會當落吐出難。」註曰：「被人招待者，一次二次硬請求也。俗謂食會當落去，吐不得出來，後患難處置也，貪便宜也。」（《續悶紅墨屑》，頁702）

42　此首竹枝詞的內容為：「判官召喚去參加，鐵證之言未許差。只為公親成事主，無端惹蟲上頭爬。」（《悶紅墨屑》，頁348）

43　此首竹枝詞的內容為：「暗中活躍甚鴟梟，當面溫恭舜與堯。汝會一弓安兩箭，我能一箭貫雙鵰。」（《悶紅墨屑》，頁353）

1 對吝嗇者的描寫

吝嗇就是小氣，不大方，這樣的人在賴惠川竹枝詞中，有著深入刻劃，如〈久仰〉一詩：

> 久仰先生大不仁，縛來褲腳少鄉親。有錢便似棺材鼠，恣意橫行蹴死人。註曰：鄙吝為縛褲腳做人。棺材鳥鼠蹴死人，謂無狀也，無忌憚也。(《悶紅墨屑》，頁377)

這首詩描寫出有錢人，不但吝嗇且橫行霸道的樣子。運用了兩則俗語「縛褲腳做人」、「棺材鳥鼠蹴死人」，其中的「縛褲腳做人」就是「譏人吝嗇，只圖私利的樣子。」[44]而「棺材鳥鼠蹴死人」是一句歇後語，表示「無雞毛蒜皮事，而胡鬧不止的貨色。」[45]此首竹枝詞，將一個人的吝嗇面目與鴨霸形象，深刻的呈顯出來。

除了此首竹枝詞外，還有其他描寫吝嗇者的作品，如〈秀才〉一詩：「秀才人情紙一張，表示寒䣝個性長。眼孔憐他如小豆，何堪鳥肚又雞腸。」(《續悶紅墨屑》，頁689）以「寒䣝」、「鳥肚雞腸」二俗諺，刻劃吝嗇又肚量小的人；又〈保長〉一詩：「保長為人不大方，區區餓死一條腸。居家莫怪鹹和澁，鹽館西鄰北染房。」(《悶紅墨屑》，頁363）以俗諺「鹽館入，染房出。」呈現吝嗇之極的形象等。可發現賴惠川竹枝詞對吝嗇之人的形象刻劃，所運用的俗諺是多樣的，包含：「縛褲腳做人」、「寒䣝」、「鹽館入，染房出」、「爭芝比嘴」等，除了讓人感受到他對俗諺了解的精熟；也讓人看到他對吝嗇者行為的不認同。

---

44 莊秋情：《臺灣鄉土俗語》，頁307。

45 許成章編著：《台灣諺語之存在》，161-162。

2 對自吹自擂者的描寫

自吹自擂就是擅於自我吹噓的人，在台灣俗諺中，可以看到許多類似的比喻，賴惠川也將之運用於竹枝詞中。例如〈打成〉一詩：

> 打成架子太巍巍，包山包海說是非。知汝甕中無豆菜，吹來偏是大雞歸。註曰：轉句謂無實質也。雞歸，雞領下貯積食物之袋也。吹雞歸，妄自誇張也。承句，泛無統緒也。（《續悶紅墨屑》，頁676）

這首竹枝詞，運用了兩則俗諺，分別為「甕中無豆菜」、「吹雞歸」，其中「甕中無豆菜」[46]就是諷刺沒有知識的人；而「吹雞歸」也有人這樣說：「吹雞歸，免納稅金。」[47]表吹牛不負責任的意思，這兩則俗諺跟詩中的「包山包海說是非」相應對，呈顯出沒有知識又愛吹噓者的形象。

除此之外，還有其他竹枝詞針對自吹自擂的描寫，如〈蹺腳〉一詩：「蹺腳廳中聱嘴秋，其他學問是冤仇。一生慣煉吹牛肚，恨不通村殺水牛。」（《續悶紅墨屑》，頁682）以俗諺「吹牛肚」，表自我吹噓的形象；又〈自展〉一詩：「自展頭皮討厭哉，空將鐵桶苦吹來。裝腔作勢傻瓜客，大腳瞞人假細鞋。」（《續悶紅墨屑》，頁681）以俗諺「吹鐵桶」、「大腳假細鞋」，呈現出愛裝腔作勢卻無內涵的吹噓形象等。從賴惠川的竹枝詞中，可看到運用俗諺表達自吹自擂形象的內

---

46 「甕中無豆菜」陳主顯記錄為「甕底無豆菜」，其說明為：「腹中無物。用來諷刺沒有知識的人。譬喻是借用舊時『蔭豆菜』於陶甕，而甕中已經沒有豆芽的窘態，來比擬人外表好像頗有學問，但腦裡卻是相當缺乏知識。」見氏著：《台灣俗諺語典——卷二七情六慾》（台北市：前衛出版社，2002年3月，初版4刷），頁239。

47 莊秋情：《臺灣鄉土俗語》，頁158。

容，包含「吹雞歸」、「吹牛肚」、「吹鐵桶」、「山高水牛大」等，讓我們感受到俗諺的豐富面貌，以及賴惠川靈活運用俗諺的狀況。

在賴惠川竹枝詞對人生百態的描寫，除了上述吝嗇者與吹牛者的描寫外，還可以看到其他的人物形象。例如描寫一個人朝三暮四、反覆無常，詩人運用俗諺「秉青換黃」加以展現，如其詩所言：「事業參差不一途，透年勞苦費工夫。『秉青換黃』無寧日，黃未三分青已枯。」（《續閩紅墨屑》，頁682）；再如描寫人的疑心病很重，則以俗諺「袖內打銅鑼」、「褲腳內全全鬼」呈顯出來，如其詩言：「似此疑心奈汝何，無端『袖內打銅鑼』。『滿褲腳內全全鬼』，試問纏身鬼幾多。」（《續閩紅墨屑》，頁695）；又其描寫個性火爆的人，則運用俗諺「火龍火馬雷公性」表現出來，如其詩言：「難得人生七十過，對人依舊欠溫和。『火龍火馬雷公性』，恰與少年差不多。」（《續閩紅墨屑》，頁737）。由此可以看出，賴惠川對於社會百態的人物形象，有多方位的刻劃，這是他對社會環境的觀察，也是他對日常生活投入之所得。另一方面，我們也發現，他運用俗諺所描寫出來的人物形象，幾乎多是負面的，可見他對於這樣的人物與現象，存在著像張李德和所說的：「或警或勸」[48]的用意；或者是像廚川白村所說的：「創造的生活即是藝術，也就是苦悶的象徵。」[49]；也或許是許成章所說的：「我認為富有文學氣息之台灣諺語，多是前人為發洩苦悶而作者。」[50]

---

48 張李德和在《續閩紅墨屑》的序文中之語。賴惠川：《續閩紅墨屑》，頁664。

49 〔日〕廚川白村，林文瑞譯：《苦悶的象徵》（台北市：志文出版社，1989年8月，再版），頁24。

50 許成章編著：《台灣諺語之存在》，頁23。

二　表達人生哲理

　　俗諺是大眾的口傳文學，是共同生活經驗的累積，成為大家都能接受的智慧，就如游福生說：「諺語是從古至今，人類在生活中體驗出來的智慧語言，這些語句，簡單扼要，一語道破，人世間的一切。」[51]再加上台灣俗諺的內容非常多樣，且具有很強的感染力與說服力，就好像陳主顯所說的：「台灣諺語是動力很強的語言：三言兩語，可搬動玉山壓頂的道理；一二句話，就把人生奧義，講得徹頭徹尾；也能把道德家的萬般禁忌，掃得清潔溜溜。」[52]也因如此，我們看到賴惠川竹枝詞運用俗諺，表達他的人生理念與生命態度時，俗諺批判、透視、說服與感染力，往往能引起共鳴，達到表達人生哲理的目的。我們從其中可歸納出他所欲展現的人生哲理，包含：呈現因果報應的觀念；陳述做人應有的態度；肯定所有人存在的意義等。以下分別論述之。

（一）呈現因果報應的觀念

　　人與人共同相處的社會，能夠約束好彼此的行為而不踰矩，社會自然和諧安定，具有內在自我約束力的因果報應觀念，就成為極重要的關鍵。因果報應的觀念，陳述著「種什麼因，得什麼果」，當種下的是福田，得到的就是福報；當種下的是惡苗，得到的就是惡果。因此，因果報應的人生觀念，成為一種自我行為約束的圭臬，讓人們的行為往良善的方向去做，避免往錯誤的方向走去。這種觀念在賴惠川

51　游福生：《靠山山會崩，靠水水會乾：58則開創智慧人生的「台灣諺語」》（台北市：神機文化出版社，2001年4月），〈序文〉。
52　陳主顯：《台灣俗諺語典──卷一人生哲理》，頁28。

竹枝詞俗諺的運用中,呈現如下:

> 滅理傷天吃便宜,回頭報應不多時。菜蟲食菜菜腳死,事所當
> 然知不知。(《悶紅墨屑》,頁357)
> 循環定理理無多,來往之間一剎那。草索互拖公與父,算來乃
> 父自家拖。註曰:俗謂,草索拖乃公,草索拖乃父。言其父以草索拖
> 其公,其子亦以草索拖其父,以其人之道,還治其人之身也。(《續悶
> 紅墨屑》,頁700)
> 農人莫便罵咻咻,因果須知自有由。汝既斬他稻仔尾,他宜堀
> 汝水涵頭。註曰:轉句,奪人既成之利,或奸人之婦亦云。(《續悶
> 紅墨屑》,頁737)

上述三首竹枝詞,皆是陳述因果報應觀的作品。第一首〈滅理〉說
道:「回頭報應不多時」;第二首〈循環〉說道:「循環定理理無多」;
第三首〈農人〉說道:「因果須知自有由」,以回頭報應、循環定理、
因果有由,來強調事出有因且各有果報的思維,接著運用俗諺將此論
點強化出來。第一首〈滅理〉運用俗諺「菜蟲食菜菜腳死」[53],比喻
惡有惡報。第二首〈循環〉運用俗諺「草索拖乃公,草索拖乃父」[54],
在詩句中作者將其簡化為「草索互拖公與父」,並從作者自註中可看
到,強調出「以其人之道,還治其人之身也。」你怎麼對待別人,別
人也怎麼對待你,因果循環的道理。第三首〈農人〉運用俗諺「斬他
稻仔尾」,從作者自註中可知,此句本意為「奪人既成之利,或奸人

---

53 此俗諺或可說成「菜頂食菜,菜腳死」說明吃菜的蟲,終會死於菜下,喻惡有惡
   報。見莊秋情:《臺灣鄉土俗語》,頁252。
54 此俗諺或可說成「草索托阿公,草索托阿爸,一代過一代。」說明上行下效,因果
   循環。見莊秋情:《臺灣鄉土俗語》,頁198。

之婦亦云。」[55]但賴惠川在詩後加了一句「他宜堀汝水涵頭」，說明了你奪人之利，他人也會以牙還牙，將你家的水源頭破壞，讓你無水可用、無水灌溉，如此也呈現出因果循環、冤冤相報的狀況。由此可知，賴惠川竹枝詞呈現出因果報應的觀念，這些觀念能成為內在自我約束的力量，讓人們為人處事，能事先思考因果關係，藉由善有善報、惡有惡報的結果，引領人們往更良善的方向去行事，並能避免負面的行為，呈現正向的人生哲學觀。

（二）陳述做人應有的態度

賴惠川的竹枝詞，也運用了表達人生態度的俗諺，這些人生態度，是人們應對進退的處世之道，有激勵、有告誡、有規勸，能點醒人們，如何安身立命，以下且舉例說明，先看〈閱盡〉一詩：

> 閱盡滄桑萬刼塵，鋒鋩未減舊精神。即今靴破底原在，安步猶堪腳一伸。（《悶紅墨屑》，頁363）

此首竹枝詞所運用的俗諺為「靴破底原在」，此句俗諺的意義即是：「靴雖破了，靴底還在。雖零落，尚存昔日的骨骼。」[56]用以「喻人雖落魄或亡故，但其精神永垂不朽。」[57]所以整首竹枝詞看來，可知作者告訴我們，即使我們落魄消沉「閱盡滄桑萬刼塵」，經歷各種挫折與不如意，還是要保有堅毅不屈的精神。再看〈暗中〉一詩：

---

55 此句莊秋情的解釋亦同，其言：「割他的稻仔尾──奪人情婦。或指奪人權益。」見氏著：《臺灣鄉土俗語》，頁252。

56 吳瀛濤：《臺灣諺語》，頁206。

57 莊秋情：《臺灣鄉土俗語》，頁281。

暗中做事怕人知，事怕人知且莫為。鴨卵密密也有縫，花言巧
語欲誰欺。註曰：『縫』讀第七聲。(《續悶紅墨屑》，頁682)

此首竹枝詞所表現的做人態度，為不欺暗室，運用俗諺「鴨卵密密也
有縫」來說明「任你怎樣守密，也難防洩漏。」[58]也就是「百密必有
一疏」[59]的道理，所以詩人告誡人們「事怕人知且莫為」，也就是另一
句俗諺「若要人不知，除非己莫為」之義。此首作品具有告誡作用，
強調做人應有的態度。再看〈唾面〉一詩：

唾面何妨忍一時，一時能忍是男兒。報仇漸作三年計，君子不
受眼前虧。註曰：俗謂君子報仇三年，小人報仇三日。(《續悶紅墨
屑》，頁704)

此首竹枝詞所呈顯的做人態度，為容忍、忍耐的功夫；其所運用的俗
諺為「君子報仇三年，小人報仇三日。」其意義為「君子做事穩重，
要報仇也要等到適當時機，而小人則魯莽行事。」[60]也就是說眼前能
忍下一口氣，就能想出更好的處理方式，這都是做人的基本態度。

(三)肯定所有人存在的意義

人生在世，難免有富貴貧賤的差異，但是賴惠川強調出，所有人
都有其存在的意義，同時說明每一個人都有其特長，只要願意學習，
都能呈現出自身的存在價值。以下舉例說明，先看〈難得〉一詩：

---

58 吳瀛濤：《臺灣諺語》，頁219。
59 莊秋情：《臺灣鄉土俗語》，頁298。
60 莊秋情：《臺灣鄉土俗語》，頁147。

難得先生用意佳，家常瑣事妙安排。他時欲貼土礱腳，未忍輕
拋破草鞋。註曰：破草鞋，也好貼土礱腳。謂不才之人，亦有用他之
處。(《悶紅墨屑》，頁375)

此首竹枝詞，從家常瑣事的安排開始鋪排，表示為了未來能修土礱
腳，所以現今不把破草鞋丟掉。又從作者自註中，可以知道這首竹枝
詞所運用的俗諺為「破草鞋，也好貼土礱腳。」說明即使是破草鞋，
也有其用處，所以引申到人的身上，就是不才之人，同樣有用他之
處。此詩肯定了所有人各有所長，只要運用到對的地方，都有其存在
價值。接著我們再看〈一般〉詩：

一般人類是同群，藐視何容汝自尊。雞矢落塗三寸氣，莫欺三
寸氣無溫。註曰：藐視，多有讀作貌視者。余每戒後人，切莫藐視
人。自尊者，自損也。(《續悶紅墨屑》，頁734)

這首竹枝詞一開始就以「一般人類是同群」開始歌詠，非常明確地強
調，人與人的平等關係；接著表示藐視他人，只會造成自己的損傷罷
了。同時運用俗諺「雞矢落塗三寸氣」，來說明「人各有人格尊嚴，
不可輕侮。」[61]可看出賴惠川對待他人的態度與看法，甚至在詩後自
註中明確的指出，他常常告誡後人，切莫藐視他人。這些觀念與看
法，充分顯示出他對芸芸眾生的尊重，同時肯定其他人的存在價值，
展現出他的人生哲理觀念。

　　綜上所論，賴惠川竹枝詞對俗諺的運用，所呈現的人生哲理，主
要包含：呈現因果報應的觀念；陳述做人應有的態度；肯定所有人存

61　莊秋情：《臺灣鄉土俗語》，頁322。

在的意義等。除此之外,他還提到「飲水思源」的觀念,如〈小小〉一詩:「小小人情德必酬,莫將禮義視悠悠。等閒喫著園中果,也要當天拜樹頭。」(《悶紅墨屑》,頁359)以俗諺「吃果子拜樹頭」來呈現此一看法;又表達「因時制宜」的處事態度,如〈盛衰〉一詩言:「盛衰有數數由天,有盛無衰大不然。寄語頭家該忍氣,一時風駛一時船。」(《悶紅墨屑》,頁324)運用俗諺「一時風駛一時船」[62]來呈顯應對該有的態度等。這些思維與作法,有著非常正向積極的意義,展現出他個人處世的基本態度,也引領讀者面對人生,能有正確的應對方法。

第三節　運用俗諺入詩的表現形式

上文介紹了賴惠川竹枝詞運用俗諺入詩,呈現的內容大要。此節將探討其引用俗諺入詩,主要的表現形式為何。俗諺是口語流傳的民間文學,當賴惠川將之化入詩中,以另一種文學形式呈顯時,口語的俗諺有了新的表現形式,在作品中扮演著或輕或重的角色,協助詩歌內容的完成。以下即針對俗諺的運用,在竹枝詞中的表現形式,分為兩點論述,分別是「以俗諺內涵作為竹枝詞的主旨」、「以俗諺協助竹枝詞內涵的完成」。

---

62 蕭新永對於此句俗諺,有著如下見解:「作為一個企業經營者,應有市場敏感度。站在浪頭上,要能預見另一波大浪的衝擊力量,隨時做最適當最有利的調整。」如此以呈顯台灣諺語的管理智慧。見氏著:《台灣諺語的管理智慧》(台北市:商周文化公司,1993年3月,6版),頁27-29。

一　以俗諺內涵作為竹枝詞主旨

　　俗諺是經過許多先人智慧的累積，常常是言簡義賅，一語道破許多人世間的現象，也就是說，俗諺語句雖簡，但喻意、內涵卻很深。因此我們可以發現，在賴惠川的竹枝詞中，有些竹枝詞七言四句的內容，都是在詮釋同一首俗諺，藉由竹枝詞文字的鋪陳，讓這首俗諺的內涵，可以更清楚且完整的讓讀者了解。這樣的表現形式，筆者將之定位是「以俗諺內涵作為竹枝詞的主旨」。以下且舉例說明，如〈百藝〉一詩：

> 百藝何愁學不來，專心致志便成材。看他戲館邊豬母，打拍居然上戲臺。註曰：俗謂戲館邊的豬母會打拍。（《續悶紅墨屑》，頁734）

這首竹枝詞的主旨，就是強調「專心致志便成材」，多學多接觸就能成功的概念。這樣的概念，賴惠川運用俗諺「戲館邊的豬母會打拍」強化出來，此句俗諺的主旨為：「耳濡目染，常接觸自然就會。」[63]由此可知，這首竹枝詞運用俗諺的內涵，作為整首作品的論述主旨，並讓讀者更深刻的得知，只要願意學，願意多接觸，哪有學不來的技藝。接著我們再看〈無分〉一詩：

> 無分黑白與青紅，硬把尖風說扁風。只管橫柴持入竈，不愁撞死竈君公。（《悶紅墨屑》，頁335）

63　莊秋情：《臺灣鄉土俗語》，頁107。

這首竹枝詞的主旨，就是描寫「橫柴持入竈」的人。所謂「橫柴持入竈」就是形容蠻橫不講理，或是作風蠻橫的人。[64]整首竹枝詞就在「無分黑白與青紅」、「硬把尖風說扁風」、「只管橫柴持入竈」、「不愁撞死竈君公」這些內容的鋪陳下，全部扣緊俗諺「橫柴持入竈」的內涵，將此論述主旨呈現出來，這正是「以俗諺內涵作為竹枝詞主旨」的表現形式。再看〈被人〉一詩：

> 被人冤枉到公庭，對訊的時靜靜聽。一個嘴含一枝舌，未能開口說真情。註曰：轉句，口訥。（《續悶紅墨屑》，頁688）

此首竹枝詞主要是描寫不善言詞、木訥寡言的人。運用俗諺「一個嘴含一枝舌」來將此主旨突顯出來。「一個嘴含一枝舌」就是指一個人木訥、不擅言詞之意，[65]和「一嘴，掛雙舌」[66]（形容人好搬弄是非、好造謠中傷、好說兩面話），剛好形成對比。這位不擅言詞的人，即使被人冤枉到公庭，也只能「對訊的時靜靜聽」、「未能開口說真情」，將口訥的狀況描寫得非常真切，更可看出詩人運用俗諺「一個嘴含一枝舌」的內涵，做為竹枝詞主旨的表現形式。

由上述的詩例可知，賴惠川運用俗諺進行鋪陳與論述，作為竹枝詞寫作的中心主旨，如此除了將俗諺進一步闡述發揚；也讓我們更加了解俗諺的哲理內涵。這樣的形式，也讓口傳的民間文學，有了作家文學的表現形式。而且我們也可發現，此種「以俗諺內涵作為竹枝詞主旨」的表現形式，在賴惠川竹枝詞俗諺的運用中，半數以上的作品都屬此類。

---

64 莊秋情：《臺灣鄉土俗語》，頁305。

65 莊秋情：《臺灣鄉土俗語》，頁8。

66 李赫：《台灣諺語的智慧（五）》，頁35-36。

二　以俗諺協助竹枝詞內容的完成

　　就此類竹枝詞的表現形式來說，其引用入詩的俗諺內涵，並不是竹枝詞論述的主要主旨，俗諺在這裡，只是作者歌詠作品的過程中，用來描寫部分現象或狀況的材料；也就是說，這句俗諺的運用，只是用來協助竹枝詞內容的完成而已。如果就主從關係來說，此處的俗諺是扮演「從屬角色」；而上述第一點所論的「以俗諺內涵作為竹枝詞主旨」，扮演的是「主要角色」，兩者間的差異相當清楚。以下就「俗諺協助竹枝詞內容的完成」之表現形式，舉例說明。先看〈勸汝〉一詩：

　　　　勸汝休時休便休，莫教汁滴又膏流。拚將情理論天上，鴨卵何
　　　　當磕石頭。(《悶紅墨屑》，頁371)

此首竹枝詞的前三句，描寫的是勸人不要與人爭論不休，也就是要懂得退一步、懂得忍讓。但在詩歌最後一句，以「鴨卵何當磕石頭」作結，此句其實就是俗諺「鴨卵磕石頭」的運用，其意義為「必敗無疑」[67]。將前後意義連結起來，作者想要說明的是，一個人如果一天到晚和人爭論不休，不懂得忍讓、退一步，那就會像「鴨卵磕石頭」一樣，必敗無疑。因此就整首詩來說，前三句與最後一句俗諺，所表達的內容是不同的，前三句才是整首作品的論述主旨，目的在勸人要懂得忍讓、退一步；最後一句俗諺的運用，只是進行補充說明，告訴我們不懂得忍讓的負面後果，它的作用僅在於協助詩歌內容的完成，

67　莊秋情：《臺灣鄉土俗語》，頁298。

本身並非詩歌的核心主旨，這就是「以俗諺協助竹枝詞內容的完成」的表現形式。接著再看〈大好〉一詩：

> 大好村中店仔頭，帶將煙桿去閒遊。朝朝食飽講戇話，那管烏秋騎水牛。註曰：烏秋，鳥名，形如八哥，好騎牛背。(《續悶紅墨屑》，頁710)

這首竹枝詞的前三句，描寫非常自在的閒適生活，這也是此詩的主旨。最後一句言「那管烏秋騎水牛」，運用了俗諺「烏秋騎水牛」[68]，其意義為「戲喻丈夫身材小，娶到身材粗大的妻子。」[69]所以就整首詩來看，重點在強調閒適愜意的生活，也正因如此自得自適，所以當別人家身材瘦小的丈夫，娶到身材粗大的妻子，也是不關自己的事。由此可知，本詩的主旨在呈顯自適自得的生活，俗諺的運用，只是進一步彰顯詩中人物不受凡塵俗事所影響的心情，它只是一個補充的材料，並非全詩的核心主旨，這正是「以俗諺協助竹枝詞內容的完成」的表現形式。接著再看〈嗟彼〉一詩：

> 嗟彼庸庸大富豪，慳囊未肯破分毫。欲他善舉千金諾，鴨卵光光好挽毛。註曰：結句，絕無也。(《續悶紅墨屑》，頁727)

這首竹枝詞的前兩句，是此詩的主旨所在，主要在描寫一位吝嗇的大

---

68 此句俗諺，在賴惠川的另一首竹枝詞中亦有運用，其內容為「青春時節見烏秋，大膽烏秋騎水牛。想是烏秋魔力大，水牛背上任昂頭。」註曰：「烏秋，鳥名。俗謂夫瘦小，妻肥大，為烏秋騎水牛。青之春，而見烏之秋，可笑。」從其自註中可知此俗諺的意義。但此詩所呈現的表現形式，為第一種的「以俗諺內涵作為竹枝詞主旨」。

69 莊秋情：《臺灣鄉土俗語》，頁197。

富翁。詩人以諷刺的口吻，說明這有錢的富豪，卻是一毛不拔的人，
如果要他承諾行善布施，是絕對不可能的事。此詩所運用的諺語為
「鴨卵光光好挽毛」，從詩註中可以得知，其意義是指「絕對不可能
的事」。詩人利用此句俗諺，將大富豪的吝嗇形象進行再次的強化。
由此可以看出，俗諺的運用在此詩的表現形式中，只是協助竹枝詞內
容的完成，其核心主旨在詩歌的前兩句已做了交代，俗諺本身所呈現
的內涵，並非詩歌的關鍵重點。

　　從上文可知，賴惠川竹枝詞運用俗諺入詩的表現形式，主要是從
俗諺內涵是否為竹枝詞歌詠的主旨來區分的。整體而言，我們可以發
現賴惠川的竹枝詞，「以俗諺內涵作為竹枝詞主旨」的作品數量是較
多的。至於如果以《悶紅墨屑》與《續悶紅墨屑》兩者進行比較，可
以發現以「俗諺內涵作為竹枝詞主旨」的作品，《續悶紅墨屑》的數
量較《悶紅墨屑》多；而「以俗諺協助竹枝詞內容的完成」的作品，
《悶紅墨屑》的數量則較《續悶紅墨屑》多。由此可以推論，賴惠川
在創作《續悶紅墨屑》時，是較有意識的選取俗諺，來做為竹枝詞歌
詠的主旨，達到以俗諺呈顯人生哲理，以俗諺描寫社會百態的目的，
這是一種創作意圖上的改變與差異。

第四節　運用俗諺入詩的寫作特色

　　賴惠川竹枝詞運用俗諺入詩，除了展現其表現形式的特點，同時
也展現出他的寫作特色。寫作特色的展現，與俗諺的「選取」與「運
用」，有著非常密切的關係，因此可從這兩方面來說明。就俗諺的選
取來說，可以發現他選取了許多與動物相關的俗諺；就俗諺的運用來
說，可發現他會改造俗諺以配合詩作，改造的方式包含語意或語句的
改造。以下即針對賴惠川運用俗諺入詩的寫作特色，分為「使用大量

動物俗諺入詩」、「改造俗諺以配合詩作」兩點進行論述。

一 使用大量動物俗諺入詩

賴惠川竹枝詞的歌詠，選取俗諺化入詩中，用以陳述社會百態，說明人生哲理，在這眾多的俗諺運用中，我們發現賴惠川選取了許多與動物相關的俗諺，做為他說理抒情的內容。因俗諺是口傳文學，是共同生活經驗與智慧的累積，因此俗諺的形成，是人們共同生活的創造，是大眾對事理的共同認知，動物相關俗諺的形成也是如此。動物在人們的生活中，其習性與行為非常容易看到，經過觀察與詮釋，成為一句句具有深刻意涵的警言，對人們來說，以動物做為俗諺譬喻說理的內容，呈現大眾對這些動物形象的共同記憶，以及對這些動物形象內涵的共同創造，如此反而更能引起共鳴，達到勸世告誡的目的，或許這是賴惠川喜歡選用動物俗諺入詩的原因之一。賴惠川對動物俗諺的運用，除了數量相當多以外，其所描寫的動物種類也非常多，呈現出多元的意涵，也成為他竹枝詞寫作特色之一。以下針對其動物俗諺的運用，分類論述如下：

（一）關於「狗」的俗諺運用

在這些與動物相關的俗諺中，賴惠川運用數量最多的，即是與「狗」相關的諺語。狗成為人類寵物，有密切接觸與觀察的機會，因此與狗相關的俗諺本來就不少，而賴惠川將其選入，做為竹枝詞創作的內容，應是對這類諺語深有所感，因此取之以為歌詠。以下我們將竹枝詞中與狗相關的俗諺，整理如下：

表 4-1　賴惠川竹枝詞運用「狗」之俗諺一覽表

詩題	運用「狗」俗諺之詩句	詩歌出處	備註
新陳	聲言狗齒換金牙	《悶紅墨屑》，頁348	
野犬	狗頭不作三牲用	《悶紅墨屑》，頁354	意指「劣物無用」
枉汝	狗頭滴著麻油淬	《悶紅墨屑》，頁354	意指「男女暗自戀戀不捨」
烏犬	飢犬妄想豬肝骨	《悶紅墨屑》，頁354	
路人	狗頭不使作三牲	《悶紅墨屑》，頁355	意指「劣物無用」
顛倒	人言飼狗會搖尾	《悶紅墨屑》，頁372	
眼前	狗見芋皮偏不食	《悶紅墨屑》，頁372	狗不食芋皮——意指「不自量力」
無端	無端瘦狗妄生瞋，偏向堂前赧主人	《悶紅墨屑》，頁372	瘦狗赧主人——意指「丟主人的臉」
烏狗	烏狗無端上屋來	《悶紅墨屑》，頁372	烏狗上屋——意指「應火災」
紛紛	狗母若不搖獅去，狗公不敢來又來	《續悶紅墨屑》，頁670	
回頭	偏將臭狗氣薰人	《續悶紅墨屑》，頁675	臭狗氣——借以罵日人
謝天	今日已成燁尾狗	《續悶紅墨屑》，頁675	燁尾狗——借以罵日人
橫行	被人損到做狗爬	《續悶紅墨屑》，頁675	做狗爬——借以罵日人
飼雞	飼雞終歲會叫更，飼犬終宵會吠冥	《續悶紅墨屑》，頁675	
店中	狗吠狗雷兼使性	《續悶紅墨屑》，頁680	狗吠狗雷——意指「教之不聽而強辯」
欲相	狗行狼心腹有刀	《續悶紅墨屑》，頁696	

詩題	運用「狗」俗諺之詩句	詩歌出處	備註
火車	犬吠火車只管吠	《續悶紅墨屑》，頁698	犬吠火車──意指「不自量力」
勝日	打犬帶著主人面	《續悶紅墨屑》，頁705	
獅吼	打某人呼豬狗牛	《續悶紅墨屑》，頁708	
紛紛	貓是親成狗斷路	《續悶紅墨屑》，頁740	俗謂貓可相贈，狗不可相贈也

從上述表格中，可看到賴惠川選取與狗相關的俗諺，內容非常多元，也讓我們看到狗所呈現出來的諸多形象與意涵。例如〈火車〉一詩言：「火車驛站漸時停，人海人山一座爭。犬吠火車只管吠，火車無耳自由行。」以俗諺「犬吠火車」來表達不自量力。另外同樣表達不自量力的還有〈眼前〉一詩，其言：「眼前香臭一齊添，香既無知臭不嫌。狗見芋[70]皮偏不食，看他吃糞卻甜甜。」此處以「狗見芋皮偏不食」來呈現「狗不食芋皮」的俗諺，將人世間常見的不自量力生動表達出來，這都是以狗的行為來比喻，讓人深刻的印象。其他還可看到作者運用了「臭狗氣」、「燁尾狗」、「做狗爬」等俗語，來諷刺、責罵日本人之統治；用「飼狗會搖尾」反諷人不如狗；用「飢犬妄想豬肝骨」表達癡心妄想……等。凡此都可見「狗」俗諺運用內容豐富，同時這些竹枝詞，也具有記錄、保存狗的俗諺之價值。

(二) 關於「貓」與「老鼠」的俗諺運用

貓與老鼠在俗諺中常一起出現，因此此處也一起討論。賴惠川竹

---

70 「芋」原作「竽」，應為芋皮，根據「黃哲永校正《悶紅墨屑》形誤表」改之。參王惠鈴：《臺灣詩人賴惠川及其「悶紅墨屑」》（台北市：文津出版社，2001年4月），頁231。

枝詞所選用的俗諺，有貓、鼠同在一首的；也有貓、鼠各自分別展現
的，以下我們以表格來說明。先看貓、鼠同在一首俗諺的呈現：

表 4-2　賴惠川竹枝詞聯用「貓」與「老鼠」之俗諺一覽表

詩題	聯用「貓」與「老鼠」俗諺之詩句	詩歌出處	備註
十分	懷抱鼠兒窠底睡，人言貓母乞螟蛉	《悶紅墨屑》，頁355	
終夜	懶貓慣睡烘爐櫃，鼠輩安心上戲臺	《悶紅墨屑》，頁355	意指「貓懶鼠橫行」
晝夜	懶貓慣咬死鳥鼠	《悶紅墨屑》，頁355	
啾啾	家內無貓鼠蹺腳	《悶紅墨屑》，頁355	
人前	真似穴邊貓哭鼠，鳴鳴[71]痛哭未生吞	《悶紅墨屑》，頁355	意指「貓哭老鼠，假好心」
群鼠	貓爺不是皈依去，假著慈悲配素珠	《悶紅墨屑》，頁355	意指「貓哭老鼠，假好心」
天生	果是抱貓不咬鼠	《續悶紅墨屑》，頁680	

上述的俗諺，都是藉由貓與老鼠的互動，從中呈顯相互的關係。貓捉
老鼠是自然的食物鏈行為，這類俗諺都是在此前提下產生的，例如
〈人前〉云：「人前蜜語又甘言，情意殷勤假一番。真似穴邊貓哭
鼠，鳴鳴痛哭未生吞。」又如〈群鼠〉云：「群鼠啾啾戲壁隅，偷糧
且莫入庖廚。貓爺不是皈依去，假著慈悲配素珠。」此二詩中所言的
「真似穴邊貓哭鼠，鳴鳴痛哭未生吞。」、「貓爺不是皈依去，假著慈
悲配素珠。」說明當「貓哭老鼠」違反這貓捉老鼠的自然規律時，就

---

71 「鳴鳴」原作「鳴鳴」，根據「黃哲永校正《悶紅墨屑》形誤表」改之。參王惠
　鈴：《臺灣詩人賴惠川及其「悶紅墨屑」》，頁231。

是「假好心」或「假著慈悲配素珠」的諺語深義了。同樣的「貓懶鼠橫行」、「家內無貓鼠蹺腳」、「懶貓慣咬死鳥鼠」，都是藉由貓與鼠習性的變化，來比喻人與人互動可能產生的情形，由此可看出賴惠川竹枝詞善用俗諺以說理的特色。

表 4-3　賴惠川竹枝詞獨用「貓」之俗諺一覽表

詩題	獨用「貓」俗諺之詩句	詩歌出處	備註
不才	寧非貓卵水蛙毛	《悶紅墨屑》，頁349	意指「不可能之事」
多君	借問羊腸接幾條，水底有魚魚有水，覬覦何苦戀飢貓。	《悶紅墨屑》，頁355	食羊腸接命——意指「多年不死」 飢貓思想水底魚——意指「妄想」
三年	學到無貓無加令	《續悶紅墨屑》，頁710	意指「無所得」
紛紛	貓是親成狗斷路	《續悶紅墨屑》，頁740	俗謂貓可相贈，狗不可相贈也

表 4-4　賴惠川竹枝詞獨用「老鼠」之俗諺一覽表

詩題	獨用「老鼠」俗諺的詩句	詩歌出處	備註
且莫	珍珠看做鳥鼠矢	《悶紅墨屑》，頁363	
快心	食油鳥鼠目周金	《悶紅墨屑》，頁370	意指「眼前得便宜，憂患在後頭」
是何	可怕虎頭鳥鼠尾	《悶紅墨屑》，頁371	
久仰	縛來褲腳少鄉親，有錢便似棺材鼠，恣意橫行蹴死人。	《悶紅墨屑》，頁377	縛褲腳做人——意指「吝嗇」 棺材鼠蹴死人——意指「無忌憚」

詩題	獨用「老鼠」俗諺的詩句	詩歌出處	備註
莫言	何苦飼鼠咬布袋	《續悶紅墨屑》，頁675	
百出	鳥鼠食油目周金	《續悶紅墨屑》，頁677	
欲相	再看鼠面兼蛇眼	《續悶紅墨屑》，頁696	

從上述「貓」與「老鼠」俗諺的單獨呈現，可看出人們在生活中細節的用心觀察，以及善用譬喻的狀況，如〈不才〉[72]以「貓卵水蛙毛」比喻不可能之事；〈三年〉[73]以「無貓無加令」比喻一無所得；〈是何〉[74]詩中「虎頭鳥鼠尾」，原是比喻人做事有頭無尾，此詩用以表示長相怪異；〈久仰〉[75]詩以「棺材鼠蹴死人」諷諭人毫無忌憚等。賴惠川選取這些內容運用於作品中，也藉此抒發他對社會百態與人生的看法。

（三）關於「雞」與「鴨」的俗諺運用

雞與鴨在家園四周圍繞，是舊時農家常見的景象，利用對雞、鴨形象的譬喻，也讓我們看到很親切又很寫實的俗諺內涵。以下分別就賴惠川竹枝詞「雞」與「鴨」的俗諺運用，表列如下。首先看「雞」的俗諺運用：

---

72 〈不才〉詩之內容為：「不才偏說是清高，想後思前首閣搔。欲待倘來身外福，寧非貓卵水蛙毛。」

73 〈三年〉詩之內容為：「三年前去學工夫，為着三餐一飽圖。學到無貓無加令，本錢開了面烏烏。」

74 〈是何〉詩之內容為：「是何醜怪不知名，造化無端只亂生。可怕虎頭鳥鼠尾，昂頭搖尾展光榮。」

75 〈久仰〉詩之內容為：「久仰先生大不仁，縛來褲腳少鄉親。有錢便似棺材鼠，恣意橫行蹴死人。」

表 4-5　賴惠川竹枝詞運用「雞」之俗諺一覽表

詩題	運用「雞」俗諺之詩句	詩歌出處	備註
老僕	做雞作鳥無了時，早早願伊去出世，出世大厝人子兒。	《悶紅墨屑》，頁352	
生涯	慣將錦被罩雞籠	《悶紅墨屑》，頁363	
久己	真是盲雞啄著蟲	《悶紅墨屑》，頁368	意指「意外收穫」
榮枯	既許烏雞生白卵，卻教白卵出烏雞	《續悶紅墨屑》，頁671	
少見	烏雞母生白雞卵	《續悶紅墨屑》，頁672	意指「不可能的事」
飼雞	飼雞終歲會叫更，飼犬終宵會吠冥	《續悶紅墨屑》，頁675	意指「飲水思源」
打成	吹來偏是大雞歸	《續悶紅墨屑》，頁676	意指「吹牛不負責」
秀才	何堪鳥肚又雞腸	《續悶紅墨屑》，頁689	意指「吝嗇小氣或肚量小」
起廟	無毛雞能假大格	《續悶紅墨屑》，頁704	意指「打腫臉充胖子」
大展	耳中不斷破雞請	《續悶紅墨屑》，頁710	意指「河東獅吼」
一般	雞矢落塗三寸氣	《續悶紅墨屑》，頁734	意指「人各有人格尊嚴，不可輕侮。」

表 4-6　賴惠川竹枝詞運用「鴨」之俗諺一覽表

詩題	運用「鴨」俗諺之詩句	詩歌出處	備註
兒女	鴨母蹄兼豆腐肩	《悶紅墨屑》，頁346	意指「沒能力與沒承擔」

詩題	運用「鴨」俗諺之詩句	詩歌出處	備註
人言	一去蘇州賣鴨卵	《悶紅墨屑》，頁348	意指「死亡」
品評	鴨母裝金也扁嘴	《悶紅墨屑》，頁352	意指「本質無法改變」
虬毛	人道以鵝傳鴨母	《悶紅墨屑》，頁352	意指「以訛傳訛」
勸汝	鴨卵何當磕石頭	《悶紅墨屑》，頁371	意指「必敗無疑」
日日	鴨朝無隔冥杜滾	《續悶紅墨屑》，頁680	意指「無剩」
暗中	鴨卵密密也有縫	《續悶紅墨屑》，頁682	意指「百密一疏」
彼狡	鴨仔聽雷聽不懂	《續悶紅墨屑》，頁682	
日人	拾著死鴨君莫哭	《續悶紅墨屑》，頁698	意指「不應得而得，不知幸福」
貪著	真同鴨母食水蠚	《續悶紅墨屑》，頁711	
嗟彼	鴨卵光光好挽毛	《續悶紅墨屑》，頁727	意指「絕不可能的事」
既為	既為大盜更為娼，鴨母生來歷史長。鴨母實非容易掠，領兵領將自稱王。	《續悶紅墨屑》，頁737	掠鴨母──意指「宿私娼」

從上述「雞」與「鴨」的相關俗諺中，可看到雞與鴨的行為、樣貌、聲音等形象，都成為表達生活智慧的語彙，就雞的俗諺來說：在〈大展〉詩中，是從雞叫聲的描寫而形成的諺語，其言：「大展雌威猛似豺，是何聲調過牆來。耳中不斷破雞請，悍婦今朝又罵街。」詩中以「破雞請」來形容大聲叫囂、無理取鬧的女人；在〈榮枯〉詩中，則是雞隻種類差異所形成的俗諺，其詩言：「榮枯莫怨事難齊，造化茫茫太滑稽。既許烏雞生白卵，卻教白卵出烏雞。」雞的種類很多，包含烏骨雞、生蛋雞、紅羽土雞、黑羽土雞、鬥雞……等，由於種類不同，其毛色與雞蛋的顏色，也就有很大的差異，烏雞要生出白卵本就

不可能,所以用「烏雞生白卵」之俗諺,表達不可能的事。但此詩卻將此俗諺進行改造,以「既許烏雞生白卵,卻教白卵出烏雞。」說明「榮枯莫怨事難齊,造化茫茫太滑稽」的狀況,強調造化弄人、事難掌控的情況。另〈起廟〉[76]一詩,則利用雞有毛無毛的譬喻,而有「無毛雞假大格」的俗諺,類似打腫臉充胖子,用以諷人無真本事。

就鴨的俗諺來說,亦從鴨的外表、形為進行比喻,例如〈兒女〉詩:「兒女成群在眼前,天光開口便開錢,擔頭負起行將去,鴨母蹄兼豆腐肩。」以俗諺「鴨母蹄兼豆腐肩」,比喻沒能力、沒承擔的人;而〈日日〉詩則以「鴨朝無隔冥杜滾」[77](鴨寮內的蚯蚓無法活到隔天)比喻一切留不住、一無所剩之意等。賴惠川即利用這些生動又寫實的「雞」、「鴨」俗諺,豐富其竹枝詞之內容。

(四)關於「牛」與「豬」的俗諺

在賴惠川的竹枝詞中,也看到他運用了不少關於牛與豬的俗諺,多數的諺語是牛與豬各自展現;有些時候牛與豬會共同呈現同一諺語。就牛與豬共同呈現的諺語,以下舉一例說明:

> 勸君莫自作聰明,事到精差費變更。豬母牽對牛墟去,販途不
> 對路空行。註曰:精差,錯也。轉句,事物之不類者,皆云。不對路,
> 不適合也。(《續閩紅墨屑》,頁685)

此首竹枝詞,以「豬母牽對牛墟去」諺語呈現,牛墟本是專門販牛之

---

76 〈起廟〉詩之內容為:「起廟緣金只管題,輸人不輸陣頭齊。無毛鷄能假大格,我便輸人不輸鷄。」
77 〈日日〉詩之內容為:「日日開錢後接先,欵錢咸慢用錢賢。鴨朝無隔冥杜滾,那得床頭有剩錢。」

地，但卻將母豬牽到牛墟，說明「販途不對路空行」的結果。可看出牛與豬在諺語中共同呈現的樣貌，除了〈勸君〉這首作品外，其〈獅吼〉[78]詩以「打某豬狗牛」這句諺語，提醒丈夫應對妻子愛護與尊重。

　　除了上述牛、豬一起呈現的俗諺外，還有許多單獨運用牛或豬俗諺的詩作，以下將這些作品一起列表說明。先看關於「牛」的俗諺：

表 4-7　賴惠川竹枝詞運用「牛」之俗諺一覽表

詩題	運用「牛」俗諺之詩句	詩歌出處	備註
既把	欺人只會吹牛肚，未解人間喚外驢	《悶紅墨屑》，頁317	吹牛肚 ── 意指「吹牛」
雉求	採得好花插牛矢	《悶紅墨屑》，頁345	
青春	大膽烏秋騎水牛	《悶紅墨屑》，頁353	烏秋騎水牛 ── 意指「瘦夫胖妻」
讒諂	卻是持刀探病牛	《悶紅墨屑》，頁353	
問他	牛鼻有時逢賊手，咻咻殘喘任人牽	《悶紅墨屑》，頁354	
勸汝	牛墟一旦框[79]紅角	《悶紅墨屑》，頁370	意指「被解雇」
人間	無依誰念牛食頭	《悶紅墨屑》，頁372	牛食頭仔 ── 意指「寡婦再嫁」
勸君	莫向牛前兼馬後	《悶紅墨屑》，頁377	
工價	牛毛出在牛身上	《續悶紅墨屑》，頁671	
尋常	真是山高水牛大	《續悶紅墨屑》，頁675	意指「好說大話」

78　〈獅吼〉詩之內容為：「獅吼何妨磕一頭，犯而不較德方修。吞聲不是鬚眉辱，打某人呼豬狗牛。」

79　「框」原作「匡」，根據「黃哲永校正《悶紅墨屑》形誤表」改之。參王惠鈴：《臺灣詩人賴惠川及其「悶紅墨屑」》，頁231。

詩題	運用「牛」俗諺之詩句	詩歌出處	備註
牛堪	牛堪穿鼻馬堪牽	《續悶紅墨屑》，頁676	
蹺腳	一生慣練吹牛肚	《續悶紅墨屑》，頁682	意指「吹牛」
歷史	以牛易馬尋常事	《續悶紅墨屑》，頁685	
大好	那管烏秋騎水牛	《續悶紅墨屑》，頁710	烏秋騎水牛——意指「瘦夫胖妻」
學語	牛母死去挂心時	《續悶紅墨屑》，頁730	牛母死去——日語包袱巾之諧音
一隻	一隻牛起雙領皮	《續悶紅墨屑》，頁737	意指「雙重剝削」

表 4-8　賴惠川竹枝詞運用「豬」之俗諺一覽表

詩題	運用「豬」俗諺之詩句	詩歌出處	備註
屠豚	總理天生豬肚面	《悶紅墨屑》，頁350	豬肚面——意指「反面無常」
烏犬	飢來妄想豬肝骨	《悶紅墨屑》，頁354	意指「不可能的事」
先人	慢笑豬矢籃挂彩	《悶紅墨屑》，頁385	
遊山	真是土桑刣豬母	《續悶紅墨屑》，頁686	意指「物不得其用，物不得其宜」
獸心	獸心人面老豬哥	《續悶紅墨屑》，頁688	
一事	豬仔飼大做伊去，不認豬哥做父親	《續悶紅墨屑》，頁707	
牛乳	豬母堪刣大土桑	《續悶紅墨屑》，頁718	意指「物不得其用，物不得其宜」

從上述「牛」與「豬」的俗諺整理，包含〈既把〉[80]詩以「吹牛肚」、〈尋常〉[81]詩以「山高水牛大」形容人好說大話；〈屠豚〉[82]詩以「豬肚面」形容人反面無常；〈遊山〉[83]詩以「土桑刨豬母」形容物不得用，事不得其宜等，都有非常傳神的描繪，將動物的特質巧妙地應用到人事的上頭，讓作品讀來份外有趣。

（五）關於「老虎」與「蛇」的俗諺運用

老虎與蛇的俗諺，在賴惠川竹枝詞中亦可見到相關作品的運用，以下且以表格進行說明。

表 4-9　賴惠川竹枝詞運用「老虎」之俗諺一覽表

詩題	運用「老虎」俗諺之詩句	詩歌出處	備註
放膽	土地公伯無畫號，老虎不敢妄咬人	《悶紅墨屑》，頁353	意指「事出必有因」
大家	蛇傷虎厄天下同	《悶紅墨屑》，頁370	意指「生死自有定數」
是何	可怕虎頭鳥鼠尾	《悶紅墨屑》，頁371	
身體	人家食蛇配虎血	《悶紅墨屑》，頁372	意指「窮兇極惡」
相逢	恐是山間笑面虎	《續悶紅墨屑》，頁676	
止能	無底坑藏無齒虎	《續悶紅墨屑》，頁682	意指「無窮無盡」

80　〈既把〉詩之內容為：「既把臺灣入版輿，民情全不驗親疏。欺人只會吹牛肚，未解人間喚外驤。」

81　〈尋常〉詩之內容為：「尋常洋品利非輕，價又昂騰太可驚。真是山高水牛大，世間豈有此行情。」

82　〈屠豚〉詩之內容為：「屠豚屠狗盡佳賓，洋酒三星佐八珍。總理天生豬肚面，合調鹽菜付庖人。」

83　〈遊山〉詩之內容為：「遊山偶訪內山人，煮着棲鈔請上賓。真是土桑刨豬母，海參炒蒜硬傷齦。」

表 4-10　賴惠川竹枝詞運用「蛇」之俗諺一覽表

詩題	運用「蛇」俗諺之詩句	詩歌出處	備註
既能	死蛇活尾太驚人	《悶紅墨屑》，頁357	意指「舊事再翻」
大家	蛇傷虎厄天下同	《悶紅墨屑》，頁370	意指「生死自有定數」
身體	人家食蛇配虎血	《悶紅墨屑》，頁372	意指「窮兇極惡」
優孟	畢竟橫拖草索蛇	《悶紅墨屑》，頁375	
七品	人心不足蛇吞象	《續悶紅墨屑》，頁676	
拜託	縱然意氣三不服，莫似蜈蚣蛤仔蛇。	《續悶紅墨屑》，頁685	蜈蚣、蛤仔、蛇三不服
欲相	再看鼠面兼蛇眼	《續悶紅墨屑》，頁696	

從老虎與蛇的俗諺中，可發現蛇與老虎在人們的心目中，具有會傷人、危險的形象，所以有「蛇傷虎厄」[84]、「食蛇配虎血」[85]的共同意念。賴惠川利用這些形象，用以比喻人的貪婪、兇惡；也用以說明人該有的應對進退態度。

　　綜上所論，可以看到賴惠川竹枝詞運用大量動物俗諺的寫作特色，這些動物除了上文所論述的狗、貓、老鼠、雞、鴨、牛、豬、老虎、蛇之外；還有馬、水蛙、魚、烏秋、加令、鷺鷥、菜蟲、田螺、蒼蠅、猿、猴、蝨母、螻蟻等，這些動物俗諺的展現，有的是單一動物；有的是兩種或兩種以上動物的結合，表達出社會百態、人生哲理等豐富內容，讓竹枝詞反映民俗風情，呈現地方特色的特點，得到極

84　如〈大家〉一詩，其言「大家行李欸忽忽，要入深山做苦工。豈是謀生不怕死，蛇傷虎厄天下同。」

85　如〈身體〉一詩：其言「身體何容妄毀傷，衛生衛死兩端詳。人家食蛇配虎血，某也未達不敢嘗。」

致的發揮。這些具有台灣特色的俗諺，也在這些動物大集合的共同塑造下，將台灣百姓的生活情態展現出來，同時也成就了賴惠川竹枝詞重要的寫作特色。

二　改造俗諺以配合詩作

在賴惠川竹枝詞俗諺的運用中，可發現他會將俗諺進行改造，以配合竹枝詞所要論述的內容，成為他另一種寫作特色。這樣的改造，有時是針對俗諺「語句」進行改造；有時是針對俗諺「語意」進行改造；有時是俗諺「語意和語句」都進行改造。這樣的改造方式，讓竹枝詞擁有更多展現的空間，在原來俗諺意涵的基礎下，呈現出更多元的意涵與更開闊的境界。這類竹枝詞作品雖然不是很多，但這樣的寫作特色卻非常具有特殊性，值得進一步介紹與探討。因此以下分為三點論述，一為針對俗諺語句進行改造；二為針對俗諺語意進行改造；三為俗諺語意和語句都進行改造。

（一）針對俗諺語句進行改造

針對這類俗諺的改造，主要是將俗諺語句進行調整，作為竹枝詞論述的內容，但就俗諺的意義來說，是維持不變的；但因語句的調整，化入竹枝詞的句子中，對於原俗諺的面貌，也產生一些差異。以下舉例說明，先看〈覓食〉一詩：

> 覓食洪崖鬪一場，微鱗命已逐波揚。自非海底無魚日，為大何容三界娘。註曰：海底無魚，三界娘仔為大。謂家中無肖子，不肖者，公然當事也。凡世之類此者，亦云。三界娘仔，魚類中之甚小者，

結陣游水面，陂窟[86]皆有。(《悶紅墨屑》，頁380)

此首竹枝詞所運用的俗諺為：「海底無魚，三界娘仔為大」，其意義為「團體中無能人，以致庸才也受尊重。」[87]與作者在自註中言，家中無肖子，所以不成材者公然當事，意義是相同的。此首竹枝詞將俗諺的語句改造為：「自非海底無魚日，為大何容三界娘。」「海底無魚」加上「自非」；「三界娘仔為大」改為「為大何容三界娘」，這樣的語句調整與改造，俗諺的意義都沒有改變，但卻將詩人對於不才者身處重位的負面看法表達出來，這就是改造俗諺語句以配合竹枝詞創作的一大特色。再看〈拜託〉一詩：

拜託群雌肅敬些，朝朝大鬧不成家。縱然意氣三不服，莫似蜈蚣蛤仔蛇。註曰：蛤仔，水蛙也。俗謂蜈蚣、蛤仔、蛇，三不服。(《續悶紅墨屑》，頁685)

這首竹枝詞運用的俗諺為「蜈蚣、蛤仔、蛇，三不服。」也就是說明「蜈蚣、青蛙、蛇，三者互為相剋。」[88]這互為相剋的三者，被稱為三不服。此首竹枝詞卻將家中婦女成員的不和，以規勸的口吻，將此俗諺改造為：「縱然意氣三不服，莫似蜈蚣蛤仔蛇。」表達出家族中女性成員彼此間即使是個性不合、想法不同、作法各異，也不要像蜈蚣、青蛙、蛇一樣，三者互為相剋。此俗諺的語句改造，同樣保有原義，但卻讓竹枝詞的內容表現更為多變，也更為生動。

---

86 「陂窟」原作「坡窟」，據江寶釵按語改之。參氏編：《嘉義賴家文學集》（嘉義縣：國立中正大學臺灣人文研究中心，2009年11月），下冊，頁106。

87 莊秋情：《臺灣鄉土俗語》，頁204。

88 莊秋情：《臺灣鄉土俗語》，頁260。

（二）針對俗諺語意進行改造

　　除了對語句進行改造外，賴惠川有時也會對俗諺的「語意」進行改造，以配合竹枝詞創作上的需求。這部分的俗諺「語句」依然被保留，但就俗諺的「意義」來說，可能依作者前後文的連結，或作者的詮釋角度不同，而產生了改變。以下我們先看〈席上〉一詩：

> 席上糊塗一醉過，毒人奈此酒精何。昌言好酒沉甕底，甕底殘餘已不多。（《悶紅墨屑》，頁351）

此首竹枝詞以「酒精毒害人」為論述主旨，其所引用的俗諺為「好酒沉甕底」，此句俗諺的意義，李赫解釋為：「用傳統方法釀造的酒，因為沉澱的關係，酒甕下層的酒較濃，所以說『好酒沉甕底』。『好酒沉甕底』這句話常被用來比喻『好的在後頭』。」[89]此句俗諺的寓意，和本詩的主旨「酒精毒害人」，似乎沒有任何關係。賴惠川運用此句俗諺，來說明愛喝酒的人，都說好酒沉甕底，因此拼命地喝，把為了能喝到甕底好酒，做為繼續喝的藉口，其實早已喝得糊裡糊塗，失去思考與判斷能力了，呈現出喝酒害人的意涵。由此可以看出，俗諺的語句雖然相同，但語意已被改變，這是另一種改造俗諺入詩的手法。我們再看〈暗中〉一詩：

> 暗中活躍甚鴟梟，當面溫恭舜與堯。汝會一弓安兩箭，我能一箭貫雙鵰。（《悶紅墨屑》，頁353）

---

89 李赫：《台灣諺語的智慧（四）》（台北縣：稻田出版社，1995年10月），頁213。

此詩主要呈現的是人與人互動的心機巧詐,以及人心險惡的內涵。詩中同時運用俗諺「一弓,安兩箭」,以及「一箭雙鵰」來描寫。就俗諺「一弓,安兩箭」來說,其原義為「譏刺愛情不專一的人」[90];而「一箭雙鵰」的意義為「一舉兩得」。但就整首詩看來,俗諺的意涵卻與主旨不合,發現詩人已將此俗諺的語意改造,因此「一弓安兩箭」與「一箭雙鵰」,逐漸演變成一弓多箭、一箭多目標等心機用盡的巧詐意涵,將人與人互動的險惡面相呈現出來。這樣的寫作手法,展現出詩人改造俗諺之語意,以配合詩作需求的書寫特色。

(三)俗諺語意和語句都進行改造

賴惠川改造俗諺入詩,還可以發現另一種表現方式,就是將俗諺的語意和語句都進行改造;也就是說,俗諺的句形和意義都有了變化,但這些變化還是可以讓我們從中得知原來俗諺的樣貌。以下舉例說明,先看〈有糖〉一詩:

> 有糖有醋即珍羞,糖醋加工大量投。今日換湯兼換粒,大家來試好湯頭。註曰:俗語,乃換湯無換粒。某甲因此句而敗,故易兼字。(《悶紅墨屑》,頁351)

此首竹枝詞所運用的俗諺為「換湯無換粒」,其意義同另一俗諺「換湯無換藥」,即是「外表雖改,內容亦無變更」[91]之義。就本首竹枝詞的寫作背景來看,因社會不斷進步,糖醋加工品越來越多,有人將商品「換湯無換粒」,機巧虛詐的結果,就是面臨失敗,所以作者有感

---

90 陳主顯:《台灣俗諺語典——卷二七情六慾》,頁19-20。

91 徐清吉:〈台灣俗諺新注〉,收錄於《南瀛雜俎》(台南縣:台南縣政府,1982年4月),頁443。

而發，希望民眾「換湯無換粒」的錯誤觀念要更改，於是將俗諺「換湯無換粒」改成「換湯兼換粒」，除了將語句改變，其語意也變成了「外表改變，內容也應隨之變更」。從此一俗諺語句和語意的改造運用，也可看出賴惠川為人處世的態度。接著看〈無錢〉一詩：

> 無錢何處食堪賒，最要平時粒積些。可歎田螺盡肉吐，微波風動即亡家。註曰：轉句，業產全部提出也。田螺生子時，盡肉出殼，風動微波，殼移他處，螺不得殼，即死。俗謂：田螺吐子為子死。
> （《悶紅墨屑》，頁379）

這首竹枝詞的主旨是告誡我們，平日就要養成節儉的習慣，免得有一天家產散盡，將會家毀人亡。詩中的三、四句「田螺盡肉吐，微波風動即亡家。」我們從作者自註中可以發現，這兩句話的本意來自「田螺吐子為子死」這句俗諺，它的意思是指田螺生子時，螺肉會完全從殼爬出，才能將螺仔生出來，但此時如果螺殼被風吹動的水波帶走，螺只要找不到殼，就會死亡，這就是「田螺吐子為子死」的意思，比喻「母愛的偉大」[92]。但作者將此句俗諺進行改造，其「語句」改成「田螺盡肉吐，微波風動即亡家。」至於「語意」則從「強調母愛的偉大」改成詩中自註所謂「產業全部提出也」。由此可知，此一俗諺的語句和語意同時被改造，藉以說明如果不養成節儉的習慣，那麼當所有家產用盡之後，就只有亡家一途了。藉由上述所舉例詩，可以看到賴惠川運用俗諺，並改造俗諺以入詩的狀況，如此讓俗諺有了新的詮釋角度，也讓我們看到他靈活多變的寫作特色。

　　綜上所論，賴惠川竹枝詞運用俗諺的寫作特色，包含了使用大量

---

92 詳見莊秋情：《臺灣鄉土俗語》，頁95。

動物俗諺入詩，以及改造俗諺以配合詩作等兩大特點。其中大量動物
俗諺的選用，將貼近生活的動物形象，在譬喻、借喻、象徵等手法的
烘托下，為竹枝詞注入寫實活潑的動人影像。而改造俗諺以配合詩作
的寫作特色，則能跳脫既定的俗諺框架，利用語句或語意的改造，讓
俗諺扮演新的角色，提供新的論述觀點與呈現方式，讓竹枝詞的創作
有了更多的可能性，這都讓讀者產生極為深刻的印象。

第五節　結語

　　本文從賴惠川竹枝詞對俗諺之運用進行探討，分別從運用俗諺入
詩的「內容呈現」、「表現形式」、「寫作特色」等三個面向進行論述。
從這些論述內容，除了可以了解每個面向所蘊含的各種實質內涵外，
我們還另外得到幾項研究上的收穫與訊息，今分述如下：

一　從運用俗諺入詩的內容呈現，了解賴惠川某些人生態度及處世哲學

　　台灣的俗諺很多，就如陳主顯所說的：「我們無法知道，台灣俗
語到底有多少句。」[93]這些流傳於口語間的俗語、諺語、格言、歇後
語等，除了數量多，內容也非常豐富，「舉凡人類文化的內容都是諺
語的範圍，例如人對宇宙的看法，人與自然的關係，以及人與人、人
對超自然的關係都包含在內。」[94]可知台灣俗諺內容多元且豐富。在
這豐富多元的俗諺中，賴惠川運用俗諺入詩，主要是以呈顯社會現況
與表達人生哲理的內容為主，尤其對於人際互動與人生百態，有最多

93　參陳主顯：《台灣俗諺語典——卷一人生哲理》，頁29。
94　阮昌銳編纂：《重修臺灣省通志》，卷3，〈住民志・禮俗篇・第六章諺語〉，頁153。

篇幅的著墨，所以從賴惠川俗諺內容的運用，可見他對於人際往來與
人性有著極高的關注，呈現出對社會功能的重視與關心。而其表達出
來的人生哲理，具有非常可貴的正向態度，除了強調飲水思源、因果
報應的處世觀念，也強調人應具有積極努力的態度；更重要的一點，
他強調所有人都有存在的價值，只要能發現其才能之所在，便能對社
會產生幫助。因此從俗諺內容在詩中的運用，我們可以了解賴惠川入
世且積極的人生態度，以及他包容堅毅的處世哲學。

二　從《悶紅墨屑》到《續悶紅墨屑》的表現形式，可以看出其運用俗諺入詩在創作意圖上的差異

　　賴惠川竹枝詞運用俗諺入詩的表現形式，是依據竹枝詞創作內涵
之需求，而將俗諺分為主、從兩種不同角色來論述的。就「主要角
色」來說，此時俗諺的內涵，即是竹枝詞的主旨，亦即「以俗諺內涵
作為竹枝詞主旨」之表現形式；至於「從屬角色」這部分，此時俗諺
在竹枝詞當中，只是用來描寫部分狀況或現象，而非該詩之核心主
旨，其作用只是協助該詩內容之完成而已，這就是「以俗諺協助竹枝
詞內容的完成」之表現形式。整體而言，我們發現賴惠川竹枝詞的創
作，「以俗諺內涵作為竹枝詞主旨」的作品數量是較多的。但如果以
《悶紅墨屑》與《續悶紅墨屑》這兩者進行比較，我們發現《續悶紅
墨屑》對俗諺的運用，在以「俗諺內涵做為竹枝詞主旨」的作品上，
數量較《悶紅墨屑》多；而《悶紅墨屑》在以「俗諺協助竹枝詞內容
的完成」的作品上，數量則較《續悶紅墨屑》多。由此可以推論，賴
惠川在創作《悶紅墨屑》時，對俗諺的運用動機，並非刻意的歌詠，
而是隨著竹枝詞的內容需求，自然水到渠成；但在創作《續悶紅墨
屑》時，是較有意識的、較有目的的選取俗諺做為竹枝詞歌詠的主

旨，達到以俗諺呈顯其人生哲理與社會百態的目的，可知此集在俗諺的運用上，其創作意圖是較為積極、較有目的的。

三　可看出賴惠川對於民間文學的重視，並提供與作家文學融合的舞台

竹枝詞本就具有反映民情風俗的特點，賴惠川將此特點高度的落實，把流傳於民間的口傳文學，包含俗諺、童謠等，都寫入竹枝詞裡，將這些真正反映民情風俗的內容發揚出來，展現樸實生動、寫實平易的風格。尤其我們從運用俗諺入詩的寫作特色中，發現他選取大量的動物俗諺入詩，這些從動物的形象、外貌、行為等，所引申、譬喻而成的俗諺，相信是普羅大眾的共同創造與記憶，最能引起共鳴，藉由這些俗諺以達到敘事說理的目的。再加上賴惠川針對俗諺語句或語意，進行形式與內容的改造後融入詩中，讓俗諺的內涵與境界擴大，增添敘事說理的寬廣空間；同時本屬口傳文學的俗諺，在此也有了與作家文學融合的舞台，讓俗諺以另一種文體的形式得到保存與發揚，這在在呈現賴惠川對於民間文學的高度重視與認同。其詩言：「野人野語說囂囂，情理原來有一條。破鼓打來好救月，勸君且莫棄芻蕘。」（《續悶紅墨屑》，頁741）詩中對於俗諺價值的肯定，正是詩人重視民間文學的最佳註腳。

總的而言，賴惠川竹枝詞大量使用俗諺入詩的作法，除了在保存與發揚俗諺上做出重大貢獻；他在詩中所傳達的人生哲理，也成為讀者待人處世的指南針，讓人們更熟悉世俗文化，有助於調和及促進社會上的人際關係。至於他對俗諺的積極態度，也讓民間文學的重要性再次得到突顯，喚起人們對於民間文學的關注與重視。其中特別珍貴

的一點，是賴惠川將俗諺融入竹枝詞的手法，讓我們看到民間文學與作家文學鎔鑄一爐的高妙技巧，這是特別值得我們吸收與學習之處。因此我們可以說，賴惠川竹枝詞對於俗諺的運用，其內容之豐富、形式之靈活，對於詩壇來說，具有創新發展的意義。

第五章
賴惠川竹枝詞對童謠的運用[*]

第一節　前言

　　賴惠川《悶紅墨屑》與《續悶紅墨屑》的竹枝詞作品，所展現的
內容本具有反映社會現實之特點，富有濃厚鄉土風味和生活氣息，在
如此內涵豐富、極具生活氣息的竹枝詞中，有一部分是以流傳於廣大
百姓生活中，以童謠為題材進行創作的。「童謠，是一種兒童歌，俗
語叫作囝仔歌。」[1]施福珍進一步說：「『童謠』是兒童唸謠，由於其
為吟誦形式，只有語言旋律，沒有音樂曲調，是屬於徒歌式的吟唸，
台語稱之為『唸歌』。」[2]這些吟詠於兒童間，或由母親或家中長輩念
誦給孩子聽的歌謠，流傳於民間，廣為百姓吟唱的童謠，極具有通俗
化之特色。且這些童謠，許多都是由大人編作成適合孩童歌詠，以傳
達常識、趣味或遊戲的，就如馮輝岳所言：「童謠並非兒童自作自唱
的歌，它還包含本是大人作的歌，而由兒童學唱的，或是大人作的
歌，內容適合兒童唱的，所以，通常我們稱的童謠，應該是指這種廣
義的童謠，畢竟兒童的知識語彙有限，依賴大人的引導示範，才有更
富情趣和韻味的童謠產生。」[3]賴惠川有一部分的竹枝詞，即是將這

---

[*] 本章原篇名為〈童謠新唱：論賴惠川竹枝詞對童謠之運用〉，發表於《真理大學人
　　文學報》第15期（2014年10月）。今略作增刪修訂後，收入此書。
[1] 王登山：〈南部台灣的民謠・童謠與四句〉，《南瀛雜俎》，收入《南瀛文學叢刊》第
　　4輯（1982年4月），頁384。
[2] 施福珍：《台灣囝仔歌一百年》（台中市：晨星出版公司，2003年11月），頁18。
[3] 馮輝岳：《童謠探討與賞析》（台北市：國家出版社，1982年10月），頁10。

些饒富情趣的童謠進行再創作，從既有的童謠作品中，取其題材內容，作為竹枝詞之創作素材，成為「童謠新唱」的融合式作品。黃鑑塘對於賴惠川這些竹枝詞的評論是：「現成俗語童謠，組織成句，筆之圓活巧妙，可謂天衣無縫。」[4] 又蕭世昆評論說：「應用童謠俗語，能無斧鑿痕，具見大匠功夫。」[5] 可看出賴惠川這些以童謠為題材所寫成的竹枝詞，確實具有其獨特性，所以廣受當時文人的肯定。是以本章以此為研究範疇，將賴惠川竹枝詞中以童謠為素材而進行創作者，進行分析探討，以了解其運用童謠入詩的表現形式與創作價值。

在賴惠川《悶紅墨屑》與《續悶紅墨屑》中，取童謠為題材而進行創作者，大多集中在《續悶紅墨屑》一書，而《悶紅墨屑》僅有六首[6]，可推測作者此時並非有計畫性地引用童謠題材進行創作。但在《續悶紅墨屑》中，從作者自註中可知，直接以童謠為題材進行創作者，就有一百七十三首，可以看出這類內容的大量增加，因此本文主要以賴惠川《續悶紅墨屑》為探討對象。

在探討賴惠川運用童謠入詩的過程中，必定會參考目前一些童謠的相關文獻。對於這個部分，筆者在此先進一步說明，關於台灣童謠的一些重要的參考書籍或文獻。首先是片岡巖《台灣風俗志》，其中

4　賴惠川：《續悶紅墨屑》，頁744。

5　賴惠川：《續悶紅墨屑》，頁744。

6　此六首作品分別為：「臺灣自古好民風，三次收成一歲中。拾得一錢買鴨母，童謠高唱物資豐。」、「何須嫁壻嫁鄉紳，大抵鄉紳富不仁。嫁與司公能讀訴，對天讀訴尚稱臣。註：道士為人祈福，讀訴文時，自稱臣某某。童謠，嫁與司公，司公能讀訴。」、「悽悽一陣又悽悽，確是童謠唱捉迷。放汝孤鷄去出世，孤鷄出世亦孤鷄。」、「葫蘆貯水飼鴛鴦，細想童謠意義長。恩愛夫妻貧亦好，雙棲雙宿重綱常。」、「心心念念秀才郎，秋水兼葭隔一方。真是一言難得盡，忍騎白馬過南塘。註：月光光，秀才郎，騎白馬，過南塘。童謠也。（「兼葭」原作「簾葭」，據黃哲永校正改）」、「綠酒紅鐙對玉顏，連宵走馬打通關。打到南塘不得過，醉倒樽前一座山。註：走馬打通關，昔時猜拳鬧酒也。童謠：南塘不得過，掠貓仔來戴鬏。」等。賴惠川：《悶紅墨屑》，頁306、338、352、353、354、373。

第四集描寫台灣的音樂與雜念，雜念中有「搖子歌」四首與「兒歌」十九首。[7]李獻璋《臺灣民間文學集》，此書於昭和十一年（1936）發行，分為歌謠篇與故事篇，其歌謠篇包含：民謠、童謠、謎語三部分，其中童謠約一百四十七首，但亦可發現其民謠中亦有童謠之作品。東方孝義《台灣習俗》共收入台灣童謠二十一首，為日人東方孝義於昭和十七年（1942）發行。林川夫主編《民俗台灣》，此書原是日人金關丈夫於日治時期主編的《民俗台灣》雜誌，於一九四三至一九四五年發行，共四十期，原刊是日文版，蒐集許多台灣日治時期的民俗文化，林川夫將其翻譯成中文版，於一九九五年發行，內容亦可看到台灣童謠的部分篇章，包含第二輯葉火塗〈童歌五首〉、黃連發〈臺灣童謠抄〉十八首；第四輯黃連發〈台灣童詞抄續〉十七首；第五輯黃連發〈台灣童詞抄〉三十七首。吳瀛濤《臺灣諺語》收有童謠（含順溜）、兒戲歌，共約一百三十七首（1975年出版），對於童謠的台語發音，有相關的說明。廖漢臣《台灣兒歌》約收童謠二百四十一首（1980年出版），這本書除了對俗文學的種類、特質、功能、價值的論述外，對於本土語言的發音與符號，還有台灣兒歌的特質及分類舉例等，都有詳細的說明。李赫《台灣囝仔歌》收入童謠九十九首（1991年出版），每首童謠都有簡單的註解，加上生動有趣的插圖與內容呼應，更能喚起大家對童謠的認識與記憶。《重修臺灣省通志·住民志·禮俗篇·歌謠·兒歌》，收有兒歌六十三首（1993年出版），其中二首為國語童謠，六十一首台語童謠，多數童謠是參考廖漢臣

7　此書於大正十年（1921），由台灣日日新報社發行，中文翻譯本於1981年，由陳金田與馮作民合譯，共分十集。黃得時曾說：「這是一部研究台灣舊有風俗習慣極有價值的空前鉅著。……，如果說後述的伊能嘉矩之『台灣文化志』是有關台灣『縱』的探討，那這部片岡巖的『台灣風俗誌』，正可以說是『橫』的敘述了。」見片岡巖著，陳金田、馮作民譯：《台灣風俗誌》（台北市：大立出版社，1981年1月），頁8-9。

《台灣兒歌》而選入。馮輝岳《臺灣童謠大家唸》（1996年出版），除淺論臺灣童謠外，內容收入閩南童謠三十四首；客家童謠三十首；國語童謠七首；原住民童謠三首。黃勁連《台灣囡仔歌一百首》共收錄童謠一百首（1996年出版），是台灣童謠的精選集，其主要特色是以台語發音的文字展現，加上羅馬拼音的聲音註解，如此以展現全面台語化的台灣囡仔歌。黃永哲《臺灣童謠》收入童謠一百一首（1997年出版），包含遊戲篇、親子遊戲篇、搖籃歌篇、民俗儀式篇、繞口令篇、數目篇、戲謔篇、敘事篇等，有註解與說明，並有簡單的圖畫提示，有助於了解童謠之內容。[8]邱冠福《台灣童謠》約收童謠三百七十三首（1997年出版），另外還附台灣兒童的猜謎歌，此書對於台灣童謠的意義、由來、分類、功能與展望都有論述，且收入的童謠非常豐富，分別從台灣童謠中的搖籃歌、遊戲類、幻想歌、趣味歌、敘述歌等內容分類蒐集，並分北、中、南地區進行論述。

　　在上述童謠作品集中，收錄的作品有不少是重複出現，而且版本常有不同。不同的版本之間，作品的內容其實大致相同，但不可諱言的，還是會存在一些差異。這是因為童謠屬於口傳文學，沒有文字記載，在傳唱的過程中，因使用口語作為媒介，有時因為語音傳達沒有被精確接收，或者因為傳唱者記憶有所遺漏，或者因為講述時空情境之不同，而使得內容產生變異性。[9]誠如馮輝岳所言：「一首童謠在流傳過程中，發展成另一首部分句子不相同的童謠，稱作童謠的變形。童謠之所以變形，追根究柢，在於它是口傳文學的作品，訴諸語言的東西，由於眾人的修飾與潤色，增一句或減一句，乃是司空見慣的

8　此書在〈序文〉中提到，書中的童謠，大部分採錄於嘉義縣的東石鄉與六腳鄉，尤其是遊戲歌與民俗儀式歌。黃永哲：《臺灣童謠》（嘉義縣：三宇打字社印刷，1997年4月，增訂版）。

9　關於口傳文學的變異性，詳見胡萬川：《民間文學的理論與實際》（新竹市：國立清華大學出版社，2004年1月），頁36。

事。事實上，一首童謠的創作，是在不斷變形的過程中完成的。……變形，使童謠的生命更長遠而多采。」[10]馮氏這段話，很適切地解釋了口傳文學的變異性特徵。此外，由於台灣童謠多以台語發音，在台語沒有統一用字的情況下，各版本的用字常有不同，這是一種取音不取義的記錄方式。這種狀況，同樣也出現在賴惠川的竹枝詞中，賴惠川竹枝詞的用字，多以台語入詩，因此也形成取音不取義的方式，所以即使採用童謠入詩，其所用的字，也不一定和原童謠的字相同，而是以音同或音近的字來取代，這是我們在閱讀賴惠川此類詩作之前，必須先有的基礎認知。

　　針對上述所介紹各式各樣的童謠文獻，本文在論述的過程中，常會加以引用或參考，來為賴惠川的竹枝詞進行說解者，主要是以廖漢臣《台灣兒歌》、邱冠福《台灣童謠》、黃勁連《台灣囡仔歌一百首》為對照文本，如果這三本書都找不到相合的資料，則會進一步以上文所介紹的其他童謠文獻來進行比對。之所以選用這三本童謠集為核心參考文獻的理由，主要是因為廖漢臣本身非常關注台灣鄉土文學及台灣新文學運動；[11]且其《台灣兒歌》是日治後至五〇年代初期，整理蒐集台灣童謠的代表著作，數量約有二百四十一首，不但量多而且極具代表性。[12]而邱冠福《台灣童謠》所收錄的作品數量，居所有童謠

---

10 馮輝岳：《台灣童謠大家唸》（台北市：武陵出版公司，1995年5月），頁23。

11 在吳翠華〈日本童謠運動對日治時期的台灣之影響〉說道：「在《台灣新民報》公開徵求台灣的鄉土歌謠，在半年內收集了一百多首，其中也有不少童謠。熱心推動台灣新文學的賴和和作家廖漢臣也響應這個活動，除了協助收稿之外，也各寫了一首兒童唸謠『呆囝仔』和『春天到』」。《玄奘人文學報》第8期（2008年7月），頁342。

12 廖漢臣之《台灣兒歌》作品受到相當重視，可以從《重修臺灣省通志・住民志・禮俗篇・歌謠・兒歌》中的收錄可以看出，其出版於一九九三年一月，有兒歌六十三首，其中二首為國語童謠，六十一首台語童謠，多數童謠是參考廖漢臣《台灣兒歌》而選入。

相關書籍之冠，有三百七十三首，且其內容分別採錄出北、中、南地區的相異版本，涵蓋的時代從日治至戰後，內容非常豐富。至於黃勁連《台灣囝仔歌一百首》，則是精選自日治時期以來的許多相關文獻，包含日人如片岡巖編的《台灣風俗誌》、平澤平七編的《台灣兮歌謠》、謝雲聲編的《閩歌甲集》、李獻璋編的《台灣民間文學集》、吳瀛濤編的《臺灣諺語》等[13]，對於日治時期的童謠作品有較廣的涵蓋面，所以也將之視為主要的參考文獻。此外，要進一步說明的是，本章在童謠的引用上，有時引用廖漢臣《台灣兒歌》，有時引用邱冠福《台灣童謠》，有時引用黃勁連《台灣囝仔歌一百首》，其參考選取的標準，主要是以內容為主。所謂以內容為主，是指哪一個版本的內容，能與賴惠川竹枝詞所採用的童謠內容有最高的相似度者，本章就引用此一版本來進行說解，以協助讀者了解賴惠川竹枝詞運用童謠入詩的各種現象。

　　針對賴惠川運用童謠來進行書寫的竹枝詞作品，想探討的議題主要有兩項：第一，詩人運用童謠入詩時，這些童謠的語句，其內在意涵是否被原封不動地保留，還是被詩人進行某種形態的改造？詩人對於採擷童謠入詩，其表現形式究竟有哪些類型？第二，詩人運用童謠入詩，究竟能產生何種創作上的價值？這些價值，將有助於提升賴惠川運用童謠入詩的成就與貢獻，值得我們深入分析。以下本文將針對這兩項議題，分別進行討論。

第二節　運用童謠入詩的表現形式

　　童謠是民間文學重要的形式之一，李獻璋的《台灣民間文學集》

---

13 詳見黃勁連：《台灣囝仔歌一百首》（台北縣：台語文摘出版社，1996年11月），頁4。

即收入民謠、童謠、謎語、民間故事等內容，其〈自序〉說道：「台
灣民間文學即原始的歌謠、傳說，在我們文學史上應占有最精彩的一
頁，這是與世界各國無異的。」[14]可知童謠在台灣民間文學中，不但
占有一席之地，而且具有舉足輕重的地位。童謠的流傳多為口耳相
傳，因此多為朗誦而少唱，但因其本身具有韻律性，因此，在唸誦的
過程中依然讓人朗朗上口，是如簡上仁說道：「謠詞本身已有高低不
同的聲調，加上唸時的強弱長短，它的抑揚頓挫，已自然賦與了『口
語的音樂化』而具有歌曲的神韻。」[15]可知隨著童謠詞句的排列變
化、抑揚頓挫，加上時有押韻，以增加節奏感，都讓童謠能易於記
誦，並廣為流傳，因此朱介凡更直接說道：「兒歌是孩子們的詩。」[16]
可知童謠在民間文學中的特殊性。童謠的內容，取材也非常廣泛，可
以區分為搖籃類、遊戲類、幻想類、趣味類、敘述類、猜謎類等，且
其展現的結構也非常多樣化，可分為直敘體、連珠式、對答式、數字
類、連鎖式、逗趣類、急口令、抉擇類等，[17]這些內容與結構的豐富
變化，都讓童謠的展現更形精彩。賴惠川以此為題材，寫入竹枝詞作
品中，賦予童謠新的生命，也展現「童謠新唱」的新內涵，這正是通
俗文學的極致表現。

　　賴惠川在運用童謠語句進入竹枝詞的過程中，就童謠本身的內在
意義而言，就呈現出三種不同的表現形式：一是「延續童謠本義」，
二是「延續童謠本義再引出新義」，三是「捨童謠本義而另創新義」。
以下且針對這三種表現形式進行論述。

---

14 李獻璋：《台灣民間文學集》（台北市：台灣文藝協會，1936年6月），頁3。
15 林二、簡上仁：《台灣民俗歌謠》（台北市：眾文圖書公司，1980年6月），頁93。
16 朱介凡：《中國兒歌》（台北市：純文學出版社，1993年12月，初版7刷），頁27。
17 見邱冠幅：《台灣童謠》（台南縣：台南縣立文化中心，1997年12月），頁4-7。

一　延續童謠本義

　　在賴惠川竹枝詞取童謠的語句入詩後，可以看到有一部分的作品，其表現形式，乃延續原來童謠的「本義」而來，後再以竹枝詞的模式將作品展出。此時，整首竹枝詞的內涵與意義，還是圍繞著原童謠的內涵與意義打轉，這就是「延續童謠本義」的表現形式。以下且看〈姊妹〉、〈搖搖〉、〈頭紅〉、〈挽茄〉四首詩作：

> 姊妹上山去挽茄，挽來試問許多耶。區區挽著一飯篩，做菜三
> 餐不用賒。註：起轉句童謠，飯篩，飯熟時，汲飯之器。篩，讀例。
> 挽，摘也。（《續悶紅墨屑》，頁722）

> 搖搖騙我小嬰孩，姊妹上山挽茄回。挽茄試問挽外寨，挽一飯
> 篩便歸來。註：四句接用童謠，外寨，幾多也。（《續悶紅墨屑》，
> 頁723）

> 頭紅面赤挽茄回，姊妹上山苦矣哉。也好食時也好賣，普通一
> 日好生涯。註：轉句童謠。（《續悶紅墨屑》，頁723）

> 挽茄多少不拘牽，挑向街頭去賣錢。也好嬰仔做肚際，一家歡
> 喜慶團圓。註：轉句童謠。肚際，週歲也。嬰仔，紅嬰也。（《續悶
> 紅墨屑》，頁723）

在上述四首竹枝詞中，賴惠川並未標記為組詩，但我們可以從其創作的內容發現，其實此四首竹枝詞，都是從同一首童謠〈搖到內山去挽

茄〉再新創而來。以下我們先看〈搖到內山去挽茄〉這首童謠的內容：

> 搖呀搖，搖到內山去挽茄，挽偌濟？挽一飯籬，也好食，也好
> 賣，也好給嬰仔做度晬。[18]

這首童謠是以母親的角度，唱給孩子聽的搖籃歌，[19]內容提到去採
茄，可以自己吃，也可以賣，還可以幫孩子做周歲。這樣的內容與精
神，賴惠川將其進一步發揚，呈現出更豐富的內容。從四首竹枝詞
中，可發現第一首起、轉句均引用原童謠入詩，強調出「挽茄」、「挽
一飯籬」的內容，同時竹枝詞再新增「做菜三餐不用賒」的結果；第
二首則是四句均引用原童謠的內容，包含「搖呀搖」、「去挽茄」、「挽
偌濟」、「挽一飯籬」等內容，在此前提下去擴寫，以竹枝詞展現出
「搖搖騙我小嬰孩，姊妹上山挽茄回，挽茄試問挽外寨，挽一飯箵便
歸來。」的寫實情景；第三首則引用「也好食，也好賣」的童謠內
容，竹枝詞再加入「頭紅面赤挽茄回，姊妹上山苦矣哉」等挽茄過程
的辛苦，讓認真過日子的情景展出；第四首引用原童謠之處，即是
「也好給嬰仔做度晬」，在此前提下，竹枝詞進一步展現「一家歡喜
慶團圓」的幸福結局。從以上四首竹枝詞的內容可以發現，它們在取
用童謠〈搖到內山去挽茄〉的語句入詩時，都是延續原童謠「本
義」，再進行創作的竹枝詞作品。

除了上述四首詩例，其他如〈村店〉：「村店今朝酒甕開，最宜沽
飲兩三杯。大箍獃方炒韮菜，炒好燒燒一碗來。」（《續悶紅墨屑》，

---

18 廖漢臣：《台灣兒歌》（台中市：台中省政府新聞處，1980年6月），頁131。

19 邱冠福在台灣童謠的分類中，從唸唱的形式不同，認為可以分為母歌與兒歌二系
　統，由長輩哄小孩、唱給孩子聽的，是母歌系統；由兒童或同伴唸唱的，是兒歌系
　統。見氏著：《台灣童謠》，頁4-5。

頁716）這即是將童謠〈大箍欸〉：「大箍欸，炒韮菜，燒燒一碗來，冷冷我無愛。」[20]引入詩中再新唱的作品。又如〈門前〉一詩：「門前溝仔水淙淙，夜雨初晴曉日紅。一陣鯽魚卜毛某，媒人就是老漁翁。」（《續悶紅墨屑》，頁712）即是新唱自童謠〈天黑黑〉：「天烏烏，要落雨，鯽仔魚，要娶某，……」[21]之內容而來。再如〈囝仔〉一詩：「囝仔羞羞也羞，朝朝食飯配泥鰍。泥鰍一尾大嘴食，一尾留著塗目周。」（《續悶紅墨屑》，頁726）即是新唱自童謠〈羞羞羞〉：「羞羞羞，捾籃仔拔胡鰍，拔幾尾？拔兩尾，一尾掠來煮，一尾糊目珠。」[22]之內容而來。

在上述所引的竹枝詞例子中，它們引用童謠的語句入詩時，在表現的形式上，都是保留童謠的「本義」，然後再加以鋪陳，成為一首完整的竹枝詞作品。從這類延續童謠本義的竹枝詞裡，可以看出賴惠川在原童謠內容上的承襲，在承襲之外，再配合竹枝詞的體式予以開展，讓童謠得以變化成另一種文體。

二　延續童謠本義再引出新義

賴惠川竹枝詞以童謠入詩的作品中，還可看到第二種表現形式，亦即「延續童謠本義再引出新義」。這類的作品展現，其引用或化用童謠的語句入詩，一方面還保留原童謠的「本義」，此一本義在新唱的竹枝詞中，意思並未被改變，不過在新唱的詩句中，因為前後文的連結，整首竹枝詞的意義展現，和原來的童謠並不相同；這也就是說，當童謠的語句進入竹枝詞後，一方面看得到它原來的意義，但一

---

20 黃勁連編：《台灣囡仔歌一百首》，頁136。

21 廖漢臣：《台灣兒歌》，頁53。

22 黃勁連編：《台灣囡仔歌一百首》，頁176。

方面在整首竹枝詞的內在涵裡，已經衍生出其他的意義了，因此將之歸類為「延續童謠本義再引出新義」的作品。以下針對此一部分舉例說明，且看〈今朝〉、〈今年〉二詩：

> 今朝牛販突然來，滿面春風笑口開。說欲趕牛落南路，賣銀焉
> 苪某產紅孩。註：轉句童謠，焉某，娶婦也。(《續悶紅墨屑》，頁713)

> 今年焉某過門來，數月之間便有胎。他日有兒能趕鴨，一家協
> 力賺微財。註：轉句童謠。(《續悶紅墨屑》，頁713)

在這兩首竹枝詞中，其引「童謠入詩」的作品為〈草蜢公（三）〉，這首童謠之原內容為：「草蜢公，穿紅鞋，卜佗去？卜看牛，牛佗去？牛賣銀，銀佗去？銀焉某，某生孫，孫看鴨；鴨生卵，卵請客；客放屎，屎沃菜；菜開花，花結籽……一盞家蚤虫母蟯蟯朊。」[23]此首童謠屬於一問一答的對口歌，是因兒童的求知欲強，好問話而形成的歌謠形式，[24]在此童謠中以「草猛」（草蜢就是蚱蜢）的擬人化開始，展開一連串的問話，問道：「卜佗去？卜看牛，牛佗去？牛賣銀，銀佗去？銀苪某，某生孫，孫看鴨，……」問草蜢穿紅鞋要去哪裡？回答要去看牛；再問牛要去哪裡？答道牛要去賣銀賺錢；再問賺來的銀錢到哪裡去？答道要拿去娶老婆；娶完老婆生孫子，生完孫子可幫忙看管鴨子，……這一連串的問題與回答，也是孩童間的遊戲歌，充滿著童趣。這樣的內容，賴惠川將之化用入詩，同時又賦予新義。就第一首而言，化用原童謠「牛佗去？牛賣銀，銀佗去？銀苪某，某生

---

23 黃勁連編：《台灣囡仔歌一百首》，頁91。
24 見廖漢臣：《台灣兒歌》，頁73。

孫」，而成為「說欲趕牛落南路，賣銀㑫某產紅孩。」此時主角不再是草猛公，而是牛販（此屬新義），牛販說明賣牛之後，有錢將要娶妻生子。再就第二首〈今年〉一詩，它化用原童謠「某生孫，孫看鴨」，而成為新竹枝詞「他日有兒能趕鴨，一家協力賺微財」，意思是說牛販娶妻生子了，而且希望這個孩子長大能趕鴨，一起賺錢。從上述二詩可以看出，它們保留了原童謠：賣牛、換銀、娶妻、生子的「本義」，然後再引出「新義」，亦即：牛販賣牛要娶妻，期望生子能趕鴨，一起賺錢貼補家用。

看完以上兩首例詩之後，接著我們再看另外兩首竹枝詞〈輕聲〉與〈後園〉。這兩首作品的創作，所運用的童謠是〈草蜢公（二）〉。這首童謠一樣以草蜢起興，其內容說：「草蜢公，紅絳絳，卜佗去？……老婆仔開後門剝芥菜，剝幾把？剝兩把，一把送童生，一把送秀才，……」[25]這首童謠中的「老婆仔開後門剝芥菜」，就被賴惠川寫入〈輕聲〉與〈後園〉二詩中。詩云：

> 輕聲細說告山妻，醬料如今品質低。開着大門剝芥菜，十分注意洗前溪。註：轉句童謠，首句叮嚀親切也。（《續悶紅墨屑》，頁713）

> 後園芥菜已全收，便去龜床剃嘴秋。芥菜剝來長老老，過年鼎底膏猪油。註：轉句童謠，嘴秋，鬚也。膏第七聲。龜床，日人時剃頭店也。（《續悶紅墨屑》，頁713）

這二首竹枝詞皆從〈草蜢公（二）〉：「老婆仔開後門剝芥菜」句中的

---

25 黃勁連編：《台灣囡仔歌一百首》，頁89-90。

「剝芥菜」進行延伸歌詠，第一首竹枝詞言：「開著大門剝芥菜」，再引出新義為「醬料如今品質低」說明芥菜收成後，料理之前更要注意醬料，因為現今的醬料品質愈來愈差。第二首竹枝詞則言：「芥菜剝來長老老，過年鼎底膏豬油。」從「剝芥菜」引出「長老老」、「過年膏豬油」的飲食文化意涵。之所以將「剝芥菜」與「長老老」相連結，是因為芥菜又稱為長年菜，是過年常食用的年菜，代表吃了會長壽之意。過年吃「長年菜」的飲食文化，卓克華介紹如下：「吃整根煮熟的芥菜（長年菜），取意『有頭有尾』、『綿綿不斷』，祝福親人長壽。」[26]由此可知，這首竹枝詞從剝芥菜的「本義」，引申出吃芥菜能長壽健康的「新義」。由以上詩例的說明可知，賴惠川竹枝詞取童謠入詩的狀況，在延續童謠本義的前提下，更進一步賦予童詩新的風貌，讓整首竹枝詞再延伸出其他新的意涵，這就是「延續童謠本義再引出新義」的表現形式。

三　捨童謠本義而另創新義

賴惠川竹枝詞引用童謠入詩，其中有一部分的作品，原來童謠的本義已不見，而是展現另一層新的意義；也就是說，這類竹枝詞的內容，雖然引用了童謠，但意義上與原童謠並無延續關係，此一童謠的本義，在新唱的竹枝詞中，並沒有被採用，而是由詩人自行創造了新義。對於這類作品的表現形式，我們稱之為「捨童謠本義而另創新義」。以下且舉例說明，請看〈果然〉一詩：

　　果然考倒老裁縫，時式洋裝日不同。草蜢公穿紅褲子，也能展

26　卓克華：《臺灣舊慣生活與飲食文化》（台北市：蘭臺出版社，2008年12月），頁160-161。

翅逐奢風。註：螟讀ㄇㄟˋ，草螟公，蚱蜢也。轉句童謠。(《續悶紅墨屑》，頁713)

這首竹枝詞是以童謠〈草蜢公〉進行歌詠的，但這首〈草蜢公〉在不同版本的文獻中，內容不盡相同。例如在黃勁連《台灣囡仔歌一百首》收錄之內容為：「草蜢公，穿紅鞋，卜佗去？卜看牛，牛佗去？……」[27]而在廖漢臣《台灣兒歌》收錄之內容為：「草蜢公，穿紅裙，要何去？要等船，……」[28]可知不同版本的兒歌收錄，內容並不完全相同。童謠中的草蜢公，有的版本「穿紅鞋」，有的版本「穿紅裙」，但在賴惠川竹枝詞裡所引入詩中的是：「草螟公穿紅褲子」，此一「穿紅褲」的草蜢公，又和上述童謠有一些差異，由此也可得知，童謠這流行於民間的口傳文學，確實會因傳唸的過程而有差異，不管是穿紅褲、紅裙或紅鞋的草蜢公，其實都是就蚱蜢外型進行歌詠的，因此也就沒有所謂對或錯的問題。這首竹枝詞所引入詩中的童謠，其「本義」就是歌詠蚱蜢紅色（或褐色）的腳，但整首竹枝詞所要表達的內涵，卻是「時式洋裝日不同，草螟公穿紅褲子」的「新義」。這個「新義」的意思，是指人們隨著時代的進步，穿著有愈來愈多的變化，甚至產生追求奢華的情況。由此可知，這首竹枝詞運用童謠入詩，其作品的內容與原童謠的意義並無關連，而是詩人另創新義的作品。再看〈日日〉與〈老哥〉二詩：

日日逍遙未解勞，當年阿舍與阿哥。田嬰夯旗叫艱苦，大抵人情好逸多。註：田嬰蜻蜓也，轉句童謠。(《續悶紅墨屑》，頁712)

---

27 黃勁連編：《台灣囡仔歌一百首》，頁91。
28 廖漢臣：《台灣兒歌》，頁76。

老哥癆瘵不須憂，人彘人蝦死便休。龜會挑燈鼈打鼓，一齊送
汝上山頭。註：轉句童謠。人彘，呂后斷戚夫人手足，號為人彘；人
蝦，某大官不能死節，謂為苦死，不若樂死，日以醇酒婦人，荒淫無度，
欲其樂死而竟不死，但身姜縮，人譏為人蝦。（《續悶紅墨屑》，頁
713）

這兩首竹枝詞所引用入詩的，正是童謠〈天烏烏〉，這首童謠流傳非
常廣泛，在福建、台灣、浙南、粵東及南洋等地區皆可採集到，歌謠
的內容雖多少有所差異，但卻可歸納出幾種類型，其中「鯽魚娶
親」、「弄破鼎」是最常見的類型，共可得九十餘首。[29] 今參考邱冠幅
《台灣童謠》，其將「天烏烏，卜落雨」之童謠組曲，分為北部、中
部、南部收錄，其中南部收錄了八首，且八首中的其中一首所歌詠之
內容，與賴惠川竹枝詞所述最為相近，此與賴惠川活動於今日嘉義地
區，應有密切的關係。此首〈天烏烏〉內容為：

天烏烏，卜落雨，阿公仔夯鋤頭掘水路，掘着一尾鯽仔魚卜焄
某，龜擔燈，鼈拍鼓，田嬰夯旗叫艱苦，水雞扛轎大腹肚。[30]

這首童謠被賴惠川引用入詩，再新唱的竹枝詞共有四首，除上引二首
之外，另二首分別是「延續童謠本義」與「延續童謠本義再創新義」
的作品，[31] 因此此處不列入討論。就上文所引例詩來看，〈日日〉一詩

29　參林仁昱：〈「天烏烏」歌謠辭類型與定型化發展研究〉，《興大人文學報》第38期
　　（2007年3月），頁215-252。

30　邱冠福：《台灣童謠》，頁50。

31　此二首竹枝詞為：「精米挨礱兩手粗，妾身自幼嫁農夫。農夫早起田犁了，夯着鋤
　　頭巡草埔。」、「門前溝仔水淙淙，夜雨初晴曉日紅。一陣鯽魚卜娶某，媒人就是老
　　漁翁。」第一首為「延續童謠本義再創新義」的作品，說明婦女嫁農夫之農村生

引用童謠「田嬰夯旗叫艱苦」，這句童謠的「本義」，原是蜻蜓翅膀很大給予人的聯想，但此處卻用這句話來表示「日日逍遙未解勞，當年阿舍與阿哥，大抵人情好逸多」的內容，說明這些「阿舍與阿哥」夯旗叫艱苦，多為好逸惡勞的男子。這樣的描寫，其意涵已與該句童謠的「本義」無關，而是詩人另外創造的「新義」了。至於另一首竹枝詞〈老哥〉，它將童謠「龜會挑燈鱉打鼓」引入詩中，其所展現的是「癆瘵不須憂，人彘人蝦死便休，一齊送汝上山頭」的「新義」，說明得到「癆瘵」（肺結核），並不需要煩惱，即使最後變得像「人彘人蝦」[32]般的死亡，也會挑燈、打鼓送你上山頭。這個「新義」，與原童謠「龜會挑燈鱉打鼓」，代表的是「鯽仔魚卜焄某」的熱鬧歡欣之「本義」，已經完全無關了。這樣的作品，就是一種「捨童謠本義而另創新義」的表現形式，它只是在形式上化用童謠語句入詩而已，其實整首竹枝詞的內在意義，已與原童謠無關，而是由詩人的巧筆另行創造了。

綜上所論，這些運用童謠入詩的竹枝詞，其內在意涵的表現形式共有三種：包含「延續童謠本義」、「延續童謠本義再引出新義」、「捨

活；第二首為延續童謠本義之作品，說明「鯽魚卜娶某」的內容。（見《續閩紅墨屑》，頁712）

32 「人彘人蝦」在詩中自註中作者已說明，人彘是呂后斷戚夫人手足，因稱戚夫人為人彘；人蝦即是說明，某官員以為若要苦死，不如樂死，於是日以醇酒與婦人荒淫無度，欲其樂死而竟不死，最後身萎縮，人識為人蝦。人彘故事出自於《史記・呂太后本記第九》：「太后遂斷戚夫人手足，去眼，煇耳，飲瘖藥，使居廁中，命曰人彘。」見於楊家駱主編《新校本史記三家注并附編二種》（台北市：鼎文書局，1987年11月，9版），頁397。而人蝦則見於袁枚《新齊諧》卷六：「有前明逸老某欲殉難，而不肯死于刀繩水火。念樂死莫如信陵君，以醇酒婦人自戕。仿而為之，多娶姬妾，終日荒淫。如是數年，卒不得死，但督脉斷矣，頭彎背駝，佝僂如熟蝦，匍匐而行。人戲呼之曰『人蝦』。」見氏著：《新齊諧》（北京市：人民文學出版社，1996年12月），卷6〈人蝦〉，頁122。此二事典的運用與描寫，也可看出賴惠川竹枝詞的另一特色，就是在口語與通俗的基調下，也不經意的流露出深厚的文學底蘊。

童謠本義而另創新義」。其中「延續童謠本義」的作品約有六十二
首;「延續童謠本義再引出新義」的約有五十一首;「捨童謠本義而另
創新義」約有二十三首,可知賴惠川竹枝詞「童謠新唱」的作品,是
以「延續童謠本義」為主要的創作方向。在這樣的基礎下,又以「延
續童謠本義再引出新義」的形式,讓竹枝詞將童謠的內涵延伸擴大,
最後再輔以「捨童謠本義而另創新義」的多元視角,增添童謠的新境
界與新視野。這樣的作法,不但讓童謠內容的豐富性延伸了,也讓百
姓生活的各種習俗與現象更完整地展出,同時也成就了竹枝詞更飽
滿、更寫實的樣貌。

第三節　運用童謠入詩的創作價值

　　賴惠川竹枝詞的歌詠,選取童謠入詩,讓普羅大眾所熟悉的歌
謠,作為其竹枝詞的創作內容。這樣的作法,一方面產生了保存童謠
的作用;一方面也將童謠再造,讓童謠以另一種生命方式重生。此
外,由於童謠多描寫市井小民的生活,也因此豐富了竹枝詞對於先民
文化的記載和保存。由以上的說明可知,賴惠川運用童謠入詩,至少
蘊含了三種創作價值。這三種創作價值分別是:一、保存童謠的價
值;二、創造童謠新生命的價值;三、保存地方特色文化的價值。以
下分項論述之。

一　保存童謠的價值

　　賴惠川運用童謠入詩的竹枝詞,共有一百七十三首。其中有一百
三十七首,其所運用之童謠,在目前現存的童謠集中,可以找到相應
的童謠;但其中也有三十六首,目前找不到相應的童謠。在這一百三

十七首作品中，雖然其所採擷入詩的童謠，可以在目前的童謠集中找到相應的童謠，但這些童謠的數量卻不是一百三十七首，而是三十六首，這是因為賴惠川所引用入詩的童謠，許多是重複引用同一首作品，只是所摘取的語句有所不同，或是所引用的版本有所不同而已。扣掉這些重複出現的童謠，實際引用的只有三十六首。另外，我們剛才也談到，在賴惠川的竹枝詞裡，有引用童謠入詩的作品中，目前也正好有三十六首作品找不到相應的童謠。這或許是筆者才疏學淺，沒有蒐集到完整的資料，也或許是有些童謠還未被採集出來，因此找不到，但至少可以肯定的是，賴惠川所引入竹枝詞中的童謠，至少有三十六首。

姑不論賴惠川竹枝詞中所化用的童謠，在目前童謠集中是不是可以找到相應的作品，但至少有一點我們可以確信，那就是這些童謠在賴惠川的詩中，都已獲得不同程度的保存。在這裡，我們姑且將這些找得到相應童謠的作品，稱之為「已被採錄之童謠」；而那些找不到相應童謠的作品，則稱之為「未被採錄之童謠」。賴惠川的竹枝詞，在運用這兩類童謠入詩的過程中，就已產生保存這兩類童謠的價值。今且針對這個部分，作進一步之分析與說明。

（一）保存已被採錄之童謠

本節所探討的主題，主要是探討賴惠川的竹枝詞，對於已被採錄之童謠的保存。這些被賴惠川採用，進而化入詩中的童謠，在目前的童謠集中，是可以找到相應之作品的。賴惠川對於這些童謠作品的運用方式，並不完全相同，有時他會取童謠中的一句寫入詩中，有時取二句、三句，有時也有取用四句者。這當中，以取一句童謠入詩者最多，其次是取二句入詩，取三句或四句者皆屬少數。也因其取童謠入詩，多以一句或二句為主，因此可以發現另一項特色，亦即竹枝詞引

用同一首童謠所形成的組詩，由於其中每首詩至少都引用了一、二句，在整組詩作湊合起來後，就可以讓整首童謠的內容以較為完整的姿態呈現，如此也讓童謠得到更完整的保存。

　　針對上述的說法，本文接著便以賴惠川對童謠〈唵蜅蠐〉[33]的運用為例，來說明其竹枝詞對於童謠的保存情況。以下先摘錄〈唵蜅蠐〉的內容：

> 吉嬰，吉嬰，哮麼代？哮要嫁樹尾，樹尾無可食，嫁馬驛；馬驛頗頗飛，嫁西瓜；西瓜人要刣，嫁秀才；秀才走落府，嫁老鼠；老鼠要開空，嫁釣魚翁；釣魚翁要釣魚，嫁蟑蟧；蟑蟧要哂蚊，嫁酒桶；酒桶要貯酒，嫁掃手；掃手要掃地，嫁賣什貨；賣什貨愛玲瓏，嫁司公；司公要讀疏，嫁破布；破布要補衫，嫁肩挑；肩挑要擔水，嫁醉鬼；醉鬼面烏烏，嫁北埔；北埔去扛轎，嫁破廟；破廟光禿禿，阿彌陀佛。[34]

以上是童謠〈唵蜅蠐〉的內容，賴惠川對這首童謠的運用方式，是以十八首組詩的模式，將這首童謠的內容重現出來。整組詩作，以蟬而起興，引出女孩想要嫁人，選來選去，卻嫁不到好人家的情況。除了少部分內容前後順序有所差異外，可說是近乎完整地保存了〈唵蜅蠐〉這首童謠，以下且以表格的方式進行說明。

---

33 此首童謠在廖漢臣《台灣兒歌》中，歸類為以「唵蜅蠐」（蟬）起興的兒歌，可知「唵蜅蠐」即是蟬，為台語發音，也就是此首童謠是以蟬起興的作品。但在本書中的「唵蜅蠐」文字並沒有統一，有的寫為「唵咕蠐」或「唵哺蠐」等。

34 廖漢臣：《台灣兒歌》，頁218。

表 5-1　賴惠川竹枝詞運用童謠〈唵蜅蠐〉入詩之解說表

賴惠川竹枝詞（《續悶紅墨屑》，頁724-頁725）	運用童謠〈唵蜅蠐〉之語句	備註
相思樹上黯蛄蔞，哮到黃昏聲已嘶。我且問伊哮尾代，都因尾嫁哮犁犁。	吉嬰，吉嬰，哮麼代？	「黯蛄蔞」就是「唵蜅蠐」，也就是蟬。「吉嬰」即是蟬叫聲。「哮麼代」即是「哮尾代」
古今嫁娶世間同，正娶明婚道至公。我卻問伊嫁倒位，嫁來樹尾好搖風。	哮要嫁樹尾，	
女子文明不是痴，一心愛嫁卻嫌遲。嫁來樹尾無通食，嫁與尾蝶樂唱隨。	樹尾無可食，嫁馬驛；	「馬驛」即是「尾蝶」
嫁與尾蝶又愛飛，西瓜大粒肉肥肥。決心嫁與西瓜去，刣來西瓜事更危。	馬驛顢顢飛，嫁西瓜；	「馬驛」即是「尾蝶」
刣到西瓜兩片開，清涼利水藥資材。嫁來嫁去無停嫁，決意如今嫁秀才。	西瓜人要刣，嫁秀才；	
豚柵雞棲對掩扉，透年長伴讀書幃。秀才落府去考較，名落孫山不敢歸。	秀才走落府，	
秀才一去是生離，鼠瞰殘燈夜半時。不若安心嫁鳥鼠，教他隔壁搬蕃芝。	嫁老鼠；	「老鼠」即是「鳥鼠」
鳥鼠成精愛攢空，萬人選出樟芝尪（蝦蟆）。誰知選著粗皮鬼，齷齪驚人大肚蟲。	老鼠要開空，嫁釣魚翁；釣魚翁要釣魚，嫁蟑蟖；	1.「開空」即是「攢空」 2.「蟑蟖」即是「樟芝」

賴惠川竹枝詞（《續悶紅墨屑》，頁724-頁725）	運用童謠〈唵蒲蟧〉之語句	備註
一滴何曾到九泉，嫁夫況是不完全。嫁與鄰家熬酒桶，他時醉倒桶身邊。	蟑蟧要哂蚊，嫁酒桶；	
私酒如今未許熬，空嗟酒興十分高。門邊掃帚蓬頭立，嫁與蓬頭掃帚哥。	酒桶要貯酒，嫁掃手；	「掃手」即是「掃帚」
婦人井臼要親操，隨唱恩情不憚勞。掃帚朝朝要掃地，兌他掃地太窩糟。	掃手要掃地，	
嫌他掃帚髮蓬蓬，一段因緣轉眼空。嫁與前村賣雜細，人言雜細搖玲瓏。	嫁賣什貨；	「什貨」即是「雜細」
掃帚因緣空又空，媒人紹介嫁司公。司公讀疏不識字，嫁與破布做裁縫。	賣什貨愛玲瓏，嫁司公；司公要讀疏，嫁破布；	
破布原來好補衫，補衫補到綠和藍。綠衫勝過藍衫貴，笑彼藍衫只孝廉。	破布要補衫，	古謂柳汁染衣，蓋狀元穿綠袍，舉人穿藍袍。
舉人文弱狀元驕，尸位憐他作大僚。嫁與尖挑能重任，兩肩重任兩肩挑。	嫁肩挑；	尖挑，竹槓也，所以挑物。
尖挑日日好挑柴，挑得生柴入大街。嫁與尖挑無出脫，半飢半飽苦生涯。	肩挑要擔水，	將童謠的「擔水」改為「挑柴」。

賴惠川竹枝詞（《續悶紅墨屑》，頁724-頁725）	運用童謠〈唵蜅蠐〉之語句	備註
終年嫁婿不終朝，嫁到如今腹已枵。看著人家魚合[35]肉，不如嫁與咬雞貓。	醉鬼面烏烏，嫁北埔；	將童謠「嫁北埔」改為「不如嫁與咬雞貓」。
嫁著山貓白鼻心，咆哮終夜惱人深。嫁來嫁去無人愛，甘願食菜拜觀音。	北埔去扛轎，嫁破廟；破廟光禿禿，阿彌陀佛。	將童謠的「嫁破廟」改為「嫁著山貓白鼻心」。

從以上十八首竹枝詞可以看出，除少數地方與原童謠〈唵蜅蠐〉相異外，其他大部分的內容幾乎都被重新詮釋出來，這不但將原童謠的內涵展出，也將童謠的內容近乎完整地保存下來。除了透過組詩的方式進行組合之外，有時透過賴惠川詩中的註文，也能發現珍貴且特別的童謠版本。例如其〈老矣〉一詩：

老矣寒酸哭不成，破靴無底舉人兄。讀書甚覺無錢賺，牽著黃牛上北京。註：結句童謠。月光光，秀才郎，騎白馬，過南塘，日英英，舉人兄牽黃牛，上北京。（《續悶紅墨屑》，頁715）

〈月光光〉童謠，是一首已被廣為採錄的作品，在許多童謠的書籍中都有收錄。[36]朱介凡在《中國兒歌》中說道：「以『月光光』或其他各

---

35 「合」原作「與」，據江寶釵按語改之。參氏編：《嘉義賴家文學集》（嘉義縣：國立中正大學臺灣人文研究中心，2009年11月），下冊，頁204。

36 〈月光光〉童謠，在黃勁連《台灣囝仔歌一百首》中收錄六首，頁52-63；廖漢臣《台灣兒歌》中收錄三首，頁228-230；李獻璋《臺灣民間文學集》收錄六首，在這些作品中，其中有一首是三本書都收錄；黃勁連與李獻璋共同收錄者，有三首相同；李獻璋與廖漢臣共同收錄者，有一首相同，所以這三本書中所收入的〈月光光〉童謠，扣除相同內容者，可得八種版本。可推論出以〈月光光〉起興的作品相當多。

樣讚美月亮的句子，使做為興起，而連鎖發展的兒歌，為數最多最多，真是多得不勝其登錄。」[37]可知以月光光或月亮起興的童謠作品很多。但賴惠川詩註中所採擷的這首〈月光光〉，與目前臺灣其他版本的〈月光光〉童謠，內容實在有所差異，這個差異在於，雖然都是以「月光光，秀才郎，騎白馬，過南塘」起興，但往下歌詠的內容，卻有很大的不同，因此可以推論，賴惠川這首〈老矣〉註文中所引的「月光光，秀才郎，騎白馬，過南塘，日英英，舉人兄牽黃牛，上北京。」是另一個版本的〈月光光〉作品。這個發現，讓賴惠川〈老矣〉這首竹枝詞，具備著保存童謠的特殊價值。

賴惠川以竹枝詞來保存已被採錄的童謠，或許有讀者會質疑，如果這些竹枝詞裡面的童謠作品，已經能在目前的童謠集中找到，那麼賴惠川的竹枝詞，所具有的保存價值到底有多少？對此我們必須作一說明，首先，童謠因為是民間文學，所以版本經常很多，內容也就有所差異，透過賴惠川的竹枝詞，我們有時可以發現和他人截然不同的版本（例如上述〈老矣〉一詩，所載錄的〈月光光〉童謠），此時就具有一種極為珍貴的保存價值。再者，有些出現在賴惠川竹枝詞中的童謠，雖然也能夠在其他童謠集中找到，但是有時因為版本眾多，我們無法明確得知流行於嘉義的童謠，究竟是何種版本，此時透過賴惠川的竹枝詞，我們就能清楚了解流行於嘉義地區的童謠版本究竟是哪一種，這對於區域文學的保存，也有它不可抹滅的價值。

（二）保存未被採錄之童謠

上文已經提過，在賴惠川運用童謠入詩的竹枝詞作品中，有三十六首作品裡面所取用的童謠，未能在筆者所參考的童謠集中找到相應者。針對賴惠川竹枝詞中童謠作品之比對，筆者乃依據本章第一節所

---

37 朱介凡：《中國兒歌》，頁214。

列舉之童謠集文獻作為比對的文本，在比對上述眾多的童謠集後，仍無法找出賴惠川竹枝詞中童謠的相應作品，在此一情況下，這些作品裡的童謠，極可能是尚未被人們所採錄的作品。若果真如此，而賴惠川的竹枝詞卻採用了這些童謠，這意味著賴惠川運用童謠入詩的作法，對於這些未被童謠集所採錄的作品，具有保存的功能與價值，這對於建構台灣早期的民間文學，具有非常重大的貢獻。以下且將這三十六首未找到相應童謠的竹枝詞，整理如下：

表 5-2　賴惠川竹枝詞保存未被採錄之童謠一覽表

詩題	詩人自註	詩歌內容	詩歌出處	備註
婆子	轉、結童謠	婆子原來不變心，今朝不見費沉吟。老婆子躲在何處，後壁豬糟腳下尋。	《續悶紅墨屑》，頁712	詩句底下有橫線者，即為童謠語句。
家家	起、承童謠	家家炊粿過新年，放炮燒金大趁錢。鄰女別饒心上事，喃喃月老面頭前。	《續悶紅墨屑》，頁713	
滿城	轉句童謠	滿城男女一齊來，火樹銀花趁夜開。阮自點燈恁來看，大家呵老蓋全臺。	《續悶紅墨屑》，頁715	
聽來	轉句童謠	聽來慘慘又悽悽，一陣童謠合唱齊。共道孤雞捧竹莿，可憐竹莿捧孤雞。	《續悶紅墨屑》，頁715	
雙方	轉句童謠	雙方界址免紛爭，閱覽何嫌一擺行。地下自從	《續悶紅墨屑》，頁715	

詩題	詩人自註	詩歌內容	詩歌出處	備註
		<u>量寸尺</u>，分厘毫忽寫明明。		
山山	六七十年前童謠，地下量寸尺，天頂造銅橋。應在測量與電線也。	山山水水路途遙，寫罷家書墨未消。片刻可通千里信，都因<u>天頂造銅橋。</u>	《續悶紅墨屑》，頁715	第4句化用童謠而成，此首竹枝詞與上一首，應引自同一首童謠。
內山	起、承童謠檳榔子也	<u>內山走出一群猴，穿著麻衫戴敢頭。</u>攢入人家嘴內去，一聲咬得血流流。	《續悶紅墨屑》，頁716	第1、2句化用童謠而成
山中	童謠，杜定，形如蛤蚧	山中杜定咬人來，雞母能呵便不災。雞母若不呵罷了，燒香送汝落棺材。	《續悶紅墨屑》，頁716	作者只註明童謠，未明言哪幾句是童謠，抑或四句皆童謠？
不用	結句童謠，昔之錫燈用燈心兩條也。	不用叨光借電球，添香之外又添油。案頭我愛錫燈火，<u>二尾魚仔紅目周。</u>	《續悶紅墨屑》，頁716	
透風	轉句童謠	透風落雨值冬初，野外人人在敝廬。<u>山裡一陣兵猛猛，</u>要來圍獵打山豬。	《續悶紅墨屑》，頁718	
欲變	轉句童謠	欲變妖精變未真，三牲妄祭卻無因。<u>戲班打面</u>	《續悶紅墨屑》，頁718	

詩題	詩人自註	詩歌內容	詩歌出處	備註
		上樓頂，鬼臉花花要嚇人。		
權在	轉句童謠	權在阿瞞漢已灰，悠悠天命挽難回。史稱劉備是皇帝，國只三分百戰來。	《續悶紅墨屑》，頁719	
桃仔	轉句童謠	桃仔李仔落紛紛，未得城中值一文。枵鬼囝仔卻去孝，面蟲生得溫輪困。	《續悶紅墨屑》，頁720	
美彼	轉句童謠	美彼兒童得意天，自由行動不拘牽。拈鞭哭煞[38]拈鞭笑，哭笑無非大自然。	《續悶紅墨屑》，頁720	
藥簽	結句童謠	藥簽一躍出簽筒，再乞爐丹入藥同。自古神醫三鼎足，人稱仁武大道公。	《續悶紅墨屑》，頁721	
連日	結句童謠，打貓，民雄也	連日鳴鑼要會莊，盡言莊內虎為殃。欲除此虎非容易，合請打貓騎虎王。	《續悶紅墨屑》，頁721	
和尚	起、轉童謠	和尚和尚和尚璃，誦經念佛有閒時。寡籃仔去挽麻樣，加以蕃芝好止飢。	《續悶紅墨屑》，頁721	

---

38 「煞」原作「時」，據江寶釵按語改之。參氏編：《嘉義賴家文學集》，頁197。

詩題	詩人自註	詩歌內容	詩歌出處	備註
淡薄	轉句童謠，和尚稽首曰和南	淡薄生涯既不堪，佛前枉費日和南。但嫌<u>麻樣湯微苦</u>，不說蕃芝別有甘。	《續悶紅墨屑》，頁722	
和尚	起、承、結句童謠。菜脯，菜頭干也。	<u>和尚咬薑辣久諳</u>，偏將<u>菜脯</u>[39]<u>說無鹹。無鹹</u>便是無滋味，<u>食飯端宜去攪鹽</u>。	《續悶紅墨屑》，頁722	
不用	轉結童謠	不用身材大且彪，人生只合去遨遊。<u>穩龜兮自龜溜溜</u>，尚要騎馬去福州。	《續悶紅墨屑》，頁722	穩龜兮，指駝背著。
福州	轉句童謠	福州明日去涼涼，整頓鞍轡馬咬繮。聞道<u>福州無馬草</u>，餵他大豆亦無妨。	《續悶紅墨屑》，頁722	
埋骨	轉句童謠	埋骨人人好地求，當年好地變荒坵。<u>龜兮負著金斗去</u>，負到何時方始休。	《續悶紅墨屑》，頁722	
好地	轉句童謠	好地原來不易求，行過山腳又山頭。<u>龜兮金斗損損破</u>，丟得殘骸付水流。	《續悶紅墨屑》，頁722	
危險	轉句童謠	危險<u>龜兮遇大車</u>，車中坐著貓公爺。<u>龜兮被人</u>	《續悶紅墨屑》，頁722	上述〈不用〉至〈危

---

39 「菜脯」原作「菜補」，據江寶釵按語改之。參氏編：《嘉義賴家文學集》，頁199。

詩題	詩人自註	詩歌內容	詩歌出處	備註
		掀龜卦，叫苦連天做狗爬。		險〉五首竹枝詞，似引自同一首童謠
滿天	起、承、轉句童謠	滿天都是紅田嬰，飛來飛去搭戲棚。信手拈來做老戲，嫌他老戲做無成。	《續悶紅墨屑》，頁723	
嬰仔	起、轉、結句童謠	嬰仔頭又嬰仔飛，滿天打著大箍圍。拈頭拈尾兩無礙，絕好拈來夯大旂。	《續悶紅墨屑》，頁723	
拈汝	起、轉童謠	拈汝尾又拈汝頭，拈來做戲做俳優。俳優做到阿排妲，妲角居然第一流。	《續悶紅墨屑》，頁723	上述〈滿天〉至〈拈汝〉三首竹枝詞，似引自同一首童謠
何來	起、承、轉句童謠，諍，強辯也。起承，乞食什仔也。	何來乞食語言多，什仔朝朝打破鑼。硬把死龜諍活鱉，一張鐵嘴若懸河。	《續悶紅墨屑》，頁723	
騎鱸	起、承、轉句童謠，俗有騎鱸驢探親之劇。	騎鱸親姆探親家，請汝燒燒一盞茶。燙著嘴箍沸沸跳，聲聲救苦叫姑爺。	《續悶紅墨屑》，頁726	
食菜	起、結童謠	食菜無清佛不容，枉教修行在山中。山中不見	《續悶紅墨屑》，頁726	

詩題	詩人自註	詩歌內容	詩歌出處	備註
		僧來往，<u>鬼仔掠去崁銅鐘</u>。		
朝朝	轉、結童謠	朝朝補被換挨礱，足禦飢寒一理通。<u>我不損他他益我，幼工端好換粗工</u>。	《續悶紅墨屑》，頁726	
密致	起、轉童謠	<u>密致密致</u>叫一聲，我家今日拜神明。<u>抱子抱孫來看戲</u>，滿桌雞胸又鴨平。	《續悶紅墨屑》，頁726	
墙外	起、結童謠。密婆，蝙蝠也	墙外<u>密婆</u>又密婆，我家朱李又紅桃。春天風日十分好，<u>抱子抱孫來迌迌</u>。	《續悶紅墨屑》，頁726	
昨夜	轉句童謠	昨夜莊中賊仔來，會莊掠賊大鑼開。<u>掠無來又掠無去</u>，畢竟大家空手回。	《續悶紅墨屑》，頁726	
天眼	昔人倒敗之前，童謠云：紅紅白白廿八節，警察見我撻。首言其國旗也，次言二十年八月的時節警察無權也。見，任也。	天眼昭昭一霎開，微機預示世間來。<u>紅紅白白廿八節，警察見我撻無哀</u>。	《續悶紅墨屑》，頁726	

詩題	詩人自註	詩歌內容	詩歌出處	備註
何人	日人將到臺時，盛行之童謠云：和尚璃，爭麻芝，爭過溪，卻屎杯，爭過海，卻豬屎。其時，臺人有辮髮，惟日人為和尚璃也。日人過年作好事，必爭麻芝，又言其過溪過海而來，剝奪民膏，民不聊生。至於拾屎坯，拾豬屎，以為生活也。屎坯，塵紙也。昔人海口人、草地人皆以竹片為塵紙，名屎坯。	何人日日爭麻芝，道是前山和尚璃。爭過溪時爭過海，爭來爭去剩殘槌。	《續悶紅墨屑》，頁726	第1、2、3句化用童謠而成

　　從上述的表格中，我們可以看到賴惠川對於童謠的運用。這些童謠目前在現存的童謠集中找不到，因此在詩人的竹枝詞中，雖然有時援引童謠的句數只有一、二句，似乎無法看出原童謠之輪廓，但由於是未被人們所採錄的作品，在早期口傳文獻建構不易的情況下，還是具有非常珍貴的保存價值。更何況，透過本文的研究，筆者發現一個

現象，在上述表格所列出的數十首竹枝詞中，有部分竹枝詞作品頗有
組詩的味道，其文意上下之間，具有明顯的連貫性，若仔細將其引用
的童謠詩句加以串連，其實隱約可以窺見原有童謠的若干樣貌。還
有，賴惠川在詩中的自註，有時也會對其採用之童謠，進行較深入的
說明，此時也會讓讀者掌握更多原童謠之樣貌。以下且針對這兩個部
分進行論述說明：

1 從上下文意連貫的詩作中，找尋原童謠的線索

在上述表格中，有部分的竹枝詞作品，其文意有上下連貫的情
況，這很可能是它們引用同一首童謠來進行寫作，這時若仔細地加以
串連，便可將這些作品所引用的童謠語句進行整合，從而使原童謠的
面目有更多的呈現。例如上述表格中，〈不用〉至〈危險〉等五首作
品：

> 不用身材大且彪，人生只合去遨遊。穩龜兮自龜溜溜，尚要騎
> 馬去福州。註：轉結童謠，穩龜，駝背也。（《續悶紅墨屑》，頁
> 722）

> 福州明日去涼涼，整頓鞍彎馬咬繮。聞道福州無馬草，餵他大
> 豆亦無妨。註：轉句，童謠。（《續悶紅墨屑》，頁722）

> 埋骨人人好地求，當年好地變荒坵。龜兮負著金斗去，負到何
> 時方始休。註：轉句，童謠。（《續悶紅墨屑》，頁722）

> 好地原來不易求，行過山腳又山頭。龜兮金斗損損破，丟得殘
> 骸付水流。註：轉句，童謠。（《續悶紅墨屑》，頁722）

危險龜兮遇大車，車中坐著貓公爺。<u>龜兮被人掀龜卦</u>，叫苦連天做狗爬。註：轉句，童謠。卦，殼也。(《續悶紅墨屑》，頁722)

從這五首竹枝詞中可以發現，其歌詠的對象是同一個，即是「穩龜兮（駝背者）」，所以可以據此推論，這五首竹枝詞所採用的童謠應是同一首。此外，若再從其所引的童謠句子來拼湊，可以見到這樣的童謠內容：「穩龜兮龜溜溜，騎馬去福州，福州無馬草，龜兮負著金斗去，龜兮金斗損損破，龜兮被人掀龜卦。」這或許不是這首童謠完整的內容，但是以「穩龜兮」為題材所延伸出來的內容，約略也可看出幾成的 輪廓。

2 從詩人自註中找尋原童謠的線索

除了從上下連貫的詩作中找尋線索外，我們有時也可從賴惠川竹枝詞的自註中，看到他對所採用的童謠，有進一步的說明與分析，這也能協助我們看到這些未被採集的童謠，更多的內涵與面貌。例如〈何人〉一詩：

何人日日<u>爭麻芝</u>，道是前山<u>和尚璃</u>。<u>爭過溪時爭過海</u>，爭來爭去剩殘槌。註：日人將到臺時，盛行之童謠云：和尚璃，爭麻芝，爭過溪，卻屎杯，爭過海，卻豬屎。其時，臺人有辮髮[40]，惟日人為和尚璃也。日人過年作好事，必爭麻芝，又言其過溪過海而來，剝奪民膏，民不聊生。至於拾屎坏，拾豬屎，以為生活也。屎坏，塵紙也。昔時[41]海口人、草地人皆以竹片為塵紙，名屎坏。(《續悶紅墨屑》，頁726-727)

---

40 「辮髮」原作「瓣髮」，據江寶釵按語改之。見氏編：《嘉義賴家文學集》，頁207。
41 「昔時」原作「昔人」，據江寶釵按語改之。見氏編：《嘉義賴家文學集》，頁207。

上文所引的竹枝詞，描寫的是日本人剛統治臺灣時，與台灣人的互動
情況。詩中前三句，皆引用了當時流行的童謠，為了協助讀者看懂此
詩，詩人還在自註中進行詳細說明，並且較完整地引出原童謠的語
句：「和尚璃，爭麻芝，爭過溪，卻屎杯，爭過海，卻豬屎。」這意
思是說，日本人起初統治台灣時，台灣人依然辮髮，所以稱無辮髮的
日本人為「和尚璃」。而且當時台灣人對於日本人的統治，還有強烈
的反抗情緒，因此以這首童謠反諷日人過溪、過海而來，剝削台灣的
民脂民膏；還以「拾屎坏」、「拾豬屎」這類語句，來諷刺日本人低下
的行為。透過這首童謠，我們可以看到台灣人對於日人統治的不滿。
像這樣具有高度批判性的童謠作品，在日治時期一定不敢太公然的傳
布，以文字加以蒐集採錄的機率也不大，此時我們卻能在賴惠川的竹
枝詞及其註文中看到，這讓我們再一次感受到賴惠川運用童謠入詩，
對於保存童謠所具有的特殊價值。

二　創造童謠新生命的價值

　　賴惠川這些「童謠新唱」的竹枝詞，將原本是口語傳唱的童謠，
改寫成以文字為傳達媒介的竹枝詞；其文學形態，從民間文學轉成作
家文學。就這樣的一種轉變，就已經賦予這些童謠一種全新的形式樣
貌，以及嶄新的生命力。因此，我們可以說賴惠川運用童謠入詩，具
備著一種創造童謠新生命的價值。

　　童謠本是民間文學的一支，它以口語傳播，活在人們的嘴上，它
本身具有民間文學特有的集體性特徵。所謂民間文學的集體性特徵，
胡萬川說：

　　　民間文學既然是口口相傳，某一地區的一個故事或一首歌謠，

只要能夠傳開出去，流傳下來，在流傳的過程中就一定會經過
無數傳講者的加減修飾，然後才逐漸趨於為眾人、為傳統所接
受的樣態。也就是說，民間文學能夠傳承下來，一定不會是當
初的原樣，而是經過不知多少人的加工、感染而成的結果，因
此它代表的就不是某個個人的思想，而是傳統群體中的集體認
知或情感，這就是一般所謂「集體性」的意思。[42]

以上引文，解釋了民間文學的集體性特徵，它代表民間文學的內容，
是一種「群體中的集體認知或情感」。這意思是說，民間文學的內
容，由於是集體創作而來，有著眾人一起加工的痕跡，因此它所表達
出來的意義與內涵，基本上不是某一個作家個人的獨特情感或認知，
而是群眾的集體情感或認知。在此一原則下，身為民間文學的一支，
童謠當然也具備這樣的一種特徵。然而有趣的是，當童謠被賴惠川採
擷入詩之後，它突然間由口傳文學變成作家文學；其內在意涵也突然
從集體的情感或認知，轉成個人的情感或認知，在這樣的轉折下，童
謠的新生命也就因此誕生。因此，我們可以在賴惠川引用童謠入詩的
作品裡，看到很多例子，童謠化用入詩之後，這些語句原本的意涵，
都已經產生明顯的改變；也就是說，這些童謠的語句，本來代表的是
人們集體的認知或情感，但現在都已變成賴惠川個人的認知或情感，
充滿著詩人自己的風格。

　　現在我們就以賴惠川對童謠〈田蛤仔官〉的運用為例，來說明童
謠原先的語句，所存在的集體性認知或情感，經過賴惠川的改造之
後，呈現在其竹枝詞中的，已是詩人個人的認知或情感，與童謠原先
的本意，有了極大之差異。今先引錄童謠〈田蛤仔官〉如下：

---

42 胡萬川：《民間文學的理論與實際》，頁37。

　　　　田蛤仔官，牽牛牽馬上大山，大山無馬草，牽到孀婆仔門跂
　　　　口，孀婆仔轉去做客，投來投去投大伯，大伯賣粗紙，投來投
　　　　去投著我，害我心肝噗噗彈，雞角換雞褈，雞褈跌落水，司公
　　　　拍水鬼，水鬼黑面面，和尚扭尼姑，尼姑走去窋，龜咬劍，咬
　　　　一缺，龜咬鱉，鱉無尾，瘤狗公偷食紅龜粿。[43]

上述所引童謠〈田蛤仔官〉，只是眾多版本中的一種[44]，賴惠川所採擷

---

43 邱冠福：《臺灣童謠》，頁93-94。

44 關於童謠〈田蛤仔官〉的版本，在邱冠福《臺灣童謠》一書中，還有另一個版本如
下：「田蛤仔官，牽牛牽馬夠唐山，唐山無馬草，牽到恁孀婆門跂口，恁孀婆轉去
做客，撞來撞去，撞着恁大伯，恁大伯賣紅龜，撞來撞去撞着恁姊夫，恁妹夫賣粗
紙，撞來撞去撞着我，害我心肝噗噗彈，雞公打雞褈，雞褈跌落水，舉鐵鎚拍水
鬼，水鬼面烏烏，和尚拍尼姑，尼姑走去窋，龜咬鱉，鱉縮頭，龜咬猴，猴落毛，
粽醃糖，糖甜甜，牛母生牛嬰，牛嬰腳短短，咋冥演傀儡。」（頁94）至於廖漢臣
《臺灣兒歌》中也有兩個版本，一首題為〈田蛤仔官〉：「田蛤仔官，牽金線，牽馬
落南山，南山無馬草，牽到阿婆門腳口，老阿婆，跌一倒，痛痛痛，訴保正，保正
賣真珠，訴來訴去訴姊夫，姊夫賣粗紙，訴來訴去訴着我，雞妹跌落井，井烏烏，
要刨刨尼姑，尼姑走去跕，龜咬劍，劍無尾，鱔魚咬柿粿，柿粿劈做周，鱔魚咬魚
鰍，魚鰍水裏游，老人穿破裘，穿去十八補，在田岸頭哭無某，哭着田蛤仔官，給
做某。」（頁54）另一首題為〈田螺仔官〉：「田螺仔官，牽牛牽馬過唐山，唐山無
馬草，牽到孀婆仔門腳口，孀婆仔返做客，遇來遇去，遇着你大伯，大伯印紅龜，
遇來遇去，遇着你姊夫，妹夫賣粗紙，遇來遇去，遇着我，害我心肝卜卜彈，雞翁
打雞爛，雞爛跌落水，舉竹竿撞水鬼，水鬼黑面面，和尚打尼姑，尼姑走去躲，龜
咬鱉，鱉伸頭，龜咬猴，猴落毛，粽搵糖，糖甜甜，牛母生牛嬰，牛嬰腳短短，咋
冥搬魁儡。」（頁263）而在黃勁連的《台灣囝仔歌一百首》中，則收有一首：「田蛤
仔官，牽金線，牽馬落南山，南山無馬草，牽到阿婆門跂口，老阿婆跌一倒，疼疼
疼，投保正，保正賣真珠，投來投去投姊夫，姊夫賣洩紙，投來投去投著我，害我
心肝噗噗彈，雞母苊雞褈，雞褈跋落井，井烏烏，卜刨刨尼姑，尼姑走去追，龜齩
劍，劍無尾，鱔魚齩柿粿，柿粿擘做周，鱔魚齩胡鰍，胡鰍水裡泅，老儂穿破裘，
穿去十八補，佇田岸頭哭無某，哭着田蛤仔官，互做某。」（頁82-83）從上述三本
書中，可看到五個不同的版本，其中廖漢臣題為〈田螺仔官〉的內容，與邱冠福
〈田蛤仔官〉的第二首內容相近，此或許是同一類之作品，只是採集過程中因音近

入詩者，與上述版本符合之處甚多，也因此本文引錄此一版本。不過有少數地方，賴惠川還是有採用其他版本之處，這一點必須先行說明。由於賴惠川採用童謠〈田蛤仔官〉入詩後，是以連章組詩的方式進行處理，體製較為龐大，本文今以表列方式加以整理，較有利於童謠原句與賴惠川詩句之對照說明，能有效協助讀者進行了解，了解童謠原先語句所存在的集體性認知或情感，在賴惠川化用入詩之後，所產生屬於詩人個人的認知或情感，也從而可知，童謠被創造出來的新生命。

表 5-3　賴惠川竹枝詞化用童謠〈田蛤仔官〉入詩之解說表

賴惠川竹枝詞（《續悶紅墨屑》，頁716-718）	化用童謠〈田蛤仔官〉之語句（有底線者）	童謠語句在「認知或情感」上之改造
恨伊變歎一時間，咒誓空存海與山。<u>害我心肝沸沸彈</u>，透年廢寢又忘餐。	投來投去投著我，<u>害我心肝嘆嘆彈</u>	1 原童謠集體性的認知或情感：語意為緊張。 2 賴惠川個人的認知或情感：語意為失戀絕望。
來到伊家問若何，伊家阿叔牽豬哥。<u>嬤婆昨日去做客，枉費專工投嬤婆</u>。	牽到嬤婆仔門跤口，<u>嬤婆仔轉去做客</u>	1 原童謠集體性的認知或情感：語意為找嬤婆投訴無馬草。 2 賴惠川個人的認知或情感：語意為找嬤婆投訴阿叔牽豬哥。
口腹難填罣累多，善良百姓自勞勞。寒家<u>大伯賣粗紙</u>，拜託先	<u>投來投去投大伯，大伯賣粗紙。</u>	1 原童謠集體性的認知或情感：語意為投訴大伯，大伯賣粗紙。

而產生的用字差異。另外，在賴惠川的竹枝詞中，其所採用的版本並不完全同於上述之任何版本，只能說是揉合上述版本的內容，此或許也可推論，這首童謠在民間口耳相傳甚廣，但因無固定的文字記錄，因此在流傳過程中產生或多或少的差異。

賴惠川竹枝詞（《續悶紅墨屑》，頁716-718）	化用童謠〈田蛤仔官〉之語句（有底線者）	童謠語句在「認知或情感」上之改造
生買幾刀。		2 賴惠川個人的認知或情感：語意為百姓生活貧窮。
<u>翁姐冤家訴苦情</u>，投伊投汝講無停。<u>投來投去投著我</u>，難向床頭去判明。	<u>投來投去投著我</u>，害我心肝噗噗彈。	1 原童謠集體性的認知或情感：語意為向我投訴無馬草。 2 賴惠川個人的認知或情感：語意為向我投訴冤家苦情。
人言和尚尼姑奴，縱不為奴亦禿驢。不是尼姑和尚某，<u>如何和尚打尼姑</u>。	<u>和尚扭尼姑</u>	1 原童謠集體性的認知或情感：語意為和尚打尼姑。 2 賴惠川個人的認知或情感：語意為「和尚尼姑奴」，二者間可能有曖昧。
人間真寨玉樓臺，半畝方塘一鑑開。可笑<u>鱔魚咬柿粿</u>，貪些釣餌上鉤來。	<u>鱔魚齦柿粿</u>（案：此句為黃勁連《台灣囡仔歌一百首》之版本）	1 原童謠集體性的認知或情感：語意為鱔魚吃著柿粿。 2 賴惠川個人的認知或情感：語意為鱔魚貪吃餌，因此被釣。

從上述表格中可知，經賴惠川竹枝詞新唱後的童謠〈田蛤仔官〉，其語句所展現出來的內涵，已與原童謠有相當大的差異。這代表童謠語句所蘊含的集體性認知或情感，已經被賴惠川改造，這些被化用的童謠語句，在融入詩人的竹枝詞之後，所呈現的已是詩人個人的認知或情感。這是一種文學形式的改造，也是一種文學內涵的質變，代表賴惠川透過竹枝詞的書寫，賦予童謠新的生命力，展現另一種創作上的價值。

三　保存地方特色文化的價值

　　賴惠川這些童謠新唱的作品，還可看到一大通俗化特點，即是將地方的許多特色文化展現出來，他以童謠為材料，並以詩歌為媒介，來記錄與保存各地方的特色文化。這些地方特色文化，包含各地方特產、舊地名的記錄，以及各地方的特殊民情。像這樣的作品，所呈現出來的，就是一種保存地方特色文化的價值。針對此一議題，本段擬以賴惠川竹枝詞對童謠〈毛蟹仔腳〉的運用為例，來進行說明，讓讀者可以藉由此一例子了解詩人運用童謠入詩後，所帶來保存地方特色文化之價值。其他的詩例，自可依此類推，不勞一一贅述。

　　賴惠川採用童謠〈毛蟹仔腳〉入詩，所寫出來的竹枝詞，是一組共24首的組詩作品。其內容除延續該童謠歌詠地方特產的特色外，並且進一步將各地方的舊地名，以及百姓生活的情形，進行更細膩的延伸說明。今先將原童謠〈毛蟹仔腳〉錄出如下：

　　　　毛蟹仔腳，叮噹擲，竹仔腳張弓箭，臺灣出菅蓁。菅蓁真正贅，淡水出毛蟹，毛蟹四散去，大埔林出筊薦。筊薦大小腳，雲霄曆劈香腳，香腳做好香，內山好種薑；做去大小批，溪仔底出蕃藷，蕃藷真好食，暗街仔做木屐。木屐真好穿，鹽破口飼雞鵤，雞鵤飼久善講話，布街頭打棉被，棉被蓋來真正燒，山頂燻芎蕉，燻來真正煙，內山發竹筍，竹筍真正青，後庄仔出牛乳，牛乳真臭腥，日本出鴉片；鴉片真正香，海底出烏蚶，烏蚶真厚肉，布街淋糖塔。糖塔真正高，生子孫中狀元，狀元去遊街，賊仔偷掠雞；掠雞掠去藏，紅龜換肉粽。[45]

45　廖漢臣：《台灣兒歌》，頁137。

這首童謠被賴惠川引用入詩之後，成為一組24首詩的連章作品，其內容的描述，除了地方特產依然是論述重點外，舊地名的記錄，以及各地百姓特有的生活景象，均有更深入及細膩的展現。由於24首詩過於龐大，若以純文字一一進行徵引，接著再以細部說解的方式來與原童謠進行對照，恐怕不易施行。因此本文擬以表格的方式，將原童謠與賴惠川竹枝詞二者之對比情況列出，以協助讀者掌握詩歌內容對保存地方特色文化的貢獻。今列表如下：

表 5-4　賴惠川竹枝詞化用童謠〈毛蟹仔腳〉入詩之解說表

賴惠川竹枝詞（《續悶紅墨屑》，頁716-718）	化用童謠〈毛蟹仔腳〉之語句	對地方特色文化之保存
群童合唱過西鄰，一句如今解未真。竹仔腳莊調弓箭，不知弓箭射何人。	竹仔腳張弓箭	1 記載地方特產：調弓箭 2 記錄舊地名：竹仔腳莊（今嘉義市竹村里）
弓箭調來阮甭驚，甭驚便不近人情。矮童大膽何人靠，說是臺灣出閹兒。	竹仔腳張弓箭，臺灣出菅蓁。	1 記載地方特產：調弓箭
有名淡水蟹生毛，仰著雙鉗吐白波。淡水毛蟹四散去，也分餘惠到諸羅。	淡水出毛蟹	1 記載地方特產：淡水毛蟹
帶手輕攜入布街，好將雜物貯藏來。大莆林出的加至，比較提籠用更佳。	大埔林出笺薦。	1 記載地方特產：加至 2 記錄舊地名：大莆林（嘉義縣大林）
入城加至要隨身，買物收藏不染塵。加至做來大細腳，物藏多少各由人。	笺薦大小腳	1 記載地方特產：加至
氈帽痴男莫自豪，有人比汝氣尤高。雲霄厝裡劈香	雲霄厝劈香腳	1 記載地方特產：劈香腳 2 記錄舊地名：雲霄厝

賴惠川竹枝詞（《續悶紅墨屑》，頁716-718）	化用童謠〈毛蟹仔腳〉之語句	對地方特色文化之保存
腳，婦女蒙頭執短刀。		（今嘉義市雲霄里） 3 記載百姓特有的生活景象：雲霄厝裡劈香腳，婦女蒙頭執短刀。
添頭貼尾費舖張，內職相幫計亦良。竹節勤勤低首劈，劈成香腳好做香。	香腳做好香	1 記載地方特產：劈香腳 2 記載百姓特有的生活景象：竹節勤勤低首劈，劈成香腳好做香。
吩咐山妻飯漫炊，今朝來煮米膏糜。甕中莫患無多尤，店仔口多出芋芝。	溪仔底出蕃藷	1 記載地方特產：芋芝 2 記錄舊地名：店仔口 （今台南市白河區） 案：此竹枝詞內容與原童謠內容有異，原童謠言「溪仔底出蕃藷」，竹枝詞言「店仔口多出芋芝」 此句童謠原在「內山好種薑；做去大小批」之後。
聖人食料實無差，不徹薑食每頓加。深幸聖人猶可學，內山多出紫薑芽。	內山好種薑	1 記載地方特產：紫薑芽
山內紫薑大細脾，嫩芽正好切成絲。再加豆鼓與蝦米，些少麻油注更宜。	做去大小批	1 記載地方特產：紫薑 2 記載百姓特有的生活景象：嫩芽正好切成絲，再加豆鼓與蝦米，與麻油一起烹煮最佳

賴惠川竹枝詞（《續悶紅墨屑》，頁716-718）	化用童謠〈毛蟹仔腳〉之語句	對地方特色文化之保存
暖腳無須襪是羅，破鞋日日罔來拖。暗街仔人刨木屐，不患春天落雨多。	暗街仔做木屐	1.記載地方特產：刨木屐 2.記錄舊地名：暗街仔（今嘉義市仁武里）
木屐刨來有好穿，一雙穿得許多年。踏乾踏濕皆隨意，勝似高跟不自然。	木屐真好穿	1記載地方特產：刨木屐
帶著銅錢入大街，此行都為買生柴。鹽館口人飼加令，叫聲令仔食肉來。	鹽破口飼鵁鴒	1記載地方特產：飼加令 2記錄舊地名：鹽館口（今嘉義市蘭井里）
鸚鵡能言出自由，人工不用苦追求。莫貪加令賢講話，便把金刀舌妄修。	鵁鴒飼久善講話	記載地方特產：飼加令
人聲門外忽囂囂，同伴相呼舉手招。青果商中人共語，山仔頂去隱芎蕉。	山頂燻芎蕉	1記載地方特產：芎蕉 2記錄舊地名：山仔頂 　案：此似在嘉義市東區王田里、東川里、長竹里、短竹里一帶
新娘被帳要安排，迎娶期間日日催。聞道布街打棉被，明朝好去注文來。	布街頭打棉被	1記載地方特產：打棉被 2記錄舊地名：布街（今嘉義市大街里）
山產朝朝積滿街，千文負在左肩來。沙坑仔庄出竹筍，切片敲絲特別佳。	山頂燻芎蕉，燻來真正煙，內山發竹筍，竹筍真正青。	1記載地方特產：竹筍 2記錄舊地名：沙坑仔庄（今嘉義縣竹崎鄉沙坑村）
處士生涯淡薄宜，三餐比較有珍奇。后庄仔出鹽牛乳，配飯尤佳況配糜。	後庄仔出牛乳	1記載地方特產：鹽牛乳 2記錄舊地名：后庄仔（今嘉義市後庄里）

賴惠川竹枝詞（《續悶紅墨屑》，頁716-718）	化用童謠〈毛蟹仔腳〉之語句	對地方特色文化之保存
牛乳端來塊塊香，后庄名產暢銷長。人言牛乳有臭羶，豬母堪刣大土桑。	牛乳真臭腥	記載地方特產：后庄鹹牛乳
可歎前朝多戀民，頑迷頭腦不更新。紅毛故意出阿片，阿片吃來會害人。	日本出鴉片	記載地方特產：阿片
可歎前人不自傷，舶來阿片毒煙長。家家出有戀子弟，呵老阿片真正香。	鴉片真正香	1 記載地方特產：阿片 2 記載百姓特有的生活景象：家家出有戀子弟，呵老阿片真正香。
人言海口出烏蚶，真實烏蚶厚肉含。漬入醬油經一夜，擘開配飯舌頭甘。	海底出烏蚶，烏蚶真厚肉。	1 記載地方特產：烏蚶 2 記載百姓特有的生活景象：漬入醬油經一夜，擘開配飯舌頭甘。
入耳童謠或有訛，童謠偏覺日嘈嘈。大街不見湳糖塔，糖塔空言有到高。	布街淋糖塔，糖塔真正高。	1 記載地方特產：湳糖塔 2 記錄舊地名：大街（今嘉義市大街里）
多謝童哥吉語喧，唱來吉語入柴門。秀糖湳到高高塔，生子生孫中狀元。	糖塔真正高，生子孫中狀元	記載地方特產：湳糖塔

從上表可以看出，賴惠川竹枝詞運用童謠入詩之後，對於地方特色文化的記錄與保存情況。就以記錄地方特產來看，上表所列就已包含：「竹仔腳莊調弓箭」、「淡水蟹生毛」、「大莆林出加至」、「雲霄厝劈香腳」、「店仔口出芋芝」、「內山出紫薑芽」、「暗街仔人刣木屐」、「鹽館口人飼加令」、「山仔頂隱芎蕉」、「布街打棉被」、「沙坑仔庄出竹筍」、「后庄仔出鹽牛乳」、「紅毛出阿片」、「海口出烏蚶」、「大街湳糖

塔」等，這些內容大致與原童謠〈毛蟹仔腳〉所論相同[46]。我們同時也發現一個狀況，詩中所記錄的地方特產，多以嘉義地區為主，這應與詩人居住於嘉義脫離不了關係。今且將上表中記載各地方特產的內容獨立出來，列成一張簡表，俾使讀者可以看出詩人對於嘉義特產的記載，比其他地區高出甚多。今表列如下：

表 5-5　賴惠川竹枝詞化用童謠〈毛蟹仔腳〉所述及之地方特產一覽表

特產	地區	今日所屬地區	備註
調弓箭	竹仔腳莊[47]	嘉義市竹村里	日治時期屬竹仔腳庄大字
毛蟹	淡水	淡水	
加至	大莆林[48]	嘉義縣大林鎮	
劈香腳	雲霄厝[49]	嘉義市雲霄里	有俗諺云：「雲霄厝剖香腳，暗街仔刨木屐。」
芋芝	店仔口[50]	台南市白河區	

---

46 賴惠川竹枝詞所論之內容，與原童謠〈毛蟹仔腳〉僅一處有異，即竹枝詞言「店仔口出芋芝」，而原童謠言「溪仔底出蕃藷」。這或許是童謠傳唱的另外一種版本，這正是口傳文學的一大特色。

47 吳育臻：《台灣地名辭書卷二十嘉義市》（南投縣：台灣省文獻委員會，2001年3月），頁184-187。

48 陳正祥：《台灣地名辭典》（台北市：南天書局，1993年12月，2版1刷），頁43。

49 吳育臻《台灣地名辭書卷二十嘉義市》云：「本地居民從前幾乎以『剖香腳』為業，故嘉義市以前流傳『雲霄厝剖香腳，暗街仔刨木屐』的俗諺，特別在今安河街一九七巷，俗稱『雲霄厝的巷仔』，更是家家戶戶以剖香腳為生，……一直到民國七十年左右，最後一家也歇業了。」，頁100-101。

50 「店仔口街」地名由來：「約在乾隆末至嘉慶初年，有個吳根的農人，選擇於急水溪與白水溪交會處附近結廬販賣冷飲，提供過往的人歇腳休息，並提供量秤供前往下茄苳的人先行稱重，之後也經營山產的交易買賣，進而吸引人潮建屋成店（白河庄勢一覽，1934），附近居民習稱此地為店仔口，嘉慶中葉後至道光年間發展成市

特產	地區	今日所屬地區	備註
紫薑芽	內山		未知今屬何地
刣木屐	暗街仔[51]	嘉義市仁武里	有俗諺云:「雲霄厝剖香腳,暗街仔刣木屐。」
飼加令	鹽館口[52]	嘉義市蘭井里	
隱芎蕉	山仔頂[53]	似在嘉義市東區王田里、東川里、長竹里、短竹里一帶	此處還有深入考證的空間
打棉被	布街[54]	嘉義市大街里	
出竹筍	沙坑仔庄[55]	嘉義縣竹崎鄉	日治時期屬沙坑仔

街,始有店仔口街出現,日治時期是店仔口街蓬勃發展期。」參林聖欽等撰述,施添福總編纂《臺灣地名辭書・卷七臺南縣》(南投縣:臺灣省文獻委員會,2002年12月),頁184。

51 吳育臻《臺灣地名辭書・卷二十嘉義市》言:「日治時代及民國50年代以前,本地以『刣木屐』聞名嘉義市,故有一句俗諺(台語):『雲霄厝剖香腳,暗街仔刣木屐』。」(頁104-105)。

52 在賴惠川竹枝詞的自註中說道:「大街,今之吳鳳路也,昔時,賣材者,多在此處賣之,鹽館口,今東市之對面也。」(《續悶紅墨屑》,頁717)。又吳育臻《臺灣地名辭書・卷二十嘉義市》言:「今日本里(蘭井里)內為東市場所在,居民以從商為主,小商店林立。⋯⋯東市場,指吳鳳北路、中正路、共和路和蘭井街所圍成的街塊,及外圍地帶,此地自古即為嘉義城的市集。」(頁124-125)。

53 此處的山仔頂並無法確知是何地,也無法得知是否以種植香蕉為主。僅能得知嘉義在清朝時期即有山仔頂庄,至日治時期有山仔頂庄大字,位於嘉義東區,為丘陵與平地交接地,越往東地勢愈高。清朝時多為空地田園,及零星散村;至日治時期,在此區設立農業及林業試驗所,但人口仍不多;至今已是屬人口密集之地。山仔頂庄所在地,約在今日嘉義市之王田里、東川里、長竹里、短竹里等地。見吳育臻《臺灣地名辭書・卷二十嘉義市》,頁46-80。

54 吳育臻《臺灣地名辭書・卷二十嘉義市》言:「指今成仁街和吳鳳北路之間的公明路,清代時本街布店櫛比鱗次,有專業集中的趨勢,故稱本街為布街。」(頁115)。

55 沙坑仔庄,在今日竹崎鄉的西北方,在日治時期屬沙坑仔大字。竹崎鄉多丘陵,早期先民利用天然植物的分布特性,在海拔高度較低的淺山地區,多燒製木炭、採收

特產	地區	今日所屬地區	備註
			大字
鹽牛乳	后庄仔[56]	嘉義市後庄里	日治時期屬盧厝庄大字
阿片	紅毛		紅毛非地名
烏蚶	海口		未知今屬何地
湳糖塔	大街[57]	嘉義市大街里	

從上表可知，這些竹枝詞所記載的地方特產，除了白河芋芝、淡水毛蟹等少數特產外，多數是賴惠川居住地嘉義的產物，這正是所謂詩人的創作，離不開故鄉的根吧！除了地方特產的記錄外，從表格中我們也看到舊地名的記載，以及各地百姓特有的生活景象，同時都被詩人的竹枝詞保留下來，這在在突顯賴惠川運用童謠入詩，所創造出來保存地方特色文化的價值。

第四節　結語

　　從賴惠川竹枝詞「童謠新唱」的探討結果可知，以童謠作為竹枝詞創作的發想題材，本身就是創意十足的構想，當以實際行動寫出一百七十多首作品時，更可見作者創意與驚人的行動力，真的是才思敏

麻竹筒或竹篋子。參陳美鈴：《臺灣地名辭書・卷八嘉義縣》（南投縣：國史館臺灣文獻館出版，2008年12月），頁720-722。

56 吳育臻《臺灣地名辭書・卷二十嘉義市》言：「本里位於嘉義市郊區，北邊以牛稠溪為界和民雄相望，東邊則和竹崎鄉為鄰，在日治時代屬盧厝庄大字，光復後編為後庄里。」（頁61）。

57 吳育臻《臺灣地名辭書・卷二十嘉義市》言：「大街，指今公明路與中正路之間的吳鳳北路，清代時此路為城內重要通道，較諸其他道路寬大而繁榮，故居民俗稱此路為『大街』。」（頁115）。

捷,見多識廣,才能有真功夫、真本事的展現。我們從這些運用童謠入詩的竹枝詞中,可歸納出三種不同的表現形式,分別是延續童謠本義、延續童謠本義再引出新義、捨童謠本義而另創新義。這些寫作方式,運用起來並不容易,因為畢竟是兩種不同種類的文體要進行整合,而且一個是口傳文學,一個是作家文學。前者以口語為傳播媒介,後者以文字為傳播媒介,本質差異極大,兩者要融合為一,這其間真是要深厚功力方能為之,然而賴惠川卻憑藉著過人的才華完成了它。誠如蕭世昆對這類竹枝詞的讚譽,他說:「應用童謠俗語,能無斧鑿痕,具見大匠功夫。」[58]

　　在賴惠川運用童謠入詩的過程中,由於童謠書寫的對象與內容,本就是庶民的生活景象,因此透過賴惠川這類詩作,我們吸收到很多先民的智慧與習俗。例如〈後園〉一詩,讓我們了解祖先過年吃芥菜,原來是可以求長壽,而且其吃法是要沾著豬油吃。再如〈處士〉一詩,介紹嘉義當時的一項特產「鹽牛乳」(將牛乳以鹽為主要原料進行醃漬),說配稀飯非常好吃。這些先民的智慧與習俗,在今日有的流傳下來,有的卻已不復可見,然而透過賴惠川的詩作,一切仍然是歷歷在目。除了先民的智慧與習俗外,有許多當時特殊的民風或百姓生活景象,甚至是舊地名與農特產的記錄,也在賴惠川運用童謠入詩的筆法下呈現出來。例如〈氈帽〉一詩,記載了嘉義雲霄里,婦女執短刀劈香腳的盛況,詩人稱讚當地婦女的意志與氣力都勝過男人。再如 〈可歎〉一詩,諷刺日治時期一些愚昧的百姓,竟然稱讚鴉片的味道芳香。又如〈吩咐〉、〈帶手〉二詩,分別介紹了店仔口(今台南市白河區)的芋芝、大莆林(今嘉義縣大林鎮)的「加至」(農村舊時的手提袋)。諸如此類的詩作,實在是我們了解先民文化的一座

---

58 收入於賴惠川:《續悶紅墨屑》,頁744。

大寶庫。這都是賴惠川運用「童謠」入詩之後，所產生的豐碩成果，因為童謠本身，就是一部先民生活的寶典。誠如馮輝岳所言：「過去，人們總是認為這（童謠）是小孩子胡亂編扯沒有意義的東西，而不屑一談，可是，我們不論從兒童文學、民俗學、社會學或教育學的角度去考察，都會發現它在時代的變遷中所發揮出來的功能。」[59]其實賴惠川竹枝詞對於童謠的運用，所創造出來的知識效果，除了馮氏所說的兒童文學、民俗學、社會學、教育學之外，在地理學、史學、人類學上，也都有它可供參考使用的資料。

　　除了對先民文化具有保存之功，能提供多種學科的研究知識外，賴惠川童謠新唱的竹枝詞，對於保存日治與戰後時期的童謠作品，更有極為實質的貢獻。首先，由於童謠屬於口傳文學，版本常不只一種，透過賴惠川竹枝詞的記載，我們較容易得知流行於嘉義地區的版本是哪一種，這對於區域文學的建立，有實際的成效。此外，在賴惠川這一百七十三首童謠新唱的竹枝詞裡，我們發現有三十六首作品，其中所採用的童謠，是坊間童謠集未曾採錄到的，這實在是令人驚喜的發現。雖然，有時詩中化用的童謠只有一、二句，感覺有些零碎，但在早期文獻蒐羅不易的情況下，就算是吉光片羽，也都是彌足珍貴的。更何況，本文的研究發現了一個現象，我們若是透過賴惠川部分具有組詩味道的作品，藉由其上下文意的連貫性，此時只要細心地加以串連，往往能看出它們引用的是同一首童謠；這時由於是數首詩作合併著看，該首童謠的樣貌其實就較為清楚了。此外筆者又發現，有時透過詩中註文的觀察，常能發現有別於坊間童謠集的版本；或是呈現較為完整樣貌的童謠作品。前者就如〈老矣〉一詩之註文，讓我們看到一首新版本的〈月光光〉童謠；後者就如〈何人〉一詩之註文，

59　馮輝岳：《台灣童謠大家唸》，頁14。

讓我們看到先民以童謠來批判日本人，嘲諷日本人，藉以抒發日治時期所受到的壓迫。像〈何人〉這樣的詩作，其引用的童謠對日本人有著尖銳的批判，這樣的童謠，在日治時期恐怕也只能私下傳唸，而不能公然的載錄，如今能在賴惠川的詩中發現，實在令人振奮。

　　本章所進行的種種論述，都清楚地傳達著一個訊息，那就是賴惠川運用童謠入詩的竹枝詞，不但具備著深厚的文化底蘊，可以協助多種學科來了解、來研究我們先民的生活形態和地景特產；同時，他詩中對於童謠的使用，也具體展現出保存童謠的價值和功能；更值得注意的，是他整合竹枝詞與童謠這兩種文體於一爐，一方面創造了童謠的新生命，一方面擴大了竹枝詞的寫作意境，這在台灣文學的發展史上，必定會留下璀璨的一頁，以及無可取代的地位。

第六章
賴惠川竹枝詞飲食文化的特色[*]

第一節　前言

　　在賴惠川《悶紅墨屑》與《續悶紅墨屑》展現出濃厚鄉土風味和
生活氣息的竹枝詞中，其中不可忽略的就是具有「飲食文化」內涵之
作品，飲食是廣大庶民基本生活的呈現，從飲食狀況的了解，有助於
我們獲知當時民生社會發展的狀況。再加上在賴惠川飲食相關內容之
竹枝詞中，展現出清領、日治、民國初期的飲食文化，尤其是日治時
期，有著更多面向的描繪，在自然景觀與人文活動影響下，豐富了飲
食文化的面貌，這些內容深刻地反映出地方特產的形成、發展，以及
人文活動對飲食文化的形成與影響。

　　所謂「飲食文化」，其定義為：「一、由人類所發展並決定我們自
己飲食的方式與喜好的程度。二、以空間和歷史的角度來涵蓋其範
圍，包括：飲食食物、飲食器具、飲食的加工技藝、烹飪方法等飲食
方式，以及以飲食為基礎的思想、哲學、禮儀、心理等意識型態。」
[1]由以上的定義來看，筆者加以歸納整理，發現賴惠川與飲食相關的
竹枝詞，可從自然環境與人文活動兩大範疇來分析飲食文化的特色，
分別是：「自然環境與飲食文化」、「人文活動與飲食文化」，透過這些
詩作的探討，我們可以看到許多目前已遺失的飲食文化，讓我們了解

---

[*]　本章原篇名為〈論賴惠川竹枝詞飲食文化之特色〉，發表於《漢學研究集刊》第18
　　期（2014年6月）。今略作增刪修訂後，收入此書。
[1]　張玉欣、楊秀萍：《飲食文化概論》（新北市：揚智文化公司，2011年11月），頁8。

台灣若干飲食文化的發展過程，以及古今飲食的差異性。此外，作品中所描述的飲食現象，有一些是其他文獻中所未曾載述的，這在某種程度上，也有彌補歷史文獻不足的貢獻，有其學術上的珍貴價值。以下便針對這二大特色進行分析說明。

第二節　自然環境與飲食文化

　　賴惠川竹枝詞所展現的飲食文化中，部分與各地的自然環境特色有著緊密的聯繫，這是人們順應地方環境與物產，形成地方特色產物，亦即所謂的地方特產，所衍生出的飲食習慣與品味，因此這部分所展現的內容，正是各地特產與飲食文化的關係。陳彥仲等人解釋地方特產說：「特產包含農、林、漁、牧、礦及加工產品和手工藝品，許多特產因為與他地相較顯得特別或是品質較好，深具區域特色，不只當地人喜歡，外地人也喜愛，分享與口耳相傳後逐漸發展出名聲，而成為當地特產。」[2]從此可知，台灣地方特產與其所擁有的自然環境有著密不可分的關係，因此才能產出比他地品質更好、且深具特色的產品，賴惠川竹枝詞所描述的地方特產，除了可以讓我們看到地方飲食的特色外，也讓我們看到各地方特殊物產的樣貌。從其作品中可看到：嘉義愛玉凍、麻豆柚子、台中荔枝、後庄鹹牛乳、白河芋芝、岱江虱目魚等，從這些竹枝詞的內容可以觀察出來，賴惠川雖然是嘉義人，但他的生活視野並不局限於嘉義地區，而是能同時觀照臺灣其他地區的飲食文化現象，所以在他的竹枝詞作品中，對於各地特產的介紹，除了嘉義之外，也擴及臺灣其他地區，這也顯示出賴惠川見多識廣的個人特質。今且針對這部分的作品進行探討：

2　陳彥仲、葉益青、羅秀華：《台灣的地方特產》（台北縣：遠足文化公司，2006年4月），頁8。

一　嘉義愛玉凍

　　愛玉的生長環境，約在海拔一千至一千八百公尺的山區，多分布在台灣中央山脈，玉山林區西邊的嘉義阿里山鄉，是目前臺灣最大的愛玉產區。而愛玉被發現與命名，正是從嘉義開始，賴惠川竹枝詞寫道：

> 近來天氣熱騰騰，路上行人苦不勝。聞道前村愛玉凍，清涼解渴勝調冰。註曰：愛玉，父某，嘉義三角窓人，偶過一溪，見溪邊水結成凍，掬食之，甚佳，仰見樹上，有藤下垂，結實纍纍，或浸溪邊，因採其實，懷歸，以苧布包好，擲於水中，久之成凍，令其女愛玉，加以角水，賣於門前，人不知其名，因愛玉所賣之凍，遂名愛玉凍。（《閩紅墨屑》，頁313）

　　「愛玉凍」在庶民飲食中，一直是百姓熟悉且普及的食物，此首竹枝詞不但描寫出「愛玉凍」是清涼解暑的勝品，更將「愛玉」發現緣由及名稱由來，以「詩加自註[3]」的方式呈現。這首詩談到愛玉的食用性，是由居住在嘉義地區的一位男子所發現的，然後由此一男子的女兒在門前販賣，這女兒名字叫愛玉，所以將此物稱之為「愛玉凍」。這則故事在《臺灣通史》中也有相關記載：「愛玉子：產於嘉義山

3　「詩加自註」是竹枝詞的特點，這也是賴惠川竹枝詞的重要特點之一。在唐、宋、元三朝之竹枝詞還未見，至明朝之後，始見有文人以詩後自註方式來為竹枝詞作註解，如此也讓竹枝詞書寫風土民情的內容更容易表現出來。詩加自註的情況，至清代比例又更高了，與連章組詩的創作形式，皆成為清代竹枝詞的重要形態。對於此一情形，翁聖峯《清代臺灣竹枝詞之研究》亦曾提及，其云：「清代的許多竹枝詞運用『連章』或是詩加『自註』的手法。」（台北市：文津出版社，1996年4月），頁65。

中。舊志未載其名。道光初,有同安人某居於郡治之媽祖樓街,每往
來嘉義,採辦土宜。一日,過後大埔,天熱渴甚,赴溪飲,見水面成
凍,掬而飲之,涼沁心脾,自念此間暑,何得有冰。細視水上,樹子
錯落,揉之有漿,以為此物化之也。拾而歸家,以水洗之,頃刻成
凍,和以糖,風味殊佳,或合以兒茶少許,則色如瑪瑙。某有女曰愛
玉,年十五,楚楚可人,長日無事,出凍以賣,飲者甘之,遂呼為愛
玉凍。自是傳遍市上,採者日多,配售閩、粵。按愛玉子,即薜荔,
性清涼,可解暑。」[4]可知「愛玉凍」的發現與命名,非常具有故事
性的傳奇色彩。同時也可以得知,「愛玉凍」不但是今日普及的小
吃;更是嘉義地區的特產之一,從此便可看出自然環境之物產,逐漸
衍生出飲食習慣的狀況,最後變成我們習慣與認知中的飲食文化。賴
惠川此首竹枝詞的內容,與史書可相互補充,同時突顯竹枝詞記錄地
方風土的特色。

二 台南麻豆柚、台中荔枝

我們都說臺灣是水果王國,有些地方因自然環境的先天優勢,而
有了著名的物產,今日我們常聽說的麻豆柚、台中荔枝、玉井芒果
等,都是因當地的自然環境與氣候影響,形成地方之特產。此在賴惠
川的竹枝詞中也可看出:

> 臺灣果子出無窮,黃樣居先論至公。寵眷久誇麻豆柚,荔支名
> 產讓臺中。註曰:麻豆某宅,老柚兩株,花之開落,一一報告當局,
> 結實時個個蓋印,全部收為貢品。(《悶紅墨屑》,頁304)

---

4 連橫:《臺灣通史》(台北市:眾文圖書公司,1994年5月1版3刷),卷27,〈農業
志・果之屬〉,頁670。

作品開始即言「臺灣果子出無窮」，這些果子指的是「黃檨」、「麻豆柚」、台中「荔支」。首先來看「黃檨」，「黃檨」就是今日的芒果，這種水果在方志中早有記載，說明「檨」是荷蘭人統治臺灣時傳入，因其味甘香可羨，所以將此水果稱之為「檨」。[5]由此可知，「檨」引入臺灣後，廣受民眾喜愛，直至今日我們都知道芒果依然是南部地方夏日盛產的水果，賴惠川居住的嘉義，偏於臺灣南部，同樣感受到芒果盛產，廣受社會歡迎的景象。

　　其次是「麻豆柚」，直接點出地名「麻豆」的「柚子」，呈顯出地方特色的物產。「柚子」在臺灣也有很早的歷史記載[6]，但真正在史料記錄中有「麻豆柚」的名稱出現，是在丁紹儀《東瀛識略》中言：「近又有麻豆柚，獨嘉義縣屬麻豆堡有之，大不逾甌，皮青蒂尖，摘後月餘乃可食，味甘芳，核細如黍。」[7]丁紹儀曾於道光二十七年秋至臺，來臺八個月至道光二十八年，由此可知，「麻豆柚」成為地方特產，在道光年間已形成，而此「麻豆柚」的名聲，則一直延續到今日，在此首竹枝詞作者的自註中，進一步說明麻豆柚在當時是被列為貢品的，其珍貴不言可喻，可見在臺灣地方特產中，「麻豆柚」早已

5　關於「檨」的方志記載，早在康熙年間的《臺灣府志》已有記錄，因周鍾瑄《諸羅縣志》記載更完整（康熙五十六年出版），引文如下：「檨，種自荷蘭。樹高可蔭，實似腰豬子而圓。有香檨、木檨、肉檨；香最上，木次之。盛夏大熟，色黃，肉與核相黏，切片以啖，甘如蔗漿，而清芬遠過。沈文開《雜記》：『食畢棄核於地，當月即生，核中有子或一粒、二粒，如豆之在莢。葉新抽，杪紅若丹楓，老則變綠，遇嚴霜，則嫩枝盡槁。』按檨，《正韻》無此字，俗音『羨』，或以香美可羨，從而附會之耳。」（台北市：行政院文化建設委員會，2005年6月，清代臺灣方志彙刊本），〈產物志〉，卷10，頁280。

6　關於「柚」的方志記載，早在康熙年間高拱乾纂輯、周元文增修的《臺灣府志》已有記錄，其言：「柚，實大，而皮加厚，稍遜於內地。」（台北市：行政院文化建設委員會，2005年6月，清代臺灣方志彙刊本），〈風土志〉，卷7，頁333。

7　〔清〕丁紹儀：《東瀛識略》（台北市：臺灣銀行經濟研究室，1957年9月，臺灣文獻叢刊本），卷5，〈海防物產・物產〉頁57-58。

確立了它的地位。

最後，此詩以「荔支名產讓臺中」作結。這是告訴我們，台中最出名的水果是「荔支」，「荔支」即是「荔枝」。「荔枝」在臺灣史料中的記載，有的說荔枝是從閩、越傳來[8]，有的說「台地有而不多，味酸不堪食。」[9]不管荔枝是否為臺灣原產或從閩越傳來，此處僅保留資料而不下定論[10]，但至少我們可以確知，臺灣荔枝在康熙末期已有文獻記錄。而關於荔枝與臺中地區的關係，我們可以從六十七的《番社采風圖考》中看到一些線索。其言：「荔支，臺中所產土荔支，熟於五、六月間，色紅、味香，而甘稍遜於興化、漳州，亦是果中之上品也。」[11]六十七於乾隆八年至十二年間任巡臺御史，實際在臺時間為乾隆九年至十二年，此《番社采風圖考》即是作於此期間，此筆資料直接寫出「臺中所產土荔支」，這裏所言的「土荔支」，無法確知是

8　關於「荔枝」的記載，最早可見的方志紀錄在康熙五十六年出版的周鍾瑄：《諸羅縣志》，此記載著荔枝是從內地傳來，其言：「荔枝，殼紅、膜紫、肉白，以核之細者為珍，謂之『蕉核』。蔡君謨曰：『荔枝，唯閩越、巴蜀有之。漢初，尉佗以備方物，始通中國，為南方第一佳果。』有自內地攜一、二株來者，多華少實，味亦酸。」（〈物產志〉，卷10，頁282）。

9　在康熙五十九年出版王禮的《臺灣縣志》記載著：「荔枝，……臺雖有而不多，味酸不堪食。」（台北市：行政院文化建設委員會，2005年6月，清代臺灣方志彙刊本），〈輿地志〉，卷1，頁83。此看法在《雅堂文集》中進一步說明，記載台灣荔枝少且味酸，所以在鄭氏統治台灣時，曾引進泉州種的荔枝，於南部地區種植。其言曰：「臺灣與閩、越比鄰，而荔枝絕少，味亦微酸。鄭氏之時，曾取泉州佳種百數十株植於承天南隅，所謂荔枝宅者也。」連橫：《雅堂文集》（台北市：大通書局，1987年），〈筆記・臺灣漫錄・荔枝〉，卷3，頁180。

10　台灣的開發是從南部開始，因此早期的方志記錄多以南部地區為主，無法全窺台灣所有地區的物產狀況，是否台灣其他地方有產荔枝，無法下一確切定論，因此此僅保留資料。

11　六十七：《番社采風圖考》（台北市：臺灣銀行經濟研究室，1961年1月，臺灣文獻叢刊本），頁40。

否為臺灣的原生種[12]，或是早期明鄭或清朝時期傳來的品種，但六十
七認為此種荔枝的味道雖不如興化、漳州所產，但也是水果中之上品
了。就地域而言，此處所言之臺中，在乾隆時期隸屬於彰化縣，因當
時並無臺中之地名，因此應是泛指臺灣中部地區而言。荔枝在臺灣中
部地區有明確的移植紀錄，林豪《東瀛紀事》云：「臺屬本無荔枝，
林雪村方伯遍購興化狀元紅、彰州烏葉佳種，植於潛園，色香味俱不
少遜。」[13]此書寫於同治年間，此所提及之林雪村即是林占梅，其於
道光二十九年於新竹城西門內建築一林園，稱之為「潛園」，林占梅
在「潛園」中種植從興化與彰州購入的狀元紅與烏葉荔枝佳種，其
色、香、味均不遜於內地，這應是臺灣中部地區，荔枝移入佳種種植
的開始，也或許是荔枝成為中部地方水果特產的濫觴。在這首竹枝詞
裡，賴惠川以「荔支名產讓臺中」，強調台中是荔枝的主要產地，可
以發現至少在日治時期，台中的荔枝已赫赫有名了，時至今日，台中
的黑（烏）葉荔枝依然是眾所周知，名氣不減。綜上所論，賴惠川這
首竹枝詞，呈現出台灣各地的水果特產，可以發現台灣是水果王國的
雅號，果然是名不虛傳，其來有自。

---

12 六十七在《重修臺灣府志》（下）中記載：「荔枝，興化、彰浦產者為上。臺地率自
　海船攜來，一日夜可至，味、色、香猶不變。」（台北市：行政院文化建設委員
　會，2005年6月，清代臺灣方志彙刊本），〈物產二〉，卷18，頁663。此處說明在乾
　隆十二年方志出版之前，台灣的荔枝許多是從閩、越渡海而來，且荔枝最美味者，
　還是產於興化、彰浦者。此處與並未提及《番社采風圖考》中所記載之台中土荔
　枝，因此還是無法確知此台中土荔枝之出產狀況，只可確定當時台灣官員所食之荔
　枝多自內地海運而來。
13 林豪：《東瀛紀事》（台北市：臺灣銀行經濟研究室，1957年12月，臺灣文獻叢刊
　本），卷下，〈叢談下〉，頁66。

三　后莊特產鹹牛乳

在嘉義後庄地區，日治時期曾有著名的特產「鹹牛乳」，今日雖然已不復見，但在賴惠川竹枝詞中，卻可得知「后莊鹹牛乳」是當時非常著名且美味的地方特產：

> 熊掌猩唇大廣筵，尋常滋味漫垂涎。后莊特製鹹牛乳，佐飯堪稱品是仙。註曰：后莊，在盧厝附近，一小村，有能製造鹽牛乳者，風味絕佳，聞以牛乳加鹽與醋，令成塊云。(《悶紅墨屑》，頁313)

此竹枝詞介紹了嘉義地區的地方特產「后莊鹹牛乳」，在作者自註中介紹了后莊在盧厝附近，也就是今日嘉義市東北郊區的「後庄」，是日治之後民國時期所編，在日治時期屬「盧厝庄大字」。[14]同時詩註中也告訴我們「鹹牛乳」是以牛乳加鹽與醋，使之成塊狀的作法。詩中強調「鹹牛乳」的滋味是不輸熊掌與猩唇的，成塊狀可配飯吃，有如仙家極品。這樣的看法還可在其他作品中看出：「處士生涯淡薄宜，三餐比較有珍奇。后庄仔出鹽牛乳[15]，配飯尤佳況配糜。」(《續悶紅墨屑》，頁718)、「牛乳端來塊塊香，后庄名產暢銷長。人言牛乳有臭獻，豬母堪刣大土桑。」(《續悶紅墨屑》，頁718) 在這些作品中，可直接看到賴惠川以「后庄名產」來描寫「鹹牛乳」，且不管是「配

---

14 吳育臻《臺灣地名辭書・嘉義市》言：「本里位於嘉義市郊區，北邊以牛稠溪為界和民雄相望，東邊則和竹崎鄉為鄰，在日治時代屬盧厝庄大字，光復後編為後庄里。」(南投縣：臺灣省文獻委員會，2001年3月，1版2刷)，卷二十，頁61。

15 「鹽牛乳」在上一首詩寫作「鹹牛乳」，因作法是加鹽與醋的關係，因此可以推知二者名稱用字雖有異，但所言物產是相同的。

飯」、「配糜」（配粥）都是極品，並認為不識貨，認為牛乳有「臭獻」（腥味）者，是不會處理食物，也不會好好利用物資的人，最後以俗語「豬母堪刣大土桑」[16]譏諷之。由此詩可以得知，「后莊特產鹹牛乳」，在當時是珍貴且著名的特產，今日似乎已不復得見，殊為可惜。

四　白河芋芝

今日我們所熟知的白河物產，是蓮花與其相關產品，但在賴惠川竹枝詞中，卻讓我們得知，在日治時期白河的物產是芋芝：

> 吩咐山妻飯漫炊，今朝來煮米膏糜。甕中莫患無多米，店仔口多出芋芝。註曰：結句，童謠。店仔口，今白河也。芋芝糜可作代用食。（《續悶紅墨屑》，頁717）

此首竹枝詞介紹了店仔口的特產「芋芝」，說明在煮「米膏糜」（米膏粥）時是可以將此「芋芝」加入一起煮食，是一種可代替米飯的食品。在作者自註中提到，「店仔口，今白河也。」為我們做了地名的釋義，從文獻中可以看到，白河里位於白水溪西畔，舊名為店仔口街，是清朝時重要的歇腳與交易處。[17]而詩中所提到的「芋芝」或可

---

16 「豬母堪刣大土桑」即是「土桑刣豬母」，用以形容物不得其用，事不得其宜。在賴惠川的竹枝詞即有註明，其言：「遊山偶訪內山人，煮着棲鈔請上賓。真是土桑刣豬母，海參炒蒜硬傷齦。」自註曰：「轉句，物不得其用，事不得其宜皆云。山人食海參，略洗力切成角，炒以生蒜，食之以為劣物。棲鈔，盛饌也。『桑』，下平聲；刣，殺也。」（《續悶紅墨屑》，頁686。）

17 「店仔口街」之地名由來：「約在乾隆末至嘉慶初年，有個吳根的農人，選擇於急水溪與白水溪交會處附近結廬販賣冷飲，提供過往的人歇腳休息，並提供量秤供前往下茄苳的人先行稱重，之後也經營山產的交易買賣，進而吸引人潮建屋成店（白河庄勢一覽，1934），附近居民習稱此地為店仔口，嘉慶中葉後至道年間發展成市

寫為「芋藷[18]」，是台語發音的展現方式，即是指「山藥」而言，在另一首作品中即以「芋藷」表示，其言「端來必是好東西，掘滿銀匙試品題。吞吐皆非惟涕淚，奇燒領教芋藷泥。」（《悶紅墨屑》，頁350）此處的「芋藷泥」與「芋芝」用字不同，都是「山藥」製作的食品，且不管是煮成「芋芝麋」或「芋藷泥」都是作者非常喜愛的飲食。從此首作品可以看出，白河在早期的地方特產包含「芋芝」，雖與今日著名的特產蓮花不同，但可得知白河的自然環境是適合「芋芝」與「蓮花」生長的，這也為白河地區物產的歷史更迭，留下珍貴記錄。[19]

五 岱江（布袋）虱目魚

虱目魚一直是臺灣人民熟悉且愛吃的魚類，尤其南部地區一直都是重要的魚貨來源地，此首竹枝詞直接告訴我們，嘉義布袋出產的虱目魚最豐美；而且我們也許並未想過，為何此種魚命名為「虱目

街，始有店仔口街出現，日治時期是店仔口街蓬勃發展期。」參林聖欽等撰述，施添福總編纂：《臺灣地名辭書・臺南縣》（南投縣：臺灣省文獻委員會，2002年12月），卷7，頁184。

18 此處的「芋藷」並非「芋頭」或「蕃藷」，而是「山藥」台語發音的稱呼。就「芋頭」而言，在其竹枝詞中並未出現此詞彙，但有出現「芋粿」、「芋皮」、「纖煮芋」、「芋煮纖」，這些都是與「芋頭」相關的詞彙，應與「芋藷」有異。就「蕃藷」而言，因在賴惠川竹枝詞中有多處地方提到「蕃藷」，有的以「蕃藷」表示、有的以「蕃芝」表示，非常明確的可以得知與「芋藷」有異。可知「芋藷」是一種有異於「芋頭」或「蕃藷」的食品。

19 店仔口（白河）的開發非常的早，早在明鄭時期已有漢人到達此地開墾，尤其店仔口一直是山地前往縣治的交通要道，商旅、物產之往來，成為重要的交易中心。早期以水稻、竹、果樹等作物為主，至日治時期以水稻、甘蔗、雜糧、農產加工品為主。民國五十四年白河水庫興建後，轉以二期稻作為主。民國七十五年政府鼓勵稻田轉作，於是開始於蓮潭、玉豐、廣安附近種植蓮花，至民國八十五年全國文藝季後，白河的蓮花與蓮子聲名大噪，成為白河地區的特色產業。參林聖欽等撰述，施添福總編纂：《臺灣地名辭書・臺南縣》，頁177-183。

魚」，但在賴惠川的竹枝詞中，告訴我們這魚命名的由來，且這由來
與鄭成功有關，是歷史事件與自然環境相結合的飲食文化作品。其
詩云：

> 登盤海味佐村沽，十足佳餚莫說無。國姓魚稱麻蝨目，岱江出
> 產更豐腴[20]。註曰：聞鄭氏，海中乏食，令人舉網盲投，戒令莫說無，
> 久之，得魚甚眾，而不識其名，因以莫說無名之，後又名國姓魚，麻蝨
> 目，即莫說無之諧音乎，岱江出產者味美。（《悶紅墨屑》，頁313）

明末清初，鄭成功將台灣作為反清復明的根據地，當時許多軍民隨之
移入，台灣從此脫離荷蘭人統治，有一番新的氣象。關於「虱目魚」
的命名由來，民間流傳著與鄭成功相關的故事，賴惠川竹枝詞即將此
故事記錄下來，說明當時鄭成功因在海上缺乏食物，於是命人撒網抓
魚，因怕一無所獲，所以下令「莫說無」，過了許久，終於抓到許多
的魚，當時因不知此魚的名稱，於是就將之稱為「莫說無」，今日所
說的「麻蝨目」就是「莫說無」的諧音，因為此魚的命名與鄭成功有
關，所以又稱為「國姓魚」[21]。也因如此，賴惠川此首竹枝詞記錄著
「十足佳餚莫說無」、「國姓魚稱麻蝨目」的內容，說明了「虱目魚」
的命名由來[22]。至於詩中所說的「岱江出產更豐腴」，也點出嘉義「布

---

20 「豐腴」本作「豐腹」，據「黃哲永校正《悶紅墨屑》形誤表」改之。此表收錄於
王惠鈴：《臺灣詩人賴惠川及其「悶紅墨屑」》（台北市：文津出版社，2001年4
月），頁231。

21 因鄭成功又稱「國姓爺」，故命名上與之相關的虱目魚，也稱「國姓魚」。鄭成功，
本名福松，後改名森。明末唐王朱聿建即位福州，是為隆武帝，賜國姓朱，名成
功。因此鄭成功又被稱為「國姓爺」。詳見簡後聰：《臺灣史》（台北市：五南圖書
出版公司，2002年2月），頁408-418。

22 關於「虱目魚」的命名，與鄭成功相關的傳說，除上述竹枝詞的說法外，還有另一
說法，今將內容補述如下：「話說鄭國姓到臺灣的時候，軍人苦無鮮魚可食，國姓

袋」(即岱江),乃虱目魚的重要產地。「岱江」即今日布袋鎮的岱江里,[23]其命名的由來,是日治之後的民國時期,取布袋地區的詩社「岱江吟社」而命名。[24]岱江里西鄰台灣海峽,為沿海的一個漁村,今日多養殖牡蠣,然而由此詩可知,此地早期是台灣著名的「虱目魚」產區。

由上文所述,賴惠川的竹枝詞中展現出許多與自然環境有關的特色物產,其間有南部的「黃檨」,台南的「麻豆柚」、「白河芋芝」,嘉義的「后莊鹹牛乳」、「岱江虱目魚」、「愛玉凍」,還有台中的「荔支」,都可看出台灣各地方的物產特色,有些特產時至今日依然著名,有些特產今日已不復風光,但在賴惠川的竹枝詞中卻都留下紀錄,對於我們探求與認識各地物產特色或淵源時,有很大的幫助。

第三節　人文活動與飲食文化

飲食是人民日常生活之首務,俗話說「吃飯皇帝大」,由此可見一般。日常生活已是如此,過年過節或特殊風俗的飲食更是扮演重要的角色。我們可以發現,遇到不同的節慶或風俗時,總會有相對應的飲食料理,展現出具有生活禮俗特色的飲食文化,這都是人文活動的

指海而示之曰『莫說,此間舉網可得也』。故稱此魚曰『國姓魚』或『莫說無』,而『莫說無』諧音為『麻虱目』,而變成『虱目魚』。又一說國姓到臺,於進膳時間,問膳間之物為『甚麼魚』,故後人謂國姓賜此魚名為『甚麼魚』,而訛諧為『虱目魚』。」參台南縣政府編:《臺南縣志》(台南縣:台南縣政府,1980年6月),卷9,〈雜誌‧畸說與異聞〉,頁108。

23 見廖忠俊著:《臺灣鄉鎮舊地名考釋》(台北市:允晨文化公司,2008年12月),頁272。

24 陳美鈴:《臺灣地名辭書‧卷八嘉義縣(上)》(南投縣:國史館臺灣省文獻館,2008年12月),頁171。

影響而產生的飲食文化，在賴惠川的竹枝詞中，對於風俗節慶也有相關的飲食記載。以下我們分為「節慶飲食文化」與「風俗飲食文化」、「醫療保健飲食文化」三部分論述：

一　節慶飲食文化

　　所謂節慶，在文建會（今文化部）《文化資產執行手冊》中，分出「歲時節日」與「二十四節氣」兩部分；其中「歲時節日」又分成「新年、元宵、清明、端午、七夕、中元、中秋、重陽、冬至、尾牙、除夕」[25]，賴惠川竹枝詞與節慶飲食相關者，主要是在這個部分。其竹枝詞中，與人文活動密切相關的節慶飲食包含：新年、清明節、端午節、中秋節等特殊日子的飲食文化，內容非常豐富。以下且就新年與清明二節慶舉例說明：

（一）新年飲食

> 甲午開春舉一觴，老妻共醉屠蘇香。兒孫滿進長年菜，道是年長壽更長。註曰：俗於十二月二十六日以後，多買芥菜，熟之，貯以陶器，至大晦日出食，名長年菜。（《悶紅墨屑》，頁306）

> 後園芥菜已全收，便去龜床剃嘴秋。芥菜剝來長老老，過年鼎底膏猪油。註曰：轉句，童謠[26]。嘴秋，鬚也。膏第七聲。床，日人時剃頭店也。（《續悶紅墨屑》，頁713）

25　傅朝卿等編：《文化資產執行手冊》（台北市：行政院文化建設委員會，2006年4月），頁5-10。

26　「童謠」原作「音謠」，應為誤植，故改之。

一年中最重要的節日就是過年了！過年代表時序的推進，是舊的年頭過去，迎接新的一年開始，這同時也代表年紀的增長，因此過年對歲月有著特別醒目的註記，也或許如此，過年求得長壽的想望，就出現在此時的飲食文化中。詩中所謂「兒孫滿進長年菜，道是年長壽更長」、「芥菜剝來長老老，過年鼎底膏豬油。」此處出現可以代表長壽的「長年菜」，這即是「芥菜」，其又長又大的葉片正是長壽延年的象徵，可拌豬油一起食之。過年吃「長年菜」的飲食文化，在《臺灣舊慣生活與飲食文化》中介紹如下：「吃整根煮熟的芥菜（長年菜），取意『有頭有尾』、『綿綿不斷』，祝福親人長壽。」[27]由此可看出，在過新年的節慶風俗中，這吃「長年菜」以求生命延續、綿延不斷的長壽意象，也藉由此一飲食文化展出。

除過年的長年菜外，也展現出過年「飲屠蘇酒」的飲食文化，其言「甲午開春舉一觴，老妻共醉屠蘇香。」詩中描述新年過節時，夫妻兩人一同醉飲香醇的屠蘇酒的情形。屠蘇酒相傳是漢代名醫華佗所創，能夠保健強身。晉代宗懍《荊楚歲時記》裡即已記載百姓飲用此屠蘇酒的情形。該書云：「正月一日，是三元之日也，……長幼悉正衣冠，以次拜賀。進椒柏酒飲桃湯，進屠蘇酒。」[28]在正月一日飲用屠蘇酒，此一說法與賴惠川夫妻過年時飲用屠蘇酒的情形一致，也可以了解此一飲食文化，至少在中國晉代時即已開始。至於屠蘇酒的配方，歷來看法不一。唐王燾《外臺秘要》記載屠蘇酒配方為：「肘後屠蘇酒辟疫氣，令人不染溫病及傷寒，歲旦飲之方：大黃、桂心各五十銖；白朮十銖；桔梗十銖；菝葜、蜀椒十銖；防風、烏頭各陸銖。右八味切絳袋盛，以十二月晦日中懸沉井中令至泥，正月朔旦平曉，

---

27 卓克華：《臺灣舊慣生活與飲食文化》（台北市：蘭臺出版社，2008年12月），頁160-
　　161。

28 〔南朝梁〕宗懍：《荊楚歲時記》（北京市：中華書局，1991年），頁2。

出藥至酒中煎數沸，於東向戶中飲之。屠蘇之飲先從小起，多少自在，一人飲，一家無疫；一家飲，一里無疫。」[29]依上述藥方配製，便能釀出屠蘇酒。但明代李時珍《本草綱目》卷二十五所載屠蘇酒的方子卻有所不同，其文曰：「赤木桂心七錢五分，防風一兩，菝葜五錢，蜀椒、桔梗、大黃五錢七分，烏頭二錢五分，赤小豆十四枚。以三角絳囊盛之，除夜懸井底，元旦取出，置酒中，煎數沸。舉家東向，從少至長，次第飲之。藥滓還投井中，歲飲此水，一世無病。」[30]此二書的藥方不同，相同的地方是都投置井中，強調飲用此酒藥滓所浸泡的井水，便能「一世無病」。單靠一種藥酒便能一世無病，這說法當然令人存疑，但因為它長期以來被認定具有祛病延年的效果，所以過年時百姓多有飲用屠蘇酒的習慣，因此被賴惠川寫入詩中，由此也可看出此一文化由中國傳至台灣的情況。[31]

　　過年的飲食文化特色，除前述「長年菜」、「飲屠蘇酒」外，在賴惠川竹枝詞中還有「炊粿」[32]（見〈家家〉一詩，《續悶紅墨屑》，頁713）、「拜紅柑」[33]（見〈成群〉一詩，《續悶紅墨屑》，頁306）等，展現出非常豐富的過年飲食文化。

---

29 〔唐〕王燾：《外臺秘要》（台北市：臺灣商務印書館，1983年，欽定四庫全書本），卷4，頁736-138。

30 〔明〕李時珍：《本草綱目》（台北市：文化書局，1966年），卷25，頁894。

31 關於「飲屠蘇酒」的飲食文化之一，可參考李甲孚：《中華文化故事》（台北市：聯合報社，1986年10月，2刷），頁424。

32 「炊粿」是台灣年節常見的飲食文化，是如：「臺俗每逢佳節春節，家家戶戶製糕粿為食，製紅龜粿、發粿等祀神。紅龜粿像龜型，外染紅色，打龜甲印，以象徵人之遐齡。」見李汝和主修：《臺灣省通志》（台北市：臺灣省文獻委原會，1971年6月），卷2，〈人民志‧禮俗篇‧歲時記〉，頁11下。

33 「拜紅柑」的過年文化，在《泉州府志》中可見到相關記錄，台灣百姓許多都是從漳州、泉州移入，可看出其文化亦帶入台灣。《泉州府志》言：「正月：元日，……是日，人家皆以柑祭神及先，至元宵乃撤（按，此即傳柑遺意。《歲時記》：『上元，以柑相遺，謂之傳柑。』）」。詳見丁世良主編：《中國地方志民俗資料匯編‧華南卷》（北京市：書目文獻出版社，1995年2月），下冊，頁1294。

（二）清明節飲食

清明節是祭祖的日子，是一年中非常重要的節日之一，這天祭祀的供品也成為此一節日的飲食特色。我們從賴惠川竹枝詞中也看到他對於此一節日的描寫，其內容如下：

> 今歲清明三月初，挑來墓粿肉和魚。牧童整列松陰下，待向墦間乞祭餘。註曰：乞祭餘，俗名臕墓粿。（《悶紅墨屑》，頁307）

> 祭掃家家上塚時，清明前後最相宜。祭餘蔬菜三層肉，一卷雙張潤餅皮。（《悶紅墨屑》，頁307）

這兩首竹枝詞，都是描寫清明掃墓祭祖的狀況，內容包含祭祀的時節、祭品與乞祭之風俗。首先就祭祀的時節來說，詩中寫到「今歲清明三月初」，此處呈現的是農曆的時間，根據《台南縣志》所載：「三月三日：三日節與清明節，『三日節』又稱『上巳節』，歷年規定此日為節日，故稱『死節』；而清明節是冬至起第一百五日為節日，大約在四月五六日（陽曆），因為日期沒有固定，故稱為『活節』。此兩節都來自閩南，漳籍作三日節，而泉籍做清明節。揆其原委，說法紛紜不一。相傳鄭成功認為『清明』二字不雅，因為『清』與『明』是不共戴天之仇，而且清居於明之上，實屬不該，隨即下令廢清明節，改用『上巳節』，此說較為可靠。此日古稱為『春節』，各戶備辦春餅（輪餅或潤餅）祭祖上墳。」[34]由此可知，台灣來自漳、泉二地的移民，其祭祖的時間雖不盡相同，但都約在農曆三月份，此處所謂的「今歲清明三月初」，即將清明祭祖的時間點出。

---

34 台南縣政府編：《臺南縣志》，卷2，〈人民志・風俗〉，頁103。

　　其次就祭祖的祭品來看，祭品包含「挑來墓粿肉和魚」、「祭餘蔬菜三層肉」、「一卷雙張潤餅皮」，這些祭品包含「墓粿」、「肉（三層肉）」、「魚」、「蔬菜」、「潤餅」等，說明了掃墓除了必備的牲禮（魚、肉）之外，「潤餅」與「墓粿」也是必需品。其中祭「潤餅」的風俗，在臺灣非常普遍，如《台南縣志》云：「輪餅：稱潤餅或春餅，為此節不可或缺的應節食物。各家各戶是日以麵粉攪拌成漿，再以手承之，在平鼎上一抹，即成一輪，俗稱『輪餅皮』，質甚軟潤，稍乾即撿。以此為衣，內盛豆菜或芹菜、土豆麩、皇帝豆、白糖、蝦仁、鹹豆腐等佐料，然後捲摺成品，徑約兩寸，長近四、五寸，即可嚼食，味道津津。俟攜提上墳致祭，返家即合發家屬嚼食，並分餉鄰右嘗味。」[35]由上述可知，以潤餅祭祖掃墓，是台灣常見的文化現象，這在此竹枝詞中也展現出來。至於祭品「墓粿」，是因清明做「粿」以祭墓，因此稱為「墓粿」。「墓粿」的主要作法，主要以鼠麴草和米粉為之，是如「鼠麴－《本草》：『生平岡熱地，葉似馬齒莧，上有白毛、黃花。』……可合米粉為粿。」[36]此祭「墓粿」風俗除在台灣廣泛流傳外，也見於福建泉州、漳州等地，其清明節也有以粿祭墓之風俗。[37]這也可見台灣受漳、泉文化之影響。

　　值得一提者，台灣祭「墓粿」的習俗，在深受漳、泉文化的影響後，其實又發展出有異於漳、泉文化之習俗，此即「乞祭」之俗。此

---

35 台南縣政府編：《臺南縣志》，卷2，〈人民志・風俗〉，頁103。

36 〔清〕薛紹元總纂：《臺灣通誌稿》（台南市：國立歷史博物館，2011年10月），第37冊，頁166。

37 《泉州府志》云：「三月：『清明』插杜鵑花，祭祖先，有粿，以鼠麴和米粉為之，綠豆為餡。」、《漳州府志》云：「三月：『清明』插柳戶上。是日多祭墓。……三日，採百草合米粉為細粿薦祖考，餘以贈遺。」見丁世良主編：《中國地方志民俗資料匯編・華南卷》，下冊，頁1296及頁1313。上述二筆資料，內容有些差異，是泉州、漳州風俗有異所致，但共同點是，清明節皆有以「粿」祭祖之風俗。

風俗在《臺灣禮俗語典》中記載：「『培墓』完後，將『紅龜粿』分給在墓場放牛的『牽牛囝仔』，謂之『挹墓粿』。現在因很少有牧童，掃墓不見有牧童『挹墓粿』，從前拜墓完畢就有一大堆牧童排隊來『挹墓粿』，如『紅龜粿』不夠，須分給『銀角仔』（硬幣），否則牧童會唸道：『挹墓粿，挹無了家火；挹墓龜，挹無死姐夫』，叫你聽了十分『挨卵』（不是滋味），如果不分給『銀角仔』以為代替，壞孩子會把牛牽到墓上去吃草，把『墓龜』破壞，或用泥巴塗髒『墓牌』等惡作劇。」[38]由此可知，「挹墓粿」的乞祭風俗，是在祭品「墓粿」的飲食文化下，進一步發展，所以有了如賴惠川竹枝詞所描述：「牧童整列松陰下，待向墦間乞祭餘。註曰：乞祭餘，俗名臆墓粿。」的文化現象，今日已不復見此乞祭風俗，但藉由賴惠川竹枝詞，也保存與記錄了台灣曾有的文化。

二　風俗飲食文化

所謂風俗，在文建會《文化資產執行手冊》中，分為「生命禮俗」、「生活習俗」與「民間知識」三部分；其中「生命禮俗」又分成生育禮俗、成年禮俗、婚嫁禮俗、壽誕禮俗、喪葬禮俗等幾類。[39]在賴惠川的竹枝詞中，所描述的風俗飲食，主要是在「生命禮俗」方面，尤其是婚嫁禮俗（結婚）與生育禮俗（生子）這兩件事。透過詩人的作品，我們看到許多婚嫁與生育的飲食文化，以下從這兩部分進行論述。

38 洪惟仁：《臺灣禮俗語典》（台北市：自立晚報社文化出版部，1993年7月，第2版3刷），頁320-321。

39 傅朝卿等編：《文化資產執行手冊》，頁5-10。

（一）婚嫁飲食

> 下晡要拜床公婆，鴛帳掀開掃一遭。昨日新娘頭返客，歸來定有米糕桃。註曰：新娘第一次歸省，名頭返客，歸夫家時，其父母贈以米糕麵桃，抵家，則以此物排於床上祭之，名拜床公婆。（《悶紅墨屑》，頁336）

這首詩記錄了結婚禮俗中的祭祀飲食文化，此處提出新娘結婚後第一次回娘家「頭返客」，娘家會準備「米糕」與「麵桃」讓女兒攜回，並用此祭拜「床公婆」。此一風俗呈現出民眾對於女兒出嫁後的擔憂與關懷，期待用虔誠的祭儀，讓女兒在新的居住環境，能得到「床公婆」的庇佑，展現出結婚時民間的禮俗信仰，同時「米糕」與「麵桃」也呈顯婚嫁的飲食文化特色。在《臺灣禮俗語典》中有著「頭轉客」的記載，和上文所言的「頭返客」是同樣的婚俗，只是用詞稍有差異。其內容云：「所以新娘第一次『轉去後頭厝做客』謂之『頭轉客』。……『頭轉客』的禮物，多半是『桃』（麵粉製）、『餅』、『米荖』、『米糕』（插上蓮蕉花）。……『米糕』（甜的『秫米飯』）上插『蓮蕉』（與『卵鳥』諧音），祝福新娘『早生貴子』，還有『弓蕉』（香蕉與招同音），桃（桃形的紅『秫米粿』），意思是希望新人常常『相招轉來迌迌』（相攜回來玩）。」[40]由此段引文可知，女兒第一次回娘家稱為「頭返客」，且娘家讓女兒攜回的「米糕」與「麵桃」是有特殊意義的，其中「米糕」上會插上「蓮蕉」與「弓蕉」，利用此二植物台語發音的諧音，以表示期望新娘「早生貴子」；而送「麵桃」，也是取「桃」得台語諧音與「迌迌」相近，則是希望這對新人

---

40 洪惟仁：《臺灣禮俗語典》，頁163-164。

可以常常「相招轉來迌迌」之意。從這些禮俗中，可以看出父母在女兒出嫁後的牽掛、思念與祝福，同時展出飲食文化的意涵。

（二）生育飲食

> 入門有喜婦猶新，難得頭胎是石麟。油飯滿盤鵝卵秫，好同雞酒謝媒人。註曰：新婦入門即孕，名入門喜，頭胎生男，主人則以油飯、雞酒，謝媒人；生女及他胎生男，則無此謝。(《悶紅墨屑》，頁337)

以上這首竹枝詞，表達出結婚之後如能順利懷孕生子，且第一胎就生男丁，這對家庭來說是喜上加喜，因此對於將兩家婚姻撮合的媒人，就心生無限感謝，而有以油飯、雞酒送媒人的謝禮。這樣的作品，將當時社會重男輕女的社會現象，以及生育禮俗的飲食文化傳神地表現出來。在《臺灣風俗誌》中記載：「產後三天拾子婆為嬰兒洗浴，然後抱到正廳拜神佛及祖先，並為嬰兒命名。這日親戚朋友都來道賀，並贈送『三朝之禮』的種種禮品。產家作油飯、米糕分送親戚朋友，富家則設宴請客－是為『湯餅之喜』。」[41]又《臺灣風俗》說到：「三日：古之湯餅會，亦稱三朝之禮。產後第三日，為嬰兒洗身換新衣，由祖母或母親抱嬰兒，以雞酒油飯、牲禮拜神拜祖。」[42]在此二筆資料中，可以歸納出臺灣生育禮俗的特點，包含嬰兒出生第三天，產婆（拾子婆）要到產家為嬰兒洗浴，同時以「雞酒」、「油飯」、「牲禮」敬神祭祖，並以「油飯」、「米糕」分送親戚朋友，展現出生育禮俗的

---

41 片岡巖著，陳金田、馮作民合譯：《臺灣風俗誌》（台北市：大立出版社，1981年1月），頁5。

42 吳瀛濤：《臺灣民俗》（台北市：眾文圖書公司，2000年1月，再版），頁112-113。

飲食文化。這些資料與上述竹枝詞的內容比較後，發覺賴惠川竹枝詞
與二書所載台灣生育禮俗的記錄大致相合，但有著更細緻的記載，其
竹枝詞說明頭胎生男丁才對媒人有「雞酒」、「油飯」的謝禮，但是如
果是生女兒或非第一胎的男丁，則對媒人無進一步的謝禮，可知民間
對於孩子性別有著不同程度的重視，生男丁還是一般大眾期待的。此
首竹枝詞的內容，可以為台灣的生育禮俗作進一步的補充，也讓我們
對此一禮俗的飲食文化能有進一步的了解。

　　民間對於生育有許多相應的祭祀文化，其中最普遍的就是拜「床
母」[43]；而與求子有關的祭祀文化，則是拜「註生娘娘」，這二者祭拜
的祭品，都有「麻油雞」，從以下竹枝詞可以看出：

　　　　搖呵搖搖老搖搖，嬰仔滿月是今朝。雞酒安排拜床母，更添油
　　　　飯把香燒。註曰：小兒滿月，拜床母。(《悶紅墨屑》，頁338)

　　　　煮着麻油鷄酒香，廟中來請註生娘。只因註定汝無子，要請娘
　　　　娘不敢嘗。註曰：俗謂，註生娘不敢食無子的麻油酒。(《續悶紅墨
　　　　屑》，頁723)

從這二首竹枝詞可以看出生子與求子的民間信仰，其中嬰兒滿月要拜
「床母」；想要求子則是要拜「註生娘娘」，二者主要祭品之一就是
「麻油雞」，這應與婦女產後的飲食文化有關。有句俗語說：「生贏雞
酒香，生輸四塊板」，意思就是婦女若能順利生產，就能享用麻油煮

---

[43] 「拜床母：俗信以為母親生產嬰兒的床上有床母，床母是新生兒的守護神，是保護
　　養育小孩長大的。產後做三朝、六天、十二天、滿月，以後每逢節日或祖先崇拜祭
　　禮時都要『拜床母』，直到嬰兒十六歲成人。」見鈴木清一郎著，馮作民譯：《臺灣
　　舊慣習俗信仰》(台北市：眾文圖書公司，2004年10月，1版4刷)，頁132。

的雞肉湯；但如果生產不順利，難產而亡，就只能準備四塊木板所釘成的棺材了。由此可知，「麻油雞」是婦女產後重要的飲食之一。在《臺灣舊慣習俗信仰》中說道：「通常麻油雞的煮法是雞、米酒、胡麻油、薑母一同煮，是為產後必需的食物，臺灣人咸認為麻油有補，其熱性對產婦失血之身體有益，因此麻油雞可以幫助子宮收縮及早復原，減少產婦之疼痛，生男兒吃雞妹，即雌雞，若生女兒吃雞角，即雄雞。」[44]又《臺灣民俗》中說道：「產後經常主食雞酒（麻油、酒、薑母等煮雞，或豬肉、油飯）。又，副食紅鳳菜煎麻油，豬肝、豬腎（俗稱腰子）煮麻油酒，或其他營養品。豬腎煮中藥杜仲，謂可壯腎。」[45]以上二書均強調出台灣婦女產後最重要的飲食是「麻油雞」，認為在產後可以幫助子宮收縮及早復原，並補充生產時失去的元氣，因此「麻油雞」成為婦女生產後的代表性食物，也成為生產的飲食文化意象。也許因為如此，「麻油雞」在特定的祭祀活動，如拜「床母」與拜「註生娘娘」時，就成為重要的祭品。在上述的兩首竹枝詞中，第一首說明新生兒滿月，以「麻油雞」與「油飯」拜床母，以求得新生兒平安長大；第二首則以詼諧的筆法寫到「只因註定汝無子，要請娘娘不敢嘗。」說明註生娘娘不敢食無子者的麻油酒，也就是說注定無子嗣的人，即使用「麻油雞」祭拜求子，註生娘娘也不敢品嚐，意即註生娘娘也無能為力啊！由上可知，「麻油雞」是婦女生產後重要的飲食，進而成為生育禮俗信仰中的代表性祭品，在飲食文化中非常具有特色。

綜上所言，在賴惠川竹枝詞的作品中，結合了風俗節慶的飲食文化，可以看到在不同年節有相異的特色飲食，如過年的「長年菜」；清明節的「潤餅」、「墓粿」及「臆墓粿」習俗；結婚時娘家必備的

---

44 鈴木清一郎著，馮作民譯：《臺灣舊慣習俗信仰》，頁127。
45 吳瀛濤：《臺灣民俗》，頁112。

「米糕」與「麵桃」；生孩子後，作月子飲食及相關祭品為「麻油雞」等。這些飲食文化，除了「臆墓粿」習俗今日已不復可見，大多數在今日的生活中還持續進行著，而賴惠川的竹枝詞，不但將這些現象一一記錄下來，也讓我們知道這些飲食文化的淵源與重要性。

三　醫療保健飲食文化

在賴惠川竹枝詞中，有一部分展現出非常特殊的飲食文化現象，此即是食物與醫療保健的關係。此一部分的作品撰寫，與賴惠川家族的醫學背景有著相當密切的關係。在本書第二章第二節探討賴家家世背景時，曾談到賴家習醫者甚夥，其祖父賴時輝、父親賴英世都略懂歧黃之術；弟弟賴尚遜、賴尚和，以及長子賴景鴻、次子賴景溶，姪子賴其祿、賴其祥、賴其禮、賴其廉也都是醫科出身。[46]賴惠川曾說：「余家醫生，往者不算，現在者八人，族中三人，計十一人。」（《悶紅墨屑》，頁374）由此可知，其家族可謂醫生世家。因此他在竹枝詞裡寫入與醫學保健相關的飲食文化，實是家族的醫學背景所致，這些內容是賴惠川竹枝詞中的一大特點。以下針對這類作品進行論述：

> 尋常食品可無疑，亦要關心料理時。豬肚欲同蓮子炖，人言只怕白茄枝。註曰：白茄枝，藥料，實非毒物，俗謂豬肚炖蓮子，只怕

---

46 賴惠川家族成員為醫科出身者，資料載錄於賴彰能「諸羅嘉義賴家歷世概況表」（家藏，未刊行，賴沈秀圭女士提供）。此外，在訪談賴惠川孫媳婦賴沈秀圭女士時，這些成員的名單，亦得到賴沈女士之證實。訪談賴沈女士的時間為一〇四年七月十七日（星期五），上午十點十五分至十一點五十三分；訪談地點在嘉義市中正路254巷3號。

白茄枝，謂其用此草作燃料，人食之必死，物性相忌也。(《續悶紅墨
屑》，頁695)

這首竹枝詞寫到食物的特性，說明經過料理後，因物性相忌而產生毒
性的狀況。本詩舉出我們非常熟悉的料理「豬肚炖蓮子」為例，當我
們煮食這料理時，如果誤把「白茄枝」當燃料，經過烹調煮食的過
程，「白茄枝」會使「豬肚蓮子」變成有毒性，人們食之必死。其中
「蓮子」是屬於收澀藥類，主治功效為：補脾止瀉、益腎固精、安心
養神，主要歸脾、腎、心經。[47]至於「白茄枝」，《中草藥學》言：「白
茄根－『植物形態』一年生草本，根外面黃白色，帶木性。莖直立，
粗壯，綠色，上部分枝，全體披星狀毛，或疏生刺。……『功效』祛
風通絡，止血。『臨床運用』一、用於風濕疼痛手足麻木症……二、
用於血尿便血等症……」[48]此說明「白茄枝」為一年生的草本植物，
其根帶木性、莖又粗壯，也許因為如此，民眾會取此草當燃料燃燒以
烹煮食物，但因其為祛風濕藥類的草藥，在經過燃燒烹煮的過程，與
具有「收澀」功效的「蓮子豬肚」食性相忌，而產生有毒物質，因此
作者在自註中說，此種情況下「人食之必死」，於是而有「豬肚炖蓮
子，只怕白茄枝。」的說法。面對賴惠川詩中的講法，我們並不知道
其真實性如何，但這樣的情況，確實也有發生的可能性；因為某些單
獨食用無害的食品或藥材，在彼此混用之後產生毒性，這也是確實發
生的事。今日的醫學與營養學非常進步，很多食物或藥物，在混用後
產生毒性或副作用，傷害到人體，已經有許多科學的論據。例如食物
方面，人們常飲用的牛奶，就不適合與橘子汁同用，否則牛奶中的蛋

---

47 顏正華主編：《中藥學》(台北市：知音出版社，1994年2月)，下冊，頁896-897。
48 《中草藥學》(台北市：啟業書局，1989年1月，3版)，頁276。

白質遇到這類弱酸性食物，便會形成凝塊，不利於消化吸收。[49]又如人們常飲用的豆漿，也不宜加拌紅糖，紅糖的有機物會和豆漿的蛋白質結合，生成對人體有害的變性沉澱物。[50]至於藥物方面，例如治療癲癇的藥物卡馬西平（Carbamazepine），當它與鋰鹽合用時，容易出現神經系統中毒的現象。[51]又如沙丁胺醇（Salbutamol），是防治支氣管哮喘的藥物，它如果和糖皮質激素合用時，有可能會引起低血鉀症，甚至進一步導致心律失常。[52]所以這首竹詞的說法，認為「豬肚炖蓮子，只怕白茄枝。」其實給了我們非常重要的提醒，讓我們了解燉「蓮子豬肚」時，忌用「白茄枝」當燃料，否則會產生食物混用之後的副作用與後遺症。

　　另外，賴惠川竹枝詞也記錄了「顛茄」的毒性。其詩云：

> 言語無常可怪哉，驕人大口忽張開。疑他食着顛茄子，醉醉顛
> 顛去又來。註曰：顛茄子，金水茄也。煨而食之，令人醉而心亂。
> （《續悶紅墨屑》，頁695）

據《臺灣藥用植物資源名錄》的說法，小顛茄，別稱顛茄、紅癲茄、金銀茄、刺茄等，其主要成分為澳洲茄鹼、刺茄鹼等，全株有毒，其主要效用：全株具有鎮咳平喘、散瘀止痛，常用於痙攣性咳嗽、哮喘、風溼胃痛跌打毒蛇咬傷等。[53]顛茄一方面具有療效，但如果誤用

49 詳見王輝武、吳行明等編著：《藥物與飲食禁忌》（台北市：躍昇文化公司，1991年1月），頁157。

50 詳見李敏編著：《五穀營養食用法》（台北市：漢湘文化公司，2008年1月），頁98。

51 詳見張石革、孫定人編著：《現代臨床實用藥典——原理與實務應用》（台北縣：新文京開發出版公司，2005年1月），頁196。

52 張石革、孫定人編著：《現代臨床實用藥典——原理與實務應用》，頁380。

53 行政院衛生署中醫藥委員會編：《臺灣藥用植物資源名錄》（台北市：行政院衛生署

或過量使用，也會有副作用產生，就像此詩所說的「疑他食著顛茄子，醉醉顛顛去又來。」是會讓人醉醉顛顛神志不清的。在《原色臺灣藥用植物圖鑑》即說明：「莖與葉則有刺，不可多服，多服則令人迷悶。」[54]可知顛茄具有神經系統毒性，在使用時必須相當注意，這首竹枝詞也提醒我們，民間使用藥用植物時，切記誤用或用量過度的重要訊息。

接著來看釋迦，釋迦是台灣重要的經濟作物之一，荷蘭時期傳入，在《諸羅縣志》中已載[55]，而在《臺灣志略》[56]中稱其為「佛頭果」、「番荔枝」，是非常受歡迎的水果。但我們可能都忽略釋迦的藥用價值，這在賴惠川的竹枝詞中，即有此藥用之記錄：

> 自古栽桑足養廉，多栽果子更無嫌。釋迦自是慈悲果，時疫能醫腦膜炎。註曰：釋迦盛出，乾而藏之，犯腦膜炎者，煎湯長服。（《續悶紅墨屑》，頁695）

此首竹枝詞寫出「釋迦自是慈悲果，時疫能醫腦膜炎。」同時詩註說：「釋迦盛出，乾而藏之，犯腦膜炎者，煎湯長服。」表達釋迦果在盛產時，可「乾而藏之」，在得「腦膜炎」時，則取出「煎湯長服」治療，可得到療效。今參考《臺灣藥用植物資源名錄》說道釋迦

中醫藥委員會，2003年10月），頁404。

54 邱年永、張光雄著：《原色臺灣藥用植物圖鑑》（台北市：南天書局，1986年3月），頁193。

55 周鍾瑄《諸羅縣志》言：「釋迦果：似波羅蜜而小，種自荷蘭。味甘而膩，微酸。夏盡、秋初熟。一名番梨。沈光文詩『稱名頗似足誇人，不是中原大谷珍。端為上林栽未得，只應野島作安身。』」（〈產物志〉，卷10，頁282）。

56 尹士俍《臺灣志略》言：「有佛頭果，葉類番石榴而長。結實大如拳，熟時自裂，狀似蜂房。房房含子，味甘香美，子中有核，又名番荔枝。」（台北市：行政院文化建設委員會，2005年6月，清代臺灣方志彙刊本），〈出產水利〉，中卷，頁308。

的藥用：「根：清熱解毒、解鬱、止血。治痢疾，精神抑鬱。葉：收斂，解毒。治小兒脫肛，惡瘡腫毒。果實、種子：治瘡毒，殺蟲。未熟果、樹皮：止瀉，治痢疾。」[57]得知釋迦全株皆可供藥用，葉、種子、樹皮均含生物鹼，可治赤痢，果實為惡性腫瘤之驅膿藥。由此可知，釋迦的這些藥用效能，就是賴惠川此首竹枝詞所謂能醫治腦膜炎的原因，展現出醫療保健的飲食文化內涵。

在賴惠川竹枝詞中，也以醬油的製作為例，突顯出食品化學添加物的濫用，危害健康的情形：

> 且任人人病胃酸，衛生衛死不相關。可憐化學流行日，善用無如豆醬間。註曰：豆醬間，醬料店也，醬油，豆油也，俗謂醬油為豆油。(《續悶紅墨屑》，頁738)

醬油的製作，由黃豆、黑豆、小麥等煮熟，再發酵裝缸的過程，需要一百八十天以上的製程，但如果是使用化學調製，只要黃豆粉，再加入許多化學添加物，一天之內就可生產大量醬油。針對此種狀況，賴惠川以竹枝詞作出抨擊，並說明食用化學醬油之後，人人病胃酸，但化學醬油卻依然大量被製造出來，也因此傷害著廣大民眾的健康，從此內容中有著批判，卻也透出幾許無奈。賴惠川對於食品中化學添加物濫用的狀況，有著如此見解，足見其知識是與時俱進，且與家族深厚的醫藥背景有著密切關係。

除了上述的內容外，其他還有吃蝦子的禁忌，如：「童孫成陣食蝦時，棄尾存仁卻不宜。蝦毒中人能吐瀉，阿公又要請西醫。註曰：蝦宜連尾食之，方不中毒。(《續悶紅墨屑》，頁695)還有外科手術

---

57 行政院衛生署中醫藥委員會編：《臺灣藥用植物資源名錄》，頁209。

後，避免留下疤痕的民間偏方，如：「外科手術用工夫，自有專家妙藥塗。癒後每愁吐肉箭，多年鹹菜葉宜敷。註曰：吐肉箭，用鹹菜葉塗之即癒。宜敷，日語，可也。」（《續悶紅墨屑》，頁695）由此可以看出，賴惠川的竹枝詞，在結合醫療保健的飲食文化上，展現出他一定程度的醫藥知識，並保留許多民俗療法，也讓我們更深刻的了解，飲食不再是單純的食物，也可以是一種藥物，具有藥用的價值，所謂食補食療，意即在此，這也讓飲食文化的表現，更為豐富而多元。

第四節　結語

　　本章從賴惠川的竹枝詞中，分「自然環境與飲食文化」、「人文活動與飲食文化」二部分探討其飲食文化的特色，其中「自然環境與飲食文化」，讓我們看到自然環境影響下，各地物產特色的淵源與發展，展現地方特色的庶民生活樣貌。至於「人文活動與飲食文化」，則可發覺人文活動對於飲食的重大影響，在相異的節慶與風俗中，都有代代相傳的禮俗特色飲食，分別代表著人民對生活安定的各種祈求；而人文的醫療保健行為也展現在飲食中，從「醫療保健的飲食文化」，可以看出飲食不再是單純的食物，也可以是一種藥物，具有藥用價值，同時也保存了許多民俗療法。此外，賴惠川也對於飲食中的化學添加物，造成健康的危害做出批評。

　　綜上所論，可以發覺賴惠川竹枝詞飲食文化的展現非常多元，除可見其學識經驗的深廣外，同時可見其保存與記錄飲食文化的發展、特色、禮俗、醫療等多重面向，具有飲食文化保存的價值。其中最難能可貴，也是最具學術價值之處，就是有許多詩作的內容，反映了當時特有的飲食文化，這些文化至今已難再見，例如后莊鹹牛乳、「捏墓粿」的乞祭風俗等，透過賴惠川竹枝詞的作品，讓我們獲知這些台

灣早期的飲食文化。此外，其作品中所描述的飲食風貌，有一些是其他文獻中所未曾載述的，例如〈尋常〉一詩的自註云：「俗謂豬肚炖蓮子，只怕白茄枝，謂其用此草作燃料，人食之必死，物性相忌也。」這種講法在其他文獻中並未出現，這也讓我們看到賴惠川竹枝詞在彌補文獻不足之處所做的貢獻。

　　此外，透過本文的研究發現，在飲食文化的內容呈現上，《悶紅墨屑》與《續悶紅墨屑》有其傳承性、延續性，但也各有其獨特性。例如《悶紅墨屑》有較多與歷史事件相關的飲食文化內容；而《續悶紅墨屑》在展現地方色彩的飲食文化，以及風俗節慶的飲食文化上，內容大抵承襲《悶紅墨屑》的論點而來，但在醫療保健的飲食文化上，卻是《續悶紅墨屑》特有的代表性內容。由此也可以得知，賴惠川《悶紅墨屑》與《續悶紅墨屑》二書，其與飲食文化相關之內容，在表現上有承襲，但也有創新，二者不可偏廢，才能完整的將其竹枝詞中的飲食文化呈現出來。

第七章
賴惠川竹枝詞的道教書寫[*]

第一節　前言

　　賴惠川竹枝詞的創作數量是全台文人之冠，也較中國歷代文人的創作數量都多。其竹枝詞之內容，多以淺近俚俗之語句，寫台灣風土民情之變遷，尤其是嘉義地區，更是其書寫的主要對象。此一風格，正符合竹枝詞以地方風情為寫作素材的特徵，江寶釵以是稱美賴惠川為「社會風情詩人[1]」。在描寫地方風情的作品中，有一個區塊是針對台灣／嘉義的宗教信仰而寫的。這部分的作品，呈現出地方百姓對於宗教的態度與作法，其中還蘊藏著許多嘉義地區特有的神明故事與廟宇事蹟，這對於建構台灣，以至於嘉義地區的宗教文化，都有著極為珍貴的貢獻。其中所談到的宗教，包含有道教、佛教與基督教，在這三種宗教中，以道教的書寫最多，其次是佛教，最後是基督教。這樣的書寫情況，也反映出台灣當時對這三種宗教的信仰熱度。誠如上文所言，賴惠川這部分的作品，對於建構台灣／嘉義地區的宗教文化，有著極為珍貴的貢獻，因此本文嘗試從此一區塊切入，希望了解賴惠川竹枝詞中的宗教信仰狀況。至於其所談及的三種宗教，由於佛教與基督教的書寫數量較少，無法有效地看出賴惠川對這兩種宗教的觀點

---

[*] 本章原篇名為〈論賴惠川竹枝詞之道教書寫〉，發表於《當代中國哲學學報》第36期（2014年6月）。今略作增刪修訂後，收入此書。

[1] 江寶釵：《嘉義地區古典文學發展史》（嘉義市：嘉義市立文化中心，1998年6月），頁291。

與看法，因此本文僅以道教信仰為研究範疇，如此一來，亦可使研究主題集中而明確。

本文凡分六節，除了首尾的前言與結語外，正文部分有四節，依序是對神明故事的描寫、對道士與乩童的載述、對道教法術或祭儀的記錄、在地色彩的呈現。透過這些內容的分析，將可掌握賴惠川對於台灣／嘉義道教信仰的觀察心得，也可明瞭台灣日治時期前後，道教信仰的情況，對於補充台灣文化史或道教史，也都能做出一定的貢獻。

本文的研究，將透過次級資料分析法，蒐集地方史書與文獻資料，以協助解讀賴惠川竹枝詞作品的內容；此外，也將蒐集學者專家的研究論著，以強化作品中相關人事物的論述深度。除了次級資料分析法之外，本文也將透過田野調查及訪談法的運用，以進行研究文本的資料蒐集。畢竟其中有些作品，所提及的人事物，是嘉義某一特定地區所獨有的；或是相關文獻記載甚少，甚至付之闕如的，此時直接進行田野調查及訪談，以蒐集相關資料，是有其必要性的。本文所訪談的對象，多為道教廟宇的執事人員或施行法術之道士，對於本文的研究，將可提供最直接的實務經驗與知識。這其間包含台南市永康區「大灣聖巡北極殿」榮譽董事長田昭東先生、嘉義市「文財殿」顧問林清隆大道長、嘉義縣民雄鄉「大士爺廟」何士坤幹事、嘉義市「嘉邑城隍廟」祭典組黃議鋒幹事、嘉義市「羅安公廟」王文財廟祝、嘉義市「廣寧宮」許錫創廟祝。

透過本文的論述，相信可達到以下四方面的成果：一、可協助讀者更多面性地解讀賴惠川的竹枝詞作品，也可從某些作品中，看到詩人對道教信仰所抱持的正反面觀點；二、能對台灣民間道教文化的內涵及其發展，有更為深入的理解與認知。尤其賴惠川的年代橫跨晚清、日治與戰後時期，其所書寫的道教文化，在某些作品中，也呈現了不同時代的變遷情形；三、對於嘉義地區某些特定的道教信仰，能

掌握其輪廓與內涵，並且能提供學者研究上的一些新方向；四、本文
研究的成果，可以提供研究對象（如嘉義地區的廟宇）相關的文獻資
料，這些資料可提供廟宇本身進行內部舊資料的修訂，也可作為新資
料製作時的參考依據。

第二節　對神明故事的描寫

在賴惠川的竹枝詞作品中，對於道教信仰的描寫，蘊含著許多神
明的故事在其中。這些故事，饒富趣味，有些甚至相當離奇，早已成
為人們談天說地的好題材。因在民間代代相傳，不論其真實性如何，
也成為庶民文化的一部分。今且援引數則詩人的作品，以觀其梗概。
首先來看媽祖與大道公的愛情故事。其〈三牲〉一詩云：

> 三牲酒醴十分豐[2]，大道公生拜祝同。記取明朝三月半，須防
> 媽祖請狂風。註：俗以三月半為大道公生日，媽祖必請狂風，吹落其
> 紗帽。（《悶紅墨屑》，頁296）

再看〈三月〉一詩：

> 三月年年二十三，淋漓大雨豈空談。洗殘媽祖煙脂粉，大道爺
> 公愿始甘。註：俗謂三月二十三日，為媽祖生日，大道公，必以大
> 雨，洗其脂粉，以報三月半之風。（《悶紅墨屑》，頁296）

---

2 「豐」原作「豐」，根據「黃哲永校正《悶紅墨屑》形誤表」改之。此表收錄於王
　惠鈴：《臺灣詩人賴惠川及其「悶紅墨屑」》（台北市：文津出版社，2001年4月），
　頁231。

以上二詩，談到媽祖與大道公的故事，大道公就是著名的醫藥之神保生大帝。第一首詩談到保生大帝農曆三月十五的壽誕慶典，百姓準備豐盛的三牲酒醴來祭拜祂，但是在歡樂之餘也要謹慎提防，提防媽祖會施法引來狂風，擾亂慶典的進行。至於第二首詩，則談到在每年農曆三月二十三日的媽祖生日時，保生大帝會施法造雨，讓「淋漓大雨」洗殘媽祖臉上的胭脂紅粉，這樣祂的心中才會舒坦。這兩首詩的內容，描寫媽祖與保生大帝兩位神明的鬥法故事，聽來十分有趣，但也令人感到不可思議，兩位都是得道的神祇，應該是慈悲為懷，彼此和諧共處才是，為何會相互鬥法，非得讓對方難堪呢？這其中隱藏著一段懸疑曲折的愛情故事，據李登財、劉還月的說法，保生大帝與媽祖皆屬福建省人氏，也都時常在福建一帶顯聖渡化百姓，由於兩人均未婚，保生大帝對媽祖的仁慈及美貌十分傾心，於是展開追求，但媽祖婉拒了保生大帝的好意。不料此舉卻引起保生大帝的不滿，於是每年農曆三月二十三日的媽祖生日時，保生大帝會施法引來雨水，以洗掉媽祖臉上的脂粉，讓祂難看；而媽祖知悉箇中原由後，也在保生大帝農曆三月十五日的壽誕時，引來狂風吹落其紗帽，使其顏面無光。[3]這則因愛生恨的神明故事，簡直就是人間愛情故事的翻版，神格世俗化的痕跡，在此一覽無遺。當然，這則神仙故事的真實性如何，相信民眾心中，必定早有答案。誠如李登財、劉還月所說：

> 其實三月十五日起風和二十三日下雨，乃是節氣的影響。農曆
> 三月中旬，正值二十四節氣的清明，……清明時正好吹起八風
> 當中的「清明風」，同時也會帶來豐沛的雨水，所以農曆三月

---

3 李登財、劉還月：《神佛正傳與祭拜須知〔春之卷〕》（台北市：常民文化公司，2000年12月），頁261-262。

起風下雨，乃是自然現象。只是後人穿鑿附會，產生媽祖娘娘
與保生大帝鬥法的故事，更增添民間信仰的趣味性。[4]

李、劉二氏之說，認為保生大帝與媽祖生日時的風雨，皆為大自然的
氣候現象，並非二神鬥法所致，會有此一傳說，純粹是百姓穿鑿附會
而來。除了李、劉二氏的說法外，長久以來研究保生大帝文化的謝貴
文也指出：

> 「大道公風，媽祖婆雨」記載一段媽祖與保生大帝因婚嫁不成
> 而鬥法的傳說，在閩、台地區流傳甚廣。……就傳說角度來
> 看，其內容看似褻瀆兩神，但其目的是在解釋神誕日的氣候現
> 象，並無神話的「神聖性」與「真實性」，而具有民間故事的
> 「虛構性」與「娛樂性」，故能為廣大信眾所接受。[5]

謝氏說法，亦認為此則神明鬥法之故事，目的在解釋兩位神明聖誕時
的氣候狀況，並非真有兩神相爭之事。不過雖然沒有神話的「神聖
性」與「真實性」，但卻多了民間故事的「虛構性」及「娛樂性」，所
以能被廣大信徒所接受，而流傳至今。

　　看完保生大帝與媽祖的故事，接著來看詩人對於石敢當的描述。
其〈兵火〉一詩云：

> 兵火焚餘萬類荒，群魔遺毒恣猖狂。欲知嚇鬼遵何術，拜問泰
> 山石敢當。註：慶曆中，張緯宰莆田，再新縣治。得一石，銘曰石敢

4　李登財、劉還月：《神佛正傳與祭拜須知〔春之卷〕》，頁262。
5　謝貴文：〈傳說、性別與神格──從「大道公風，媽祖婆雨」談起〉，《新世紀宗教
　　研究》第9卷第4期（2011年6月），頁85。

當。鎮百鬼，厭災殃，官吏福，百姓康，風教盛，禮樂張。又五代劉智遠，有勇士，名石敢當。臺灣用以厭勝，石片上，刻石敢當，或加泰山二字於上。（《悶紅墨屑》，頁334）

由此竹枝詞的內容可以看出，石敢當具有制鬼辟邪的作用。前二句談到，因為兵火戰亂的傷害，許多地方成為廢墟，人們也因戰火而死亡，死後化成厲鬼在人間作亂。此時該如何鎮住鬼魂？賴惠川提到，可以奉祀泰山石敢當以制鬼。至於為何石敢當可以制鬼？竹枝詞註文也提出兩種說法：其中一種說法，提到五代時期有一位勇士叫做石敢當，所以後代百姓便在石頭刻上石敢當這個名字，來驅鬼避邪。另一個說法，是宋仁宗慶曆年間，莆田縣令張緯得到一個石頭，上頭有銘文刻著「石敢當」的字樣，銘文中還說此石能鎮鬼避災，並且帶來社會的福分與安康。關於此一說法，清代俞樾《茶香室續鈔》曾引宋代王象之《輿地碑記目》說：

> 興化軍有石敢當碑。注云：「慶曆中，張緯宰蒲田，再新縣治，得一石銘。其文曰：『石敢當，鎮百鬼，壓災殃，官吏福，百姓康，風教盛，禮樂張。唐大曆五年，縣令鄭押字記。』今人家用碑石書曰：『石敢當』三字，鎮於門，亦此風也」。按：此則「石敢當」三字刻石，始於唐。[6]

由上述引文可知，早在唐代大曆五年時，已有石敢當的刻石，而其功用，可以「鎮百鬼，壓災殃，官利福，百姓康，風教盛，禮樂張。」

6　〔清〕俞樾：《茶香室續鈔》（台北市：新興書局，1978年10月），卷19〈石敢當碑始於唐〉，頁3650。

這正是賴惠川竹枝詞註文說法之出處，也是賴惠川以石敢當為制鬼之神靈的依據。關於石敢當的構造，楊仁江曾做過研究，他認為石敢當是由碑頭、碑身、碑座與碑文這四個部分組成。其中碑頭是碑石的最上方，與下端的碑座或碑底互為頂天立地，能營造整體造型的空間美感。至於碑身，則安置在碑座或牆面上；而整座石敢當的靈化主體－－碑文，則是書寫在碑身上，至於它所面對的方向，通常是厲鬼可能來侵犯之處，或是環境因素低劣的煞方，所以安置時常會請道行高深的道士來處理，尋常人是不能隨便安置的。[7]一般而言，石敢當的擺放處，常會置於街頭巷口，橋樑道路要衝處，以除災避凶。至於賴惠川竹枝詞註文，提到石敢當之上要加上「泰山」二字，其原因何在？歷來說法紛紜，莫衷一是。例如《破除迷信全書》認為：「石敢當是泰山上的一種神，所以在磚上也寫上『泰山石敢當』五字。」[8]呂宗力、欒保群則認為，冠上「泰山」二字，「或又欲為其增添泰山之神力乎？」[9]姑不論其冠上「泰山」二字之原因為何？又或者僅直書「石敢當」三字，其於百姓心中之神力，都是非常巨大的。

　　石敢當的信仰，從學者的研究文獻可以看出，已遍及台灣北中南各地，而且不只西部地區，連東部地區也有信仰風潮；此外，澎湖與金門也有石敢當的信仰，其信仰的普及度，範圍十分廣泛，儼然已成為台灣民間極為普遍的守護神。

　　看完石敢當的故事，接著來看詩人另一首詩〈爐前〉，這首詩是介紹蠶神馬頭娘的故事。此詩云：

7　詳見楊仁江：〈趨邪祈福的石敢當碑碣〉，《史聯雜誌》第20期（1992年6月），頁90-93。

8　李幹忱：《破除迷信全書》（台北市：臺灣學生書局，1989年11月），卷10，頁540。

9　呂宗力、欒保群：《中國民間諸神》（台北市：臺灣學生書局，1991年10月），上冊，頁484。

爐前拜罷馬頭娘，剖竹編藤製小筐。等待春雷蠶出世，朝朝好
去採柔桑。註：馬頭娘，蜀人，今家什邡、棉竹、穗陽三縣界。其廟，
塑女子像，披馬皮。(《閩紅墨屑》，頁335)

這首竹枝詞，所談是農家養蠶採桑之事。首句談到養蠶取絲之後，工
作已告一段落，此時應祭拜蠶神馬頭娘，感謝馬頭娘這一年來的保
佑。接著從第二句之後，談到農民開始準備剖竹片製成竹筐，以等待
蠶寶寶出生後，能每天拿著竹筐去採摘桑葉來餵蠶。
　　在這首竹枝詞的註文中，提到蠶神馬頭娘的來歷，認為她是蜀地
人氏，奉祀她的廟宇，都是塑造一女子披著馬皮的造型。此一說法，
與清代黃伯祿《集說詮真》的描述大致相合，該書云：「(蠶女)今家
在什邡、綿竹、德陽三縣界俱屬四川。每歲祈蠶者，四方雲集，皆獲
靈應。宮觀諸處，塑女子之像，披馬皮，謂之馬頭娘，以祈蠶桑
焉。」[10]此處談到馬頭娘為蠶神，並且描述她乃人身馬皮之造型。至
於為何馬頭娘的形態，是一女子披著馬皮呢？這個故事的原型，其實
來自《荀子·蠶賦》及《搜神記》卷十四的說法。《荀子·蠶賦》形
容蠶的體態說：

有物於此，倮倮兮其狀，屢化如神，功被天下，為萬世
文。……臣愚而不識，請占之五泰。五泰占之曰：「此夫身女
好而頭馬首者與？」[11]

---

10 〔清〕黃伯祿：《集說詮真》(台北市：臺灣學生書局，1989年11月)，冊3，頁
392。
11 〔清〕王先謙：〈蠶賦〉，《荀子集解》(北京市：中華書局，1997年10月)，下冊，
頁477-478。

此處說到蠶的體態形狀，就像一位身材柔婉的女子，而其頭為馬形，
這可說是後代馬頭娘的一個原型所在。至於《搜神記》卷十四的說
法，則進一步確立了女子身披馬皮的蠶神造型。該書云：

> 舊說太古之時，有大人遠征，家無餘人，唯有一女，牡馬一
> 匹，女親養之。窮居幽處，思念其父，乃戲馬曰：「爾能為我
> 迎得父還，吾將嫁汝。」馬既承此言，乃絕韁而去，徑至父
> 所，父見馬驚喜，因取而乘之。馬望所自來，悲鳴不已。父
> 曰：「此馬無事如此，我家得無有故乎？」亟乘以歸。為畜生
> 有非常之情，故厚將芻養，馬不肯食。每見女出入，輒喜怒奮
> 擊，如此非一。父怪之，密以問女，女具以告父，必為是故。
> 父曰：「勿言，恐辱家門，且莫出入。」於是伏弩射殺之，暴
> 皮於庭。父行，女與鄰女，於皮所戲，以足蹙之，曰：「汝是
> 畜牲，而欲娶人為婦耶？招此屠剝，如何自苦？」言未及竟，
> 馬皮蹶然而起，卷女以行。……後經數日，得於大樹枝間，女
> 及馬皮，盡化為蠶，而績於樹上。其繭綸理厚大，異於常繭，
> 鄰婦取而養之，其收數倍，因名其樹曰桑，桑者，喪也。[12]

此文說道，古代有一位女子，因思念遠行的父親，於是開玩笑地對馬
兒說：「如果你能找回我的父親，我就嫁給你。」沒想到馬兒當真載
回女子的父親，但女子卻未兌現承諾。此事後來被她父親知道，為怕
家醜外揚，遂殺了那匹馬，並剝了馬皮，曝曬在庭中。後來這張馬皮
飛了起來，且將這名女子捲走，女子與馬皮一起化身為蠶，並在一棵

---

12 〔晉〕干寶，黃滌明譯注：《搜神記》（台北市：台灣書房，2010年3月），卷14，頁
　　480-481。

樹上結繭，這棵樹就是桑樹。後來有婦女取這女子及馬皮所化生的繭回去飼養，其收入比一般的蠶多出數倍。這位被馬皮包裹著的女子，就是後來馬頭娘的造型，祂所演化出來的蠶隻，所結的絲比尋常的蠶隻更多，後來就成為人們所供奉的蠶神，也因此馬頭娘的形態，就是一位女子披著馬皮的造型。

蠶神究竟是誰？賴惠川此首竹枝詞，視馬頭娘為蠶神，但其實歷來有很多觀點，說法並不一致。如漢代衛宏《漢舊儀》的說法是：「春，桑生，而皇后親桑於苑中。蠶室養蠶千薄以上，祠以中牢羊豕祭蠶神，曰苑窳婦人、寓氏公主，凡二神。」[13]此處認為苑窳婦人、寓氏公主二位女神是蠶神。至於《隋書·禮儀志》則說：

> （後齊）每歲季春，穀雨後吉日，使公卿以一太牢，祀先蠶黃帝軒轅氏於壇上。……（後周）皇后乘翠輅，率三妃……以一太牢親祭，進奠先蠶西陵氏神。[14]

此處談到，後齊與後周分別以黃帝和西陵氏為蠶神。所謂西陵氏，是指黃帝的妻子嫘祖。由上述資料可知，苑窳婦人、寓氏公主、黃帝、嫘祖，都有被視為蠶神的情況。因此賴惠川的說法，或可視為嘉義地區的蠶神信仰，但並非全國各地皆以馬頭娘為蠶神，這是必須有所分辨的。而且在這麼多的觀點中，嫘祖其實是最被多數人所認定的。呂宗力、欒保群說：「東漢以來，歷代皇朝皆祀先蠶為蠶神。……東漢所祀先蠶曰苑窳婦人、寓氏公主，北齊始改祀黃帝，北周又改祀神話傳說中的黃帝元妃西陵氏（即嫘祖，嫘亦作累、儽），謂其始教民育

---

13 〔漢〕衛宏：《漢舊儀》（台北市：藝文印書館，1967年），卷下，頁1-2。
14 〔唐〕魏徵：《隋書》（台北市：鼎文書局，1975年3月），卷7，〈禮儀志〉，頁145。

蠶，此後歷代皆以西陵氏為先蠶，民間亦奉祀之。」[15]這段引文，指出自北周之後，人們幾乎是以西陵氏（嫘祖）為蠶神的代表。林慧瑛也說：「尤其是嫘祖先蠶之說，自宋代以後得到一定的支持，如宋代劉恕的《通鑑外紀》、羅泌《路史》、元代王禎《農書》、明代羅頎《物原》、清代楊屾《豳風廣義》，皆從此說。直到民國年間，尹良瑩著《中國蠶業史》，還是尊嫘祖為先蠶。」[16]可見中國多數地區，是以嫘祖為蠶神的。然而此一信仰傳至台灣時，或許有著不同的脈絡，也因此賴惠川在寫作竹枝詞，以記錄地方人文風情時，所記載的蠶神卻是馬頭娘。究竟馬頭娘的信仰，只是嘉義個別地區的文化，還是台灣多數地區的文化？這很值得另行撰文進行研究，賴惠川此首竹枝詞，其實為我們延伸了另一個學術研究的觸角。

　　看完蠶神馬頭娘的書寫後，我們再來看賴惠川對嘉義七娘媽廟的描寫。其〈七娘〉與〈鎮心〉二詩，是七娘媽為信徒帶來子嗣的兩則詩作。首先是〈七娘〉：

> 七娘媽是老婆婆，僧道之間另一科。換肚栽花胎可造，崁魂起土術尤多。註：其徒無一定服色，惟包紅巾，搖鈴吹螺而已。如換肚栽花，能令不孕婦人有孕。崁魂者，謂能攝人之魂而收藏之，可以免禍。附近人家動土，或圍籬，言有土神禍人，名飛土；術者厭，名起土。其他法術甚多。（《悶紅墨屑》，頁328）

接著是〈鎮心〉：

15　呂宗力、欒保群編著：《中國民間諸神》，頁527。
16　林慧瑛：〈中國蠶桑文化的女子定位──以嫘祖先蠶與女子化蠶故事為觀察中心〉，《文與哲》第21期（2012年12月），頁6。

鎮心鈴響又添香，換肚栽花法力強。斗步高吹菱角鼓，公然交涉註生娘。註：所搖之鈴，名鎮心鈴；所吹之螺，名菱角鼓。註生娘，謂小兒來出世，必先由其註定。（《悶紅墨屑》，頁328）

以上二詩，提到七娘媽具有「換肚栽花」、「崁魂」、「起土」的高強本領，其中尤其是「換肚栽花」的本領，可以協助婦女懷孕生子，而能與保佑信徒生育子嗣的註生娘娘相交涉，以達成信徒傳宗接代的願望。七娘媽，又稱七星娘媽或七星娘娘，傳說是天上的織女星，每年農曆七月七日是其生日，在民間的宗教文化中，被歸類為小孩的守護神，小孩子在年幼時易生病或不好帶，長輩常會將小孩給七娘媽作契子，以保佑小孩平安長大。台南市開隆宮、嘉義太保市福濟宮，都是主祀七娘媽的著名廟宇。許多小孩在十六歲以前，會給七娘媽作契子，每年七娘媽生日時，固定要回來參拜，一直到十六歲成年為止。七娘媽對於小孩的照顧與護佑，一直深植人心，也因此不論是婦女懷孕生產，或是小孩幼兒的撫育，都和七娘媽的職責相關。也正因如此，賴惠川在上述二詩中，談到七娘媽法力高強，可以「換肚栽花」，以滿足信徒求取子嗣的願望。究竟什麼是「換肚栽花」？在竹枝詞的註文中，依賴惠川的解釋，是「能令不孕婦人有孕」，所以顯然是一種讓婦女成功受孕的法術。不過賴氏註文的說法，有較為簡略之處，因為在道教儀式中有所謂「栽花換斗」的作法，目的是助不孕的婦女懷孕，這與賴惠川所謂「栽花」，「能令不孕婦人有孕」的說法相符。但所謂「換肚」，這其實是民間另一項俗信，它的作用是幫信徒置換子女的性別，而非使不孕者受孕。鈴木清一郎在其《臺灣舊慣習俗信仰》一書中，有記述此一儀式的運用，他說：

所謂「換肚」一說，就是當婦女只生女孩而不生男孩，可是公

　　婆卻急著抱孫子時，就在孕婦產後十日內，拿豬肚給產婦吃，
　　相信如此以後有希望生男孩。這當然是一種迷信說法，原因是
　　一般人認為，吃豬肚會換肚，是吉祥的象徵。[17]

這種調換胎兒性別的方法，在賴惠川所處的時代，因為重男輕女的觀
念仍然濃厚，因此民眾透過七娘媽以至於其他神明的法力來達成此一
願望，是可能發生的，也因此才會被賴惠川寫進竹枝詞中。不過賴氏
在註文中，並未明確地將「換肚」與「栽花」區分開來，這是我們閱
讀時必須加以注意的。

　　讀完上述詩作，可以看出賴惠川竹枝詞裡，對於神明故事的描寫
著實不少。除了上述神祇外，還有對天公玉皇大帝（《悶紅墨屑‧廟
在》一詩）、三界公（《悶紅墨屑‧聖誕》一詩）、竈君（《悶紅墨屑‧
爐前》一詩）、黑白無常（《悶紅墨屑‧神前》一詩）、城隍爺（《悶紅
墨屑‧居然》一詩）、床母（《悶紅墨屑‧落草》一詩）、范二爺（《續
悶紅墨屑‧傷天》一詩）、土地公（《續悶紅墨屑‧土地》一詩）、有
應公（《續悶紅墨屑‧三片》一詩）、註生娘娘（《續悶紅墨屑‧煮
著》一詩）、……等等眾家神明，均有相關之書寫，令人目不暇給，
讀來興味盎然，妙趣橫生。

第三節　對道士與乩童的載述

　　在賴惠川的竹枝詞中有若干作品，針對道士與乩童的描寫，這兩
者也都是道教文化中非常重要的部分，以下分別論述之。

---

17 〔日〕鈴木清一郎：《臺灣舊慣習俗信仰》（台北市：眾文圖書公司，1994年10月），
　　頁89-90。

一 對道士的載述

道士在道教信仰中，佔有很重要的地位。所謂道士，《中國道教大辭典》解釋說：「奉守道教經典規戒，並熟悉各種齋醮祭禱儀式的人，一般指道教的宗教職業者。」[18]道士不但是修道之人，同時也是代替神明教化眾生的人，他又必須熟悉各種祭典儀式，以擔任神明與眾生溝通的橋樑，為眾生解決許多生活上的問題。所以在古代的宮廷中，道士往往也扮演著為王公貴族引導方向的角色。然而，在明代道教世俗化之後，道士與一般民眾的生活，產生更多密切的連繫，而這種連繫，基本上存在著商業化的傾向。劉精誠說：

> 明代道教的地位不如唐宋，道士們的活動主要在民間。他們利
> 用了民間百姓對鬼神崇拜的世俗心理，用求符、念咒、誦經、
> 建醮、捉妖等形式，在民間活動，這樣道士變成了以謀生為主
> 的職業宗教者。[19]

這種連繫既然存在著商業化的現象，代表著道士透過為民眾辦事情，而向民眾收取酬金以謀生。道士與民眾之間，存在著互利互惠、互相依存的關係。針對這些關係，賴惠川透過竹枝詞進行描寫，以下是他所描述的內容。首先來看〈吹來〉一詩：

> 吹來菱角鼓鳴鳴，道士壇前畫虁符。群鬼探頭齊竊笑，紅包飽

---

18 中國道教協會「辭典編輯委員會」：《中國道教大辭典》（台中市：東久企業，1996
年），頁1178。
19 劉精誠：《中國道教史》（台北市：文津出版社，1993年7月），頁287。

　　死造端乎。註：中庸，造端乎夫婦。結句，言其得紅包，夫婦可以飽
　　死。（《續悶紅墨屑》，頁683）

這首竹枝詞前二句，說的是道士以符令作法，為民眾解決鬼魂搗亂的
困擾。然而第三句話鋒一轉，以戲謔的口吻，嘲笑道士畫的符令無
效，導致群鬼暗自偷笑，根本不把符令放在眼裡；最後一句則暗指道
士不學無術，只是作作樣子，以賺取大筆紅包錢罷了。一般而言，道
士有紅頭道士與烏頭道士二種。伊能嘉矩說：

　　道士俗稱師公，通常有烏頭師公及紅頭師公二類。烏頭師公係
　　易黑道冠，而用黑布包頭，故如此稱呼，以掌葬祭為主。紅頭
　　師公則易紅道冠，而用紅布包頭，故如此稱之，掌加持祈禱為
　　主。臺灣之紅頭師公，原多出自粵屬（客人），因此有客仔師
　　之名。（師公因同音，或書「司公」。）[20]

依上述說法，則紅頭道士乃頭包紅巾者，主要工作是為民眾祈神祝
禱、消災賜福；至於烏頭道士，則頭包黑布巾，主要工作在於處理喪
葬祭儀之事。[21]根據伊能嘉矩的論點，則前者職能實偏向處理陽間事

20　〔日〕伊能嘉矩：《臺灣文化志・中卷》（台北市：台灣書房，2011年11月），頁270。
21　對於伊能嘉矩的說法，筆者在訪談嘉義文財殿顧問林清隆大道長時，得到的訊息是
　　有所差異的。林清隆道長說：「關於紅頭道士的工作，不論是起土收煞、開營放
　　兵，或是其他消災祈福之事，主要都是陽世間的事情。至於烏頭道士，除了處理陽
　　世間的事情外，還能處理喪葬等陰間的事情。這是他與紅頭道士不同之處。」由上
　　述引文可知，林清隆道長對於烏頭道士的職能，看法顯然與伊能嘉矩有異；至於對
　　紅頭道士的看法，則大致相合。之所以產生這種差異，筆者以為應是時代變遷之
　　故。伊能嘉矩的資料，所寫乃日治時期台灣的景象；至於林道長所說，則是今日台
　　灣社會的現況。烏頭道士在台灣社會所扮演的角色，從日治時期到今天，已超過一
　　甲子的歲月，在這麼長久的時間裡，若是其角色扮演產生變化，也是正常且可以理

務；至於後者，則偏於處理陰間之事。對於這兩類道士，賴惠川都有竹枝詞進行描述。首先來看〈火把〉一詩：

> 火把齊明只亂奔，紙人紙馬赦亡魂，烏頭道士權威大，法旨傳宣到鬼門。註：道士五六人，一人執紙人，騎紙馬，餘執火把狂奔，名走赦馬，謂到陰間赦亡者之罪。此種人，雖名道士，乃誦佛經，作死者功德也。（《悶紅墨屑》，頁330）

這首詩所寫的內容，是烏頭道士為亡魂超渡的儀式，一般稱之為走赦馬（跑赦馬），或叫「放赦」。根據賴惠川自註所描述的情況，此種儀式乃「道士五六人，一人執紙人，騎紙馬，餘執火把狂奔，名走赦馬，謂到陰間赦亡者之罪。」根據這樣的說法，我們大概已知其梗概，但箇中細節，仍然模糊不明。筆者針對此一儀式，訪談了林清隆大道長，林道長做了如下的說明：

> 走赦馬儀式進行時，會由三位，或五位，或七位，或九位的道士一起進行。若團隊是三或五位道士時，其中至少要有一人是道長；若團隊是七或九位道士時，其中至少要有三人是道長。在儀式進行中，分別由兩位道士負責拿比例縮小的紙人與紙馬，扮演赦官和赦馬的角色，在壇的四周走動，象徵在陰間行走，以超渡亡魂。這時位階最高的道長必須宣讀「赦文」，祈求神明赦免亡魂的罪。紙人在這場儀式中，身份是赦官，祂是亡魂的前導官，負責去向神明求情，請求赦免亡魂的罪。在儀

解的。對於林清隆道長的訪談，時間在一〇三年七月六日（星期日）晚上七點四十八分至八點二十二分，以電話進行訪談。在本註文之後，正文若有再度引述林清隆道長的訪談內容時，將不再另外加註，其訪談之方式與時地資料，皆同此註。

式進行當中，有時我們會看到其他道士在紙馬口中塞草料，那是為了讓馬兒跑快一點，以便儘早向神明進行求情的工作。有時也會看到道士用酒給紙人喝，代表慰勞赦官的辛苦。整個儀式進行完後，便要將紙人、紙馬燒掉，以求圓滿。

林道長的說明，詳細地補充了賴惠川詩歌中較為簡略之處，讓我們對於台灣習俗中超渡亡魂的儀式，有更為清楚的認知。看完烏頭道士的詩作，再來看詩人對紅頭道士的描寫。其〈閉目〉一詩云：

> 閉目神前信念深，紅頭道士太狠心。預籌補運司公禮，碗覆黃黃六兩金。註：某甲倩道士補運，道士給之曰：「宜用黃金六兩，以碗覆之，作法後還汝。」甲付以金，道士令閉目待。乃懷金，由後門出，不知去向。（《悶紅墨屑》，頁378）

這首詩的前兩句，一寫信徒對道教神明信仰之深，一寫紅頭道士心腸太狠毒，兩者剛好形成強烈對比。接著三、四句是針對第二句進行說明的，說明詩中這位紅頭道士太狠心的理由，原來信徒請他進行補運的儀式，他竟然獅子大開口，要信徒準備六兩黃金做為補運金，言明作法後將會歸還，但是，最後他卻心懷不軌，拿著黃金偷偷跑掉了。其實，當道士從一位宗教的修行者，變成一位以宗教為謀生的職業工作者後，就不免要沾染濃濃的商業色彩，此時遇到心術不正者，往往也就為著錢財或其他因素，做出非法的行為。針對此種情形，清周鍾瑄《諸羅縣志・風俗志》中，也有類似的記載。其文曰：「又有非僧非道，名客仔師（即紅頭道士），攜一撮米，往占病者，謂之米卦。稱說鬼神，鄉人為其所愚，倩貼符行法而禱於神，鼓角喧天，竟夜而

罷。病未愈，費已三五金矣。不特邪說惑人，亦糜財之一竇也。」[22]
此處所談，也是對紅頭道士訛詐百姓錢財的描述，與賴惠川〈閉目〉
一詩的說法，可謂相互呼應。

除了以上所引詩作外，《悶紅墨屑》〈紅頭〉一詩；《續悶紅墨屑》
〈鬼祟〉、〈三多〉、〈夜深〉、〈虛虛〉等詩，也都是描寫道士的作品，
其中不乏對道士嘲諷譏刺之作，存在著一種負面的觀感，讀來頗耐人
尋味。

二　對乩童的載述

乩童是台灣民間道教文化之一，扮演著傳達神明旨意的角色。為
信眾辦事時，聲稱神明會附身在其身上，來為信眾解決難題。片岡巖
說：「童乩即是不屬道士、僧侶的普通人。應人家要求，行神通的法
術，代理發表神意，這稱乩示。乩示大都是對病人說病因是魔鬼作
祟，或觸犯神怒等等。」[23]在賴惠川的竹枝詞裡，有幾首作品是以乩
童為描寫對象的，我們先來看〈鐙前〉一詩：

> 鐙前叉手語同胞，人鬼殊途且莫交。欲請乩仙來五鬼，砂盤打
> 碎亂鈔鈔。註：亂鈔鈔，大鬧也。余先人與余諸叔，曾於後院請乩。
> 神至，自言五鬼星，凶猛異常，辭之不去。而先祖父，治家甚嚴，恐為
> 所知，不得已將請乩之物，置諸下水溝，棄而不顧，後亦無事。（《悶
> 紅墨屑》，頁332）

---

22 〔清〕周鍾瑄：《諸羅縣志》（台北市：行政院文化建設委員會，2005年6月，清代
　　臺灣方志彙刊本），〈風俗志〉，卷8，頁229。

23 〔日〕片岡巖著，馮作民、陳金田合譯：《臺灣風俗誌》（台北市：大立出版社，
　　1981年1月），頁3。

由這首竹枝詞註文可知，賴惠川的父親曾與其眾兄弟，請來乩童在家中後院作法，想請神仙降駕，結果卻來了五鬼星，非常凶猛而且無法請退，不但沒有為賴惠川家中解決問題，反而將作法現場鬧得無法收拾。對於恭請神明降乩，但卻來了一般的鬼魂，甚至是厲鬼，此事時或得見。蔡州隆曾訪談許多乩童，詢問他們被神明附身的情況，其中有乩童表示，來上身的，有時並非神明，而是鬼魂。今摘錄其中數位乩童說法如下：

> 賓哥（個案2）談起鬼神宛如跟他們很親近：神和鬼不是都同款，平仔是靈，一個叫神，一個叫鬼……我每天嘛跟神啊、鬼啊作夥，都沒感覺他們有啥沒同。
>
> 阿偉（個案13）很乾脆的表示：說真正的，我自己嘛分不清……對我來說，對我好的就是神，對我歹的就是鬼。
>
> 曾小姐（個案15）直率地說：神與鬼差沒很多啊……磁場跟我合的就是神，跟我不合的就是鬼。[24]

由以上引文來看，附在乩童身上的，有時是神，但有時卻是鬼。這也就是賴惠川竹枝詞所說：「欲請乩仙來五鬼」的情形。此時由於來的是厲鬼，誠如註文所言：「凶猛異常」，而且更麻煩的是「辭之不去」。此時不但無法解決主人家的難題，甚至大肆破壞作法現場，詩歌末句所謂「砂盤[25]打碎亂鈔鈔」，說的正是此一難堪的場景。關於乩

24　蔡州隆：〈臺灣乩童的神鬼觀及其現象之研究〉（新北市：輔仁大學宗教研究所碩士論文，2009年），頁76-78。

25　此處所謂砂（沙）盤，是指乩童舉乩時，用來浮現文字的器具。針對砂盤的用法及功能，筆者訪問了台南市「大灣聖巡北極殿」榮譽董事長田昭東先生，據田董事長表示，一般乩童為民眾處理事情時，常會在神桌上鋪一層香灰（有時用沙子或米糠），然後將之抹平，以供乩童寫下神明指示的文字。至於使用砂盤的情況，通常

童被邪靈或鬼魂附身，而且不願離去的情形，台南市永康區「大灣聖巡北極殿」榮譽董事長田昭東先生，接受筆者訪談時表示：

> 以我們北極殿來說，供奉的是玄天上帝，由於是大神大道，我們自己廟中的乩童，在為信眾處理事情時，一般鬼魂不敢來擾亂，不敢附身在廟中乩童的身上。但是，確實有聽說一些根基還未穩固的乩童，會被一般的鬼魂或魔神仔附身，此時就必須將乩童交給神明，由神明來收伏這附身的鬼魂或魔神仔。通常會由法師，以36或72或108柱清香來作法，在神明的加持下，將附身在乩童身上的鬼魂或魔神仔帶離。

依據上述說法，乩童聲稱神明附身，能為信徒解決問題；事實上，有時來的卻是鬼魂或邪靈，這也是賴惠川〈鐙前〉一詩，為我們所描述的狀況。接著來看〈大呼〉一詩：

> 大呼小叫請乩童，神語糊塗譯始通。犬食米糕通不得，壇前氣殺帝爺公。註曰：俗例，請乩童時，神案下置甜米糕一碗，乩童所獨得也。一日，犬來食之，乩童大叫：「犬食米糕。」因其所言，半神半鬼，通譯素不曾聞，猜之不中。乩童大怒，乃明白作人言曰：「犬食米糕也」。（《悶紅墨屑》，頁332-333）

是拿餐具的碗或盤子，在裡面鋪上沙子或香灰，接著要壓平，這是要讓乩童作法後，提供給神明「浮字」使用，藉以指示信徒相關之作法或因應之道。訪談「大灣聖巡北極殿」榮譽董事長田昭東先生，時間在一○三年七月一日（星期二）上午十點三十分至十一點十五分。地點在台南市永康區南灣里立興街七十四巷二號「大灣聖巡北極殿」內。在本註文之後，正文若有再度引述田昭東董事長的訪談內容時，將不再另外加註，其訪談之方式與時地資料，皆同此註。

這首詩的第二句，說的是乩童在傳達神明旨意時，常常從口中說出一般人難以理解的文句，此時必須透過「（豎）桌頭」來「翻譯」，信徒才能明白神明的意思。然而，有時也會出現連桌頭也難以解釋的言語，此時連神明帝爺公也為之氣結。根據註文的解釋，原來是乩童作法時，神案下常擺著一碗甜米糕，這是信徒要給乩童的答謝禮。但碰巧，有一次有一隻狗來啃食，於是乩童情急之下，說出「犬食米糕」之語。頓時之間，大家一頭霧水，連桌頭都不知是什麼意思，因此也不知道該如何翻譯，看得連帝爺公都滿肚子氣。這當然是詩人以詼諧的口吻，來描寫乩童與桌頭作法辦事時的一些荒謬事，正所謂「戲而不謔」，但也反映出乩童為民眾處理事情時的一些亂象。關於乩童與桌頭的配合，田昭東表示：

> 桌頭，一般我們稱呼他『三壇大法師』，他通常會經過拜師學藝，或是神明親自指點傳授，也因此才能聽得懂乩童起乩時所說的話。在學習的過程中，他常須閱讀古代書籍以及咒語，其中多數是文言文的典籍，有時須在廟中坐禁，接受神明指導，神明常利用睡夢中進行點化。至於乩童，也有老師傳授及神明指點的模式，也因此乩童與桌頭兩者間，有共通的語言可以相互配合，以傳達神明的旨意。

依據此處的說法，桌頭何以能翻譯乩童的神言神語，答案就很清楚了。不過桌頭與乩童的配合，有時也會出現狀況；賴惠川此詩所諷刺的乩童，就是假裝神明附身，所以在狗兒偷食其米糕時，還能清楚說出「犬食米糕」之語，這也導致桌頭無法解讀其意。這首詩的寫作，是詩人暗諷乩童文化的荒唐，藉機想導正民眾過度迷信的弊端。

除了上述二詩外，《悶紅墨屑・字運》一詩，談到乩童替人解

運;《續悶紅墨屑‧關來》一詩,談到乩童假託神言,胡亂施法,害主家損失一批農作物;〈一柄〉一詩,則諷刺乩童替人算命,胡吹亂謅,卻也誤打誤撞沾上了邊,令人不禁莞爾。這些都是針對乩童文化所做的描寫,其負面的評價較正面評價多。

第四節　對道教法術或祭儀的記錄

在賴惠川的竹枝詞裡,有一些作品是針對道教法術或祭儀進行描寫的。這些作品呈現的,也是台灣民眾很重要的生活習俗與宗教信仰,在科學不甚昌明的時代,確實也在某些時候,解決或舒緩了民眾疑惑及不安的心裡。且看詩人〈城隍〉一詩:

> 城隍廟裡進冥錢,厄運知郎不自然。偷質金釵郎未覺,為郎補運一心虔。(《悶紅墨屑》,頁305)

這首詩描寫女信徒在城隍廟為郎君做補運的儀式。這名女信徒,為了怕郎君因明白自身運勢不好而心裡不安,所以偷偷地典當了金釵,然後前往城隍廟,去為郎君進行補運的儀式,字裡行間,透露出男女雙方至情至性的感情。據鈴木清一郎的說法,補運一般有簡式與正式二種,前者只須準備「米糕」到廟裡燒香禱告,即可消除厄運。至於後者,則有兩種作法:一是請幾名道士來家中施法術,祈求帶來好運;或是在家中設道場,供奉神明,然後進行補運的祭典。另一種作法則是到廟裡請道士施法術,來為當事人補運[26];賴惠川〈城隍〉一詩所載述的補運,應當是這類作法。不過由於時代的變遷,今日嘉義(邑)城隍廟本身,已經沒有為信徒進行此種補運的儀式,據該廟祭

---

26 〔日〕鈴木清一郎著,馮作民譯:《臺灣舊慣習俗信仰》,頁63-64。

典組黃議鋒幹事的說法，目前廟內並沒有為信徒提供此一服務，信徒若想補運改善現況，廟中提供的是一般廟宇幾乎都有的光明燈、太歲燈，以及針對某種專門需求的月老燈、文昌燈等服務。[27]由黃議鋒的說法可知，隨著時代的演變，廟宇和信徒之間的互動也跟著改變，賴惠川詩中所描述的補運儀式，在今日嘉義城隍廟中已不復可見。不過藉由詩人的竹枝詞，不但讓讀者了解此座廟宇在一甲子之前的經營狀況，也讓廟方人員更加了解自身廟宇在過去的發展情況。接著來看〈牽亡〉一詩：

> 牽亡要待日斜時，牽出亡來苦又悲。老媼傴僂同醜鬼，嬌名辜負喚紅姨。註：人或念其所親，倩牽亡者，即紅姨，牽其亡魂出話，名牽亡，亦名牽紅姨。（《悶紅墨屑》，頁329）

這首竹枝詞寫的是女巫（紅姨、尪姨）為民眾進行牽亡的法術。所謂「牽亡」，就是透過紅姨到陰間尋找死者的靈魂，並且讓死者靈魂附在自己身上，以便和死者的家屬對話。一般而言，當死者家屬極端思念死者，或家中人員不甚平安時，常會透過此種方法來與死者靈魂交談，以尋求慰藉或是解決的辦法。鈴木清一郎對此一法術有如下說明：

> 尪姨接受他人之委託，使自己進入催眠狀態，請來死者的靈魂，並且讓死者的靈魂附在自己身上，代替死者向家人報告死後的情況，和在陰間的生活。如果委託人生病時，那他就探明究竟是什麼惡靈作祟，絕大多數都是應病家之請而行的法術。[28]

---

27 訪談嘉邑城隍廟祭典組黃議鋒幹事，時間在一〇三年七月八日（星期二）下午一點五十八分至二點三十分。地點在嘉義市吳鳳北路一百六十八號城隍廟內。

28 〔日〕鈴木清一郎著，馮作民譯：《臺灣舊慣習俗信仰》，頁77。

透過上文可知，一般民眾會請紅姨做此一法事，主要是思念死者，想
知道死者在陰間的生活狀況；又或者是民眾本身或家人生病，想透過
死者靈魂進行了解，究竟是何處的惡靈來糾纏，才會導致陽間的人身
體不適，以及該用什麼方法來解決目前的困境。當然，以今日醫學科
技如此進步，看到此種習俗，難免令人覺得訝異。但古時醫學沒有今
日發達，人們對於生病或家運不濟，常會歸諸於冤靈作祟，這有時很
難以科學角度分析清楚。賴惠川在此詩的前兩句，先談到紅姨牽亡的
時間，必須選擇黃昏之後（此時陽氣漸弱，陰氣漸盛，有利於死者靈
魂的活動），接著說到死者靈魂出來後會附身在尪姨身上，而展現出痛
苦傷悲的神色；緊接著，末兩句談到死者附身在紅姨身上後，紅姨呈
現出來的體態，就是死者老態龍鍾的模樣，與她原來的形態有所不同。

　　上述二首竹枝詞，所談較偏向法術的施作，以下且來看有關祭典
儀式的作品。這類詩作，常客觀的記錄拜拜時的祭典儀式（可包含祭
儀的步驟，或祭儀的功用，或祭品的樣式等等），有時也會看到賴惠
川藉由祭儀來表達其宗教觀。首先來看其〈粿品〉一詩：

> 粿品冥資積滿途，陰光普照赦酆都。老神畢竟心頭定，不共遊
> 魂去搶孤。（《悶紅墨屑》，頁307）

這首竹枝詞講的是中元普渡時，以各式祭品祭拜地官（三官大帝中的
地官大帝）與好兄弟的詩作。此詩前兩句，講到中元普渡這天，剛好
也是地官大帝的聖誕日，是赦免亡魂罪過的日子。這一天，百姓以粿
類祭品和冥紙堆滿整條街道，以進行普渡。普渡時一般會擺設長形供
桌，每戶門前或簷下會掛上圓形紙燈[29]，其中一面會寫著「陰光普

---

29 黃文博說這盞燈叫做「普渡公燈」或「路燈」，是夜間照引孤魂野鬼冥路的設施。
　　見氏著：《南瀛歷史與風土》（台北市：常民文化公司，1996年3月），頁301。

照」或「慶讚中元」，這一天所祭拜的豐盛供品，主要是希望讓陰間
來的孤魂野鬼，能飽食一頓。接著末二句，談到普渡搶孤的問題。所
謂搶孤，這是普渡快要結束時的一種特殊儀式，所謂「孤」，是指前
來享用祭品的孤魂野鬼，而所謂搶孤，就是和孤魂野鬼搶奪祭品。為
什麼要和這些好兄弟搶奪祭品呢？原因就是擔心好兄弟吃完祭品後仍
不願回去，而在陽世間流連徘徊，因此用搶奪祭品的方式，來讓這些
好兄弟避開，不致於造成陽間百姓的困擾。[30]詩中第三、四句，談到
地官大帝乃成道已久的神明，有著極深的定力與慈悲心，所以不會和
尋常百姓一樣，去跟好兄弟搶奪中元節的祭品。這首竹枝詞，一方面
記錄了中元普渡的相關祭儀，告訴讀者祭品的樣式、普渡公燈的造型
（上有「陰光普照」字樣），以及搶孤的儀式。一方面也傳達了詩人
的宗教觀，他認為地官大帝是慈悲而有定力的，所以不會和好兄弟去
爭搶祭品。這樣的觀點，也告訴讀者神與鬼的差異性了。接著來看其
〈思量〉一詩：

> 思量大祭費踟躕，經濟如今已不敷。枵鬼毋庸假硬氣，三牲雖
> 小勝全無。（《續悶紅墨屑》，頁684）

這首竹枝詞前二句，談的是百姓面對將要來臨的神明祭典，需要準備
豐盛的祭品，但擺在眼前的，卻是經濟能力實在有所困難。接著末兩
句，是詩人勸誡百姓的話，他希望人們不要「枵鬼假硬氣」（指狀況

---

30 吳瀛濤說：「所謂搶孤，則於超度終了後的一定時刻，以鑼鼓的信號開始，因大家
　爭先恐後，要搶祭拜的各種禮品，如米、米粉、豬、羊、雞、鴨等，現場打成一片
　混亂，殺氣騰騰。……以為搶孤既然如此壯觀，鬼類亦辟易，而不敢來加害云。」
　從以上引文可知，搶孤有嚇退好兄弟，以保護陽間百姓的作用。見氏著：《臺灣民
　俗》（台北市：眾文圖書公司，2000年1月），頁24。

不佳，但卻硬撐不願示弱之意），既然經濟不好，那就準備小小的三牲禮來祭拜就可以了，不必打腫臉充胖子，硬要充場面撐下去。這首竹枝詞強烈表達了詩人自身的宗教觀，他認為宗教的祭祀，應量力而為，不需要比排場；也不需要墨守成規，牢不可破地守著傳統的祭品項目。當經濟能力不好時，只需準備三牲小祭品，神明也是可以接受的。賴惠川此項觀點非常可貴，我們經常可以看到廟宇舉行普渡或其他神明祀典時，常是供品擺滿整個廣場，家家戶戶的供品，甚至是以幾大盆來做計量單位，以祭品數量的眾多，來展現信徒祭拜的誠意，這種風氣，已成為台灣道教信仰的潛文化，許多信眾面對廟宇祭典時，即使家中經濟情況不好，也深怕供奉的祭品太少，而無法得到神明的護佑。這樣的想法，讓宗教信仰變了質、走了樣，神明慈悲濟世的心腸，怎可能因為貧苦人家的祭品較少，就不去保佑他們呢？〈武當山古城隍廟〉有一副對聯說得很好，它是這麼寫著：

> 為人果有良心，初一十五何用你燒香點燭。
> 作事若昧天理，三更半夜須防我鐵鏈鋼叉。[31]

這副對聯告訴我們，只要心善，願意秉持著良心做事情，即使沒有向神明燒香拜拜，也沒有關係；但若是行事違背天理，在半夜三更時，就得提防陰間使者拿著鐵鏈鋼叉來抓人。由此看來，神明對於信徒的保佑，是看信徒的品性行為來作依據的，這和祭拜神明的次數，以及供品的多寡沒有關係。賴惠川〈思量〉竹枝詞所表達的宗教觀點，與此十分近似，對於導正信徒的錯誤觀念（以為祭品多才能獲得好的保佑），有非常正面的助益。最後再來看〈香燭〉一詩：

---

31 譚大江：《道教對聯大觀》（北京市：宗教文化出版社，2002年6月），頁43。

香燭金銀紙滿車，馬爺拜罷拜牛爺。三牲敬謝平安願，牛馬之間賬莫賒。（《悶紅墨屑》，頁333）

此詩談到人們以滿車的香燭、金紙、銀紙來祭拜馬爺和牛爺（即馬面將軍、牛頭將軍，為陰間地府之神祇），並且以三牲禮來還願，感謝牛爺、馬爺的保佑。詩歌最後以「牛馬之間賬莫賒」作結，意在告誡人們，答應了牛爺、馬爺（可以延伸為所有的神明）的事情，就一定要履行承諾，千萬不可以向神明許了願，卻在願望達成後，不去還願，而向神明賒欠著。此一論點，也代表著賴惠川的另一項宗教觀，希望信眾能遵守與神明之間的約定。事實上，此一觀點不只可作為神明與信眾間的守則，同時也能夠延伸到人事上，人與人之間，同樣也必須信守承諾，千萬不可許了約定，卻不去履行。

閱讀賴惠川的竹枝詞，在書寫道教法術或祭典儀式的這個區塊裡，不論是暗諷道士敲竹槓，還是建議祭品不必講究排場，或是勸信徒要履行對神明的承諾等，都展現了他的正面而健康的宗教觀。此外，像其〈旱災〉一詩，嚴厲批判人們因旱災而怪罪城隍爺，甚至將城隍爺神像棄置路旁的荒謬行為；又如〈五三〉一詩，傳達了希望廟宇能以廟產幫助窮困者的理念。諸如此類，在在展現了詩人正向的宗教觀，所以詩人雖然創作了很多描寫鬼神信仰的作品，但卻不會陷溺其中而流於迷信，反而能以旁觀者的冷靜思考，為讀者提供面對宗教的正確態度，這是賴惠川竹枝詞中非常可貴的意義與價值。

除了上述幾首作品外，其餘像《悶紅墨屑》中的〈朝天〉、〈燒紙〉、〈紅嬰〉、〈一堆〉、〈霏霏〉、〈犀牛〉、〈烏衫〉等詩；《續悶紅墨屑》中的〈尋常〉、〈荒唐〉、〈頭家〉、〈呼僮〉、〈呼秋〉、〈換著〉等詩，所寫也都是道教法術或祭儀之事，包括收驚、問神、跳鍾馗驅鬼、跳加冠、過火、接神、求爐丹、神明收契子、掛香、還願、作醮……等等，感覺像是一座道教文化的小寶庫。

第五節　在地色彩的呈現

　　賴惠川竹枝詞作品中，對於道教神明的描寫，多數是以嘉義地區的廟宇為其觀察的對象；也就是說，其竹枝詞中的神明或廟宇的描寫，具有濃厚的在地性色彩。雖然說，竹枝詞本來就是以描寫各地方風土民情為主要內容的作品，但其實某些文人會因為旅遊或其他因素，而接觸到外地風情，而寫下家鄉之外的竹枝詞作品；但賴惠川的竹枝詞，在道教神明的書寫上，除了少數幾首作品外，幾乎都是以嘉義在地廟宇為其寫作對象。這其中又有兩種不同的類型：第一種類型，是作品所描寫的廟宇，其所在地是嘉義，但其所奉祀的主神，在其他地方的廟宇也有奉祀。至於第二種類型，是作品所描寫的廟宇，其所在地不但在嘉義，而且其所奉祀的主神，也只有在嘉義這座廟中才有奉祀。首先針對第一種類型，我們來看〈火車〉一詩。這首竹枝詞所描寫者，乃嘉義民雄大士爺廟，這座廟是以大士爺為主祀神明，在台灣雖屬罕見，不過在金門地區，也有廟宇是以大士爺為主祀神明者，因此說它是第一種類型。這首竹枝詞的內容如下：

> 火車特別有交通，男女爭車綠與紅。大士爺生逢此日，挨挨擠擠到民雄。（《悶紅墨屑》，頁305）

這首竹枝詞描寫民雄大士爺聖誕之時，信眾不論是男男女女，都爭著搭火車到民雄參拜，希望獲得大士爺的保佑。關於大士爺的神職，根據《嘉義縣定民俗：民雄大士爺祭典調查研究計畫案成果報告書》的說法：

　　一般人普渡時所拜的「普渡公」或「大士爺」，在佛教中稱
「面然大士」，亦即所謂的青面獠牙人，亦有「面燃鬼王」、
「焦面大士」、「焰口鬼王」，為佛教、道教的著名神祇，在道
教神衛為「幽冥教主冥司面燃鬼王監齋使者羽林大神」，簡稱
「羽林大神」，尊稱「普渡真君」（即俗謂「普渡公」或「普渡
爺」的由來）。[32]

　　由上文可知，大士爺乃佛教與道教共有的神祇，主要職司，與中元普
渡相關，故民間常稱之為普渡公或普渡爺。至於大士爺的來歷，民間
大致有兩種說法：一說大士爺是觀世音菩薩往地府鎮壓厲鬼時，不小
心踢到一個骷髏頭，留了一滴血在上面，這滴血讓這個骷髏頭有了法
力，進而修成一位鬼王。這鬼王後來胡作非為，被觀世音菩薩收服，
而成為管理眾鬼的鬼王。另一種說法，是祂本身就是觀世音菩薩的化
身。[33]姑且不論上述兩種說法何者為真，但有一點是可以確信的，那
就是祂與觀世音菩薩是息息相關的，也因此民間所祭祀的大士爺，頭
頂上往往有一尊觀世音菩薩的佛像。

　　既然大士爺的職司與中元普渡相關，那麼中元普渡時，大士爺的
工作內容與角色扮演又是如何呢？民雄大士爺廟幹事何士坤先生接受
筆者訪談時說：

　　　　每年農曆七月二十一日至二十三日，是本廟大士爺的普渡祭
　　　　典。此時會請師傅製作紙糊之大士爺神像，再幫祂穿上很多件

32　嘉義縣布袋嘴文化協會：《嘉義縣定民俗：民雄大士爺祭典調查研究計畫案成果報
　　告書》（嘉義縣：嘉義縣文化觀光局，2011年11月），頁44。
33　嘉義縣布袋嘴文化協會：《嘉義縣定民俗：民雄大士爺祭典調查研究計畫案成果報
　　告書》，頁46。

神衣，一直穿到穿不下為止，通常會有八至九件的神衣。每件
神衣之樣式大致相同，但尺寸有差別，穿在裡面的較小，愈穿
到外面，神衣尺寸就會愈大。穿好神衣後，大士爺就會擔任監
普的工作，也就是負責監督管理普渡現場，讓前來領收普渡供
品的好兄弟能夠遵守秩序，以便讓普渡能順利完成。等到二十
三日晚間約十一點時，普渡即將完成，此時就會將紙糊的大士
爺火化，以表示其順利完成任務。[34]

由上述訪談記錄可知，大士爺掌理普渡現場的秩序管理，俾令地獄來
的好兄弟能依序領收普渡供品，讓普渡能圓滿完成。待任務完成後，
信眾就會將紙糊並穿戴神衣的大士爺火化，以表示普渡圓滿完成。

依何士坤幹事的說法，民雄大士爺廟始建於乾隆九年（1744），
至於目前的大士爺廟樣貌，則是在日治昭和年間完成，現今屬於三級
古蹟。當初會設立大士爺廟，中間其實有一段因緣，據《嘉義管內采
訪冊‧歲序》的記載，民雄原稱打貓頂街，據傳乾隆年間，每到農曆
七月，每日下午常「陰風慘淡，撲人面目，嘗聞鬼聲啼哭，人人畏懼，
戶戶驚惶。時有觀音大士，屢次顯身，俾街中人共見之。高一丈餘，
頭生雙角，身穿紅甲，青面獠牙，火炎舌舌，吐出一尺餘長。若見大
士，陰風輒止，鬼聲皆息，人知大士足以壓孤魂。」[35]於是每年普渡
期間，用紙糊大士爺神像奉祀於廟中，並於普渡儀式完成後，火化大
士爺升天。根據何士坤幹事的說法，目前民雄大士爺廟，除了每年普

---

34 訪談民雄大士爺廟何士坤幹事，時間在一○三年六月二十日（星期五）早上十點五
　分至十一點二十七分。地點在嘉義縣民雄鄉中樂村中樂路八十一號大士爺廟內。在
　本註文之後，正文若有再度引述何士坤幹事的訪談內容時，將不再另外加註，其訪
　談之方式與時地資料，皆同此註。

35 《嘉義管內采訪冊》（台北市：臺灣銀行經濟研究室，1959年9月），頁38。

渡期間所火化的紙糊大士爺神像之外，廟中還有一尊大士爺金身，是布料所製作，一直是供奉在正殿觀世音菩薩身旁，長期受信眾的香火膜拜，偶爾會依普渡之實際需求，在普渡期間移至前殿坐鎮。此外，由於大士爺是管理眾鬼的鬼王，所以連廟門旁牆壁上之浮雕，也是以地獄之景象為素材，這也是民雄大士爺廟與其他廟宇較不同之處。

　　對於已有近三百年歷史的民雄大士爺廟而言，它的獨特之處，在於它是台灣罕見以大士爺為主祀神明的廟宇。大士爺以令人震懾的外表，為信徒驅鬼鎮邪、消災解厄，是一尊令人感恩與敬畏的神祇。然而在賴惠川的筆下，透過竹枝詞，用近於詼諧逗趣的口吻，來描述人們參拜大士爺的盛況，無形中也讓大士爺多了一份平易親切的世俗之感。目前除了民雄大士爺廟，是以大士爺為主祀神明外，像金門金沙沙美大士宮，也是以大士爺為主祀神祇，不過這類廟宇的數量，還是比較稀少。

圖 7-1　嘉義民雄大士爺廟大士爺金身（筆者攝影）

圖 7-2　嘉義民雄大士爺廟，何士坤幹事解說浮雕圖（筆者攝影）

看完民雄大士爺廟，接著我們來看賴惠川對嘉義廣寧宮（主祀三山國王）的描寫。三山國王廟，一般而言，屬於客家人的道教信仰，但在族群融合後，閩南人也跟著祭拜三山國王。三山國王廟在全國各地設立很多，不是只有嘉義才有，但賴惠川〈國王〉一詩，所描述的嘉義廣寧宮，卻是一座充滿在地故事的三山國王廟。這座廟創建於清乾隆十七年（1752）年，諸羅知縣徐德峻曾撰《新建三山明貺廟碑記》，以描述這座廟宇的興建緣由。該文云：

> 潮揭陽邑西百里為獨山，越四十里有峰曰玉峰。峰之右，眾石
> 巉屼，東潮、西惠，以石為界。渡水為明山，西接梅州，州以
> 為鎮；又三十里為巾山，地名霖田，三山鼎峙，各峰巒聳拔，
> 高插雲霄，鍾乾坤之灝氣，萃海嶽之精華；神光煥發，呵護群
> 生，捍患禦災，歷有年所。肇於隋、顯於唐、封於宋，聲名赫

濯於元、明之代；封秩炳蔚，久而彌彰。粵之人遍祀之，傳諸
簡冊、泐諸三山明貺廟記，蓋於今為烈矣。

顧臺距揭阻海數千里，邑何以有廟？蓋粵人渡臺者感神威力，
有恭敬桑梓之意焉。故郡屬四邑，所在多有；獨吾諸粵莊，襄
佩香火東來者，率以禮祀於家，不無市井湫隘之嫌。於是蕭
成、林振魁等謀祀之，擇地於邑西城廂，鳩金庀材，創為神
廟。工始於壬申小春之月，竣於癸酉冬季之辰，糜金二千餘
緡；黝堊丹雘，木石備舉。由是殿庭整肅、棟宇尊崇，簡而
華、宏而敞，凡瞻拜廟中者，儼然見三山之在目焉。

廟既成，僉請於余為文以紀。予惟聰明正直之神，而其功德復
彰彰如是，此非淫祠妖廟垺也。且自古鎮嶽皆有明禋，惟庇及
民生，故廟食不替。當今聖世重熙累洽，懷柔百神，海天太
和，時調玉燭，沐高厚之湛恩，仰神靈之鴻庇，抒寸心之誠
悃，以酬答於神前，則三山雖在揭，感召即在目睫間；且與羅
山之玉峰，鍾瑞發祥，閱萬載而常新者矣。屬予秩滿將西渡，
爰為記其始末云。[36]

上文第一段主要是說明三山國王的由來，乃是中國廣東省境內三座山
－獨山、明山、巾山的山嶺之神。這三位山神法力無邊，從隋代之後
就屢顯神蹟，庇佑萬民，因而受到百姓的信仰供奉，於是文中有「肇
於隋、顯於唐、封於宋，聲名赫濯於元、明之代；封秩炳蔚，久而彌
彰、粵之人遍祀之，傳諸簡冊」之語。第二段則說到三山國王的信
仰，從中國廣東傳來台灣後，在台灣護佑黔黎，發揚神威，因此有信

---

36 此文收錄於〔清〕余文儀：《續修臺灣府志》（台北縣：宗青圖書出版公司，1995
　年），卷22〈藝文〉，頁820-821。

徒勸募集資，興建此一三山國王廟的經過。最後一段則是作者說明受
人所託，寫作此一碑記的緣由。

　　根據邱彥貴的研究，這座廟於乾隆年十七年（1752）興建，隔年
（1753）冬天完工，一直以來，信徒的膜拜都非常虔誠。不過在昭和
十三年（1938）因皇民化運動而展開的「寺廟整理運動」，讓台灣各
地寺廟遭受重大浩劫。當時嘉義的寺廟也無法倖免，整個嘉義市的寺
廟僅留下三座（即城隍廟、地藏庵、鎮南宮），其餘的廟則被廢除。
（嘉義人慣稱此事件為「寺廟廢合」）此時，廣寧宮三山國王及其他
神像，則被移祀於城隍廟，廟產則被移轉至財團法人濟美會名下。[37]
據廣寧宮廟祝許錫創表示，在台灣光復之後，廣寧宮因財務問題導致
廟產被拍賣，後來廟堂被拆，在民國四十一年左右，原廟地還被改建
為三山戲院。[38]正因為這座三山國王廟曾有這樣曲折的故事，所以賴
惠川特別寫了〈國王〉一詩來載述它。詩云：

> 　國王休想喫肥鵝，今日三仙是鬼魔。廟地變更為戲院，稅人做
> 戲利頭多。註：三仙國王廟，乃粵人私廟，祭必用鵝，今其廟地，稅
> 人為戲院。（《悶紅墨屑》，頁334）

這首竹枝詞第一、二句，談到三山國王無法再享用豐盛的祭品，因為
在昭和年間的廢廟運動中，三山國王被誣指為邪魔。至於末二句，則
描述此廟被廢之後，在民國四十一年被改建為戲院（三山戲院），以

---

37 詳見邱彥貴：〈嘉義廣寧宮二百年史勾勒——一座三山國王廟的社會史面貌初探〉，
　　《臺灣史料研究》第6期（1995年8月），頁78。
38 訪談嘉義市廣寧宮許錫創廟祝，時間在一〇三年七月八日（星期二）下午一點三分
　　至一點二十六分。地點在嘉義市成仁街一百四十二號廟內。在本註文之後，正文若
　　有再度引述許錫創廟祝的訪談內容時，將不再另外加註，其訪談之方式與時地資
　　料，皆同此註。

收取租金的情形。針對這首竹枝詞的註文，談到此廟乃客家人之私廟，而且祭品必定使用鵝肉，許錫創表示，那是以前的情況，目前信徒很多是閩南人及其他族群，不是只有客家人，而且祭拜多直接使用三牲禮，即豬、雞、魚，沒有使用鵝肉的習慣。

　　目前的廣寧宮，僅是小巷內的一間十幾坪的鐵皮屋頂建築物，是民國四十幾年時，由廟中董事與附近店家重新搭建，之後又幾度改善而成的。對照於過去的輝煌歲月，現在簡陋的三山國王廟，正沉默地控訴著廢廟政策所帶來的文化浩劫，以及廟產被拍賣拆除的無情命運。幸好目前廣寧宮管理委員會，正對外勸募資金，計畫籌建新廟堂，期待在各方信徒的奉獻下，能早日恢復三山國王廟的榮景。

　　看完兩篇第一種類型的作品後，我們再來看第二種類型的作品，亦即這類型作品，其所描寫的廟宇，所在地不但在嘉義，而且所供奉的主神，也只有在嘉義該座廟中才有奉祀。就如賴惠川〈威靈〉詩云：

> 威靈顯赫震城東，忠義人稱十九公。好運便成光復廟，天天香火滿爐紅。註：遺骨在義民塔。（《悶紅墨屑》，頁303）

這首竹枝詞所描寫的內容，是以嘉義市忠義十九公廟為對象。嘉義十九公廟，是全國唯一奉祀十九公的廟宇，具有強烈的在地色彩。這座廟位於今嘉義市公明路東門圓環邊，主祀十八位對抗林爽文之變的義民，以及一隻奮力衛主，最後還從主而死的義犬。（十八位義民加上一隻義犬，故稱十九公）這首竹枝詞的內容，前二句談到此廟威靈顯赫，也談到十九公的忠義精神；至於後二句，則描寫十九公協助地方，對抗乾隆年間林爽文之變，避免諸羅城淪陷於匪徒之手，如今被立廟祭祀，香火非常鼎盛。

　　關於忠義十九公的生平事蹟及壯烈成仁的經過，歷來資料甚少。

在清代文獻中，並無相關記載；至於現代學者的研究，篇數不多，而且記載也都甚為簡略。其中賴榮三〈談林爽文之役的嘉市史蹟——兼述諸羅民風與古蹟維護〉，以及李登財、劉還月二人合著的《神佛正傳與祭拜須知〔冬之卷〕》，有稍稍深入之說明，但資料仍舊相當匱乏。筆者在探查忠義十九公廟時，發現廟旁牆面上刻有〈嘉邑東門忠義十九公廟重建沿革誌〉的壁記。在這篇誌文中，談到了關於十九公的故事，其中有幾個重點，今分項陳述如下：

首先這十八位義士姓名分別是－李甲、蕭等、高長、陳車海、陳壽木、吳用、吳遠、吳仁壽、廖金、車勇、車壽海、劉胎、林椿、劉禮、王馬、陳米壽、林忠、林小本；這隻義犬，今被封為義犬將軍。[39]其次，關於十九公的英勇故事，誌文載述如下：

> 清乾隆五十一年十二月初，土匪林爽文帶領賊兵圍攻諸羅城，城內官兵寡不敵眾無法抵禦，幸得城東外縣民李甲等一十八人及一靈犬相助，使得諸羅城免於淪陷。賊兵敗北後往南逃竄，李甲等攜犬乘勝追擊，及至台南府屬烏山頭賊寨，卻誤中敵之空城計而被圍困。當李甲等被圍困時，靈犬見狀奔抵台南府城，並以頭撞府衙門。衙役揮之不去（案：此處宜加逗點隔開）乃將（案：「將」字之下疑缺一「此」字）情稟報知府大人。府尊聞訊即刻升堂，靈犬四腳跪地叩頭。府尊告以：「汝乃畜類，豈有冤情？」靈犬仍續叩頭不已。府尊問：「是汝家主人有冤情（案：此處宜加逗點隔開）需本府平反乎？」靈犬木然。府尊再問：「是否今土匪為亂（案：此處宜加逗點隔

---

39 董芳苑認為：「『將』『犬』稱呼為『公』與『將軍』，分明是擬人化之結果，這是民間信仰崇功報德之習慣。」見氏著：《台灣人的神明》（台北市：前衛出版社，2010年），頁273。

開）汝家主人遭難，是則叩頭三下。」（案：此處有闕文，宜
補入「靈犬果叩頭三下」）府尊間（案：此「間」字當為
「問」字之誤寫）：「在何處？汝可願帶路？」靈犬點首，是以
府尊即刻起兵。[40]

上述引文，說明了十八位義士如何奮勇抵抗，並追捕賊兵的過程。後
來因誤入敵營而被圍困，此時忠犬迅速跑至台南府城討救兵，希望能
營救主人。無奈天不從人願，等救兵來時，十八義義士已壯烈成仁。
誌文接著說：

同月十六日援軍馳赴烏山頭時，見十八顆頭顱已高懸於賊旗之
上，賊寨前屍體橫臥，靈犬見狀（案：此處宜加逗點隔開）仆
伏於李甲等身上落淚哀號，其狀極為悲傷。官兵因屍首難辨，
擬予就地埋葬。但靈犬緊抱主人屍體不放，府尊洞悉犬意，允
于（案：此「于」字當為「予」字之誤寫）運回故里。適諸羅
求援軍情經由府城轉至，方之（案：此「之」字當為「知」字
之誤寫）十八首級係諸羅義民（案：此處宜加逗點隔開）豈料
靈犬竟就地撞頭自盡（案：此處宜加逗點隔開）以示與主共生
死之赤忱。而自此一役（案：此處宜加逗點隔開）林匪黨羽亦
元氣大傷（案：此處宜加逗點隔開）不復為亂。[41]

以上引文，說明了義犬如何捨身殉死，希望與主人同在的忠誠情操。[42]

---

40 見嘉義市忠義十九公廟之〈嘉邑東門忠義十九公廟重建沿革誌〉。
41 見嘉義市忠義十九公廟之〈嘉邑東門忠義十九公廟重建沿革誌〉。
42 關於十九公的生平事蹟，李登財、劉還月的說法，與十九公廟的〈沿革誌〉有相當
　大之差異。二人之說認為，當時（乾隆五十一年）林爽文部將久攻諸羅不下，關鍵
　在於東門外重要據點，拔仔林庄有十八位勇士（即十九公中的十八位義士）固守

在見證此一義士、義犬之佳話後，諸羅縣官員特別為此人、犬之忠勇
義行進行表彰，誌文接著說：

> 諸羅知縣為表揚李甲等之義行（案：此處宜加逗點隔開）特予
> 取名十九公，葬於城東外。時東門外有染布商同業，虔誠祭祀
> 十九公墓，十九公亦頗為靈驗。後嘉慶君遊台灣，途經諸羅
> （案：此處宜加逗點隔開）夜宿東門內土地廟。翌日見城外墓
> 碑祭祀者眾，經垂詢知其緣由後（案：此處宜加逗點隔開）於原
> 名十九公上賜封「忠義」二字，從此名曰：「忠義十九公」。[43]

由上述引文可以了解，當時諸羅知縣為表彰此一人、犬義行，特封之
為「十九公」，並為其建墓紀念，後來有許多民眾進行祭祀，也常傳
出靈驗事蹟。嘉慶君知道此一義行後，還特地在十九公之上，再加封

著。後來林爽文親自率兵來攻，當時在十八位勇士身旁有一隻忠犬，當敵人來犯
時，牠急奔入（諸羅）城內大營（非〈沿革誌〉所說的台南府城衙門），不斷吠
叫，以求討援兵，不過當援兵到達時，十八位勇士已壯烈犧牲了。（這十八位義士
是死在諸羅城東門外，非〈沿革誌〉所說的烏山頭賊寨）後來林爽文部隊被擊退
後，諸羅城官兵隨即挖地埋葬這十八位義士，此時這隻忠犬也跳入洞中殉死（非
〈沿革誌〉所說的以頭撞地而亡）。若以常理推斷，李登財、劉還月二氏之說，似
較〈沿革誌〉說法來得可信。李、劉二氏之說，見所著：《神佛正傳與祭拜須知
〔冬之卷〕》（台北市：常民文化公司，2000年），頁184-185。關於十九公的事蹟，
賴榮三〈談林爽文之役的嘉市史蹟——兼述諸羅民風與古蹟維護〉（《嘉義市文
獻》，第9期，1993年8月，頁2）一文的觀點，與李、劉二氏之說，亦較接近。筆者
個人亦以為，忠義十九公廟〈沿革誌〉的說法，在十八義士的部分，似乎還合乎情
理；但在義犬的部分，說義犬一路從烏山頭賊寨狂奔至台南府衙求討救兵，並向知
府大人叩首跪拜，甚至與知府大人應對回應等等的情節，似有過度渲染誇大之嫌，
缺乏史料的可信度。筆者相信，義犬忠心為主，在諸羅城東門外發現賊兵，轉而回
奔城內，吠叫示警，並求討救兵，這行為是可能發生的，也較能說服人心。因此，
李、劉二氏書中的說法，以及賴氏文中之觀點，似乎較合情理，較有可信度。
43 見嘉義忠義十九公廟旁之〈嘉邑東門忠義十九公廟重建沿革誌〉。

「忠義」二字，於是有了「忠義十九公」的封號。十九公墓由於祭祀者眾，且屢傳靈驗佑民之事，於是在清光緒三十四年（1908）正式建廟奉祀。若從清乾隆五十一年（1786）立墓祭祀算起，此廟已有二百二十九年之歷史。正因十九公事蹟在嘉義廣為傳誦，賴惠川才會以竹枝詞來記錄此一事件，俾使後人能知道嘉義人的忠勇義舉，也為社會的移風化俗，盡一份心力。

> 案：本文在研究的過程中，發現〈嘉邑東門忠義十九公廟重建沿革誌〉這篇文章，存在著許多待修正之處，包含句讀標點的問題，也包含錯字與闕文的問題。本文在引用此篇誌文時，遇有上述問題之處，皆以案語的方式標出，讀者一看便可知曉。關於這些待修正的問題，亦可視為是本研究的另一種發現。日後筆者將在符合誌文原意的原則下，為此篇誌文進行修正，並提供給廟方作參考，以修正廟內的舊資料，日後若需製作新文宣或刊物時，也不會再發生上述之錯誤。

圖 7-3　嘉義忠義十九公廟（筆者攝影）

圖 7-4　嘉義忠義十九公廟義犬將軍神像（筆者攝影）

　　看完十九公廟，接著來看賴惠川另一篇作品〈可惜〉，這篇作品描寫的，是全國唯一奉祀羅安將軍的廟宇－羅安公廟。羅安公廟位於嘉義市湖內里，是台灣唯一主祀羅安公的廟宇。羅安公，本名羅安，原為福建省金浦縣人。清乾隆年間來台，定居在嘉義湖仔內（今湖內里）。關於羅安公的事蹟，清代台灣文獻中並無詳細記載，只有《臺案彙錄己集》中有如下陳述：

> 刑部謹奏為遵旨速議具奏事：內閣抄出原任福建臺灣道楊廷樺，奏鳳山等縣逆匪林弄等案，內緣坐家屬洪天德等治罪一摺。乾隆四十八年十二月二十二日奉硃批：該部速議具奏，欽此，欽遵於二十四日抄出到部。該臣等議得：據原任福建臺灣道楊廷樺奏稱：竊臣廷樺，先與水師提臣黃仕簡會辦各匪案，內鳳山縣豎旗逆犯林弄、陳虎、沈灶，俱依謀逆，不分首從，律凌遲處死，家屬緣坐。□彰化縣械鬥案內，首匪林士慊、黃全、許國梁、洪墨、張北、林阿鷥、黃添、施奇；又諸羅縣械鬥案內，首匪吳妹、施斌、張俊、柯爽、吳光切、羅諭、羅

安；又彰化縣殺弁案內，首從匪兇張主忠、鄭全、張克、張石、張琳、□發。以上各犯，俱先後會奏，分別凌遲斬梟，各家屬從重，照叛逆律緣坐。聲明飭拘各犯之子，已及歲者，照律斬決；未及歲者，同妻女給付功臣之家為奴。[44]

以上這段引文，主要內容是乾隆四十八年時，當時擔任福建省臺灣道的楊廷樺之奏章，此一奏章記載羅安是因乾隆四十八年諸羅縣械鬥案被捕，當時他被清廷認定是匪首，後來被處決。然而根據〈保安廟（羅安公廟）沿革〉碑文之記載，羅安實是遭人誣陷，並非帶頭作亂之匪首。該碑文說：

羅安，祖籍福建省金浦縣人，為清乾隆年間渡海來臺開墾，定居嘉義湖仔內先賢。清嘉慶年間，因唐山移民來臺者眾，開墾問題、生活競爭、社會結構變化，發生利益衝突及治安敗壞，盜匪四起。羅安公乃號召八掌溪沿岸諸羅城外四十九庄組織鄉勇，保衛村庄，協助地方政府剿平亂民、山賊，守護湖仔內庄民生命財產，即所謂羅安救萬民。而後漳、泉械鬥，閩、粵分類，地方派系傾軋，……影響政府施政與秩序，乃實行使閩人捕閩人之首，陷害地方忠良士紳，易於治理臺灣。因而羅安被誣訴陷害，而遭官兵捉拿。由於羅安勇猛，難於捉拿，乃壓迫庄民交出羅安，否則滅庄。羅安為湖內庄全庄庄民生命決定自我犧牲，獻出生命而遭誣死成仁，葬於八掌溪旁剳人園，即所謂萬民嘸救羅安。檢骨後葬於現址民生南路旁墓前立祠奉祀之皆以「功存萬民」追念之。羅安公於西元一八一二年，清嘉慶

---

44 《臺案彙錄己集》（台北市：臺灣銀行經濟研究室，1964年1月），卷6，頁288。

壬申年元旦成仁時嘆曰：羅安救萬民，萬民噤能救羅安。此句
名諺，自古流傳湖仔內庄民口中。

根據上述沿革碑文的記載，羅安在清嘉慶十七年（1812）元月間壯烈
成仁。當時他曾組織諸羅城外四十九庄鄉勇，以對抗匪徒，保護村民
安全，在嘉義百姓的眼中，羅安是救助人民的大英雄，不是匪徒之
首。後來之所以遭清廷追緝，完全是遭人誣陷。當清廷以滅庄威脅百
姓交出羅安時，羅安選擇犧牲自己來保全百姓，這等風骨與情操，真
可謂驚天地而動鬼神。無怪乎賴惠川會寫下〈可惜〉一詩：

可惜羅安只一身，孤村遺廟半生塵。萬人不救羅安死，辜負羅
安救萬人。註：俗謂「羅安救萬人，萬人不救羅安。」羅安，湖仔內
人，勇力甚鉅，能舉六七百斤石板。因漳泉鬥[45]，救湖仔內一村，後被
誣死。廟在湖仔內，甚小。（《悶紅墨屑》，頁311）

這首竹枝詞道盡了羅安救萬民，萬民無能救羅安的遺憾，同時也彰顯
了羅安的偉大情懷。詩中註文也提到，羅安非常孔武有力，能舉六、
七百斤的石板。當時漳、泉械鬥，羅安受奸人誣陷，為了保全村人性
命而犧牲了自己。（這與廟中沿革碑的說法相符）據羅安公廟廟祝王
文財先生的說法，在羅安公死後，後人因為感念其恩德，遂為之撿
骨，然後移葬於今嘉義市湖內里廟址之處，同時也希望羅安公能繼續
護衛村民。起初只是一座墳墓，後來在民國三十九年至四十一年間，
在墓前興建了拜亭（即今之舊廟，亦即賴惠川詩注中所說：「廟在湖
仔內，甚小」），形成特殊的廟墓合一的建築。後來在民國七十七年

---

45 「鬥」原作「鬧」，根據「黃哲永校正《悶紅墨屑》形誤表」改之。此表收錄於王
惠鈴：《臺灣詩人賴惠川及其「悶紅墨屑」》，頁231。

時，由信徒捐資，在拜亭旁邊數公尺處另建新廟（即目前廟址之處），新廟的規模，比舊廟更顯宏偉。至於舊的拜亭，則和新廟同時並存。不過民國八十三年時，因配合嘉義市民生南路的拓寬工程，而將舊拜亭整個移往墳墓之後，而形成今日（舊）廟在墓後的特殊景象。[46]

　　案：關於羅安公為保全庄民性命而壯烈成仁的時間，〈保安廟（羅安公廟）沿革〉一文的記載，是在嘉慶十七年（1812）元旦。[47]此一說法，據該廟農民曆所述，乃是參考廟中一座羅安公墓碑上之年份而來的。然此一說法恐有誤，理由有二：

第一，據上文所引《臺案彙錄己集》楊廷樺奏摺的說法，羅安被清廷判死是在乾隆四十八年，所以壯烈成仁的時間當在乾隆時期，而非嘉慶十七年。

第二，廟中目前所保存的一座羅安公之墓碑，其碑上之文字如下：

右邊一行：嘉慶壬申年元旦

中間一行：御賜敕封威武將軍鎮南侯羅安及眾靈魂神位

左邊一行：大正甲子元月建

---

46 訪談羅安公廟王文財廟祝，時間在一〇三年六月二十日（星期五）下午一點十六分至二點二十三分。地點在嘉義市湖內里民生南路六百一十八號羅安公廟內。在本註文之後，正文若有再度引述王文財廟祝的訪談內容時，將不再另外加註，其訪談之方式與時地資料，皆同此註。

47 胡瑞珠〈諸羅義士，魂歸何處〉一文，亦認為羅安成仁時間在嘉慶十七年。詳見《嘉義市文獻》第16期（2000年12月），頁324。至於黃金俊則認為羅安成仁時間，是在乾隆年間，但未確切指出是何年。見氏著：《嘉義市寺廟神佛聖歷》（嘉義市：嘉義市政府，2004年12月），頁258。

依這座墓碑的刻文來看，立碑時間是在日治大正甲子年
（1924）元月，顯然這是後人在日治時期為羅安公重新翻修製
作的墓碑。而墓碑上雖有「嘉慶壬申年元旦　　御賜敕封威武
將軍鎮南侯羅安及眾靈魂神位」之文字，但並不能因此說羅安
公就是在此年過世。因為當時羅安公被誣陷是族群械鬥之首
腦，若是在嘉慶十七年（壬申年）元旦因此罪而罹難，那此時
他是罪犯之身，怎麼可能嘉慶皇帝會在同一時間賜封他為「威
武將軍鎮南侯」呢？所以我們合理推論，羅安公壯烈成仁的時
間，必定在嘉慶十七年元旦之前，這應是楊廷樺奏摺上所載乾
隆時期。至於嘉慶十七年元旦賜封他為「威武將軍鎮南侯」，
這是事後發現羅安公是清白的，為了感念他護衛鄉民的偉大情
操而加以追封的，不宜視為羅安公成仁之時間。

圖 7-5　嘉義羅安公廟（筆者攝影）

圖7-6　羅安公墓碑（筆者攝影）

上述所引賴惠川的四首竹枝詞，所談都是賴惠川故鄉嘉義的在地廟宇，其中十九公廟與羅安公廟，更是全國唯一主祀十九公與羅安公的廟宇。賴惠川另一首竹枝詞〈匹夫〉，所寫乃嘉義義士廟，此廟位於嘉義市王田里，又名萬安亭或五百三公廟，主祀因清代民變事件而犧牲性命的五百零三位嘉義義民[48]，雖然全國各地立有許多義民廟，但主祀這五百零三位嘉義義民者，也只有嘉義王田里這座義士廟才有，其特殊的在地色彩，也是異常鮮明的。除了上述幾座廟宇外，《悶紅墨屑・蕃刀》所寫的吳鳳廟，位於嘉義縣中埔鄉；《悶紅墨屑・七娘》所寫的七娘媽廟，位於嘉義縣太保市；《悶紅墨屑・一廟》所寫

---

48 嘉義義士廟的相關事蹟，詳見胡瑞珠：〈諸羅義士，魂歸何處〉，《嘉義市文獻》第16期（2000年12月），頁324-325。以及林福龍：〈圓福禪寺及義士廟〉，《嘉義文獻》第9期（1978年5月），頁156-157。

的五穀王廟，在嘉義市和平路上。此外，像《悶紅墨屑》〈大呼〉、〈一堆〉、〈居然〉、〈鬼頭〉、〈酬神〉、〈朝天〉、〈一盤〉、〈手持〉、〈紅嬰〉、〈晨昏〉；《續悶紅墨屑》〈密信〉、〈土地〉、〈藥籤〉、〈燒金〉、〈密致〉等詩，寫的也都是嘉義在地的廟宇與神明。整體而言，除了少數作品如《悶紅墨屑》〈烏令〉、〈北獎〉；《續悶紅墨屑》〈換著〉、〈呼秋〉等等，是書寫外地廟宇外，賴惠川竹枝詞的道教書寫，著實充滿著濃濃的在地色彩與風味。

第六節　結語

透過本章的研究，我們可以看到賴惠川的竹枝詞，對於道教的書寫，呈現了四個主要的面向，分別是對神明故事的描寫、對道士與乩童的載述、對道教法術或祭儀的記錄，以及在地色彩的呈現。在這四個面向中，都有相當數量的作品被創作出來。在分析這四個面向的作品後，得到如下四項研究成果：

一、我們從賴惠川竹枝詞部分作品中，看到他對於道教信仰所蘊含的正面觀點。例如〈閉目〉一詩，暗諷道士敲竹槓，等於也間接告訴讀者，不要過於迷信而失金；〈思量〉一詩，建議信徒祭拜神明時要量力而為，不必一味講究排場，而使自己的經濟雪上加霜；〈香燭〉一詩，希望信眾能遵守與神明之間的約定；〈旱災〉一詩，嚴厲批判對神明不敬的行為，認為人們不應該在生活不順遂時，任意遷怒於神明；至於〈五三〉一詩，則傳達了希望廟宇能以廟產幫助窮困者的理念。以上各竹枝詞，在在展現了詩人健康的宗教觀，對於提升台灣道教信仰的心理素質，能產生正面的力量。

二、對台灣民間道教文化的內涵及其發展變遷之情況，有更為深入的理解與認知。賴惠川的年代橫跨晚清、日治與戰後時期，因此其

竹枝詞所書寫的道教文化，在某些作品中，也呈現了不同時代的變遷情形。例如從〈威靈〉、〈可惜〉、〈匹夫〉這些詩歌中，可了解清代民變事件對於台灣道教發展的影響，原來台灣地方上的部分神明，是清代民變事件中的英雄，他們在保鄉衛民的戰亂中失去了生命，因此受到百姓的崇奉，而立廟祭祀。另外，像〈國王〉一詩，描寫嘉義廣寧宮（三山國王廟），讓我們看到日治時期的皇民化運動，對於台灣道教發展所進行的迫害。再如〈城隍〉一詩，描寫嘉義的城隍廟，在賴惠川的時代，能夠為信徒進行補運的儀式，但隨著時代的演變，今日已不再提供此一服務。以上所舉的作品，都能協助我們更加認識台灣道教文化的內涵，也可以更了解台灣各個時代所發生的事件與社會變遷，對於道教發展所造成的影響。

　　三、對於嘉義地區某些特定的道教信仰，能掌握其輪廓與內涵，並且能提供學者研究上的一些新方向。例如〈火車〉一詩，描寫的是全台罕見的民雄大士爺廟，在全國各地的廟宇中，以大士爺做為「主神」而進行奉祀的很少，除了嘉義民雄之外，就只有金門才有。此一特殊的宗教信仰，一般外地人士很難窺其堂奧，透過本文的說明，讀者就能知其梗概。此外，〈爐前〉一詩，描寫嘉義地區的蠶神信仰，百姓們所供奉的蠶神為馬頭娘，這與中國自北周之後，歷代多數地區均以嫘祖為蠶神的作法不同。這究竟是嘉義地區的特定信仰？還是台灣多數地區的信仰？而此一信仰是唐山移民從何時、何地帶至台灣／嘉義來的？這其實是很值得去探索的問題。再者，像〈國王〉一詩，賴惠川提到嘉義客家人拜三山國王廟，必定使用鵝肉。但其實在客家的民俗祭典中，他們祭祀「玄天上帝」時有「賽大鵝」的習俗，此時必定以大鵝來做供品；但若是祭拜三山國王亦必須祭拜鵝肉，這是否是祭祀玄天上帝習俗的延伸？又或者是客家文化來到台灣之後的新演變？這也值得進一步的研究。因此，像〈爐前〉、〈國王〉這樣的詩

作，其實提供了學術研究上的新觸角，這也是研究賴惠川竹枝詞的另一種收穫。

四、透過本章的研究，可以提供研究對象（如嘉義地區之廟宇）相關的文獻資料，這些資料可以提供廟宇本身進行內部舊資料的修訂，也可作為新資料製作時的參考依據。例如前揭透過清代台灣文獻《臺案彙錄己集》的比對，我們發現嘉義市羅安公廟的沿革誌，對於羅安為護衛百姓而挺身受死的時間記載，是有錯誤的（應為乾隆年間，而非嘉慶年間）；此外，像嘉義市忠義十九公廟的沿革誌，筆者也發現其句讀有許多錯誤，內文也有文字闕漏與寫錯字的情況。這些發現，都能為這些廟宇日後修訂內部舊資料時，提供更改的依據。同時，本文所徵引的賴惠川竹枝詞作品（對各廟宇及神祇的書寫），也可成為各廟宇未來製作內部新資料或文宣品時的素材之一。例如嘉義市羅安公廟王文財廟祝即表示，由於羅安公生平事蹟的相關資料甚少，對於賴惠川〈可惜〉一詩，能針對羅安公進行描寫，是十分珍貴的史料，因此未來該廟製作農民曆時，將會引用此詩，以彌補資料之不足。

除了上述的研究成果外，其實賴惠川的竹枝詞，對於地方風土人情的載述，讓他有著「社會風情詩人」、「一部台灣民俗大文獻」、「一部台灣三代人文變遷史」的美稱。這代表他的作品，能如實載錄地方百姓的生活，是另一種類型的史書。這樣的特質，也讓他的作品能成為彌補史料的素材，能補政府檔案的不足，也能補方志的不足；而以本章所探討的道教書寫作品而言，更能補台灣道教史的不足。這正是黃文陶在《續悶紅墨屑・序》中所說：「本集稱之為常識教本亦可，用之為歷史教本更無不可。」[49]誠一語中的矣。

---

49 賴惠川：《續悶紅墨屑》，頁663。

第八章
賴惠川竹枝詞對生命禮俗的書寫[*]

第一節　前言

　　賴惠川《悶紅墨屑》與《續悶紅墨屑》竹枝詞，所記所述皆台灣的風土民情，包含天文、地理、氣候、物產、歲時節慶、民風禮俗、人情百態、倫理綱常等等，將台灣的庶民生活與環境形態，從晚清、日治到民國時期，都做了相當程度的描寫，等於是另一種形態的地方史書。這樣的本質，可說是竹枝詞的典型風格，誠如翁聖峯所言：「竹枝詞原是記一地之風土。」[1]張李德和曾盛讚賴惠川的竹枝詞說：「保存方語，紀俗事，明土風。」[2]而在這些廣述庶民生活與環境形態的作品中，有一個區塊的作品特別醒目，那就是民俗文化的描寫。王惠鈴說：

> 《悶紅墨屑》的內容，最大量出現的題材是民俗學題材，其呈現出一種系統性分布的情形，可見賴惠川是有意識地創作描寫臺灣民俗風情的詩。[3]

---

* 本章原篇名為〈賴惠川竹枝詞的生命禮俗內涵論析〉，發表於《台灣文學研究》，第七期，2014年12月。今略作增刪修訂後，收入此書。
1　翁聖峯：《清代台灣竹枝詞之研究》（台北市：文津出版社，1996年4月），頁30。
2　收錄於賴惠川：《悶紅墨屑》，頁388。
3　王惠鈴：《台灣詩人賴惠川及其『悶紅墨屑』》（台北市：文津出版社，2001年4月），頁2。

正由於賴惠川竹枝詞對民俗文化有特別的著墨，故本章將從民俗的角度切入，來探討賴惠川的竹枝詞作品。然而民俗的範圍甚廣，本文無意針對民俗的各個層面進行分析，而是希望以生命禮俗做為研究範疇，主要的原因，是因為賴惠川對於生命禮俗的描寫，作品數較多且具有系統性，適合進行較為深入的分析。

所謂生命禮俗，阮昌銳說：「生命禮俗是人的一生中，自出生、成年、結婚，一直到死亡，其間的儀禮習俗。」[4]依據阮氏之說，則生命禮俗乃針對人們生育、成年、結婚、喪葬、祭祀等活動的禮俗儀式，這些儀式，與每個人的生活息息相關，沒有人能避開或是抽離，是人生最重要的大事。生為台灣的子民，有必要了解台灣的先民是如何養生與送死的，這是生活的根本大法，是最貼近我們生命的禮俗，必須有所認知與了解，這正是本文研究動機之所在。

透過本文的研究，希望從賴惠川竹枝詞對於生命禮俗的描繪，可以讓讀者明白台灣早期社會的生命禮俗形態。為了達到此一研究目的，本文將透過次級資料分析的方式，廣泛蒐集台灣生命禮俗的書籍與論文，來與賴惠川詩中所載之禮俗相互參照，俾能更加了解賴氏詩中所談的內容（含內在意義與外在形式），同時也能針對詩歌所寫較為簡略之處，適度地進行補充和說明。此外，本章也會透過歷史比較研究法和訪談法，找尋現代文獻和業界專家的觀點，以了解現今台灣生命禮俗的發展狀況，來和賴惠川詩中所載之舊禮俗進行比較，藉此明瞭某些禮俗的因革變化。

除了前言與結語之外，對於賴惠川竹枝詞中所描寫的生命禮俗，本章分成三節進行論述，依序是「婚嫁禮俗」、「育兒禮俗」，以及「喪葬與祭祖禮俗」。而將「婚嫁禮俗」置於「育兒禮俗」之前，乃

4　阮昌銳：《台北市傳統儀禮：生命禮俗篇》（台北市：台北市文獻委員會，1984年9月），頁6。

因成婚之後方能生子，故有此順序之分。今針對這三節之內容，分述如後。

第二節　婚嫁禮俗

　　賴惠川竹枝詞中，與婚俗之禮相關者相當多，《悶紅墨屑》與《續悶紅墨屑》皆有，不過前者較多些。在這些作品中，從請託媒人做媒，到婚前「食姊妹桌」、「安床」之禮，到婚嫁當天的「結髮」、「鬧洞房」、「祭麒麟符」……等等的禮節，到婚後的「舅仔探房」、「歸寧」等相關禮俗，都有所描寫和記載，讓我們對於台灣古時的婚俗，有更為廣泛的了解。今且引其作品數首，以窺其端倪。首先來看〈開正〉一詩：

> 開正便欲娶新娘，賀禮全收應接忙。萬事鋪排皆好勢，良時吉
> 日要安床。註：好勢，完備也。娶新娘前，擇一吉日，阿姑先將床帳
> 安排，門則長掩，不令人入，名安床。（《續悶紅墨屑》，頁738）

這首詩談到正月初春時，準備要娶新娘，除了忙著收賀禮之外，也要處理各類事務，尤其是在娶親之前，必須請擇日師選取一個好日子，以進行「安床」典禮。在詩註中，詩人講得較為簡要，除了選擇吉日之外，只談到「阿姑先將床帳安排，門則長掩，不令人入。」事實上，「安床」典禮要張羅的事情很多，完顏紹元談台灣「安床」習俗說：「先取八枚銅錢放在床角下，這叫八字合同（銅）；又取若干銅錢放在床頭床尾，謂之同（銅）心同（銅）體。」[5]此外，李秀娥說：

5　完顏紹元：《婚嫁》（香港：萬里書店，2004年5月），頁135。

慎重些的人家，會準備茄芷、草蓆、被褥、米、鈷、炭、蕉、梨、芋、桔、紅圓、發粿、桶箆、大燈等。米有取其農產豐收、事業興旺之意；而鈷、炭、蕉、梨、芋、桔等物，取其「生、炭、招、來、有、吉」之意，亦即子孫綿延、人丁興旺、平安吉祥的吉意；紅圓、發粿取其平安團圓、發達之意；大燈之「燈」，河洛話音同「丁」，取其添生男丁之意。[6]

準備好上述物品之後，李秀娥接著談到後續的步驟：

將上述物品於擇定的吉辰內安置床上，約一小時之後撤掉，並在床上張貼一張以硃砂筆所寫的鳳凰符「鳳凰先到此罡」，或是麒麟符「麒麟先師到此大吉」。再請一位屬龍的小孩在床上翻滾，並誦唸「翻過來，生秀才；翻過去，生進士」的吉祥字句。之後則備雞酒、油飯等供品祭拜床公母。結婚前一晚，則請屬龍的男孩陪新郎睡在新床上，不讓新郎獨眠，謂之「煖房」或「壓床」，此有避免讓新郎日後守空床，並可早生貴子、生龍子龍孫之意。[7]

以上是整個「安床」典禮的大致事項。至於賴惠川詩註中所說「門則長掩，不令人入」的作法，主要是為了維護新床的使用權，避免在新人結婚上床安眠之前，有閒雜人等使用過這張床舖。

看完書寫「安床」的詩作，再來看賴惠川對於嫁娶前「食姊妹桌」習俗的描繪。其〈一心〉詩云：

6　李秀娥：《台灣的生命禮俗‧漢人篇》（台北縣：遠足文化公司，2006年7月），頁66。
7　李秀娥：《台灣的生命禮俗‧漢人篇》，頁66。

> 一心歡喜一心悲，悲是當然喜合宜。團坐餐分姊妹飯，鄰家阿
> 姊出閨時。註：女子出閨前，父母備一席，請其女伴同食，餐名[8]分
> 姊妹飯。（《閩紅墨屑》，頁335）

詩中所寫，即新娘出嫁前，父母親一則以喜，一則以悲，此時會為其
舉辦一場惜別宴，名之為「分姊妹飯」，對於此一習俗，一般也稱之
為「食姊妹桌」。之所以取「姊妹」之名，詩人自註中說：「女子出閨
前，父母備一席，請其『女伴』同食，餐名『分姊妹飯』。」這是
說，當天與新娘同桌共食者，主要是新娘的「女性親人」，因此才名
為「食姊妹桌」。林衡道在其《台灣夜譚》一書中，曾談到此種女性
親人同桌共食的緣由，他說：

> 出嫁前的一段時間，每日三餐時，母女一坐到桌前，就涕泗縱
> 橫。……出嫁的前一天，母親和父親都吃不下飯，也不能上餐
> 桌，而由姐妹陪同一塊吃飯，是為悲喜交錯的姐妹桌。[9]

原來是因為父母親對女兒的出嫁依依不捨，難過得吃不下飯，進而衍
生出由姊妹等女性親人陪同吃飯的「食姊妹桌」禮俗。不過這種禮俗
的形式倒也非一成不變，也有男性親人一同「食姊妹桌」的作法。王
灝說：

> 由於「食姐妹桌」者不限定於姐妹，兄弟也有參加的，所以據
> 說有的地方就做「兄弟桌」，或叫做「分姐妹飯」。吃的時間有

8　「餐名」原作「名餐」，據江寶釵按語改之。參氏編：《嘉義賴家文學集》（嘉義
　　縣：國立中正大學臺灣人文研究中心，2009年11月），下冊，頁52。
9　林衡道：《台灣夜譚》（台北市：眾文圖書公司，1989年4月，再版），頁17。

的是出嫁當天，有的則是前一夜。如果自己沒有姐妹，可請表姐妹及堂姐妹。[10]

透過王灝的說法可知，「食姊妹桌」（「分姊妹飯」）的作法，也有從女性親人擴及男性兄弟的作法。究此禮俗之本意，其實就是希望在女子出嫁之前，能與其家中親人再團圓地同桌吃頓飯，否則一旦嫁入夫家後，生活就須以夫家為主，想再跟自己家族親人同桌共食的機會就少了。在此一立意下，男性親人一起共食「姊妹桌」，也就沒有什麼不可以了，因為手足親情，是不分男女的。[11]

看完「食姊妹桌」之禮，接著來看起轎後的「擲扇」之禮。其〈性地〉一詩云：

> 性地如今要放開，嬌憨習慣母收回。彩輿待到肩扶起，小扇輕
> 輕擲出來。註：「扇、性」音同，彩輿起行時，女子放一扇於地，令
> 其家收回，名「放性地」[12]，謂其在家，嬌慣習氣，今已放還其母。
> （《悶紅墨屑》，頁335）

詩中談到新娘花轎自娘家出發後，新娘要自轎中丟出一把扇子，然後由家中親人將扇子撿回。據詩歌註文的講法，這扇子的「扇」字，台語和習性的「性」字「音近」，所以丟掉扇子，就是將在家的嬌憨習

---

10 王灝：《台灣人的生命之禮：婚嫁的故事》（台北市：臺原出版社，1998年1月），頁91。

11 關於「食姊妹桌」之禮，可再參考徐青絹〈婚禮習俗——食姐妹桌〉，收錄於林川夫主編：《民俗台灣》（台北市：武陵出版公司，1995年7月），第3輯，頁130-131。

12 所謂「放性地」，是台語的說法，意即將脾氣放下。「性地」，脾氣也。關於「放性地」這一習俗，可參照顏尚文：《嘉義市志·宗教禮俗志》（嘉義市：嘉義市政府，2005年8月），卷十，頁275。

性丟掉，未來將以一個全新的姿態嫁到夫家去，這樣才會得到夫家的疼愛。

　　除了上述的擲扇之禮外，新娘花轎到了夫家時，還有很多禮俗要完成。例如新娘下花轎，就是一門大學問，請看〈彩輿〉一詩：

　　　　彩輿將到大門開，多謝親朋賀喜來。拜託小郎請出轎，朱盤高
　　　　捧兩柑排。(《悶紅墨屑》，頁335)

此詩說明新娘花轎到夫家外頭時，必須由一位小男童端著紅色盤子，上頭置放兩顆橘子來迎接新娘出轎。為何要如此呢？且看〈輝煌〉一詩：

　　　　輝煌花燭漏初三，揭下紅巾喜又慚。羅袖輕輕雙捲起，為郎解
　　　　渴擘紅柑。註：例，新娘擘紅柑以餌新郎。(《悶紅墨屑》，頁336)

由此詩的內文與註文來看，原來新娘下花轎時跟男童收取的兩顆橘子，是用來晚上剝給新郎吃的。這樣的禮俗，背後的意義究竟是什麼？陳瑞隆說：「這二個橘子，晚上由新娘親手來剝，謂之『剝柑』，能夠招來長壽。」[13]

　　在新婚之後，新娘依例要返回娘家，一般習俗叫「頭轉客」。林淑慧解釋「頭轉客」說：

　　　　因為是結婚後，新郎首次陪同新婚妻子回娘家，故諺語有「轉
　　　　外家作客」，意即新婚夫婦回岳家，俗稱「轉厝」、「探外家」、

---

13 陳瑞隆：《台灣嫁娶禮俗》(台南市：世峰出版社，1998年1月)，頁57。

「雙人返」，即所謂歸寧。[14]

歸寧（頭轉客）通常選在新婚的隔天第一次返家[15]，歸寧的當天必須馬上返回夫家，此時娘家也會準備許多禮物，如米糕[16]、麵桃[17]、甘蔗[18]、烄路雞等物，讓新娘帶回夫家，每項禮物都有其內在意義，讓人見識到古禮的細膩與人情味。其中「烄路雞」一物，在賴惠川的竹枝詞中，也特別進行了說明。且看其〈翁姑〉一詩：

> 翁姑拍手恰全齊，床下公開烄路雞。兩隻雄雞爭走出，頭胎英
> 物示前提。註：贈以雌、雄雞雛各二羽。至夫家，翁姑立會，於床下
> 放之，雄者先出，頭胎生男；雌者先出，頭胎生女。（《悶紅墨屑》，
> 頁337）

由這首詩可以看出，新娘頭返客後所帶回的烄路雞，是公婆極為重視的禮物，因為這可以測試未來胎兒的性別。根據詩中的說法，其作法

---

14 林淑慧：《禮俗・記憶與啟蒙——臺灣文獻的文化論述及數位典藏》（台北市：臺灣學生書局，2009年2月），頁65。

15 洪惟仁說道：「現在『頭轉客』多半選在結婚的第二天，但過去新婚第二天新娘都還沒『出廳』哩。由此可見這七、八十年臺灣社會變化之大了。從前『頭轉客』最早也要完婚後第四天或十二天以後，最遲四到六個月，一般是一個月。現在沒有那麼久的了。」見氏著：《臺灣禮俗語典》（台北市：自立晚報社文化出版部，1993年7月，2版3刷），頁163。

16 「『米糕』（甜的『秫米飯』）上插『蓮蕉』（與『卵鳥』諧音），祝福新娘『早生貴子』。」見洪惟仁：《臺灣禮俗語典》，頁164。

17 「桃（桃形的紅『秫米粿』），意思是希望新人常常『相招轉來迌迌』（相攜回來玩）。」見洪惟仁：《臺灣禮俗語典》，頁164。

18 「兩枝『有頭有尾个甘蔗』謂之『掛尾甘蔗』，用紅紙箍上一圈。俗話說：『甘蔗雙頭甜』，祝福新人『透頭透尾』，甜甜蜜蜜，永浴愛河。」見洪惟仁：《臺灣禮俗語典》，頁164。

是將這兩對公雞母雞一同置放在床下，然後看哪種性別的雞隻先走出床底，未來頭胎胎兒的性別就是如此。這種作法雖然極不科學，但卻呈現出公婆對於婚嫁後生育兒女的重視。另一方面，筆者也發現民間對於「茻路雞」禮俗之意涵，其實還有不同的解讀。例如《臺灣禮俗語典》說：「新人回家時，『外家』會贈送一對『茻路雞』，『茻路』是帶路的意思，『雞』與『家』同音，意謂希望常常『茻轉來外家』。」[19]說明娘家贈送「茻路雞」的目的，是希望女兒出嫁後，女婿還能常常帶著女兒回來探望，呈現出娘家對於女兒出嫁的不捨。此外，筆者小叔結婚時，其岳丈家亦送來「茻路雞」，但其說法是為了讓這對新人能「起家」（家、雞台語音同）。這兩種說法，皆與賴惠川〈翁姑〉一詩的觀點不同。由此也可明白，透過對賴惠川竹枝詞的探討，讓我們對於「茻路雞」的禮俗，有更為多面性的認識，同時也能了解嘉義地區民間禮俗的實際樣貌。

　　在一般的婚禮之外，賴惠川竹枝詞也記錄了台灣民間極為特殊的冥婚習俗。所謂「冥婚」，就是為死去的兒子或女兒找婚配的對象，進而協助其完成婚嫁之事。且看賴惠川〈鬧到〉一詩：

> 鬧到深閨有鬼神，看這病狀亂天真。迷花童子來為祟，勸汝千金早配人。註：童男死，陰魂為祟，名「迷花童子」。女子犯之，速嫁則癒。（《續悶紅墨屑》，頁735）

上述詩作談到一女子生了怪病，經高人指點，是受到「迷花童子」（即未成婚童男之鬼魂）的糾纏，必須儘速嫁給此童男鬼魂才能痊癒，這就是台灣早期社會的冥婚現象。這種冥婚習俗，類型大致有

---

19 見洪惟仁：《臺灣禮俗語典》，頁164。

三，分別是「活男娶女魂」、「男魂娶活女」、「男魂娶女魂」三類。姚漢秋說：

> 冥婚的緣起，據筆者所知，起碼在漢代就有了。在漢朝，冥婚的種類很多，有男女皆告死亡，雙方家長為免使兒子在陰司成孤男之鬼，女的成為無所歸依的女魂，男女方經人撮合，成陽間親家，並議訂吉日，移女柩到男柩埋葬之地，舉行冥婚儀式，使其成為「陰間夫婦」，然後合葬在一起。還有活女嫁鬼男，也是先由神主迎娶活女來家成婚，然後到墓地拜見「鬼夫」。……入門之後，即為天生寡婦。夫家的家長，就從族中收養低一輩的男孩為她的嗣子，養育成人，使此寡婦終身有靠。……另有一種是活男娶鬼女，僅迎接女方神主到家舉行冥婚儀式，正式承認此女的娘家為岳家，而岳家也視家庭狀況，富有者嫁粧非常豐厚，可使女婿另娶活妻綽綽有餘；家庭平庸者，酌予致送嫁粧而已。[20]

上述引文，說明了台灣冥婚的三種類型，其中「活女嫁鬼男」，就是賴惠川〈鬧到〉這首詩所描寫的情形。根據姚氏的說法，活著的女子嫁給鬼夫之後，終身不得再嫁，必須守寡一生，最多只能領養族中小孩做為子嗣，以便老來有所依靠。這樣的情形，以現代人的眼光來看，極不人道，但在古時的文化氛圍中，卻真有此情事；而且誠如賴氏詩中所說：「鬧到深閨有鬼神，看這病狀亂天真。」表示當活女被男鬼所纏時，身體會產生莫名的病症，此時必須「速嫁則癒」，在古代醫學不甚昌明之時，這種傳說也更加深冥婚現象的滋長。[21]

20　姚漢秋：《台灣婚俗古今談》（台北市：臺原藝術文化基金會，1992年11月），頁76。
21　關於冥婚的習俗，傅美琳、申士垚認為，此一習俗早在周朝時已有，原稱「嫁殤」

　　透過上述所徵引的數首例詩，可以看出賴惠川非常用心地透過竹枝詞來介紹台灣的婚嫁禮俗，從婚前禮到正婚禮，再到婚後禮，都有相當豐富的描寫，甚至包括陰間的冥婚，也加以記載。此外，結婚的時候常會有些禁忌，或是男女雙方會耍一些小手段，以便婚後能控制對方，這些也被賴惠川的竹枝詞記錄下來。例如〈打鑼〉（《續悶紅墨屑》，頁725）一詩，談到娶親之日不宜碰上白虎日（這是一種婚嫁的禁忌），若不幸碰上時，則須以「麒麟符」進行制煞的工作。又如〈鴛鴦〉（《悶紅墨屑》，頁336）一詩，談到新婚之夜新娘耍小手段，偷偷踩踏新郎的鞋子，認為如此，新郎就會乖乖的聽話。雖然這些禮俗聽來有時不免令人莞爾，但箇中確實充滿著人情味，也充滿著台灣古早文化的樸實與樂趣。

　　除了上述徵引的例詩外，賴惠川與婚嫁禮俗相關的竹枝詞作品仍夥，今將之整理列表如下，以供讀者參考。

表 8-1　賴惠川竹枝詞婚嫁禮俗作品一覽表

詩題	禮俗內容	詩歌出處	備註
〈正月〉之一	媒婆之習俗	《悶紅墨屑》，頁306	
〈朱陳〉	媒婆之習俗	《悶紅墨屑》，頁335	
〈一心〉	食姊妹桌之禮	《悶紅墨屑》，頁335	新娘出嫁前與家人的惜別宴。

或「遷葬」，唐、宋以後普遍稱為「冥婚」。詳見二氏所編：《中國風俗大辭典》（台北市：國家出版社，1996年8月），頁133-136。另外，相關內容可再參考顏尚文：《嘉義市志・宗教禮俗志》，頁276。陳期裕〈娶神主〉，收錄於林川夫：《民俗台灣》（1990年2月），第2輯，頁120-123。阮昌銳：〈台灣的冥婚與過房之原始意義及其社會功能〉，《中央研究院民族學研究所集刊》第33期（1972年），頁15-38。

詩題	禮俗內容	詩歌出處	備註
〈性地〉	新娘花轎出娘家大門時，須丟扇子於地之禮。	《悶紅墨屑》，頁335	其意欲令新娘將壞性子丟掉。
〈彩輿〉	新娘花轎至夫家時，由小男孩端兩個橘子，請新娘下轎之禮。	《悶紅墨屑》，頁335	橘子有吉祥之意。
〈出轎〉	新娘走入夫家廳堂前，須先踩破一片瓦（即「破外口」之禮），並須跨過火爐，方能進入廳堂之禮。	《悶紅墨屑》，頁335	此禮具有破除污穢，帶來好運之意。
〈三巡〉	夫妻對拜之禮	《悶紅墨屑》，頁336	
〈吩咐〉	新郎舉杯謝客之禮	《悶紅墨屑》，頁336	
〈新娘〉	新娘奉茶，親友喝茶後贈以紅包之禮。	《悶紅墨屑》，頁336	此即「壓茶甌」之禮。
〈輝煌〉	新郎為新娘揭紅巾後，新娘剝橘子餵新郎之禮。	《悶紅墨屑》，頁336	此禮能招來長壽。
〈鴛帷〉	新娘為新郎掛金戒指之禮。	《悶紅墨屑》，頁336	此禮能套住新郎的心。
〈鴛鴦〉	新婚之夜，新娘偷偷踩踏新郎鞋子之事。	《悶紅墨屑》，頁336	此舉能使新郎乖乖聽話。
〈紛紛〉	新娘入房第三天，娘家舅子來探詢新婚狀況，並迎接新娘回娘家省親之禮。	《悶紅墨屑》，頁336	藉此了解新娘在夫家的新婚情況。
〈百年〉	歸寧後重返夫家時，娘家贈送頭尾俱全的甘蔗兩莖之禮。	《悶紅墨屑》，頁336	表示夫妻二人能有頭有尾、百年好合。

詩題	禮俗內容	詩歌出處	備註
〈下哺〉	新娘歸寧後，娘家贈送夫家米糕、麵桃，夫家再以此贈品行拜床公、床婆之禮。	《悶紅墨屑》，頁336	
〈翁姑〉	新娘歸寧後，娘家贈送夫家公雞母雞二對，夫家再將這些雞置於床底，並藉由先跑出來的雞隻之性別，以判定頭胎兒女性別之禮。	《悶紅墨屑》，頁337	先跑出床下的雞隻性別，即新娘未來頭胎胎兒之性別。
〈東鄰〉之一	完聘時準備禮餅之事宜	《悶紅墨屑》，頁345	禮餅名為「夾齒餅」
〈東鄰〉之二	歸寧請客之事	《悶紅墨屑》，頁345	
〈戀愛〉	送嫁迎娶之賓客排場	《悶紅墨屑》，頁345	排場過大，常導致主人家沉重之負擔。
〈蠻俗〉	原住民結婚，新郎須拔掉牙齒的習俗。	《悶紅墨屑》，頁374	部分原住民族有拔牙之成年禮。
〈打鑼〉	準備新娘嫁妝之事宜	《續悶紅墨屑》，頁687	
〈新娘〉	準備新娘嫁妝之事宜	《續悶紅墨屑》，頁717	嫁妝中須有棉被
〈焉得〉	新娘宜插頭花之事	《續悶紅墨屑》，頁719	傳統婚禮中，新娘宜由好命的長輩為其插頭花以求福壽，而新娘則回贈以插花禮（通常是紅包）。

詩題	禮俗內容	詩歌出處	備註
〈灼灼〉	女子請託媒人婆做媒之事。	《續悶紅墨屑》，頁725	
〈不用〉	媒人婆幫忙找尋對象之事。	《續悶紅墨屑》，頁725	
〈打鑼〉	嫁娶時遇上白虎日，須以「麒麟符」制煞之禮。	《續悶紅墨屑》，頁725	以紅筆在黃色箋紙上書寫「麒麟到此」等字。
〈可笑〉	婢女隨小姐一起嫁入夫家之禮。	《續悶紅墨屑》，頁726	
〈區區〉	聘禮之事	《續悶紅墨屑》，頁733	
〈照命〉	媒人說媒之禮	《續悶紅墨屑》，頁735	詩人認為紅鸞星是煞星，一般人以紅鸞星動為好事將近，恐有誤解之處。
〈鬧到〉	女子必須冥婚，亦即嫁給「迷花童子」（男童鬼魂），以治療身上疾病。	《續悶紅墨屑》，頁735	嫁了之後，一輩子都將成為寡婦。
〈鄰家〉	男子必須冥婚，亦即須娶「迷花娘」（閨女鬼魂），以治療身上疾病。	《續悶紅墨屑》，頁735	娶了之後，仍可再娶活女為妻。
〈開正〉	男方娶親前，須擇吉日行安床之禮。	《續悶紅墨屑》，頁738	此禮常於婚禮前做好，但也有遲至嫁娶日當天才進行。

詩題	禮俗內容	詩歌出處	備註
〈兩家〉	結婚時，男女雙方均須在祖先前行結髮之禮。	《續悶紅墨屑》，頁738	因為此禮，故有「結髮夫妻」一詞。
〈羨君〉	新婚夜鬧洞房之禮。	《續悶紅墨屑》，頁738	在戲弄新娘的過程中，也須說些好話以增添喜氣與福份。

第三節　育兒禮俗

當夫妻成婚後，除了開創事業，維繫家計之外，最重要的莫過於傳宗接代了。古人特別重視香火的傳承，有無子嗣乃家族命脈是否得以延續的關鍵，有時也會成為家族是否具有福報的重要依據。因此從新娘過門後，公婆總是殷殷期盼孫兒趕緊降臨，一旦降臨後，又希望嬰兒能平安長大，此時便衍生出許多育兒的禮俗。賴惠川對於育兒禮俗的描寫，很特別的，幾乎是集中在《悶紅墨屑》裡，《續悶紅墨屑》中僅有一首，此一情形，頗堪玩味。今且援引數首作品，來觀察賴惠川對於育兒禮俗的書寫。其〈陣痛〉一詩云：

> 陣痛悠悠做陣催，產婆深夜撥工來。焚香報告公和媽，男女雙生共一胎。（《悶紅墨屑》，頁337）

此詩談到產婦陣痛後，由產婆幫忙接生，順利地產下一男一女的龍鳳胎，此時趕緊點香向祖先稟告此一喜訊。台灣人的文化，在宗教信仰上除了敬神之外，對祖先也視同具有神明一般的庇佑力量，所以在家

中有新生命誕生時，會趕緊點香跟祖先報告喜訊。不過比較正式的作法，是在嬰兒出生第三天時，準備供品來向神明、祖先以及床母稟告及祝禱，藉此尋求神明與先人的力量來護佑孩子平安長大。祭拜完後再將祭品（通常是油飯、雞酒）[22]分贈左鄰右舍與產婦娘家，俾使大家能共享喜訊，此時收到食物的鄰居與娘家的親人，也要禮貌上回贈一些禮品。因為是在出生後的第三天，所以又稱作「三朝之禮」[23]。舉行三朝之禮時，除了將祭品分贈鄰居與娘家親人外，若第一胎生的是男嬰（女嬰則無），主人家還得特別準備一份油飯與雞酒送給媒人，感謝她做了一門好親事，這就是「謝媒人禮」。[24]對此賴惠川〈入門〉一詩，也做了相關的描述。詩云：「入門有喜婦猶新，難得頭胎是石麟。油飯滿盤鵝卵秫，好同雞酒謝媒人。」（《閟紅墨屑》，頁337）

　　嬰兒生下來之後，身上常會看到不同顏色的印記，一般稱之為「胎記」，民間傳說這種胎記是床母為孩子所做的特殊記號，避免與其他嬰兒弄混。不過，為何是「床母」來為嬰兒做記號，而不是其他神明？劉寧顏說：「民間相信，嬰兒自出生一直到十五歲，床母都是兒童的保護神。」[25]正因為床母是嬰幼兒的保護神，所以也由床母來為嬰兒印上胎記。賴惠川〈落草〉一詩，即描寫此一民俗說法。詩云：

---

22 在育兒禮俗中，常祭拜油飯與雞酒，而其中的雞酒被當作供品，一方面除了祭拜的需求性之外；另外還有供產婦食用以補充體力的功能。相關內容可參考本書第六章「賴惠川竹枝詞飲食文化之特色」。

23 關於「三朝之禮」，吳瀛濤說：「三日：古之湯餅會，亦稱三朝之禮。產後第三日，為嬰兒洗身換新衣，由祖母或母親抱嬰兒，以雞酒油飯、牲禮拜神拜祖。」見氏著：《臺灣民俗》（台北市：眾文圖書公司，1992年出版，2000年1月再版），頁112-113。另可再參考張紫晨：《中外民俗學詞典》（杭州市：浙江人民出版社，1991年1月），頁15。葉大兵、烏丙安合編：《中國風俗辭典》（上海市：上海辭書出版社，1991年9月），頁204。

24 李秀娥：《台灣的生命禮俗‧漢人篇》，頁29。

25 劉寧顏：《重修臺灣省通志》（南投：臺灣省文獻委員會，1993年1月），卷3〈禮俗篇〉，頁72。

　　　　落草呱呱事不奇，卻教生個黑臀兒。人言婆姐做記號，恐有狸
　　　　貓換子時。(《悶紅墨屑》，頁337)

這首詩談到一位嬰兒出生時，屁股上有黑色胎記，人們說這是床母
(即詩中所謂「婆姐」)做的記號，讓父母親能正確辨識嬰兒，避免
被人抱錯。這種床母做記號的說法，在民間廣為流傳，也因此被賴惠
川寫進詩中。不過在醫生眼中，所謂胎記，其實是一種組織過度增生
的結果，與床母沒有關係。彭于賓醫師說：

　　　　每個人身上多多少少有些胎記，也就是父母或長輩們所說的
　　　　「床母的記號」。……胎記是胎兒發育生長時，某些正常組織
　　　　過度增生的結果，且絕大部分是良性。其外觀顏色大致分為黑
　　　　色、藍色、紅色，或甚至脫色。若是外觀為藍色或黑色，通常
　　　　是屬於痣母細胞的增生；若呈現紅色，則是正常微血管的異常
　　　　增生。常見胎記依發生率高低，包括下列幾種：蒙古斑、鮭魚
　　　　色斑或葡萄酒斑、草莓色痣或血管瘤、先天性黑色素細胞母
　　　　斑、太田母斑等。[26]

透過現代醫學的解釋，我們了解了嬰兒身上的胎記，是如何形成的，
也知道它的顏色與類型。這些胎記有些不必處理，長大自然會消失，
例如「蒙古斑」；有些則須進行治療，例如「先天性黑色素細胞母
斑」，若轉為惡性黑色素細胞瘤時，就必須進行醫療處理。[27]在現代醫
學的分析下，終於揭開胎記的神祕面紗，不過「床母做記號」的美麗

---

26 彭于賓：〈床母的記號——胎記成因、類型、處理方式〉，《媽媽寶寶》170期（2001
　　年4月），頁230。
27 彭于賓：〈床母的記號——胎記成因、類型、處理方式〉，頁231。

傳說，還是多了一分人神之間溫暖的交流。

接著來看為嬰兒命名的詩作，且看〈搖呵〉之一：

> 搖呵搖搖老搖搖，阿母搖搖宵又宵。願汝明年招小弟，搖搖隨
> 口叫阿招。(《悶紅墨屑》，頁337)

這首詩很明顯的是為一位女嬰命名，很可能家中非常渴望能生出男
嬰，但卻未能如願，所以在為這位女嬰命名時，就為她取了「阿招」
這個名字，希望能帶來好運，明年能「招」來一位弟弟。對於這種為
嬰兒命名的方式，在台灣早期社會確實曾形成一種風俗文化。劉還月
說：「如果某戶人家連生女兒，想求男不可得，就可以把小女孩命名
為『招弟』，或其它俗謂可再生男之名字。」[28]劉寧顏也說：

> 父系社會希望生男孩，如果只生一個男孩，希望再生一個男
> 孩，則命名為「再生」。如果生了不少女孩，想生男孩，則將
> 女孩命名為「招弟」、「來弟」、「轉弟」、「招子」、「招治」。[29]

以上二氏之說，點出台灣早期社會為女孩命名的某種特殊習慣。其中
與賴惠川此詩相關的，就是在生了女嬰之後，希望下一胎能生男嬰的
命名方式，引文中所謂「招弟」、「來弟」、「轉弟」、「招子」、「招
治」，或是賴惠川詩中所謂「阿招」，目的都是希望下一胎能「招」來
男丁之意。

嬰兒除了命名的問題外，也常有讓神明做「契子」的情況發生。
林新欽說：「傳統的農業社會中，盛行將體弱多病的孩子拜神明為

---

28 劉還月：《台灣島民的生命禮俗》（台北市：常民文化公司，2003年8月），頁125。
29 劉寧顏：《重修臺灣省通志》，頁78-79。

『契父』，希望藉由神明的保祐平安長大成人。」[30]針對此一習俗，賴惠川〈紅嬰〉一詩也做了說明：

> 紅嬰出世十餘天，關煞紛紛不自然。抱與王爺做契子，乞些香火挂胸前。（《閩紅墨屑》，頁337）

詩中談到某家嬰兒在出生十餘天當中，遇到許多關煞（凶事），養育並不順利，此時照著台灣的民間風俗，抱去給宮廟的王爺做「契子」，並向王爺乞求一些香火掛在胸前，祈求平安且順利長大。在台灣，這種將孩子給神明收為契子的作法，相當普遍，而且收契子的神明也相當多元化，不局限於某些特定的神明。黃文博說：

> 契神信仰的對象，並不限於某一神明，關公有之，王爺有之，城隍亦有之；虎爺有之，石頭公有之，樹王公更有之。[31]

此處談到收小孩當作契子的神明，從關公、王爺（賴惠川詩中所寫之神明）、城隍爺、虎爺，到石頭公、樹王公，可說是各方神明都有。林茂賢另外也提到七娘媽、靖姑娘媽、佛祖等等的神祇[32]，可說是道教、佛教皆有。除了收契子的神明非常多元化之外，將孩子給神明做契子的族群，也是相當多元，不只是河洛人如此，連客家人以及平埔族原住民也有這種例子。劉寧顏說：

> 苗栗的客家人，以往一般人家將小孩都抱去拜祭石母娘娘，做

30 林新欽：〈大里樹王公收契子〉，《豐年》第49卷第19期（1999年10月1日），頁59。
31 黃文博：《台灣民俗趣譚》（台北市：臺原出版社，1993年1月），頁63。
32 林茂賢：《台灣民俗記事》（台北市：萬卷樓圖書公司，1999年11月），頁59。

石頭的乾兒子，捾石母娘娘綮，相信這樣孩子就會很健康的成長。[33]

文中所謂「乾兒子」，就是指「契子」，這是苗栗客家人讓小孩子做神明契子的習俗。至於平埔族原住民這個部分，以西拉雅族蕭壠社來說，他們在九月五日的阿立祖（西拉雅族最高守護神）祭典中，與祭者主要就是阿立祖的「契子」。這一天的祭典儀式很特別，石萬壽描述其內容如下：

廟中管理人員說：每年九月初五日阿立祖千秋日，凡拜阿立祖為契父的孩子，即俗稱的契子，由父母帶領來廟參見。先獻上酒和檳榔，再拿石條撫摩孩子的頭，據說如此會使小孩像石頭一樣硬朗，平安無事。[34]

文中所談，就是西拉雅族蕭壠社的孩童，讓守護神阿立祖收作契子的習俗。以上這些族群所展現出來的信仰，不論是河洛人、客家人或平埔族人，都是很單純地希望孩子能在神明的護持下平安長大，在早期醫學不甚發達之際，這也是另一種心理治療的強大力量。

除了讓神明收作「契子」外，「拜床母」也是一個保佑孩童順利長大的好方法。賴惠川〈搖呵〉之四，就是一首描寫祭拜床母的詩。詩云：

搖呵搖搖老搖搖，嬰仔滿月是今朝。雞酒安排拜床母，更添油飯把香燒。註：小兒滿月，拜床母。（《悶紅墨屑》，頁338）

---

33 劉寧顏：《重修臺灣省通志》，頁72。
34 石萬壽：《台灣的拜壺民族》（台北市：臺原出版社，1999年1月），頁78。

詩中談到嬰兒滿月時，必須準備油飯、雞酒，並點香來祭拜床母。床母，有的地方稱作「鳥母」，相傳孩子在十六歲成人之前，都受到床母的庇佑與照顧。正因為床母與幼童關係密切，所以祭拜床母的時間，並不只有賴惠川詩中所說的「滿月」，很多時間點都有祭拜床母的習慣，如《臺灣舊慣習俗信仰》所說：

> 拜床母，俗信以為母親生產嬰兒的床上有床母，床母是新生兒的守護神，是保護養育小孩長大的。產後做三朝、六天、十二天、滿月，以後每逢節日或祖先崇拜祭禮時都要『拜床母』，直到嬰兒十六歲成人。[35]

另據李秀娥之說，孩子出生三天後便要拜床母，孩子生病時也要拜床母，還有年節及每月初一、十五，都有人在拜床母。[36]至於祭拜床母的供品與儀式，賴惠川詩中提到雞酒與油飯，但實際的儀式中，物品的種類更多。林茂賢說：

> 祭祀床母供奉雞酒、油飯、七張刈金和婆姐衣。祭品須在床舖正中央，如此孩子才會睡得安穩。祭拜時不用筷子，在上香時祝禱說：「暗時好睏，日時好迌迌。」之後立刻焚燒刈金、婆姐衣，並撤回供金。因為民間傳說床母必須全心照顧小孩，不能花費太多時間享用祭品，因此拜床母是所有祀神儀式中時間最短的祭典。[37]

---

35 鈴木清一郎著，馮作民譯：《臺灣舊慣習俗信仰》（台北市：眾文圖書公司，1989出版，2004年10月1版4刷），頁132。

36 李秀娥：《台灣的生命禮俗・漢人篇》，頁35。

37 林茂賢：《台灣民俗記事》，頁59。

由上述引文可知，台灣祀神的習俗也有相當現實的一面，為了怕床母因享用祭品而疏於照顧孩子，竟然刻意壓縮祭祀時間，一心只為孩子設想，卻忽略床母的需求與感受，這也算是另類的祀神文化。[38]除了上述所徵引的詩作外，賴惠川與育兒禮俗相關的竹枝詞作品仍有多首，今整理列表如後，謹供讀者參考。

表 8-2　賴惠川竹枝詞育兒禮俗作品一覽表

詩題	禮俗內容	詩歌出處	備註
〈陣痛〉	生產後向祖先焚香稟告之禮。	《悶紅墨屑》，頁337。	
〈入門〉	頭胎生男，以油飯、雞酒感謝媒人之禮。	《悶紅墨屑》，頁337。	頭胎若生女則無此謝禮，第二胎之後生男亦無此謝禮。
〈木磬〉	請出家師父誦經並辦理祭典，來為嬰兒祈福之風俗。	《悶紅墨屑》，頁337。	
〈紅嬰〉	讓嬰兒給神明做契子，以保佑嬰兒平安長大之風俗。	《悶紅墨屑》，頁337。	尤其某些嬰幼兒體弱多病不易照顧時，更會循此途徑處理。
〈落草〉	言嬰兒身上有胎記，乃神明為這個小孩做記號，避免父母親抱錯的民間信仰。	《悶紅墨屑》，頁337。	現代醫學認為胎記乃「組織過度增生的結果」。

---

38 關於「拜床母」的習俗，可再參考葉大兵、烏丙安合編，《中國風俗辭典》，頁217。顏尚文主編：《嘉義市志・宗教禮俗志》，頁275。〈孩童守護神之祭拜方式〉（台南市中西區進學國民小學全球資訊網：www.chps.tn.edu.tw/tainan/c3-3.htm），檢索日期2014年10月13日。

詩題	禮俗內容	詩歌出處	備註
〈搖呵〉之一	長輩為女嬰取名的風俗。	《悶紅墨屑》，頁337。	家中如果下一胎想生男孩，則常將女嬰命名為「招弟」、「來弟」、「轉弟」、「招子」、「招治」，以求下一胎招來弟弟。
〈搖呵〉之二	長輩為男嬰取名的風俗。	《悶紅墨屑》，頁337。	
〈搖呵〉之三	母親哺育嬰兒的情景。	《悶紅墨屑》，頁337。	
〈搖呵〉之四	嬰兒滿月，以雞酒拜床母之禮。	《悶紅墨屑》，頁338。	民間傳說中，床母因為要全心照顧小孩，沒有太多時間享用祭品，因此拜床母時間要短。
〈乳母〉	古時乳母哺育嬰兒的習俗。	《悶紅墨屑》，頁338。	
〈挽茄〉	為嬰兒做周歲之禮	《續悶紅墨屑》，頁723。	

第四節　喪葬與祭祖禮俗

　　喪葬禮俗與祭祖禮俗，是一體不可分的。孔子說：「生，事之以禮；死，葬之以禮、祭之以禮。」[39]此處明白指出，當親人過世後，

---

39 《論語》（台北縣：藝文印書館，1993年9月，十三經注疏本），頁16。

必須以禮先「葬」後「祭」,可見葬禮與祭禮是無法分割的。正因如此,本節將賴惠川竹枝詞裡有關喪葬與祭祖的作品放在一起探討,以明白當時社會對於處理往生親人的方式與態度。

一　喪葬禮俗

喪葬禮俗是人們在面對死亡時,協助往生者走完人生最後一哩路,也協助在世者心靈得到慰藉與安頓,是人生能夠圓滿的一個重要階段。鄭志明說:

> (殯葬)這些儀式,是具有著極為深刻的生命象徵意涵,在處理死亡與死後的相關事宜中,用來安頓「亡者」與「生者」,共同承擔瀕死的歷程來接受死亡的考驗。每一個儀節的背後都帶有著精密構想的巧思,是建立在長久生命體驗下的普遍情感共識,要求當個體生命走過從有到無的各個階段時,是需要有一整套綿密繁複的儀式,來幫助人們安然度過生命的重要關卡。這些儀式是帶有著意義治療的功能,能醫治臨終者面對死亡的恐懼感與無奈感,……也能醫治喪親者面臨死亡的無助感與悲傷感。[40]

這段引文說出了喪禮的功能與價值,不論對往生者或是在世親人,都具有重要的意義與心靈治療作用。賴惠川竹枝詞中書寫喪禮的作品頗多,《悶紅墨屑》與《續悶紅墨屑》皆有,從死亡後設靈桌,行捧飯之禮,到出殯當天的儀式,都有所觸及。雖然無法如學術研究一般,

---

40 鄭志明:〈宗教殯葬儀式的意義治療〉,《宗教與民俗醫療學報》第5期(2013年6月),頁5。

將各個階段的喪葬禮儀都記述得鉅細靡遺，但當時葬禮中的某些特殊習俗，如行「叫床」儀式時，需婦女群聚而哭；又如出殯時的路祭習俗等，都是現代難以見到的儀式，透過賴惠川的詩作，我們得以一探究竟，這是非常珍貴的資料。首先，我們先來看〈鄰婦〉一詩：

> 鄰婦靈前共叫床，彝倫深覺未淪亡。聲聲哭出親恩大，趁曉仍供洗面湯。註：喪家百日內，每朝供洗臉水於靈前，婦女聚哭，名「叫床」，言欲請亡魂起床洗臉也。（《悶紅墨屑》，頁375）

這首詩描寫一種名為「叫床」的儀式，是指喪家在百日之內，必須每天早晨供應洗臉水在亡者靈桌之前，然後婦女要群聚而哭，藉由哭聲喚醒亡魂，讓亡魂能起床洗臉。當賴惠川看到鄰家婦女進行這種儀式時，深覺這個家族的倫理沒有淪喪，在這群婦女的哭聲中，表達了對往生者「親恩」的感念，因此詩人寫下「彝倫深覺未淪亡」、「聲聲哭出親恩大」的詩句，表達其認同與肯定之意。

　　這種每天早晨為往生者準備洗臉水，並哭著喚醒亡魂來洗臉的「叫床」習俗，其實是包含在所謂「捧飯」的儀式中，是其中的一個環節。試看徐福全對「捧飯」的描述：

> 每天早晚，子孫們必須本著「事死如事生，事亡如事存」的精神，為死者準備洗臉水、早晚餐，並焚燒一小疊小銀紙，以盡孝道，直到滿七或百日為止，俗稱「捧飯」。[41]

---

41 徐福全：〈去土州賣鴨卵？談台灣人的喪葬習俗〉，《歷史月刊》第139期（1999年8月），頁82。關於「捧飯」的相關資料，可再參考誼霖葬儀禮品有限公司，〈豎靈及捧飯解說〉，（vhost.gobid.com.tw/boss2223/main15.html），檢索日期2014年10月22日。

又云：

> 百日之內，早晚捧飯之前，也須在靈前先哀號若干聲，稱為
> 「叫起叫睏」。[42]

由上述兩段引文可知，婦女在早晨以哭聲喚醒亡魂洗臉，其實是「捧飯」儀式裡的一項工作；對於這項工作，賴惠川稱之為「叫床」，而徐福全則稱之為「叫起叫睏」，這兩者指的是同一件事。不過這其中還存在著一個問題，賴惠川詩中稱此一「叫床」儀式，是在「百日」之內都須施行，但在徐福全的說法中，這種儀式是「直到『滿七』或『百日』為止」，若照徐氏說法，則未必要「百日」，亦可以在「滿七」後就停止施作。其實之所以有此差異性，是因為族群的不同而產生的。根據徐福全的說法，這種儀式是隨著喪家安置靈桌的時程而存在的，就客家人而言，會在「滿七」時停止施作；就泉州人而言，會在「百日」時停止施作；就漳州人而言，會在「三年」時停止施作。[43]所以賴惠川詩註中所謂「喪家百日內，每朝供洗臉水於靈前」的說法，指的應是泉州人的習俗。不過隨著時代的變遷，現代的喪葬禮儀較之賴惠川的時代，又有所不同。據「唯全禮葬儀有限公司」黃進民表示，目前這種每日供應洗臉水，並喚醒亡魂洗臉的習俗，一般都在出殯前一天即停止，很少有維持到百日或是三年的作法；而且目前很多喪家也不再以哭泣來喚醒亡魂洗臉，而是以焚香禱告的方式，請亡魂洗臉以及用餐。[44]

---

42 徐福全：〈傳統喪葬習俗中的悲傷輔導功能〉，《生命教育半年刊》第2期（2007年7月），頁131。

43 徐福全：〈去土州賣鴨卵？談台灣人的喪葬習俗〉，頁84。

44 訪談「唯全禮葬儀有限公司」黃進民總經理，時間在一〇三年十月十九日（星期日）下午二點至二點五十二分。地點在南投縣魚池鄉武登村銑櫃巷四十二號。在本

在出殯的前一天，民間喪葬的儀式中有一項「斷午夜」的法事，它是「做功果」的一環，目的在於超拔鬼魂，令其脫離苦海。據黃文博的說法，此儀式的節目計有十六個，時間約從中午起鼓至午夜結束。這十六個節目依序是發表、請神、超度、普度、拜經、開路關、孝男懺、扑城、獻敬、走赦馬、藥王懺、查某子懺、沐浴解結、燒庫錢、過橋、謝壇等。[45]其中的「燒庫錢」儀式，在賴惠川〈燒紙〉一詩，有如下的描述：

> 燒紙燒金且莫嘲，陰陽情義未能拋。鄰家昨日做功德，寄庫紛紛又寄包。註：凡人做功德，燒庫錢時，鄰近之人仍以庫錢託其同時焚化。道士或和尚明唱：「陽世某人，庫錢若干，寄其所親某某收存。」名「寄庫」；庫錢少者，名「寄包」。此例鄉村頗多，今罕聞。（《續悶紅墨屑》，頁684）

上述之詩，談到在世者為往生的親人焚燒庫錢，希望能盡到對往生者的情義。為何會有這種作法呢？因為庫錢是給往生者在陰間使用的錢幣，有了庫錢，往生者在陰間才不會經濟困頓。黃文博說：

> 庫錢是子孫送給亡靈的「瑣（零用）費」，道士誦唸「無上拔度填庫科儀」，恭請「天曹十二庫官」和「地府十宮真君」見證和護送（紙像同時火化），家屬則圍坐庫錢成圈，以免「被他人搶去」，所以也叫「圍庫錢」。[46]

　　註文之後，正文若有再度引述黃進民總經理的訪談內容時，將不再另外加註，其訪談之方式與時地資料，皆同此註。

45 黃文博：《台灣冥魂傳奇》（台北市：臺原出版社，1992年12月），頁108-114。

46 黃文博：《台灣冥魂傳奇》，頁114。

由這段引文可以得知，燒庫錢給往生者，是為了讓他們死後有錢可以花用。不過關於燒庫錢的作用，另有一種說法，認為人出生到陽世間時，皆欠陰間庫錢，死後必須償還。因此陽間親人，必須燒庫錢給往生者，以利其償還積欠之庫錢。對於此種說法，林淑慧曾引錄黃叔璥《臺海使槎錄》之說表示：「五旬延僧道禮佛，焚金楮，名曰做功果、還庫錢；俗謂人初生欠陰庫錢，死必還之。」[47]不論燒庫錢是為了給往生者當「瑣（零用）費」，還是為了幫往生者歸還積欠陰間之庫錢，總之都是陽間親人對往生者的一片情意和追思。除了燒庫錢之外，詩中也談到「寄庫」的習俗。依詩中註文的說法，所謂「寄庫」，就是喪家在燒庫錢時，鄰家的人士也拿庫錢來央請喪家代為焚化，希望透過道士或和尚的作法儀式，讓這些庫錢可以透過新過世的亡魂，轉交給他們家的祖先，以免祖先在陰間缺錢花用。對於這種寄庫習俗的流布，賴惠川詩註表示：「此例鄉村頗多，今罕聞。」雖然說是「今罕聞」，但筆者實際訪談禮儀公司黃進民總經理，她談到目前寄庫的儀式說：

> 現在寄庫在都市的葬禮中，幾乎沒遇過，但在鄉下地方還是看得到的。最近公司處理的幾件案子，其中就有寄庫的情形發生，喪家就住在南投縣魚池鄉的村落中。不過寄庫有一個重要的條件，那就是要同姓的宗親才能施行寄庫，外姓人氏是不能寄庫的。如果讓外姓氏的人家寄庫，喪家會擔心，外姓氏的人

---

47 見林淑慧：《臺灣文化采風：黃叔璥及其「臺海使槎錄」研究》（台北市：萬卷樓圖書公司，2004年5月），頁207。關於燒庫錢給往生者，是為了助其償還積欠陰間之庫錢一事，亦可參考〔清〕陳壽祺纂、魏敬中重纂：《福建通志臺灣府》（南投縣：臺灣省文獻委員會，1993年9月），〈風俗〉，頁205。另見台南市殯葬管理所，〈殯葬禮俗——準備事項與物品〉，（www.msotc.gov.tw/mail.php?mode=funeral&act=funeral-2），檢索日期2014年10月22日。

可能會將自家人的庫錢搶走，亡者或先人就會收不到庫錢。

透過黃進民的實務經歷可以得知，目前鄉下地方還是看得到寄庫這項習俗的，只不過寄庫的施行，必須是同姓宗親才可以，並非想寄庫就可以寄的。這項說法，在徐福全《臺灣民間傳統喪葬儀節研究》一書中，也有相同的論點[48]，正可為賴惠川的詩作，進行更深入的補充與說明。

　　出殯前一天「做功果」的法事完成後，接著就是出殯當天的儀式了。在出殯當日，出殯的行列經常聲勢浩大，據徐福全的說法，依序是「放紙的（邊走邊撒冥紙做買路錢）、草龍、開路鼓、孝燈、銘旌、樂隊、陣頭、輓聯、輓軸、香亭、像亭、魂轎、道士、靈柩、孝眷、送葬親友。」[49]其中的「陣頭」一項，其數量可多可少，許多喪家為了展現對往生親人的追思，或是另有其他因素之考量，陣頭的數量非常多，整個出殯行列變得非常龐大，陣容看起來十分壯觀。賴惠川〈誰家〉一詩，對此有如下的形容：

　　　　誰家葬式起天兵，得意何須問死生。無數陣頭行列整，果然親死子光榮。（《閩紅墨屑》，頁383）

詩中談到「無數陣頭行列整」，一語道出喪家大舉僱用陣頭來鋪排場面的作法。據林瑤棋的說法，出殯的陣頭，一般常見的有孝女隊、電子琴花車、五子哭墓陣、犁田歌陣、花鼓陣、三藏取經陣、牽亡陣、

---

48 徐福全云：「唯寄庫必須族內同姓之人，異姓則不可。」見氏著：《臺灣民間傳統喪葬儀節研究》（台北市：作者自印，1999年3月），頁191。

49 徐福全：〈去土州賣鴨卵？談台灣人的喪葬習俗〉，頁83。

花車、三軍儀隊等等。[50]尉遲淦在上述的陣頭外，又提到有大仙尪
（金童、玉女、山神、土地、地藏王菩薩、觀世音菩薩、佛祖）、白
獅陣、白龍陣、八家將、旗牌陣、誦經團等等。[51]由這些陣頭的名目
來觀察，許多都是神明、菩薩或如來的陣頭，藉由這些神明、菩薩或
如來，來護送往生者上山頭，這就是賴惠川詩中所說：「誰家葬式起
天兵」的意思。從表面上看起來，喪家以龐大的陣頭行列來舉行葬
禮，似乎是對往生者莫大的敬意與孝心，然而詩中所謂「得意何須問
死生」、「果然親死子光榮」，隱隱約約又透露出詩人對於此種喪葬儀
式的諷刺，嘲諷這些在世的人，以龐大的陣頭行列來突顯自己的財力
與能耐，表面上看起來好像是為往生者盡孝道，實際上卻成為拼排場
與爭面子的工具。

　　對於這種以出殯陣頭來充場面、炫耀能力，卻忘記安葬親人真正
的意義，實在是台灣喪葬禮俗的一項陋習，對此提出批評的學者專家
也不少。例如黃麗馨等人所編《平等自主、慎終追遠——現代國民喪
禮》一書，對於龐大陣頭影響交通的作法，提出了批判，該書云：

> 陣頭及出殯行列，不得導致道路封閉或使交通打結。……雖說
> 亡者為大，但是家屬的行為若違反社會秩序，或影響其他民眾
> 權益時，亡者在天之靈會感到不安。[52]

尉遲淦則說：

---

50 林瑤棋：〈工商社會衝擊下台灣喪葬習俗的改變〉，《歷史月刊》139期（1999年8
　　月），頁88-89。

51 尉遲淦：〈台灣喪葬禮俗改革的一個現代化嘗試〉，《臺灣文獻》52卷2期（2001年6
　　月），頁240。

52 黃麗馨等編：《平等自主、慎終追遠——現代國民喪禮》（台北市：內政部，2012年
　　7月），頁66。

殯葬行列的「陣頭」，近年常有「牽亡陣」、「五子哭墓」、「孝
女思親」之類，都是舊俗所無，不但有違孝道，甚至演變成傷
風敗俗場面，實應儘速予以革除。[53]

由以上的批判，顯見這種喪葬儀式確實存在著一些問題。本來設置陣
頭的初衷，是希望能護送往生者上山頭，立意原本良好，但後來卻在
人們拼比排場的炫耀心態下，走了樣、變了調，成為詩人所嘲諷「果
然親死子光榮」的不堪場面。如此一來，不但失去了追思親人的美
意，也讓在世者為了爭面子，爭相擴充陣頭的數量，而形成葬禮花費
上的沉重負擔。誠如呂應鐘所言：「錢多的人家講排場、比闊氣，奢
辦喪事，使得那些生活狀況並不富裕，甚至是貧困戶，也競相效尤，
他們迫於輿論壓力，借錢負債也想盡力把喪事辦得像樣一點。」[54]這
樣的陋習當然應該改革，誠如上文所言，設置陣頭的本意，原是希望
能護送往生者前往墓地安葬，這樣的動機很好，也是一種孝親的美
德，重點是該如何安排陣頭的品類與數量，讓它一方面能達到孝親的
美意，一方面又不致於影響社會秩序，或流於比拼排場的庸俗作風，
恐怕是每一位現代國民應當深思的問題。

　　出殯當天，除了許多陣頭來帶動氣氛，增添喪葬隊伍的氣勢外，
賴惠川〈揩油〉一詩，還提到一項喪葬上的習俗，那就是「路祭」。
其詩云：

揩油何處得油揩，欲當皮鞋是破鞋。恭喜鄰翁今日死，明朝路
祭穩心排。註：排路祭之惡俗，喪家苦之，而無如何，因無法律制
裁，其風愈壞，或因此喪家空費三、四千元者有之。蓋此輩成群結隊，

53　尉遲淦：〈台灣喪葬禮俗改革的一個現代化嘗試〉，頁240。
54　呂應鐘：〈論殯葬禮儀之改革〉，《臺灣文獻》52卷2期（2001年6月），頁97-98。

半是無賴,半是乞丐,一人之祭品,柔魚[55]小半尾,冥資數張,席地而排,喪家一一答禮,至少每份亦必酬以一、二元。彼等更以同一祭品,紆道再排,移祭數站,可得數十元,他處專工[56]來排者有之。(《悶紅墨屑》,頁349)

此詩談到台灣喪葬禮俗的「路祭」文化。所謂「路祭」,楊炯山說:「殯葬行列所經途中,有親朋故舊在路旁設奠(排香案或以花、果、牲禮等)者,此時靈柩宜稍緩,俟其奠弔畢始繼續前進,喪家應以禮品致謝。」[57]這種禮俗感覺起來甚具人情味,是親朋好友為往生者盡最後一次的心意,應當是相當好的風俗。然而在人心貪婪的欲望下,一項好的禮俗卻變了調,成為喪家的一大困擾。就如賴惠川詩註中所說,有許多無賴或乞丐,藉由路祭這項習俗來訛詐喪家,他們只擺設簡單的祭品(「柔魚小半尾,冥資數張」),便想跟喪家索取答謝禮;更惡劣的是,用同一份祭品在不同地點重複擺設,以索取數次答謝禮,讓喪家蒙受重大損失。這是一種道德的淪喪,人心的貪念折損了對往生者的哀悼之意。也因為此一喪葬陋習,導致後來喪家在出殯的路上,張貼「路祭懇辭」的字條,在六〇年代之後,此一路祭習俗逐漸絕跡。[58]

---

55 「柔魚」,台語的說法,意指「魷魚」。
56 「專工」,台語的說法,意指「專程」。
57 楊炯山:《婚喪禮儀手冊》(新竹縣:台灣省立新竹社會教育館,1996年5月,五版),頁210。關於「路祭」之禮俗,可再參考〔清〕周鍾瑄:《諸羅縣志》(台北市:行政院文化建設委員會,2005年6月,清代臺灣方志彙刊本),〈風俗志〉,卷8,頁224。〔清〕王禮:《臺灣縣志》(台北市:行政院文化建設委員會,2005年6月,清代臺灣方志彙刊本),〈輿地志〉,卷一,頁120。
58 詳見楊炯山:《婚喪禮儀手冊》,頁210。

二　祭祖禮俗

在台灣的祭祖文化中，與古代慎終追遠的「孝親」觀念是相通的，認為親人雖然已經過世，但活著的人卻能透過定期的祭祀，來表達對於親人長上的追思和孝道，這種精神在《禮記·祭統》中，就有明確的說明。該書云：

> 祭者，所以追養繼孝也。孝者，畜也，順於道，不逆於倫，是謂之畜。是故孝子之事親也，有三道焉：生則養，沒則喪，喪畢則祭。養則觀其順也，喪則觀其哀也，祭則觀其敬而時也，盡此三道者，孝子之行也。[59]

根據上述的引文可知，對逝去親人的祭祀，是孝子事親的三件大事之一，是在親人死後仍能延續孝道的一種作法。對此，鄭志明也認為，對親人死後的祭祀行為，是「再度克盡孝親之道」，而且鄭氏更從心理治療的角度，來看待這種祭祀活動。他說：

> 祭禮比喪禮帶有著相當濃厚的宗教情感，更能化解對死後未可知的恐懼心理，深信亡者已晉位為祖先，經由祭祀來撫慰生者思親的情感，更能彌補生者的心理創傷，在恍惚與靈性相交的氛圍中，生者能透過祭祀再度克盡孝親之道。[60]

由以上兩段引文可知，在為死去的親人辦完喪禮之後，繼續透過每年

---

59 《禮記》（台北縣：藝文印書館，1993年9月，12刷，十三經注疏本），頁830。
60 鄭志明：〈宗教殯葬儀式的意義治療〉，頁16。

的祭祀習俗，可以延續在世者的孝親之義與追思之情，是風俗民情中非常重要的一環。由此也可以明白，祭祖之禮其實是喪葬禮儀的一種延續，兩者是不可分離的。正因如此，賴惠川在寫完喪葬習俗後，又將祭祖之禮寫入竹枝詞中，首先來看幾首與清明祭祖供品有關的詩。〈先人〉一詩云：

> 先人祀事記心中，罕罕刣雞祭品充。祭後啖珍雞翼股，雞皮更妙勝雞胸。註：啖珍，取得也，又抽豐也。(《續悶紅墨屑》，頁702)

再看〈今歲〉一詩：

> 今歲清明三月初，挑來墓粿肉和魚。牧童整列松陰下，待向墦間乞祭餘。註：乞祭餘，俗名「臆墓粿」。(《悶紅墨屑》，頁307)

接著看〈祭掃〉一詩：

> 祭掃家家上塚時，清明前後最相宜。祭餘蔬菜三層肉，一卷雙張潤餅皮。(《悶紅墨屑》，頁307)

以上三詩，內容主要有兩部分：一部分談到清明祭祖的供品，一部分談到掃墓時有「臆墓粿」的習俗。首先，我們來看詩中所記述的清明節祭祖供品。詩中談到的供品有雞、墓粿、豬肉（三層肉）、魚、蔬菜、潤餅等等。關於清明祭祖的供品，我們來看林茂賢的說法：

> 培墓祭品有豬頭（新墓用）、雞（起家）、魚、豬肉、魷魚等牲

禮，和麵龜（龜表長壽）、米糕（高昇）、鼠麴粿（黑草粿）、土豆（吃老老）、發粿（發財）、丁仔粿（添丁）、菜頭（好彩頭）、韭菜（長命）、蛋（切成硬幣狀表財富）等等。[61]

依據林茂賢所列出的品項，賴惠川詩中所提及的供品，都在這份名單之中。[62]當然林氏所列品項較為詳細，供品類目較多，這是廣為蒐羅各地祭祖所可能用到的祭品，所以列出的品目很多。一般民眾祭祖時，未必會全數備齊，主要須有三大類食物即可：一是牲禮，二是菜蔬，三是粿品。依此觀之，賴氏詩中所寫之供品，已涵蓋這三大類的食物，已符合祭祖的基本需求了。關於祭祖的供品，一般百姓的張羅，大致依上述所載之品項進行準備，但若是遇到貧困的人家，有時卻難以達到上述條件。詩人〈淒涼〉一詩，所描述的就是這種情況。詩云：

淒涼且任歲更新，我在家中只一人。壁下是誰遺蔗節？拾來洗淨祀先人。（《續悶紅墨屑》，頁674）

詩中談到，一位民眾孤獨地生活，而且家境相當貧困，因此在祭祖的時候，沒有供品可拜，只能撿取牆壁下被人丟棄的甘蔗，加以洗淨後拿來祭祖。此詩讀來，頓時一幕淒涼的畫面浮現在眼前，不禁令人鼻酸，但詩中人物對於祖先的孝思和緬懷，卻又令人格外的尊敬。

　　以上所談，是詩中對於祭祖供品的分析。接著我們來討論詩所描述的一項習俗──「臆墓粿」。所謂「臆墓粿」，亦見「揖墓粿」、

---

61 林茂賢：《台灣民俗記事》，頁16。
62 關於清明祭祖之供品，可再參考顏尚文主編：《嘉義市志・宗教禮俗志》，頁291。

「印墓粿」、「蔭墓粿」、「抰墓粿」等多種稱呼[63]，名稱之所以如此繁多，乃因音近而相通。據賴詩內文及註文來看，在清明掃墓之後，常有附近牧童前來乞討祭品食用，此一習俗稱之為「臆墓粿」。之所以有此習俗，與台灣早期社會生活條件不佳，小孩會乞討食物果腹有關。不過這些牧童也不會白拿人家的食物，他們通常也會為掃墓的人家做些工作，以換取這些祭品。洪進鋒說：

> 在收供品離開之前……將麵粿和紅龜粿分給當地的小孩吃，稱為「揖墓粿」，意味著「祖德流芳」。近來由於多公墓，每當清明時常有成群的窮苦人家小孩，拿著鋤頭、掃帚，替掃墓的人家整理墳墓，以賺點外快。因此，當他們聽到鞭炮聲時，均會紛紛跑過來，接受麵粿及紅龜粿。……如果麵粿或紅龜粿要給自己的小孩吃，那麼分點錢給這些孩子，他們也會樂意接受的。[64]

看完上述說明可知，「臆墓粿」這項習俗，與早期台灣社會生活條件較差有關，如今物質生活豐裕，這類乞討掃墓祭品的風俗，也就難以見到了。[65]

清明掃墓祭祖，除了獻上供品外，也要「壓紙」及焚燒紙錢。且看賴惠川〈清明〉一詩：

---

63 「揖墓粿」、「印墓粿」、「蔭墓粿」等三種稱呼，詳見蔡懋棠：〈關於蔭墓粿及潤餅〉，《臺灣風物》29卷3期（1979年9月），頁96。至於「抰墓粿」一名，詳見林茂賢：《台灣民俗記事》，頁16；或洪惟仁：《臺灣禮俗語典》，頁320-321。

64 洪進鋒：《台灣民俗之旅》（台北市：武陵出版公司，1998年10月），頁313。

65 劉還月談「臆墓粿」的習俗，認為此種討墓的現象，在「八十年代以降，這樣的人物已不復可見。」見氏著：《台灣歲時小百科》（台北市：臺原出版社，1989年9月），上冊，頁205。

　　　　清明佩墓雨如煙，佩了燒金送紙錢。桃仔李仔爆爆溜，恰同老
　　　　淚洒墳前。註：轉句，童謠。溜，落也。(《續閱紅墨屑》，頁720)

詩中所謂「燒金送紙錢」，指的就是焚燒紙錢與壓紙的習俗。所謂
「壓紙」，又稱「掛紙」。洪進鋒說：「『掛紙』在台灣俗習中稱為『壓
墓紙』，一般均用小石頭或磚塊，將長方形『黃白墓紙』，或紅、黃、
藍、白、黑的『五色紙』壓在墳上，以示子孫已祭拜祖墳。」[66]這是
壓紙的習俗，據林茂賢的說法，通常漳州移民較會使用「黃色墓紙」
（即洪氏所言「黃白墓紙」），泉州移民則常用「五色紙」。在壓紙之
外，還要焚燒紙錢，一般而言，先燒福金給后土（管理墳墓的土地
公），若墳墓有龍神座，則須燒刈金給龍神，最後再燒銀紙給祖先。[67]
　　從以上例詩可以看出，台灣的風俗民情對於祖先的祭祀，是非常
重視的。除了準備供品祭拜之外，還要壓紙與焚燒紙錢，一方面讓祖
先享用食物，一方面還要讓祖先有錢可以花用，真的是用盡各種方法，
只為了能表達心中的孝思。尤其是〈淒涼〉一詩的主角，即便已經貧
困到無錢張羅祭品，但也還是撿拾他人遺留的蔗節來祭祖，這種緬懷
先人、慎終追遠的精神，著實令人動容。而國人之所以如此重視祖先
的祭祀，學者也分析了箇中的原因。鄭志明認為，這是人們想保持
「與祖先精神交融的親近關係」[68]；梁淑芳則認為，「祖先在子孫的心
中，地位就等同於神」，所以對於祖先的祭祀，「是祭神而非祭鬼」[69]，
強調的，是一種想得到祖先護佑的期待。不論是鄭氏或羅氏的說法，

---

66 洪進鋒：《台灣民俗之旅》，頁312。
67 林茂賢：《台灣民俗記事》，頁16。
68 鄭志明：〈宗教殯葬儀式的意義治療〉，頁16。
69 梁淑芳：〈先秦儒家祭祖之禮中的人文精神〉，《宗教哲學》第41期（2007年9月），
　　頁84。

其實展現的都是一種飲水思源、不忘本的精神，因為祖先是我們的根源所在，所以當然希望能繼續和祂保持一種精神交融的親近關係；此外，先人在世時不斷呵護我們、照顧我們，所以在祂死後，當然也會視祂如神一般，希望祂繼續護衛我們、保佑我們。因此祭祖之禮，即使隨著時代演變做了某些儀式的調整，但它的精神與立意都是良善的，應當加以保存與延續下去。

　　除了上述所徵引的詩作外，賴惠川另有多首與喪葬、祭祖禮俗相關的竹枝詞作品，今整理列表如後，謹供讀者參考。

表 8-3 賴惠川竹枝詞喪葬與祭祖禮俗作品一覽表

詩題	禮俗內容	詩歌出處	備註
〈今歲〉	清明祭祖的供品與「臆墓粿」的習俗。	《悶紅墨屑》，頁307。	「臆墓粿」的習俗，今已不復可見。
〈祭掃〉	清明祭祖供品（含潤餅）	《悶紅墨屑》，頁307。	林茂賢以為清明節吃潤餅，極可能源自寒食節不可生火炊事的規矩。
〈大吹〉	以〈大開門〉曲牌悼祭亡魂之禮。	《悶紅墨屑》，頁324。	
〈生前〉	做「免忌」之禮	《悶紅墨屑》，頁324。	往生者死日為「忌辰」，其於陽間之生日為「免忌」。
〈揩油〉	喪葬時路祭之禮，被無賴者利用，以投機取巧的方式，敲喪家之竹槓。	《悶紅墨屑》，頁349。	今已無路祭之習。

詩題	禮俗內容	詩歌出處	備註
〈路祭〉	喪家對路祭者之回禮情形	《悶紅墨屑》，頁349。	已無古代鄭重回禮之風。
〈野叟〉	女子喪親，奔喪「哭路頭」之禮。	《悶紅墨屑》，頁349。	今日鄉間還可見女子喪親奔喪「哭路頭」之禮。
〈聞道〉	男子喪婦，「跳棺」、「過番」之禮俗。	《悶紅墨屑》，頁349。	今已無男子喪婦，「跳棺」、「過番」之禮俗。
〈鄰婦〉	喪葬時「叫床」之禮。	《悶紅墨屑》，頁375。	今「叫床」之禮仍有，但喚醒亡者洗臉用餐，已不須號哭，而且此禮多在出殯前一天結束，少有至百日者。
〈吩咐〉	喪葬時「報白」之禮。	《悶紅墨屑》，頁383。	此是婦人過世，他人向其娘家通報訊息之習俗。
〈誰家〉	喪葬時送葬隊伍聲勢浩大、陣頭無數，在世之親人極有面子。	《悶紅墨屑》，頁383。	生前的奉養，應較死後的儀式鋪張來得重要。
〈淒涼〉	貧困之人，以撿來之蔗節祭祖之情形。	《續悶紅墨屑》，頁674。	
〈疏開〉	清明節祭祖之禮。	《續悶紅墨屑》，頁674。	祭品包含魚、肉、蔬菜、潤餅
〈燒紙〉	喪葬時，燒庫錢給往生	《續悶紅墨屑》，頁	此寄庫、寄包之

詩題	禮俗內容	詩歌出處	備註
	者之禮，以及所衍生「寄庫」、「寄包」之禮。	684。	禮，今甚少得見，然鄉間仍偶見之。
〈先人〉	祭祖時的祭品，以及祀後享用祭品之習俗。	《續悶紅墨屑》，頁702。	
〈老婦〉	清明節祭祖掃墓之禮。	《續悶紅墨屑》，頁720。	
〈清明〉	清明節祭祖焚燒紙錢之禮。	《續悶紅墨屑》，頁720。	含壓紙與焚燒紙錢兩部分。
〈死著〉	喪葬時親友來上香哀悼之禮。	《續悶紅墨屑》，頁735。	

第五節　結語

　　本章的研究，以賴惠川的竹枝詞為文本，再配合次級資料分析、歷史比較法以及訪談法的運用，得到了幾個方面的訊息。首先，我們看到賴惠川的時代，台灣生命禮俗所呈現的大致形態及其發展狀況，這當中包含婚嫁之禮、育兒之禮、喪葬與祭祖之禮。透過這些禮俗，了解到先人如何進行婚配，又如何養兒育女，以及如何面對死亡。

　　其次，賴惠川詩中所提到的生命禮俗，許多已隨著時代的演變，在台灣的社會產生了許多變化。這些變化大致有三種：第一種是消失不見；第二種是變得少見；第三種是進行改革調整。就第一種而言，例如臆墓粿、路祭……等禮俗，到今天已看不到了。就第二種而言，像新婚之夜偷踩新郎鞋子、冥婚、寄庫……等禮俗，到今天已變得少見了。至於第三種，例如新嫁娘歸寧後，從娘家帶回「帶路雞」，其

原本功用在於協助判定未來頭胎嬰兒的性別，或是希望女兒可以常常回娘家探望之意，如今這項習俗也有了一些調整，在某些地區的功用，具有祝福新人能早些起「家」的象徵意涵，而非為了判定胎兒之性別。再者，像賴氏詩中提到的嬰兒胎記，說是床母做的記號，目的是為了辨識胎兒，以防抱錯；這項習俗，在今天也已經被淡化了，現在年輕一代的父母，大抵能從醫學上去了解胎記的成因及其處理方式，不會再天真地以為是床母留下來的印記。不過這種古老的說法，也沒有完全消失，我們偶而仍會從長輩的口中聽到這個觀點，但它的作用，其實已轉化成為一種美麗而有趣的傳說，這是一種進步的調整與改變。此外，詩中也提到早期台灣女孩的命名，往往為了祈求下一胎能生男嬰，因此將女孩命名為「阿招」（或「招弟」、「來弟」、「轉弟」、「招子」、「招治」等），希望來年能「招」來男丁，如今這項習俗也隨著男女平等的觀念做了調整，女孩的命名已能和男孩一樣，從各個層面的因素進行考量，不再依附於男權文化之下。從這些詩例來看，可以明確觀察到台灣生命禮俗在不同的時代，所產生的一些沿革變化。

　　許多生命禮俗，已經隨著台灣社會的變遷，產生了調整與變化，但也有些禮俗，從賴惠川的時代就已經出現弊端，但時至今日，卻仍存在著改善的空間，需要大家一同關心與努力。例如詩中談到出殯時的陣頭，數量眾多，許多喪家將這種豪奢的厚葬行為，視為一種孝親的無上光榮，正所謂「親死子光榮」是也。事實上，這項行為引起許多學者的批評與指責，認為這些豪奢的喪禮，背後存在的是炫富、比排場的虛榮心態，也從而產生許多的社會問題。例如陣頭的行列過長，影響交通；聲音過大，形成噪音；甚至行列中有穿著清涼的妙齡女子，讓莊嚴肅穆的喪禮顯得突兀。此外，詩中談到燒庫錢的禮俗，這雖然是一項孝親的行為，希望往生者在冥界有錢可以花用，但焚燒

大量紙錢所造成的空氣污染,確實也成為環保的隱憂。這些禮俗,從賴惠川的時代便已存在,其中的弊端到今天還是經常可見,實有待國人調整心態與作法,以引導喪禮走向健康化的道路。其實喪葬之禮,用意在於表達對先人的敬意與孝思,內心的真誠才是根本之道,陣頭或庫錢,只是用來表達這種敬意和孝思的外在「形式」而已。「形式」固然不宜廢,但適度、適量即可,切莫流於鋪張浪費,甚至是炫耀比富的心態,這樣才能形塑喪葬禮儀的善良風俗,真正完成慎終追遠的美德和目標。

最後,從賴惠川詩中,也看到許多生命禮俗所蘊含的人文內涵和倫理綱常,這是精神文明中十分珍貴的區塊,也是生命禮俗的靈魂所在,需要加以認知與傳揚。例如詩中談到婚嫁中「食姊妹桌」的習俗,代表的是珍惜手足親情的倫理思想;又如談新娘「擲扇」於地的禮俗,是為了拋掉在家的大小姐脾氣,以便入夫家之後,能善盡為妻之道,這強調的正是宜室宜家的婦德觀念。再如〈淒涼〉一詩,主角人物雖因家中貧困,無力準備豐盛祭品,但仍用心地將撿來的蔗節清洗乾淨,以祭祀祖先,這強調的是慎終追遠、飲水思源的孝親美德。因此透過賴惠川竹枝詞的研究,可以體認到台灣生命禮俗中珍貴的人文精神和倫理綱常,在物欲橫流,人心日益迷失的今日,實有激濁揚清的作用。

綜上可知,本章對於賴惠川竹枝詞的研究,獲得了若干實質的成果和訊息。這些成果和訊息,有助於了解台灣生命禮俗的內在意義與外在形式,以及該如何去實踐它、調整它、傳揚它,讓百姓在面對生老病死、送往迎來的過程中,能知道如何應對,無怪乎王甘棠稱揚賴惠川竹枝詞:「裨益後人,誠非淺顯,此書其不朽歟」。[70]

---

70 賴惠川:《悶紅墨屑》,頁391。

第九章
賴惠川竹枝詞的處世思想

第一節　前言

　　本章的探討，對於掌握賴惠川竹枝詞的核心精神，是非常必要的。且看以下幾則文人對賴惠川竹枝詞的評語，黃文陶評曰：「上自國家政治，下至鄉土習俗，包括一切大事小事，無不撮為題材……而譬譊風，如勸，如懲，亦莊，亦諧，其裨益世道人心，自非淺鮮。」[1]張李德和評曰：「學有所用，言皆醒世，君子也。」[2]莊啟坤評曰：「嬉笑怒罵，各盡其妙，勸獎懲警，覺迷指導……且以蘊藉詼諧之語詠之。」[3]鄭啟亮評曰：「其裨益人心世道，誠匪淺鮮。」[4]蔡堃元評曰：「以沉痛醒世之語，寓於嬉笑怒罵之中，仁者之用心，有如是哉。」[5]王甘棠評曰：「俗語俗事，原不足為世所重，而其勸戒之意，寓諸諧謔，實有心人之用心也。」[6]陳謳南評曰：「藉詩詞以諷世，寓至理以規人。」[7]張登雲評曰：「實化諧謔為懲勸矣。」[8]賴子清評曰：「規諷懲勸，寓於談笑之間。」[9]王殿沅評曰：「有教訓，有哲理，可

1　收錄於賴惠川：《悶紅墨屑》，頁387。
2　收錄於賴惠川：《悶紅墨屑》，頁389。
3　收錄於賴惠川：《悶紅墨屑》，頁390。
4　收錄於賴惠川：《悶紅墨屑》，頁392。
5　收錄於賴惠川：《悶紅墨屑》，頁395。
6　收錄於賴惠川：《續悶紅墨屑》，頁742。
7　收錄於賴惠川：《續悶紅墨屑》，頁743。
8　收錄於賴惠川：《續悶紅墨屑》，頁745。
9　收錄於賴惠川：《續悶紅墨屑》，頁744。

以警世，可以消遣，可以修身，可以悟道。」¹⁰

以上節錄十位文人對賴惠川竹枝詞所作的評論，評論人數雖然很多，但眾家說法卻有一個共通點，那就是認為賴惠川的竹枝詞，具有警世、勸世、醒世、諷世，裨益於世道人心的功能；而且這些警世勸世的思想，常以「詼諧」、「嬉笑」、「諧謔」的言語來書寫，代表賴惠川的竹枝詞同時具有一種幽默詼諧的風格。在這麼多評論者的看法中，不約而同都認為賴惠川竹枝詞擁有關懷世道、裨益人心的勸世精神，在這種精神當中，其實蘊藏著賴惠川的處世思想，詩人企圖透過這樣的作品，來達到端正社會人心的作用。賴惠川也曾在《悶紅墨屑·跋》文中，分析自身的竹枝詞說：「倘有關於世道人心者，詩雖刻薄，意則甚厚，蓋謂有則改之，無則加勉。」¹¹可見賴惠川自己，也將「關於世道人心」這項內涵，當成創作竹枝詞的核心旨趣了。正因如此，本章的研究便顯得格外重要，因為這種攸關世道人心的作品，最重要的，就是作品中蘊含著詩人的處世思想，這些思想所傳達的人生哲理¹²，對社會產生了正向的指引。

---

10 收錄於賴惠川：《續悶紅墨屑》，頁742。

11 見賴惠川：《悶紅墨屑》，頁364。

12 關於竹枝詞中蘊含人生思想與哲理的現象，王利器等人編著《歷代竹枝詞》時說道：「看似平俗的村言俚語，其實往往富於深刻的內蘊。民間歌手常常可以將對社會生活的深切體驗，昇華為精深的哲思。許多生活在上層社會的詩人文士們，在採用竹枝詞這種民間詩體時，也注意學習民間竹枝詞作者的這一風格，於是許多竹枝詞可以作為哲理詩來體味。」見王利器、王慎之、王子今等編著：《歷代竹枝詞》（西安市：人民出版社，2003年12月），〈前言〉，頁7。賴惠川在其〈野人〉一詩中說：「野人野語說囂囂，情理原來有一條。破鼓打來好救月，勸君且莫棄芻蕘。」（《續悶紅墨屑》，頁741）此處談到自己的竹枝詞，雖然是「野人野語」，但其中卻蘊含著「情理」，對社會能產生正面的幫助，所以希望人們不要將之視為「芻蕘」（指見識淺陋者，語出《詩經·大雅·板》），而加以放棄。從賴惠川此詩便可看出，他對於自身竹枝詞具有哲理，是非常重視的。

　　本章將針對這些處世思想進行研究，了解賴惠川竹枝詞所呈現的處世思想有哪些？此外，這些處世思想的呈現，又是運用了哪些表現手法？這些問題是本章想要進一步釐清的。相信透過這些問題的探討，將有助於我們更完整得知賴惠川竹枝詞所蘊藏的精神內涵。

第二節　賴惠川竹枝詞處世思想的內容

　　賴惠川由於歷經晚清、日治與戰後時期，在時局混亂之下，不論是對個人的修身、世人的應對往來，以及日人對台民的壓迫等等，都有很深的感觸與抒發。在此一情況下，其處世思想的內容大致有四個面向，分別是自我修養的思想、待人接物的思想、職場從業的思想、捍衛台灣民族的思想等四大面向，以下分別論述之。

一　自我修養的思想

　　人類之所以有進步的文明，在於人類懂得提升自己的修養內涵，這種自我的修養，有助於立身處世、應對進退。就賴惠川來說，他非常注重學習對修身的影響，就如其〈當年〉一詩提到：「當年學子實彬彬，細說輕聲對待人。不敢亂來無禮貌，都因讀本有修身。」（《續悶紅墨屑》，頁680）此處強調學習對於養德修身的重要，由此也可看出，賴惠川對於自身修養的要求是非常注重的。在賴惠川竹枝詞裡，常能見到他面對生活、看待事物與處理問題的種種態度，這當中呈現出來的就是他的自我修養之道。這方面的思想，主要有安貧樂道、隨遇而安、依天理良心行事等三部分，今分述如下：

（一）安貧樂道

在賴惠川立身修養的思想中，有近於陶潛安貧樂道的態度。其〈不貪〉一詩云：

> 不貪不取自由身，瘦骨稜稜耐得貧。彼自山高皇帝遠，眼中何怪久無人。」（《續悶紅墨屑》，頁675）

詩中呈現不貪不取、貧苦自適的思想，足見其安貧樂道的心境。那種「山高皇帝遠」的說法，就如同淵明辭官回偏鄉去種田一般；而「眼中何怪久無人」，更像是淵明「結廬在人境，而無車馬喧。」[13]那般享受寧靜的心態。這種安貧樂道的修養，並非偶然發之，其〈貧也〉、〈得失〉二詩云：

> 貧也非病自安寧，臨風莫笑面青青。倘來福氣免講好，十二條精神在經。（《悶紅墨屑》，頁376）

> 得失榮枯造化工，勸君且莫怨奇窮。銷金窟與貧民窟，金若銷時窟自同。（《悶紅墨屑》，頁374）

以上二詩，都是勸人處於貧窮環境時，心中仍要保持安寧，不須怨天尤人。為何能夠到達如此境界？因為世間有比錢財更好的事物，那就是精神食糧。其〈富貴〉一詩云：「富貴榮華不妄求，吟詩也是老風

13　〔晉〕陶潛著，龔斌校箋：《陶淵明集校箋》（台北市：里仁書局，2007年8月），〈飲酒詩〉二十首之五，卷3，頁253。

流。」（《續悶紅墨屑》，頁689）此處談到詩人以吟詩歌詠來滿足內心，對於世間的榮華富貴，就不再汲汲追求了。這種安貧樂道的思想，除了表現在賴氏的竹枝詞裡，其他作品中亦可得見，如其〈五十生辰誌感〉四首之四云：「深愧棄材難任斧，非關知命獨安貧。」[14]可知安貧樂道，不妄求榮華富貴的態度，已是賴惠川重要的處世思想。

（二）隨遇而安

在賴惠川的竹枝詞中，還可發現他隨遇而安、逍遙自在的處世思想，這樣的人生態度，是一種認分，也是一種轉念，讓自己有勇氣去面對生活中的種種變化，認清生活中各種挑戰。如其〈蝦蟆〉一詩云：

> 蝦蟆勿妄想天鵝，隨遇而安自不勞。福至心靈非至語，痴人得福事偏多。（《續悶紅墨屑》，頁728）

此詩以「癩蛤蟆妄想天鵝肉」的諺語來起興，但詩人又做了變化，將諺語改成「蝦蟆勿妄想天鵝」，也就是說從癩蛤蟆妄想天鵝肉，改成癩蛤蟆「不要」妄想天鵝肉，如此表達癩蛤蟆要認清自己，做自己該做的事，如此才能「隨遇而安自不勞」，不強求才不會白花心神與力氣，而能自得自適、隨遇而安。這種不強求的狀況看起來或許是傻、是痴，但詩人說「痴人得福事偏多」，將詩人自得自適不強求的處世思想呈現出來。接著再看〈盛衰〉一詩：

> 盛衰有數數由天，有盛無衰大不然。寄語頭家該忍氣，一時風駛一時船。（《悶紅墨屑》，頁324）

---

14 賴惠川：《悶紅館全集・悶紅小草》（台北縣：龍文出版社，2006年5月，台灣先賢詩文集彙刊本），上冊，頁61。

這首竹枝詞一開始就以「盛衰有數數由天」來破題，說明人世間的許多事情都是有盛有衰，是人難以掌控的，同時強調這種狀況本是自然的定律，所以賴惠川認為要以「一時風駛一時船」[15]隨時因狀況不同，而調整自己的應對方式，才能因地制宜，這種隨遇而安的處世思想相當鮮明。再看其〈人事〉一詩：

> 人事循環有盛衰，幾曾得意幾曾悲。眼看氣焰冲天日，也有三長二短時。註曰：人事不齊，謂之三長兩短。(《悶紅墨屑》，頁361)

這首詩直接說道「人事循環有盛衰，幾曾得意幾曾悲。」說明人生的成就、際遇，本就有盛有衰、有好有壞、有高有低、有喜有悲，所以如果能認清此一真理，就能以更自在、更豁達的心境，來面對生活中的高低起伏，展現隨遇而安、自得自適的處世觀。

(三) 依天理良心行事

賴惠川認為，為人處世，應該依天理良心行事，亦即言行要符合義理與道德，不可唯利是圖或有其他偏邪之事。其〈人言〉、〈滅理〉二詩云：

> 人言敗德累兒孫，勸汝天良小小存。一去蘇州賣鴨卵，未能偷走更回魂。(《悶紅墨屑》，頁348)

> 滅理傷天吃便宜，回頭報應不多時。菜蟲吃菜菜腳死，事所當

---

15 「一時風駛一時船」，表做事要因時因地因人而制宜，用以比喻要臨機應變，同時也要隨遇而安。參見莊秋情：《臺灣鄉土俗語》(台南縣：台南縣政府，1998年5月)，頁9。

然知不知。（《悶紅墨屑》，頁357）

以上二詩，所謂「勸汝天良小小存」、「滅理傷天吃便宜，回頭報應不多時。」都在強調人們行事，應依天理良心而為，若不如此，則會報應臨身，或者「敗德累兒孫」，讓子孫受到牽連；或者「菜蟲吃菜菜腳死」，報應在自己身上。這種思想，在〈快心〉一詩中亦能到見，詩云：「快心多半是虧心，心到虧時萬病侵。貪喫便宜天不許，食油鳥鼠目周金[16]。」（《悶紅墨屑》，頁370）詩中同樣強調不可做虧心事，做事要符合良心，否則「心到虧時萬病侵」。除了上述例詩外，其〈冬烘〉一詩云：「人言天理對良心。」（《續悶紅墨屑》，頁670）；〈半是〉一詩云：「義理人情一概無。」（《續悶紅墨屑》，頁680），對做事缺乏義理道德者提出批判，這都是針對天理良心的重要性提出呼籲，希望人們要重視此一德行。

綜上所論，在賴惠川竹枝詞中，所提出自我修養之道，主要有安貧樂道、隨遇而安，以及做事要符合天理良心的思想。這些自我修養的堅持，幾乎都是儒家孔孟所倡導的修養之道，其《悶紅墨餘・自誌》云：「遵孔道便是天堂，不必別求深遠。」[17]可見其思想淵源，深受儒家觀點之影響。

二　待人接物的思想

人是群居的生活形態，因此人際往來互動，是生活中必須面對

16　「食油鳥鼠目周金」是一句俗諺，其意義為眼前得便宜，憂患在後頭。參許成章編
　　著：《台灣諺語之存在》（高雄市：河畔出版社，1996年7月），頁157。

17　賴惠川：《悶紅館全集・悶紅墨餘》（台北縣：龍文出版社，2006年5月，台灣先賢
　　詩文集彙刊本），下冊，頁564。

的。在賴惠川的竹枝詞中,也特別針對待人接物的互動關係,進行觀點的分析。就待人接物的處世思想而言,賴惠川竹枝詞的表現有兩個主要面向,分別是與親人相處之道,以及與社會人士相處之道。

(一)與親人相處之道

家庭是社會的最小單位,家庭中的成員,包含祖父母、父母、兄弟姐妹,有時還包括因婚姻而產生關係的其他親人。與家庭成員的相處,正是待人接物的開端,如此也產生了相關的親情倫理思想。《論語・學而》云:「君子務本,本立而道生。孝悌也者,其為人之本與!」[18]說明了做人的根本,是從孝順父母、友愛兄弟、敬重長上展開,孝、悌就是仁道的根本了。由此可知,家庭中父母子女、兄弟姐妹、翁姑妯娌等親情互動,如能符合孝悌的仁道,就是親情倫理的呈現。針對親情倫理的人際互動,賴惠川竹枝詞以寫實的筆法,藉由生活中親人的互動狀況,將其觀點展現出來。以下分為孝養雙親、翁姑與媳婦的互動、夫妻相處之道等三方面進行論述。

1 孝養雙親

先談賴惠川對於孝養雙親的看法,其〈家內〉一詩云:

> 家內前朝產一兒,啼寒未了又啼飢,為人父母非容易,今日方知父母時。(《悶紅墨屑》,頁348)

此詩歌詠出「養兒方知父母恩」,說明從照顧孩子的苦辛,才真正了解昔日父母的養育之恩,所以反哺與回報是基本該有的態度,也就是

---

18 《論語》(台北縣:藝文印書館,1993年9月,12刷),頁5。

「孝順」的重要。但當社會現況與此有所差異時，詩人自然提出了諷喻，如其〈親恩〉一詩：

> 親恩罔極古今同，弟子常規聖訓中，今日養親無義務，古今學說不相通。(《續悶紅墨屑》，頁731)

這首竹枝詞以反諷的口吻，將社會上子女不孝養父母的狀況呈現出來。詩歌首二句「親恩罔極古今同」、「弟子常規聖訓中」，說明親恩之偉大是古今相同的，在聖人的經典中也同樣闡述著此一道理；但後兩句卻以「古今學說不相通」，反諷「今日養親無義務」的社會現象，批判養親義務未受世人之重視。這樣的看法，在〈領來〉一詩中亦同，其言：

> 領來菸價萬千千，美妾搥腰帶醉眠。父母忍飢求火食，三番五次說無錢。(《悶紅墨屑》，頁324)

此詩直接將子女盡情享受榮華，卻無視父母挨餓的狀況揭露出來，透過子女與父母生活景象的強烈對比，突顯當時親情倫理不受重視的社會景象。又其〈阿公〉一詩云：

> 阿公阿祖叫連天，只為囊中尚有錢。若以隣翁貧且病，無人看顧困廳邊。(《續悶紅墨屑》，頁728)

此詩諷刺為人子孫者，當阿公（祖父）、阿祖（曾祖父）身邊還有錢時，就叫人叫得很殷勤，然而當長輩貧病無依時，身邊卻無人願意照顧。以上詩作，都是對當時社會奉養尊長觀念淪落的批判，也藉此傳達其重視孝養雙親的處世思想。

2 翁姑與媳婦的互動

在家庭的相處中，翁姑與媳婦的互動一直是大家關注的議題，賴惠川對此也有深刻的描寫，如〈疊草〉、〈近世〉二詩：

> 疊草挑柴抱幼孫，張羅飼料飼雞豚。收頭拾尾翁姑事，豈是翁姑便自尊。(《悶紅墨屑》，頁344)

> 近世人情不古風，彝倫大變一言中。誰家媳婦凶於虎，踢倒阿姑打阿翁。(《悶紅墨屑》，頁344)

這兩首竹枝詞，將媳婦與公婆在家庭中的應對情況呈現出來。就第一首〈疊草〉詩來說，將公婆在家中忙碌著許多事，包含疊草、挑柴、抱幼孫、飼雞豚等描寫出來，強調公婆未因自身是長輩，就高高在上，成天動口而不動手的命令媳婦作事，反而分擔了許多媳婦的工作，這首詩將翁姑傳統權威角色的變化，做出生動的描繪，也為第二首作品留下伏筆。第二首〈近世〉詩，將媳婦的行止轉變，寫實地勾繪出來，亦即「誰家媳婦凶於虎，踢倒阿姑打阿翁」。對於這種媳婦兇悍如虎，以至於公婆被踢、被打的情況，詩人有著「人情不古風」、「彝倫大變」的感慨，對於親情倫理的淪喪，有著不滿與喟嘆。此外，其〈近世〉一詩，還特別談到翁媳之間不正常的亂倫關係，詩云：「近世人情不古風，雉求其牡應聲同。新臺故典無嫌穢，何忍生兒叫阿公。」(《悶紅墨屑》，頁344)此詩借用《詩經·邶風·新臺》一詩之典[19]，來指責公公與媳婦之間不正常的關係，所謂「何忍生兒

---

19 《詩經》(台北縣：藝文印書館，1993年9月，12刷)，〈邶風·新臺〉，頁105-106。此詩內容，被用以比喻不正當的翁媳關係。

叫阿公」，正點出此種亂倫關係所會導致的悲慘後果。而之所以公媳間會有如此不倫的關係，主要是色欲薰心，以致於失去廉恥禮義所致。這裡除了點出公媳間的相處，應持之以禮外，也表達賴惠川反對好色荒淫的處世思想。[20]

　　從以上數首詩作來看，賴惠川認為公婆與媳婦的相處，應該要彼此各盡本分，公婆宜關愛媳婦，不過於權威；而媳婦對待公婆，則應尊重與孝順。此外，還要相守以禮，所謂非禮勿動，絕對不可逾越身分，產生不正常的關係。

3　夫妻相處之道

　　夫妻關係是組成家庭的開始，夫妻的互動更是影響家庭運作的重要因素之一，對此賴惠川也提出他的看法：

> 苦瓜滋味苦拈拈，婦道無虧愿攪鹽。嫁狗自然隨狗走，是人夫婿不甘嫌。（《悶紅墨屑》，頁338）

> 人權蹂躪馬牛呼，婦女生來亦太愚。合若不能離最好，世間豈患嫁無夫。（《續悶紅墨屑》，頁731）

> 願向閨中作老奴，一聲呼喚急狂趨。柚皮未敢離双膝，跪某人稱大丈夫。（《續悶紅墨屑》，頁708）

以上三首竹枝詞，第一與第二首是從妻子的角度進行書寫，第三首是從丈夫的角度進行論說。第一首竹枝詞將夫妻相處的婦德展現出來，

---

20 對於無廉恥心的好色之徒，賴惠川〈賴風〉（《悶紅墨屑》，頁343）一詩，也有所針砭批判，可見賴惠川對於好色淫佚者，是無法容忍接受的。

以「嫁狗隨狗走」[21]的俗諺表達「以夫為天」的婦德觀，說明即使生活艱困，如苦瓜般苦不堪言，但還是願意與丈夫同甘共苦。第二首竹枝詞直接呼籲婦女，如果丈夫不尊重你，視你如牛馬，那應該要注重自己的權益，如果無法改善這種狀況，離婚並不可怕，告訴婦女們不用擔心找不到好的丈夫嫁。第三首竹枝詞強調夫妻的相處，丈夫並非絕對權威，怕老婆或是忍讓妻子，都是夫妻相處中可以接受的。由此可看出賴惠川的夫妻相處之道，以及對婦德的要求，並非絕對的男尊女卑，而是能因時制宜，有著新穎正向的觀點。他固守傳統中值得保留的好觀念，如夫妻同甘共苦，相互扶持；但他也認為夫妻要彼此尊重，不再是妻子一再扮演忍讓的角色，丈夫也要學會忍讓妻子，而妻子對於丈夫的蠻橫不合理行徑，也要懂得爭取自身權益，展現出注重婦女權益的現代化思維。

（二）與社會人士相處之道

待人接物，除了對內的親情倫理外，對外的人際往來互動，也是賴惠川非常關注的焦點，因為社會是群體生活，每一個人就像社會這部機械的小螺絲，只要有任何一根螺絲出問題，就可能會影響整部機械的順暢運作，這應是賴惠川對此議題份外重視的原因之一。也因此，我們從其竹枝詞中，看到他刻劃許多人際往來的狀況，將社會百態突顯出來，其中有許多批評跟諷刺，可以看出他對於跟社會人士的往來相處，非常注重與關心。在這方面，他提出飲水思源、忍氣退讓、誠實不虛偽、行善助人、不可因貪求而凌人、不可強肆蠻橫等六項主要觀點。

---

21 此句俗諺原為「嫁雞綴雞飛，嫁狗綴狗走。」強調女性出嫁從夫，與丈夫同甘共苦的內涵。請參考許晉彰、盧玉雯編：《台灣俗語諺語辭典》（台北市：五南圖書出版公司，2009年9月），頁740。

1 飲水思源

　　在賴惠川的竹枝詞裡，提到與人相處，必須了解他人給予吾人的恩惠和幫助，要懂得飲水思源的道理，才是處世之道。如其〈小小〉一詩：

> 小小人情德必酬，莫將禮義視悠悠。等閒喫著園中果，也要當天拜樹頭。(《悶紅墨屑》，頁359)

這首竹枝詞提出要懂得回報與感恩的處世觀，並運用俗諺「吃果子拜樹頭」來強化他的想法，而這句諺語的意義，就如莊秋情所言：「吃果子拜樹頭──感恩圖報」[22]這樣的觀念正與詩作首句「小小人情德必酬」相互呼應，展現出賴惠川飲水思源的處世觀。此種思想，在〈天生〉一詩中亦有所見，詩云：

> 天生一副劣心脾，如此頑奴萬不宜。果是抱貓不咬鼠，主人氣死不關伊。(《續悶紅墨屑》，頁680)

這首作品描寫一位受雇主疼愛的僕人，不知感恩圖報，反而行事乖戾，惹主人生氣。詩中所謂「果是抱貓不咬鼠」，指受到主人寵愛的貓兒，恃寵而驕，不知道要抓老鼠來報答主人的恩德。用這樣的俗諺，來諷刺不知飲水思源、感恩圖報的頑劣奴僕。除了上述二詩外，其〈汝來〉(《悶紅墨屑》，頁349)、〈東家〉(《續悶紅墨屑》，頁681)等詩，也都傳達了此一處世思想，希望人們和他人相處時，能懂得飲水思源，有恩報恩的道理。

---

22 莊秋情：《臺灣鄉土俗語》，頁138。

2 忍氣退讓

　　除了飲水思源外，賴惠川還強調忍氣退讓的工夫，認為與他人相處，不宜硬碰硬，應該忍耐讓步，採取以退為進的應對方式。如其〈三省〉詩言：

> 三省吾身好自修，逆來順受是良謀。凶拳原不打笑臉，世事花花一笑休。(《續悶紅墨屑》，頁704)

這首詩運用《論語・學而》：「吾日三省吾身。」[23]的立身修養觀念，強調自己為人處事都時時檢討，修正自己的行為。但詩人也進一步以「逆來順受是良謀」，來說明面對世事，有時遇到無理取鬧的人，完全無法以理性溝通，這時詩人會選擇「逆來順受」來面對，因為「凶拳原不打笑臉」，說明忍讓退步以減少紛爭的態度，最後詩人以「世事花花一笑休」來展現自己的心境，強調人生匆匆，不須爭強鬥狠，一切看開了，人生才能自得自適，展現出容忍讓步的處世思想。接著再看其〈憑著〉一詩：

> 憑著天良便不差，何須計較一些些。披毛代角非人類，我們吞聲且讓他。(《續悶紅墨屑》，頁671)

這首作品說明與人相處，最重要的是要符合天地良心，只要「憑著天良」，凡事「何須計較」，一旦遇到紛爭，「我們吞聲且讓他」，這也是十足忍氣退讓的作法。又其〈勸汝〉一詩：

23　《論語》，頁6。

> 勸汝休時休便休，莫教汁滴又膏流。拚將情理論天上，鴨卵何
> 當磕石頭。(《悶紅墨屑》，頁371)

這首詩強調的也是忍讓的工夫，認為事情該罷休時就得罷休，不要
「拚將情理論天上」，若一味恃理而爭，弄到最後被較強勢的對手反
撲，那就像是以「鴨卵」碰「石頭」，吃虧受傷害的反而是自己。除
了上述例詩外，其〈自顧〉、〈俗言〉二詩（俱見《悶紅墨屑》，頁
376），也都是勸人遇糾紛時能忍氣退讓，如此不但不會起衝突，而且
「便宜先已占三分」（〈俗言〉詩句）。除了竹枝詞外，賴惠川在其
《悶紅墨餘·自誌》一文中，也說：「百忍堂中有太和」，又說：「凡
事讓步，乃是幸福。」[24]，說得也都是忍氣退讓的處世思想，可以和
其竹枝詞的說法相互註解。

3 誠實不虛偽

　　對於和社會人士的相處，賴惠川提出誠實無欺、不虛偽矯飾的觀
點。其〈誠偽〉一詩云：

> 誠偽分明路兩條，無須誠偽辯囂囂。古來紙袟包得火，強欲包
> 時紙必燒。(《悶紅墨屑》，頁384)

詩人認為，誠實和虛偽是兩條截然不同的路，要區分得清清楚楚才可
以。因為自古以來，事情演變的規律，向來是紙包不住火的，所以跟
人相處，應該誠實以對，若是虛偽相應，則秘密終會被揭穿，這就是
所謂「強欲包時紙必燒」。因此，與他人相處，應秉持誠實以對的思
想，避免虛偽矯飾，才是上策。再看其〈汝欲〉一詩云：

---

24 見賴惠川：《悶紅館全集·悶紅墨餘》，下冊，頁564。

汝欲欺人實自欺，前途要緊再三思，強中自有強中手，莫待火
龜爛肚時。註曰：結句，事之發作，人在暗中調查也，又事未解決至
於壞事云。（《續悶紅墨屑》，頁694）

這首詩作以「汝欲欺人實自欺」、「前途要緊再三思」，表達與人相處
應注重誠實，別自欺欺人的看法，如此才不會「火龜爛肚」，反而搞
壞事情。接著再看其〈顛倒〉一詩，也是強調誠實相對的重要，詩云：

顛倒人情出不虞，瞞官騙鬼好工夫，人言飼狗會搖尾，汝却生
成尾也無。（《悶紅墨屑》，頁372）

這首竹枝詞將人際應對中，虛偽不實的面目勾勒出來，所謂「顛倒人
情」、「瞞官騙鬼」，就是刻劃虛偽欺詐者的嘴臉，同時以俗諺「人言
飼狗會搖尾，汝卻生成尾也無」[25]，來諷刺虛偽不實之人，將人際互
動中誠信、實在的重要性突顯出來。除了上述例詩外，其〈人前〉、
〈讒諂〉、〈相逢〉[26]三詩，也都是強調誠實無欺的重要。〈人前〉一
詩，勸人不可甜言蜜語、假情假意；〈讒諂〉一詩，諷刺讒諂之人，
假裝慈悲，實際上卻是笑裡藏刀；〈相逢〉一詩，亦是諷刺笑裡藏刀
者，希望人們要小心這類虛假不實之人。

　　從以上例詩的說明可知，賴惠川對於人際間的互動，非常注重誠
實無欺的品德，對於虛偽不實、笑裡藏刀、口蜜腹劍之人，賴惠川給
了很多批評與諷刺，可見這是詩人相當關注的處世思想。

25　此俗諺之意，可參考莊秋情：《臺灣鄉土俗語》，頁280。
26　〈人前〉、〈讒諂〉、〈相逢〉三詩，分見《悶紅墨屑》，頁355、353、347。

4 行善助人

在賴惠川的處世思想中，也談到要行善助人，如此才能造福後代子孫。其〈君能〉一詩云：

> 君能作善有餘慶，求福何如造福長。知否人間為父賤，無須餓死一條腸。註：書謂：「作善有餘慶，作不善有餘殃。」古人云：「當為子孫造福，不當為子孫求福。」(《悶紅墨屑》，頁358)

從這首詩的正文及註文來看，賴惠川相信，若不行善且為惡，就會帶來災殃；反之，若是行善助人，就能創造福報，這個福報還能護佑後代子孫。有基於此，所以人們應當行善助人，為子孫「造福」，而不是空口祈禱，為子孫「求福」，那是沒有效用的。接著再看〈人生〉一詩：

> 人生衣食若無虧，好事何妨量力為。我自有心真喜捨，管他和尚假慈悲。註：俗：「真喜捨不怕假和尚。」(《續悶紅墨屑》，頁681)

這是一首有趣又富含哲理的作品。詩歌前二句，直接點出詩人行善助人的處世思想，希望人們在衣食無虞的情況下，能衡量己力，行善做好事。而詩歌後兩句，表達了若真心想行善，其實不必擔心遇到假和尚來騙錢，因為是真的想要布施，想要實踐慈悲心，那麼和尚是真是假，就不是那麼重要了。這幾句詩，傳達了詩人行善助人的處世思想，同時也教導了讀者，行善是為了培養我們自身的善念與慈悲心，此時布施救渡的對象是誰，就不是那麼重要了。

5 不可因貪財而損人傷人

賴惠川因為有安貧樂道的思想，所以對於因貪財而損人傷人者，抱持著排斥的態度。其〈假啼〉一詩（《悶紅墨屑》，頁362），諷刺因貪財而欺騙他人者，是「假啼假笑假詼諧，確實存心是愛財。」除了這首作品外，接著再看〈恣意〉一詩：

> 恣意橫吞大注財，眼前花向眼前開。食無過代君知否？報應昭彰在後來。（《續悶紅墨屑》，頁681）

這首詩談到某人侵吞了他人大筆款項，對此，賴惠川以疑問的口氣告訴他，這種錢「食無過代君知否？」（亦即無法順利留給後代子孫），而且最後會有「報應」。這種不可因貪財而損人傷人的思想，在其〈貪到〉一詩中，亦有相關的描繪。詩云：

> 貪到無厭亦是獸，人生用得幾多財，爛塗有莿休深掘，失意都從得意來。註曰：爛塗有莿，謂不可恃強欺弱；爛塗深掘，謂不知足也。（《悶紅墨屑》，頁362）

這首作品，一開始就直接批判「貪得無厭」是不好的，接著以俗諺「爛塗深掘」（即軟土深掘），來批評貪財者「恃強欺弱」的行為。不過，詩人也以「爛塗有莿（刺）」來警告貪財凌弱者，千萬不要被隱藏在「爛塗」當中的「莿」刺傷，以免「得意」忘形後，換來「失意」的下場。這首詩所傳達的，是一種不可因貪財而傷人的處世思想。此外，詩中也勸人不要得意忘形，以免招來負面的結果，這也可說是賴惠川的另一種處世思想，其〈得意〉一詩（《悶紅墨屑》，頁

371），所謂「得意無多警戒之，人生樂極必生悲。」說的也是這個道理。

6 不可強肆蠻橫

在社會上與人相處，難免會遇到一些蠻橫無理之人，這樣的人常會造成社會的困擾，引起紛爭。在賴惠川的竹枝詞中，對於這類人士也提出了批判。如其〈勸汝〉一詩：「勸汝行為莫野蠻，野蠻枉費活人間。」（《悶紅墨屑》，頁370）這是對野蠻無理者，提出最直接的警告。接著再看其〈無分〉一詩：

> 無分黑白與青紅，硬把尖風說扁風。只管橫柴持入竈，不愁撞死竈君公。（《悶紅墨屑》，頁335）

此詩說道，當一個人不分是非黑白，硬是將尖風說成扁風，那真的就是俗諺所謂「橫柴持入竈」，這種人做事常不管他人感受，一味地依照己意行事，作風蠻橫又無理。面對這樣的人，常常有理說不清，無法溝通協調，不但影響人際往來，也阻礙了社會的和諧。這種強肆蠻橫者，在〈久仰〉一詩中，也有所描寫，詩云：

> 久仰先生大不仁，縛來褲腳少鄉親。有錢便似棺材鼠，恣意橫行蹴死人。註：鄙吝為縛褲腳做人。棺材老鼠蹴死人，謂無狀也，無忌憚也。（《悶紅墨屑》，頁377）

這首詩前二句，批評有錢但為人吝嗇者，很少有親人朋友會與其交往。詩的末二句表示，這種人常常財大氣粗，仗著有錢而蠻橫無理，欺壓他人，就像那棺材中恣意欺凌亡者的老鼠一般。以上所舉例詩，

鮮明地展現賴惠川反對強肆蠻橫者的思想，希望人們能注意自己的言行，在社會上與人相處，應注重事理與他人的感受，萬不可「橫柴持入竈」，也不可「恣意橫行」，無端造成人際關係的緊張與不安。

從以上論述可以發現，賴惠川竹枝詞對於社會上的人際往來，所提出的處世思想，主要有飲水思源、忍氣退讓、誠實不虛偽、行善助人、不可因貪求而凌人、不可強肆蠻橫等六個面向。不過除了這六個主要面向外，他還提出其他幾項觀點，對於人際關係的往來，也有正面的警示作用。例如其〈優孟〉（《悶紅墨屑》，頁375）一詩，對於自傲自大的人，他提出了告誡，所謂「優孟衣冠且莫誇」、「夜郎自大由他大」，從這裡可以看出他重視謙虛之德，反對自傲自大的處世思想。另外，其〈人間〉、〈人家〉[27]二詩，表達了尊重他人信仰自由的處世思想，所謂「迷信聰明難判斷，嘵嘵底事又干卿？」「人間宗教各分途，各自誠心作信徒。」簡單的幾句話，就將宗教信仰宜各自奉行的觀點傳達出來，告誡世人應當尊重他人的信仰自由，不可干預或批評，以免人際關係產生問題。

三　職場從業的思想

社會上本有各行各業，大家在各自的職場中發揮所長，將份內的工作做好，這正是基本職業道德的呈現。在賴惠川的處世思想中，也看到他提出職場該有的態度，以及批判職場中一些脫序的行為，將他處世思想中關於職場從業之道展現出來。在這方面主要有三大面向：一是醫療從業之道，二是商場從業之道，三是官場為官之道，以下分別論述之。

27　〈人間〉、〈人家〉二詩，俱見《續悶紅墨屑》，頁697。

（一）醫療從業之道

本書第二章介紹賴惠川家世背景時曾談到，賴氏家族可說是醫生世家，從醫者眾，據賴惠川在〈人家〉一詩中註文的說法，其家族中從醫之人，至他這一輩的親人為止，共有十一人。[28]或許是家族有如此深厚的醫學背景，所以賴惠川對於醫生的職業態度與道德，也有所要求。其〈老嫗〉和〈何來〉二詩，都對假冒醫師而草菅人命者，提出了嚴厲的控訴，其〈老嫗〉一詩云：

> 老嫗能醫是鬼才，昨從羅剎出張來。大名鼎鼎先生媽，請負專門殺小孩。註：日語謂包辦為請負，出差為出張。相沿有所謂先生媽者，無知蠢嫗也，自謂能醫，到處毒殺小兒。一般愚夫愚婦，奉若神明，被其害者不悔，也可恨可歎。（《悶紅墨屑》，頁330）

又〈何來〉一詩云：

> 何來妖婦假醫師，手術無情敢妄施，撞破子宮傷內臟，掃爬致死發財時。註：掃爬，醫術語也，醫師以機器清掃子宮內部，使胎不成。此乃大手術，非老練專家，不敢用此險道，又必初胎方可行之，若經過三個月者，絕對不可用也。聞某氏，在病院作看護婦見習生，纔數月耳，對於產婦科完全不識，竟請產婆許可，開業助產院。有某婦突胎，貪其多金，妄施手術，遂致子宮撞破，傷及內臟，異常慘死，彼則法外逍遙，依然開業。（《悶紅墨屑》，頁331）

---

28 見賴惠川：《悶紅墨屑》，頁374。

以上二詩，都是對世人貪圖錢財而假冒醫師，進而妄施醫療行為而殘害人命，做出嚴厲的指控。希望透過這樣的作品，來喚醒世人對於醫療安全的重視，也告誡從事醫療工作者，必須珍惜病患的生命，切不可因貪財而害命。此外其〈標頭〉一詩（《續悶紅墨屑》，頁681），描寫假藥傷害人命之事。詩中所謂「假藥明知會殺人」、「利多不問義和仁」，嚴厲批判為了錢財而不顧仁義道德，做假藥而傷害人命的行為，這也是傳達賴惠川重視醫療道德的處世思想。

（二）商場從業之道

在商場上與人做生意，應該有商場的職業道德，對此他提出三點看法，分別是員工對老闆應忠誠負責、不可生產黑心商品、不可惡意倒閉或詐欺。

1 員工對老闆應忠誠負責

賴惠川認為，在商場上任職，應對老闆忠心，同時也應認真負責，做好份內的事務。其〈自少〉、〈聽得〉二詩云：

> 自少奔波便作傭，分擔事務盡愚忠，主人不用加褒獎，凡事應當照起工。註曰：照起工，不潦草也。（《續悶紅墨屑》，頁702）

> 聽得村翁訓子云，商行奉職有勞薪，頭家別日牽成汝，生理機關要認真。註曰：牽成，援助贊成也。（《續悶紅墨屑》，頁682）

上述二詩，都點出員工做事應該有的職場倫理，那就是要盡己所能認真做事，而且對老闆要忠心，亦即詩中所謂「分擔事務盡愚忠」、「凡事應當照起工」、「生理機關要認真」的態度。這樣的態度，展現出安

分守己、認真努力的職業道德，同時也展現忠於雇主的倫理思想。

2 不可生產黑心商品

賴惠川花了相當多的篇幅，抨擊職場上的不良行為，顯見他對於某些商場劣習感到不滿與憂心，其中對於黑心商品的泛濫，他有著深刻的描寫。首先來看黑心商品的危害，其〈重重〉一詩言：

> 重重暴利又重重，化學流行萬物凶。無數豆油隨水去，毒貽東
> 海漬鹹龍。註曰：豆油，醬油也。化學流行，商人暴利，而需要者，
> 受害不少。今回，醬油取締，令諸化學劣貨，傾諸流水，滿溪水變赭
> 色，令人可怕，死魚無數。（《閩紅墨屑》，頁325）

這首竹枝詞將商人為求暴利，減少成本，以化學方法製造醬油的現象，提出強烈批判，因為這不但危害百姓健康，也讓環境受到污染。以化學方法製造醬油，省去一百八十天以上發酵裝缸的過程，直接以黃豆粉，再加入許多化學添加物，一天之內生產出大量醬油的製程，違反了食物的自然特性，而且這些化學添加物，也會對身體產生許多危害，就像其〈且任〉一詩所說：

> 且任人人病胃酸，衛生衛死不相關。可憐化學流行日，善用無
> 如豆醬間。（《續閩紅墨屑》，頁738）

詩中將人們會罹患胃病，與化學添加物的相互關係呈現出來。除了對化學醬油的批評外，對於黑心味素的不滿，也有相關詩作的呈現，其〈自昔〉一詩云：

　　自昔交關古意叨，全臺信用大名高。我家味素消頭大，多謝加鹽濫石膏。（《續悶紅墨屑》，頁325）

此詩以譏刺的口吻，呈顯不肖商人製作的味素，內含鹽巴與石膏，將非法添加物濫用的狀況呈現出來。短視近利的黑心食品商人，為求一己私利，將百姓健康視為無物，這正是賴惠川所要撻伐之事。對照今日的台灣社會，食安問題亦層出不窮，不禁讓人感嘆，唯利是圖的商人，可說古今皆有，這個現象若無法矯正杜絕，最後犧牲的，就是全民的健康與生命安全。

3　不可惡意倒閉或詐欺

　　賴惠川〈累萬〉一詩云：「累萬盈千借得來，宣言倒閉得橫財。」（《悶紅墨屑》，頁347）這是一首批判商人惡意倒閉，以貪求橫財的作品。除了這首以外，其〈橫吞〉、〈倒閉〉二詩，亦是批判此一社會亂象：

　　橫吞妙法貨貪賒，倒閉奇聞日日加。頂手喫虧收兩折，重張旗鼓舊頭家。註曰：近來惡商[29]，向頂手盡量出貨，按算滿足，然後宣言倒閉，所有貨物，屯積他處，頂手來看，空店而已，不得已以一二折了結。而彼另日再換店號，依舊營業，仍是昔日大頭家也。（《悶紅墨屑》，頁325）

　　倒閉機關太自由，一般債主債難收。金蟬脫殼橫吞去，漫道粗

---

29 「惡商」原缺「商」字，據江寶釵按語補之。詳見氏編：《嘉義賴家文學集》（嘉義縣：國立中正大學臺灣人文研究中心，2009年11月），下冊，頁39。

糠擠有油。註：粗糠，粟壳也。謂硬討硬迫，不怕其不償還也。擠，
搾也。（《續悶紅墨屑》，頁678）

從以上兩首作品的內容，可以看到商人惡意倒閉的各種手段與現象，
商人藉由倒閉佔人便宜，並以此做為自己的利益來源，這樣損人利己
的行為，在商場上是非常不可取的，讓人憤怒，也讓人唾棄，賴惠川
這兩首詩作，就是揭露這種商場的黑暗面。

此外，與惡意倒閉的情況相近的，還有開空頭支票的詐欺行為，
都是商業的不法手段。如〈世道〉一詩：

世道崎嶇已入邪，人心不似古商家。一般慣用空支票，吩咐兒
曹注意些。（《續悶紅墨屑》，頁675）

詩中談到商人使用無法兌現的空頭支票，來獲取不法利益，這是一種
惡意的詐欺方式，也代表人心的邪惡貪婪，所以詩中批評這種現象是
「世道崎嶇已入邪」，既然現今的生意人，良心「不似古商家」，那麼
只好叮嚀兒孫輩要小心行事，不可被惡質的商人所欺騙。從上述幾首
例詩，也可看出賴惠川重視商業道德的處世思想。

綜上所論，在商場從業的處世思想中，賴惠川從正向論述，希望
員工應忠於老闆，而且要認真負責地做事。此外，他也從負面的角
度，批判黑心商品的橫行，以及商人惡意倒閉，或開立空頭支票的詐
欺行為，藉由這些批判商場貪婪面貌的詩作，達到勸導世人以良心從
商的目的。

（三）官場為官之道

官員協助社會事物的推行，也幫忙百姓解決問題，可說官員是人

民的公僕。但在官場文化中,官員也是另一種權勢的代表,當官員從政不是以服務人群為目的,而是為了自己權勢地位的追求時,許多負面的官場文化就產生出來,賴惠川的竹枝詞,對於有此負面行為的官員,也提出嚴厲批評,表達了官場不宜金錢賄賂、為官不應瀆職濫權的思想。

1 官場不宜金錢賄賂

當官者,不論是拿錢賄賂他人,或接受他人的賄賂,都是不法的行為,都應受到譴責與批判。首先,來看詩人對於官員賄賂的揭露,如其〈座上〉一詩:

> 座上雷聲大口開,十分體面快心哉。公然坐著大寮椅,銀票成堆買得來。(《續悶紅墨屑》,頁670)

這首詩先對官員的行止進行描繪,從視覺描寫「公然坐著大寮椅」、「十分體面」,加上聽覺描寫「雷聲大口開」,將官員當選之後得意的面貌刻劃出來。但在最後一句卻說出「銀票成堆買得來」,將官銜是利用銀票賄賂買得的狀況揭露出來,這為官得意面貌與賄賂取得的對比反差,讓人深刻感受到官場寫實又灰暗的一面。至於賄賂是如何進行的,在〈舶來〉一詩中有進一步的記錄:

> 舶來菜脯[30]佐芳罇,運動鞋聲走後門。汝既不言儂不說,大家刀過水無痕。註曰:俗謂金條,為菜脯,由香港來者為佳。菜脯,蘿

---

30 「菜脯」原作「菜補」,今依「黃哲永校正《悶紅墨屑》音誤表」修改。此表收錄於王惠鈴:《臺灣詩人賴惠川及其「悶紅墨屑」》(台北市:文津出版社,2001年4月),頁233。

蔔干也，又名蘿菔，俗名菜頭。俗謂行賄賂者，為着運動鞋，又為走後門。（《悶紅墨屑》，頁350）

賄賂當然不能明說，所以有了以「著運動鞋」借代的民間俗語，而進行賄賂的物品，就是香港來的「菜脯」，也就是優質的金條，大家你情我願，心照不宣，一切「刀過水無痕」。針對這種官場賄賂文化，其〈嘉賓〉一詩亦有描述，詩云：「嘉賓樓上醉天天，帽戴高山是大賢。運動做些鄰里長，見官纔算一人前。」（《悶紅墨屑》，頁322）詩中提到，在官場打滾者，天天請人吃飯飲酒，藉由喝酒吃飯的場合，運作賄賂鄰里長，如此以獲得官場上活動的機會。從以上詩作的內容可以得知，賴惠川對於官場文化，有著不宜金錢賄賂的思想態度。

2 為官不應瀆職濫權

除了不宜金錢賄賂的思想外，賴惠川對於官員的瀆職濫權，也有嚴厲的批判，這包含官員無法將職務上的工作做好，也包含假藉權勢，作威作福的行徑。其〈傀儡〉一詩云：

傀儡機關戲一場，目無餘子恣蛙張。招來惡客奸成黨，大展權威毒一鄉。（《悶紅墨屑》，頁322）

這首作品將官員假藉權勢，且作威作福的狀況描寫出來。詩中官員的面目，是「目無餘子」的囂張，將官位權勢任意擺弄，而且朋黨比周，正所謂「惡客奸成黨」，接著「大展權威毒一鄉」，眾多百姓受到荼毒與壓迫。另外，〈眼前〉（《續悶紅墨屑》，頁733）一詩，說的也是官員耍弄官威的醜態。至於〈張開〉與〈當時〉二詩（俱見《悶紅墨屑》，頁322）則是諷刺官員瀆職，無法將職務上的工作做

好，對不起老百姓。

從以上分析可以看出，賴惠川對於官場為官之道，提出不宜金錢賄賂、不應瀆職濫權等兩項觀點，這是他對於官場文化的思想態度，也是賴惠川對於官員行止與職責的監督，間接說明官員處世應有的責任與道德。

四　捍衛台灣民族的思想

在賴惠川的處世思想中，除了可看出其立身處世的原則、應對進退的方法，以及職場從業的觀點外，還可看到他捍衛民族自尊與生存空間的想法，這些具有民族思想的作品，呈現著賴惠川濃厚的反日思維。由於賴惠川歷經晚清、日治及民國時期，因此其竹枝詞的創作，在內容題材上，也反映出台灣割讓給日本後，對於異族統治的反動，展現出他的民族思想。對於日治時期文人的反日行為，許俊雅說道：

> 蓋日人治理臺灣，掠奪厚利，莫非以計畫性之策略為本，圖遂其帝國主義之統治，竟其殖民臺灣之全功。而臺灣具自覺意識者則反殖民侵略，反帝國主義，賦詩撰文，結社互勉，抗議請願，保族爭權：凡此諸端，輒於臺灣抗日寫實詩作中見之。[31]

由上述引文可知，文人對於殖民地統治與帝國主義之侵略，常於作品中表達反抗的精神，這樣的狀況，同樣可以在賴惠川竹枝詞中見到。以下從捍衛台灣民族的尊嚴，以及捍衛台灣民族的生存權利兩方面來探討，藉以了解賴惠川作品中維護台灣民族的思想內涵。

---

31 許俊雅：《臺灣寫實詩作之抗日精神研究》（台北市：國立編譯館，1997年4月），頁16。

（一）捍衛台灣民族的尊嚴

　　台灣成為日本殖民地，家國的認同感頓時失去依歸，在賴惠川心中，在被殖民的時空背景下，他依然極力捍衛民族尊嚴，對日人的殖民統治進行撻伐；對台灣民族自覺現況表達深切的關注，這樣的民族精神，在竹枝詞中以寫實與批判的方式呈現，以下從對日本殖民統治的反動、對六三法的反動、對皇民化運動的反動等三個面向來探討，以了解賴惠川捍衛台灣民族尊嚴的處世思想。

1 對日本殖民統治的反動

　　台灣在甲午戰後，因馬關條約的簽定，割讓給日本，從此台灣成為日本的殖民地，這對台灣的百姓而言，頓時失去家國認同，抗日、反日的情緒，從未停歇，從武裝抗日，到以政治、社會運動抗日，這都是台灣百姓對日本殖民統治的反動。在賴惠川的竹枝詞中，則將這樣的反日情緒透過文字呈現出來。其〈何人〉一詩：

> 何人日日爭麻芝，道是前山和尚璃。爭過溪時爭過海，爭來爭去剩殘槌。註曰：日人將到臺時，盛行之童謠云：和尚璃，爭麻芝，爭過溪，却屎杯，爭過海，却豬屎。其時，臺人有辮髮[32]，惟日人為和尚璃也。日人過年作好事，必爭麻芝。又言其過溪過海而來，剝奪民膏，民不聊生。至於拾屎坏，拾豬屎，以為生活也。屎坏，塵紙也。昔時[33]海口人、草地人皆以竹片為塵紙，名屎坏。（《續悶紅墨屑》，頁726-727）

---

32 「辮髮」原作「瓣髮」，據江寶釵按語改之。詳見氏編：《嘉義賴家文學集》（嘉義縣：國立中正大學臺灣人文研究中心，2009年11月），下冊，頁207。

33 「昔時」原作「昔人」，據江寶釵按語改之。詳見氏編：《嘉義賴家文學集》，頁207。

這首竹枝詞一開始就以問答的方式展開，首句問道：「何人日日爭麻芝」，接著回答「道是前山和尚璃」，從此一問一答中，讓我們知道每日爭麻芝的是和尚璃，至於和尚璃是誰，詩人在自註中進行詳細說明，原來這首作品引用了當時流行的童謠，並且引出原童謠的語句：「和尚璃，爭麻芝，爭過溪，卻屎杯，爭過海，卻豬屎。」詩中的「和尚璃」，就是指日本人，因為日本人剛統治台灣時，台灣人依然辮髮，所以台灣人稱無辮髮的日本人為「和尚璃」。[34]另一方面，從這首詩可以看出台灣人民對於日本統治有著強烈的不滿，因此以這首童謠反諷日人過溪、過海而來，剝削台灣的民脂民膏；還以「拾屎坏」、「拾豬屎」這類語句，來諷刺日本人的行為。接著再看〈既把〉與〈誰將〉二詩：

> 既把臺灣入版輿，民情全不驗親疏。欺人只會吹牛肚，未解人間喚外驢。註曰：日人，自誇皇國大國民，臺人為殖民，甚輕賤之，臺人亦憤恨厭惡，呼為外驢。吹牛肚，無恥，大誇張也。(《悶紅墨屑》，頁317)

> 誰將臭狗穢三臺，躁爛人權太不該。五百一千昌古老，全無客氣一齊來。註曰：日人謂臺人，為昌古老；或謂清國老臺人謂日人，為臭狗。(《悶紅墨屑》，頁317)

這兩首竹枝詞，將台灣百姓對於日人殖民統治的反抗，以及失去國家認同的狀況傳達出來。詩中以「欺人只會吹牛肚」、「躁爛人權太不該」來表達日本對台統治的戕害，因此台灣人以「外驢」、「臭狗」來

---

34 賴惠川竹枝詞運用童謠入詩的狀況，詳見本書第五章。

指稱日人；日人也以「昌古老」來指稱台灣人，彼此無法相互認同。
這就是當民族尊嚴失去時，國家認同也跟著一起消失的現象。接著再
看以下〈開口〉一詩：

> 開口便道非國民，區區三字死生人。至今民在國何在，兆示微
> 機讖語新。註曰：非國民三字，加諸臺人，便得生死由他，至今思
> 之，乃其自讖也。（《續悶紅墨屑》，頁675）

日本治台的態度與心態，從這首竹枝詞可以窺見一二，統治者常將
「非國民」掛嘴邊，以斥喝台民，甚至可以生死由他、任意橫行，台
灣百姓成為次等的公民，民族的尊嚴蕩然無存。賴惠川此詩，將台日
雙方對於族群優越與否的價值反差，國家認同的衝突深刻呈現，希望
藉此提升台灣百姓的國家意識，進而達到維護台灣民族尊嚴的思想
內涵。

2 對六三法的反動

「所謂『六三法』是一八九六年由日本帝國議會所通過的法律第
六十三號，授權台灣總督府以發佈與法律等同權限的行政命令，也是
日本在台灣施行統治的根本大法。」[35]在日本殖民之下，「六三法」讓
臺灣總督府擁有治台的行政、立法、司法及軍事大權，這對台灣有著
極大的影響，「對臺人而言，該法是一切惡令之源頭，蓋最受訴病的
保甲條例、匪徒刑罰令、罰金及笞刑處分例、臺灣流浪者取締規則等
律令，均是依據該法發佈的。臺人深受其害之餘，伺機要求廢除，乃

---

35 李筱峰、林呈蓉編著：《台灣史》（台北市：華立圖書出版公司，2003年8月），頁
　　193。

是可理解的。」[36]可知「六三法」是台灣總督府治台的特殊法令，台灣總督因此也擁有了極大的權力，如保甲條例、匪徒刑罰令等，就是其專為殖民台灣所訂定的法令，對台灣百姓的權益造成很大的影響。賴惠川竹枝詞也記錄了六三法毒害台灣的史料，可見他捍衛民族尊嚴的精神。其〈六三〉一詩言：

> 六三狠毒問題留，桎梏臺灣數十秋。人口臺灣增幾倍，後藤仍在世間不。註曰：後藤新平，為臺灣民政長官，特創六三問題，以桎梏臺民，數十年來，臺灣不見天日，後藤之貽毒也。(《悶紅墨屑》，頁316)

這首詩直指六三法對台灣的危害，同時也對當時的民政長官後藤新平提出批評。首先詩人說「六三狠毒問題留，桎梏臺灣數十秋」，可見六三法影響的層面很廣，且危害台灣的時間也很長，這可從《日本帝國在台灣——日本經略臺灣的策謀剖析》一書，得到較明確的說明。其言：

> 「六三法」原定的期限是三年，但一延再延，十一年後（一九○七年），才經修訂為「三一法」。「三一法」也如法炮製，從期限五年，延續了十五年之久，最後才由「法三號」代替。但不管如何修定法令，總是換湯不換藥，總督一直保有律令制定權，他的命令就是法律，也就是所謂的「律令」。總計日本統治臺灣期間，一共發布了五百多項律令，法網灴恢，不疏不

---

36 黃秀政、張勝彥、吳文星：《臺灣史》（台北市：五南圖書出版公司，2002年2月），頁232。

漏，嚴密的控制住整個臺灣社會。[37]

　　由此可知，六三法實際影響台灣十一年，之後雖有不同的法條替代，但總督依然保有律令制定權，對台灣百姓的控制依然存在，因此詩人才會有「桎梏臺灣數十秋」的說法。至於民政長官後藤新平，就是六三法訂定後協助落實與執行者，羅吉甫說道：「那是在一八九八年，日本領臺三年後，第四任總督兒玉源太郎及民政首長後藤新平上任以後。在他們八年來的合作下，這塊當初讓日本當局頭痛的殖民地，開始起死回生。」[38]可知後藤新平確實是讓日本殖民臺灣能漸入佳境者，他落實台灣土地調查、深入了解台灣舊慣風俗、掌握戶政人口；另外也落實六三法後制定的〈台灣阿片令〉、〈匪徒刑罰令〉、〈保甲制度〉等，由此可知，後藤新平對日本來說是優秀的政府官員，但對台灣百姓而言，就是殖民地的加害者了。所以賴惠川對於六三法與後藤新平的批判，正是他對台灣的主權自覺，不希望台灣人民受到日本政府的高壓統治，表達他捍衛台灣民族尊嚴的處世思想。

3 對皇民化運動的反動

　　日本對台灣的殖民，在開始了文官擔任總督後，其實就已經開始對台灣推行同化政策，只是未見明顯效果。到了中日戰爭爆發前一年（1936年9月），臺灣總督的任命又從文官恢復成武官，小林躋造成為台灣總督，也開始了台灣的皇民化運動，黃昭堂說：「蘆溝橋事件前一年赴任台灣總督的小林，喊出了『皇民化、工業化、南進基地化』

---

37 羅吉甫：《日本帝國在台灣──日本經略臺灣的策謀剖析》（台北市：遠流出版公司，2004年10月），頁88。

38 羅吉甫：《日本帝國在台灣──日本經略臺灣的策謀剖析》，頁106。

的口號，作為統治台灣的三原則。」[39]日本的皇民化運動，試圖從語言、文字、生活習慣、宗教信仰等各方面進行改造，期望能貫徹「國民皆兵」的政策，如此以確保發動侵略戰爭所需的補給兵源。[40]可知日本治台的皇民化，其目的是讓台灣人成為真正日本忠臣，就如羅吉甫所說的：「同化主義只是要臺灣人做個日本人，為日本而活；到了皇民化時期，卻是要為日本人而死，死得心甘情願，只問耕耘，不問收穫。」[41]這樣的統治政策，將強烈地傷害台灣民族的尊嚴，讓台灣人民淪為日人的附庸，而無自身的主體價值。對於這樣的狀況，賴惠川從竹枝詞的歌詠，將他反對皇民化，維護民族尊嚴的想法呈現出來。且看如下二詩：

> 敗類天生一族倭，同仁卻是唱山歌。大言浪說皇民化，借問皇民化幾多。（《悶紅墨屑》，頁31）

> 局量其如鄙陋何，海蠻自古國稱倭。羊頭犬肉皇民化，化到臺奸亦不多。（《悶紅墨屑》，頁318）

上述二詩，有共同的特點，包含以「一族倭」、「國稱倭」來指稱日本；再來就是以「大言浪說皇民化」、「羊頭犬肉皇民化」，來批評皇

---

39 黃昭堂著，黃英哲譯：《臺灣總督府》（台北市：前衛出版社，2004年11月，1版6刷），頁170。

40 皇民化的推行，從許多方面進行改造，包含廢除報紙漢文版，推行日語運動，獎勵「常用國語者」、「國語家庭」、「國語模範部落」等；還鼓勵台人養成日式生活習慣、改日姓、供奉日本神祇、參拜神社等。還成立皇民奉公會，具有實踐決戰生活、強化勞動態度、鞏固國防等目的。如此以達到「國民皆兵」的政策，如此以確保發動侵略戰爭所需的補給兵源。詳見黃秀政、張勝彥、吳文星：《臺灣史》，頁180。

41 羅吉甫：《日本帝國在台灣——日本經略臺灣的策謀剖析》，頁239。

民化政策的不實在；最後以「借問皇民化幾多」、「化到臺奸亦不多」，強調台灣人能堅持反日，不受皇民化影響的民族意識。從上述作品對日本皇民化政策的撻伐，足見賴惠川對於台灣主體性的堅持，展現出他的民族自尊。此處要補充說明的是，雖然賴惠川寫到皇民化的結果，是所謂「化到臺奸亦不多」，但不可諱言的，仍有少數人淪為日人的馬前卒，供日人驅遣，甚至幫日人欺凌台灣人。對於這些少數徹底皇民化，親日、媚日的台灣人，他也提出抨擊，如〈可憐〉一詩：「可憐乃父喜生男，同類相殘太不堪。四腳尚存三腳半，大家餘唾賜寒痰。」[42]（《悶紅墨屑》，頁321）對於為日本作倀的台灣人，賴惠川以「三腳半」一詞來加以諷刺，這也顯示出賴惠川堅定反日的民族意識。

　　透過上述分析可知，從對日本殖民統治的反動、對六三法的反動、對皇民化運動的反動等三方面的論述，可以看出賴惠川竹枝詞的內容，含有濃厚的民族意識，展現出他對台灣的深刻感情，在他的處世思想中，台灣的主體性是不容剝奪的，他極力捍衛台灣民族的尊嚴，這樣的生命情調，成為他處世思想的重要成分。

（二）捍衛台灣民族的生存權利

　　日治時期，日本殖民台灣，從剛開始的高壓武力政策，慢慢轉變成同化政策，至最後的皇民化政策，在這不同的歷史分期，人民在政治、經濟、社會等各個層面，都受到極大的衝擊，就如江寶釵所言：「這種政策，可以從『六三法』、『匪徒刑罰令』、『保甲連坐』、『差別待遇』（公私機關教育配給物資不相同），窺得一斑。」[43]種種政策的

---

42 賴惠川於詩後自註云：「為日人作倀者，名三腳半。四腳者，日人也，彼僅得三腳半耳。」

43 江寶釵：《臺灣古典詩面面觀》（台北市：巨流圖書公司，2002年3月，初版2刷），

推行，造成生存權利被打壓與剝奪，百姓有的反抗、有的隱忍，賴惠川則以文學的形式，從生活、教育、民生等面向，表達他反日、反殖民，捍衛台灣民族生存權利的想法。誠如施懿琳所言：「日本領台後，本土文人站在關懷台灣歷史與文化、土地與民眾的立場，透過文學作品對日本嚴酷不合理的殖民政策，提出強烈的批判或深刻的諷刺。」[44]賴惠川的反日思想，展現的正是此種精神。以下分別從對台民教育權受限的撻伐、對配給制度造成台民生活衝擊的批判、對強徵台灣青年從軍的不滿等三點進行論述，來分析其捍衛台灣民族生存權利的思想。

1 對台民教育權受限的撻伐

　　教育能傳遞知識、文化、道德，是國家強大的重要關鍵，也是百姓在社會生存競爭的重要基礎，當教育受到箝制，人材的培養自然受到重大影響。日治時期大量設立公學校、小學校，以取代傳統的書房，就如許俊雅所說：

> 殖民當局雖籠絡文士，廣開聯吟；然於全臺書房則亟思摧抑。誠以書房師弟，恆以經典彝倫相訓相勉，以民族精神相督相屬也。書房殘毀，斯臺人之文化命脈幾絕焉。……日人廢毀書房之同時，復漸次以公學校代之，推廣日語，禁絕漢文。[45]

由這段引文可以看出，日治時期日人從教育政策強行介入，以箝制台

頁231。

44　施懿琳：《從沈光文到賴和——台灣古典文學的發展與特色》（高雄市：春暉出版社，2000年6月），頁204。

45　許俊雅：《臺灣寫實詩作之抗日精神研究》，頁25-26。

灣人的思想與文化，台灣人民的教育受到極大的限制，當時日人所設
的學校，台民子弟要入學並不容易。許俊雅說：「當時臺灣初級學校，
日人判為二類，曰小學、曰公學。小學惟日人子嗣可讀。西元一九二
○年之後，方允少數臺民就學其校，然僅限城市富家子弟爾。」[46]這
就是台民子弟在入學就讀上所受到的限制，在賴惠川的竹枝詞中，也
看到他對這種教育權受限的撻伐，如其〈寄附〉一詩：

> 寄附金錢學校開，年年試驗學生來。倭兒盡量收容去，不愛人
> 才愛狗才。(《悶紅墨屑》，頁317)

這首作品批評日本教育政策的不公狀況，將當時小學只有日人子嗣，
以及少數富家子弟可讀的現象呈現出來。詩歌一開始，即以諷刺的口
吻說道「寄附金錢學校開」，也就是少數台人有錢、有管道才能入學
的不公平狀況，這正突顯台民子弟受教育之困難，而日本子弟輕易便
能入學，享受種種特權。對於這樣的情形，詩人以「倭兒盡量收容去，
不愛人才愛狗才」來進行批判，以「倭兒」來諷刺能輕鬆入學的日本
子弟，並以「狗才」來批判利用特權入學的台民子弟或日人子弟。賴
惠川另一首竹枝詞，也突顯出「臺兒」在日本初等教育制度下的學習
困擾，其詩言「小公讀本不相如，教既殊途自起初。試驗問題多小
學，臺兒叫苦看天書。」(《悶紅墨屑》，頁317)小學校和公學校的教
材不同，台灣兒童所讀的是公學校，以學習「國語」為主[47]，也就是

---

46 許俊雅：《臺灣寫實詩作之抗日精神研究》，頁261。
47 「公學校基本上有別於根據日本內地學制的小學校，課程內容著重在『國語』的學
　習上；而小學校的課程內容則著重數理學習。一般而言，多數的台灣子弟上公學校
　唸書；而多數的在台日本人弟子，特別是公務人員子弟則上小學校唸書。」見李筱
　峰、林呈蓉編著：《台灣史》，頁183。

日本語，造成「臺兒」學習的極大困擾。從上述作品可了解台灣日治時期初級教育的狀況。再看中等以上的教育情形，如〈學校〉一詩：

> 學校公開試驗期，是非曲直選倭兒。榜中偶見臺灣姓，未必千分得一厘。[48]

這首作品所呈現的，是日治時期台灣中等以上的教育狀況，在《臺灣總督府》一書中說道：「到一九四〇年為止的初等普通教育，內地人的子弟大都唸『小學校』，台灣人的子弟則唸『公學校』，採取『分離』的教育政策。……中等以上的教育，在制度上則是『內台共學』。而事實上，因為入學考試往往有意排擠台灣人考生，所以成為『內地人專用』的中學。」[49]可知日治時期台灣中等以上的教育，雖美其名是「內台共學」，但實際上是台灣考生被排擠，很難考上，賴惠川這首竹枝詞，就是將中等教育受限狀況呈現出來，詩中說明學校對於學生的甄選是「學校公開試驗期」，但這「公開試驗」卻是有名無實[50]，反而是「是非曲直選倭兒」，也就是說，「倭兒」要入學是不管是非曲直都可以，但是台灣學生卻「未必千分得一厘」，將台灣學

---

48 這首竹枝詞選自賴柏舟編：《詩詞合鈔》（台北縣：龍文出版社，2006年6月），〈閩紅小草‧增錄‧竹枝詞〉，頁120。這首竹枝詞並沒有收入賴惠川的《閩紅墨屑》與《續閩紅墨屑》中，但在江寶釵編著的《嘉義賴家文學集》是有收錄的，見《嘉義賴家文學集》，下冊，頁28。賴惠川原有千首竹枝詞，然在要出版《閩紅墨屑》前，曾刪詩一百多首，所以這首作品極有可能是當時被刪的作品之一。

49 黃昭堂著，黃英哲譯：《臺灣總督府》，頁243。

50 「表面上，從此臺人可以接受與日人程度相同的中等以上教育，惟實際上，差別待遇的本質不變，共學的結果只是為迅速成長的在臺日人子弟提供更多的教育機會，臺人子弟並未能享受公平的教育機會；在各種設限下，臺人子弟能進入較高教育機關的人數反而日減，因而出現一反常現象，即臺人子弟至日本國內升學反較在臺容易。職是之故，臺人的中等以上學校入學競爭長期均十分激烈，而有所謂『試驗地獄』之稱。」見黃秀政、張勝彥、吳文星：《臺灣史》，頁210。

生受教權被限縮，入學機會渺茫，極不公平的情況突顯出來。受教權一旦被限縮，就代表台民子弟的生存競爭力變弱，這是賴惠川所無法忍受的，因此才以竹枝詞進行批判。

2 對配給制度造成台民生活衝擊的批判

　　日治時期，曾有一段時期是採物資配給制度，這主要發生在日治末期，當時中日戰爭與太平洋戰爭爆發，民生物資短缺，於是開始了物資配給的政策，就米穀的生產、收購、加工、配給，皆由農業會及食糧營團兩部門處理。[51]而且在「一九三九年開始實行『臺灣米穀出口管制令』，及『米專賣』，其後糖、地租、地價等也進行統制，對農業經濟實行全面的支配。」[52]為了落實這些政策，大量警力投入監督與執行，讓配給制能順利推行。[53]當時的臺灣總督小林躋造以「南進基地化」、「工業化」、「皇民化」為戰時殖民統治手段，皇民化運動也促進配給制度的施行，如簡後聰《臺灣史》所說：「小林躋造總督推行高壓的『皇民化運動』，強迫臺灣人作日本國民，向天皇效忠，嚴禁講臺語，……要求臺灣人改日本姓名，改姓名者，給與較佳物資配給、就學就業的明顯優厚。」[54]又如《自惕的主體的台灣史》說道：

---

51 「地主及生產者依攤派供出量將米穀、甘藷、雜糧等委託出售給市街庄農業會，市街庄農業會再委託出售給州廳農業會。總督府的糧食部事務所驗收買入州廳農業會的米穀、甘藷雜糧，再將之撥售給臺灣食糧營團，臺灣食糧營團將糧食加工後，配給到州廳支部，州廳支部再配給到市支所及郡辦事處，爾後再配給到配給所，最後配售給一般消費者。」參李力庸：〈日本帝國殖民地的戰時糧食統治體制：臺灣與朝鮮的比較研究〉，《臺灣史研究》第十六卷二期（2001年6月），頁93。

52 簡後聰：《臺灣史》（台北市：五南圖書出版公司，2002年2月），頁616。

53 「戰爭期間，臺灣總督府不斷強化糧政機構對米穀流通的控制，憑藉警力及地方上的徵收分配機構，施行全面有效的糧食管制，基本維持了糧食市場的穩定。」參曾磊磊：〈試述光復初期臺灣糧荒及政府之對策〉，《臺灣研究集刊》第113期（2011年），頁21。

54 簡後聰：《臺灣史》，頁617。

「強迫台人使用日語：為推行日語，規定所謂『國語家庭』的優待辦
法，對全家皆用日語者，不但門上得以懸掛『國語家庭』的牌子，並
且可以受到較多糧食和其他生活用品的配給，與受到警察較好的對
待。」[55]在這些歷史背景之下，台灣百姓面對日本政府的配給制度，
有那些反應與看法，這可以在賴惠川竹枝詞中看到一些線索：

> 空空米甕弄鏡時，且向鄰家借一炊。借得一炊來便好，明朝配
> 給即還伊。註曰：數日配給一次，往往斷炊。（《悶紅墨屑》，頁
> 319）

> 豬砧買肉費周旋，配給區區五十錢。排陣輪番爭霸戰，最難一
> 躍立頭前。註曰：五十錢，五角也，制限買肉權利也，立在後者肉
> 盡，則不得買也。（《悶紅墨屑》，頁319）

這二首竹枝詞表現出配給制度下人民生活的清苦。第一首竹枝詞說明
了配給物資有限，且多日才配給一次，常常朝不保夕，即使向鄰居借
米，配給後也要馬上歸還，呈現糧食不足的惡性循環。第二首竹枝詞
中，說明了有配給單，但卻不一定能買到食物的困境。此詩以豬肉配
給為例，說明一次僅有五角的配給，但大家購買卻依然爭先恐後，因
為有可能有錢買不到。從上述二首作品中，可以看出在糧食配給制度
下，人民生活的拮据和不安。

在賴惠川的竹枝詞中，除了看到人們飲食上的不足與不安外，我
們還可以看到配給制度所產生的其他負面效應。其〈物資〉一詩云：

---

55 郭譽孚：《自慚的主體的台灣史》（台北市：汗漫書屋籌備處，1998年12月），頁357-
   358。

物資統制令初開，重罰嚴刑萬事哀。打得土番能產卵，請功急
報上司來。註曰：統制時，經濟警察，每日調查飼鴨之家，謂土番鴨，
所產之卵，售諸暗市，嚴刑重打，飼主不堪其苦，誣認成招，彼謂得此
大功，急報上司，當局，有知土番不能產卵者，釋之，而飼主已受屈不
少。（《悶紅墨屑》，頁319）

這首竹枝詞說明了在物資配給制度剛實施時，為了讓百姓能遵守此規
範，採取了嚴刑重罰的手段，此時經濟警察成為最接近百姓的監督者
與加害者。在《台灣的殖民地傷痕新編》中，對當時經濟警察的職權
有如下的記載：

特別是在日本統治台灣的末期，即在強化經濟統制的一九三八
年以後，由於經濟警察的設置，警察不但從事取締違反經濟統
制的工作，並以全力從事米及其他主要物資的配給；統制經濟
時代台灣經濟政策的推行，是以經濟警察之名，而用全警察力
來承當的。[56]

由此可知，經濟警察具有相當的權勢，能夠取締當時經濟上的不法活
動，然而也因為權勢甚大，便成為壓迫百姓的加害者，百姓因而被誣
陷的狀況層出不窮。就像這首竹枝詞所呈現的，飼主所養之番鴨明明
不會產卵，但經濟警察卻誣陷飼主，認為鴨卵被偷偷賣到黑市，違反
配給制度，飼主被屈打成招，險成冤案。從此也可以看出，日治時期
台灣人民在配給制度的規範下，可能面臨許多統治者的欺凌，造成生

---

56 鹽見俊二著，周憲文譯：〈日據時代台灣之警察與經濟〉，收入王曉波編：《台灣的
　殖民地傷痕新編》（台北市：海峽學術出版社，2002年8月），頁237。

活的不便與生存的恐懼。另一方面，配給制度造成黑市猖獗的狀況，詩中亦有進一步的描寫，且看以下的兩首詩：

> 民間闇市有私偏，罰則森嚴法令縣。贏得警官仇餲餉，沿途截食卻公然。註曰：言民間有闇市，警察到處察看，不論都鄙，凡帶食品者，皆為暗市，公然奪而食之。(《悶紅墨屑》，頁319)

> 黑市風潮日日新，區區斗米十元銀。當時法網重重結，結網人皆漏網人。註曰：其時十元，今之四百元也。官以暗市為犯法，犯者受刑，而當時之官，不拘大小，皆以暗市為生活，則又置諸不問。(《悶紅墨屑》，頁319)

當配給制度帶給民眾糧食限制，進而有飲食匱乏的狀況時，取巧者的種種不當行為，就造成民間闇市（暗市、黑市）的產生。當時民眾有人將多餘的物資，採高價在黑市販賣；或是想盡辦法讓物資不被低價收購，而能在黑市以較好的價格賣出。例如以養豬來說，每一頭豬都編號列管，養大後即被政府低價收購再配給給百姓，但取巧者在豬隻被收購前，想辦法讓其猝死，死豬當然不用被收購，此豬自然成為黑市商品，而能賣得較好的價格。但諷刺的是，警察為杜絕黑市交易，卻利用其權勢隨意誣陷搶食；甚至當時的官員，亦以黑市交易購買物資以滿足其生活所需。此外，這些官員皆不會被告發入罪，與偷偷於黑市販賣的百姓，動輒被警察舉發入罪比較起來，社會確實存在著許多的不公與不義。因此在賴惠川的竹枝詞中，就寫出「當時法網重重結，結網人皆漏網人」的不平之鳴，這是對食物配給制度的寫實描繪，也是對統治者的控訴。賴惠川的竹枝詞，將日治時期配給制度對百姓生存權利的威脅與戕害，留下深刻的寫實紀錄。

3　對強徵台灣青年從軍的不滿

除了對台民教育權受限的撻伐，以及對配給制度造成台民生活衝擊的批判等面向進行描寫之外，其竹枝詞還針對日治晚期，台灣青年被迫徵召入伍的狀況[57]，有著諷刺與批判。且看其〈紅單〉一詩：

> 紅單一到淚淋漓，親友爭先贈祝旗。道是做兵真體面，祝他死別又生離。（《閩紅墨屑》，頁318）

又如〈烽火〉一詩：

> 烽火經年萬類灰，連天叫苦叫哀哀。強權硬迫從軍去，翻道臺人志願來。（《閩紅墨屑》，頁318）

上述二詩中，所謂「祝他死別又生離」、「烽火經年萬類灰」，深刻地勾繪出台灣青年一旦被日人強徵從軍，可能就此戰死沙場，而與家中親人永訣。這代表台灣人民的生存權利被嚴重剝奪，台灣子弟被當成砲灰送上戰場，去完成日人侵略他國的野心。所以這類竹枝詞的寫實刻劃，正是賴惠川對於日本政府的反動，也呈現出他捍衛台灣民族生存權利的思想。

---

57 日治末期，中日戰爭與太平洋戰爭爆發，日本的兵力需求大增，日本於一九四二年之後開始對台募兵，至一九四四年後期，開始對台全面實施徵兵制，服兵役此時成為台灣役齡青年的義務與天職。參羅吉甫：《日本帝國在台灣——日本經略臺灣的策謀剖析》，頁231。亦見李筱峰、林呈蓉編著：《台灣史》，頁215-216。

第三節　賴惠川竹枝詞處世思想的表現手法

　　從上節的論述可知，賴惠川的處世思想內容，包含自我修養的思想、待人接物的思想、職場從業的思想、捍衛台灣民族的思想等四大面向。在傳達這些處世思想的時候，賴惠川的敘述方式，或直陳事理，或批判亂象，或諷刺世態。這些敘述方式，究竟運用了那些表現手法與修辭技巧？也是一項值得關心的課題。因此，本節從表現手法進行分析，發現賴惠川主要運用了「白描」及「諷刺」等篇章修辭來進行處理；而其中的「諷刺」修辭，又常使用「對照」、「反語」、「譬喻」等修辭格來建構相關內容。因此，本節根據賴惠川竹枝詞表現手法的運用狀況，分為兩點論述：一是以白描手法表達處世思想；二是以諷刺手法表達處世思想。

一　以白描手法表達處世思想

　　所謂白描，是以簡潔且明白的語言，不鋪張形容，暢達明快地將事物描繪出來，或將意思呈現出來，因此白描在語言運用上的特色為：「白描用詞樸實，不求華麗，多用簡明的、不著色彩的描寫性短句、散句，不加渲染、烘托。」[58]所以也可以說，白描是不用華麗的辭藻、少使用修辭格、直接表達文意、多簡明敘述、不隱晦曲折的表現手法；這樣的表現形式，與竹枝詞少文藻[59]、平易、多真情直言的

---

58 成偉鈞、唐仲揚、向宏業編著：《修辭通鑑》（台北縣：建宏出版社，1996年1月），頁1053。

59 關於竹枝詞少文藻的特色，任半塘引《師友詩傳錄》云：「《竹枝》……稍以文語緣諸俚俗，若太加文藻，則非本色矣。」見氏著：〈竹枝考（代序）〉，收錄於王利器、王慎之、王子今：《歷代竹枝詞》，頁28。

本色相符。王利器編《歷代竹枝詞》時，就曾談到竹枝詞這種表現手法，他說：「《竹枝詞》往往文辭平易，內容樸實，常常可以生動表現出民眾的真實心理。……《竹枝詞》作為形式和內容，都注意取法民歌的文學體裁，作者可以較少虛偽矯飾，較多真情直言，於是就反映思想史與文化史的價值而言，都因此更為可貴。」[60]文中所談的「文辭平易」、「內容樸實」、「少虛偽矯飾」、「較多真情直言」等，正是「白描」手法的本質與內涵。

在賴惠川的竹枝詞中，常可看見他以白描的手法，呈現自己的態度，並且描寫社會的亂象，以及表達自身的看法，將他的處世思想在直接描寫、直接說明中展現出來。而其白描手法的運用，又有「人物白描」與「事件白描」二者，以下分別說明之。

（一）人物白描

以人物為描寫對象的白描手法，即為人物白描。如其〈今日〉一詩：

> 今日農夫意氣揚，有錢便覺沒天良。聲聲欲買頭家子，買向南山去看羊。註曰：某農，每誇於眾曰，得大利，再過三年，可買頭家娘、頭家子，為牧羊兒、為小妾也。(《悶紅墨屑》，頁323）

這首作品以簡明的口語，不加修飾的語詞，將農人得意忘形的面貌描寫出來，由於是以人物－農夫為描寫對象，所以是人物白描。詩中的農夫，因三七五減租政策而獲利[61]，之後得意忘形，欲買頭家娘、頭

---

60 王利器、王慎之、王子今：《歷代竹枝詞》，頁2-3。

61 賴惠川連續寫了幾首關於三七五減租後的社會面貌，此詩內容雖沒有明言農人獲利，是因三七五減租的原因，但從其前後作品的內容，似可推論應是三七五減租的

家子，來做為小妾、做為牧羊兒的囂張面目，詩人都如實而直接地進行描繪，並且以「有錢便覺沒天良」來加以批判，認為農人不該因為獲利有錢，就失去應有的天理良心。此詩透過白描的手法，沒有華麗的辭藻和迂迴的筆調，將詩人重視天理良心的處世思想，直接而明白地傳達出來，令人印象深刻。再看〈當年〉一詩：

> 當年學子實彬彬，細說輕聲對待人。不敢亂來無禮貌，都因讀本有修身。（《續悶紅墨屑》，頁680）

這首詩主要藉由學子形象的描寫，表達出教育學習的重要。此詩的表現手法相當直接，而且平鋪直敘沒有隱晦曲折之處。透過此種白描的手法，將學子「細說輕聲」、「不敢亂來無禮貌」、「彬彬」有禮的學子形象呈現出來，藉以表達詩人重視禮節的處世思想。

（二）事件白描

以事件為描寫對象的修辭手法，即是事件白描。且看其〈水矼〉一詩：

> 水矼無數積門樓，日日家僮照例投。有勢有錢邱罔舍，出三入六擬王侯。註曰：邱罔舍，頑皮之紈褲子也，聞總督，出門時，放炮三發；入門時，放炮六發。彼效之，多買水矼，出門時，令家僮從門樓

相關主題。這首詩之前有〈三七〉詩，其言：「三七五租德蔭隆，年來食足又衣豐。兒孫大富無嫌蠢，喜地歡天拜祖公。」之後有「村夫」詩，其言：「村夫驟富鼻尤高，牛飲連宵賭綠醪。菜店尚稱三七五，千金一醉不為豪。」這兩首詩，都是描述三七五減租的作品。依此推之，〈今日〉一詩，所談亦是農人因三七五減租獲利，而得意張揚的醜陋嘴臉。

上，投下三個，令碎作響，如炮聲；入門[62]時，投下六個，謂之出三入六，其他怪事甚多。（《悶紅墨屑》，頁378）

就這首作品來看，詩人是利用出門、入門砸碎水缸的「事件」來進行描寫，將紈褲子弟虛華、無知的面貌描繪出來，所以是事件白描。詩中描寫有勢有錢的紈綺子弟邱罔舍，為了模仿總督出入時鳴炮三發、六發的排場，特地吩咐家僮在他出門時從樓上投下三個水缸；入門回家時，從樓上投下六個水缸，來代表鳴炮之制，以顯示自己身分如總督般尊貴。為了這個目的，於是「水缸無數積門樓」，且「日日家僮照例投」。透過這個事件的描寫，將一個無知且追求虛榮的紈褲子弟勾勒得十分傳神，也間接將自己反對虛華不實的處世思想展現出來。接著再看〈人間〉一詩：

人間宗教各分途，各自誠心作信徒。教旨既然無犯禁，拜神拜佛有何辜。（《續悶紅墨屑》，頁697）

此詩針對宗教信仰這件事進行描寫，所以屬於事件白描。首先，詩人以「人間宗教各分途」，來說明人世間的宗教有很多種，這些宗教各立門戶、各自獨立。在這種情況下，人們該如何面對如此眾多的宗教信仰呢？詩人認為，只要「各自誠心作信徒」即可；這也就是說，每個人只要虔誠地信奉自己的宗教就可以了。在這種情況下，就算我們信仰的宗教是道教或佛教，與他人可能不同，但「教旨既然無犯禁（沒有觸法）」，那麼「拜神拜佛有何辜」。這樣的觀點，說明了宗教的信仰是自由的，只要沒有犯法，沒有危害社會，那麼不管信仰的是

---

62 「入門」原作「八門」，根據「黃哲永校正《悶紅墨屑》形誤表」改之。此表收錄於王惠鈴：《臺灣詩人賴惠川及其「悶紅墨屑」》，頁232。

哪一種宗教,是拜神或者拜佛,都沒有關係。這裡所展現的,是一種尊重個人信仰自由的處世思想。

從上文的人物白描與事件白描,可以看出賴惠川的竹枝詞,是從生活的點滴進行觀察與描摹,沒有太多華麗的辭藻,也不用太多的修辭技巧,以直接陳述的方式,將其處世思想直接道出,不艱澀、不隱晦、不拐彎抹角,讓讀者可以輕易地了解他的想法,這就是他以白描手法呈現處世思想的模式。

二　以諷刺手法表達處世思想

諷刺多是對現實社會的針砭,突顯社會中不合理、不協調的種種現象,因此「諷刺主要是揭露社會的假象,顯示事物的內容和形式矛盾的不可調和性,展現不合目的、不合規律的事物,如何以合乎目的、合乎規律的外觀而存在。」[63]這也就是說,諷刺乃藉由對社會假象、醜惡的揭露,讓讀者看清楚遭到常態掩蓋的荒謬與不合理,所以諷刺常伴隨著某些批評、某些論斷、某些諧謔在其中,將社會腐敗、錯誤突顯出來,引起讀者的共鳴,當然,也常常寄託著作者的處世思想在裡面。

賴惠川的竹枝詞,由於具有關懷世道的濃厚精神,因此也常使用諷刺的手法來針砭社會的亂象與弊端,並藉此傳達其處世思想。黃文陶謂其「文兼諷刺,語有褒貶。」[64]說的正是這個道理。賴惠川運用諷刺手法來書寫竹枝詞,除了傳達處世思想外,其實還呈現了兩點重要的訊息:

---

63 成偉鈞、唐仲揚、向宏業編著:《修辭通鑑》,頁1126。
64 收錄於賴惠川:《閭紅墨屑》,頁387。

　　第一，由於諷刺手法的運用，讓賴惠川的竹枝詞具有幽默的風格。這種諷刺與幽默的關聯性，誠如汪國勝等人所言：「幽默和諷刺也難以劃清界限。」[65]黃展人說：「有時，『幽默』又帶有強烈的戰鬥性，在這種幽默中蘊含著尖銳辛辣的『諷刺』。」[66]所謂「幽默」，黎運漢、盛永生又稱它為「詼諧」、「諧趣」[67]，成偉鈞則稱它為「諧謔」[68]，可見這幾個詞彙，在某種程度上是可以互換的。依此而言，在本章「前言」中，談到眾人對賴惠川竹枝詞的評語，有所謂「詼諧」、「諧謔」等說法，這都是強調其作品具有「幽默」的語言風格。

　　第二，賴惠川竹枝詞的諷刺手法，常運用譬喻、反語及對照（對比[69]）等三個辭格來進行構築，讓其諷刺手法呈現繁複多變的精彩面貌。

　　誠如前揭所示，賴惠川竹枝詞常使用譬喻、反語及對照等辭格來建構其諷刺意味，並透過諷刺的內容，來傳達其處世思想。因此本小節將從譬喻諷刺、反語諷刺及對照諷刺等三部分來進行說明。

（一）譬喻諷刺

　　譬喻諷刺是以譬喻的修辭格，來完成諷刺的目的，所以在此先對譬喻修辭進行說明。所謂譬喻，就如黃慶萱所說：「譬喻是一種『借彼喻此』的修辭法，凡二件或二件以上的事物中有類似之點，說話作

65　見汪國勝、吳振國、李宇明編著：《漢語辭格大全》（南寧市：廣西教育出版社，1993年2月），頁590。

66　黃展人：《文學理論》（廣州市：暨南大學出版社，1990年），頁212。

67　詳見黎運漢、盛永生合著：《漢語修辭學》（廣州市：廣東教育出版社，2006年8月），頁551。

68　所謂「諧謔」，成偉鈞解釋說：「詼諧幽默，嘲諷戲謔，犀利潑辣的語言風格，為諧謔。」見氏著：《修辭通鑑》，頁1382。

69　對照亦稱對比。詳見汪國勝、吳振國、李宇明等編著：《漢語辭格大全》，頁591。

文時運用『那』有類似點的事物來比方說明『這』件事物的，就叫作譬喻。」[70]譬喻又可稱為比喻，在成偉鈞《修辭通鑑》中即稱之為比喻，其言：「比喻即利用不同事物之間的某些類似的地方，借一事物來說明另一事物。也稱『譬如』，俗稱『打比方』。」[71]可知名稱雖稍有差異，但說的是同樣的修辭格。譬喻有一些構成元素，黃慶萱說：「『譬喻』辭格，是由『喻體』、『喻依』、『喻詞』三者配合而成的。所謂『喻體』，是所要說明事物的主體；所謂『喻依』，是用來比方說明此一主體的另一事物；所謂『喻詞』，是聯接喻體和喻依的語詞。」[72]譬喻的構成，其喻體或喻詞有時可以省略或改變，所以又可分為明喻、隱喻、略喻、借喻等形式。賴惠川的竹枝詞運用譬喻修詞以表達諷刺內涵的作品中，主要可區分為明喻諷刺、略喻諷刺、借喻諷刺等三種，以下分別舉例說明。

1 明喻諷刺

明喻是譬喻修辭中結構最齊全的，包含喻體、喻依、喻詞，其喻詞的使用，常出現似、若、如、像、好比、彷彿、宛如……等等的詞彙。當詩人在作品中，以明喻的辭格來完成諷刺的目的，即稱為明喻諷刺。例如其〈人前〉一詩：

> 人前蜜語又甘言，情意殷勤假一番。真似穴邊貓哭鼠，嗚嗚[73]痛哭未生吞。註曰：謂假有心，名貓哭烏鼠。（《悶紅墨屑》，頁355）

---

70 黃慶萱：《修辭學》（台北市：三民書局，1992年9月，增訂6版），頁227。

71 成偉鈞、唐仲揚、向宏業編著：《修辭通鑑》，頁471。

72 黃慶萱：《修辭學》，頁231。

73 「嗚嗚」原作「鳴鳴」，根據「黃哲永校正《悶紅墨屑》形誤表」改之。此表收錄於王惠鈴：《臺灣詩人賴惠川及其「悶紅墨屑」》，頁231。

此詩以「人前蜜語又甘言，情意殷勤假一番」，形容在人面前假情假意、蜜語甘言的人，這樣的人也就是假意、假殷勤，所以「情意殷勤假一番」就是喻體；接著說到「真似穴邊貓哭鼠」，其中「似」就是喻詞，而「穴邊貓哭鼠」就是喻依。這所以這裡的譬喻就是—「假情意假殷勤的人，就像貓在鼠穴邊哭鼠一樣」。透過這種諷刺手法，來傳達人不應虛情假意的處世思想。接著再看〈人類〉一詩：

> 人類相殘亦可悲，儼同鷸蚌猛相持。既然汝不怕我死，我不怕汝無命時。（《續閩紅墨屑》，頁697）

這首詩的喻體是「人類相殘亦可悲」；而「儼同」是喻詞，即「就好像」之意；至於喻依，就是「鷸蚌猛相持」。這裏引用了成語「鷸蚌相持」（或說「鷸蚌相爭」[74]），其原義為「鷸蚌相持（爭），漁翁得利」，說明兩方互相爭執不讓步，第三者因而獲利。但此處的「鷸蚌相持」，並未強調「漁翁得利」的內涵，而是強化「鷸蚌相持」將導致兩敗俱傷的結果，所以詩後以「既然汝不怕我死，我不怕汝無命時」作結。整首作品是以「人類相殘的可悲現象，宛如鷸蚌猛相持」作明喻，如此進一步諷刺人類互相爭執不退讓，最後將落得兩敗俱傷的結果。詩人透過這首詩作的諷刺手法，再次強調其忍氣退讓的處世思想。

---

74 「鷸蚌相爭」出自《戰國策·燕策》，其言：「趙且伐燕，蘇代為燕謂惠王曰：『今者臣來，過易水。蚌方出曝，而鷸啄其肉。蚌合而拑其喙。鷸曰：今日不雨，明日不雨，即有死蚌。蚌亦謂鷸曰：今日不出，明日不出，即有死鷸。兩者不肯相舍，漁者得而并禽之。』」劉向輯錄：《戰國策》（台北市：里仁書局，1990年9月），卷30，〈燕二·趙且伐燕〉，頁1115。

2 略喻諷刺

在譬喻的三大組成要素－喻體、喻依、喻詞之中，如果將「喻詞」省略，只以喻體、喻依呈現，這就稱為略喻。在賴惠川竹枝詞中，時有運用略喻以建構諷刺手法，進而傳達其處世思想的作品，如其「獸心」一詩：

> 獸心人面老豬哥，巧語花言萬象羅。一個嘴生双枝舌，世間重舌病人多。註曰：重舌，病名。(《續悶紅墨屑》，頁688)

此詩運用略喻的地方有二處，首句「獸心人面老豬哥」即是略喻呈現，其中「老豬哥」是喻體，「獸心人面」是喻依，有句俗諺說：「流豬哥瀾」，其意義為「色鬼之垂涎萬丈，或貪婪者見有利可圖之神情。」[75]可以推知，此處的老豬哥，是指一位老色鬼，所以以「獸心人面」來描寫他，此句完整的譬喻形式為「老豬哥就像獸心人面的色鬼」，但此處省略「就像」的喻詞，成為略喻修辭。第二處運用略喻的地方，是承接首句而來，將老豬哥起色心就「巧語花言萬象羅」，見美色就以花言巧語的攻勢迷惑異性，所以「花言巧語的老豬哥」是喻體，「一個嘴生雙枝舌」是喻依，所謂「一個嘴生雙枝舌」是一句俗諺，其意義是：「形容人說話不負責任、好說謊、好搬弄是非、好造謠中傷、好說兩面話。」[76]因此完整的譬喻為「花言巧語的老豬哥，就像一個嘴生雙枝舌的人。」此處省略喻詞－「就像」，成為略喻修辭。這首詩透過略喻諷刺的手法，來批判以花言巧語迷惑女姓的

---

75 詳見許成章編著：《台灣諺語之存在》，頁150。
76 李赫：《台灣諺語的智慧（五）》（台北縣：稻田出版公司，1995年10月），頁35。

老豬哥，表達了反對好色淫佚的處世思想。除了表達其處世思想外，這首詩讀來別具一種幽默詼諧的趣味，其第三句用「一個嘴生雙枝舌」，來形容老色鬼那張滿是花言巧語的嘴巴，讀來真是讓人不禁莞爾一笑，感覺妙趣橫生。因為事實上，人是不可能生出兩個舌頭的，這種違反常理的誇張說法，常充滿滑稽詼諧的氣氛，而引人發笑。黃展人說：「作家還常常運用幽默手法，對生活中『滑稽可笑的反常態事件』予以藝術再現，收到幽默的審美效果。」[77]所謂「一個嘴生雙枝舌」，就是黃氏所謂「滑稽可笑的反常態事件」，所以這首詩讀來，讓人倍覺逗趣，深具詼諧幽默之感。

接著，再看其〈循環〉一詩：

> 循環定理理無多，來往之間一剎那。草索互拖公與父，算來乃父自家拖。註曰：俗謂：草索拖乃公，草索拖乃父，言其父以草索拖其公；其子亦以草索拖其父，以其人之道，還治其人之身也。（《續悶紅墨屑》，頁700）

這首作品以「循環定理理無多」做為喻體，「草索互拖公與父」做為喻依，省略了喻詞—「如」。首先，先來了解何謂「草索互拖公與父」？此句是俗諺的藏詞[78]運用，從詩人自註中，可知此句俗諺完整的內容是「草索拖乃公，草索拖乃父」，意思是「人若不孝順自己的

---

77 黃展人：《文學理論》，頁211。

78 「藏詞」是修辭格的一種，主要是將人們熟悉的成語或俗語，將其中一部分隱藏，只說出一部分，來代替原來的成語或俗語。所以黃慶萱說：「要用的詞已見於熟悉的成語或俗語中，便把本詞藏了，只講成語或俗語中的另一部份以代替本詞的，叫作藏詞。在內容上，藏詞以『成語』和『俗語』為基礎。」見黃慶萱：《修辭學》，頁121。

雙親，日後子孫也會以不孝的方式相對待。」這當中存在著果報循環的觀念。在吳瀛濤的《臺灣諺語》中也說：「草索拖阿公，草索拖阿爸——阿（音安）。前因後果，冤冤相報。施之於人，受之於己。」[79]可知此句俗諺具有「施之於人，還受己身的因果循環觀。」所以此詩的譬喻就是「循環定理就如同草索互拖公與父」，省略喻詞「就如」，成為略喻修辭法。詩人利用此一略喻修辭，來諷刺人們對於自身言行舉止的輕忽，強調人們若不孝順自己的雙親，以後子孫也會以不孝的方式相對待，這是一種果報循環的觀點，也是重視孝道文化的處世思想。

3 借喻諷刺

借喻諷刺是藉由借喻修辭，將想要諷刺的現象呈現出來。將喻體、喻詞都省略，只以喻依呈現的修辭，就是借喻修辭。在賴惠川的竹枝詞中，透過借喻諷刺來傳達其處世思想的作品，如〈鼻孔〉一詩：

> 鼻孔吹來會出煙，知他放領有良田。茶亭菜店冥冥到，看汝招搖有幾年。註曰：首句，傲慢也。冥冥，夜夜也。招搖，放恣也。
> （《續悶紅墨屑》，頁701）

這首竹枝詞並無喻體與喻詞，喻依是「鼻孔吹來會出煙」，從作者自註中，可知這句話代表「傲慢」的意思，「傲慢」就是隱藏起來的喻體，而「像」就是喻詞。這裡利用以鼻孔說話、鼻孔會出煙的形容，來借喻趾高氣揚的傲慢形態，因此完整的譬喻為「傲慢自大的人，就像鼻孔會出煙一樣。」而此人之所以如此傲慢張揚，乃因「放領有良

---

79 吳瀛濤：《臺灣諺語》（臺北市：臺灣英文出版社，1975年2月），頁145。

田」，所以「茶亭菜店冥冥到」。此處描寫農民因良田放領後得大利，
因而夜夜到茶亭、菜店消費，展現出傲慢自大的農民形象。最後作者
說到「看汝招搖有幾年」，以「招搖」再與前文的「鼻孔吹來會出
煙」互相呼應，藉以諷刺這個傲慢的農夫，還有幾年招搖的時間！可
看出此詩以借喻諷刺的手法，來表達人應低調自持，不宜過度自傲自
大的處世思想。接著再看〈人家〉一詩：

> 人家已築受降城，可笑螳螂拼命爭。未覺死期臨目睫，愈將威
> 福恣橫行。（《續悶紅墨屑》，頁674）

這首詩是以借喻諷刺的手法，來批評日本人已經快戰敗投降了，還不
知死期將到，還在台灣作威作福、橫行霸道。此詩的第二句，使用借
喻的辭格，所謂「可笑螳螂拼命爭」是喻依，而喻體和喻詞都被隱藏
了。依喻依來推論，喻體應是「可笑的日本人還在台灣拼命地爭權奪
利」；而喻依則是「像」。依照此一分析，則完整的句子應是「可笑的
日本人還在台灣拼命地爭權奪利，就像是可笑的螳螂拼命爭鬥一
樣。」透過此一借喻手法的運用，賴惠川對於日本人即將戰敗，卻仍
不知死活，還在台灣作威作福的情況進行深刻的諷刺，一方面表達他
的反日情緒，一方面也突顯他悍衛台灣民族的處世思想。

　　總的而言，賴惠川運用了明喻、略喻、借喻等譬喻類的辭格，來
建構其諷刺手法，藉以表達他的生活態度，並將處世思想呈現出來。
這種多一道加工手續的寫作形式，讓詩人在傳達處世思想時多了幾分
轉折性與想像性，使其作品更具有藝術張力。

（二）反語諷刺

　　「反語就是指用與本意相反的詞語句，去表達本意的一種修辭方

式。換句話說,反語就是通常所說的『說反話』。」[80]可知運用和本意相反的語句,來進行論述的,就是反語修辭。反語修辭的運用,在作品中常可以將更深刻、更有力的情境展現出來,如成偉鈞《修辭通鑑》說道:

> 在一定的語言環境中,反語比正面的話更鮮明,更有感情,更有趣味,更有力量,更富有戰鬥性,更便於指出人民內部的缺點和錯誤,揭露敵人的陰謀和罪惡。用於諷刺,則辛辣有力;用於嘲弄,則引人發笑;用於警告,則義正辭嚴;如表幽默,則意蘊深刻。[81]

從此段引文可以得知,反語修辭可以造就諷刺、幽默、嘲弄、警告等風格,鮮明性、趣味性、戰鬥性更強,可以收到很好的修辭效果。賴惠川竹枝詞對反語修辭的運用,多用以揭露、批判社會百態,具有極強的諷刺性,而且也不時散發出幽默諧謔的語言風格,並將處世思想寄託在其中。因此,本小節將以反語修辭所營造的諷刺形態,來分析賴惠川竹枝詞的寫作手法。一般而言,反語修辭可分為「正意反說」與「反意正說」二類,以下便依此進行說明。

1 正意反說諷刺

所謂正意反說,就是「說話人所說的話,從字面上看是反意,實際意思是正意。」[82]也就是說表面上是批評否定,但實際上是傳達肯定之意,利用此類反語以表達諷刺的,稱之為正意反說諷刺。先看

---

80 周生亞:《古代詩歌修辭》(北京市:語文出版社,1996年1月,2刷),頁151。
81 成偉鈞、唐仲揚、向宏業編著:《修辭通鑑》,頁691。
82 成偉鈞、唐仲揚、向宏業編著:《修辭通鑑》,頁691。

〈孔孟〉一詩：

> 孔孟迂拘說已[83]陳，文明頭腦日翻新。規行矩步轉無食，可笑
> 之乎也者人。註曰：轉句，謂無賺錢也。（《悶紅墨屑》，頁368）

這首竹枝詞句句都是反語，而且字面上都是反意，從首句開始，「孔
孟迂拘說已陳」，批評孔孟學說是陳舊迂腐的；次句「文明頭腦日翻
新」，說明能看清孔孟學說的迂腐，是懂得變通的文明頭腦；轉句
「規行矩步轉無食」，強調循規蹈矩的生活態度，已賺不到錢，無法
養活自己；結句「可笑之乎也者人」，諷刺那些一天到晚將孔孟學說
「之」、「乎」、「也」、「者」放在嘴邊吟唱的人，是可笑至極的。上述
詩歌內容利用反說，將孔孟學說批評得一無是處，但其實都是藉由反
意以突顯正意，將詩人真正的想法，亦即肯定孔孟思想的重要表達出
來，如此正意反說，以諷刺社會忽略孔孟學說的狀況，造成更鮮明、
衝突性更強的效果。再看〈一時〉一詩：

> 一時進化一時才，古語回頭笑戇獃。君子愛財取有道，若皆有
> 道取無財。（《續悶紅墨屑》，頁729）

這首竹枝詞首句就以「一時進化一時才」進行論述，說明想法、作為
是需要隨著時空差異而隨時「進化」的；接著次句進一步說明「進
化」的結果，就是「古語回頭笑戇獃」，認為古人有許多名言佳句已
經不合時用，其中迂腐戇獃的想法、作為，令人覺得可笑；接著轉句
和結句，直接對古語——「君子愛財取有道」提出批評，亦即所謂

---

83 「已」原作「己」，應為「已」故改之。

「若皆有道取無財」，意思是說「君子愛財取有道」的古語是行不通的，因為在現實生活中，如果取財皆合乎正道，最後就會「取無財」。整首詩從文明的進化講起，到譏笑古語（「君子愛財取有道」）的戀獸，到直言「有道取無財」的結語，一層層特意經營的反語，將正意加以反說，呈顯出極強的諷刺意涵，反諷當時社會取財不合乎正道的亂象。在這首詩中，詩人真正的本意（即「正意」），是希望人們愛財能取之有道，但偏偏現實社會的景象，卻常出現取財不合正道的弊端，因此詩人才使用此種正意反說的修辭方式，故意說出「若皆有道取無財」的反語，希望透過此種衝突性強的反諷效果，來強化「君子愛財取有道」的處世思想。

2 反意正說諷刺

反意正說的呈現方式，和正意反說剛好相反，「反意正說，即說話人所說的話，從字面上看是正意，其實際意思相反。」[84]也就是說，其文意表面上是肯定認同的，但實際上是傳達否定之意，利用此類反語以表達諷刺的，稱之為反意正說諷刺。以下先看〈假啼〉一詩：

> 假啼假笑假詼諧，確實存心是愛財。一假不難收萬利，世間能假是賢才。（《悶紅墨屑》，頁362）

此詩通篇以「世間能假是賢才」的「正說」，來呈現作者心中的「反意」。詩中說到「假啼假笑假詼諧」、「一假不難收萬利」，表示只要會運用假哭、假笑、假有趣等假象，就不難坐收萬利，甚至「世間能假是賢才」，說明會運用假裝虛偽手法的人，就是「賢能之才」了！整

---

84 成偉鈞、唐仲揚、向宏業編著：《修辭通鑑》，頁691。

首詩不斷地強調「能假」的好處，甚至肯定這樣的人是「賢才」，從這些「正說」中，可以感受出強烈的「反意」，這是以反意正說的手法，對擅長假裝的虛偽之人，提出強烈的諷刺，同時也讓讀者感受到一股幽默詼諧的氣味，讓人讀來不禁感到好笑。因為以賴惠川如此正派的人，怎會說出「世間能假是賢才」的話，這實在是太過滑稽，也太過反常了，這種滑稽可笑的反常事件，就如前揭黃展人所言，能「收到幽默的審美效果」。因此這首詩作，除了表達賴惠川反對虛偽不實的處世思想外，也散發出詼諧戲謔的幽默風格，令人玩味再三。接著，再看〈古來〉一詩：

　　　古來義理與人情，難與金條較重輕。凡事欲求條件好，金條必
　　　要作前行。（《續悶紅墨屑》，頁685）

就這首竹枝詞來看，利用「正說」的肯定口氣，說明世間的義理與人情，都無法與金條相比較，因為「凡事欲求條件好，金條必要作前行」，唯有「金條」是能橫行於義理與人情之上的。這些表面上看似肯定金錢萬能的言論，其實蘊含諷刺的反意，就是批判社會事事向「金條」看齊，也就是有錢能使鬼推磨，諷刺人們將義理與人情拋諸腦後，而以金錢作為追求目標的現實面目。此處除了表達詩人反對金錢重於義理的處世思想外，詩歌本身也散發著詼諧幽默的風格。其三、四句云：「凡事欲求條件好，金條必要作前行。」這種話實在太違背道德良知了，從賴惠川的口中說出，就如上一首例詩所謂「世間能假是賢才」一樣，都是一種滑稽可笑的反常說法，讓人讀來不自覺地感到諧謔逗趣。當然我們知道，賴惠川故意用此種反意正說的諷刺手法，表面上肯定世事「金條必要作前行」，但其實意涵正好相反，他真正的本意，是希望人們能重視義理人情，不要一切以金錢作考量。

　　上述反語諷刺，包含正意反說與反意正說二類表現手法，還可發現賴惠川同時將二類反語手法，運用在同一首詩中的狀況，例如〈菽水〉言：「菽水承歡未必然，古來第一富為先。世間盡說親生子，不及荷包自有錢。」（《悶紅墨屑》，頁346）其中「菽水承歡未必然」是正語反說；「古來第一富為先」是反意正說，將親情倫理變質且不受重視的狀況諷刺出來。可看出賴惠川的反語諷刺表現手法非常靈活，對於其處世思想，能有更鮮明、更深刻的展現。

（三）對照諷刺

　　所謂對照諷刺，成偉鈞等人認為，就是「運用對比手法，顯現人物前後不同的行為，形成一種強烈對照，充分暴露人物的虛假面孔，引起讀者譏笑。」[85]可知對照諷刺，是一種運用對比手法，來完成諷刺修辭的寫作技巧。這種寫作方式，就如成偉鈞等人所說，有時能「引起讀者譏笑」，也因此常使作品具有幽默詼諧的效果。以下且針對賴惠川竹枝詞運用對照諷刺的作品，提出說明。先看〈領來〉一詩：

> 領來於價萬千千，美妾挼腰帶醉眠。父母忍飢求火食，三番五次說無錢。（《悶紅墨屑》，頁324）

這首竹枝詞的前二句與後二句，形成強烈的對比，前二句是描寫自身生活富裕，享受著「美妾挼腰帶醉眠」的奢靡生活；但三、四句是描寫「父母忍飢求火食，三番五次說無錢」，將父母挨餓視為無物，還推說沒錢奉養，利用前後奢華生活與父母挨餓的對比，將不孝子女的行徑彰顯出來，達到對照諷刺的目的。接著再看〈死著〉一詩：

---

85 成偉鈞、唐仲揚、向宏業編著：《修辭通鑑》，頁1126。

> 死着老爹不免驚，老爹死了無人行。若教死着老爹奶，弔客紛
> 紛踏破廳。註曰：俗謂死老爹無人行，死太太踏破聽。(《續悶紅墨
> 屑》，頁735)

這首竹枝詞的對比，是運用俗諺「死老爹無人行，死太太踏破聽」進
行論述的。莊秋情解釋這則俗諺的意思說：「老爹(古時地方官)夫
人死時，弔祭人多，寄望老爹的提拔；及至老爹死時，因無寄望，所
以無人關心。喻人性現實。」[86]從這則俗諺可以看出人性的功利，當
老爹死時，因日後已無法再提攜他人，所以沒人前往弔唁關心；但當
老爹的夫人死時，卻有一堆人前來弔祭，這是因為寄望著老爹日後的
提拔所致。以死老爹與死夫人的實境對比，將人與人相處互動的虛情
假意勾勒出來，當利益不再，互動模式就會改變或消失，這是對人性
醜陋面與現實面的諷刺。詩人以此種對照諷刺的手法，表達其鄙視虛
情假意以謀利的處世思想，同時透過這種對照諷刺的反差效果，讓讀
者對人們的現實嘴臉發出不屑的嘲笑，作品幽默詼諧的風格，也油然
而生。

　　綜上所論，賴惠川竹枝詞，運用諷刺的表現手法，包含譬喻諷
刺、反語諷刺、對照諷刺等，表達出他的處世思想，同時也揭露社會
假象、批判人性醜惡，讓人們看清常態掩蓋下的荒謬與不合理，引起
讀者的注意與共鳴。而諷刺手法的運用，也讓他的竹枝詞富含更多的
旨趣，同時具有幽默詼諧的語言風格。

---

86 見莊秋情：《臺灣鄉土俗語》，頁105。

第四節　結語

　　透過本章的研究，我們看到賴惠川竹枝詞有四大面向的處世思想，包含自我修養的思想、待人接物的思想、職場從業的思想、捍衛台灣民族的思想。這些處世思想的表現手法，主要是以白描、諷刺等篇章修辭為主，而對照、反語、譬喻等修辭格，亦多被運用，以協助諷刺內容的呈現，因此可細分為譬喻諷刺、反語諷刺、對照諷刺等表現形式。從賴惠川竹枝詞的處世思想，可知其竹枝詞除了呈現風俗民情外，更具有豐富的精神內涵；再者，從其竹枝詞表現手法進行分析，也能獲知其作品的本色與風格。今從本章各節的研究成果中，我們發現了以下兩點訊息：

一　從作品的處世思想，可了解賴惠川關懷世道的積極精神

　　竹枝詞本是流傳於民間的歌詠形式，主要內容在反映民間的世俗風情與地方特色，然而我們從賴惠川竹枝詞的內容中，看到關懷世道的濃厚精神，也看到多元化的處世思想。其處世思想從個人修身、待人接物、職場從業到捍衛台灣民族的生存與尊嚴，都有多元視角的書寫，讓人們從個人的修身持家，到國家社會的經營發展，都有方向與規範可以參考。對他而言，知識份子是具有社會責任的，不只獨善其身而已，還必須兼善天下，因此他對於社會現況的種種現象，都抱持著高度的關注，表現於詩中，時而語重心長，時而義憤填膺，在在展現關懷世道的積極態度，希望能導正社會人心。在這樣的原則下，他對道德的自律要求是很高的，此可從其〈閱盡〉一詩得到印證，詩

云：「閱盡滄桑萬刧塵，鋒鋩未減舊精神。即今靴破底原在，安步猶堪腳一伸。」（《悶紅墨屑》，頁363）說明詩人在世間歷盡滄桑，依然「未減舊精神」、「靴破底原在」，堅定地持守正確的精神與真理，因為自律才能律人，期望大眾為社會國家的和諧安定而努力，一起追尋穩定安康的生活。正因為賴惠川的竹枝詞具有關懷社會的處世思想，所以施政明說他「憂時憫世」[87]，余蘭溪說他「深抱世道之憂」[88]，實在是中肯之言。

二　從作品的表現手法，可了解賴惠川竹枝詞的本色與風格

賴惠川竹枝詞在處世思想的傳達上，主要的表現形式為白描與諷刺，從這兩種篇章修辭的應用上，也可看出賴氏竹枝詞的本色與風格。

（一）白描手法呈現竹枝詞本色

就白描修辭的運用而言，其特色在於多用俗言俚語或平易文辭，少用華麗辭藻；直接表達文意或簡明敘述，不隱晦曲折。這樣的表現形式，正符合賴惠川竹枝詞少文藻、通俗平易、少虛偽矯飾、多真情直言的本色。

（二）諷刺修辭造就幽默詼諧的語言風格

誠如本章第三節所言，賴惠川竹枝詞的諷刺手法，常透過譬喻、反語、對照等辭格的運用，來揭露社會的假象，突顯事物的矛盾與不

---

87 收錄於賴惠川：《悶紅墨屑》，頁394。
88 收錄於賴惠川：《悶紅墨屑》，頁392。

協調性，將不合常理的事物呈顯出來。而這些辭格的使用，常讓賴惠川的竹枝詞，在諷刺當中表現出幽默詼諧的筆調。黃展人說：「作家可以在描繪、議論、抒情時，運用『比喻』（譬喻）、雙關、『反語』、諧音等語言手段取得『幽默』效果。」[89]可見「譬喻」及「反語」的運用，可以創造幽默詼諧的語言效果。至於對照（對比）格的使用，誠如前揭成偉鈞所言：「運用『對比』手法，顯現人物前後不同的行為，形成一種強烈對照，充分暴露人物的虛假面孔，引起讀者譏笑。」所謂「引起讀者譏笑」，便突顯此種辭格製造幽默詼諧效果的作用。由上述說法可知，譬喻、反語、對照等辭格的使用，可以構築作品的「諷刺」意涵，並且產生「幽默」的趣味。正因如此，賴惠川的竹枝詞常有「詼諧」、「諧謔」的評價，所謂詼諧、諧謔，如前揭所言，指的就是幽默的效果。

　　綜上所論，賴惠川用來自民間歌謠的竹枝詞體裁，以貼近民間的簡樸文字，用寫實且關懷的角度，將其處世思想表達出來。他透過白描與諷刺的表現手法，讓竹枝詞的處世思想產生端正人心、補益世道的作用，同時在警世規勸的過程中，又不忘出之以幽默詼諧之筆，讓人們在諧謔逗趣之中悟得事理，詩人的用心良苦，可見一斑。蕭月漁評其作品說：「警世勸世之語，寓於諧謔之間，一片婆心，無量功德。」（《續悶紅墨屑》，頁744）正道出賴惠川企圖透過竹枝詞，來完成其經世致用的崇高理念。

---

89 黃展人：《文學理論》，頁211。

第十章
結論

　　賴惠川的竹枝詞，就數量而言，不論是在台灣文學史或是中國文學史上，都是最多的。至於內容方面，其作品結合著時代的脈動，從晚清、日治到戰後初期，不論是政治環境、社會環境或文學環境，總是自然而貼切地反映在他的竹枝詞裡。所以在作品中，我們看到日治時期六三法、皇民化政策對於台民的壓迫，也看到戰後初期政治風氣的混濁；我們看到百姓因接觸西方思潮而生活逐漸洋化的社會風氣，也看到因工業化帶來生活形態上的改變；我們看到文人透過寫作來凝聚國人的民族意識，也看到文人改革文學作品以因應時代變遷的遠見。除了與時代環境結合外，賴惠川的竹枝詞也反映了家世背景所帶給他的影響，因此家族重視倫理道德、重視行善、重視習醫救人……等等的家風，也都表現在作品裡。這些內容透露出一個重要訊息，那就是賴惠川的竹枝詞，是以現實生活為描寫對象，是企圖反映與解決現實生活問題的。至於寫作形式的運用，賴惠川以台灣閩南語為主來進行創作，偶而穿插日語（甚至是英語）來書寫，使作品看起來活潑而生動。此外，俗諺和童謠的大量使用，也讓其作品更具有日治時期鄉土文學的影子。綜觀本書各章對於賴惠川竹枝詞的討論，筆者認為賴惠川的竹枝詞具有以下五點特色：

一 題材內容豐富多元

　　本書第三章第三節，在比較《悶紅墨屑》與《續悶紅墨屑》之差異時，對於賴惠川竹枝詞的題材內容，有過系統性的分析。其題材內容極為豐富多元，主要有寫景類、詠物類、詠史類、飲食類、節慶類、天象氣候類、生命禮俗類、疾病醫療類、宗教信仰類、民間俗信類、表演藝術類、自我書寫類、社會書寫類、反日思想類等。其中「宗教信仰類」作品，包含對道教、佛教、基督教，以及宗教整體看法的描寫；「表演藝術類」作品，包含對音樂與戲曲的描寫；「自我書寫類」作品，包含對個人生活與心情的書寫，以及發表個人的議論；「社會書寫類」作品，包含對社會制度、社會風氣與現象，以及社會人士或事件之書寫。從上述題材內容的範圍來看，其竹枝詞的描寫對象幾乎無所不包，從個人內在主觀的情志，到外在客觀的人事物，都加以涵攝。無怪乎黃文陶稱美其竹枝詞內容之豐富說：「而天文、氣候、歲序、風景、飲食、起居、四教、九流、人情、風俗、五倫、六畜、婚嫁、儀禮、淪陷、光復，乃至倭據慘狀、農村活況等，凡在滿清、日治、光復，各段之民生、民權、民族之一切興廢，應有盡有，其內容之豐富切實，超越開臺以來之詩賦，是一部臺灣民俗大文獻，亦是一部臺灣三代人文變遷史。」[1]

　　賴惠川的竹枝詞，在題材內容上，除了豐富多元的特色外，還有一點值得加以關注，那就是詩人主觀情志的抒發。在竹枝詞的寫作上，這是值得討論的，賴惠川這方面的作品，主要集中在「自我書寫類」的上頭。這類作品包含對賴惠川個人生活與心情的書寫，以及發表他個人的議論，其中心情書寫與發表議論，都屬於賴惠川主觀情志

1　收錄於賴惠川：《悶紅墨屑》，頁388。

的抒發，這類作品的數量，約在二百首之譜。就竹枝詞的創作而言，
有些文人認為這樣的作品應當儘量避免，應當以描寫外在客觀之人事
物為主，不宜著墨於個人主觀情志之書寫，否則會失去竹枝詞的本
質。如清代陳璨在其《西湖竹枝詞‧跋》文中，曾對自身竹枝詞雜有
許多抒發主觀情志的作品，表達內心的慚愧。他說：「又或感懷記
事，直舉胸情，故往往近於絕句，非復「竹枝」之體。脫稿後復視，
深愧自亂其例。」[2]所謂「直舉胸情」，指的就是抒發詩人的主觀情
志，陳璨認為，這種作品「近於絕句」，而非「竹枝之體」，寫出這種
作品，讓他「深愧自亂其例」。依照陳璨的標準，那麼賴惠川竹枝詞
中，那些抒發個人主觀情志的作品，是否也存在著不合「竹枝之體」
的弊端？其實這是個見仁見智的問題，翁聖峯曾引述汪毅夫的說法，
說郁永河的〈臺灣竹枝詞〉、〈土番竹枝詞〉，「平實自然，毫不做作，
既有『客觀描寫』，又表現了詩人『主觀情感』，有較高藝術的欣賞價
值。」[3]此處對於郁永河竹枝詞展現詩人主觀的情志，又表達了肯定
之意。因此，或許某些文人（如陳璨之屬），有其既定的觀點，認為
竹枝詞的本質，應以描寫外在客觀之人事物為主，不宜著墨於個人主
觀情志的抒發；但若是從文體發展的角度來看，題材內容由單一走向
多元，是合理且具有正面意義的。例如宋詞的風格，許多文人皆以婉
約為正宗[4]，內容喜歡書寫女子和愛情的題材，到了蘇東坡之手，他
擴大了題材內容的範圍，不論描山摹水、詠史傷時、議古論今……等

2　〔清〕陳璨：《西湖竹枝詞》（杭州市：杭州出版社，2004年10月，西湖文獻集成
　　本），冊27，頁31。

3　見翁聖峯：《清代臺灣竹枝詞之研究》（台北市：文津出版社，1996年4月），頁126。

4　例如張綖《詩餘圖譜‧凡例》云：「按詞體大略有二：一體婉約，一體豪放。婉約
　　者，欲其辭情蘊藉；豪放者，欲其氣象恢弘。……大抵詞體以婉約為正。」見氏
　　著：《詩餘圖譜》（上海市：上海古籍出版社，2002年3月，續修四庫全書本），冊
　　1735，頁473。

等的題材，皆可入詞，再加上寫作形式的突破與變化，於是樹立了豪放詞風，也讓宋詞更加繽紛多彩。因此，賴惠川的竹枝詞裡，有部分作品著重於詩人內在主觀情志的抒發，這讓本質偏向描寫外在客觀事物的竹枝詞，題材內容更顯寬闊多元，對於竹枝詞的發展，有其正面的意義和價值。

二　具有教化的意義

　　對於賴惠川的竹枝詞，以下幾則文人的評語，正顯示作品具有鮮明的教化精神。張李德和評曰：「學有所用，言皆醒世，君子也。」[5]陳謳南評曰：「藉詩詞以諷世，寓至理以規人。」[6]所謂「言皆醒世」、「寓至理以規人」，說的就是作品具有人生哲理，能夠教育世人，點醒世人，使其心歸於正道。王殿沅這段評語，說得更貼切，其云：「有教訓，有哲理，可以警世，可以消遣，可以修身，可以悟道。」[7]所謂「有教訓」、「可以修身」、「可以悟道」，便已將賴惠川竹枝詞的教化意義，明確地勾勒出來。

　　關於賴惠川竹枝詞教化意義的研究，比較具體呈現在本書第九章「賴惠川竹枝詞的處世思想」中。在這章當中，我們看到賴惠川竹枝詞從自我修養、待人接物、職場從業，以及捍衛台灣民族等四大面向，表達了為人處世該有的態度與作法，賴惠川藉著這些作品來教育讀者，端正讀者的思想和行為，希望藉此導正社會風氣與亂象。在自我修養方面，他強調安貧樂道、隨遇而安、依天理行事；在待人接物方面，他從與親人相處之道，以及與社會人士相處之道兩方面入手，

5　收錄於賴惠川：《悶紅墨屑》，頁389。

6　收錄於賴惠川：《續悶紅墨屑》，頁743。

7　收錄於賴惠川：《續悶紅墨屑》，頁742。

強調孝養雙親、飲水思源、忍氣退讓、行善助人、……等等的觀點；
在職場從業方面，他強調醫療從業者、商場從業者，以及官場人員應
該有的態度與作法；在捍衛台灣民族方面，他反抗著日本統治的壓
迫，強調台人應該捍衛台灣民族的尊嚴，以及捍衛台灣民族的生存權
利。透過這些思想的傳達，讓賴惠川的竹枝詞呈現濃厚的教化意義。
這種教化意義，乃承繼儒家詩教之精神而來，所以王甘棠謂其竹枝詞
「媲美國風」[8]，莊啟坤謂其「足繼三百篇」[9]，強調的都是對《詩
經》教化精神的傳承。

三　具有寫作形式上的實驗精神

　　江寶釵在《嘉義地區古典文學發展史》一書中，讚揚賴惠川的竹
枝詞，「形式上充滿實驗精神」。[10]這是對賴惠川在寫作形式上，勇於
創新的肯定。首先，賴惠川在詩歌語言的運用上，他以台灣閩南語為
主，進行作品之書寫，其間還穿插著日語和英語語彙，這在語言材料
的使用上，是具有突破性的。

　　此外，他還大量使用俗諺和童謠進入詩中，就俗諺的運用上，其
表現形式有兩類，分別是「以俗諺內涵作為竹枝詞的主旨」，以及
「以俗諺協助竹枝詞內涵的完成」；至於運用俗諺入詩的寫作特色
上，則有「使用大量動物俗諺入詩」，以及「改造俗諺以配合詩作」
等兩項特色。另外，有關於童謠的運用，賴惠川有三種主要的寫作形
式：一是「延續童謠本義」，二是「延續童謠本義再引出新義」，三是
「捨童謠本義而另創新義」。不論是俗諺或童謠，都隸屬於民間文

8　收錄於賴惠川：《閭紅墨屑》，頁391。
9　收錄於賴惠川：《閭紅墨屑》，頁390。
10 江寶釵：《嘉義地區古典文學發展史》（嘉義市：嘉義市立文化中心，1998年6月），
　　頁291。

學，它們和隸屬於作家文學的竹枝詞，竟然可同台演出，共融於一首詩作中，而且不論是童謠或俗諺，在融入竹枝詞的時候，有時是忠於原味地引入，有時是視創作之需要加以改造後才引入，靈活多變的手法，充滿著挑戰與創新的勇氣，具備著實驗性的精神。

最後，很讓人驚豔的，他因為看到一篇題為〈舊詩是一條死路嗎？〉的報導，報導中記載胡適提倡以白話文作新詩，並且批判舊詩是一條死路的內容。他對此心有所感，希望能對舊詩進行改革，讓舊詩能走出一條活路，從這裡也可以看出，他身為一位傳統詩人所具有的勇氣和責任。於是他在短短兩個月左右的時間裡，寫成《續悶紅墨屑》一書，並將詩作題為「新詩」，他還在其中〈我學〉一詩裡說道：「我學新詩有大才，天花亂墮筆花開。舊詩是條死路嗎？何苦搜腸絞腦來。」（《續悶紅墨屑》，頁669）〈平平〉一詩則說：「平平仄仄太支離，土語鄉談便是詩。信手拈來隨口出，人人開竅更開脾。」（《續悶紅墨屑》，頁669）可見他是把《續悶紅墨屑》的創作，當成是書寫新詩，他將新詩使用白話文[11]，以及不拘平仄格律的寫作形式帶入竹枝詞的創作裡，這也是一種寫作形式上的超越與革新，充滿著濃濃的實驗精神。

四　具有俚俗與幽默的語言風格

賴惠川竹枝詞的語言風格，具有俚俗與詼諧兩種風格。就俚俗風格而言，成偉鈞說：「多用方言，時見俚語，含鄉土情，有民間風的語言風格。」[12]所謂多用方言和俚語，此一特質從賴惠川自己的說

---

11 賴惠川使用在竹枝詞裡的白話文，是台灣的白話文（閩南語），而非大陸的白話文。
12 成偉鈞、唐仲揚、向宏業編著：《修辭通鑑》（台北市：建宏出版社，1996年1月），頁1376。

法，以及其他文人的評語中，都可清楚地看到。如其〈俚語〉一詩：
「俚語荒唐一大批，千奇百怪事難齊。嘔心未盡心頭惡，留與他時漫
漫題。」（《悶紅墨屑》，頁364）此處談的，是自己以「俚語」寫作竹
枝詞的特質。張李德和在《續悶紅墨屑》的序文中，也說他《悶紅墨
屑》與《續悶紅墨屑》二書，「皆以『方言』、『俗語』，化為詩章。」
（《續悶紅墨屑》，頁664）除了本土語言與俚語的運用外，成偉鈞強
調俚俗風格的作品，必須有「鄉土情」與「民間風」，這在賴惠川的
竹枝詞裡，也是常見的內容。他描寫各地的飲食文化、各地的物產；
描寫社會的事件、風氣與現象；描寫民間的生命禮俗與節慶活動；描
寫民間俗信與宗教信仰，這在在都是「鄉土情」、「民間風」的展現，
綜合前揭所謂本土語言與俚語的運用，代表著賴惠川的竹枝詞，具有
「俚俗」的語言風格。誠如他自己在《悶紅墨屑・又序》一文中，評
價自身的作品說：「鄙陋『俚俗』者，十居九九。」[13]就是最適切的
證明。

　　至於「幽默」的語言風格，在本書第九章第三節，探討賴惠川竹
枝詞處世思想的表現手法時，即已進行相關之說明。當時談到，幽默
亦可稱為詼諧、諧謔、諧趣，這幾個詞彙，在某種程度上是可以互換
的。由於賴惠川常以「諷刺」手法來傳達其處世思想，而諷刺與幽
默，本來就經常相互連結，難以完全切割，所以也造就其作品之幽默
風格。在該章的論述中，明確地援引許多例詩進行分析，發現賴惠川
常以「譬喻」、「反語」及「對照」（對比）等三個辭格來構築其「諷
刺」之意涵，而這三個辭格的運用，往往存在著製造幽默風格的作
用。就以對照（對比）格為例，它的使用，顯現出人物前後不同的行
為，形成一種強烈對照，讓人物的虛假面孔暴露出來，藉以引起讀者

---

13 賴惠川：《悶紅墨屑》，頁291。

的譏笑，詼諧幽默的效果，由此而生。莊啟坤評賴惠川竹枝詞說：
「以蘊藉『詼諧』之語詠之。」[14]張登雲評曰：「實化『諧謔』為懲勸
矣。」[15]文中所謂「詼諧」與「諧謔」，都是對作品具有幽默風格之
肯定。

五　具有保存與補充史料的功能

　　賴惠川的竹枝詞，由於書寫的題材內容極為廣泛，從國家的政治
措施，到社會各類人物的生活景象與節慶風俗，以及天象氣候、地理
景觀與各地物產等等，這些內容，都是各個時代值得保存的史料。所
以朱芾亭說賴惠川的竹枝詞「是一部臺灣野史，是一部臺灣風物誌，
又可作為臺灣歲時記。」[16]強調的都是作品的史料功能。尤其某些作
品所記載的人事物，在時空的變遷下，今日已不復可見，此時透過賴
惠川的竹枝詞，尚可窺其梗概，這就是作品蘊藏著保存史料的功能。
例如本書第七章，關於賴氏竹枝詞中道教信仰的研究，其中〈城隍〉
一詩，描寫嘉義的城隍廟，在賴惠川的時代，能夠為信徒進行補運的
儀式，但筆者訪談廟方人員，他們表示隨著時代的演變，今日廟方已
不再提供此一服務；又如〈國王〉一詩，賴惠川提到嘉義客家人祭拜
三山國王廟，必定使用鵝肉，但據筆者訪談當地耆老與廟祝，今日三
山國王廟的祭祀，並沒有一定要祭拜鵝肉的習俗。再如本書第八章，
關於賴氏竹枝詞中生命禮俗的研究，其中〈揩油〉、〈今歲〉二詩，分
別記載著當時「路祭」與「臆墓粿」的禮俗，但今日這些禮俗也都不
存在了。諸如上述的情況，代表著賴惠川的竹枝詞，蘊含著保存史料

---

14 收錄於賴惠川：《悶紅墨屑》，頁390。
15 收錄於賴惠川：《續悶紅墨屑》，頁745。
16 收錄於賴惠川：《悶紅墨屑》，頁393。

的功能，讓我們即使歷經歲月的更迭，仍能對過去台灣早期的生活景象，有所認知與了解。

除了保存史料的功能外，賴惠川的竹枝詞，還具有彌補史料不足的功能。在本書的研究過程中，發現有些作品所描寫的人事物，在現存的文獻上，找不到相關的記載，此時賴惠川的竹枝詞，就成為異常珍貴的資料，可以彌補現存史料之不足。例如本書第六章裡，對於賴氏竹枝詞中飲食文化之探討，便發現〈尋常〉一詩的註文，談到「俗謂豬肚炖蓮子，只怕白茄枝，謂其用此草作燃料，人食之必死。」這種說法，在現存文獻中，並未看到。另外，在本書的第五章，關於其竹枝詞運用童謠之研究，其中第三節，便談到其竹枝詞保存了未被採錄的童謠作品。例如其〈雙方〉、〈山山〉二詩，從註文中可以拼湊出「地下量寸尺，天頂造銅橋。」的童謠作品來；又如其〈不用〉、〈福州〉、〈埋骨〉、〈好地〉、〈危險〉等數首作品合在一起看，可以拼湊出「穩龜兮龜溜溜，騎馬去福州，福州無馬草，龜兮負著金斗去，龜兮金斗損損破，龜兮被人掀龜卦。」的童謠作品。像上述這些記載飲食文化或童謠的例詩，其作品所描寫的內容，在現存的文獻上並沒有相關的記述，此時賴惠川這些作品便顯得異常珍貴，因為它們具有補充史料不足的功能。

翁聖峯認為，清代以來台灣的竹枝詞，屬於采風作品之一，它們具有「補助正史之不足」的作用，「許多的方志也吸收這些采風之作以充實內容」[17]。許藜堂曾讚揚賴惠川的竹枝詞，「采風文獻之功績尤大焉」，說的就是翁聖峯所論述的史料價值。這項事實，我們且舉《嘉義市志》對賴惠川竹枝詞的徵引，來做為證明。《嘉義市志・宗教禮俗志》在介紹保安廟（羅安公廟）時，引用賴惠川〈可惜〉一詩

---

17 詳見翁聖峯：《清代臺灣竹枝詞之研究》，頁47、頁127-128。

（《悶紅墨屑》，頁311）之註文說：「羅安，湖仔內人。勇力甚鉅，能舉六七百斤石板。……」[18]賴惠川竹枝詞所具有的史料功能，在這裡得到了最直接的發揮，所以被地方志書所徵引，藉以充實方志之內容。

　　綜上可知，賴惠川的竹枝詞，不但數量是眾文人之冠，而且具有多重的特色。其中的教化意義，可說是其竹枝詞精神旨趣的核心，也是賴惠川撰寫竹枝詞最重要的目的所在；至於豐富多元的題材內容，甚至於有相當數量的作品在於抒發詩人主觀的情志，這一方面擴展了竹枝詞內涵的廣度，一方面也延伸了竹枝詞意境的深度；另外其俚俗與幽默的語言風格，可說是發揚了竹枝詞的本色精神，在通俗中展現詼諧逗趣的一面；至於保存與補充史料的功能，則在史書的纂修上提供了可觀的材料，也為人們研究與學習台灣早期文化，提供了最佳的教材；最後，它在寫作形式上所展現的實驗精神，尤其是化用童謠入詩的手法，以及將新詩若干寫作模式融入竹枝詞的作法，都突顯出賴惠川竹枝詞鮮明的開創性與突破性。在這種情況下，我們認為賴惠川的竹枝詞，在台灣文學史，以至於竹枝詞的發展史上，都具有一種標竿性的地位。這種標竿性的地位，一方面來自於作品的數量超越其他文人；另一方面，則來自於作品的形式與內容，存在著對傳統竹枝詞的繼承，也存在著迥異於他人的突破和創新。如此卓越的成就與貢獻，是他人難以超越和取代的。

---

18 見顏尚文：《嘉義市志·宗教禮俗志》（嘉義市：嘉義市政府，2005年8月），卷10，頁105。

參考文獻

一 專書

〔清〕丁紹儀 《東瀛識略》 台北市 臺灣銀行經濟研究室 1957年 臺灣文獻叢刊本

丁世良主編 《中國地方志民俗資料匯編·華南卷》 北京市 書目文獻出版社 1995年

下村宏 《臺灣列紳傳》 台北市 臺灣總督府大正五年

〔晉〕干寶著，黃滌明譯注 《搜神記》 台北市 台灣書房 2010年

〔唐〕王燾 《外臺秘要》 台北市 臺灣商務印書館 1983年 欽定四庫全書本

〔清〕王先謙 《荀子集解》 北京市 中華書局 1997年

〔清〕王禮 《臺灣縣志》 台北市 行政院文化建設委員會 2005年 清代臺灣方志彙刊本

王輝武、吳行明等編著 《藥物與飲食禁忌》 台北市 躍昇文化公司 1991年

王殿沅 《脫塵齋詩草》 台北縣 龍文出版社 2001年

王惠鈴 《臺灣詩人賴惠川及其「悶紅墨屑」》 台北市 文津出版社 2001年

王鈺婷 《女聲合唱──戰後台灣女性作家的崛起》 台南市 國立台灣文學館 2012年

王玉民　《社會科學研究方法原理》　台北市　洪葉文化公司　1999
　　年　增訂版2刷

王利器、王慎之、王子今　《歷代竹枝詞》　西安市　人民出版社
　　2003年

王　灝　《台灣人的生命之禮：婚嫁的故事》　台北市　臺原出版社
　　1998年

〔清〕尤侗　《尤西堂雜俎》　台北市　河洛圖書出版社　1978年

〔日〕片岡巖著，陳金田、馮作民合譯　《台灣風俗誌》　台北市
　　大立出版社　1981年

〔清〕六十七　《番社采風圖考》　台北市　臺灣銀行經濟研究室
　　1961年　臺灣文獻叢刊本

〔清〕六十七　《重修臺灣府志》　台北市　行政院文化建設委員會
　　2005年　清代臺灣方志彙刊本

〔清〕尹士俍　《臺灣志略》　台北市　行政院文化建設委員會2005
　　年　清代臺灣方志彙刊本

中國道教協會「辭典編輯委員會」　《中國道教大辭典》　台中市
　　東久企業　1996年

《中草藥學》　台北市　啟業書局　1989年　3版

石瑞銓　《嘉義市志・自然地理志》　嘉義市　嘉義市政府　1996年

石萬壽　《台灣的拜壺民族》　台北市　臺原出版社　1999年

〔漢〕司馬遷　《史記》　台北市　鼎文書局　1992年

台南縣政府編　《臺南縣志》　臺南縣　臺南縣政府　1980年

江寶釵　《嘉義地區古典文學發展史》　嘉義市　嘉義市立文化中心
　　1998年

江寶釵　《臺灣古典詩面面觀》　台北市　巨流圖書公司　2002年
　　初版2刷

江寶釵主編　《嘉義賴家文學集》　嘉義縣　國立中正大學臺灣人文
　　　研究中心　2009年

〔日〕向山寬夫著，楊鴻儒等譯　《日本統治下的台灣民族運動史》
　　　台北市　福祿壽興業公司　1999年

成偉鈞、唐仲揚、向宏業編著　《修辭通鑑》　台北市　建宏出版社
　　　1996年

朱自清著，朱喬森編　《詩言志辨》　台北市　開今文化公司　1994年

朱介凡　《中國兒歌》　台北市　純文學出版社　1993年

行政院衛生署中醫藥委員會編　《臺灣藥用植物資源名錄》　台北市
　　　行政院衛生署中醫藥委員會　2003年

李獻璋　《台灣民間文學集》　台北市　台灣文藝協會　1936年

李　赫　《台灣囝仔歌》　台北縣　稻田出版社　1991年　2刷

〔唐〕李商隱著，朱懷春等標點　《李商隱全集》　上海市　上海古
　　　籍出版社　1999年

〔明〕李時珍　《本草綱目》　台北市　文化書局　1966年

李甲孚　《中華文化故事》　台北市　聯合報社　1986年　2刷

李汝和主修　《臺灣省通志》　台北市　臺灣省文獻委員會　1971年

李敏編著　《五穀營養食用法》　台北市　漢湘文化公司　2008年

李秀娥　《台灣的生命禮俗・漢人篇》　台北縣　遠足文化公司
　　　2006年

李文卿　《想像帝國──戰爭時期的台灣新文學》　台南市　國立台
　　　灣文學館　2012年

李筱峰、林呈蓉編著　《台灣史》　台北市　華立圖書出版公司
　　　2003年

李　赫　《台灣諺語的智慧（四）》　台北縣　稻田出版公司　1995年

李　赫　《台灣諺語的智慧（五）》　台北縣　稻田出版公司　1995年

李幹忱　《破除迷信全書》　台北市　臺灣學生書局　1989年

李登財、劉還月　《神佛正傳與祭拜須知〔春之卷〕》　台北市　常
　　　民文化公司　2000年

李登財、劉還月　《神佛正傳與祭拜須知〔冬之卷〕》　台北市　常
　　　民文化公司　2000年

〔日〕伊能嘉矩　《臺灣文化志‧中卷》　台北市　台灣書房　2011年

邱年永、張光雄著　《原色臺灣藥用植物圖鑑》　台北市　南天書局
　　　1986年

邱冠幅　《台灣童謠》　台南縣　台南縣立文化中心出版　1997年

完顏紹元　《婚嫁》　香港萬里書店　2004年

余昭玟　《從邊緣發聲──台灣五、六〇年代崛起的省籍作家群》
　　　台南市　國立台灣文學館　2012年

〔清〕余文儀　《續修臺灣府志》　台北縣　宗青圖書出版公司
　　　1995年

呂宗力、欒保群　《中國民間諸神》　台北市　臺灣學生書局　1991年

汪國勝、吳振國、李宇明等編著　《古代詩歌修辭》　南寧市　廣西
　　　教育出版社　1993年

吳瀛濤　《臺灣諺語》　台北市　臺灣英文出版社　1975年

吳瀛濤　《臺灣民俗》　台北市　眾文圖書公司　2000年　再版

吳育臻　《臺灣地名辭書‧嘉義市》　南投縣　臺灣省文獻委員會
　　　2001年　1版2刷

阮昌銳　《台北市傳統儀禮：生命禮俗篇》　台北市　台北市文獻委
　　　員會　1984年

阮昌銳編纂　《重修臺灣省通志》　南投縣　臺灣省文獻委員會
　　　1993年

〔南朝梁〕宗懍　《荊楚歲時記》　北京市　中華書局　1991年

〔清〕林豪　《東瀛紀事》　台北市　臺灣銀行經濟研究室　1957年　臺灣文獻叢刊本

林二、簡上仁　《台灣民俗歌謠》　台北市　眾文圖書公司　1980年

林聖欽等撰述，施添福總編纂　《臺灣地名辭書・卷七臺南縣》　南投縣　臺灣省文獻委員會　2002年

林川夫　《民俗臺灣》　台北市　武陵出版公司　1998年

林衡道主編　《臺灣史》　台中市　臺灣省文獻委員會　1977年

林衡道　《台灣夜譚》　台北市　眾文圖書公司　1989年　再版

林茂賢　《台灣民俗記事》　台北市　萬卷樓圖書公司　1999年

林淑慧　《臺灣文化采風：黃叔璥及其「臺海使槎錄」研究》　台北市　萬卷樓圖書公司　2004年

林淑慧　《禮俗・記憶與啟蒙——臺灣文獻的文化論述及數位典藏》　台北市　臺灣學生書局　2009年

東方孝義　《台灣習俗》　台北市　南天書局有限公司　1997年　2刷

〔清〕周鍾瑄　《諸羅縣志》　台北市　行政院文化建設委員會　2005年　清代臺灣方志彙刊本

周生亞　《古代詩歌修辭》　北京市　語文出版社　1996年　2刷

卓克華　《臺灣舊慣生活與飲食文化》　台北市　蘭臺出版社　2008年

胡金倫編　《臺灣小說史論》　台北市　麥田出版公司　2007年

胡萬川　《民間文學的理論與實際》　新竹市　國立清華大學出版社　2004年

施懿琳　《從沈光文到賴和——台灣古典文學的發展與特色》　高雄市　春暉出版社　2000年

施福珍　《台灣囝仔歌一百年》　台中市　晨星出版公司　2003年

孫元衡　《赤嵌集》　南投縣　臺灣省文獻委員會　1994年

洪惟仁　《臺灣禮俗語典》　台北市　自立晚報社文化出版部　1993年　第2版3刷

洪惟仁　《台灣哲諺典》　台北縣　台語文摘出版社　1996年　修訂　再版

洪進鋒　《台灣民俗之旅》　台北市　武陵出版公司　1998年

〔清〕俞樾　《茶香室續鈔》　台北市　新興書局　1978年

姚漢秋　《台灣婚俗古今談》　台北市　臺原藝術文化基金會　1992年

郭譽孚　《自慢的主體的台灣史》　台北市　汗漫書屋籌備處　1998年

翁聖峯　《清代臺灣竹枝詞之研究》　台北市　文津出版社　1996年

翁聖峯　《日據時期臺灣新舊文學論爭新探》　台北市　五南圖書出版公司　2007年

涂公遂　《文學概論》　台北市　華正書局　1988年

徐福全　《臺灣民間傳統喪葬儀節研究》　台北市　作者自印　1999年

〔清〕袁枚　《新齊諧》　北京市　人民文學出版社　1996年

〔清〕高拱乾纂輯、周元文增修　《臺灣府志》　台北市　行政院文化建設委員會　2005年　清代臺灣方志彙刊本

許俊雅　《臺灣文學散論》　台北市　文史哲出版社　1994年

許俊雅　《臺灣寫實詩作之抗日精神研究——一八九五～一九四五年之古典詩歌》　台北市　國立編譯館　1997年

許俊雅主編　《講座FORMOSA：台灣古典文學評論合集》　台北市　萬卷樓圖書公司　2004年

許成章編著　《台灣諺語之存在》　高雄市　河畔出版社　1996年

許成章編　《台灣諺語講義》　高雄市　河畔出版社　1999年

許晉彰、盧玉雯編　《台灣俗語諺語辭典》　台北市　五南圖書出版公司　2009年

莊秋情　《臺灣鄉土俗語》　台南縣　台南縣政府出版發行　1998年

〔晉〕陶潛著，龔斌校箋　《陶淵明集校箋》　台北市　里仁書局　2007年

陳芳明　《殖民地摩登：現代性與台灣史觀》　台北市　麥田出版公
　　　　司　2004年

陳芳明　《台灣新文學史》　台北市　聯經出版公司　2011年

陳康芬　《斷裂與生成──台灣五〇年代的反共／戰鬥文藝》　台南
　　　　市　國立台灣文學館　2012年

〔清〕陳璨　《西湖竹枝詞》　杭州市　杭州出版社　2004年　西湖
　　　　文獻集成本

陳建忠　《日據時期臺灣作家論──現代性、本土性、殖民性》　台
　　　　北市　五南圖書出版公司　2004年

陳主顯　《台灣俗諺語典──卷一人生哲理》　台北市　前衛出版社
　　　　2005年　初版第6刷

陳主顯　《台灣俗諺語典──卷二七情六慾》　台北市　前衛出版社
　　　　2002年　初版4刷

陳主顯　《台灣俗諺語典──卷三言語行動》　台北市　前衛出版社
　　　　2002年　初版2刷

陳主顯　《台灣俗諺語典──卷五婚姻家庭》　台北市　前衛出版社
　　　　2002年　初版2刷

陳正祥　《台灣地名辭典》　台北市　南天書局　1993年　2版1刷

陳美鈴　《臺灣地名辭書・卷八嘉義縣》　南投縣　國史館臺灣文獻
　　　　館出版　2008年

陳彥仲、葉益青、羅秀華　《台灣的地方特產》　台北縣　遠足文化
　　　　公司　2006年

〔清〕陳壽祺纂、魏敬中重纂　《福建通志臺灣府》　南投縣　臺灣
　　　　省文獻委員會　1993年

陳瑞隆　《台灣嫁娶禮俗》　台南市　世峰出版社　1998年

連　橫　《臺灣通史》　台北市　眾文圖書公司　1994年　1版3刷

連　橫　《雅堂文集》　台北市　大通書局　1987年　臺灣文獻叢刊本

張石革、孫定人編著　《現代臨床實用藥典──原理與實務應用》　台北縣　新文京開發出版公司　2005年

張玉欣、楊秀萍　《飲食文化概論》　新北市　揚智文化公司　2011年

張　綖　《詩餘圖譜》　上海市　上海古籍出版社　2002年　續修四庫全書本

張李德和　《琳瑯山閣吟草》　台北縣　龍文出版社　1992年　台灣先賢詩文集彙刊本

張良澤編　《吳新榮日記全集》　第二集　台南市　國立台灣文學館　2007年

張　健　《文學概論》　台北市　五南圖書出版公司　1991年

張紫晨　《中外民俗學詞典》　杭州市　浙江人民出版社　1991年

游福生　《靠山山會崩，靠水水會乾：五十八則開創智慧人生的「台灣諺語」》　台北市　神機文化出版社　2001年

鈕文英　《質性研究方法與論文寫作》　台北市　雙葉書廊公司　2014年　修訂1版1刷

〔清〕黃伯祿輯，王秋桂，李豐楙主編　《集說詮真》　台北市　臺灣學生書局　1989年　中國民間信仰資料彙編第一輯

黃秀政、張勝彥、吳文星合著　《臺灣史》　台北市　五南圖書出版公司　2002年

黃美娥　《重層現代性鏡像：日治時代臺灣傳統文人的文化視域與文學想像》　台北市　麥田出版公司　2004年

黃美娥　《古典臺灣：文學史・詩社・作家論》　台北市　國立編譯館　2007年

黃展人　《文學理論》　廣州市　暨南大學出版社　1990年

黃永哲　《臺灣童謠》　嘉義縣　三宇打字社　1997年　增訂版

黃勁連編　《台灣囡仔歌一百首》　台北縣　台語文摘出版社　1996年

黃金俊　《嘉義市寺廟神佛聖歷》　嘉義市　嘉義市政府　2004年

黃文博　《台灣冥魂傳奇》　台北市　臺原出版社　1992年

黃文博　《台灣民俗趣譚》　台北市　臺原出版社　1993年

黃文博　《南瀛歷史與風土》　台北市　常民文化公司　1996年

黃麗馨等編　《平等自主、慎終追遠──現代國民喪禮》　台北市內
　　　政部　2012年

黃昭堂著，黃英哲譯　《臺灣總督府》　台北市　前衛出版社　2004
　　　年1版6刷

黃慶萱　《修辭學》　台北市　三民書局　1992年　增訂6版

森宣雄、吳瑞雲合著　《台灣大地震》　台北市　遠流出版公司
　　　1996年

彭會資　《中國文論大辭典》　天津市　百花文藝出版社　1990年

馮輝岳　《童謠探討與賞析》　台北市　國家出版社　1982年

馮輝岳　《台灣童謠大家唸》　台北市　武陵出版公司　1995年

傅朝卿等編　《文化資產執行手冊》　台北市　行政院文化建設委員
　　　會　2006年

傅美琳、申士垚編　《中國風俗大辭典》　台北市　國家出版社
　　　1996年

楊家駱主編　《新校本史記三家注并附編二種》　台北市　鼎文書局
　　　1987年　9版

《詩經》　台北縣　藝文印書館　1993年　12刷　十三經注疏本

〔日〕鈴木清一郎著，馮作民譯　《臺灣舊慣習俗信仰》　台北市
　　　眾文圖書公司　2004年　1版4刷

葉至誠、葉立誠合著　《研究方法與論文寫作》　台北市　商鼎文化
　　　出版社　2000年7月

葉石濤　《台灣文學史綱》　高雄市　春暉出版社　1993年

葉大兵、烏丙安合編　《中國風俗辭典》　上海市　上海辭書出版社　1991年

董芳苑　《台灣人的神明》　台北市　前衛出版社　2010年

楊雲萍　《台灣史上的人物》　台北市　成文出版社　1981年

楊炯山　《婚喪禮儀手冊》　新竹縣　台灣省立新竹社會教育館　1996年　5版

詹作舟著，張瑞和編　《詹作舟全集‧傳統詩篇》　彰化縣　詹作舟全集出版委員會　2001年

廖振富　《臺灣古典文學的時代刻痕：從晚清到二二八》　台北市　國立編譯館　2007年

廖漢臣　《台灣兒歌》　台中市　台中省政府新聞處　1980年

廖忠俊　《臺灣鄉鎮舊地名考釋》　台北市　允晨文化公司　2008年

嘉義縣布袋嘴文化協會　《嘉義縣定民俗：民雄大士爺祭典調查研究計畫案成果報告書》　嘉義縣　嘉義縣文化觀光局　2011年

《嘉義管內采訪冊》　台北市　臺灣銀行經濟研究室　1959年　臺灣文獻叢刊本

《臺案彙錄己集》　台北市　臺灣銀行經濟研究室　1964年　臺灣文獻叢刊本

臺灣省文獻委員會採集組編　《嘉義市鄉土史料》　南投縣　臺灣省文獻委員會　1997年

劉寧顏總纂　《重修臺灣省通志‧住民志》　南投市　臺灣省文獻委員會　1993年

〔漢〕劉向輯錄　《戰國策》　台北市　里仁書局　1990年

〔梁〕劉勰著，王更生注譯　《文心雕龍讀本》　台北市　文史哲出版社　1997年　初版六刷

劉精誠　《中國道教史》　台北市　文津出版社　1993年

劉還月　《台灣島民的生命禮俗》　台北市　常民文化公司　2003年

劉還月　《台灣歲時小百科》　上冊　台北市　臺原出版社　1989年

〔日〕廚川白村，林文瑞譯　《苦悶的象徵》　台北市　志文出版社
　　　1989年　再版

《論語》　台北縣　藝文印書館　1993年　12刷　十三經注疏本

賴柏舟編　《詩詞合鈔‧悶紅小草》　台北縣　龍文出版社　2006年
　　　台灣先賢詩文集彙刊本

賴柏舟編　《詩詞合鈔》　台北縣　龍文出版社　2006年　台灣先賢
　　　詩文集彙刊本

賴彰能編纂　《嘉義市志‧人物志》　嘉義市　嘉義市政府　2004年

賴子清　《嘉義縣志‧人物志》　嘉義縣　嘉義縣政府　1976年

賴惠川　《悶紅館全集‧悶紅小草》　台北縣　龍文出版社　2006年
　　　台灣先賢詩文集彙刊本

賴惠川　《悶紅館全集‧悶紅詞草》　台北縣　龍文出版社　2006年
　　　台灣先賢詩文集彙刊本

賴惠川　《悶紅館全集‧悶紅墨屑》　台北縣　龍文出版社　2006年
　　　台灣先賢詩文集彙刊本

賴惠川　《悶紅館全集‧續悶紅墨屑》　台北縣　龍文出版社　2006
　　　年　台灣先賢詩文集彙刊本

賴惠川　《悶紅館全集‧悶紅墨瀋》　台北縣　龍文出版社　2006年
　　　台灣先賢詩文集彙刊本

賴惠川　《悶紅館全集‧悶紅墨餘》　台北縣　龍文出版社　2006年
　　　台灣先賢詩文集彙刊本

賴惠川　《悶紅館全集‧悶紅墨滴》　台北縣　龍文出版社　2006年
　　　台灣先賢詩文集彙刊本

賴惠川　《悶紅館全集·增註悶紅詠物詩》　台北縣　龍文出版社
　　　2006年　台灣先賢詩文集彙刊本

〔漢〕衛宏　《漢舊儀》　台北市　藝文印書館　1967年

〔清〕薛紹元總纂　《臺灣通誌稿》　台南市　國立歷史博物館
　　　2011年

薛化元　《台灣歷史》　台北市　大中國圖書公司　2001年

薛化元　《臺灣開發史》　台北市　三民書局　2003年

簡後聰　《臺灣史》　台北市　五南圖書出版公司　2002年

顏尚文、潘是輝　《嘉義賴家發展史》　南投縣　臺灣省文獻委員會
　　　2000年

顏尚文　《嘉義市志·宗教禮俗志》　嘉義市　嘉義市政府　2005年

顏正華主編　《中藥學》　台北市　知音出版社　1994年

〔唐〕魏徵　《隋書》　台北市　鼎文書局　1975年

〔唐〕韓愈　《韓愈全集校注》　成都市　四川大學出版社出版
　　　1996年

蕭新永　《台灣諺語的管理智慧》　台北市　商周文化公司　1993年
　　　6版

譚大江　《道教對聯大觀》　北京市　宗教文化出版社　2002年

羅吉甫　《日本帝國在台灣——日本經略臺灣的策謀剖析》　台北市
　　　遠流出版公司　2004年

《禮記》　台北縣　藝文印書館　1993年9月　12刷　十三經注疏本

CorrineGlesne著，莊明貞、陳怡如合譯　《質性研究導論》　台北市
　　　高等教育文化事業公司　2006年

DoingInterviews著，陳育含譯　《訪談研究法》　台北縣　韋伯文化
　　　國際出版公司　2010年

DavidW.Steward著，董旭英、黃儀娟合譯　《次級資料研究法》　台
　　　北市　弘智文化公司　2000年

MatthewDavid、CaroleD.Sutton合著，王若馨等合譯　《研究方法的基礎》　台北縣　韋伯文化國際出版公司　2007年

GeoffPayne、JudyPayne著，林育如譯　《研究方法五十個關鍵概念》　台北縣　韋伯文化國際出版公司　2012年

二　論文

王文仁　〈新舊變革與文學典律──張我軍與胡適的文學革命行動〉　《東吳中文學報》　第20期　2010年11月

王　紅　〈民族文化性格的深度抒寫：清代廣西竹枝詞研究〉　《中央民族大學學報》（哲學社會科學版）　第36卷第5期　2009年

王登山　〈南部台灣的民謠・童謠與四句〉　《南瀛雜俎》　1982年4月

江寶釵　〈臺灣地方家族書寫的文學史意義──以嘉義賴家為例〉　《第七屆清代學術研討會論文集》　上集　2002年6月

任半塘　〈竹枝考（代序）〉　《歷代竹枝詞》　西安人民出版社　2003年12月

吳福助　〈臺灣漢人民俗風情畫──賴惠川「悶紅墨屑」竹枝詞選析〉　收錄於許俊雅主編《講座FORMOSA：台灣古典文學評論合集》　台北市　萬卷樓圖書公司　2004年

吳尚德　〈淺論竹枝詞的創作技巧〉　《詩詞月刊》　第9期　2008年9月

吳翠華　〈日本童謠運動對日治時期的台灣之影響〉　《玄奘人文學報》　第8期　2008年7月

李力庸　〈日本帝國殖民地的戰時糧食統治體制：臺灣與朝鮮的比較研究〉　《臺灣史研究》第十六卷第二期　2001年6月

呂應鐘　〈論殯葬禮儀之改革〉　《臺灣文獻》　第52卷第2期　2001年6月

阮昌銳　〈台灣的冥婚與過房之原始意義及其社會功能〉　《中央研究院院民族學研究所集刊》　第33期　1972年

林新欽　〈大里樹王公收契子〉　《豐年》　第49卷第19期　1999年10月

林瑤棋　〈工商社會衝擊下台灣喪葬習俗的改變〉　《歷史月刊》第139期　1999年8月

林仁昱　〈「天烏烏」歌謠辭類型與定型化發展研究〉　《興大人文學報》　第38期　2007年3月

林素霞　〈賴惠川「悶紅詞草」研究〉　台中市　東海大學中國文學研究所碩士論文　2010年1月

林文龍　〈賴惠川先生手抄小題吟會詩稿〉　《嘉義市文獻》　第5期　1989年8月

林慧瑛　〈中國蠶桑文化的女子定位──以嫘祖先蠶與女子化蠶故事為觀察中心〉　《文與哲》　第21期　2012年12月

林福龍　〈圓福禪寺及義士廟〉　《嘉義文獻》　第9期　1978年5月

邱彥貴　〈嘉義廣寧宮二百年史勾勒──一座山山國王廟的社會史面貌初探〉　《臺灣史料研究》　第6期　1995年8月

胡瑞珠　〈諸羅義士，魂歸何處〉　《嘉義市文獻》　第16期　2000年12月

徐清吉　〈台灣俗諺新注〉　《南瀛雜俎》台南縣　台南縣政府出版　1982年4月

徐福全　〈去土州賣鴨卵？談台灣人的喪葬習俗〉　《歷史月刊》第139期　1999年8月

徐福全　〈傳統喪葬習俗中的悲傷輔導功能〉　《生命教育半年刊》第2期　2007年7月

徐青絹　〈婚禮習俗──食姐妹桌〉　《民俗台灣》　第3輯　1995年　台北市　武陵出版公司

陳期裕　〈娶神主〉　《民俗台灣》　第2輯　1990年

尉遲淦　〈台灣喪葬禮俗改革的一個現代化嘗試〉　《臺灣文獻》第52卷第2期　2001年6月

張桂華　〈苦悶時代下的文學：一九三二年「南音」的文學訴求〉台南市　國立成功大學歷史系碩士論文　2000年6月

梁穎珠　〈論清代竹枝詞之俗美特質〉　《廣西大學學報》（哲學社會科學版）　第29卷增刊　2007年10月

梁淑芳　〈先秦儒家祭祖之禮中的人文精神〉　《宗教哲學》　第41期　2007年9月

彭于賓　〈床母的記號──胎記成因、類型、處理方式〉　《媽媽寶寶》　第170期　2001年4月

游勝冠　〈「轉向」及藝術派反動的純文學論──台灣文藝聯盟路線之爭〉　《台灣文學研究學報》　第11期　2010年10月

黃武雄　〈台灣語族的壓抑與再生──感許氏編纂漢語辭典的功業〉《台灣諺語之存在》　高雄市　河畔出版社　1996年7月

曾磊磊　〈試述光復初期臺灣糧荒及政府之對策〉　《臺灣研究集刊》第113期　2011年

楊仁江　〈趨邪祈福的石敢當碑碣〉　《史聯雜誌》　第20期　1992年6月

葉連鵬　〈重讀日據時期台灣新舊文學論戰──起因、過程與結果的再思考〉　《臺灣文學學報》　第2期　2001年2月

蔡州隆　〈臺灣乩童的神鬼觀及其現象之研究〉　新北市　輔仁大學宗教研究所碩士論文　2009年6月

蔡懋堂　〈關於蔭墓粿及潤餅〉　《臺灣風物》　第29卷第3期　1979年9月

鄭伯農　〈從竹枝詞談到詩體創新問題〉　《詩詞月刊》　第7期
　　　　2009年7月

鄭志明　〈宗教殯葬儀式的意義治療〉　《宗教與民俗醫療學報》
　　　　第5期　2013年6月

劉恆興　〈兩端之間──論一九二〇年代新舊文學意識與文化民族認
　　　　同〉　《漢學研究》　第27卷2期　2009年6月

劉芳如　〈賴惠川「悶紅詠物詩」考釋〉　台中市　東海大學中文研
　　　　究所碩士論文　2004年6月

賴松輝　〈「文學進化論」、「反動進化論」與臺灣新舊文學的演進〉
　　　　《臺灣文學研究學報》　第3期　2006年10月

賴榮三　〈談林爽文之役的嘉市史蹟──兼述諸羅民風與古蹟維護〉
　　　　《嘉義市文獻》　第9期　1993年8月

謝佳珣　〈賴惠川「悶紅墨瀋」箋釋與文學研究〉　台中市　東海大
　　　　學中國文學研究所碩士論文　2008年6月

謝貴文　〈傳說、性別與神格──從「大道公風，媽祖婆雨」談起〉
　　　　《新世紀宗教研究》　第9卷第4期　2011年6月

鹽見俊二著，周憲文譯　〈日據時代台灣之警察與經濟〉　《台灣的
　　　　殖民地傷痕新編》　台北市　海峽學術出版社　2002年8月

三　報刊雜誌

奇（葉榮鐘）　〈南音發刊詞〉，原載於《南音》創刊號　1932年1月
　　　　1日　收錄於李南衡編校《日據下台灣新文學　明集5：文獻
　　　　資料選集》　台北市　明潭出版社　1979年

郭秋生　〈建設「臺灣話文」一提案（上）〉　《臺灣新民報》（台北
　　　　市：東方文化書局複刊本，1974年）　379號11版　1931年8
　　　　月29日

郭秋生　〈建設「臺灣話文」一提案（下）〉　《臺灣新民報》（台北市：東方文化書局複刊本，1974年）　380號11版　1931年9月7日

陳端明　〈日用文鼓吹論〉　《臺灣青年》（台北市：東方文化書局複刊本，1973年）　3卷6號　1922年1月20日

連溫卿　〈言語之社會性質〉　《臺灣民報》（台北市：東方文化書局複刊本，1974年）　2卷19號　1924年10月1日

黃石輝　〈怎樣不提倡鄉土文學〉　《伍人報》9至11號　1930年8月16日至9月1日　收錄於〔日〕中島利郎編　《一九三〇年代台灣鄉土文學論戰資料彙編》

黃石輝　〈再談鄉土文學〉　《臺灣新聞》　1931年7月24日　收錄於〔日〕中島利郎編　《1930年代台灣鄉土文學論戰資料彙編》

張我軍　〈致台灣青年的一封信〉　《臺灣民報》（台北市：東方文化書局複刊本，1974年）　2卷7號　1924年4月21日

張我軍　〈糟糕的台灣文學界〉　《臺灣民報》（台北市：東方文化書局複刊本，1974年）　2卷24號　1924年11月21日

張我軍　〈請合力拆下這座敗草叢中的破舊殿堂〉　《臺灣民報》（台北市：東方文化書局複刊本，1974年）　3卷1號　1925年1月1日

鄭軍我　〈致張我軍--郎書〉　《臺南新報》　5版　1925年1月29日　收錄於吳青霞主編《臺南新報》（台南市：臺灣史博館2009年）

〈舊詩是一條死路嗎？〉　《詩文之友月刊》　第13卷第6期　1961年1月

四　電子媒體

台南市殯葬管理所　〈殯葬禮俗——準備事項與物品〉　網址：www.
　　msotc.gov.tw/main.php?mode=funeral&act=funeral_2　檢索日
　　期103年10月22日。

進學采風隊　〈孩童守護神之祭拜方式〉　台南市　中西區進學國民
　　小學全球資訊網　網址：www.chps.tn.edu.tw/tainan/c3-3.htm
　　檢索日期103年10月13日。

誼霖葬儀禮品有限公司　〈豎靈及捧飯解說〉　網址：vhost.gobid.
　　com.tw/boss2223/main15.html　檢索日期103年10月22日。

悶葫蘆生　〈新文學之商榷〉「臺灣日日新報資料庫」（1898.05.06-
　　1944.03.31），網址：http://tbmc-2.nlpi.edu.tw.eproxy.nlpi.edu.
　　tw:2048/LiboPub.dll?Search/

文學研究叢書·古典詩學叢刊 0804013

賴惠川竹枝詞研究——以《悶紅墨屑》、《續悶紅墨屑》為主要線索

作　　者	歐純純
責任編輯	蔡雅如
特約校對	林秋芬
發 行 人	陳滿銘
總 經 理	梁錦興
總 編 輯	陳滿銘
副總編輯	張晏瑞
編 輯 所	萬卷樓圖書股份有限公司
排　　版	林曉敏
印　　刷	百通科技股份有限公司
封面設計	斐類設計工作室

發　　行　萬卷樓圖書股份有限公司
　　　臺北市羅斯福路二段 41 號 6 樓之 3
　　　電話 (02)23216565
　　　傳真 (02)23218698
　　　電郵 SERVICE@WANJUAN.COM.TW
大陸經銷　廈門外圖臺灣書店有限公司
　　　電郵 JKB188@188.COM
香港經銷　香港聯合書刊物流有限公司
　　　電話 (852)21502100
　　　傳真 (852)23560735

ISBN 978-986-478-012-9
2016 年 6 月再版
2015 年 8 月初版
定價：新臺幣 620 元

如何購買本書：

1. 劃撥購書，請透過以下郵政劃撥帳號：
　帳號：15624015
　戶名：萬卷樓圖書股份有限公司
2. 轉帳購書，請透過以下帳戶
　合作金庫銀行 古亭分行
　戶名：萬卷樓圖書股份有限公司
　帳號：0877717092596
3. 網路購書，請透過萬卷樓網站
　網址 WWW.WANJUAN.COM.TW

大量購書，請直接聯繫我們，將有專人為
您服務。客服：(02)23216565 分機 10

如有缺頁、破損或裝訂錯誤，請寄回更換
版權所有·翻印必究
Copyright©2016 by WanJuanLou Books CO., Ltd.
All Right Reserved　　　　Printed in Taiwan

國家圖書館出版品預行編目資料

賴惠川竹枝詞研究 ：以<<悶紅墨屑>>、<<續
悶紅墨屑>>為主要線索 / 歐純純著. -- 再版.-
- 臺北市：萬卷樓, 2016.06
　面 ；　公分. -- (文學研究叢書. 古典詩學叢
刊 ; 804013)
ISBN 978-986-478-012-9(平裝)
1.賴惠川 2.竹枝詞 3.詞論
863.23　　　　　　　　　　105010206